Nur mit deiner Liebe

Feuer der Leidenschaft – große Liebesromane

Sandra Marton, **Nur mit deiner Liebe** (TB 27700)

Delia Parr, **Die Elfenbeinprinzessin** (TB 27701)

Elizabeth Graham, **Rivalinnen des Glücks** (TB 27702)

Alexa Smart, **Tausend Küsse im Paradies** (TB 27703)

Elizabeth Graham, **Vergib mir meine Liebe** (TB 27704)

Delia Parr, **Gefangene des Herzens** (TB 27705)

Dorothy Garlock, **Schöner, wilder Mann** (TB 27706)

Dorothy Garlock, **Geheime Passionen** (TB 27707)

Sandra Marton

Nur mit deiner Liebe

Roman

Aus dem Amerikanischen
von Thomas Pilgrim

Econ & List Taschenbuch Verlag

Veröffentlicht im Econ & List Taschenbuch Verlag
Der Econ & List Taschenbuch Verlag
ist ein Unternehmen der Econ & List Verlagsgesellschaft, München
Deutsche Erstausgabe
2. Auflage 1998

First published by Kensington Publishing Corp., New York
Titel des amerikanischen Originals: Til Tomorrow
Aus dem Amerikanischen übersetzt von: Thomas Pilgrim
Umschlagkonzept: Büro Meyer & Schmidt, München – Jorge Schmidt
Umschlagrealisation: Init GmbH, Bielefeld
Titelabbildung: Thomas Schlück, Garbsen
Lektorat: Heike Steffen/RR
Gesetzt aus der Cochin, Linotype
Satz: Josefine Urban – KompetenzCenter, Düsseldorf
Druck und Bindearbeiten: Ebner Ulm
Printed in Germany
ISBN 3-612-27700-6

Für meinen Mann,
In Liebe und im Gedenken an unsere Vergangenheit
und unsere Zukunft

EINS

Es war früh an einem kalten Januarmorgen, einem Tag, der wie geschaffen dafür war, sich tief unter die Bettdekke zu verkriechen, und genau das schien ganz Greenwich Village auch zu tun. Bis auf einige Jogger und Hundebesitzer waren die schmalen Straßen still und verlassen.

In ihrem Apartment fünf Stockwerke über einem kleinen, eingefrorenen Gärtchen überlegte Kathryn Russell, ob auch sie sich noch weiter verkriechen sollte. Der dunkle Zopf baumelte ihr über die Schulter, als sie sich auf die Ellbogen stützte, sich gähnend den Schlaf aus den Augen zwinkerte und auf das Zifferblatt des altmodischen Weckers auf dem Nachttisch sah.

Kathryn stöhnte, fiel zurück in die Kissen und bedeckte ihre Augen mit dem Arm.

6:05 Uhr. Nur noch eine Viertelstunde, bis der Wecker losging, dabei fühlte sie sich, als hätte sie die ganze Nacht kein Auge zugetan.

Was für eine Nacht! Zuerst war sie hellwach gewesen und hatte verzweifelt versucht einzuschlafen, woran sie aber immer wieder die Gewißheit gehindert hatte, daß sie wirklich eingewilligt hatte, Jason zu heiraten. Nicht, daß sie das nicht glücklich machte. Jason war der richtige für sie, das wußte sie schon seit Wochen.

Nur hatte sie sich selbst mit diesem plötzlichen Ja fast genauso überrascht wie ihn.

Dann, als sie endlich eingeschlafen war, wieder diese Träume von ihrem Vater und davon, wie alles vor Jahren gewesen war, vor der Scheidung ihrer Eltern, und von Charon's Crossing, dem Haus im Herzen des Nirgendwo, das er ihr hinterlassen hatte – und das sicher nur eine weitere ärgerliche Erinnerung daran sein würde, wie ihr Vater zeitlebens gegen Windmühlenflügel gekämpft hatte.

Kathryn seufzte und kuschelte sich tiefer unter die Decke. Vielleicht hatte Jason recht. Vielleicht hätte sie bis zum Sommer warten sollen, wenn er sich eine Zeitlang freinehmen und mit ihr zusammen nach Charon's Crossing fahren konnte. Vielleicht ...

Nein. Warten hatte keinen Zweck. Jetzt war der Zeitpunkt, das Haus zu verkaufen, während die Touristensaison in vollem Gange war. Doch der Anwalt ihres Vaters hatte auf einigen Reparaturen bestanden, bevor man es für den Markt freigab.

»Wenn Sie wünschen, kann ich das für Sie veranlassen«, hatte Amos Carter mit seinem scharfen, typisch britischen Akzent gesagt.

Für Kathryn war die Ehrlichkeit des Mannes über jeden Zweifel erhaben, doch nur ein Idiot würde unabsehbaren Ausgaben zustimmen, ohne sich mit eigenen Augen überzeugt zu haben, was gemacht werden mußte. Sie wollte auf keinen Fall Dollar um Dollar in ein Faß ohne Boden werfen.

Sie gähnte von neuem, und ihre Lider senkten sich. Ich kann genausogut aufstehen, dachte sie mit klarem Kopf.

Und dann fielen ihr die Augen zu, und sie sackte ins Dunkel.

Sie steht auf einer grünbewachsenen Klippe über einem Halbmond aus weißem Sand. In der Ferne schwebt ein riesiger Sonnenball auf der Oberfläche des saphirblauen Meeres. Unter ihr sind Felsen. Sie kann sie nicht sehen, doch sie hört die Brandung, die gegen die Küste schlägt.

Das Panorama verändert sich, dreht sich kaleidoskopartig und mit schwindelerregendem Tempo um sie. Die blutrote Sonne ist im Meer versunken. Es ist spät und stockdunkel; das einzige Licht kommt von einer Mondsichel, die hoch über ihr am Himmel hängt. Kathryn steht vor einem weißen Spalierbogen, der von Rosen umrankt ist; sie kann sie in der Dunkelheit nicht sehen, doch ihr Duft hüllt sie ein. Dahinter sieht sie ein fein geschwungenes, schmiedeeisernes Tor. Es ist geschlossen, doch sie weiß instinktiv, daß es in den Garten führt. Sie ist barfuß, und das Gras unter ihren Zehen fühlt sich weich und feucht an.

Sie dreht sich um und versucht, über den schmalen Kreis fahlen Mondlichts hinaus zu sehen, doch sie kann nichts erkennen. Sie fühlt sich unwohl, als wäre sie nicht allein, als wäre noch jemand hier, der ganz in der Nähe im Dunkeln steht …

»Kat.«

Die Stimme ist ein Flüstern, tiefer als die Nacht, die sie umgibt, und doch scheint sie in ihrem Körper widerzuhallen. Kathryn fährt herum, die Hand an der Brust. Das schmiedeeiserne Tor hat sich geöffnet, und ein Mann kommt langsam auf sie zu. Sie kann sein Gesicht nicht sehen – der Mond hat sich hinter einem Wolkenschleier versteckt –, doch seine Gegenwart ist überwältigend.

Er ist groß und breitschultrig, seine Hüften sind schmal, die Beine lang und muskulös. Sein Gang ist langsam, beinahe träge, und doch hat er etwas von einem Raubtier.

Ihr bleibt fast das Herz stehen, bevor es wie wild in ihrer Brust zu schlagen beginnt.

Sie zwingt sich, tief und ruhig einzuatmen.

Ich träume, denkt Kathryn mit klarem Kopf. Ich bin überhaupt nicht hier, ich bin zu Hause, sicher in meinem Bett.

»Kat«, sagt er noch einmal.

Sie tritt hastig zurück, doch etwas steht hinter ihr. Eine Bank. Ihre Beine fühlen sich weich an. Wach auf, sagt Kathryn grimmig zu sich selbst, los, mach schon, wach auf!

Jetzt ist er nur noch Zentimeter von ihr entfernt. Er streckt die Hand aus, berührt leicht ihre Wange, läßt seine Finger über ihre Haut gleiten. Sie zuckt zurück.

»Wer sind Sie?« fragt sie scharf.

Er lächelt; sie kann das Blitzen seiner Zähne im Dunkeln sehen. »Keine Spielchen, Kat«, flüstert er. »Nicht jetzt, wo wir uns wiedergefunden haben.«

Seine Hand gleitet über ihren Hals. Seine Finger umspielen ihren Nacken, sein Daumen legt sich gegen ihren rasenden Puls. Er übt einen kaum merklichen Druck aus, doch sie hat keine andere Wahl, als sich ihm zu nähern.

»Mein Gott«, sagt er, »wie ich dich vermißt habe.«

Sie will sprechen, ihm sagen, daß sie ihn nie zuvor gesehen hat, doch sie kann nicht. Immer mehr verfängt sie sich in den verschwommenen Tiefen des Traums. Seine Hand setzt ihre Reise fort, gleitet über ihre Schulter und den Arm hinunter. Er faßt ihr Handgelenk, hebt ihre Hand und führt ihre Finger an seinen Mund.

»Ich habe so lange gewartet, Kat.«

Seine Arme umschließen sie, er zieht sie dicht an sich. Kathryn hält den Atem an, als sie seinen Körper spürt. Alles an ihm ist Hitze und harte Muskeln, und eine heftige Erregung beginnt durch ihr Blut zu pulsieren.

Das ist verrückt. Einfach verrückt! Der Teil ihres Verstandes, der am Rande der Wirklichkeit balanciert, der Teil, der weiß, daß alles nur ein Traum ist, überschlägt sich wie wild beim Versuch, die Kontrolle wiederzuerlangen. Sie muß die Augen öffnen und aufwachen!

Doch als er ihr Gesicht in beide Hände nimmt und seine Daumen über ihre Wangenknochen fahren, erzittert sie.

»Du bist wunderschön«, flüstert er.

Seine Hände spielen mit ihrem Haar, lösen den langen Zopf, der auf ihren Rücken herabhängt, und lassen die dunklen Strähnen wie schwarze Seide auf ihre Schultern hinabfallen. Er fängt das Haar mit einer Hand auf und schlingt es um seine Faust, so daß sie keine andere Wahl hat, als den Kopf zurückzuwerfen und ihren langen weißen Hals zu entblößen.

Er beugt sich herunter, bedeckt zuerst ihre Schläfe, dann ihr Kinn mit zarten Küssen.

»Kat«, stöhnt er, und endlich – endlich – senkt sich sein Mund auf den ihren.

Hitze, geschwind und gefährlich wie ein Sommergewitter, pulsiert durch ihr Blut.

Seine Hände tasten sich zu der kleinen Knopfleiste vor, die ihr Nachthemd vom Hals bis zur Brust schmückt. Kathryn ergreift seine Handgelenke, um ihn zu stoppen, doch seine Finger sind schnell und gewandt, und eigentlich will sie ihn gar nicht aufhalten, nicht wirklich. Sie will es geschehen lassen, will, daß die Knöpfe sich lösen, und ihre Haut der warmen Nachtluft preisgeben.

Und seinem Mund.

O ja, seinem Mund! Mit Küssen tastet er sich an ihrem Hals entlang, und überall, wo er sie berührt, brennt sie lichterloh. Als er endlich seine Lippen auf den Ansatz ihrer Brust preßt, schreit sie auf.

»Ja«, seufzt er, »ja«, und mit einem leisen Stöhnen schlingt sie die Arme um seinen Hals, reckt sich auf Zehenspitzen zu ihm hinauf und drückt ihren Körper an seinen.

Sie steht in Flammen, sie will ihn mit einer Leidenschaft, die alles andere vergessen läßt. Sie stöhnt und vergräbt ihre Finger in dem dichten, seidigen Haar, das seinen Nacken bedeckt. Ihr Mund findet seine Lippen. Der Kuß ist wild und leidenschaftlich, und als er vorüber ist, gibt er einen merkwürdigen Laut von sich, der halb dem Triumph seiner Männlichkeit, halb seinem ungezähmten Verlangen entspringt.

»Sag mir, daß du nie aufgehört hast, an mich zu denken«, fordert er leise. Er nimmt sie in die Arme. »Sag mir, daß du mich willst, jetzt, tief und hart in dir.«

Es raubt ihr die Sprache. Es raubt ihr alles, bis auf das Gefühl. Die Antwort, auf die er wartet, liegt in der Art, wie sie sich an ihn preßt, wie sie sich an ihn drückt. Sein Arm gleitet über ihren Rücken, er küßt sie wieder und wieder, seine Zunge forscht in ihrem Mund, und sie spürt die warme Flut des Verlangens zwischen ihren Beinen.

Träumt sie, oder ist alles Wirklichkeit? Ein Hauch von Furcht tänzelt über ihre Haut.

»Nein«, sagt sie, doch es ist zu spät. Sein Mund ruht auf ihrem, er

zieht sie hinunter, hinunter in das weiche Gras, ins Dunkel und ins Verlangen, während weit draußen über dem Meer der Donner grollt...

»Nein!«

Kathryn fuhr im Bett auf, den Schrei noch auf den Lippen. Ihr Herz raste, als wollte es ihr aus der Brust springen.

»Nein«, sagte sie noch einmal, doch diesmal war es nur noch ein heiseres Flüstern.

Der Traum verblaßte bereits, erlosch wie ein verglühender Stern in der Schwärze des Weltraums, und sie wurde aus der illusionären Hitze einer tropischen Nacht gerissen und unsanft in den frostigen Trübsinn eines Wintermorgens befördert. Allmählich verwandelte sich der anschwellende Donner in das permanente Rasseln ihres altmodischen Weckers.

Sie brachte ihn mit einem schnellen Schlag zum Schweigen, lachte kurz zittrig auf und fiel zurück in die Kissen.

»Wow«, sagte sie leise.

Für jemanden, dessen Träume normalerweise die Symbolkraft von Walt-Disney-Filmen besaßen, war dieser ein Reißer gewesen. Ein jugendgefährdender Reißer nur für Erwachsene.

Nach einer Minute setzte sie sich auf und reckte die Arme in die Höhe. So viel zum nächtlichen Genuß von Moo Goo Gai Pan, dachte sie mit einem reumütigen Lächeln, das zu einem Grinsen wurde. Armer Jason. Wäre er etwas hartnäckiger gewesen, hätte sie letzte Nacht vielleicht doch nicht darauf bestanden, allein nach Hause zu gehen.

Kathryn schlüpfte in ihre Hausschuhe, griff nach dem Morgenmantel am Fußende des Bettes und zog ihn über. Vielleicht würde sie ihm eines Tages, wenn sie beide alt und grau waren, von ihrem Traum erzählen.

»Weißt du noch? Die Nacht, in der du mir den Antrag gemacht hast«, würde sie dann sagen, »und mit mir schlafen wolltest? Und wo ich an nichts anderes denken konnte als an meine Reise am nächsten Tag?«

Nein, lieber nicht. Das würde sie nicht tun. Die Einzelheiten des Traumes verblaßten zwar bereits, aber eins stand fest.

Jason hatte nicht die Hauptrolle gespielt.

Sie verzog das Gesicht, als sie den schmalen Flur entlang zum Badezimmer ging. Keine Frage, je früher sie diese Reise hinter sich brachte, desto besser. Es gab Grenzen, ab denen man keinen Streß mehr ertragen konnte, und ihre war bald erreicht. Sie war erleichtert bei dem Gedanken, daß sie dieses ganze Theater in einem Monat hinter sich haben würde.

Das Badezimmer war so kalt, daß sie nach Luft schnappte.

»Willkommen in Eisberg City«, grummelte sie und fuhr mit den Fingern über den zu klein geratenen Heizkörper unter dem Fenster. Wie üblich verströmte das verdammte Ding nur die kleinstmögliche Menge an Wärme. Das war immer so, außer im Hochsommer, da konnte man darauf wetten, daß das Heizungssystem durchdrehte und sein Bestes tat, einen bei lebendigem Leibe durchzubraten.

Na gut, dachte sie sich und zog den Duschvorhang zurück, einigen wir uns auf Unentschieden. Es gab schließlich genug, was sie an dieser Wohnung mochte. Das ruhige Gärtchen im Hinterhof zum Beispiel, wo man an Frühlingsabenden unter der belaubten Platane sitzen, den Kopf zurücklegen und den Mond beobachten konnte, wie er über der Stadt aufging.

Außerdem war die Wohnung wunderbar gelegen, nur zwanzig Minuten Busfahrt zu ihrer Arbeit und vielleicht zehn Minuten weiter zu all den Orten, die Kathryn an New York liebte. Die Theater, das Lincoln Center, die Museen, alles, mit dem sie aufgewachsen war und ohne das sie sich ihr Leben nicht vorstellen konnte.

Sie zog eine Grimasse, als sie das heiße Wasser aufdrehte. Bei allen Vorteilen mußte man eben auch die Nachteile in Kauf nehmen, das war alles. Zum Beispiel die Enge der Zimmer.

»Ein Glück, daß du nicht unter Klaustrophobie leidest«, hatte ihre Mutter trocken kommentiert, als sie die Wohnung zum ersten Mal gesehen hatte.

Oder die Dusche, die eher für Eisbären gedacht schien als für Menschen. Wenigstens wurde das Wasser langsam lauwarm. Noch ein paar Minuten, und sie würde die Zähne zusammenbeißen, den Morgenmantel abstreifen und druntersteigen.

Zum Glück würde es an ihrem Reiseziel warm sein. Charon's Crossing lag in der Karibik auf irgendeiner Insel, von der Kathryn vorher noch nie etwas gehört hatte. Ihre Mutter war einmal dort gewesen. Oder vielleicht auch nicht. Sie wußte es nicht genau.

»Ich glaube, ich war vor Jahren einmal da, nachdem dein Vater und ich zum ersten Mal geheiratet hatten«, hatte Beverly zu ihr gesagt. »Es wird dir nicht sonderlich gefallen, Kathryn. Wenn ich mich recht entsinne, war das dieser romantische, alte weiße Prachtbau, ein Klotz von einem Haus. Überhaupt nicht das, was dir zusagen würde.«

Von wegen romantisch. Wahrscheinlich war es eine einzige Katastrophe. Vermutlich war nur Trevor Russell, der sich immer seines besonderen Blicks für die Kunst gerühmt hatte, dumm genug gewesen, sich dafür zu begeistern.

Wie ihre Mutter oft sagte, war er der Realität gegenüber einfach blind. Hatte sie sich nicht darum schließlich von ihm scheiden lassen?

Kathryn verteilte einen weißen Streifen Colgate auf ihrer Zahnbürste. Die Scheidung und die Trennung von Frau und Tochter hatten Trevor anscheinend nicht viel ausgemacht. Abgesehen von gelegentlichen Postkarten aus Gegenden, die sie nicht einmal auf der Landkarte finden konnte, hatte Kathryn nie wieder von ihrem Vater gehört.

Und dann, vor ein paar Monaten, hatte sie die Nachricht von seinem Tod erhalten, gefolgt von den Neuigkeiten über Charon's Crossing.

Nun, in wenigen Stunden würde sie das Ding mit eigenen Augen begutachten. Im Moment aber hieß es tapfer sein und mit der Dusche fertigwerden. Kathryn zog den Morgenmantel aus und hängte ihn hinter die Tür. Dann die Hausschuhe, der Zopf...

Aber der Zopf war schon gelöst. Wie...?

Der Traum. Natürlich. Dieser dumme Traum.

»Das nennt man wohl Publikumsbeteiligung«, sagte sie flüsternd.

Na, das war mal was Neues. Sie hatte nie zuvor...

...seine Finger fahren durch ihr Haar, bis es lose nach hinten fällt...

Kathryn stand still da. Bilder drangen an die Oberfläche, stiegen aus ihrem Unterbewußtsein auf wie aus dunklem, stillen Wasser. Eine tropische Sonne, die im Meer versinkt. Ein Garten, von Mondlicht erleuchtet. Ein Mann, der aus dem Dunkel tritt, ein Mann mit einer Stimme, die leise vom Verlangen erzählt, und mit Händen, die sie in Brand setzen.

Sie blickte in den Spiegel. Dampfwolken stiegen hinter dem Duschvorhang auf, hüllten sie ein und quollen über die glatte Oberfläche des Spiegels, so daß sie den Eindruck hatte, sie stünde an irgendeinem entlegenen Ort voll fremden Zaubers.

Sie hob die Hand, betastete den gekräuselten Kragen ihres Nachthemdes und die offene Knopfleiste, die vom Hals bis zu den Rundungen ihrer Brüste verlief, und taumelte ein wenig.

Seine Hände, wie sie einen Knopf nach dem anderen öffnen und seinem Mund ihren Hals freilegen, die Wölbungen ihrer Brüste entblößen, ihr Kopf fällt in den Nacken, ihre Lippen öffnen sich...

Fünf Stockwerke weiter unten stieg Jason Carr aus einem Taxi, in der Hand eine Tüte von Mister Donut und im Herzen jede Menge hoffnungsfrohe Erwartungen.

Er zog am Bund seiner grauen Trainingshose und fuhr sich mit der Hand durchs dunkle Haar.

Zum Teufel, Jason, glaubst du wirklich, das ist eine so tolle Idee?

Diese Frage hatte er sich in der vergangenen halben Stunde mindestens sechs Mal gestellt. Und auch diesmal war die Antwort die gleiche wie zuvor. Natürlich war es eine tolle Idee. Welche Frau wäre nicht begeistert, von ihrem frischgebackenen Verlobten zum Frühstück überrascht zu werden?

Jason öffnete die Tür und stieg die Treppe hinauf. Schließlich hatte er ja schon gestern nacht ein wenig Spontaneität gewagt, und siehe da: Es hatte Wunder gewirkt. Ein Lächeln breitete sich auf seinem Gesicht aus. Verlobt, das war ein Ding, er konnte sein Glück immer noch nicht fassen.

Keine Ahnung, warum er die Frage letzte Nacht wieder gestellt hatte. Kathryn hatte ihm in den letzten Monaten weiß Gott oft genug einen Korb gegeben. Doch er hatte es getan, irgendwo zwischen dem Moo Goo Gai Pan und den gebratenen Fleischbällchen. Und Kathryn hatte mit gezückten Stäbchen aufgeblickt, gelächelt und ja gesagt. Er war so überrumpelt gewesen, daß er fast den Kaffeetisch umgeworfen hätte, als er aufsprang, um sie in die Arme zu nehmen und zu küssen.

Doch als er diesem wunderbaren, außergewöhnlichen Moment den Vorschlag nachgeschoben hatte, sie solle diese Nacht bei ihm bleiben, war sie auf einmal wieder die Kathryn gewesen, die er kannte: nicht nur die hinreißendste Computeranalytikerin, die er je gesehen hatte, sondern auch die vernünftigste.

»Ein wundervoller Gedanke«, hatte sie geantwortet, mit einem Lächeln, das seine Enttäuschung erträglich machte, »aber es ist schon spät, und ich habe morgen einen langen Tag vor mir. Es wäre einfach nicht vernünftig.«

Jason blieb im dritten Stock stehen und ließ einer alten Dame und ihrem winzigen weißen Pudel in einer Art kariertem Black-Watch-Jäckchen den Vortritt.

Dasselbe hatte sie gesagt, als er sie nach Hause fahren wollte, damit sie kein Taxi nehmen mußte, und noch einmal, als er ihr angeboten hatte, sie heute morgen zum Flughafen zu fahren. Sie hatte es sogar abgelehnt, mit ihm zusammen zu frühstücken.

»Dazu werde ich keine Zeit haben«, hatte sie nur gesagt.

Und das hatte er akzeptiert – bis vor einer halben Stunde, als er beim Joggen durch den Central Park wie angewurzelt stehengeblieben war und zum Erstaunen eines Betrunkenen, der neben der Statue von Alice im Wunderland seinen Rausch ausschlief, laut sagte: »Zum Teufel mit der Vernunft!«

Jason atmete tief durch. Hier stand er also vor Kathryns Tür, nervös wie ein Schuljunge bei der ersten Verabredung.

Würde sie sich freuen, ihn zu sehen?

Er blickte auf die Papiertüte in seiner Hand. Zwei große Kaffee, schwarz. Zwei Weizen-Donuts, zwei Sandwiches mit Butter. Er lächelte.

Es war vielleicht nicht vernünftig, aber es war ein Frühstück.

Das würde sogar Kathryn zugeben müssen.

Das schrille Geräusch der Türglocke durchschnitt das Rauschen der Dusche wie das Heulen eines verwundeten Tieres. Kathryn fuhr herum und schaute durch die Badezimmertür in den schummrigen Korridor, der ihr unendlich lang erschien.

Doch es schellte erneut, und der Korridor war genau das, was er immer gewesen war: ein kurzer, schmaler Flur, der dringend einen neuen Teppich brauchte.

Kathryn atmete tief durch, nahm den Bademantel von der Tür und schlüpfte hinein.

»Auf daß alle Kalorien in den gebratenen Fleischbällchen sofort an meinen Hüften ansetzen, wenn ich noch ein einziges Mal nach neun Uhr abends was Chinesisches esse«, brummte sie, während sie durch den Korridor eilte.

»Sie sind zu früh dran«, sagte sie in mißgelauntem Ton durch die Tür, bevor der Taxifahrer noch einmal klingeln konnte. »Sie müssen wohl unten warten. Ich hab' ihrem Chef gesagt, er soll einen Wagen für halb neun schicken, und ...«

»Aber Miss, Sie wollen doch einen armen Mann, der mit Frühstück für zwei vor der Tür steht, nicht wieder raus in die Kälte schicken?«

Kathryn blinzelte überrascht.

»Jason?«

»Genau – es sei denn, die Taxizentrale bietet neuerdings Zimmerservice an.«

Sie lächelte, als sie die Schlösser öffnete, die der Preis für ein Leben in der Großstadt waren.

»Jason, was um Himmels willen tust du hier?« fragte sie.

»Ich habe den Entschluß gefaßt, daß niemand sein Frühstück von einer Fluggesellschaft abhängig machen sollte.« Er hielt die Mister-Donut-Tüte in die Luft und trat ein. »Also war ich in einer von New Yorks exklusivsten *pâtisseries*, habe ein paar Croissants und Kaffee für zwei geholt, mir ein Taxi genommen, und ...«

Kathryn nahm ihm die Tüte aus der Hand, warf sie auf den Tisch und fiel ihm um den Hals.

»O, was für eine schöne Überraschung!« sagte sie selig.

Einen Augenblick lang stand Jason nur da, mit einem Gesichtsausdruck, der Freude und Erstaunen vereinte; dann schloß er sie in die Arme.

O ja, dachte er sich, das war tatsächlich eine schöne Überraschung. Tief in seinem Innern hatte er fast erwartet, sie würde die Tür öffnen, ihn dort mit einem dummen Lächeln auf dem Gesicht und der noch dümmeren Mister-Donut-Tüte in der Hand stehen sehen und damit herausplatzen, ihr gestriges Eheversprechen sei ein großer Fehler gewesen.

Doch jetzt, wo sie sanft und warm in seinen Armen lag, spürte er, wie seine Zweifel verflogen.

Kathryn war wirklich froh, ihn zu sehen. Und irgendwie war sie anders als sonst, und das lag nicht nur an ihrem veränderten Aussehen. Sie trug einen Bademantel, ihre nackten Zehen lugten unter dem Saum hervor, und das Haar hing ihr lose und glänzend den Rücken herab. Sie war nur ein schwaches Echo ihres üblichen Ich als Geschäftsfrau.

Doch trotz dieser aufreizenden, süßen Ungepflegtheit war es ihre Verwundbarkeit, die ihm den Kopf verdrehte. Sie brauchte ihn, dachte er erstaunt. Kathryn brauchte ihn. Sie hielt sich an ihm fest, das hatte sie noch nie zuvor getan.

Die ganze Zeit hatte er davon geträumt, doch daß es nun Wirklichkeit war, machte ihm ein wenig Angst.

»He.« Er trat einen Schritt zurück und sah ihr in die Augen. »Geht es dir gut?«

Kathryn dachte an den Traum, an seine Intensität und daran, wie furchteinflößend eben noch der Korridor ausgesehen hatte. Sie lachte, schloß die Augen und legte die Stirn an Jasons Kinn.

»Mir geht's gut. Aber ich habe den Entschluß gefaßt, nie wieder chinesisch zu essen.«

Er lachte mit ihr. »Ich hab's gewußt«, sagte er fröhlich. »Jetzt wird diese Frau wahrscheinlich behaupten, sie stand unter dem Einfluß halluzinogener Drogen, als sie gesagt hat, sie will mich heiraten.«

Sie lächelte. »Das habe ich wirklich, stimmt's?«

»Ja, das hast du.« Seine Stimme nahm eine gutgelaunte Schroffheit an. »Und ich sage Ihnen jetzt eins, Lady: Es ist zu spät. Es gibt kein Zurück mehr.«

Kathryn traf einen Schritt nach hinten, sah ihn an und ließ das hübsche, fast jungenhafte Gesicht mit dem offenen, freundlichen Blick auf sich wirken. Sie schüttelte den Kopf und seufzte.

»Ich bin so froh, daß du heute morgen vorbeigekommen bist. Ich brauche dich nur zu sehen, und schon geht es mir besser. Ich habe eine so schlimme Nacht hinter mir. Ein Alptraum nach dem anderen.«

Er schloß sie fest in die Arme. »Liegt alles an dieser blöden Reise. Ich wünschte, du hättest sie verschoben und gewartet, bis ich mit dir nach Elizabeth Island fahren kann.«

Kathryn schmiegte sich noch enger an ihn. Er roch nach kalter Luft, nach dem Verkehr von New York und sogar schwach nach männlichem Schweiß, doch das machte ihr nichts aus. Es roch gut, bodenständig und nach Wirklichkeit, und Wirklichkeit war genau das, was sie jetzt brauchte.

»Bald haben wir alles hinter uns«, sagte sie sanft. »Ich muß jetzt fahren. Das weißt du doch.«

»Jaja«. Er atmete aus und legte sein Kinn auf Kathryns Kopf. »Nun«, sagte er mit einem kleinen Lachen, »es hat was für sich, eine Frau zu heiraten, deren Vater ihr ein Anwesen in der Karibik hinterläßt.«

Kathryn lehnte sich in seinen Armen zurück. »Wollen wir hoffen, daß es ein Anwesen ist und keine Strandhütte, sonst zahle ich nämlich noch drauf, um es wieder loszuwerden.«

»Muß ja ein komischer Kauz gewesen sein, dein alter Herr. Ich meine, wer hinterläßt jemandem schon ein ganzes Anwesen?«

»Jetzt übertreib mal nicht«, sagte sie mit einem spöttischen Lächeln. »Es ist nur ein Landhaus.«

»Geerbt vom britischen Teil der Familie.«

»Britischer geht es nicht.«

Jason lachte. »Stell dir mal vor, wie viel einfacher alles wäre, wenn er dir eine Perlenkette vermacht hätte.«

Sie lächelten sich an.

»Ich wünschte wirklich, ich könnte mit dir fahren.«

»Ich weiß. Aber ich bin zurück, ehe du dich's versiehst.«

Er seufzte. »Ja.«

»Ich bin so froh, daß du heute morgen vorbeigekommen bist. Das war wirklich eine schöne Überraschung.«

»Hab' ich mir auch gedacht«, sagte er selbstgefällig. »Kriege ich keinen Kuß zur Belohnung?«

»Ich weiß nicht recht. Vielleicht eine Medaille ...«

Er lächelte und zog ihr Gesicht an seins. »Einen Kuß«, flüsterte er, und sein Mund senkte sich auf ihren.

Sein Kuß war warm und zärtlich. Kathryn seufzte und schlang ihm die Arme um den Hals. Es war angenehm, so geküßt zu werden. Nein, es war besser als das. Es war schön. Es war hinreißend ...

Aber es war nichts dagegen, wie der Mann in ihrem Traum sie geküßt hatte. Seine Küsse hatten Hingabe verlangt. Laß dich fallen, hatten sie gesagt. Und sie war bereit gewesen, o ja, das war sie ...

Kathryn entwand ihr Gesicht Jasons Lippen.

»Kathryn?« Er umfaßte ihr Kinn und zwang sie sanft, ihn anzusehen. Seine braunen Augen wurden dunkel vor Sorge. »Irgend etwas stimmt nicht, oder?«

Erzähl es ihm, dachte sie. Erzähl ihm von dem Traum. Laß es aus dem Dunkeln raus ans Licht, damit wir zusammen darüber lachen können.

Lachen? Wie könnten sie über etwas lachen, was sie beide in Verlegenheit bringen würde? Wie könnte sie ihm je erzählen, daß ein Mann, von dem sie geträumt hatte, sie mehr erregte als der Mann, den sie in den Armen hielt?

Das war so schäbig, so treulos, daß sie sich selbst dafür haßte. Sie nahm Jasons Gesicht in beide Hände und zog es zu sich heran, damit er sie erneut küßte. Dann ließ sie die Hände seine Schultern hinuntergleiten.

»Wegen der Dusche. Mir fiel gerade ein, daß sie die ganze Zeit läuft.«

»Die Dusche!« Jason lachte laut auf. »Ich küsse dich, und alles, woran du denkst, ist die Dusche?«

»Untersteh dich, so was nächsten Sommer zu sagen, wenn die Hitze über der Stadt hängt«, sagte sie lächelnd und stahl sich aus seiner Umarmung. »Warum machst du nicht einfach unser Gourmet-Frühstück warm? Ich dusche inzwischen und zieh mich an.«

Jason berührte mit dem Finger ihre Nasenspitze. »Könnte ich machen. Oder ich helfe dir beim Rückenschrubben.«

Kathryn lächelte. »Nicht in dieser Dusche. Glaub mir.« Sie küßte ihn leicht auf den Mund. »Dauert nur eine Minute.«

Jason sah ihr nach, als sie den Flur entlangeilte. Dann seufzte er, schnappte sich die Papiertüte und ging Richtung Küche. Er nahm die beiden Kaffee heraus und stellte sie in die Mikrowelle. Dann legte er die Sandwiches und die Donuts auf einen Teller, schob ihn in den Ofen und stellte ihn auf die richtige Stufe.

Der Ofen begann zu summen, und er lehnte sich an den Küchenschrank.

Kathryn hatte recht. Sie würde aus der Karibik zurück sein, ehe er's sich versah, und dann könnten sie ihre Zukunft planen.

Aber warum hatte er so ein ungutes Gefühl?

ZWEI

Amos Carter war kein eingebildeter Mann, doch zweifellos ein ehrlicher.

Und genau darum konnte er nicht einfach so tun, als wäre er aufgrund von Talent und Fähigkeiten der meistbeschäftigte Anwalt von Elizabeth Island.

Die Dinge lagen einfach. Amos' Anwaltskanzlei war die gefragteste der Insel, da sie die einzige war.

Wenn ein Fischerboot im Sturm zerschellte und die Versicherung kein Geld rausrücken wollte oder man sich mit seinem Nachbarn in der Wolle hatte, weil dessen Schweine fremdes Land umpflügten, ging man entweder zu Amos oder mußte zu einer anderen Insel reisen. Und das war gar nicht so einfach, wenn man bedachte, daß Elizabeth Island außerhalb der Touristenroute lag, viele Meilen westlich von Martinique, St. Lucia und den anderen *Windward*-Inseln der Karibik.

Amos war vor zwölf Jahren hierhergekommen. Nach vierzig Jahren Anwaltstätigkeit auf den Cayman-Inseln war er ganz auf einen friedlichen Lebensabend eingestellt gewesen. Er kaufte ein Haus in den Dünen über dem Strand und ein zehn Meter langes Segelboot, auf dem er sich austoben konnte, und verschmähte jeglichen Akt der Gastfreundschaft.

Als der erste Nachbar vor seiner Tür gestanden hatte, um juristischen Beistand zu erbitten, hatte Amos nicht gerade einfühlsam reagiert.

»Ich prostituiere mich nicht mehr im Namen der Gerechtigkeit«, hatte er mit der blasierten Stimme gesagt, die ihm in einer britischen Privatschule anerzogen worden war.

Doch der Mann hatte sich nicht abwimmeln lassen. Eine gewisse Pikanterie des Falls hatte Amos' Neugier angestachelt, und er begann, Interesse zu zeigen. Wenige Tage später war er wieder als Rechtsanwalt tätig.

Und jetzt, als er ungeduldig den schmalen Streifen aus festgefahrenen rosa Muscheln entlangschritt, der Elizabeth Islands armselige Nachahmung eines Flughafens darstellte, verfluchte er sich selbst dafür, vor zehn Jahren diesen Nachbarn hereingebeten zu haben.

Hätte er das nicht getan, säße er jetzt auf seinem Segelboot, ein kaltes Lager in der Hand, das abgegriffene Cicero-Buch auf dem Schoß, und in froher Erwartung eines Abendessens, das aus frisch gefangenem Fisch bestehen würde.

Statt dessen schwitzte er hier in der prallen Sonne und erwartete die Ankunft der zweimal pro Woche fliegenden Maschine aus Grenada, die schon fast eine Stunde Verspätung hatte.

Amos blickte finster drein, setzte den Panamahut mit der breiten Krempe ab und fächerte sich Luft in das glänzende, schwarze Gesicht. Nicht, daß das ungewöhnlich gewesen wäre. Das Flugzeug hatte immer Verspätung. Im Grunde ärgerte er sich darüber, daß er überhaupt hier war.

Er wartete auf eine Frau namens Kathryn Russell. Er hatte sie nie zu Gesicht bekommen, nur ein paar Telefongespräche mit ihr geführt, aber er wußte todsicher, daß sie ihm in der kommenden Woche pausenlos höllisch auf den Wecker fallen würde.

Amos' Blick verfinsterte sich noch mehr, als er ein sauberes Stofftaschentuch aus der Brusttasche seines weißen Leinenanzugs zog und sich damit die Glatze abwischte.

Es war schon schlimm genug, daß er in den Beruf zurückgekehrt war, der ihn veranlaßt hatte, vor der verachtenswürdigen Gesellschaft der Menschen zu fliehen. Doch daß er ausgerechnet einen so exzentrischen Klienten wie Trevor Russell angenommen hatte, war unverzeihlich, auch wenn Russell mit der einfachsten Bitte zu ihm gekommen war, die man sich vorstellen konnte.

»Ich bin jetzt in dem Alter, wo ich langsam mein Testament machen sollte, Mr. Carter«, hatte er gesagt.

Amos hatte in das Gesicht gesehen, das von zuviel Sonne, Whisky und Frauen gerötet war, und insgeheim zugestimmt.

Er hatte Russell nicht sonderlich gemocht. Die unbekümmerte, leichtsinnige Hol's-der-Teufel-Einstellung, die dieser Mann an den Tag legte, kam beinahe einer persönlichen Beleidigung gleich für jemanden, der an Verantwortungsgefühl, harte Arbeit und Engagement glaubte.

Einen Monat nachdem Amos das Testament beglaubigt hatte, war Russell bei einem aufsehenerregenden Autounfall in Lissabon gestorben. Amos hatte bei sich gedacht, daß dieses Ende wahrscheinlich besser zu dem Lebenswandel dieses Mannes paßte als ein Strandläuferdasein auf einer von der Welt vergessenen karibischen Insel.

Als Testamentsvollstrecker war Amos die Aufgabe zugefallen, der einzigen Erbin, Russells Tochter Kathryn, die Nachricht von seinem Dahinscheiden zu überbringen.

Erfahrungsgemäß bestanden Gespräche über Testamente und Erbschaften infolge des Todes eines Angehörigen meistens zu einem Großteil aus ersticktem Schluchzen. Amos selbst war kein sentimentaler Mensch, aber das bedeutete nicht, daß er die Gefühle anderer Leute nicht verstehen konnte. In Vorausahnung des Schocks und des Kummers, den der Verlust des Vaters bei ihr auslösen würde, hatte er die Frau angerufen und sich darauf gefaßt gemacht, ihr Trost zu spenden und Hilfe zuzusichern.

Doch Kathryn Russell hatte weder das eine noch das andere gewollt. Gewollt hatte sie lediglich Informationen über den Besitz, den sie geerbt hatte. Was er wohl wert wäre? Und wie schnell sie ihn verkaufen könne?

Amos hatte versucht, sich diplomatisch zu verhalten. Elizabeth Island war nicht gerade das, was man ein Touristenmekka nannte. Dafür lag es zu fernab der Route. Und abgesehen von der überwältigenden Schönheit der Insel hatte sie nur wenig zu bieten.

Und was Charon's Crossing selbst anging – daß das Haus eine Renovierung nötig hatte, war noch die vorteilhafteste Art, es zu beschreiben.

Nach einigen Ausweichmanövern hatte Amos schließlich gesagt, der Wert des Hauses hänge von einer Vielzahl von Faktoren ab, zuallererst von seinem Zustand.

»Ich fürchte, Miss Russell«, hatte er höflich hinzugesetzt, »Charon's Crossing bedarf einiger Reparaturen, bevor wir seinen Wert feststellen können.«

»Verstehe«, hatte sie gesagt, aber er hatte das dumpfe Gefühl, daß sie gar nichts verstand.

Deshalb hatte Amos sich angeboten, die Kosten festzusetzen, die die nötigen Reparaturen mit sich bringen würden. Die Antwort von Russells Tochter machte ihn auch jetzt noch stinkwütend.

»Danke, Mr. Carter, aber das übernehme ich lieber selbst.«

Im Grunde hatte sie lediglich gemeint, eine derart wichtige Angelegenheit keinem Fremden überantworten zu können, doch Amos sah sich nicht als Fremden. Er war der Testamentsvollstrecker ihres Vaters.

Es gab nur eins, was ihn mehr ärgerte als der Umgang mit einem Klienten, der seine Ehrbarkeit und Kompetenz anzweifelte: der Umgang mit einer Frau.

Die Welt hatte sich verändert. Er wußte, sie war voll von Frauen, die darauf bestanden, wie Männer behandelt zu werden, doch Amos war einer von der alten Schule. Ein Anwalt hatte das schwache Geschlecht zu beraten, anstatt Befehle von ihm entgegenzunehmen.

Kathryn Russell aber war, wie sich bei mehreren Telefonaten herausgestellt hatte, eine Meisterin im Erteilen von Befehlen.

Er sollte eine Liste ortsansässiger Bauunternehmer erstellen.

Er sollte eine Liste ortsansässiger Grundstücksmakler erstellen.

Er sollte dafür sorgen, daß das Haus vor ihrer Ankunft geputzt wurde.

Er sollte dafür sorgen, daß sie einen Mietwagen bekam.

Er sollte ein Taxi zum Flughafen bestellen.

Und er sollte Verständnis dafür haben, daß sie nur eine Woche Zeit hatte.

Amos' Blick verfinsterte sich. Er holte sein Taschentuch heraus und wischte sich erneut über den Kopf.

Kathryn Russell war ebenso unwissend wie anmaßend. Bauunternehmer? In der Stadt gab es lediglich einen Mann, der einen Laster und ein paar Gerätschaften besaß, ferner einen Schwager, der ihm manchmal aushalf. Grundstücksmakler? Auch davon gab es gerade mal eine einzige. Olive Potter verkaufte auf Elizabeth Island schon so lange Häuser, daß sich niemand an ihr erstes Geschäft erinnerte.

Ein Haus pro Jahr, mindestens. So in etwa sah der Umsatz aus.

Ein Taxi, das sie abholen sollte? Das einzige Taxi der Insel stand da, wo es schon immer gestanden hatte: in einer kleinen Seitenstraße nahe am Strand, friedlich vor sich hinrostend.

Und was die Annahme dieser Russell anging, man könne innerhalb einer Woche in diesem Teil der Welt irgend etwas in Gang kriegen ... er mußte fast lachen bei dem Gedanken.

Amos hatte ihr das erzählen wollen. Er hatte ihr auch noch andere Dinge erzählen wollen, etwa beunruhigende Geschichten über dunkle Mächte, die ihr Unwesen trieben in den großen, leeren Zimmern des Hauses, das sie geerbt hatte.

Doch jedes Gespräch mit Trevor Russells Tochter überzeugte ihn mehr davon, daß sie nichts, was er sagte, unbesehen glauben würde.

Also hatte er den Mund gehalten. Sollte sie die Wahrheit doch selbst herausfinden. Herausfinden, daß die Insel ein zivilisatorisches Notstandsgebiet und Charon's Crossing eine finstere Ruine war und daß sie sich glücklich schätzen konnte, wenn sie das Haus für einen Bruchteil der Summe verkaufen würde, auf die sie seinen Wert offenbar schätzte.

Seine Aufgabe war nur, Trevor Russells Testament in dessen Sinne zu vollstrecken, sonst nichts.

Und falls er in der Folge Genugtuung dabei empfinden würde, wenn die gebieterische Miss Russell zur Räson gebracht wurde, um so besser.

Kindliches Gekreisch unterbrach Amos' Gedanken. Er drehte sich um und sah ein paar verwahrloste Kinder auf sich zurasen, die einigen panisch flüchtenden Ziegen auf den Fersen waren.

Amos wich hastig zurück, doch nicht schnell genug, um zu verhindern, daß eine der Ziegen sein Bein streifte. Er sah dem fliehenden Tier und den kreischenden Kindern, die beinahe so ungezähmt und ungepflegt aussahen wie ihre Opfer, wütend nach.

Ärgerlich fuhr er mit der Hand über die tadellose Bügelfalte seiner weißen Hose und wischte Ziegenhaare und hoffentlich nur Staub weg.

»Ungezogene kleine Teufel«, grummelte er. Und in genau diesem Augenblick hörte er das Dröhnen eines nahenden Flugzeugs.

Amos sah nach oben. Da war sie also endlich, die uralte rotweiße Cessna 402, die Elizabeth Islands einziges Zugeständnis an den rasenden Fortschritt der modernen Welt darstellte.

Das Flugzeug torkelte wie benommen in Richtung der Landebahn. Die Tragflächen schwankten, als es über die Köpfe der Kinder und Ziegen hinwegschwebte.

Die Kinder lachten, und Amos nahm an, daß der Pilot ebenfalls lachte. Soweit er nach zehn Jahren auf der Insel wußte, flogen nur Übergeschnappte diese Strecke.

Amos sah dem Flugzeug zu, wie es ruckartig zum Stehen kam.

Willkommen auf Elizabeth Island, Miss Russell, dachte er.

Zum ersten Mal an diesem Tag mußte er lächeln.

Kathryn lugte aus dem Fenster, sah den Boden auf sich zurasen, sah einen Pulk winkener Kinder und von Panik ergriffener Tiere näher kommen und entschied, daß es gleich vorbei sein würde mit ihr.

Sie sank zurück in den Sitz, schloß die Augen und tat das, was sie auf dem gesamten Flug ab Grenada getan hatte.

Sie betete.

Seit sie aus der klimatisierten Maschine aus New York gestiegen war und sich auf die Suche nach dem sogenannten Insel-Expreß gemacht hatte, war die Reise ein einziger Horrortrip gewesen.

Sie hatte etwas ähnliches wie die Pendlermaschine erwartet, die zwischen New York und Boston hin- und herflog. Statt dessen hatte sich ihr der Anblick eines Flugzeuges geboten, das aussah, als würde es mit Pedalen angetrieben.

Der Pilot in seiner ölverschmierten Khakihose hatte ihr Gepäck genommen und es unsanft in den Laderaum des winzigen Fliegers befördert. Dann hatte er sie angewiesen, sich einen Platz zu suchen und sich anzuschnallen.

Nachdem man dann eine Stunde in der Sonne gebrütet hatte, war das Flugzeug taumelnd gestartet, an Bord Kathryn, drei Passagiere, die in einer dem Spanischen nicht unähnlichen Sprache schwatzten, ein Ferkel und eine Lattenkiste mit lebendigen Hühnern.

Der Flug war eine einzige Katastrophe gewesen. Das Flugzeug schwebte abwechselnd bedrohlich nah über dem Wasser oder torkelte aufwärts, wenn eine Insel in Sicht war. Das Ferkel hatte gequiekt, die Hühner gegackert und die Passagiere mit erstickter Stimme geflüstert, während sie sich bekreuzigten.

Daß sie diese Reise überlebt hatten, war schon fast unbegreiflich. Daß sie auf etwas landen sollten, das wie ein blaßrosa Band zwischen buschbewachsenen Hügeln aussah, die an einer Klippe endeten, war einfach nicht zu glauben, besonders weil sie dabei aller Wahrscheinlichkeit nach auch noch Hackfleisch aus ein paar Kindern und Ziegen machen würden.

Kathryn konnte sehen, wie die Kinder lachten, als das Flugzeug vorbeisauste. Die Tiere rollten angsterfüllt mit den Augen.

Ich leide mit euch, dachte sie grimmig.

Doch irgendwie erreichte das Fahrgestell sicheren Boden. Die Maschine gab ein behäbiges, ächzendes Geräusch von sich und kam schließlich barmherzigerweise zum Stehen.

»Das wär's, Leute«, sagte der Pilot, als er sich den Passagieren zuwandte. »Willkommen auf Elizabeth Island.«

Kathryns Mitreisende eilten bereits zum Ausgang. Sie wäre hinterhergeeilt, hätten sich ihre Beine nicht wie Pudding angefühlt.

Der Pilot warf gerade ihr Gepäck auf die Rollbahn, als sie an der Tür angelangt war. Sie öffnete den Mund und wollte protestieren, überlegte es sich aber anders. Was hatte das für einen Sinn? Es war zu spät. Jetzt konnte sie nur noch die Zähne zusammenbeißen und das erledigen, weswegen sie hergekommen war.

Als sie aus dem Flugzeug stieg, hatte sie das Gefühl, einen Hochofen zu betreten.

Die Hitze schien ihre Zehen hinaufzukriechen und sich wie etwas Lebendiges um sie zu schlingen. Die Luft war wie Feuer und versengte ihr die Lunge beim Atmen. Der Leinenstoff ihres Kleides begann sicher schon zu knittern.

Sie betrachtete ihren Koffer, der immer noch auf der Rollbahn lag, schirmte die Augen mit der Hand gegen die Sonne ab und sah sich um. Da draußen war nichts außer blauem Himmel und grünem Gras. Weit und breit kein Taxi.

»Miss Russell?«

Kathryn fuhr herum. Ein kleiner Mann in einem weißen Anzug kam auf sie zu. Die breite Krempe seines Panamahutes warf einen dunklen Schatten, doch sie konnte den glitzernden Schweiß auf dem schmalen schwarzen Gesicht erkennen.

»Schön«, sagte sie. »Ich dachte schon, Mr. Carter hätte vergessen, mir ein Taxi zu schicken.«

»Miss Russell, ich bin Amos Carter.«

Kathryn zog die Augenbrauen hoch. Anhand seiner Stimme hatte sie sich in Gedanken ein Bild von ihm gemacht. Amos Carter hätte groß, schlank und jung sein sollen. Dieser Mann war zwar schlank, aber klein, und seine Jugend lag schon Jahrzehnte zurück. Und die Art, wie er sie ansah, konnte man nicht anders nennen als höfliche Feindseligkeit. Das überraschte sie nicht. Er hatte ihr während ihrer Telefongespräche alles mögliche erzählt, nur nicht geradeheraus, daß ihr Besuch auf Elizabeth Island eine einzige große Zumutung für ihn war.

Kathryn lächelte höflich und streckte die Hand aus.

»Mr. Carter. Nett von ihnen, daß Sie mich abholen.«

Carter ergriff ihre Hand. Seine Finger waren knöchrig, aber der Händedruck überraschend fest.

»Versteht sich von selbst, Miss Russell.« Er zog die Hand weg und griff nach ihrem Koffer. »Das ist Ihrer, nehme ich an?«

»Ja, aber das schaffe ich schon allein.«

»Unsinn.« Carter rang sich erneut ein verkniffenes Lächeln

ab. »Vielleicht werden Sie denken, wir hier auf der Insel sind ein bißchen altmodisch. Die Männer hier legen Wert auf Höflichkeit, auch wenn die Frauen das nicht wollen.«

Jetzt war es Kathryn, die sich zu einem verkniffenen Lächeln zwingen mußte. Der Seitenhieb war subtil, aber er saß. Widerlich, dachte sie, während Carter sich auf den Weg über einen Trampelpfad durch die Büsche machte. Genau das brauchte sie jetzt: einen Anwalt, der zugleich ein alternder Chauvinist war. Wenigstens wußte sie jetzt, warum er ihr am Telefon so feindselig vorgekommen war.

Sie dachte über ein paar scharfzüngige Retourkutschen nach, aber besann sich eines Besseren. Schließlich war sie nur eine Woche hier und auf den Mann angewiesen. Die Luft war schon dick genug. Warum alles noch schlimmer machen?

Carter führte sie zu einem verstaubten Landrover. Er legte ihren Koffer auf den Rücksitz, öffnete die Beifahrertür und half ihr hinein. Als er hinterm Steuer saß, räusperte Kathryn sich.

»Es ist wirklich sehr nett von Ihnen, mich abzuholen.«

Carter lenkte hart nach rechts, um den Ziegen auszuweichen, die immer noch vor ihren Verfolgern flohen. Der Rover holperte über einen unebenen Feldweg, der wohl die Straße sein mußte.

»Ich habe Ihnen doch gesagt, Miss Russell, das versteht sich von selbst.« Er warf ihr ein leicht belustigtes Lächeln zu. »Ich weiß, Sie haben ein Taxi erwartet, aber ich fürchte, es gibt keins auf der Insel.«

Kathryn sah ihn an. »Keine Taxis? Auf der ganzen Insel nicht?«

»Ich fürchte, es fehlt uns hier an einigem.«

Das mochte stimmen, aber von *Fürchten* konnte bei ihm keine Rede sein. Er klang verdammt selbstgefällig.

»Das macht nichts«, sagte sie höflich. »Ich bin nicht zum Vergnügen hier.«

»Nein. Sie sind hier, um Charon's Crossing zu verkaufen. Das weiß ich.« Carter sah sie von der Seite an. »Doch ich möchte hoffen, daß Sie Verständnis haben, wenn Ihre Erwartungen an das Haus nicht ganz mit der Realität übereinstimmen.«

Der Gedanke war Kathryn auch schon gekommen.

Sie war noch nie zuvor in der Karibik gewesen, doch wie fast jeder andere auch war sie mit einer bestimmten Vorstellung hierhergekommen.

Inseln in der Südsee hatten schwindelerregend schön zu sein, mit einer Unmenge üppiger grüner Vegetation, riesigen Palmen und Blumenmeeren. Der Himmel märchenblau, die Wolken weiße Wattebäusche, das Meer smaragdgrün und der Sand alles von schneeweiß über flamingopink bis rabenschwarz.

In dieser Hinsicht enttäuschte Elizabeth Island sie nicht. Die Landschaft war, zumindest bis jetzt, eine Augenweide.

Aber wo waren die Hotels? Die eleganten Villen, die den sanft ansteigenden Hügel säumen sollten, den sie gerade hochfuhren? Und vor allen Dingen: Wo waren die Leute?

Nicht, daß es hier keine Menschen gab, ganz im Gegenteil. Aber selbst Kathryn sah, daß es Insulaner waren und keine Touristen aus Europa und Amerika.

Ihr Mut sank, doch noch klammerte sie sich an die Hoffnung.

Amos Carter hatte von Charon's Crossing als einem Landhaus gesprochen. Aber es hätte doch sicher niemand ein Landhaus auf einer Insel gebaut, die in Sachen Touristen leer ausging.

»Das Haus, das Ihr Vater Ihnen hinterlassen hat, wurde vor über zweihundert Jahren gebaut«, sagte Carter, als hätte sie die ganze Zeit laut gedacht. »Zu dieser Zeit war die Insel ein wichtiger Knotenpunkt im British Empire.«

»Und jetzt?«

Der Rover schoß mit hoher Geschwindigkeit daher, und der Wind ruinierte ihr die Frisur, indem er sein Bestes tat, ihr Haar aus dem üblichen strengen Zopf zu befreien. Sie hob die rechte Hand und schob sich die abtrünnigen Strähnen aus der Stirn.

»Und jetzt«, erwiderte Carter mit einem Schulterzucken, »gibt es das Empire nicht mehr.«

»Das weiß ich«, sagte Kathryn, die nicht ungeduldig klingen wollte. »Ich meinte ...«

»Ich weiß, was Sie meinen. Was ist aus der Insel geworden? Haben die Touristen sie entdeckt? Strömen sie an die Strände? Verpesten sie das Wasser mit Dieseltreibstoff, bedrohen Hotels unseren begrenzten Wasservorrat?«

Kathryn sah ihn an. »Warum habe ich das Gefühl, daß ich die Antworten auf all diese Fragen bereits kenne?«

»Wir auf dieser Insel sind glücklich, hier leben zu dürfen, Miss Russell. Wir führen ein abgeschiedenes, fast vergessenes Dasein.«

Kathryn horchte auf. »Dann muß genau das in den Anzeigen betont werden: Der ideale Ort, um vor allem zu fliehen und himmlische Ruhe und Frieden zu finden.«

Amos lachte. Er mußte zugeben, daß diese junge Frau sich nicht so leicht beirren ließ.

»Vielleicht sollten Sie Olive vorschlagen, die Anzeige selbst zu formulieren«, sagte er.

»Olive?«

»Olive Potter. Sie ist hier die Grundstücksmaklerin. Ich habe ihr gesagt, daß Sie sie sprechen wollen.«

»Die Grundstücksmaklerin«, wiederholte Kathryn.

Amos hörte die Frage in ihren Worten und nickte.

»Richtig. Ich habe Ihnen ja gesagt, wir sind ...«

»... ein Nest. Ich weiß.« Sie seufzte. »Gibt es noch was, das ich wissen sollte, bevor ...«

Kathryn brach mitten im Satz ab. In der Ferne sah sie ein

Haus auf einer Klippe, die ins Meer hinausragte. Die zahlreichen Fenster fingen das Sonnenlicht auf und warfen es auf die Wellen, die gegen die Küste schlugen. Es war aus weißem Sandstein gebaut, hatte ein graues Ziegeldach und wirkte selbst aus dieser Entfernung riesig.

»Charon's Crossing«, sagte Amos Carter.

Kathryn nickte. Sie hatte es bereits instinktiv gewußt. Das Haus bot einen imposanten Anblick. Und doch war etwas an ihm, das ihr nicht gefiel. Trotz der brennenden Sonne und des strahlend blauen Himmels lastete etwas Dunkles darauf, etwas, das ihr eine Gänsehaut über den Rücken jagte.

Der Motor des Landrovers protestierte, als Amos die Gangschaltung betätigte.

»Ganz schöne Steigung«, brummte er.

Kathryn nickte erneut, doch ohne ihn wirklich zu hören. Sie rutschte auf ihrem Sitz nach vorne, als sie eine kurvige, unbefestigte Straße hinauffuhren, die von dichtem Gebüsch und Palmen gesäumt wurde. Äste schlugen gegen den Rover, je höher sie kamen; Blätter streiften seufzend die Windschutzscheibe.

Das Haus war nun außer Sicht, doch Kathryn fühlte sich immer noch unbehaglich. Sie hatte das Gefühl, schon einmal hiergewesen zu sein, was natürlich lächerlich war. Sie sah diese Insel, diesen Teil der Welt zum ersten Mal.

Doch sie wußte, die Straße würde plötzlich scharf nach links abbiegen und dann auf eine Kaskade strahlend roter und violetter Blumen zulaufen, die in fast unverschämter Fülle eine hohe Steinmauer hinabwucherten.

»Kathryn.«

Kathryns Herz raste. Sie drehte sich blitzschnell zu Amos Carter um.

»Haben Sie das gehört?«

»Was gehört, Miss Russell?«

»Eine Stimme«, sagte sie und versuchte, ruhig zu sprechen. »Eine männliche Stimme.«

»Sie werden den Wind gehört haben. Er spielt einem gern Streiche hier oben auf den Klippen.«

Der Wind. Natürlich war es das gewesen, der Wind, der seufzend durch die Palmwedel fegte. Oder vielleicht das Meer, das weiter unten flüsternd den weißen Sand umspülte.

Kathryn lehnte sich wieder zurück. Sie war nervös, aber wer wäre das nicht gewesen? Wenn sie erst einmal Charon's Crossing erreicht und genau gesehen hätte, was für ein Kuckucksei sie da geerbt hatte, würde sie sich sicher besser fühlen. Und es blieb immer noch die Hoffnung, daß sie es falsch eingeschätzt hatte. Denn jetzt, wo sie gesehen hatte, wie groß das Haus war, wie es auf den Klippen stand, die aufs Meer hinausragten...

Der Rover kam zitternd zum Stehen. Kathryn sah auf. Sie standen vor einem hohen, verrosteten schmiedeeisernen Tor.

»Punkt eins auf der Reparaturliste«, sagte der Anwalt gelangweilt und öffnete das Tor. »Die Eingangstore müssen abgeschmirgelt, grundiert und gestrichen werden. Sind fast zugerostet.« Carter bückte sich steif. »Einen Augenblick nur, bitte.«

Kathryn betrachtete das Haus durch das Tor. Ein Gebilde wie das hier hätte besser in ein englisches Moor oder in die neblige Unendlichkeit der schottischen Highlands gepaßt.

»Wir können das Tor eigentlich offen lassen«, sagte Carter, als er wieder in den Landrover stieg. »Haben Sie was dagegen?«

»Nein, machen Sie ruhig.« Kathryn räusperte sich. »Charon's Crossing paßt nicht besonders in die Landschaft, oder?«

Zum ersten Mal hatte Amos Carter die Hoffnung, daß es für seine neue Klientin vielleicht doch Hoffnung gab.

»Durchaus nicht. Aber die Leute, die es gebaut haben, hatten kein Interesse daran, sich der Insel anzupassen. Sie waren Engländer, und das wollten sie auch bleiben.«

Kathryn lächelte. »Manche Dinge ändern sich wohl nie.«

Auch Amos ließ sich zu einem schwachen Lächeln hinreißen. »Wir sind gleich da. Sie werden sicher heilfroh sein, aus der Hitze rauszukommen.«

»Ja. Und ich bin sehr neugierig auf das Haus. Es sieht sehr eindrucksvoll aus.«

Das Lächeln des alten Mannes erstarb. Von außen vielleicht. Doch er hatte das dumpfe Gefühl, daß sie nicht mehr so zufrieden mit ihrer Erbschaft sein würde, wenn sie erst einmal genauere Bekanntschaft damit gemacht hatte.

Also gut, das Haus sah eindrucksvoll aus. Kathryn atmete tief durch, als sich die Eingangstür hinter ihr schloß.

Eine Innenarchitektin wäre wahrscheinlich hingerissen gewesen.

Doch was sollte sie damit anfangen? Sie hatte nicht die unbegrenzten Mittel und alle Zeit der Welt, um diese Flohkiste wieder in den Palast zu verwandeln, der er vor langer, langer Zeit mal gewesen sein mußte.

Das zugige und antiquierte Apartment in New York, in dem die Wände um einen herum einzustürzen drohten, war schlimm genug. Aber ein auf Sandbänken erbautes, zugiges, antiquiertes und baufälliges Haus in der hintersten Ecke der Welt war ein Ding der Unmöglichkeit.

Sie stemmte die Hände in die Hüften, sah sich langsam um und ließ das auf sich wirken, was einmal ein prachtvolles, achteckiges Foyer gewesen war. Jetzt konnte man es mit viel gutem Willen höchstens als eine Katastrophe bezeichnen.

Die Türen hingen in den Angeln, die Fensterrahmen waren verzogen. Der Boden war schmutzverkrustet. Die Wände zeigten unregelmäßige Flecken feuchter Fäulnis. Die ehemalige Täfelung bestand größtenteils nur noch aus Splittern.

»Termiten«, sagte Carter, als Kathryn das Holz genauer inspizierte.

»Termiten?« Sie zog die Hand zurück. »In einem Haus aus Stein?«

»Das Haus ist aus Stein, aber der Innenausbau aus Holz.« Carter durchmaß das Zimmer der Länge nach und fuhr mit der Hand über die Reste der Wandtäfelung. »Termiten fressen, was sie kriegen können, Miss Russell. Glücklicherweise scheinen sie die Möbel größtenteils verschont zu haben.«

Kathryn sah die massigen, mit Tüchern abgedeckten Gebilde, die an die schmutzigen Wände geschoben worden waren.

»Haben sie wohl übersehen«, sagte sie trocken.

Carter zuckte vielsagend mit den schmalen Schultern.

»Charon's Crossing ist reparaturbedürftig. Das habe ich Ihnen schon bei unserem ersten Gespräch gesagt.«

Reparaturbedürftig? Das Haus bedurfte eher eines Wunders oder eines unerschöpflichen Bankkontos, und mit beidem konnte Kathryn nicht dienen.

Sie lugte in einen großen Raum, der vom Foyer abging.

»Der Ballsaal«, sagte Amos Carter.

Sie nickte und sah hoch zum Kronleuchter, der in der Mitte des Raumes hing. Die Kristalle waren schmutzig, und das ganze Ding sah aus, als könne ein starker Windzug es zu Boden schicken. Sie war keine Freundin von Antiquitäten, doch sie konnte erkennen, daß er schön war. Sie hoffte inständig, daß es auch Leute gab, die das vom ganzen Gebäude sagen würden.

Vielleicht gab es Hoffnung. Das Haus war absolut wundervoll gelegen. Allein vom Foyer aus war die Aussicht überwältigend. Und mit den Möbeln hatte der alte Mann recht. Kathryn zog das Tuch von dem Stück, das ihr am nächsten stand, und brachte einen kleinen Tisch mit feiner Einlegearbeit zum Vorschein. Einige Möbel, vielleicht sogar die meisten, waren gut erhalten.

Charon's Crossing war kein hoffnungsloser Fall. Zuerst

aber mußte es von oben bis unten geschrubbt werden, die Möbel brauchten eine Politur, und einige grundlegende Reparaturen mußten durchgeführt werden. Zum Beispiel mußte man die Türen wieder einhängen und die fehlende Holztäfelung ersetzen.

Und dann würde sie das Haus zum Verkauf freigeben. Irgendwo mußte es einen Käufer dafür geben. Vielleicht ein exzentrischer Millionär, der für sich sein wollte. Oder vielleicht würde jemand hier eines dieser Kurzentren eröffnen, die an den entlegendsten Winkeln der Welt aus dem Boden schossen, damit die Reichen sich dort pflegen lassen konnten...

»Es tut mir leid, daß ich Sie enttäuschen muß, Miss Russell.«

Kathryn drehte sich um. Amos Carters Worte hatten höflich geklungen, doch sie wußte, daß sie bedeutungslos waren.

»Enttäuscht?« Kathryns Lächeln war genauso höflich wie sein Ton. »Reden Sie keinen Unsinn, Mr. Carter. Genauso habe ich es mir vorgestellt. Sie sagten, es müsse noch einiges getan werden, und das stimmt.« Sie knöpfte die Jacke ihres gelben Leinenkostüms auf. »Und nun ist es an der Zeit, die Sache anzupacken. Ich hoffe, Sie haben für mich Termine mit einigen Bauunternehmern arrangiert.«

»Wir haben hier nur einen, Miss Russell. Sein Name ist Hiram. Ich habe ihm mitgeteilt, daß Sie herkommen, und ihn gebeten, sich mit Ihnen in Verbindung zu setzen, ja.«

»Schön. Und die Maklerin... Wie, sagten Sie noch gleich, war ihr Name?«

»Olive Potter. Ja, auch sie wird Sie kontaktieren.« Amos zögerte. »Ich hoffe, Sie sind sich darüber im klaren, daß es vielleicht nicht einfach wird, für ein Haus wie dieses einen Käufer zu finden. Elizabeth Island ist nicht gerade in aller Munde.«

»Und Sie finden das gut so, Mr. Carter. Ich verstehe.« Kathryn lächelte. »Nun, vielleicht ist das gerade gut. Jeder,

der genug Geld hat, um diesen Besitz zu kaufen, will für sich sein.«

Amos lächelte. Jetzt hatte ihn diese junge Frau schon zum zweiten Mal überrascht.

»Wie recht Sie haben.«

»Wir müssen eben das Beste aus Charon's Crossings Vorzügen machen.« Kathryn rieb mit dem Zeh über den Boden. Unter dem Schmutz kam ein Streifen gesprenkeltes Weiß zum Vorschein. »Marmor?« fragte sie.

Carter nickte. »Ich denke schon.«

»Und die oberen Stockwerke? Wie sieht es da aus?«

»Nicht besser und nicht schlechter als hier unten.«

Kathryn ging zum Fuß der breiten Treppe, die zum zweiten Stock führte. Das Geländer und die Endpfosten waren ansehnlich. Mahagoni, dachte sie und streckte die Hand aus, um das alte Holz zu berühren ...

Kälte. Eine Kälte, die so eisig war, daß es beinahe wehtat, umspielte ihre Finger.

Kathryn zog die Hand zurück. »Ist oben ein Fenster offen?«

»Ich weiß nicht, Miss Russell. Von draußen habe ich nichts bemerkt.«

»Ich auch nicht, aber es muß eins offen sein. Fühlen Sie nicht, wie kalt es ist?«

Amos zog die Brauen hoch. »Kalt?«

»Ja. Und ...«

Kathryn.

»Haben Sie das gehört?«

»Was gehört?«

Diese Stimme, hätte sie beinahe gesagt. Doch das wäre albern gewesen. Es war der Wind, genau wie der Anwalt gesagt hatte, der Wind, der durch die Palmen pfiff und durch ein offenes Fenster irgendwo im Haus kam.

»Egal«, sagte sie brüsk. »Sehen wir uns den Rest hier unten an. Funktioniert der Strom?«

»Ich glaube schon.« Amos betätigte den Lichtschalter. Ein Paar Wandleuchten nahe der Eingangstür flackerten und erwachten strahlend zum Leben. »Ja, Miss Russell, er funktioniert.«

»Die Heizung?«

»Ich glaube, die geht auch.«

»Die sanitären Anlagen?«

»Ich glaube ...«

»Spielen wir hier irgendein Spiel, Mr. Carter?«

»Wieso Spiel? Ich habe Ihnen angeboten, in Erfahrung zu bringen, was an Charon's Crossing gemacht werden muß, aber Sie sagten ja, sie würden sich selbst drum kümmern.« Er lächelte kühl. »Also bitte.«

Kathryn seufzte. Sie hatte die Nase voll. »Mr. Carter, warum sagen Sie mir nicht, was Sie stört?«

»Verzeihung?«

»Los, raus mit der Sprache. Sie mögen mich nicht, und ich wüßte gerne warum.«

Amos sah ihr direkt in die Augen. »Ich sehe keinen Grund, warum ich Sie mögen sollte oder Sie mich.«

»Das stimmt. Aber eine Antwort wäre trotzdem nett.«

»Gut, wenn Sie unbedingt wollen. Ich bin es gewohnt, die Interessen meiner Klienten zu vertreten.«

»Ich habe keine Ahnung, was mein Vater von Ihnen hielt, in welcher Hinsicht auch immer.«

»Ich rede nicht von ihm. Mir gefiel ihre Reaktion nicht, als ich Ihnen anbot, die nötigen Reparaturen aufzulisten.«

Ein zartbesaiteter Rechtsanwalt. Um so besser.

»Ist Ihr gutes Recht. Gibt es noch was?«

Amos zuckte mit den Schultern. »Ich bin es nicht gewohnt, daß eine Frau mich herumkommandiert.«

Kathryn nickte. Irgendwie kam diese Enthüllung nicht besonders überraschend, aber wütend wurde sie trotzdem.

»Na, dann sollten Sie sich daran gewöhnen, Amos.«

Kathryn verschränkte die Arme. »Ich bat Sie darum, das Haus vor meiner Ankunft reinigen zu lassen, aber davon sehe ich nichts.«

»O doch. Eine Frau aus dem Ort war hier. Sie hat die Küche und den Westflügel in Ordnung gebracht. Sind zwar immer noch kein Luxushotel, aber ganz annehmbar. Doch da es noch sehr viele andere Räume gibt und Sie ausdrücklich wünschten, sich persönlich um alles zu kümmern ...«

»Schon gut.« Kathryn lächelte kühl. »Eins zu null für Sie.«

»Gibt es noch etwas, bevor ich wieder fahre, Miss Russell?«

»Habe ich ein Telefon hier?«

»Sie haben.«

»Ich nehme an, Sie glauben, es funktioniert?«

»Ganz im Gegenteil. Ich weiß, daß es nicht funktioniert. Die Telefonleitungen sind bestenfalls launisch auf Elizabeth Island. Ich habe Ihnen zu erklären versucht, daß unsere Mittel ...«

»Begrenzt sind. Ich weiß.« Kathryn seufzte. »Nun gut, Amos. Sieht ganz so aus, als hätte der Bauunternehmer – Hiram, oder wie hieß er? Sieht ganz so aus, als hätte er alle Hände voll zu tun. Rufen Sie ihn bitte an. Stellen Sie sicher, daß er morgen kommt.«

Amos nickte steif. »Gut.«

»Und die Maklerin. Olive. So war doch ihr Name? Mit ihr möchte ich auch sprechen.«

»Ich kann ihr nur die Nachricht überbringen, Miss Russell. Ich übernehme keine Garantie ...«

»Morgen«, sagte Kathryn fest. »Ich kann nur eine Woche bleiben, und ich möchte, daß bei meiner Abreise alles geregelt ist. Bitte denken Sie daran.«

Amos dachte im Augenblick eher daran, daß es ihm gar nicht schnell genug gehen konnte, bis dieses arrogante, zänkische Weibsstück wieder abreiste.

Sprach ihn mit »Amos« an – da hörte sich doch alles auf. Warf mit Kommandos um sich ...

Was dachte die eigentlich, wer sie war?

»Ich werde mein Bestes tun«, sagte er kalt.

Kathryns Kinn hob sich. War es möglich, jemanden zu verabscheuen, den man kaum kannte? Amos Carter war der aufgeblasenste und unausstehlichste Mann, den sie jemals das Pech gehabt hatte zu treffen.

»Das will ich hoffen«, antwortete sie genauso kalt wie er. »So, wenn das alles ist, würde ich jetzt gerne auspacken.«

Wenn das kein Rausschmiß war. Entschlossen stapfte Amos Richtung Tür. Im letzten Moment drehte er sich um und lächelte vergnügt.

»Ich wollte Ihnen noch ein paar Dinge sagen. Die Putzfrau hat ein paar Lebensmittel in den Kühlschrank getan.«

»Vielen Dank.«

»Ich habe dafür gesorgt, daß Ihnen morgen früh ein Auto zur Verfügung gestellt wird, wie Sie es wünschten.«

Kathryn verschränkte die Arme. Jede Faser ihres Körpers drückte ihre Ungeduld aus.

»Schön.«

Amos öffnete die Tür. Hitze und Geruch der Tropen drangen mit einem Hauch salziger Luft ein.

»Da wäre noch ein letzter Punkt ...«

Sie seufzte erneut. Offensichtlich war sie krampfhaft bemüht, sich nicht anmerken zu lassen, wie sehnsüchtig sie darauf wartete, daß er endlich die Klappe hielt und sie allein ließ. Und das versüßte ihm den Abschied noch.

»Und das wäre, Amos?«

»Ich nehme an, Sie haben schon mal was von Hausgespenstern gehört?«

Kathryn sah ihn an, als hätte er in Zungen gesprochen.

»Hausgespenster? Wovon reden Sie?«

»Gespenster, Miss Russell. Geister. Glauben Sie an so was?«

»Nein. Natürlich nicht.«

»Fein. Dann macht es Ihnen sicher nichts aus, daß die Leute hier sagen, es spukt in Charon's Crossing.«

Er setzte den Hut auf, schob die Krempe nach oben und schloß die Tür hinter sich.

DREI

Catherine war hier.

Und sie war allein.

Matthew hatte vom Dachbodenfenster aus zugesehen, wie der alte Mann, mit dem sie hergekommen war, das Haus verlassen hatte. Er war nicht wiedergekommen, und nun war der Tag zu Ende gegangen.

Die Zeit war gekommen, nicht nur den Vorgeschmack auf die Rache zu genießen, sondern endlich Rache zu nehmen.

Er hatte bereits viele Gelegenheiten gehabt. Als sie durch das Haus gegangen war. Als sie ihre Koffer ausgepackt, die Bücher in der Bibliothek durchstöbert oder sich in der Küche etwas zu essen gemacht hatte. Er hätte einfach seine Hand ausstrecken, sie um ihren zarten Hals legen und alles mit einer kurzen Bewegung zu einem Ende bringen können.

Doch die Vorfreude war so köstlich.

Er hatte lange auf diesen Augenblick gewartet, jetzt konnte er auch noch etwas länger warten. Es gab keinen Grund zur Eile.

Zeit hatte für ihn keine Bedeutung; die Sonne ging auf und unter, er beobachtete sie, doch es war, als würde er einem Maler zusehen, der Farbe auf die Leinwand pinselte. Was bedeuteten Sonnenaufgang und Abenddämmerung schon für einen Toten?

Doch Catherine war nicht tot. Sie war quicklebendig. Wie oft hatte er sich gewünscht, sie möge in dieses Haus zurückkehren? Gewünscht? Das war gar kein Ausdruck. Er hatte sich nach ihrer Rückkehr gesehnt, darum gebetet …

Und seine Gebete waren erhört worden. Warum sie auf einmal hier war, überstieg seinen Horizont, aber schließlich ergab nichts von alledem Sinn, was ihm seit dieser letzten, schrecklichen Nacht im Garten zugestoßen war.

Aber was spielte das für eine Rolle? Sie war zurückgekehrt, zurück zu ihm und zu Charon's Crossing. Er konnte mit ihr machen, was ihm gefiel. Und es würde ihm gefallen, sie zu vernichten, dachte er mit eisigem Lächeln, so, wie sie ihn einst vernichtet hatte.

Seinem Leben war an jenem lauen Juniabend des Jahres 1812 durch Lord Warings Schwert ein Ende gesetzt worden.

Doch eigentlich war es Catherine gewesen, die ihn umgebracht hatte.

Er wußte genau, was passieren würde, wenn er sich ihr zeigte. Ihre Augen würden sich vor Entsetzen weiten, und sie würde es nicht wahrhaben wollen, daß er hier war.

Doch sie würde der Wahrheit ins Gesicht sehen müssen.

O ja, und dann würde sie um Gnade flehen! Weinen und darum betteln, von der Verdammnis verschont zu bleiben, die sein Los gewesen war, seit sie ihn verraten hatte. Sie würde ihm das Blaue vom Himmel versprechen, genau so, wie sie es schon einmal getan hatte. Dabei würde sie nie im Leben daran denken, ihre Versprechungen zu halten, und auch das war nichts Neues.

Matthew lächelte dünn. Er würde alles in vollen Zügen genießen. Ihre Angst, ihr Flehen. Er würde sie schluchzen lassen, sie auslachen und ihr erklären, wie aussichtslos es war, von jemandem Mitgefühl zu erwarten, dem gegenüber sie eine solch grausame Falschheit an den Tag gelegt hatte.

Er würde seine Hände um ihren Hals legen, seine Daumen in ihr Fleisch bohren und zudrücken, immer fester, bis ihre Augen, diese schönen, falschen Augen, trübe wurden und sich mit Tod füllten.

Dann endlich wäre er frei.

Und genau deswegen konnte er warten. Die Vorfreude war bereits die Hälfte seines Triumphs.

Deswegen hatte es ihm genügt, ihr zuzusehen, wie sie durch das Haus spazierte und sich wieder mit den Dingen vertraut machte, die einst ihr gehört hatten, obwohl er dabei einen Augenblick lang nachdenklich geworden war.

Zeit hatte für ihn alle Bedeutung verloren, so daß er nicht allzu viele Gedanken an den Zustand des Landhauses verschwendet hatte. Doch als er Catherines Reaktion auf all den Schmutz und Verfall sah, wurde ihm klar, daß sehr, sehr viele Jahre vergangen sein mußten.

Wie konnte das sein, wo sie doch noch so jung war? Ihr Haar sah genauso aus, wie er es in Erinnerung hatte, schwarz wie die Nacht und glänzend wie Seide. Ihre Augen waren blau und tief wie das Meer. Sie war immer noch wunderschön.

Er grübelte darüber nach, jedoch nicht lange. Man hielt sich besser nicht mit Dingen auf, auf die es keine Antwort gab, denn sonst war man auf dem sichersten Weg in den Wahnsinn. Das hatte er schmerzlich erfahren müssen, als er sterbend zu Lord Warings Füßen gelegen hatte.

Und danach ... Was? Wie konnte man etwas beschreiben, das jeder Beschreibung spottete? Wie konnte er das Nichts in Worte fassen, dem er anheimgefallen war? Die Sonntagsprediger seiner Jugend hatten immer vor dem Leben nach dem Tode gewarnt, das auf die armen Sünder wartete. Jetzt wußte er, sie hatten Unrecht. Kein Höllenfeuer konnte schlimmer sein als dies.

Für seinen eigenen Geisteszustand war es sicherer, sich nur daran zu erinnern, daß er schließlich irgendwo erwacht war, wo es nur Dunkelheit gab. Keine Umrisse. Keine Mauern, Fenster, Decken, keinen Boden.

Kein Entrinnen.

Nur tiefschwarze Dunkelheit. Dunkelheit – und, mit der Zeit, die Überzeugung, daß er nicht vollkommen allein war.

Es gab noch etwas anderes da draußen. Er spürte die unsichtbare Gegenwart eines Wesens, das nicht zusammen mit ihm in der Dunkelheit war, sondern irgendwo dahinter. Es war nicht die ganze Zeit da, doch ab und zu konnte er es hören. Er konnte seinen stinkenden Pesthauch riechen und wußte instinktiv, daß es auf der Suche nach ihm war.

Dieses Wesen ängstigte ihn zu Tode. Wann immer er seine Nähe spürte, rollte er sich zusammen und hielt den Atem an, bis es verschwunden war.

Doch das änderte sich bald.

Kapitän Matthew McDowell war zeitlebens nie vor irgend etwas davongelaufen. Warum sollte sich das jetzt ändern?

Also verlegte er sich darauf, das Wesen zu verspotten, es durch den schwarzen Vorhang, der sie trennte, zu ärgern. Es wurde zum Spiel für ihn, es immer näher zu locken. Vielleicht ein gefährliches – doch das war besser, als sich zu verstecken.

Er konnte den wachsenden Unmut der Kreatur spüren, und das verschaffte ihm große Genugtuung. Eines Tages, falls es an diesem Ort Tage gab, würde er sich lauthals über sie und ihre Raserei lustig machen.

Das Ding brüllte. In der Luft lag ein Glitzern, und der Gestank von Verwesung und Verfall schlug ihm entgegen.

»Ich bin erledigt«, hatte Matthew ruhig und beinahe zufrieden gedacht.

Sicher gab es einen anderen Ort, zu dem er gehen und sein ewiges Dasein in Frieden fristen konnte.

Er hatte die Augen geschlossen und war auf alles vorbereitet, was vor ihm liegen mochte ...

Als er sie wieder öffnete, war die Dunkelheit verschwunden. Statt dessen umhüllte ihn weißer Nebel.

Er befand sich in einem Zimmer, einem ziemlich gewöhnlichen Raum, der vollgestopft war mit allerlei alten Möbeln.

»Wo bin ich?« flüsterte er.

An der Wand hing ein ovaler Spiegel. Er stellte sich davor,

starrte sein Bild an und berührte mit zitternden Fingern sein Gesicht. Er sah genauso aus wie immer: das sonnengebleichte kastanienbraune Haar zu einem Zopf zusammengebunden, hohe Wangenknochen, verwegene grüne Augen, gerade Nase, gespaltenes Kinn und ein fester Mund ... alles war vertraut und fremd zugleich.

Er wandte sich vom Spiegel ab und ging zum Fenster. Er atmete tief durch und zog die Läden auf.

Zuerst entlockten ihm die frische, süßliche Luft und der Anblick des blauen Himmels ein leichtes Lächeln. Doch dann sah er nach unten, und das Herz schlug ihm bis zum Hals.

Weiter unten, hinter einer Steinterrasse, sah er ein schmiedeeiseres Tor und einen mit üppigen rosafarbenen Rosen bewachsenen Spalierbogen.

Hölle und Fegefeuer!

Er war auf dem Dachboden von Charon's Crossing.

Charon's Crossing. Im Garten dieses Hauses hatte man ihn getötet.

Mit einem Satz war er an der Tür und drehte den Knauf, doch der bewegte sich nicht. Er hob die Fäuste und trommelte gegen das Holz, bis seine Knöchel bluteten, doch die Tür gab nicht nach.

»Laßt mich raus«, brüllte er.

Und plötzlich war er ganz einfach auf der anderen Seite der Tür.

Er hob die Hand, legte sie auf das Holz und sah mit Entsetzen, daß die Finger die Oberfläche durchdrangen wie Luft.

Gütiger Gott!

Er war ein Geist. Ein Gespenst. Ein Wesen, das auf ewig dazu verdammt war, durch die dunklen Hallen und Gärten des Ortes zu wandeln, der seinen Verrat und Tod gesehen hatte. Und er würde diesen Ort nie verlassen dürfen, denn er fand schnell heraus, daß die Grenzen von Charon's Crossing auch die seinen waren.

Seine Angst verwandelte sich in Wut. Leute kamen nach Charon's Crossing und verließen es wieder. Niemand kümmerte sich um die nächtlichen Geräusche und das Stöhnen, das nicht immer nur von ihm kam.

Manchmal kamen sie auch von dem Wesen auf der anderen Seite der Dunkelheit. Offenbar war es ihm in seine neue Dimension gefolgt, obwohl es den wie auch immer gearteten Vorhang, der sie trennte, auch jetzt nicht durchdringen konnte.

Der Dachboden wurde schnell zu Matthews Lieblingsplatz. Dort, zwischen den vergessenen Möbeln und den Spinnweben, war er ungestört. Hier konnte er zumindest ein bißchen Frieden finden.

Er konnte die Augen schließen und seinen Geist in etwas schweben lassen, das er in Ermangelung eines besseren Ausdrucks Schlaf nannte.

Zunächst schlief er friedlich. Doch dann begann er zu träumen, und mit den Träumen wurde alles anders.

Er träumte von einer Insel, üppig und grün bewachsen, unter heißer, tropischer Sonne.

Er träumte von Charon's Crossing und von Catherine, die lächelte, als er sie in den Armen hielt.

Er träumte von einem Schiff mit hohem Mast auf blauer See. Er konnte den Namen lesen, Atropos, und er lächelte, denn es war sein Schiff.

Doch dann verschwand sein Lächeln. Das Schiff wurde zu einem heruntergekommenen Wrack, das langsam in der dunklen See versank, an Deck die Mannschaft, tot oder im Sterben liegend. Er hörte, wie sie ihn um Hilfe anflehten, aber er konnte nichts tun. Mein Gott, er konnte nicht!

Von Schrecken gepeinigt, fuhr er aus dem Schlaf auf.

»Warum?« flüsterte er, und seine Stimme verwandelte sich in ein Brüllen. »Warum?« schrie er sein Spiegelbild in dem ovalen Glas an und schlug mit den Fäusten dagegen.

Das Glas zersprang, und die Splitter fielen hundertfach glänzend auf den Boden.

Catherine hatte das getan. Sie hatte ihn vernichtet und alles, an das er je geglaubt hatte.

In seinen Ohren dröhnte es. Die Glassplitter flogen wie Pfeile durch die Luft und zurück in den Rahmen.

Der Spiegel war wieder ganz, und Matthew starrte hinein.

»Wann werde ich wieder frei sein?« flüsterte er.

Der Spiegel implodierte und sog ihn in einen wirbelnden Strudel aus Licht.

Er schrie, denn er war sicher, daß er in eine Sphäre gezogen würde, die noch schrecklicher war als die, in der er so lange geschmachtet hatte.

Doch statt dessen stand er auf einmal im Rosengarten hinter Charon's Crossing.

Catherine war da, und auch jetzt noch verschlug ihm ihr Anblick den Atem.

Wie ein Verhungernder vor einem reich gedeckten Essenstisch sah er sie voller Gier an. Die weichen, üppigen Rundungen ihres Körpers waren unter einem hochgeschlossenen Baumwollkleid versteckt. Ihr Haar war zu einem Zopf geflochten, was sie – fälschlicherweise, wie er wußte – prüde und geziert aussehen ließ.

Die Erinnerung an das Gefühl, sie in den Armen zu halten, raste durch sein Blut. Gegen seinen Willen flüsterte er ihren Namen, und als sie sich nach ihm umdrehte, ging er zu ihr hinüber, umarmte sie und küßte ihren sinnlichen, verlogenen Mund, bis ihr Protest einem glücklichen Seufzen wich.

Bei dieser Erinnerung vergrub Matthew das Gesicht in beiden Händen.

Wenn er sie doch in diesem Moment getötet hätte. Mein Gott, warum hatte er es nicht getan? Es wäre so einfach gewesen.

Er war verärgert über sich selbst. Ihr Duft, ihre Berührung hatten ihn überwältigt. Als er endlich wieder Herr seiner Sinne war, umgab ihn weißer Nebel, der sich langsam auflöste. Dann befand er sich wieder allein auf dem düsteren Dachboden.

Zornig und sich selbst für seine sinnlose Dummheit verfluchend, hatte er mit den Fäusten gegen die unnachgiebigen Wände getrommelt.

»Genug«, hatte er gebrüllt. »Zum Teufel, laßt mich hier raus!«

Doch es gab keinen Wärter, der ihn in seinem Gefängnis Charon's Crossing festhielt. Er, nur er ganz allein, hatte sich zu dieser ewigen Gefangenschaft verdammt, ebenso wie nur er allein sich befreien konnte.

In Catherines Tod würde er seinen Frieden finden.

Nun hatte das Warten schließlich ein Ende. Catherine war gekommen, und er würde sie töten.

Seine Qualen würden ein Ende haben.

Matthew erhob sich aus seinem Sessel, ging langsam zum Fenster und sah hinaus. Der Himmel wurde schon heller. Bald würde der Morgen dämmern.

Er schloß die Augen, umklammerte das Fensterbrett mit beiden Händen und sog gierig die Luft ein, die die Düfte weit entfernter Orte jenseits dieses Gefängnisses herüberwehte. Dann drehte er sich um und steuerte auf die Tür zu.

Er schlüpfte hindurch, ein dunkler Schatten, der mit der tieferen Dunkelheit des stillen Hauses verschmolz, und stieg die schmalen Stufen in den zweiten Stock hinunter. In dieser Nacht würde es kein dramatisches Lärmen und Stöhnen geben.

Er hatte keine Lust, Cat vor seinem Kommen zu warnen.

Auf dem Flur, der zu ihrem Schlafzimmer führte, hielt er inne. Die Tür war verschlossen, und er spielte mit dem Gedanken, einfach hindurchzuschlüpfen. Aber irgendwie schien es ihm wichtig, heute nacht so zu ihr zu kommen, als wäre er noch von dieser Welt. Langsam legte er die Hand auf den Türknauf und drehte ihn.

Im Zimmer herrschte völlige Dunkelheit. Sie mußte die Samtvorhänge zugezogen haben. Hatte sie geglaubt, sich vor der Nacht schützen zu können? fragte er sich mit einem irren Lächeln.

Die Dunkelheit machte ihm nichts aus, trotzdem ging er zum Fenster und zog die Vorhänge zurück. Tief in seinem Innern wußte er, daß er nur den Moment hinauszögerte, bis er zu ihr gehen würde.

Schließlich drehte er sich um.

Die Spinnweben in den Ecken waren verschwunden, weggefeudelt von dem alten Mütterchen, das die Hälfte ihrer Anwesenheit damit verbracht hatte, sich zu bekreuzigen.

Matthew hatte sich darüber amüsiert, aber nichts getan, um sie zu erschrecken. Der Ruf des Hauses und der eisige Windhauch, der vom Dachboden die Treppe hinabwehte, hatten das Ihrige getan.

Doch in diesem Zimmer gab es nichts Furchteinflößendes.

Catherine schlief friedlich in dem großen Bett mit den vier Pfosten.

Sie lag auf dem Rücken und hatte sich die blaßrosa Decke bis ans Kinn gezogen. Eine Hand lag mit der Innenfläche nach oben auf der Decke. Mit der anderen bedeckte sie sich die Stirn, die zierlichen Finger berührten leicht das weiße Kopfkissen.

Er hatte erwartet, daß die Schuldgefühle ihre Schönheit zerstört hätten, doch das war nicht der Fall. Ihr Anblick schnürte ihm noch immer die Kehle zu.

Er ging langsam auf sie zu, sein Blick glitt über sie hinweg. Das plötzliche Verlangen, sie in den Armen zu spüren, stieg in ihm auf.

Er haßte sich selbst dafür, doch eigentlich war es nicht verwunderlich. Zum Teufel, dachte er mit grimmigem Schmerz, welchen Mann, der so lange allein eingesperrt gewesen war, würde der Anblick einer so schönen Frau kaltlassen?

Neben dem Bett hielt er inne und betrachtete sie. Sein Gedächtnis hatte ihm Streiche gespielt, das erkannte er jetzt. Catherine war noch viel schöner, als er sie in Erinnerung gehabt hatte. Ihr Haar war noch glänzender, ihr Gesicht noch feiner geschnitten.

Und ihr Mund, dieser schöne, verlogene Mund. Er hatte einmal zu ihr gesagt, in ihren Lippen, die wie die Blütenblätter der rosafarbenen Rose von Charon's Crossing seien, läge für ihn der Nektar der Götter.

Jetzt wußte er, daß dieser Vergleich über die Maßen schmeichelhaft für die Blume gewesen war. Sicher hatte keine Rose je so vollkommen ausgesehen.

Sein Blick glitt langsam weiter nach unten. Und der Rest von ihr? Er zitterte am ganzen Körper. Sah ihr Leib so aus, wie er ihn in Erinnerung hatte, oder noch schöner?

Das Blut pulsierte ihm durch die Adern und sammelte sich in seinen Lenden.

»Was für ein grüner Jüngling du bist! Denk mit dem Kopf, Mann, nicht mit dem Schwanz«, stieß er zwischen den Zähnen hervor.

Doch wie konnte er widerstehen? Nach all der Zeit mußte er sie einfach sehen. Nur dieses eine Mal. Was konnte das schon schaden?

Er beugte sich zu ihr hinunter und ergriff einen Zipfel der Decke. Catherines Schlaf wurde unruhig, und er erstarrte in der Bewegung, um sie nicht aufzuwecken. Sie seufzte und drehte den Kopf ein wenig, dann wurde ihr Atem wieder gleichmäßig.

Ein kurzer Blick, nichts weiter. Nur ein ...

Ihm blieb das Herz stehen.

Heilige Mutter Gottes, was hatte sie da an?

Ein Nachthemd war es auf jeden Fall nicht.

Er hatte nie verstanden, warum Frauen Wert darauf legten, sich abends auszuziehen, nur um sich dann sofort wieder vom Hals bis zu den Füßen anzukleiden.

Catherine hatte in solchen Nachthemden geschlafen. Nicht nur in dem Traum. Nein, einmal hatte er sie vor dem Schlafengehen zu Gesicht bekommen; sie war an der brennenden Lampe in ihrem Schlafzimmerfenster vorbeigegangen, als er gerade auf dem Weg zum Haus gewesen war. Sie war vor dem Fenster stehengeblieben, als habe sie gewußt, daß er dort stand. Ihr weißes , hochgeschlossenes Nachthemd mit den langen, gekräuselten Ärmeln hatte von ihrem Körper nicht mehr als einen schwachen Umriß offenbart, der im Licht der Öllampe auszumachen war.

Natürlich schliefen nicht alle Frauen in so etwas. Er war jetzt dreiunddreißig Jahre alt; mehr als die Hälfte seines Lebens hatte er auf See verbracht, und sein Gesicht und seine Statur wirkten alles andere als abschreckend auf Frauen. Er war mehr als zufrieden mit der Anzahl Damen, die er im Laufe seines Lebens ins Bett bekommen hatte.

Doch niemals hatte er eine Frau in etwas gesehen, das diesem Ding auch nur entfernt ähnlich war.

Er schluckte, um die zugeschnürte Kehle freizubekommen. Vom zugeschnürten Gefühl in seiner Hose ganz zu schweigen.

Es handelte sich um zwei Streifen bestickter weißer Baumwolle. Der eine war ein eng anliegendes, ärmelloses Hemd, der andere ... er wußte nicht, was das andere war. Ganz sicher keine Unterhose. Niemand, nicht einmal eine Hure in Liverpool, hätte diesen kleinen weißen Baumwollfetzen als Unterhose bezeichnet.

Das Hemd ließ Schultern und Arme frei, der Stoff war so fein und dünn, daß sich ihre Brüste abzeichneten. Er konnte sogar schwach die Umrisse der Brustwarzen erkennen.

Und die Unterhose, oder was auch immer das sein mochte, saß so hoch über ihren langen Beinen, daß sie den größten Teil der fein geschwungenen Hüften freilegte und nur das köstliche Delta ihrer Weiblichkeit bedeckte, das sie ihn niemals hatte sehen oder gar berühren lassen.

Matthew stöhnte. Jesus Christus! Alles an seinem Körper sehnte sich nach ihr, sein brennendes Verlangen war verzehrend und beinahe schmerzhaft. Er war verrückt danach, ihr die paar Baumwollfetzen vom Leib zu reißen und seinen Körper in ihrem zu vergraben. Ihr Gesicht zu sehen, wenn sie die Augen aufriß und begriff, wie ihr geschah ...

»Nein!«

Der Schrei brach von seinen Lippen, und er wich taumelnd vom Bett zurück. Sein Oberkörper erbebte, als er verzweifelt nach Luft rang.

Catherine hatte ihn betrogen. Sie hatte seinen Namen entehrt, einen Verräter aus ihm gemacht. Sie, und nur sie, war Handlangerin seines Todes gewesen.

Und er würde nicht zulassen, daß sie nun auch noch ein Tier aus ihm machte.

Er würde Rache nehmen, doch so, wie er es geplant hatte, wie ein Ehrenmann. Nicht auf diese Weise.

Niemals.

Er atmete zitternd ein und sah erneut auf sie hinab. Und doch – der Drang, sie zu berühren, war überwältigend.

Minuten vergingen. Dann streckte er langsam die Hand aus und strich sanft über ihr seidenes, schwarzes Haar.

Es tat so gut, sie zu berühren.

Er fiel neben dem Bett auf die Knie, hielt den Atem an und fuhr mit den Fingern ihren Hals entlang. Ihre Haut war warm und fest unter seiner Berührung; der Duft von Seife, Rosen und Weiblichkeit strömte in seine Nüstern, und er sog ihn tief in die Lungen.

Catherine seufzte. Für einen Moment bildeten sich zwischen ihren dunklen, geschwungenen Brauen zwei senkrechte Linien, die sofort wieder verschwanden.

»Cat«, hörte er sich selbst flüstern. »Cat...«

Seine Berührungen wurden gewagter. Er ließ seine Hand leicht über ihre Brust gleiten und fühlte die pralle Rundung. Er strich ihr mit dem Finger über die Brustwarze. Sie erbebte im Schlaf, ihr Körper wölbte sich ihm entgegen und drückte sich gegen seine Hand.

Er biß die Zähne zusammen und stöhnte.

Er war nun mit beiden Händen auf ihr, umfaßte ihre Brüste, knetete sie zärtlich.

»Catherine«, stieß er schwer atmend hervor.

Ein Wimmern stieg aus ihrer Kehle auf. Ihren Lippen entfuhr ein hauchdünner Seufzer.

Seine Hände wanderten zu ihren Hüften, sanft streichelte er ihre Schenkel. Er wußte, sie war ein falsches Weibsstück und eine Lügnerin, doch das änderte nichts an seinem Verlangen.

»Cat«, sagte er und senkte seinen Mund auf ihren zu einem hauchzarten Kuß.

Süß. So süß. War es möglich, daß er vergessen hatte, wie sie schmeckte? An diesen Geschmack konnte er sich nicht erinnern. Ihre Lippen ließen ihn an Sommerregen und Frühlingswinde denken, an den ersten kühlen Hauch von Schnee.

Sie hob die Arme und schlang sie um seinen Hals. Ihre Lippen teilten sich mehr und mehr unter dem fordernden Druck seines Mundes. Sie flüsterte im Schlaf.

Ja, sagte sie, o ja...

Matthew sprang auf.

Was tat er da eigentlich?

Sie war ein falsches, berechnendes Biest. War sie auch eine Hexe? Wollte sie ihn sogar jetzt noch verzaubern?

Mit kaltem, versteinertem Gesichtsausdruck ging er Richtung Tür. Zur Hölle, dachte er, drehte sich um und sah die schlafende Frau im Bett an.

»Catherine«, sagte er mit einer Stimme, die plötzlich so eisig war wie die Luft, die ihn umgab. »Catherine, schau mich an.«

»Mmmmh«, machte Catherine und drehte sich auf den Bauch.

»Verflucht, Cat. Mach die Augen auf!«

Die Stimme kam von irgendwo sehr weit weg.

Sie war grob und zornig, und Kathryn wollte ihr nicht gehorchen. Doch die Stimme ließ nicht locker, und schließlich schlug sie die Augen auf.

»Kathryn«, sagte die Stimme.

»O mein Gott...«

Kathryn fuhr im Bett auf und zog sich die Decke bis zum Hals. Sie hatte sich in einem Zimmer schlafen gelegt, das ausgesehen hatte wie die arg heruntergekommene Kulisse für einen alten Vampirfilm. Die Samtvorhänge hatten in Fetzen vor den Fenstern gehangen, und der Raum selbst war, abgesehen vom Bett und einem altersschwachen Sessel, kahl gewesen. An den vergilbten Wänden waren außer ein paar feuchten Flecken mehrere viereckige oder ovale Umrisse zu sehen gewesen, wo einmal Gemälde gehangen hatten.

Jetzt durchflutete ein schmaler Streifen Mondlicht einen Raum, der so elegant eingerichtet war, wie er in den Anfangstagen von Charon's Crossing ausgesehen haben mußte.

Gepolsterte Stühle standen um ein kleines Sofa herum, ein eleganter Sessel verzierte eine Wand. Ihr gegenüber stand eine Öllampe aus Milchglas auf einem runden Tischchen.

Purpurne Vorhänge umrahmten die Fenster, die Gardinen darunter flatterten sanft in der nächtlichen Meeresbrise. Ein Gemälde zeigte ein englisches Dorf; kleinere Landschaftsbilder und zwei ovale Portraits schmückten die Wand an der entgegengesetzten Seite des Bettes.

Kathryn schluckte mit trockener Kehle.

Das ist alles nur ein Traum, sagte sie zu sich selbst. Nur ein Traum.

Ihr Herz schlug schnell. War es das wirklich? Wenn man *meinte* zu träumen, dann war man doch bei Bewußtsein.

Oder nicht?

Sie atmete tief durch. Natürlich nicht. Das war das Besondere an Träumen. Alles war möglich, wenn man ...

»Guten Abend, Cat.«

Kathryn schrie auf.

Ein Mann war aus dem Dunkel getreten. Er war groß, hatte breite Schultern, schmale Hüften und lange, muskulöse Beine. Seine Kleidung war altmodisch; ein weißes Rüschenhemd, fast bis zur Taille offen, hautenge Hose und hohe Lederstiefel...

Sie kannte ihn. *Sie kannte ihn!* Es war der Mann, von dem sie gestern morgen geträumt hatte.

»Ich träume«, sagte sie mit zittriger Stimme. Natürlich. So mußte es sein. Darum sah der Raum so anders aus, und darum war der Mann, der jetzt langsam auf sie zukam, der Mann aus ihrem Traum.

Doch wenn sie träumte, warum konnte sie dann den Blumenduft der Nachtluft riechen? Warum konnte sie spüren, wie sie sich mit zitternden Händen die etwas rauhe Bettdecke an den Hals preßte?

Er blieb neben dem Bett stehen und sah sie an. Sie starrte zurück, das Geräusch ihres rasenden Herzschlags dröhnte ihr in den Ohren. Sie mußte ihre ganze Energie und Willenskraft aufwenden, um nicht mit den Zähnen zu klappern.

»Sie sind nicht wirklich«, sagte sie.

Er lachte. »Und wie ich das bin.«

»Sind Sie nicht. Das ist alles nur ein Traum.«

Er setzte ein süßliches Lächeln auf. »Soll ich dir das Gegenteil beweisen?«

Sie dachte daran, was passiert war, als sie von ihm geträumt hatte, und sank zurück in die Kissen.

»Rühren Sie mich nicht an. Wenn Sie das tun – wenn Sie das tun ...«

»Leere Drohungen, Cat. Diesmal gibt es keinen Narren, der tut, was du willst.«

»Ich schreie! Ich schwöre, ich schreie so laut, bis mich jeder auf dieser Insel hört und angelaufen kommt ...« Kathryn zwinkerte.

Was zum Teufel machte sie da eigentlich? Sie redete mit einem Mann, der nicht real war.

»Sie sind nicht hier«, sagte sie ruhig.

»Natürlich bin ich hier. Verdammt noch mal, Cat ...«

Sie ignorierte ihn, verkroch sich unter die Bettdecke und kniff die Augen zu.

»Der Traum ist vorbei.«

Ihre Stimme klang fest, bis auf ein kaum vernehmbares Zittern. Sie hatte Mut, das mußte er ihr lassen, aber andererseits hatte er auch nicht erwartet, daß sie sein Erscheinen einfach so hinnehmen würde.

»Jetzt enttäuschst du mich aber«, sagte er sanft. »Was ist denn das für eine Begrüßung, nachdem wir so lange getrennt waren?«

Kathryns Augen weiteten sich.

»So lang ist das gar nicht her. Gestern morgen.«

Verdammt, es war dumm gewesen, das zu sagen. Aber egal. In einem so irrsinnigen Traum wie diesem konnte man wohl alles sagen, was einem gerade einfiel.

Außerdem schien er ihre Bemerkung nicht im Geringsten dumm zu finden. Er hatte nicht einmal mit der Wimper gezuckt. Er stand immer noch vor dem Bett, die Arme in die Hüfte gestemmt und mit weit gespreizten Beinen. Er sah auf sie hinunter mit einem Blick, der sie um mehr als die Hälfte schrumpfen ließ.

Es wäre besser gewesen, ihm Auge in Auge gegenüberzutreten, statt ihm zu erlauben, so weit über ihr zu stehen. Doch dafür hätte sie aufstehen müssen, und sie hatte nichts an außer ihrer Unterwäsche.

»Zum Teufel«, sagte sie schwach.

Sie hatte wirklich nicht mehr alle Tassen im Schrank. Nichts von alledem war wirklich. Was machte es da, ob sie nur Unterwäsche trug?

Mit einer energischen Handbewegung fegte sie die Decke vom Bett, wickelte sie sich mit größtmöglichem Geschick um den Körper und richtete sich blitzschnell auf.

»Jetzt hören Sie mal zu, Mister ...«

»Nicht so formell, Cat.« Er lächelte kühl. »Nenn mich einfach beim Namen, so wie früher.«

»Ich kenne Ihren Namen nicht. Und selbst wenn ...«

»Hast du so ein schlechtes Gedächtnis?« Sein Lächeln verschwand. »Sage meinen Namen, Cat.«

»Ich habe doch gesagt, ich ...«

Sie schnappte nach Luft, als er sie bei den Schultern packte.

»Sprich ihn aus, verflucht«, knurrte er. »Sag Matthew.«

Kathryn schluckte mit trockener Kehle. Traum oder nicht, mit Verrückten wie dem da war schlecht diskutieren.

»Matthew.«

»Du sprichst ihn aus, als wäre er neu für dich, als hättest du nie zuvor den Namen Matthew McDowell gehört.« Er verzog den Mund. »Und genau das wirst du dir wünschen, wenn ich mit dir fertig bin, Catherine. Das schwöre ich dir.«

Matthew McDowell, dachte Kathryn hastig, ein Traumbild, das sich vorstellt.

Vielleicht träumte sie gar nicht. Vielleicht war sie nur komplett übergeschnappt.

Doch wenn das so war und sie diesen Gast selbst heraufbeschworen hatte, dann hatte sie ganze Arbeit geleistet, soviel stand fest. Gott, sah er hinreißend aus!

Sie hatte nie zuvor Augen dieser Farbe gesehen. Sie waren

wie das Meer, dunkel, grün und stürmisch. Und sein Haar. Welche Farbe hatte es? Nicht braun. Nicht blond. Nein, golden. Glänzendes Gold, so dicht und seidig, daß sie sich danach sehnte, es zu berühren.

Auch der Rest stand Augen und Haar in nichts nach. Ihr Blick wanderte über sein Gesicht, die gerade, stolze Nase, das eckige, gespaltene Kinn, den strengen, aber sinnlichen Mund. Über seiner rechten Augenbraue schlängelte sich eine kleine Narbe. Sie stand ihm gut, genau wie die theatralische Kleidung, die an ihm gar nicht so theatralisch aussah. Sie ließ ihn unglaublich männlich wirken. Und vielleicht ein klein bißchen gefährlich.

Ihr kam ein Gedicht in den Sinn, das sie vor Jahren gelesen hatte. Von einem Straßenräuber, der auf einem Streifen fahlen Mondlichts durch die Dunkelheit ritt...

»Hast du mich genug begutachtet, Cat?«

Seine Stimme war kalt und grob, doch da war noch etwas anderes. Schmerz? Konnte es sein, daß sie Schmerz vernommen hatte?

Er packte sie fester bei den Schultern. »Hast du geglaubt, du könntest die Wunden deines Verrats noch sehen? Sie sind geheilt – zumindest für das bloße Auge.«

»Ich weiß gar nicht, wovon Sie...«

»Lüg mich nicht an, verflucht noch mal! Jetzt ist es zu spät dafür.«

Kathryn fuhr sich mit der Zunge über die Lippen. »Hören Sie, ich habe keine Ahnung, was hier vor sich geht. Und ganz sicher kenne ich Sie nicht. Vielleicht...« Sie kämpfte gegen das hysterische Lachen an, das in ihrer Kehle aufstieg.

»Vielleicht sind Sie im falschen Traum.« Sie schrie, als sein Griff noch fester wurde. »He! Sie tun mir weh!«

»Ich will Antworten, Catherine, und zwar jetzt.«

»Und ich«, sagte sie und entwand sich seinem Griff, »ich will hier raus.«

Matthew lachte laut auf. »Das glaube ich dir gern. Aber so schnell wirst du mich nicht los. Diesmal nicht.«

»Ich lasse mir das nicht bieten«, versetzte sie trotzig, »nicht einmal im Traum.«

»Ich kann mit dir machen, was mir verdammt noch mal paßt.«

»Hören Sie gut zu, Mister, entweder Sie sind in einer Minute hier verschwunden, oder ich werde ... ich ...«

»Du wirst was?« Er packte sie und fuhr ihr mit der Hand durch das üppige schwarze Haar. »Was könntest du mir denn noch antun, das du mir noch nicht angetan hast?«

Kathryns Herz raste, als sie in das schöne verhärtete Gesicht blickte.

Er ist nicht wirklich, redete sie sich ein. Seine Hände fühlten sich zwar wirklich an, und seine Raserei war irgendwie auch ziemlich wirklich. Doch natürlich hatte sie hatte ihn sich nur ausgedacht ... und konnte ihn genauso schnell wieder wegdenken.

»Gehen Sie«, sagte sie mit bemüht ruhiger Stimme.

Matthew lachte. »Ich gehe, wann es mir paßt.«

»Nein, Sie gehen, wenn es *mir* paßt. Sie sind nichts weiter als eine Kreatur meiner Phantasie.«

»Ach, eine Kreatur bin ich?« Seine Augen verdüsterten sich. »So denkst du also von mir?«

»Ja. Das heißt nein. Verdammt, Sie drehen mir das Wort im Mund rum. Alles, was ich sagen will ist: Sie sind nicht real!«

Er lächelte, daß es ihr den Atem verschlug.

»So, bin ich das nicht?« fragte er, und bevor sie sich wehren oder ihn daran hindern konnte, senkte er seine Lippen auf ihre.

Der Kuß überflutete sie mit Feuer; sie spürte, wie es von seinen Lippen auf ihre übergriff wie glühende Lava.

Kathryn hob die Hände und ballte sie zu Fäusten, doch er ergriff ihre Handgelenke und preßte sie gegen seinen Brustkorb, während er sie enger an sich zog. Ihr Kopf fiel in den Nacken, und seine Lippen senkten sich fordernd auf ihre.

Nein, das würde sie nie ...

Ihre Finger an seinem muskulösen Oberkörper erschlafften.

»Bitte«, flüsterte sie, ihren Mund an seinen gepreßt.

Bitte was? Was wollte sie eigentlich? Das hier sicher nicht. Nicht diese Hitze und diese Härte. Nicht diesen Kuß, der nach Verlangen und Haß schmeckte ...

Sie seufzte leise und begierig, ohne zu merken, daß das Geräusch ihrer eigenen Kehle entsprang. Er ließ seine Hand ihren Rücken hinabgleiten.

»Catherine«, flüsterte er an ihren Lippen. »Catherine, meine Catherine.«

Er spürte das Zittern ihrer Lippen, als sie sich den seinen öffneten, und ihre salzigen Tränen auf seiner Zunge. Ihre Finger gruben sich in sein Hemd. Jetzt war sie sein. Er mußte sie nur noch auf das Bett hinunterziehen ...

Mein Gott, was tat er da? Das war keine Rache, sondern Verführung. Und es war Cat, die ihn verführte! Sie spielte ihre Waffen gegen ihn aus, wie sie es schon früher getan hatte.

Hatte er denn gar nichts gelernt in der endlosen Finsternis seines ewigen Verlieses?

Fluchend stieß er sie von sich fort. Sie stolperte und fiel zurück aufs Bett.

»Du Hure«, sagte er. »Flittchen!«

Kathryn blickte hoch in sein zorniges, wildes Gesicht und kniff die Augen zu.

»Das ist nur ein Traum«, flüsterte sie. »Nur ein Traum, ein Traum ...«

Irgendwo in der Ferne ertönte ein Glockenschlag.

VIER

Irgendwo in der Ferne ertönte ein Glockenschlag.

Kathryn stöhnte im Schlaf und vergrub sich tiefer unter die Decke.

Die Glocke erklang erneut, und sie zog die Stirn in Falten.

»Mmmmh . . .«, murmelte sie.

Auf einmal war sie hellwach. Mit rasendem Herzschlag und weit aufgerissenen Augen rollte sie sich blitzartig an den Rand des Bettes, langte nach unten, griff nach ihrem Schuh und fuchtelte wild damit herum. Dann schnellte sie aus den Kissen hoch.

»Okay«, sagte sie, »okay, jetzt reicht's! Sofort raus hier, oder . . . oder . . .«

Das Zimmer war leer. Es sah genauso aus wie gestern abend, als sie zu Bett gegangen war. Die Vorhänge waren schäbig und alt, Möbelstücke praktisch nicht vorhanden, und die Wände zierte nichts als verblaßte Farbe und feuchte Flekken.

Kathryn atmete aus und ließ sich wieder in die Kissen fallen.

Es gab Träume. Aber es gab auch Alpträume. Und es stand ganz außer Frage, womit sie soeben Bekanntschaft gemacht hatte.

Es war ein Alptraum gewesen, ein ganz ausgewachsener. Einer von der Sorte, wegen der halb Manhattan den Seelenklempnern die Tür einrennen würde.

Sie konnte es nicht einmal auf Moo goo gai pan schieben.

»Diesmal nicht«, sagte sie zu sich selbst.

Sie seufzte, ließ den Schuh zu Boden fallen, setzte sich auf und fegte die Decke beiseite.

Sie rieb sich das Gesicht und gähnte. Womit bewiesen wäre, dachte sie, daß eine Dose Tomatensuppe und eine halbe Pakkung Kräcker ausreichten, um einen gedanklich geradewegs Richtung Elm Street zu schicken, wenn man die Nacht an einer Art ausgemustertem Drehort für schlechte Horrorfilme verbrachte.

Wenigstens hatte ihre Phantasie ihr nicht Freddy Krüger beschert, dachte sie mit einem zittrigen Lachen. Im Gegensatz zu Traumgestalten von der Stange war Matthew McDowell doch etwas ansprechender gewesen.

Das Problem war nur, daß es sie ein wenig beunruhigte, wenn sie von hinreißenden Männern träumte, die sich nicht entscheiden konnten, ob sie nun mit ihr schlafen oder sie umbringen wollten.

Kathryn strich sich die Haare aus dem Gesicht und stand auf. Sonnenlicht durchflutete die zerfetzten Samtvorhänge und badete sie in Wärme.

»Just another day in Paradise«, sang sie vor sich hin und lächelte.

Blauer Himmmel. Strahlende Sonne. Bauschige weiße Wolken, die von Gauguin stammen könnten.

O ja. Es würde ein wunderschöner Tag werden. Aber auch ein anstrengender. Der Bauunternehmer wollte vorbeikommen, jemand würde den Leihwagen bringen, den sie angefordert hatte, und die Maklerin hatte sich angesagt. Und sie mußte wohl oder übel anfangen, das Haus sauberzumachen, sobald sie die Tür des altersschwachen Kleiderschranks aufgestemmt hatte, damit sie sich anziehen konnte.

Kathryn rollte mit den Augen, stemmte sich gegen die eine Tür und riß an der anderen, bis beide aufsprangen. Die alten abgeschnittenen Jeans und das schäbige pinkfarbene kurze

Oberteil würden es wohl tun. Die Hose wies immer noch Flekken der gelben Farbe auf, mit der sie ihre Küche in Greenwich Village gestrichen hatte, und das Oberteil war durch unzählige Waschgänge ziemlich ausgeblichen, aber für das, was sie heute morgen vorhatte, waren beide wie geschaffen.

Wenn man bis über beide Ohren zwischen Wassereimern und Meister Proper stand, konnte man sein Erscheinungsbild ruhig einmal vernachlässigen. Außerdem war sie sich ganz sicher, daß mit dem Verschwinden des verkrusteten Drecks im ganzen Haus auch sein gruseliges Potential abnahm, das ihr diesen schrecklichen Tr...

»Miss Russell?«

Kathryn kreischte laut auf. Hose und Oberteil fielen ihr aus der Hand, und sie fuhr herum.

Eine Frau stand im offenen Türrahmen des Schlafzimmers. Sie war klein, schlank, und ihre Haut hatte die Farbe von Kaffee mit einem winzigen Schlag Sahne.

»Oh, das tut mir aber leid«, sagte sie. »Ich wollte Sie nicht...«

»Wer zum Teufel sind Sie?«

»Mein Name ist Olive Potter. Ich bin im Auftrag von Amos Carter hier.«

»Und wozu?« fragte Kathryn wütend. Ihre Hände zitterten wie im Fieber. Sie griff hinter sich, tastete nach dem Baumwollkleid, das sie in den Schrank gehängt hatte, und zog es an. »Um mich zu Tode zu erschrecken?«

Olive Potter biß sich auf die Lippe. »Es tut mir leid, wirklich. Aber ich dachte, Sie erwarten mich schon, und als ich geklingelt habe, hat keiner reagiert...«

»Ach, Sie dachten, ich erwarte Sie?«

»Ja.« Die Frau verzog das Gesicht. »Okay, fangen wir noch einmal von vorne an. Mein Name ist Potter. Mir gehört das Maklerbüro in Hawkins Bay.«

»Oh.« Kathryn schluckte und räusperte sich. »Ja, natürlich.«

Die Maklerin machte eine hilflose Handbewegung. »Ich habe mindestens sechsmal geklingelt, aber keine Reaktion. Also bin ich hintenrum gegangen, weil ich dachte, Sie sind schon im Garten und liegen in der Sonne.«

Kathryn machte den Gürtel ihres Kleides zu. Ihre Hände zitterten nicht mehr, aber ihr Herz raste immer noch mit hundert Schlägen pro Minute.

»Das hätte ich wohl besser auch getan.« Sie lachte kurz auf und hoffte, daß das nicht auch wie ein Kreischen klang. »Ich meine, ich habe keine Ahnung, wieviel Uhr wir haben, aber es ist sicher schon sehr spät.«

»Nein, nein, es ist noch gar nicht spät. Geht gerade auf acht zu. Ich habe auch versucht, Sie anzurufen, damit Sie wissen, daß ich vorbeikomme, aber anscheinend funktioniert Ihr Telefon nicht.«

»Unter anderem«, sagte Kathryn trocken. Sie hob die Hand und strich sich das Haar aus dem Gesicht. »Miss Potter, ich begrüße Ihr promptes Erscheinen außerordentlich.«

»Amos sagte, Sie wollen Charon's Crossing möglichst schnell auf dem Markt haben.«

»O ja, das will ich.« Kathryn hob die Augenbrauen. »Wie sind Sie eigentlich reingekommen, Miss Potter?«

»Nun ja, das Tor war offen.«

»Ach ja. Hatte ich ganz vergessen.«

»Und ins Haus rein ... also, als ich nichts von Ihnen gehört habe, dachte ich mir, ich seh' mal nach dem Rechten, ob Sie okay sind. Dann habe ich es hinten an der Hintertür versucht, die, die in die Küche führt. War nicht verschlossen, und, na ja, da bin ich.«

»War sie nicht?« Kathryn runzelte die Stirn. »Dabei hätte ich schwören können, daß ich alle Türen sorgfältig verriegelt habe, bevor ich ins Bett gegangen bin.«

»Ich glaube, Sie müssen sich keine Sorgen machen. Unser Inselchen hat vielleicht begrenzte ...«

»Mittel«, sagte Kathryn mit einem schwachen Lächeln. »Das hat man mir schon gesagt.«

»... aber dafür gibt's hier so gut wie keine Verbrechen.«

»Beruhigend zu hören, wenn man bedenkt, daß das Haus auf einer Klippe im Herzen des Nirgendwo steht.«

»Oh, solche Landhäuser wurden schon immer auf großen, hochgelegenen Grundstücken erbaut. Damals waren die Leute auch nicht anders als heute. Wenn man so viel Geld in ein großes Haus steckte, will halt keiner ein ähnlich großes in der Umgebung haben.«

Kathryn nickte. »Klingt logisch.« Sie zögerte. »Und wenn Elizabeth Island so sicher ist, wie Sie sagen, warum haben Sie sich dann gefragt, ob ich okay bin?«

Olive Potter öffnete den Mund und schloß ihn dann wieder. »Na ja«, sagte sie schließlich, »ich habe mir nicht wirklich Sorgen um Sie gemacht. Ich wollte nur, äh, helfen. Amos hat mir erzählt, daß in Charon's Crossing viel repariert werden muß, und da habe ich gedacht, Sie wären vielleicht über eine morsche Stufe gestolpert und hätten sich das Handgelenk verstaucht oder so was.« Sie lächelte. »Obwohl Amos einem seiner Klienten so was nie erlauben würde.«

Kathryn lachte. Sie mochte Olive Potter, ihre direkte Art und ihr ungezwungenes Lächeln. Sie wirkte so bodenständig, und das war genau das richtige für sie heute morgen.

»Sie haben recht«, sagte sie fröhlich. »Ich kann mir nicht vorstellen, daß mit Amos Carters Klienten irgendwas geschehen könnte, was er nicht absolut befürwortet.« Sie lächelte. »Sehen Sie, Miss Potter ...«

»O bitte, nennen Sie mich Olive.«

»Dann müssen Sie mich Kathryn nennen.«

Olive lächelte und streckte die Hand aus. »Wie geht es Ihnen, Kathryn? Schön, Sie kennenzulernen.«

Kathryn lächelte zurück und drückte Olive die Hand.

»Das Vergnügen ist ganz meinerseits. Sie kennenzulernen,

und vor allem, an einem solchen Morgen schon so früh Besuch zu bekommen.«

»Wohl Ihr erster auf Charon's Crossing?«

»Mein erster. Und ich hoffe, er wird der schlimmste bleiben.« Kathryn drehte sich um und schlug die Schranktüren zu, wobei sie der rechten murrend etwas nachhelfen mußte.

»Kann ich mir vorstellen. Ist sicher kein Vergnügen, in einem Zimmer aufzuwachen, das jeden Moment um einem rum einstürzen kann«, sagte Olive mitfühlend.

»Das können Sie laut sagen.« Kathryn atmete geräuschvoll aus und trat einen Schritt auf Olive zu. »Ich meinte aber eigentlich ... ich weiß, es klingt dumm, aber ich habe heute nacht was ganz Furchtbares geträumt.«

»Geträumt?«

»Ein Alptraum.« Kathryn ging zum Bett, nahm das Kissen und versetzte ihm einen Handkantenschlag, bevor sie es wieder auf das Bett warf. »Nicht der Rede wert.« Ihr Lachen klang gezwungen, selbst für ihre eigenen Ohren. »Nur ein Kostümfilmdrama. Kommt wahrscheinlich von dem gruseligen Haus.«

Sie drehte sich um und lächelte Olive zu, doch Olive lächelte nicht zurück.

»Kostümfilmdrama, Kathryn?«

»Genau. Sie wissen schon, aufwendige Szenerie, ein Mann im Rüschenhemd, bis zum Bauchnabel offen ... Jetzt gucken Sie nicht so besorgt, Olive. Ganz so schlimm war's nun auch wieder nicht, wenn ich genau drüber nachdenke.«

»Da fällt mir ein, Kathryn, ich habe Amos schon erzählt, ich habe da ein schönes, kleines Haus direkt unten am Strand zu vermieten. Sauber, modern und alles. Sie können gerne dort wohnen, solange Sie hier sind.«

»Vielen Dank, aber hier draußen ist es schon in Ordnung.«

»Meinen Sie wirklich? Das Haus ist so riesig. Und so ... ich meine, nicht gerade gut in Schuß.«

»Eine Bruchbude«, sagte Kathryn fröhlich. »Ich bin Ihnen für Ihr Angebot wirklich dankbar, aber ich kriege das schon hin. Ich bin nur eine Woche lang hier, und wenn ich auf Charon's Crossing bleibe, schaffe ich sicher mehr als anders.« Sie rümpfte die Nase. »Zum Beispiel das Putzen. Das wollte ich heute morgen in Angriff nehmen.«

»Und ich störe Sie dabei.«

»Nein, reden Sie keinen Unsinn. Sie sind ein willkommener Besuch, das können Sie mir glauben. Geben Sie mir fünf Minuten, um mich fertigzumachen, dann koche ich uns einen Tee. Ich würde Ihnen auch Kaffee anbieten, aber es ist keiner da. Und dann setzen wir uns hin und unterhalten uns ein wenig.«

Olive nickte. »Klingt gut, Kathryn. Haben Sie was dagegen, wenn ich mal kurz durchs Haus gehe, während Sie sich anziehen? Damit ich mir ein Bild machen kann, was es auf dem Markt bringen könnte.«

»Nicht könnte«, sagte Kathryn. »Wird. Klar. Machen Sie ruhig. Fühlen Sie sich ganz wie zu Hause. Ich bin in fünf Minuten unten.«

Eine Viertelstunde später kam Kathryn die Treppe herunter, ihr offenes Haar war vom Duschen noch nicht ganz trocken. Sie trug die abgeschnittenen Jeans, das pinkfarbene Oberteil und Sandalen.

»Träume ich schon wieder, oder rieche ich wirklich frischen Kaffee?« fragte sie beim Betreten der Küche.

Olive, die an der Hintertür stand und über die Terrasse blickte, drehte sich um.

»Tun Sie. Ich dachte mir, ich überrasche Sie und mach' eine Kanne voll. Hoffentlich haben Sie nichts dagegen.«

»Dagegen?« Kathryn holte zwei Tassen vom Regal und füllte sie bis zum Rand mit dem heißen, wohlriechenden Gebräu. »Gestern abend hätte ich alles gegeben für eine Tasse Kaffee.

Ich habe das ganze Haus danach abgesucht. Wo war er denn versteckt?«

Olive lächelte, als sie die Tasse nahm, die Kathryn ihr hinhielt.

»Nirgends. Ich bin vorher noch bei Whitbridge vorbeigefahren. So ein kleiner Laden in der Front Street. Fährt jeder zum Einkaufen hin.« Sie prostete Kathryn mit ihrer Tasse zu. »Dachte, ich würde Ihnen damit einen Gefallen tun. Ich weiß nämlich, was Amos unter Einkaufen versteht. Wetten, er hat nicht mehr gekauft als Tee, ein, zwei Schachteln Kekse und ein Stück Käse?«

Kathryn lachte. »Plus eine Kondensmilch und Dosensuppen, das war's aber auch.« Sie pustete in ihre Tasse und nahm einen Schluck. »Kennen Sie ihn gut? Amos, meine ich.«

»So gut wie jeder andere. Unser Amos ist ein fähiger Anwalt, aber nicht grade einer der Geselligsten.«

»Soll mir egal sein. Ich bin nicht hier, weil ich Gesellschaft suche. Ich bin hier, um das Haus zu verkaufen.« Kathryns Blick fiel auf Olive. »Oh, tut mir leid, das habe ich nicht so gemeint.«

»Keine Ursache.« Olive lächelte. »Ich versteh' Sie schon.«

»Aber schließlich haben wir nur eine Woche, um alles zu regeln. Und ich krieg' langsam das Gefühl, daß – na ja, daß hier alles ganz anders läuft als bei mir zu Hause.«

Olive lachte in sich hinein. »Sie haben also schon mitgekriegt, daß die Uhren hier auf der Insel nicht so gehen wie anderswo. In solchen Gegenden geht alles etwas langsamer. Aber ich versichere Ihnen, sobald alles fertig ist, kommt das Haus auf den Markt.«

»Fertig?« Kathryn zog die Brauen zusammen. »Was meinen Sie mit fertig?«

»Ich bin ganz Amos' Meinung, Kathryn. Sie werden einen viel besseren Preis für Charon's Crossing erzielen, wenn Sie hier einige grundlegende Dinge reparieren lassen.«

Kathryn seufzte. Sie nahm die Kaffeekanne, füllte beide Tassen neu und deutete auf die Tür.

»Das habe ich befürchtet. Warum setzen wir uns eigentlich nicht nach draußen?« Sie lächelte schwach. »Ich kann mir genausogut die Sonne auf den Pelz brennen lassen, solange ich hier bin.«

Olive folgte Kathryn in den klaren Morgen.

»Mmmh«, machte Kathryn und hielt ihr Gesicht in die Sonne. »Das tut gut. Sind sicher schon an die dreißig Grad hier draußen.«

»Über dreißig«, sagte Olive bescheiden. »Typische Wintertemperatur auf Elizabeth Island.«

Die Frauen schlenderten über die alte Steinterrasse und die niedrigen, breiten Stufen hinunter zu den Überresten des Gartens.

Kathryn stöhnte, als sie sich umsah.

»Muß einmal wunderschön gewesen sein hier«, sagte sie sanft.

»Ein Prunkstück war's«, antwortete Olive. »Nicht daß ich's je gesehen hätte. Als ich geboren wurde, war Charon's Crossings Blütezeit schon lang vorbei, aber wenn man all den alten Geschichten glaubt ...«

Kathryn sah sie scharf an, als sie auf einmal verstummte. »Was für Geschichten?«

Olive zuckte mit den Schultern. »Ach, Sie wissen schon. Dieses und jenes. Wie umwerfend das Haus war. Und die Ländereien. Ganz besonders natürlich der Garten.«

Wie eine prächtige Ruine vor blaßblauem Himmel ragte vor ihnen ein Spalierbogen in der Höhe, die von pinkfarbenen Rosen in verschwenderischer, fast unverschämter Fülle umrankt wurde. Er war wahrscheinlich einmal weiß gewesen, doch jetzt waren von der Farbe nur noch einzelne Tupfer übrig.

Hinter dem Bogen war ein geschwungenes schmiedeeisernes Tor zu sehen.

Genau wie im Traum.

Ihre Hand mit der Tasse zitterte.

»Kathryn?« Olive legte ihr die Hand auf den Arm. »Was ist mit Ihnen?«

»Nichts«, beeilte Kathryn sich zu sagen. »Es – gar nichts. Ich bin nur ... es muß die Hitze sein. Ich bin das nicht gewohnt.«

»Natürlich nicht. Wie dumm von mir, daß ich nicht selber drauf gekommen bin.« Die Maklerin legte ihren Arm leicht um Kathryns Hüfte. »Gehen wir wieder rein. Da ist's kühler.«

»Nein, nicht nötig. Wirklich, mir geht's gut.«

»Sicher?«

»Absolut. Warum setzen wir uns nicht auf die Bank? Die unter dem Baum da.«

»Also ...«

»Da ist viel Schatten. Ich würde viel lieber hier draußen sitzen, als wieder reinzugehen.«

Olive nickte. »Na schön. Aber sie sagen sofort, wenn Ihnen nicht gut ist, ja?« Sie lächelte. »Amos zerreißt mich in der Luft, wenn ihm eine Klientin direkt vor meiner Nase zusammenklappt.«

Kathryn lachte. »Amos würde weniger besitzergreifend denken, wenn er wüßte, daß die Phantasie mit seiner Klientin durchgeht.«

»Was wollen Sie damit sagen?«

»Oh, das ist nicht der Rede wert, glauben Sie mir. Nur ... ich weiß selber nicht genau. Ich hatte in letzter Zeit diese lächerlichen Träume von ...«

»Von Charon's Crossing?«

Kathryn drehte sich zu der alten Frau um. Olive hatte eine Sonnenbrille aufgesetzt, so daß ihre Augen nicht mehr zu sehen waren.

»Wie kommen Sie darauf?« fragte Kathryn scharf.

Olive zuckte mit den Schultern. »Oh, nur so. Gut geraten.

Wenn ich Amos richtig verstanden habe, hat Charon's Crossing Sie ein bißchen beschäftigt. Und jetzt sind Sie hier, allein, in diesem großen, unheimlichen Haus im Herzen des Nirgendwo. Ich sage Ihnen eins: Ich an Ihrer Stelle würde schweißgebadet aufwachen und gar nichts träumen.«

Kathryn sah sie an und lachte.

»Ach, Sie wissen gar nicht, wie froh ich bin, daß Sie heute morgen vorbeigekommen sind, Olive. Sie sind wie eine frische Brise, die mir die Spinnweben aus dem benebelten Hirn bläst!«

Olive lächelte. »Sind aber sicher weniger Spinnweben als im Haus. Meine Güte, wen hat Amos überhaupt angeheuert, hier sauberzumachen? Die Frau hat wahrscheinlich ein Nikkerchen gehalten.«

»Amos.« Kathryn verzog das Gesicht. »Sicher ein guter Anwalt, aber Manieren hat er keine.«

»Na ja, inselbekannter Diplomat ist er nicht gerade.«

»Das ist noch vornehm ausgedrückt. Wir haben uns nicht gerade gut verstanden, er und ich. Aber das ist noch lange kein Grund, mir so einen Quatsch zu erzählen wie gestern, bevor er gegangen ist.« Kathryn schlug die Beine übereinander und wackelte mit den Füßen. »Nicht, daß ich an solchen Unsinn glaube. Aber so was hört man eben nicht gern, bevor man die Nacht in einem Haus verbringt, in dem der Boden knarrt, die Abflüsse gurgeln und wo es an allen Ecken und Enden zieht wie Hechtsuppe am Nordpol.«

»Was hat der alte Griesgram Ihnen denn erzählt?«

»Das ist so lächerlich, daß ich es eigentlich gar nicht wiederholen will. Er meinte, es spukt auf Charon's Crossing.«

Sie wartete darauf, daß Olive lachte oder zumindest lächelte. Doch statt dessen schnellte ihr Kopf in die Höhe wie bei einer Marionette. Sie stellte die leere Kaffeetasse ab und legte ihre Hand auf Kathryns.

»Der Alte hat sie doch nicht mehr alle! Hören Sie zu,

Kathryn. Amos Carter wird Ihnen alle Papiere ausstellen, die Sie brauchen, und das macht er gut, da können Sie Gift drauf nehmen, und Ihnen mit Rat und Tat zur Seite stehen, wenn Sie ihn drum bitten. Aber alles andere, was er von sich gibt, ist dummes Zeug. Haben Sie verstanden?«

»Natürlich. Ich hatte auch nicht angenommen ...«

»Dieses Haus hier ist alt. Es muß eine Menge Arbeit reingesteckt werden. Das ist alles.«

»Ich weiß.«

»Und wenn Sie erst mal von Gespenstern und Geistern anfangen, kauft es kein Mensch.«

»Olive, ich glaube nicht an so was, ehrlich.«

»Sie vielleicht nicht. Aber andere. Besonders in einer Gegend wie hier. Hören Sie, Kleine?«

Kathryn nickte. Sie wußte, Olive hatte recht. Auf vielen karibischen Inseln gab es Sekten, die nur scheinbar christlich waren, es aber in Wirklichkeit mit vorsintflutlichen, düsteren Religionen hielten.

»Ich habe nicht vor, rumzulaufen und solche Sachen über Charon's Crossing zu verbreiten.« Kathryn lächelte. »Nein, ich werde jedem erzählen, daß hier ein reicher Mensch sehr, sehr glücklich werden wird.«

Es dauerte ein, zwei Sekunden, bis Olive ihr Lächeln erwiderte.

»Schön.« Sie drückte ein letztes Mal Kathryns Hand und stand auf. »Ich würde sagen, wir gehen jetzt rein, sehen uns alles an, und ich sage Ihnen, was gemacht werden muß.«

Seufzend sammelte Kathryn die Tassen ein. »Wenn Sie mir sagen, was nicht gemacht werden muß, geht's schneller.«

Im Haus war es kühl, fast kalt im Vergleich zur Hitze, die draußen herrschte. »Das ist das Gute an alten Häusern wie diesem«, sagte Olive angetan. »Hier ist's auch ohne Klimaanlage angenehm.«

»Das ist auch gut so«, sagte Kathryn und stellte die Tassen

auf die Spüle. »Möchte wetten, die elektrischen Leitungen sind viel zu alt, um eine Klimaanlage anzuschließen.«

Olive lächelte. »Wahrscheinlich haben Sie recht. Ich fürchte, hier ist alles ziemlich überholt.«

»Womit wir beim Thema wären.« Kathryn lehnte sich an die Spüle. »Wieviel muß ich anlegen, um das Haus verkaufen zu können?«

»Fangen wir mit der Küche an. Die Heißwasserleitungen müssen überprüft werden.« Olive ging zur Spüle, drehte den Hahn auf und hielt ihre Finger unters Wasser. »Kalt«, sagte sie mit hochgezogenen Brauen. »Kälter geht's nicht. Wenn Sie Glück haben, wird's vielleicht lauwarm.«

»Ja«. Kathryn seufzte und verschränkte die Arme. »Ist mir auch schon aufgefallen. Aber in meiner Wohnung in New York sieht's auch nicht viel besser aus.«

»Kann sein. In den meisten dieser alten Häuser gibt es Probleme mit dem Heißwassersystem. Dabei geht es nicht um ein schönes heißes Bad, sondern um Sicherheitsvorkehrungen. Gehen Sie auf Nummer Sicher, und sagen Sie Hiram, er soll sich das ansehen, okay?«

Kathryn seufzte. »Mach' ich.«

»Ich fürchte, das war noch nicht alles.«

»Habe ich mir schon gedacht. Um ehrlich zu sein, ich hatte keine Ahnung, daß das Haus so schlimm aussieht. Ich meine, Amos hat zwar versucht, mich zu warnen, aber ich hätte nicht im Traum gedacht, daß so viel zu tun ist.«

»Hat Ihr Vater Ihnen gar nichts über Charon's Crossing erzählt?« fragte Olive neugierig, als sie durch die Küche in den Korridor gingen.

Kathryn vergrub die Hände in den Hosentaschen.

»Meine Eltern haben sich vor Jahren scheiden lassen. Seitdem habe ich keinen Kontakt mehr zu ihm.«

»Ach so.« Die Augen der Maklerin verdunkelten sich mitfühlend. »Tut mir leid, das zu hören.«

»Muß es nicht. So ist es nun einmal.«

»Traurig, aber wahr.«

»Wenn hier was traurig ist, dann der Zustand des Hauses. Was muß sonst noch repariert werden?« Kathryn fuhr mit der Hand über die blaue Seide, die in Fetzen von den Wänden hing. »Ich kann es mir nicht leisten, diese Wände herrichten zu lassen. Wenn ich bedenke, wie groß das Haus ist, weiß ich nicht einmal, ob ich es mir leisten kann, sie zu streichen.«

»Müssen Sie nicht. Sie müssen nur ein Haus vorweisen können, das baulich intakt ist. Es soll keinen Schönheitspreis gewinnen.«

»Freut mich zu hören.«

Olive lächelte. »Das gleiche gilt für neue Fußböden, Fenster und ähnliches.« Sie hielt inne und betrachtete stirnrunzelnd die Wand im Foyer. »Andererseits macht es natürlich auch keinen guten Eindruck, wenn der Bau aussieht, als wäre er von Termiten befallen.«

»Stimmt«, seufzte Kathryn und kickte ein Stück Holz aus dem Weg. »Habe ich mir auch schon gedacht.«

»Sprechen Sie mit Hiram. Fragen Sie ihn, was er tun kann, damit hier alles gut aussieht, ohne daß Sie sich dumm und dämlich zahlen.«

»Mach ich.«

»Am besten bitten Sie ihn auch gleich, undichte Stellen im Dach zuzumachen. Und die Elektrik zu überprüfen, nicht zu vergessen die sanitären Anlagen.«

»Die vergeß ich schon nicht. Als die Rohre das erste Mal gegurgelt haben, habe ich fast einen Herzinfarkt gekriegt vor Schreck. Und die Lampen flackern auch ganz entzückend. An und aus und an und aus ... Diejenigen, die überhaupt noch brennen, mein' ich.«

»Gibt's noch was, das ich übersehen habe?«

Kathryn schüttelte den Kopf. »Ich glaube nicht. Aber es wäre nett, wenn Sie mir jemanden vermitteln könnten, der mir hier beim Putzen hilft. Ich möchte diesen ekligen Dreck möglichst schnell wegbekommen. Und die Spinnen.« Sie fröstelte. »Kakerlaken in New York sind eine Sache, aber Spinnen, die Netze weben, auf denen man Trampolin springen könnte ...«

Olive kicherte. »Kein Problem. So, war's das dann?«

Sie standen am Fuß der großen Treppe. Kathryn hielt inne und sah nach oben, wo die von der Sonne angestrahlten Staubschwaden in der Dunkelheit des zweiten Stockwerks verschwanden.

»So ziemlich, außer daß es hier schrecklich zieht. Merken Sie das?«

Olives Blick folgte Kathryns. »Nein. Nein, eigentlich nicht.«

»Wirklich nicht?« Kathryn erschauderte theatralisch und schlug sich die Arme um den Körper. »Junge, und wie.«

»Vielleicht ist oben ein Fenster kaputt.«

»Das habe ich unserem Freund Amos auch schon gesagt. Er hat mir das Gegenteil versichert. Und als er weg war, hab' ich es nachgeprüft. Er hat recht, die Fenster sind alle in Ordnung.«

Olive legte den Kopf weiter in den Nacken. »Vielleicht zieht es vom Dachboden her.«

»Vom Dachboden? Vielleicht haben Sie recht. Ich habe gar nicht daran gedacht, dort nachzusehen.«

»Das ist auch besser so.« Verwundert zog Kathryn die Brauen in die Höhe, und Olive lachte. »Auf Dachböden gibt es immer Mäuse. Und die trampolinspringenden Spinnen haben sicher auch eine Menge Spaß da oben. Lassen Sie doch Hiram nachsehen, wenn er kommt. Also gut, wie können wir den Leuten Charon's Crossing am besten schmackhaft machen?«

»›Zu verkaufen‹«, sagte Kathryn mit affektierter Betonung, als sie wieder hinaus auf die Terrasse traten. »›Ein Paradies für

Heimwerker. Dickes Scheckbuch, etwas Phantasie, keine dreißig Jahre Arbeit – fertig ist das traumhafte Urlaubsparadies.‹«

Olive lachte, als sie an dem verrosteten schmiedeeisernen Geländer lehnten, das die Terrasse umrahmte.

»Ich dachte, Sie erzählen mir jetzt, was für ein toller Fang dieses Haus ist.« Olive drehte sich um und sah in Richtung Garten. »Zuallererst könnten wir die malerische Umgebung betonen.«

»Einverstanden. Und die abgeschiedene Lage. Ich habe darüber nachgedacht, und ich denke, darauf sollten wir aufbauen, die Abgeschiedenheit wie einen Vorteil klingen lassen.«

Olive sah Kathryn säuerlich an. »Warum übernehmen Sie nicht gleich meinen Job?«

Kathryn lächelte und lehnte sich über das Geländer.

»Was wir brauchen ist ein Käufer mit einem Haufen Geld, der eine einsame Zuflucht sucht. Richtig?«

Olive nickte. »Richtig.« *O Amos, du bist so ein Idiot, wenn du nicht erkennst, wie helle und aufgeweckt diese junge Frau ist.* »Wir brauchen einen Mann mit besonderem Geschmack und großem Vermögen.«

»Einen Mann«, sagte Kathryn, »oder eine Frau.«

Die Maklerin lachte. »Langsam kann ich mir vorstellen, was für einen Schock Sie dem armen Amos versetzt haben müssen.«

Kathryn streckte die Hand aus und pflückte eine Blüte von der Kletterpflanze, die sich um das Geländer schlang.

»Es ist wirklich wunderschön hier«, sagte sie und ließ die Blüte durch die Finger gleiten. »Haben Sie hier immer so fantastisches Wetter?«

»Nicht immer. Manchmal gibt es auch Sturm, der draußen vom Meer kommt. Meistens im Spätsommer, aber manchmal auch im Winter.«

Kathryn spreizte die Finger und ließ die Blume von der Brise ins Gras wehen.

»Ich muß meinen Verlobten anrufen und ihn ein bißchen ärgern«, sagte sie lächelnd. »Mit einem Wetterbericht aus erster Hand. Wollte ich schon gestern abend machen, aber das Telefon ist tot.«

Olive nickte. »Ja, das ist ein Problem hier auf der Insel. Ich rede mal mit Hiram, vielleicht weiß er, wie man das beheben kann.«

»Hiram wird sicher alle Hände voll zu tun haben. Wenn er nachher vorbeikommt ... was ist denn?«

»Ich würde mich nicht drauf verlassen, Hiram heute zu Gesicht zu kriegen. Tut mir leid, aber es ist Samstag, und in Coronado Cay wird gefischt.«

»Dann eben morgen.«

»Morgen ist Sonntag. Auf Elizabeth Island arbeitet kein Mensch sonntags.«

»Dann muß er Montag morgen als allererstes hierher kommen.« Kathryns Stimme nahm einen freundlichen, aber bestimmten Ton an. »Ich habe nur eine Woche Zeit, dann muß alles geregelt sein. Sehr lang ist das nicht.«

»Ganz besonders nicht hier. Wie gesagt, hier geht alles etwas langsamer voran, als Sie es gewohnt sind.« Olive kramte in ihrer Handtasche und holte einen Kugelschreiber und ein kleines Notizbuch heraus. »Schreiben wir auf, was unserer Meinung nach gemacht werden muß, okay? Bis jetzt haben wir die sanitären Anlagen. Die Heißwasseranlage. Die elektrischen Leitungen. Vielleicht das Dach. Das Telefon ...«

»Ich glaube, die Wandtäfelung muß auch gemacht werden. O ja, dann wären da noch die mysteriösen Kräfte, die uns hier nach Sibirien versetzen.« Kathryn seufzte. »Klingt mir ganz nach einem Jahresgehalt – und schon steh' ich nackt in den Erbsen.«

»Bitte?«

Sie lächelte. »Ist nur eine Redensart.« Kathryn zögerte. »Olive, warum sagt Amos so etwas zu mir?«

»Was denn?« Olive steckte Stift und Notizbuch weg.

»Daß es im Haus spukt.«

»Weil er ein alter Trottel ist, deshalb.«

»Aber so was denkt man sich doch nicht einfach aus, oder? Ich meine, gibt es hier so eine Art Legende über Charon's Crossing?«

»Nun«, sagte Olive langsam, »ich glaube schon. Wir Inselbewohner sind ein abergläubisches Völkchen, und Charon's Crossing ist schon sehr alt. Niemand hat lange hier gewohnt.«

»Mein Vater schon.«

»Nein, so stimmt das nicht. Er hatte das alte Segelboot und ist nur ein paar Mal im Jahr hierhergeschippert, hat das Boot im Hafen von Hawkins Bay vertäut und ein bißchen Arbeit in das Haus gesteckt, aber das war alles. Wußten Sie das nicht?

»Nein, ich hatte keine Ahnung. Hat er je daran gedacht, das Haus zu verkaufen?«

»Niemals.«

»Na gut«, sagte Kathryn entschlossen, »ich dafür um so mehr. Muß ich irgend etwas unterzeichnen, einen Vertrag?

»Nicht nötig. Amos hat für Sie gebürgt, und das genügt mir.«

»Sie vertrauen seinem Urteil, hm?« fragte Kathryn lächelnd.

Olive nickte. »Ich weiß, Kathryn, Ihr erster Eindruck von ihm war nicht gerade gut, aber trotzdem können Sie ihm vertrauen. Er ist ein sehr fähiger Anwalt. Und was mich angeht – ich werde mein Bestes tun, um Charon's Crossing für Sie an den Mann zu bringen. Das Haus hat zwar ein paar Reparaturen nötig, aber an sich ist es noch sehr robust.«

»Hoffen wir's«, sagte Kathryn keineswegs überzeugt.

»Oh, darauf können Sie sich verlassen. Die Engländer waren wild entschlossen, für immer auf diesen Inseln zu bleiben. Diese alten Herrenhäuser sind praktisch für die Ewigkeit gebaut, das steht fest.«

»Na ja, ob das Ganze heute noch so fest steht...«

»Und ob.« Olive lächelte und tätschelte Kathryns Arm. »Aber die Zeit hat eben ihren Tribut gefordert.«

»Die Zeit«, sagte Kathryn mißgelaunt, »und die Gleichgültigkeit.«

Die andere nickte. »Gleichgültigkeit ist unser größter Feind. Damit geben wir der Natur Gelegenheit, sich wiederzuholen, was ihr weggenommen wurde. Ganz besonders in diesem Fall ist es eine Schande, wenn man bedenkt, daß Charon's Crossing zweihundert Jahre im Besitz der gleichen...«, sie lächelte, »... Ihrer Familie geblieben ist.«

Kathryn sah Olive interessiert an. »Ist es wirklich schon so alt?«

»O ja, das ist es.«

»Und warum heißt es Charon's Crossing? Wissen Sie das auch?«

Olives Lächeln erstarb. »Ich fürchte, nein.«

»Sind Sie sicher? Irgendwie habe ich das Gefühl, daß ich weiß, was der Name bedeutet, aber ich kann ihn nirgends hinstecken.«

»Ich bin ganz sicher. Keine Ahnung.«

Kathryn ihrerseits war ganz sicher, daß Olive es sehr wohl wußte. Sie merkte, daß sie an der Nase rumgeführt wurde, doch sie konnte nichts dagegen tun.

»Also«, sagte Olive brüsk, »wo war ich stehengeblieben? Ach ja, ich wollte Ihnen die Geschichte Ihres Hauses erzählen. Also, es wurde 1799 von Lord Arthur Russell erbaut.« Olive lächelte. »Ihr Ururgroßvater, nehm ich an, um mehrere Ecken.«

»Warum? Ich meine, was hat ihn von England hierher verschlagen? Wissen Sie das?«

»George der Dritte hat ihn hierhergeschickt. Er sollte die Insel regieren und mit Zuckeranbau sein Geld verdienen. Der Zucker wurde zu Melasse und Rum verarbeitet.«

»Sie meinen, Charon's Crossing war eine Destillerie?«

Olives Lachen war sanft und melodisch. »Es war eine Zuckerrohrplantage.« Sie ging auf die andere Seite der Terrasse und zeigte auf die tiefgrüne Landschaft. »Sehen Sie dort? Wo die Flamboyanten blühen? Hinter ihnen steht noch das, was von der Küche und den Waschräumen übrig ist.«

»Aber das Haus hat doch eine Küche und mehrere Badezimmer.«

»Alle nachträglich eingerichtet. Auf jeden Fall sind die restlichen Gebäude, oder was von ihnen übrig ist, weiter dort hinten. Die Zuckermühle, die Destillerie, die Siedehütten, die Sklavenhütte ...«

»Sklavenhütte?«

»Klar. Auf diesen Inseln hier gab es überall Sklaverei.«

Kathryn verzog das Gesicht. »Das hatte ich ganz vergessen.« Sie sah Olive an. »War die Insel so wichtig für die Engländer?«

»Sehr wichtig, bis sie 1812 den Krieg verloren haben.« Ein schelmisches Lächeln erleuchtete ihr Gesicht. »Nun ja, richtig verloren haben sie ihn nicht, aber seitdem haben sie sich gehütet, sich weiter als herrschende Seemacht aufzuspielen. Und alles dank euch Amerikanern.«

Kathryn lachte. »Das weiß ich auch, immerhin. Erzählen Sie mir mehr über den Mann, der Charon's Crossing erbaut hat.«

»Da gibt's nicht viel zu erzählen. Lord Russell war typisch für seine Zeit, nehme ich an. Aufgeblasen, gebieterisch ...« Olive runzelte die Stirn. »Übrigens«, sagte sie langsam, »fast hätte ich vergessen, daß er eine Tochter hatte. Sie hieß auch Catherine. Mit C statt mit K. Kann es sein, daß Sie nach ihr benannt sind?«

»Durchaus. Mein Name war bei uns in der Familie schon immer sehr beliebt – in allen möglichen Schreibweisen.«

Olive zögerte. »Rufen die Leute Sie Kat?«

Kathryn spürte, wie es ihr die Kehle zuschnürte.

»Nein«, sagte sie nach einer Weile. »Nein, niemand. Warum fragen Sie?«

»Na ja, ich glaube, sie ist so genannt worden. Cat.«

»Sind Sie sicher? Wie können Sie das wissen?«

»Ach«, sagte Olive mit einer wegwerfenden Handbewegung, »so reden halt alle von ihr in diesen ...«

»In diesen was?« fragte Kathryn, als die andere plötzlich verstummte.

Olives Wangen färbten sich dunkelrot. »Ach, alles unsinniges Geschwätz. Sie wollen das sicher nicht ...«

»Und ob ich will.« Kathryn zwang sich zu einem Lächeln. »Immerhin ist diese Frau eine Vorfahrin von mir. Was wollten Sie gerade sagen?«

»Nur daß es Geschichten gibt, nichts weiter. Räuberpistolen. Geschichten von der Insel. Das ist nichts Besonderes. Die Leute hier waren schon immer groß im Geschichtenerzählen.«

»Geschichten über Charon's Crossing?«

»Über alles mögliche«, sagte Olive und beeilte sich zu lächeln.

»Und was für Geschichten gibt es über Cat Russell?«

»Kathryn, ich hatte wirklich nicht vor, Sie zu langweilen mit solchen ...«

»Sie langweilen mich nicht. Im Gegenteil, ich bin fasziniert.« Kathryn lächelte steif. »Was erzählt man sich über sie?«

»Nur, daß sie sehr schön war.«

»Und? Kommen Sie schon, Olive. Was noch?«

»Nun, man sagt, daß ihr die Männer in Scharen nachgelaufen sind. Mächtige Männer. Gutaussehende Männer, genau solche, die andere Frauen gern gehabt hätten.« Olive beugte sich näher zu ihr. »Man sagt sogar, sie habe einmal zwei Liebhaber zur gleichen Zeit gehabt.«

Kathryns Lächeln entspannte sich. »Tatsächlich?«

»O ja. Einer war ein älterer Herr mit Ländereien und Häusern in England. Lord Waring hieß er, glaub' ich.«

»Und der andere?« Kathryn lehnte sich gegen das Geländer und genoß die Geschichte. Warum um Himmels willen war sie so ängstlich gewesen, sie zu hören? Es war genau das, was Olive gesagt hatte. Eine Räuberpistole. Und außerdem amüsant, wenn auch ein paar hundert Jahre alt. Sie warf ihrem Gegenüber ein verschwörerisches Lächeln zu. »Sagen Sie nichts«, unterbrach sie flüsternd. »Er war jung, ein Bandit und sah blendend aus. Stimmt's?«

»Ja, jung war er. Er war Amerikaner und Kapitän eines eigenen Schiffes. Und einige behaupten, er war ein Bandit.«

»Warum? Was hat er getan?«

»1811 erhielt er den Auftrag, unter britischer Flagge als Kapitän eines Kaperschiffes zur See zu fahren und französische Schiffe zu entern. Aber man sagt, er habe jedes Schiff geplündert, das ihm in den Weg kam, egal welcher Nationalität.«

»Ein Pirat«, sagte Kathryn entzückt.

»Ja, in den Augen mancher Leute war er das.«

»Erzählen Sie weiter. Sie sagten, er war Cat Russells Liebhaber.«

»Genau.«

»Und sah blendend aus.«

»So sagt man.« Olive lachte. »Natürlich, was sonst? So werden Banditen doch immer beschrieben. Groß, gutaussehend, mit Haar wie glänzendes Gold und smaragdgrünen Augen...«

Kathryn griff nach dem Geländer, um Halt zu finden. Ihre Fingerknöchel waren so weiß wie ihr Gesicht.

»Kathryn? Kathryn, was ist mit Ihnen? Mein Gott, Sie sehen aus, als würden Sie gleich zusammenklappen!«

Olive hatte recht. Sie war kurz davor, in Ohnmacht zu fallen, mitten auf der Terrasse ...

»Kathryn?«

Kathryn zog tief die Luft in ihre Lungen.

»Mir – mir geht's gut«, flüsterte sie.

»Unsinn«, sagte Olive in einem Ton, der keinen Widerspruch duldete. »Ich wußte gleich, daß wir nicht hätten in die Sonne gehen dürfen! Sie brauchen einige Zeit, um sich an das Klima zu ...«

»Olive. Dieser Mann. Wissen Sie, wie er hieß?«

»Was für ein Mann? Also ehrlich, Kathryn ...«

»Catherine Russells gutaussehender Liebhaber.« Kathryn ergriff die Hand der Maklerin. »Wie war sein Name?«

Olive schnalzte mit der Zunge. Das Mädchen brauchte eine kalte Kompresse. Ihr Gesicht war bleich und schweißgebadet, ihre Hand eiskalt. Aber Olive war klar, daß sie sie nicht würde überreden können, zurück ins Haus zu gehen, bevor sie ihre idiotische Frage beantwortet hatte.

»Ich weiß zwar nicht, warum Sie das interessiert, Kathryn«, sagte sie leicht ungeduldig, »aber wenn Sie drauf bestehen: Sein Name war Matthew McDowell.«

FÜNF

Kathryn stand in der Eingangstür und winkte fröhlich lächelnd Olives rotem Ford Escort nach, der die holprige Einfahrt hinabpolterte. Sie hielt das Lächeln aufrecht, bis das kleine Auto in eine enge Kurve einbog und in einer Staubwolke verschwand. Dann stöhnte sie auf, knallte die Tür zu und lehnte sich erschöpft dagegen.

Sie war froh, das hinter sich gebracht zu haben, dabei hatte sie eigentlich nur winken und ein schwachsinniges Grinsen aufsetzen müssen. Viel schwerer war es gewesen, nicht in Ohnmacht zu fallen bei der Mitteilung, daß der Mann, der ihr um Mitternacht einen Besuch abgestattet hatte, seit fast zweihundert Jahren tot war.

Sie war nahe an einer Ohnmacht gewesen, aber dann hatte Olive sich ihrer angenommen und Gott sei Dank die Sonne zur Schuldigen erklärt. Andernfalls wäre Kathryn vielleicht mit der Wahrheit herausgeplatzt, und dann hätten sie beide den Rest des Tages damit zubringen können, herauszufinden, ob sie nun verrückt war oder tatsächlich wenige Stunden vor Sonnenaufgang Cat Russells Liebhaber empfangen hatte.

Statt dessen hatte sie es sich gefallen lassen, daß Olive ihr den Arm um die Taille legte, sie ins Haus führte, in einen Sessel verfrachtete und ihr eine kalte Kompresse brachte. Dann hatte sie einen Vortrag über empfindliche Haut, UV-Strahlung und überhitzte Gehirnzellen über sich ergehen lassen, bis Olive endlich außer Puste war.

Bis dahin hatte Kathryn zwar nicht ihr seelisches, wenigstens aber ihr körperliches Gleichgewicht wiedergefunden, obwohl sie lange gebraucht hatte, um Olive davon zu überzeugen.

»Ich möchte Sie wirklich nicht gern alleine lassen, Kathryn«, hatte sie gesagt. »Vielleicht überlegen Sie es sich noch einmal, ob Sie für den Rest der Woche nicht doch das kleine Haus in der Stadt mieten wollen.«

Vielleicht überlege ich es mir und fliege auf der Stelle zurück nach New York, hätte Kathryn beinahe geantwortet, aber das kam gar nicht in Frage. Sie hatte hier einiges zu erledigen, und Weglaufen war keine Lösung.

Außerdem gab es nichts, wovor sie davonlaufen mußte. Mittlerweile hatte sie sich so weit beruhigt, daß sie überzeugt war, es müsse für alles eine logische Erklärung geben.

Sie mußte nur noch herausfinden, welche.

Also hatte sie Olive strahlend angelächelt und ihr versichert, daß es ihr gutgehe und sie bis zum späten Nachmittag, wenn die Hitze nachließ, keinen Fuß vor die Tür setzen würde.

»Das muß an meinen englischen Vorfahren liegen. Engländer sind so eine Hitze nicht gewohnt. Aber Unkraut vergeht nicht.«

Doch so leicht war Olive kein Lächeln zu entlocken.

»Kathryn«, hatte sie besorgt gesagt. »Bedrückt Sie etwas?«

Einen Augenblick lang war Kathryn kurz davor gewesen, ihr Herz auszuschütten. Doch dann erinnerte sie sich, daß Olive gesagt hatte, Spukgeschichten über Charon's Crossing seien nicht gerade verkaufsfördernd, zumal die Insulaner auch so schon abergläubisch waren. Auch ohne einen Geist gab es bereits genug Geschichten über diesen Ort. Warum noch eine dazuerfinden?

Also hatte sie alles hinuntergeschluckt, gelächelt und erwidert, daß nur das Haus und die viele Arbeit, die hineingesteckt werden mußte, sie bedrückten.

Zwei Gläser Eiswasser später war es ihr endlich gelungen, Olive höflich aus der Tür zu bugsieren.

Jetzt holte Kathryn tief Luft und schob jeden Riegel vor, den die Tür aufzuweisen hatte, was genau betrachtet ziemlich idiotisch war.

Was konnten Schloß und Riegel einem Geist schon anhaben?

Ein ungezügeltes Gelächter stieg in ihrer Kehle hoch, und sie schlug sich die Hände vor den Mund, bevor sie laut loslachte.

Das alles war überhaupt nicht komisch, verdammt noch mal! Kein bißchen.

Es gab keine Geister, so viel stand fest. Und die Geschichte von Cat Russell und Matthew McDowell hatte sie noch nie zuvor gehört. Wie also konnte er einfach in ihre Träume hineinspazieren?

Das war eine naheliegende Frage. Unglücklicherweise wußte sie jedoch keine naheliegende Antwort. Noch nicht, aber sie wollte verdammt sein, wenn ihr keine einfiel.

Kathryn überprüfte ein letztes Mal die Tür. Wenn es darum ging, inmitten des Chaos Vernunft zu bewahren, war sie ein alter Hase, dank ihren Eltern. Das Leben mit ihnen war wie eine Achterbahnfahrt gewesen, nur Hochs und Tiefs mit herzlich wenig dazwischen.

Sie hatte früh gelernt, die Explosionen um sich herum zu ignorieren und sich statt dessen auf Dinge zu konzentrieren, bei denen Gefühle keine Rolle spielten. Dinge, auf die man sich verlassen konnte, wie Mathematik und Computer.

Wie Besen, Schrubber und einfache körperliche Arbeit.

Es hatte ihren Vater immer belustigt und ihre Mutter befremdet, daß ihre Tochter fleißig damit beschäftigt war, ihr Zimmer zu putzen oder ihren Kleiderschrank umzuräumen, während die beiden das Wohnzimmer mit Scherben von Tellern, Tassen und was sie sonst noch gegen die Wände schleuderten in ein Schlachtfeld verwandelten.

»Kathryn, was machst du da?« hatte Beverly jedesmal in

einem Ton gefragt, den sie wohl auch an den Tag gelegt hätte, wenn ein Raumschiff auf dem Rasen gelandet wäre.

»Nichts«, hatte Kathryn stets erwidert und sich wieder dem Putzen, Schrubben und Aufräumen zugewandt.

Auch jetzt zögerte sie keine Sekunde. Sie ging schnurstracks in die Küche, riß krachend ein halbes Dutzend Schranktüren auf, bis sie fand, was sie suchte, und machte sich an die Arbeit.

Die Erklärung für alles, was passiert war, kam wie aus heiterem Himmel am Nachmittag.

Sie schrubbte auf den Knien das Badezimmer im Erdgeschoß. Der Marmorboden hatte sich mit Hilfe von ein wenig Muskelschmalz und einer Menge Meister Proper bereits merklich aufgehellt, da schoß ihr die Antwort durch den Kopf.

»Natürlich«, rief Kathryn, »natürlich!«

Sie ließ den Schrubber in das Schmutzwasser fallen, setzte sich auf die Füße und reckte triumphierend die Faust in die Luft.

Es war so einfach. So wunderbar einfach. Sie hatte versucht, sich auf das Erscheinen des Traumbildes von Matthew McDowell einen Reim zu machen, und dabei von Spiegeln über Rauch bis hin zu einem versteckten Filmprojektor nichts außer acht gelassen. Und die ganze Zeit hatte die Wahrheit nur darauf gewartet, von ihr entdeckt zu werden.

Sie war damit beschäftigt gewesen, die Spinnweben und den Dreck zu beseitigen, der sich im Haus angesammelt hatte, und ihr Gehirn hatte genau dasselbe getan. Träume waren nichts weiter als eine Art, das Gerümpel zu verarbeiten, das sich im Unterbewußtsein eines Menschen angesammelt hatte.

Sie lächelte, strich sich das Haar aus dem Gesicht und stand auf. Es überraschte sie nur, daß die Erkenntnis so lange hatte auf sich warten lassen.

Sie hatte Olive erzählt, sie habe bis zu der Erbschaft nie ein Wort von Charon's Crossing gehört, geschweige denn von Lord Arthur Russell und seiner Tochter.

Und das war nicht gelogen.

Und doch war es nicht die ganze Wahrheit.

Kathryn nahm den Schrubber aus dem Eimer und kippte das Schmutzwasser in die Toilette. Dann nahm sie die Flasche Meister Proper und ging in die Küche.

Bestimmt hatte ihr Vater irgendwann einmal in all den Jahren von Charon's Crossing und seinen Bewohnern erzählt. Trevor hatte sicherlich in vollen Zügen in der Geschichte und dem ganzen romantischen Quatsch geschwelgt. Ein Landhaus inmitten eines tropischen Paradieses, erbaut von einem Vorfahren mit einer schönen, leidenschaftlich liebenden Tochter, die in eine Dreiecksgeschichte verstrickt war...

Teufel noch mal, Trevor hätte nicht widerstehen können.

Natürlich hatte er davon erzählt. Und entweder war Kathryn zu jung gewesen, um sich dafür zu interessieren, oder sie hatte einfach die Ohren auf Durchzug gestellt, wie so oft, seitdem sie begriffen hatte, daß ihr Vater sich niemals irgendwo häuslich niederlassen und so sein würde wie andere Väter.

Wie dem auch sei, ihr Unterbewußtsein hatte die Information bis zur Nachricht von der Erbschaft offenbar sorgfältig weggepackt. Erst dann war diese lang vergessene mentale Schublade aufgegangen, und sie hatte geträumt. Vom Haus, vom Garten... von Cat Russells Liebhaber. Und der Detailreichtum der Träume war sicherlich darauf zurückzuführen, daß ihr Vater mit seiner künstlerischen Beobachtungsgabe auch die kleinste Einzelheit beschrieben hatte.

Kathryn verstaute die Putzsachen wieder in der Abstellkammer, knallte mit Schwung die Tür zu und lächelte.

»Tut mir leid, Matthew«, sagte sie, »aber hier ist die Geschichte zu Ende.«

Ihr Lächeln erstarb. Nein, doch nicht. Nicht ganz. Die Geschichten, die ihr Vater erzählt hatte, erklärten nicht das Sexuelle in ihren Träumen. Da hatte ihre Phantasie die Oberhand gewonnen.

Aber was machte das schon? Ein bißchen erotische Phantasie war sicher gut fürs seelische Gleichgewicht. Und für ihre Beziehung mit Jason, dachte sie, als sie die Treppe zu ihrem Zimmer hinaufging, wo sie kurz unter die Dusche gehen wollte.

Es wäre wirklich schön gewesen, wenn er mit ihr hierher hätte fliegen können. Ein bißchen Sonne, ein bißchen Erholung ... wer weiß, was alles passiert wäre? So heruntergekommen Charon's Crossing auch war, vielleicht wäre es genau das Aphrodisiakum gewesen, das sie brauchten ...

»Verdammt!«

Kathryn hielt mitten auf der Treppe inne, die Hand auf dem Geländer, und blickte nach oben in die Dunkelheit der zweiten Etage.

Da war er wieder, der kalte Luftzug, der einen bis ins Mark erschauern ließ.

Konnte er vom Dachboden kommen, wie Olive vermutet hatte? Das war der einzige Ort, wo sie noch nicht nachgesehen hatte. Aber das konnte sie ja jetzt tun, bevor sie duschen ging. Zum Teufel mit Spinnen und Mäusen.

Die Stufen zum Dachboden lagen am hintersten Ende des Korridors im Ostflügel. Das war der Flügel, der nicht gereinigt worden war, derjenige, der laut Amos viel schlimmer aussah als der Rest des Hauses.

Gestern nachmittag, als sie die Ursache für den Luftzug suchte, hatte sie dort einen kurzen Rundgang gemacht, ohne ein Zimmer zu betreten. Sie hatte kein kaputtes Fenster bemerkt, aber es war eisig kalt gewesen, und das Licht war ihr trüber und noch unzuverlässiger erschienen als im restlichen Haus.

Und die Stufen, die zum Dachboden führten, stiegen immer höher und höher, bis sie in der Dunkelheit verschwanden ...

Kathryn blieb stehen und drehte sich um. Sie brauchte eine Taschenlampe. Hatte sie nicht vorhin noch eine in der Küchenschublade gesehen?

Die Lampe funktionierte, auch wenn der Lichtstrahl nicht besonders hell war. Kathryn ging wieder in den zweiten Stock und zur Treppe, die zum Dachboden führte.

Im Grunde war es wenig mehr als eine Leiter, schmal und mit einem steilen, wackeligen Geländer versehen. Sie hielt sich mit einer Hand daran fest, während die andere Hand die Taschenlampe umklammerte.

Die Stufen knarrten und gaben unter ihren Schritten nach. Sie tastete sich mit äußerster Vorsicht voran; das Holzgeländer fühlte sich so wackelig an, daß sie sich nicht der Illusion hingab, es könne vor Unfällen schützen.

Oben angekommen, blieb sie stehen. Der Absatz vor ihr war schmal und dunkel; der enge Raum zusammen mit der unheimlichen Dunkelheit verlieh der verschlossenen Dachbodentür eine eigenartige Perspektive, sie wirkte verwinkelt und irgendwie schief.

Kathryn zögerte. Vielleicht war es klüger zu warten, bis Hiram vorbeikam. Oder Amos ...

»Ach, hör auf«, sagte sie zu sich selbst. »Bist du eine Frau oder ein Feigling?«

Es war doch nur ein Dachboden. Und tatsächlich, hinter der Tür mußte ein zerbrochenes Fenster sein; zwischen Tür und Fußboden sah sie einen Spalt und fühlte einen kalten Luftzug an den Füßen.

Ihr stockte der Atem, als sich ihre Finger um den Türknauf schlossen. Er fühlte sich erschreckend kalt an. Ein Schauer jagte ihr über den Rücken; fast zog sie die Hand zurück ...

Statt dessen drehte sie den Knauf, halb in der Hoffnung, es möge abgeschlossen sein.

Mit dem quietschenden Geräusch eines Fingernagels, der über eine Tafel fährt, flog die Tür auf. Dahinter nichts als schwarze Leere.

Und Kälte. Kathryn zögerte. Vielleicht sollte sie gehen und sich ein Sweatshirt holen ...

»Vielleicht solltest du aufhören, dauernd neue Ausreden zu erfinden«, sagte sie, knipste die Taschenlampe an und ging einen Schritt vorwärts.

Einen schrecklichen, die Eingeweide verknotenden Augenblick lang hatte sie das Gefühl, ins Nichts getreten zu sein. Sie schrie auf ...

Und erlangte das Gleichgewicht wieder. Eine niedrige Stufe, die sie nicht bemerkt hatte, führte von der Tür auf den Dachboden.

Na toll. Ganz toll! Wenn sie nicht aufpaßte, würde sie sich selbst zu Tode erschrecken. Hiram, der große Unsichtbare, würde schließlich dem Haus einen Besuch abstatten und sie hier oben finden, steif wie ein Brett, mit der Taschenlampe in der vor Angst erstarrten Hand.

Kathryn lachte nervös. Wenigstens wäre sie dann Charon's Crossing los.

Oder vielleicht wäre Charon's Crossing sie los.

Im Licht der Taschenlampe konnte sie sehen, daß der Dachboden nichts weiter war als das: ein Dachboden. Die Wände waren nicht gestrichen, der Boden mit breiten Brettern ausgelegt. An den Wänden standen Kisten und Fässer; alte Möbelstücke nahmen mindestens die Hälfte des Raumes ein.

Sie ließ den Lichtstrahl zu den Fenstern hinüberwandern. Die Fensterläden waren geschlossen, so daß sie nicht erkennen konnte, ob das Glas zerbrochen war oder Sprünge hatte.

Vorsichtig tastete sie sich durch den Raum. Die Fenster ließen sich leicht öffnen, nur die Läden widersetzten sich. Als sie schließlich doch aufsprangen, sah Kathryn, daß das Glas unversehrt war.

Wie also sollte sie sich den Luftzug erklären? Überhaupt war ihr hier, mitten auf dem Dachboden seltsamerweise nicht besonders kalt.

Wahrscheinlich lag es an irgendeiner thermischen Besonderheit. Sie leuchtete mit der Taschenlampe hoch zu den Dachbalken. Ja, daran mußte es liegen. Olive hatte bereits vermutet, daß das Dach repariert werden mußte. Wenn es eine undichte Stelle hatte, konnte dort Luft eintreten und würde dann nach unten gesogen. Oder so ähnlich.

Da die Fensterläden nun offen standen, knipste Kathryn die Taschenlampe aus und sah sich um.

Nicht übel. Gar nicht übel. Sie fuhr mit dem Finger über die staubbedeckte Oberfläche eines Möbelstücks, das wie ein Sekretär aus Nußbaum aussah.

»Schön«, sagte sie.

Auch der Schaukelstuhl neben dem Sekretär war sehr schön, höchstwahrscheinlich Handarbeit.

Und die Truhe. Eine wunderschöne Truhe.

Kathryn kniete sich davor. »Donnerwetter«, staunte sie.

Das bißchen Ahnung, das sie von Antiquitäten hatte, konnte man zwar in eine Streichholzschachtel stecken und hätte immer noch genug Platz zum Rumlaufen, aber selbst sie erkannte, daß es sich um ein ganz besonders schön gearbeitetes Stück handelte. Es war sehr alt, da war sie sicher, und aus Holz und Metall. Beides hatte dem Zahn der Zeit erstaunlich gut standgehalten. Das Holz – vielleicht Kirsche? – glühte förmlich. Die Metallbeschläge glänzten, als wären sie erst gestern poliert worden. Das Schloß war offen und hing locker an der Haspe.

Kathryn fuhr mit der Hand über den gewölbten Deckel. Er fühlte sich glatt und warm an. Sie zögerte, griff nach dem Schloß, ließ es durch die Haspe gleiten und hob den Deckel.

Was für eine Enttäuschung. Es war nichts darin. Zumindest nichts von Bedeutung. Ein ausgefranstes Seidentuch, sehr alt und sehr fein gesponnen. Ein weißer Musselin ...

Dann sah sie das Buch.

Es war auf ein schwarzes Tuch gebettet, und der Ledereinband schien in dem nachmittäglichen Sonnenstrahl zu glühen, der durch das Fenster drang. Auf dem Einband befanden sich mattgoldene, erhabene Buchstaben, doch es war unmöglich, sie zu entziffern.

Kathryn stockte der Atem. Vorsichtig nahm sie das Buch von seinem Platz, richtete sich auf, trug es zum Fenster und hielt es in die Sonne.

Im Sonnenlicht schienen die goldenen Buchstaben wie Flammen emporzuschlagen.

Das Tagebuch des Matthew McDowell.

Sie fühlte, wie ihre Knie sich in Pudding verwandelten. Sie griff hinter sich, packte den Schaukelstuhl und ließ sich hineinfallen.

»Das Tagebuch des Matthew McDowell?« Sie starrte auf das schmale Bändchen. Was tat es hier auf dem Dachboden von Charon's Crossing? Sie zögerte einen Augenblick, bevor sie das Buch aufschlug und die erste Seite las.

Das Papier war vergilbt, doch der handgeschriebene Eintrag so klar und schwarz, als sei er ganz frisch.

»3. Oktober 1811«, las sie leise. »Endlich sind wir am Ziel unserer Reise ...«

»Endlich sind wir am Ziel unserer Reise.«

Matthew McDowell, Kapitän des Kanonenbootes *Atropos*, hielt mit dem Federkiel in der Hand inne. Dann tauchte er ihn wieder ins Tintenfaß und beugte sich über das in Leder gebundene Tagebuch.

Den ganzen Tag lagen wir im Hafen von Elizabeth Island vor Anker. Die Freude der Männer kannte keine Grenzen, und auch ich schloß mich ihnen an, denn die See war in den vergangenen Tagen schwer und rauh gewesen. Doch all das liegt jetzt hinter uns, und auch die Atropos *hat alles gut überstanden. Obwohl ich daran nie gezweifelt habe, denn sie ist das schönste und schnellste Schiff, das ich je die Freude hatte zu führen.*

Matthew hielt erneut inne und überflog die letzten Worte. Es war alles nur zu wahr, dachte er lächelnd, schloß das Tagebuch und legte den Federkiel beiseite. Die *Atropos* war ein Schiff, auf das jeder Mann stolz gewesen wäre. Sie war in der besten Werft von Baltimore gebaut worden, und die reichen Geldgeber hatten sich nicht lumpen lassen. Sie war eine Schönheit, ein zweimastiges, wie ein Klipper aufgetakeltes Schiff, und wenn er es darauf anlegen würde, wäre sie sicher schneller als der Wind.

Und er würde es darauf anlegen, denn er war wild entschlossen, die kühnsten Erwartungen seiner Geldgeber noch zu übertreffen. Er würde mehr französische Schiffe kapern und mehr Bannware erbeuten als jeder andere Kapitän. Wie konnte es darüber einen Zweifel geben? Er hatte das schnellste Schiff und die beste Mannschaft, Männer, die schon früher auf der *Corinthian* unter seinem Kommando gesegelt waren.

Seine Geldgeber würden ein Vielfaches ihrer Investitionen zurückerhalten. Und Matthew mit seinen dreiunddreißig Jahren würde im Reichtum schwimmen.

Er verschloß das Tintenfaß mit einem Stopfen und legte Federkiel und Tagebuch in die Schreibtischschublade zurück. Nach über zwanzig Jahren auf hoher See hatte er den Wert der Ordnung schätzengelernt. Genau wie er gelernt hatte, sich beim Aufstehen zu ducken; mittlerweile tat er das automatisch, denn mit fast einem Meter neunzig war er zu groß für die Kabine.

Trotzdem war seine Kabine hier verglichen mit anderen regelrecht luxuriös. Hätte er mit seinen breiten Schultern sich in der Kabine der *Corinthian* so ausgestreckt wie jetzt, hätte er mit den Fäusten die Wände durchbohrt.

Matthew ging hinüber zum Waschbecken, knöpfte das Hemd auf und zog es aus. Er würde immer mit Freude an die

Corinthian zurückdenken. Ein Mann vergaß nie sein erstes Kommando, genausowenig wie er seine erste Frau vergaß, doch natürlich war das altersschwache, knorrige Handelsschiff kein Vergleich zu diesem hier.

Robins, sein Steward, hatte pflichtbewußt einen Krug mit heißem Wasser gefüllt und ihn zusammen mit etwas Rasierschaum auf das Waschbecken gestellt. Matthew schüttete heißes Wasser in das blaue Porzellanbecken, rang der rauhen Seife etwas Schaum ab und begann, schnell Gesicht, Oberkörper und Arme zu waschen.

Die *Corinthian* war gebaut worden, um die Handelsstrecke zwischen Boston und Plymouth zu befahren. Die *Atropos* war für solch niedere Zwecke nicht gemacht. Ihre Bestimmung lag darin, die warmen Gewässer der Karibik unter britischer Flagge zu kreuzen, damit die amerikanische Besatzung französische Kaufleute überfallen konnte, die töricht genug waren, sich hierherzutrauen, denn England und Frankreich lagen im Krieg.

Viele Leute sagten, Kaperschiffe wie die *Atropos* seien nichts weiter als Piratenschiffe im trügerischen Kriegsgewand, aber Matthew hatte noch nie auf eine andere Meinung als die eigene gehört. Hier konnte ein Mann ein Vermögen machen, wenn er nur genug Mumm hatte. Und, zum Teufel, die Gefahren, die lauerten, wenn man andere Schiffe für reichen Lohn jagte, machten die Sache doch gerade interessant.

Nein, er war zu jung, um sich wie viele andere zum Opfer einer Außenpolitik zu machen, die Seeleuten aus Neuengland verbot, mit Franzosen oder Engländern Geschäfte zu machen.

Und was die Gefahren seines neuen Kommandos anging ... darin lag doch gerade der Reiz. Er brauchte die Herausforderung, die einem Mann das Blut heiß durch die Adern fließen ließ.

Er sah in den Spiegel über dem Waschbecken und verteilte

etwas Seifenschaum auf seinem Gesicht, griff nach dem Rasiermesser und begann es zu schärfen.

Und genau darauf hoffte er auch heute abend, auf eine Herausforderung. Wenn auch eine von anderer Sorte. Lächelnd neigte er den Kopf und zog das Rasiermesser langsam über die stoppelige Wange.

Er war zum Dinner auf Charon's Crossing eingeladen, dem Sitz von Lord Arthur Russell. Russell war der Repräsentant der Krone in diesen Gefilden, doch er war auch, und das interessierte Matthew weitaus mehr, ein Vertreter des Kartells, das die *Atropos* finanziert hatte.

Matthew spülte die Klinge im Becken ab und führte sie wieder an sein Gesicht. Russell sollte ihm den Kaperbrief überreichen, der ihn dazu berechtigte, französische Schiffe zu überfallen und sie und ihre Ladung als Beute zu nehmen.

Matthew blickte erneut in den Spiegel, sein Lächeln entblößte tadellose, strahlende Zähne.

Natürlich wollte er diesen Brief haben. Doch er war ebenso erpicht darauf, sich aus nächster Nähe ein Bild von Catherine, Russells Tochter, zu machen.

Auch wenn keiner es jemals zugeben würde: Seeleute waren ein romantisches Völkchen, ebenso versessen auf trunkene Phantasiereisen wie jeder Dichter. Und Matthew hatte bereits mehr als einen Mann in sein Bier seufzen hören, während er die Schönheit Lady Catherine Russells rühmte.

Er wischte sich die letzten Spuren Seife aus dem Gesicht und zog ein sauberes Leinenhemd über. Er hatte ein schnelles Schiff, eine saphirblaue See und die Aussicht auf Reichtümer jenseits seiner Vorstellungskraft. Und wenn die Geschichten, die er gehört hatte, der Wahrheit entsprachen und nicht bloß Seemannsgarn waren von Männern, die zu viel Zeit auf dem Wasser verbracht hatten, würde er bald auch eine Gespielin haben, mit der er vergnügliche Stunden verleben konnte, während die *Atropos* vor Anker lag.

Matthew mußte über diese Gedanken lächeln. Er war vielleicht anmaßend, doch welchen Sinn hatte ein Spiel, wenn man bescheiden blieb? Selbst wenn sich herausstellte, daß Catherine Russell es mit Venus persönlich aufnehmen konnte, würde sie seinem Charme erliegen. Weder Matthews Geburt noch seine jungen Jahre hatten unter einem glücklichen Stern gestanden, und alles, was er besaß – sein Kommando, sein Wissen über Schiffe und das Meer –, hatte er sich hart erarbeiten müssen.

Doch wenn es um Frauen ging ... ja, wenn es um Frauen ging, war er ein Glückspilz. Sie waren immer in Scharen zu ihm geströmt, damals als Junge, um ihm Trost zu spenden, und jetzt, wo er ein Mann war ... Er lächelte erneut. Jetzt, wo er ein Mann war, gaben sie ihm alles, was sie hatten. Bereitwillig, leidenschaftlich und stürmisch.

Er hatte ein halbes Dutzend Eroberungen zurückgelassen, in Boston, Plymouth, Baltimore und exotischeren Orten. Serviermädchen, Herzoginnen, Gutsherrinnen und sogar eine Prinzessin der Krone vergossen bei jedem Abschied Tränen im Überfluß. Matthew gab sich jedesmal Mühe, betrübt zu sein, wenn er sie in den Armen hielt und tröstete, doch in Wirklichkeit dachte er bereits voraus, an das nächste Schiff, an die nächste Frau.

Und nun hatte er ein neues Schiff, das beste auf dem ganzen Meer. Heute abend würde er mit etwas Glück das andere finden. Ein Mann brauchte Zerstreuung. Das war alles, was eine Frau für einen Mann je sein konnte – eine Zerstreuung, die ihm das Bett wärmte. Aber ein Schiff – ein Schiff konnte einem Mann das Herz rauben.

Matthew warf einen letzten flüchtigen Blick in den Spiegel. Sein Haar glänzte wie das Sonnenlicht und war widerborstig wie immer, die lockigen Strähnen versuchten sich aus dem Band zu befreien, das sie zusammenhielt. Das Rasiermesser hatte keine einzige Narbe in dem glatten Gesicht hinterlassen.

Die königsblaue Jacke mit dem hohen Kragen und den goldenen Schnürverschlüssen, eigens für ihn in Baltimore auf Kosten seiner Geldgeber angefertigt, würde heute abend an Russels erlesener Tafel sicher nicht fehl am Platze sein, genausowenig wie die cremefarbene Hose und die blankpolierten, schwarzen, kniehohen Stiefel.

Es klopfte an der Kabinentür.

»Herein«, bellte Matthew.

Die Tür ging auf, und Robins trat über die Schwelle.

»Sir«, sagte er. »Das Boot hat soeben angelegt.«

Matthew nickte. Der Junge war kaum elf Jahre alt, ein Jahr älter als er selbst bei seiner ersten Seefahrt. Hatte man ihm damals seine Jugend, seine Hoffnungen und Träume genauso im Gesicht ablesen können wie diesem Jungen? Er betete, es möge nicht so gewesen sein.

»Danke, Robins.« Er legte den Säbel an und drehte sich schwungvoll zu dem Jungen um. »Und? Was denkst du, Junge? Wird Seine Lordschaft mächtig beeindruckt sein?«

Robins nickte steif. »Ich denke doch, Sir.«

»Und Miss Russell? Werde ich auch sie beeindrucken?«

In den Mundwinkeln des Jungen zuckte ein kaum merkliches Lächeln. »Und wie, Sir. Ganz sicher.«

Matthew lächelte. »Danke, Junge. Ach, übrigens, Robins...?«

Der Junge schlug fast die Hacken zusammen. »Sir?«

»Falls du dich wieder mal in die Kombüse schleichst und Kekse stibitzt, vergiß nicht, dir hinterher den Mund abzuwischen.«

Matthew stieg die Leiter zum Deck hoch, dem ersten von hoffentlich vielen vergnüglichen Abenden entgegen. Die Kutsche, die Lord Russell für ihn geschickt hatte, wartete am Dock. Es war eine elegante viersitzige Kalesche mit dem Wappen der Russells, die von einem Gespann zweier großer, genau gleich aussehender Rappen gezogen wurde. Daneben standen ein Diener und der Kutscher, beide in Livree und beide schwarz. Matthew fragte sich, ob sie freie Männer oder Sklaven waren. Sklaverei war auf diesen Inseln etwas Alltägliches, genau wie in einigen Staaten Amerikas, doch das änderte nichts an Matthews Abscheu gegenüber dieser Barbarei.

Der Kutscher tippte sich an den Hut. »'n Abend, Sir.«

»Guten Abend«, sagte Matthew und winkte dem Diener ab, der sich bereits bückte und ihm in die Kutsche helfen wollte.

Die Peitsche knallte in der Luft, und sie fuhren los. Matthew sah sich neugierig um. Die *Atropos* hatte gestern angelegt, doch abgesehen von dem kurzen Besuch beim Zoll hatte er noch keine Minute in Hawkins Bay verbracht.

Jetzt, im schwindenden Licht der Dämmerung, sah er, daß der Ort größer war, als er angenommen hatte. Die Front Street, die zu den Docks führte, bestand aus Zollhütten und schmalen Holzhäusern, in denen es alles gab, was ein Seemann sich nur wünschen konnte. Schiffsbauer, Geschäfte mit Pökelfleisch und Schiffszwieback, Hanfseilen und Teer, alles direkt vor seiner Nase. Und zwischen den Läden die Tavernen, eine für jedes Schiff, das im Hafen vor Anker lag, so schien es fast. Die tropische Luft war schwer vom Geruch nach Rum und billigem Parfum, der zusammen mit grellem, ordinärem Frauengelächter aus den Tavernen drang.

Die nächste Straße wurde von ehrwürdigen Handelshäusern gesäumt. Nicht, daß Banken und Handelsgesellschaften gar so ehrwürdig wären, dachte Matthew mit einem leichten Lächeln. Seine Geldgeber in Virginia zum Beispiel hatten bei all ihren blaublütigen Ahnen, geschmackvollen Häusern und distinguierten Gesichtszügen die gleiche Entschlossenheit gezeigt, jeden Penny aus einem Dollar herauszuquetschen, wie ein gewöhnlicher Schiffsausrüster.

Dahinter endete das Straßenpflaster und wich festgetretener Erde. Sie befanden sich in der Wohngegend der Stadt und passierten zuerst die Fremdenheime. Matthew hatte genug davon in vielen Hafenstädten rund um die Welt gesehen, als daß er sie nicht schon aus der Ferne erkannte. Als die Straße anstieg, wurden die Häuser und die Abstände dazwischen größer. Zweifellos wohnten hier die Bankiers und Kaufleute von Hawkins Bay.

Schließlich hatten sie das Ende der Ortschaft erreicht, und vor ihnen lag nur noch die hier recht schmale Straße, die die üppig bewachsenen Hügel hinaufführte. Die Natur sah so unberührt aus, als habe noch nie ein Europäer einen Fuß auf diese Insel gesetzt. Überall wuchsen Blumen und verströmten ihren süßlichen Duft in die Nacht. Die Gesänge der Vögel hatten dem Zirpen eines Insektenchors Platz gemacht. Es herrschte vollkommene Dunkelheit, bis auf einen goldgelben Mond, der an einem Himmel voller leuchtender Sterne aufging.

Matthew lehnte sich in dem Ledersitz zurück. Er verschränkte die Hände hinter dem Kopf, streckte die langen Beine aus und überkreuzte die Füße.

Lord Russells Tochter mußte eine Schönheit sein. Wie sollte es anders sein in solch einem Paradies? Eine halbe Stunde später verlangsamten die Pferde ihren Gang, und Matthew erwachte aus leichtem Schlummer.

Er lehnte sich nach vorn, als die Kutsche zum Stehen kam. Viele Jahre auf dem Meer hatten ihn Vorsicht gelehrt; er legte die Hand auf den Säbel.

»Kutscher? Warum halten wir?«

»Wir müssen das Tor öffnen, Sir.«

»Welches Tor?«

»Nun, das Tor zu Charon's Crossing.«

Matthew erhob sich in der Kutsche. Vor ihm ragte wie ein dunkles Gitter gegen das Pechschwarz der Nacht ein hohes Eisentor empor. Er sah zu, wie der Diener das Schloß entriegelte und zur Seite sprang, als der Kutscher den Pferden etwas zurief und diese sofort lostrabten. Der Duft der blühenden

Blumen war intensiv und mischte sich mit dem allgegenwärtigen Salzgeruch des Meeres.

Ein helles Licht schien durch die Bäume. Matthew pfiff leise durch die Zähne.

»Ist das das Haus?« fragte er laut, um das Geräusch der Hufe auf dem Kies zu übertönen.

Der Kutscher nickte. »Charon's Crossing, Sir.«

Als die Kutsche am Haus angekommen war, sah er, daß das helle Licht von mindestens einem Dutzend mit Kerzen erleuchteten Fenstern und zahlreichen brennenden Ölfackeln im Hof stammte.

Auf sein Klopfen hin wurde die Eingangstür geöffnet. Gelächter, Stimmen, Musik und der Duft von erlesenem Wein und teuren Speisen schlugen ihm entgegen.

»Sir?«

Matthew betrachtete den Butler in Livree, der stramm im Türrahmen stand. Sein Gesicht war schwarz, doch sein Akzent kam geradewegs aus den feinen Kreisen der Londoner Gesellschaft. Und seinem Gesichtsausdruck nach zu urteilen, galt das auch für seine Manieren.

Matthew lächelte freundlich. »Guten Abend. Wenn Sie Lord Russell bitte melden wollen, daß Kapitän Matthew McDowell von der *Atropos* eingetroffen ist.«

Die Nasenflügel des Butlers zuckten leicht. »Das amerikanische Schiff, Sir?«

»Genau«, sagte Matthew, immer noch freundlich.

Der Butler nickte. »Ich werde sehen, ob Ihre Lordschaft zu sprechen ist.«

»Ich bin sicher, das ist er.«

»Wenn Sie bitte hier warten möchten, Sir ...«

Er wollte die Tür schließen, doch Matthew schob den Fuß in den Türrahmen und lächelte kalt.

»Ich warte bei niemandem vor der Tür. Entweder Sie melden mich, oder ich melde mich selbst.«

»Sir, ich fürchte ...«

»Dazu haben Sie auch allen Grund. Ich war wochenlang auf See und bin nicht in der Stimmung ...«

»Brutus?« Die Stimme, die aus dem Innern des Hauses drang, war sanft, weiblich und entzückend englisch. »Was gibt es denn?«

»Gar nichts, Miss. Nur dieser ... dieser Gentleman. Er möchte Ihren Vater sehen, und ich erklärte ihm gerade ...«

Matthew stieß die Tür auf und betrat das Foyer. »Er erklärte mir gerade, daß amerikanische Emporkömmlinge nicht gut genug sind für eine derart erlesene englische Gesellschaft. Worauf ich ihm versicherte, daß ... daß ...«

Seine Worte verloren sich im Raum. Das Mädchen stand am Fuß einer breiten Treppe. Ihr Haar hatte die Farbe der Nacht, es war aus dem Gesicht gekämmt und hoch aufgetürmt, nur hier und da schlängelten sich sanft und betörend ein paar Strähnen die zierlichen Wangen hinab. Ihre Augen waren so blau wie der Himmel an einem Sommermorgen, der Mund schmal, die Lippen voll und rot wie wilde Kirschen. Sie trug ein weißes Kleid aus hauchdünnem Stoff, dessen Ausschnitt ihre weißen Schultern und den Busen perfekt zur Geltung brachte.

Matthew blieb fast das Herz stehen. Er hatte viel über Catherine Russells Schönheit gehört, doch auf diesen Anblick war er nicht vorbereitet gewesen: Bei Gott, sie war das wundervollste Wesen, das er je gesehen hatte.

»Lady Russell?« fragte er, als er sicher war, daß seine Stimme nicht mehr zitterte. »Catherine Russell?«

»Sir.« Die Stimme des Butlers war frostig vor Empörung. »Ich darf Sie noch einmal bitten zu warten, bis ...«

Das Mädchen machte eine wegwerfende Handbewegung und entließ den Butler. »Das wäre alles, Brutus.«

Mit zusammengezogenen Brauen verneigte der Butler sich respektvoll. »Ganz wie Sie wünschen.«

Catherine Russell wartete, bis Brutus verschwunden war. Dann kam sie langsam näher und lächelte.

»Sie haben mir etwas voraus, Sir. Sie wissen meinen Namen, aber ich kenne den Ihren nicht.«

Matthew setzte seinen Kapitänshut ab und machte eine leichte, elegante Verbeugung.

»Ich bin Matthew McDowell, Ma'am, Kapitän der *Atropos*, ganz zu Ihren Diensten.«

»Ah ja«, sagte sie sanft. Matthew sah auf. Ihr Lächeln machte ihn ganz schwindlig. In der rechten Hand hielt sie einen elfenbeinernen Fächer und wedelte sich schwach Luft zu. »Mein Vater hat von Ihnen gesprochen, Kapitän. Er sagte, Sie seien mutig und tapfer.« Ihre Blicke trafen sich. »Aber er hat nie erwähnt, wie gut Sie aussehen.«

Langsam wanderte ein Lächeln über Matthews Mund. »Dann habe ich Ihnen etwas voraus«, sagte er, als er mit wenigen Schritten die Entfernung zwischen ihnen verkürzte. Er blieb dicht vor ihr stehen, so daß Catherine den Kopf heben mußte, um ihm ins Gesicht zu sehen. »Denn schon bevor ich Sie das erste Mal sah, habe ich gewußt, daß Sie die schönste Frau der ganzen Hemisphäre sind.«

Catherine lachte leise auf. Das Leben auf Charon's Crossing, diesem langweiligen, winzigen Stück England in der Neuen Welt war so trostlos, daß es beinahe weh tat. Sie hatte hier genug Männer kennengelernt: Die einen waren liebenswürdig, aber sahen erbärmlich aus, die anderen waren gutaussehend, aber alles andere als charmant, und allen fehlten Geist und Witz. Ihr Vater, der sie ein Leben lang verwöhnt und umsorgt hatte, drängte sie, gesellschaftliche Kontakte zu den Töchtern der Bankiers und Kaufleute der Insel aufzunehmen, doch Catherine hatte schon vor langer Zeit herausgefunden, daß sie sich in der Gegenwart ambitionsloser Vertreterinnen ihres Geschlechts tödlich langweilte.

»Ich wünschte, ich könnte dich glücklich machen«, hatte ihr

Vater noch heute abend gesagt, als sie wieder einmal über die ewig gleichen Dinnerabende geklagt hatte, bei denen sie keinesfalls die anmutige Gastgeberin spielen wollte.

Nun sah es so aus, als habe ihr Vater, wenn auch unwissend, seinen eigenen Wunsch erfüllt, denn sie wußte instinktiv, daß Matthew McDowell sie glücklich machen würde. Natürlich hatte sie von ihm gehört. Er war gekommen, um diese Gewässer auf Geheiß ihres Vaters und anderer Männer zu befahren, und sie wußte, daß ihr Vater voller Verachtung von ihm sprach.

»Wir brauchen diesen Mann«, hatte sie ihn in seinem Arbeitszimmer sagen hören, als er mit einflußreichen Freunden über den Krieg gegen die Franzosen sprach, »aber wir dürfen nicht vergessen, daß er im Grunde nichts weiter ist als ein Pirat. Ein gemieteter Schurke, der tut, was wir ihm sagen.«

Matthew McDonald war vielleicht ein Schurke, doch das tat seiner betörenden Schönheit keinen Abbruch. Diese Schultern. Dieser Oberkörper, die schmalen Hüften und diese langen, langen Beine. Und dieses harte, prächtige Gesicht...

O ja, auf Charon's Crossing würde es ab jetzt sehr viel interessanter zugehen.

»Aber werter Herr«, sagte Catherine und fächerte sich mit einer geübten Handbewegung Luft zu, »ich bin enttäuscht zu hören, daß ich nur in dieser Hemisphäre die schönste Frau bin. Ich hatte mit mehr gerechnet.«

Matthew lächelte sie an. »Sie mißverstehen mich, Miss Russell. Die Nationen der Alten Welt haben ihre schönsten Blumen hierher verpflanzt, in die Neue. Und da Sie hier ganz zweifellos die Schönste sind, müssen Sie die Allerschönste der ganzen Welt sein.«

Catherine warf den Kopf in den Nacken und gab ein glokkenklares, melodisches Lachen von sich.

»Sie sind um Antwort nicht verlegen, Kapitän«, sagte sie und legte ihm sanft die Hand auf den Arm. »Kommen Sie, ich stelle Sie meinem Vater vor. Ich bin sicher, er wird hocherfreut sein, endlich Ihre Bekanntschaft zu machen.«

***

»Hocherfreut« war nicht gerade das Wort, mit dem Matthew Lord Russells Reaktion beschrieben hätte.

Catherines Vater war höflich, aber frostig, und es war klar, daß er einen Mann wie Matthew unter normalen Umständen nie und nimmer eingeladen hätte, an seinem Tisch zu speisen.

Aber die Umstände waren nicht normal. Die französischen Schiffe in diesen Gewässern hatten reiche Beute an Bord, aber die Krone konnte ihre eigenen Schiffe nicht entbehren, um sie zu verfolgen und zu kapern. Die britischen Kriegsschiffe wurden gebraucht, um die französischen Häfen in der Biscaya und im Mittelmeer zu blockieren und zu verhindern, daß Nachschub Napoleons Armeen auf der Halbinsel erreichte.

Es war eine Situation, die die verschiedensten Leute an einen Tisch brachte. Besonders heute abend, dachte Matthew und lächelte in sich hinein, während er an dem vorzüglichen französischen Wein nippte und mit halbem Ohr dem atemlosen Geplapper der Frau zuhörte, die rechts neben ihm saß. Sie war Baronin, wunderschön und – wie sie Matthew vom ersten Moment an unmißverständlich klargemacht hatte – noch zu haben.

Doch Matthew hatte nur Augen für Catherine Russell, wie im übrigen jeder Mann an der überfüllten Tafel. Und sie hatte Augen für alle anderen ... nur nicht für ihn.

Was war geschehen mit den Versprechungen, die er in ihren Augen gelesen hatte, als ihre Blicke sich im Foyer getroffen hatten?

Als das Essen beendet war und im hell erleuchteten Ballsaal der Tanz begann, war Matthew halb wahnsinnig vor Eifersucht. Catherine lachte ausgelassen über die Scherze anderer Männer, sie lächelte sie an, tanzte mit ihnen ...

Und ignorierte ihn vollkommen. Er wartete, bis sie für einen kurzen Augenblick allein war. Dann ging er zu ihr und nahm sie bei der Hand.

»Sie haben mir diesen Tanz versprochen, Lady Russell«, sagte er.

Catherine setzte ein überraschtes Gesicht auf. »Sie müssen sich irren, Kapitän. Ich habe diesen Tanz bereits ...«

Doch Matthew hatte sie schon auf die Tanzfläche gezogen.

»Keine Widerrede«, warnte er sie, und als sie an zwei offenen Glastüren vorbeitanzten, durch die kühle Nachtluft hineinströmte, führte er sie hindurch und in die Dunkelheit der Terrasse. »Also, Madam. Sagen Sie mir, warum Sie mich den ganzen Abend lang absichtlich ignorieren.«

»Ich werde gar nichts sagen, Sir, denn ein Gentleman behandelt eine Dame nicht so.«

»Nein.« Matthew zog sie weiter ins Dunkel. »Ich bin kein Gentleman, Catherine. Ich bin ein Mann, der sich nimmt, was er will, und was ich am allermeisten will, ist ein Kuß von Ihren zauberhaften Lippen.«

Catherine lachte. »Dann müssen Sie ihn eben stehlen. Jedoch nicht heute nacht«, beeilte sie sich zu sagen, als er sich zu ihr neigte. »Wir sehen uns morgen abend, im Rosengarten.«

Matthew nickte. Er streckte die Hand aus und fuhr mit dem Daumen über ihre Lippen, teilte sie vorsichtig, und strich sanft über das zarte, feuchte Fleisch ihrer Unterlippe.

»Sagen Sie mir wann, Catherine. Ich werde dort sein.«

Oho, dachte sie bei dieser Berührung, er spielt dieses Spiel gut. Er würde es ihr nicht so leicht machen wie viele andere.

Das gefiel ihr. Das Element von Gefahr und Risiko würde ihr Vergnügen noch steigern.

Sie sah ihm in die Augen, lächelte und berührte seine Fingerspitze mit der Zunge. Matthew fühlte, wie sich seine Eingeweide zu einer Faust zusammenballten.

Sie war so wunderschön. So verführerisch. Und, mein Gott, so unschuldig. Das war ein Paradox, aber eins, das er sicher zu verstehen glaubte. Sie war vom gleichen Blitz getroffen wie er; darum bebte sie, als sie sich an ihn lehnte, darum sog sie an seinem Finger ...

»Catherine?«

Die scharfe Stimme trieb sie auseinander. Catherine drehte sich abrupt zur Tür um, die zurück in den Ballsaal führte.

»Vater!« Ihr Lächeln verlor den verführerischen Touch. Sie nahm Matthew beim Arm und zog ihn vorwärts zum Lichtstrahl, der aus dem Haus drang. »Du kommst wie gerufen! Ich wollte dich gerade suchen gehen. Vater, Kapitän McDowell fühlt sich nicht gut.«

Russells dichte Brauen zogen sich zusammen. »Haben Sie meine Tochter darum nach draußen gebracht, Kapitän? Damit sie Ihnen in Ihrem Unwohlsein Gesellschaft leistet?«

Matthew wollte gerade antworten, doch Catherine drückte warnend seine Hand.

»Es war meine Idee, Vater. Wir haben getanzt, und auf einmal wurde der Kapitän ganz bleich, bat um Verzeihung und wollte zur Tür hinaus.« Catherine ließ Matthews Arm los und trat auf Russel zu. »Ich weiß, ich hätte ihn gehen lassen sollen, aber dann dachte ich: Wie sieht es aus, wenn ich meiner Pflicht als Gastgeberin nicht nachkomme und es zulasse, daß einer meiner Gäste von dannen torkelt und unbemerkt zusammenbricht?«

In Russells Kiefer zog sich ein Muskel zusammen.

»Du hättest einen der Diener hinter ihm herschicken können, Catherine.«

Catherine seufzte und lehnte den Kopf gegen die Schulter ihres Vaters.

»Natürlich. Ich wünschte, ich wäre geistesgegenwärtig genug gewesen.«

Russells Gesichtsausdruck entspannte sich. »Geh wieder rein, Liebes, und kümmere dich um die anderen Gäste.«

Sie lächelte und küßte ihn auf die Wange. »Ja, Vater. Gute Nacht, Kapitän McDowell. Und denken Sie daran, was ich Ihnen gesagt habe. Ein bißchen Fieberrindentee, und es geht Ihnen im Handumdrehen besser. Und in zwölf Stunden fühlen Sie sich wie neugeboren.«

In zwölf Stunden? Matthews Blick traf Catherines wie ein Blitz, und sie nickte ihm fast unmerklich zu. Dann also würden sie sich wiedersehen, am nächsten Morgen.

Die Geschwindigkeit, mit der sie eine Geschichte erfunden hatte, um ihren Vater zu täuschen, war gepaart mit der Beiläufigkeit, mit der sie ihm den Zeitpunkt ihres Treffens am nächsten Tag mitgeteilt hatte, war entwaffnend. Matthew revidierte sein anfängliches Urteil über Catherine. Sie war nicht nur die schönste Frau, die er jemals getroffen hatte, sondern auch die gescheiteste.

Er lächelte höflich, nahm die Hand, die sie ihm bot, und führte sie mit einer leichten Verbeugung an die Lippen.

»Vielen Dank, Lady Catherine. Sie waren sehr liebenswürdig, ich stehe in Ihrer Schuld.«

Sie lächelte strahlend. »Überhaupt keine Ursache, Kapitän. Doch wenn Sie möchten, können Sie diese Schuld begleichen, indem Sie uns bald wieder auf Charon's Crossing beehren, um mir den neuesten Klatsch aus den Kolonien zu berichten.«

Matthew hatte keine Ahnung von gesellschaftlichem Klatsch. Und er hatte schon so manchen Narren niedergemacht, der glaubte, Amerika immer noch als »Kolonie« bezeichnen zu müssen. *Doch in diesem Augenblick war er außerstande zu widersprechen, selbst wenn Catherine ihm hätte weismachen wollen, der Mond bestehe aus grünem Käse . . .*

Ein Windstoß vom Meer ließ einen Fensterladen gegen die Hauswand knallen.

Das Buch fiel Kathryn aus den Händen. Vollkommen kopflos sprang sie auf. Der Fensterladen knallte wieder, und sie atmete tief durch.

Langsam bückte sie sich und hob Matthew McDowells Tagebuch auf. Es hatte keinen Schaden genommen, als es mit dem Gesicht nach unten auf dem Boden gelandet war. Sie wischte es sorgfältig ab, machte es zu und legte es auf den Schaukelstuhl.

Wie lange hatte sie überhaupt gelesen? Die Sonne war ein ganzes Stück gewandert. Sie mußte die Hand heben und ans Fenster halten, um die Uhr lesen zu können.

»Mann, Mann«, flüsterte sie.

Sie mußte feststellen, daß vier Stunden so schnell vergangen waren wie eine Minute.

Der Mann hatte ein verflucht spannendes Tagebuch geschrieben, das mußte sie ihm lassen. Allein diese Beschreibungen, dachte sie lächelnd.

Doch ihr Lächeln erstarb. Sie erinnerte sich, was er geschrieben hatte: daß er mit dem Finger Catherine Russells Mund gestreichelt und ihre Lippen geteilt hatte, um ihre Haut zu spüren.

Kathryn fühlte, wie ihr Herz raste. Genau das war ihr letzte Nacht passiert. In ihrem Traum hatte Matthew ihren Mund genauso berührt. Wenn sie jetzt die Augen schloß, spürte sie noch immer die Erotik des Augenblickes, die Wärme seines Fingers, der über ihre Lippen fuhr. Wie sie sich danach gesehnt hatte, zu tun, was die andere Catherine getan hatte: seinen Finger in den Mund nehmen und mit der Zungenspitze darüberfahren . . .

»Verdammt noch mal!«

Genug damit! Das alte Buch war faszinierend. Es war ein interessantes Kunstwerk, und falls sie die Zeit dazu fand, würde sie es irgendwann sicher weiterlesen. Aber das war auch alles. Das Tagebuch hatte nicht das geringste mit ihr oder ihren verrückten Träumen zu tun.

Und was Matthews grandiose Selbstbeschreibung als Herzensbrecher anging ...

Sie lachte, als sie die Fensterläden zuzog und verschloß. In zweihundert Jahren hatte sich nicht allzuviel geändert. Männer hatten immer noch eine ziemlich hohe Meinung von sich.

»Jede Wette, Sie waren ein prüder Fatzke, Kapitän«, sagte sie.

Sie hob die Taschenlampe auf, ging zur Tür hinaus, ohne sich umzusehen und knallte sie hinter sich zu.

Stille erfüllte den Dachboden. Dann begann ein quecksilbernes Licht neben dem Schaukelstuhl zu glühen, wo das Tagebuch lag. Das Licht bewegte sich schnell Richtung Fenster, die Läden flogen auf und ließen frische Luft und Sonnenlicht hereinströmen.

Das Licht begann, sich zu drehen, zunächst langsam, dann immer schneller, bis es zu einem Wirbel wurde, aus dessen glänzendem Herzen die Gestalt eines Mannes auftauchte.

»Prüde war ich also, Catherine?« fragte Matthew.

Er lächelte fest. Das Licht wurde schwächer, bis nur noch Staub übrigblieb, der in den schwächer werdenden Sonnenstrahlen tanzte.

SECHS

Kathryn war stocksauer.

Sie war jetzt schon drei Tage auf Charon's Crossing, und sie hatte nichts vorzuweisen.

Nein, dachte sie grimmig, als sie Staubtuch und Reiniger unter dem Waschbecken vorholte, nein, das stimmte nicht.

Sie hatte eine Menge vorzuweisen. Eine geputzte Küche, klinisch saubere Badezimmer, drei abgebrochene Fingernägel und genug hirnverbrannte Träume, um einen Seelenklempner in New York damit für den Rest seines – oder ihres – freudianischen Lebens glücklich zu machen.

»Verdammt«, grummelte sie, als sie die Bibliothek betrat.

Heute morgen wollte sie die in Leder gebundenen Bücher abstauben, die die Regale füllten. Dann würde sie die Möbel bis auf die Knochen polieren. Und als Zugabe noch sämtliche Perserbrücken auf die Terrasse schleifen, auf dem Geländer übers Knie legen und mit dem Teppichklopfer alle Schlechtigkeit aus ihnen rausprügeln.

Jawohl. In Hausarbeit würde sie eine Eins mit Stern kriegen. Was natürlich nichts daran änderte, daß sie eine glatte Sechs dafür kassieren würde, daß sie noch gar nichts von dem geschafft hatte, weswegen sie für eine Woche hier runtergeflogen war.

»Verdammt«, sagte sie noch einmal und versetzte den Büchern, die ihr am nächsten standen, einen ärgerlichen Schlag mit dem Tuch. Staub wirbelte auf. Kathryn wich zurück, doch es war zu spät. Ein halbes Dutzend heftige Nieser drückten sie fast an die Wand.

Sie warf das Tuch auf den Boden, stemmte die Hände in die Hüften und beäugte die Bibliothek wie ihr privates Waterloo.

Was zum Teufel tat sie hier eigentlich?

Sie war nicht auf die Insel gekommen, um zur perfekten Hausfrau zu werden, sondern um dieses armselige Haus verkaufsfertig zu machen, und dazu war sie auf die Hilfe dreier Leute angewiesen: eines Anwalts, der die meiste Zeit unsichtbar war, einer Maklerin, die sich einen feuchten Dreck kümmerte, und eines Bauunternehmers, der anscheinend nur gerüchteweise existierte.

Und sie konnte all das nicht einmal jemandem erzählen, denn vom Mietwagen gab es keine Spur, und das Telefon hätte sie genausogut als Türstopper benutzen können.

Kathryn ließ sich in die flauschigen Tiefen eines geblümten Sofas fallen, ohne den aufwirbelnden Staubwolken Beachtung zu schenken.

Und jetzt?

Sie schlug die nackten Beine übereinander, richtete die Zehen gegen die Decke und schwenkte den Fuß von links nach rechts.

Ihr blieben zwei Möglichkeiten. Sie konnte hier sitzen bleiben wie ein Sack Mehl und warten, bis Olive, Amos oder der rätselhafte Reparateur die Güte hatten, hier aufzutauchen. Oder sie konnte die Dinge selbst in die Hand nehmen. Wie weit war es gleich in die Stadt? Fünf Meilen? Na, wohl eher fünfzehn, wenn man bedachte, daß die Straße eine einzige Schlangenlinie war.

Aber was machte das schon? Sicher würde sie nicht den ganzen Weg zu Fuß gehen müssen. Wenn sie erst einmal unten an der Straße war, würde schon jemand anhalten und sie mitnehmen.

Kathryn lächelte. In den letzten paar Tagen hatte sie nicht viel gelächelt, und sie war überrascht, wie gut das tat.

Sie entknotete die Beine, schlug sich auf die Schenkel und stand auf.

Ihre Tage im goldenen Käfig waren gezählt.

Das Duschen auf Charon's Crossing erforderte eine ähnliche Prozedur wie zu Hause.

Man zog sich die Sachen aus, den Bademantel an, ging ins Badezimmer, drehte das heiße Wasser auf ... und wartete.

Und wartete.

Und wartete noch ein wenig.

Schließlich wurde das Wasser irgendwann warm, und man stellte sich unter den Strahl.

Dann seifte man sich hastig ein, schrubbte und brauste sich ab, ohne eine Sekunde zu verlieren, denn das heiße Wasser würde nicht allzu lange anhalten.

Vielleicht war das ihr Schicksal. Vielleicht würde sie zeitlebens mit Heißwassersystemen zu kämpfen haben, die sich schlicht und einfach weigerten, ihre Bestimmung zu erfüllen.

Kathryn seufzte, stellte das Wasser ab und zog den Duschvorhang gerade so weit zur Seite, daß sie hinausgreifen und nach dem Badehandtuch tasten konnte. Selbst das Abtrocknen war nicht einfach. Wer immer den Handtuchhalter angebracht hatte, er hatte sich entweder nie die Mühe gemacht, die Entfernung zwischen Dusche und Wand auszumessen, oder aber er hatte Arme gehabt wie ein Gorilla. Die Handtücher hingen wenige Zentimeter zu weit weg, als daß man sie problemlos hätte erreichen kö–

Sie erstarrte.

Das Handtuch war ihr soeben in die Hand gehüpft.

Entweder waren ihre Arme länger geworden – oder jemand hatte ihr das Handtuch gereicht.

Sie bekam eine Gänsehaut am ganzen Körper.

»Ganz ruhig bleiben«, flüsterte sie.

Sie war allein im Bad. Und im Haus. Jede Tür war verschlossen, sogar diese hier. Sie wußte, es war albern, aber seitdem Olive unangemeldet hereingeplatzt war, legte sie Wert darauf, die Türen abzuschließen. Die Eingangstür. Die Hintertüren. Die Tür zu ihrem Schlafzimmer und die zum Badezimmer, jedes Mal, wenn sie hineinging.

Gut. Also gab es sicher eine vernünftige Erklärung für das, was eben passiert war.

Sie wickelte sich in das Handtuch, hielt es mit einer Hand zusammen, atmete tief durch, zog den Vorhang zurück ....

... und brach in erleichtertes Lachen aus.

Sie war doch nicht allein.

Ein kleines grünes Chamäleon, das eher wie eine Anstecknadel als wie eine Eidechse aussah, klebte an der Wand neben dem Waschbecken. Es badete in der Sonne, die zusammen mit einem warmen, trägen Luftzug durch das Fenster flutete – ein Luftzug, der auch jetzt eine Ecke des Handtuchs, das an der Wand hing, Richtung Dusche anhob.

So viel also zum großen Mysterium des Handtuchs.

»Siehst du?« sagte Kathryn zum Chamäleon, »es gibt immer eine logische Erklärung.« Sie seufzte. »Als ich vor ein paar Tagen aus dem Flugzeug gestiegen bin, wußte ich das noch. Das Problem ist nur, daß ich schon zu lange in diesem verrückten Haus festsitze.«

Die kleine Eidechse fixierte sie mit weit offenen Augen und bewegte den Kopf. Kathryn lächelte.

»Danke«, sagte sie. »Schön, daß wir einer Meinung sind.«

Sie summte leise vor sich hin, eilte den Korridor hinunter in ihr Schlafzimmer und zog sich an.

Der Strahl des Sonnenlichts, der ins Badezimmer schien, leuchtete heller und heller, bis er zu einem schimmernden quecksilberfarbenen Wirbel wurde.

Das kleine Chamäleon hob den Kopf und huschte erschreckt fort, als Matthew dem pulsierenden Licht entstieg.

»Zum Teufel«, grummelte er.

Es war lächerlich für einen erwachsenen Mann wie ihn, dieses dumme Spiel zu spielen. Na ja, näher betrachtet traf diese Beschreibung vielleicht nicht so ganz auf ihn zu.

»Zum Teufel«, wiederholte er und fuhr sich mit der Hand durchs Haar.

Ob Mann oder Geist, auf jeden Fall war es dumm gewesen, hinter Catherine herzuspionieren. Es war kindisch. Falls Cat ihn gesehen hätte, wäre sie womöglich vor Angst gestolpert, hingefallen und hätte sich ihren hübschen Hals gebrochen.

Und dieses Vergnügen wollte er für sich alleine haben. Keine glitschige Badewanne sollte ihn um seine Rache betrügen!

Ein Lächeln umspielte seine Lippen. Trotz allem, das Wagnis hatte sich gelohnt. Ihr Anblick mit nichts am Körper außer diesem Handtuch, als sie aus der Dusche stieg ... Die langen Beine, die Rundungen ihrer Brüste, das Wasser, das wie kleine Juwelen auf ihrer cremefarbenen Schulter perlte ...

Eine nur zu vertraute Straffheit machte sich in seinen Lenden bemerkbar.

»Zum Teufel«, sagte er wieder, verschränkte die Arme über der Brust und machte ein finsteres Gesicht.

Catherine war nicht die einzige, die zu lange in diesem verdammten Haus gewesen war!

Er führte sich auf wie ein kleiner Junge, und aus welchem Grund? Daß Catherine schön war, stand außer Frage. Daß sie einem Mann den Kopf verdrehen konnte, bis er sie so dringend brauchte wie die Luft zum Atmen, war nichts neues.

Auch Delilah war sicher schön und begehrenswert gewesen, als sie Samson zu jenem verhängnisvollen Schnitt überredete.

Aber Schönheit und Begehren waren keinen Pfifferling wert, wenn sie nur das Böse verdeckten. Und Catherine war böse; daran gab es keinen Zweifel.

Er atmete zweimal tief durch. Von jetzt an würde er vorsichtiger sein. Schon seit sie sein Tagebuch auf dem Dachboden gefunden hatte, war er mehr als zurückhaltend gewesen. Es war wichtig für ihn, daß sie es bis zu Ende las, bevor er der Farce, die sie beide spielten, ein Ende setzte.

Deshalb war er im Hintergrund geblieben, hatte zugeschaut und gewartet...

Aber worauf?

Es war klar, daß sie es nicht eilig hatte, den Rest seines Tagebuchs zu lesen. Sein Mund zuckte. Warum auch? Sie kannte den Schluß ja bereits.

Verdammt noch mal, sie sollte es aber lesen! Wie konnte er sonst sicher sein, daß sie begriff, was ihn anspornte? Sie mußte verstehen, daß die Zeit die Erinnerung an ihren Verrat nicht hatte verblassen lassen.

Matthew runzelte die Stirn.

Wieviel Zeit war seit seinem Tod vergangen? Er konnte es nicht sagen. Ein Jahr? Zwei? Oder mehr?

Langsam kam ihm der Gedanke, daß es vielleicht eine viel längere Zeit war, als er sich vorstellte.

Im Haus hatte sich vieles auf verblüffende Weise verändert.

In den Lampen war kein Öl, und doch leuchteten sie hell, wenn die Nacht kam.

In dem Raum, der die Küche sein mußte, gab es keine Feuerstelle zum Kochen. Statt dessen kochte Catherine auf einer weißen, eisernen Kiste. Und es gab noch eine Kiste, in ihr wurden die Sachen eiskalt.

Und was dieses Zimmer anging...

Es war unglaublich. Man brauchte nur einen Knauf zu drehen, und schon spritzte Wasser in die Badewanne und in das Waschbecken. Es stand auch ein Porzellansitz da, dessen Funktion er langsam begriff, obwohl sein gesunder Menschenverstand ihm sagte, daß es so etwas nicht geben konnte.

Catherines Vater war zwar reich, doch nicht einmal der König von England besaß solche Vorrichtungen. Matthew fuhr sich mit den Fingern durchs Haar und ging durch den Raum. Von George dem Dritten hieß es, er sei verrückt, doch nicht einmal ein Verrückter konnte solche Wunderdinge ersinnen.

Doch das war noch nicht alles.

Das erstaunlichste war ein ganz einfacher Umstand.

Catherine war ohne Diener gekommen.

Niemand, der sie anzog, niemand, der ihr das Haar bürstete, das Bett machte und die Mahlzeiten kochte ...

Und Himmel, es gab niemanden, der für Ordnung und Sauberkeit sorgte. Als er gestern ihren Weg gekreuzt und gesehen hatte, wie sie auf Händen und Knien mit einem Eimer Schmutzwasser neben sich den Boden schrubbte wie ein gewöhnliches Hausmädchen, war er dermaßen vom Donner gerührt gewesen, daß er sich beinahe genau vor ihr materialisiert hätte.

Alles war anders. Catherine, das Haus ...

Wieviel Zeit war seit seinem Tode vergangen?

Er lehnte sich gegen das Waschbecken, seine Kiefermuskulatur zuckte.

Jahre. Weit mehr als zwei. Aber auch nicht allzu viele, denn Catherine war nicht gealtert. Sicher wäre auch sie nicht mehr so jung und schön, wenn ... wenn ...

»Ich bin nicht Catherine«, hatte sie gesagt, als er das erste Mal im Traum zu ihr gekommen war.

Aber sie war es. Natürlich war sie es. Sie sah aus wie Catherine, sie war in Catherines Haus ...

Matthew schloß die Augen und atmete tief und ruhig ein. Einen Augenblick später schlüpfte er durch die geschlossene Schlafzimmertür. Catherine stand vor einem ovalen, gesprungenen Spiegel und bürstete sich das Haar. Sie trug einen weißen Rock und ein weißes Oberteil. Beides zeigte zwar zu viel nackte Haut, doch im Vergleich zu ihrer sonstigen Aufmachung war das der Gipfel der Sittsamkeit.

Er lehnte sich mit verschränkten Armen an die Tür und sah ihr zu.

Sehr spät letzte Nacht war er durch ihre geschlossene Schlafzimmertür geschlüpft, genau wie gerade eben. Die Tür war abgeschlossen gewesen, ein derart erbärmlicher Versuch, ihn fernzuhalten, daß er beinahe lachen mußte. Sie hatte geschlafen und zusammengerollt auf der Seite gelegen, ihr Gesicht ein Abbild der Unschuld. Er hatte vergeblich versucht, sich zu erinnern, wann sie in ihrer gemeinsamen Vergangenheit jemals so ausgesehen hatte.

Ihr Anblick hatte seinen Atem beschleunigt. Die Versuchung, die Bettdecke wegzuziehen und sich sattzusehen, war fast überwältigend gewesen. Ob sie die gleiche seltsame Kleidung trug wie in jener ersten Nacht?

Er hatte die Zähne zusammengebissen und das Zimmer verlassen, ohne seine Neugier zu befriedigen. Es spielte keine Rolle, was sie nachts trug. Schon das, was sie tagsüber anhatte, wirkte sich verheerend auf seinen Pulsschlag aus. Ihre knappe Kleidung ließ der Phantasie wenig Raum.

Es ärgerte ihn, daß sie so herumlief. War es ihr denn verdammt noch mal egal, daß sie in diesem Aufzug das Blut eines jeden Mannes zum Kochen brachte?

Matthew runzelte die Stirn. Jetzt war seine Phantasie mit ihm durchgegangen. Für Catherine war er kein Mann. Für sie war er überhaupt nicht existent. Zumindest noch nicht. Soweit er wußte, glaubte sie immer noch, er sei eine Traumgestalt.

Sie hatte sich ihr Haar zu Ende gebürstet. Er beobachtete sie, wie sie sich selbst kritisch im Spiegel betrachtete. Dann legte sie die Bürste zur Seite, nahm eine Geldbörse mit einem langen Riemen und ging zur Tür – auf ihn zu.

Er hielt den Atem an, als sie sich ihm näherte. Sie konnte ihn nicht sehen. Sie würde ihn erst sehen können, wenn er es zuließ. Das wußte er. Trotzdem war es Wahnsinn, sie einfach durch sich hindurchgehen zu lassen. Vielleicht spürte sie etwas. Einen kalten Hauch vielleicht; er hatte keine Ahnung.

Sie ging so leicht durch ihn hindurch wie ein Windhauch durch einen Blumenstrauß. Er stöhnte fast, als er fühlte, wie ihr Körper mit seinem verschmolz. Ah, und ihr Duft...

Doch auch sie *hatte* etwas gespürt, kein Zweifel. Er sah, wie sie vor der Treppe erstarrte. Sie zögerte, und er konnte ihren Atem hören.

»Oh«, flüsterte sie und lachte leise auf.

Matthew spürte dieses Lachen bis ins Mark seiner Knochen. Mein Gott, er mußte einfach mit ihr reden. Sie berühren...

Doch sie eilte bereits die Stufen hinunter, lief zur Eingangstür und riß sie auf.

»Ach, das ist ja ein Überraschung«, hörte er sie mit vor Freude heller Stimme sagen, die einst nur ihm vorbehalten gewesen war. »Ich habe Sie die Einfahrt hochkommen gehört!«

Matthew folgte ihr die Stufen hinunter und ging im gleichen Moment durch die Tür, als sie sie zuschlug.

Was zum Teufel war das?

Catherine stand am Fuße der Treppe. An ihrer Seite ein Mann, dem sie ihr lachendes Gesicht zuwandte.

Und was für ein Exemplar das war! Schwarzes Haar hing ihm lockig auf die Schultern hinab, und an einem Ohr baumelte ein kleiner goldener Ring. Das rote Seidenhemd war bis zur Taille aufgeknöpft, die Hose zerrissen, und er trug dicke Ledersandalen.

Mein Gott, der Kerl war ein Pirat! Hatte Cats Leidenschaft für Techtelmechtel mit Gaunern einen neuen Tiefpunkt erreicht?

Eine seltsame Art von Kutsche stand in der Einfahrt.

Zumindest nahm Matthew an, daß es eine Kutsche war. Er hatte noch nie ein so merkwürdiges Fahrzeug gesehen. Es hatte Räder und Türen, aber es wurde nicht von Pferden gezogen.

»Cat«, sagte Matthew scharf. »Warte!«

Mit einer lächerlich tiefen Verbeugung öffnete der Pirat eine der Türen. Fürchterliche Schreie drangen aus dem Inneren, wie Schmerzensgeheul gepeinigter Kreaturen, doch Catherine achtete nicht darauf. Sie rutschte anmutig auf den Sitz, und der Schurke schloß die Tür hinter ihr, ging zur anderen Seite der Kutsche und stieg ein.

Einen Augenblick später wurde die Kutsche von einer leichten Explosion erschüttert. Schwarzer Rauch strömte hinten heraus, dann schoß sie die Einfahrt hinunter.

Fluchend und mit rasendem Herzen lief Matthew hinterher.

Wie konnte eine Kutsche so schnell sein? Wie konnte sie überhaupt fahren, ohne von Pferden gezogen zu werden? Er hatte nicht die geringste Chance, sie einzuholen.

Das Ding bog um die Ecke, legte an Geschwindigkeit zu und schoß durch das Tor, das die östliche Grenze von Charon's Crossing markierte. Matthew rannte hinterher und weigerte sich zu akzeptieren, wovor sein Instinkt ihn warnte.

Der leere Raum zwischen den Torpfeilern hätte genausogut eine Ziegelsteinmauer sein können. Er lief mit voller Kraft dagegen. Die Wucht des Aufpralls riß ihn von den Füßen, und er fiel hart auf die Erde.

Langsam stand er wieder auf. Er starrte auf das offene Tor, ging darauf zu, streckte seine Hand aus ... und berührte eine unsichtbare Barriere.

Ihm stockte der Atem vor Wut. Er holte aus und schlug mit der Faust gegen das unsichtbare Hindernis. Er fuhr herum, ergriff eine Kokosnuß, die unter einer Palme lag, und schleuderte sie gegen die unsichtbare Barriere.

Es hatte keinen Zweck.

Er konnte die Mauer weder sehen noch zerstören.

Keuchend starrte er die Straße hinunter. Alles, was von der Kutsche ohne Pferd übriggeblieben war, war eine Wolke gelblichen Staubes, die sich langsam legte.

Matthew stöhnte und ließ sich gegen die Palme fallen.

Es war ihm nie in den Sinn gekommen, daß ein Geist außer Puste sein könnte, aber Teufel noch mal, das war er.

Und wofür? Catherine war das nicht wert. Und wenn irgendein Schurke sie fortgelockt hatte, was machte das schon? Mit ihrem Wohlergehen hatte er nichts zu tun; es war nur so, daß er der Mann sein wollte, der ... der Mann, der ...

Matthew wurde still. Dann drehte er sich um und rammte die Faust in blinder Wut gegen den Baum.

»Sei verflucht, Catherine«, bellte er.

Seine Gestalt schimmerte wie heiße Luft, die vibrierend von einem heißen Sandstrand aufstieg.

Einen Augenblick später war er verschwunden.

SIEBEN

Ich glaub' es nicht«, sagte Kathryn überglücklich.

Der alte VW Käfer fuhr in ein Loch von der Größe eines Kraters, und die Stoßdämpfer, oder was von ihnen übrig war, stöhnten auf. »Eben noch dachte ich, ich muß zu Fuß in die Stadt gehen, und auf einmal kommen Sie die Einfahrt hoch.«

Der Junge hinter dem Steuer des VW sah sie lächelnd an. »Perfektes Timing, hm?«

Kathryn lächelte zurück. »Perfekter geht's nicht. Ich glaube, ich war noch nie in meinem ganzen Leben so froh, einen Menschen zu sehen, wie jetzt.«

»Ich hätte den Wagen schon gestern gebracht, aber mein Vater meinte, ich soll ihn besonders gut herrichten, weil Mr. Amos ihn gebeten hat, Ihnen unser bestes Auto zu geben.«

»Das ist es mit Sicherheit«, sagte sie feierlich.

»O ja, Miss Russell. Da können Sie drauf wetten. Ist so gut wie neu.«

Der VW hatte eine Fehlzündung und schickte eine riesige Wolke schwarzer Abgase in die Luft. Kathryn lachte. Sie fühlte sich auf einmal so frei, daß ihr fast schwindlig wurde.

Der Junge beugte sich vor und drehte am Radio. Bob Marleys Rhythmen dröhnten jetzt ein halbes Dutzend Dezibel leiser.

»Und, Miss, wie gefällt Ihnen unsere Insel?«

Kathryn sah den Jungen an. Er war nicht älter als vierzehn oder fünfzehn und so modisch gekleidet wie jedes Kid in New York. Seine Haare waren lang und zu Dreadlocks geflochten, er trug einen kleinen Ohrring. Das rote Hemd hatte er locker aufgeknöpft, um seinen jugendlichen, schlanken Oberkörper zur Geltung zu bringen, seine Jeans waren kunstvoll zerlöchert und die Sandalen modisch klobig.

»Wie heißt du?« fragte sie.

»Efram.«

»Nun, Efram, es ist sehr schön auf eurer Insel.«

»Schöner als in New York City?«

Kathryn strich sich die Haare aus dem Gesicht und lehnte ihren Arm aus dem Fenster. »Du weißt, daß ich aus New York bin?«

»O ja. Sie sind der erste Besuch auf Charon's Crossing seit langer Zeit. Und die Leute reden halt.«

»Glaub mir, Efram. Wenn es um Schönheit geht, ist Elizabeth Island New York meilenweit voraus.«

»Ehrlich?«

Kathryn lächelte. »Als ich New York verließ, waren es nicht einmal zehn Grad dort. Der Himmel war grau, und der Wetterbericht hatte Schnee angesagt.«

Efram verzog das Gesicht. »Klingt nicht gerade angenehm.«

»Ganz und gar nicht. Nicht, wenn man blauen Himmel, eine warme Brise und Sonnenschein mag.« Sie räusperte sich. »Nun sag schon, Efram. Was erzählen sich die Leute?«

»Bitte, Ma'am?«

»Über mich. Du hast gesagt, die Leute reden. Ich frage mich, worüber.«

»Ach, das Übliche. Daß Sie aus New York kommen, daß Sie vorhaben, Charon's Crossing aufzumöbeln ...«

»Ich werd' es aufmöbeln und verkaufen«, sagte Kathryn mit Nachdruck.

»Ja, das erzählt man sich.« Der Junge schüttelte den Kopf. »Viele Leute wundern sich darüber.«

»Daß ich das Haus verkaufen will?«

Efram grinste. »Daß Sie in diesem Geisterhaus ganz …« Er warf Kathryn einen schuldbewußten Blick zu. »Ich meine, daß Sie den Job, äh, ganz alleine anpacken, Miss.«

Kathryn kauerte sich in ihren Sitz und sah ihn an.

»So nennen die Leute es also? Ein Geisterhaus?«

Efram schluckte, sein Adamsapfel hüpfte, und er nickte mit todtraurigem Gesichtsausdruck.

»Warum?«

»Alles nur dummes Geschwätz, Miss. Ich wollte nicht …«

»Sicher wolltest du nicht, aber wenn wir schon soweit sind, kannst du mir auch den Rest erzählen. Die Leute sagen also, daß es auf Charon's Crossing …« Sie zögerte. Es war schon lächerlich, das Wort überhaupt auszusprechen. »… spukt?«

Efram beugte sich tiefer über das Lenkrad. »Die Leute geben allen möglichen Unsinn von sich.«

»Ich weiß, ich weiß, aber es interessiert mich eben. Erzähl mir davon. Was für ein Geist spukt im Haus? Ich meine, wessen Geist soll es denn sein?«

»Überhaupt keiner.«

Die Antwort platzte so schnell aus ihm heraus, daß Kathryn wußte, es war eine Lüge. Sie seufzte und legte den Kopf in den Nacken.

»Keine Sorge, Efram. Ich glaube nicht an Geister.«

»Oh, aber …« Der Junge warf ihr erneut einen Blick zu. »Ich auch nicht, Miss.«

»Aber angenommen, ich würde dran glauben, und ich würde glauben, daß es auf Charon's Crossing einen Geist gibt – wessen Geist wäre es?«

»Ich versteh' Sie nicht, Miss.«

»Ich meine, wie würde er aussehen?«

»Keine Ahnung.«

»Efram, komm schon. Du kannst es mir ruhig erzählen. Es macht mir nichts aus.«

Der Junge rutschte unruhig auf seinem Sitz hin und her.

»Ich weiß es wirklich nicht, Miss. Ich habe nur Gerüchte gehört.«

»Worüber?«

»Von Geräuschen und Stöhnen.« Er schluckte. »Solche Dinge halt.«

»Hast du das selbst auch gehört, Efram?«

»O nein, Miss, nie im Leben. Ich würde nie in dieses Haus ... ich meine, ich gehe lieber nicht rein.«

»Und gesehen hast du auch nie was?«

Efram blickte sie an. »Nur ... nur einmal. Ich hab' mit ein paar Freunden gespielt. Wir wollten natürlich nichts anstellen oder so.«

Kathryn nickte. »Natürlich nicht.«

»Wir sind durch den Garten gegangen, hinterm Haus. Es war Nacht, wissen Sie ...«

»Und weiter?«

»Nun, wir haben, tja, wir haben jemand gesehen.«

»Im Garten?«

»Genau.«

»Und wie sah er aus?«

»Ich konnte ihn nicht besonders gut erkennen, Miss. Ich hab' nur gesehen, daß er groß und dürr war. Und er hatte so komisches langes Haar.«

Kathryn grinste. Sie beugte sich vor und zog leicht an seinen Dreadlocks.

»Komisches langes Haar, hä?«

Efram war nicht nach Scherzen zumute.

»Nicht wie meins. Mit Zopf, wie in alten Zeiten. Und er hielt etwas in der Hand.«

»Was?«

»Keine Ahnung.«

Und ob er das wußte. Kathryn fühlte das.

»Efram, nun sag schon. Was hatte diese ... Person in der Hand?«

Efram schüttelte den Kopf. »Ich sag' Ihnen doch, ich weiß es nicht.«

»Aber du glaubst, es war ein Geist?«

Der Junge preßte die Lippen aufeinander. »Das weiß ich auch nicht, Miss.«

»Na gut«, sagte Kathryn behutsam. »Nehmen wir nur einen Moment mal an, es war ein Geist. Warum sollte er in meinem Haus spuken, Efram?«

»Ich weiß es nicht.«

Ihr riß der Geduldsfaden. »Jetzt hör auf damit! Natürlich weißt du es!«

»Tu' ich nicht.«

»Efram ...«

»Wir sind da«, sagte der Junge. Der VW ruckelte heftig, als er ihn an den Straßenrand fuhr. Vor ihnen erstreckte sich eine Reihe kleiner Häuschen Richtung Hafen. Efram öffnete die Tür und stieg aus. »Auf Wiedersehen, Miss.«

»Efram.« Kathryn riß die Tür auf und sprang aus dem Auto. »He, warte doch einen Moment ...«

Der Junge winkte ihr zu und lief davon.

Kathryn seufzte. Nach einer Weile knallte sie die Tür zu, ging hinüber zur Fahrerseite und stieg wieder ein. Sie legte eine Hand aufs Lenkrad und die andere auf den Schaltknüppel.

Egal, was auf Charon's Crossing vor sich ging, es gab eine vollkommen logische Erklärung dafür. Es machte sie nur wütend, daß kein Mensch ihr irgend etwas erzählte.

Und sie würde sich totärgern, wenn sie die verdammte Bude nur wegen des unsinnigen Geredes im Ort nicht loswerden würde.

Stirnrunzelnd legte sie einen Gang ein. Es war Jahre her, daß sie das letzte Mal einen Schaltwagen gefahren hatte, und das Geräusch, das der VW von sich gab, untermauerte dies. Das Auto schoß rückwärts auf die Straße, und erst nach einem weiteten fürchterlichen Knirschen hatte sie den ersten Gang gefunden.

Endlich bockte und polterte der VW vorwärts.

»Nimm dich in acht, Amos«, murmelte Kathryn. »Hier komme ich.«

Zu jedem anderen Zeitpunkt hätte ihr die Schönheit von Hawkins Bay glatt die Schuhe ausgezogen.

Bestimmt hatte ihr Vater sich auf der Stelle darin verliebt, denn so sah ein Paradies für Künstler aus. Jede Straßenecke war ein Gemälde wert.

Selbst Kathryn, obwohl kaum zu einer Besichtigungstour aufgelegt, war beeindruckt.

Der geschützt gelegene marineblaue Hafen führte zu einem breiten Sandstrand, der von einem Palmenwäldchen begrenzt wurde. Hinter den Palmen standen verputzte steinerne Häuser an einer engen, kopfsteingepflasterten Straße.

»Front Street« stand auf einem altmodischen Straßenschild. Die dahinter liegende Parallelstraße hieß logischerweise Back Street. Beide wurden gesäumt von bescheidenen, in weichen Pastellfarben gestrichenen Häusern und von wenigen engen Querstraßen durchkreuzt.

Ein schöner Anblick. Und ein vertrauter. Matthew hatte die Stadt in seinem Tagebuch genau beschrieben, und seit dieser Zeit schien sich nicht viel verändert zu haben.

Na ja, dachte Kathryn, als sich ein kleiner Lieferwagen an ihr vorbeidrückte, ein paar Dinge hatten sich schon geändert. In jener Zeit waren noch keine Autos und Lastwagen durch diese Straßen gefahren. Und es hatte keine Radios gegeben, aus denen laute Reggae-Musik plärrte. Die Musik war gänzlich anders als die majestätischen Bach-Fugen, die sie bevorzugte, doch sie ertappte sich, wie ihre Schultern im Rhythmus zuckten.

Eine Frau mit Einkaufsnetz über dem Arm trat von der

Bordsteinkante auf die Straße. Kathryn bremste den VW auf Schrittempo ab. Hier schien es niemanden sonderlich zu interessieren, ob man nun auf dem Bürgersteig oder auf der Straße ging. Die Leute liefen einfach her, wo sie wollten; Autos, Lieferwagen und Laster taten es ihnen gleich. Wenn man das in New York genauso machen würde, wären die Straßen bald mit Leichen gepflastert.

Kathryn schmunzelte in sich hinein. Vielleicht gewöhnte man sich daran, wenn man nur lang genug hier lebte.

Sie war froh, langsam fahren zu können. Das ließ ihr Zeit, nach Amos' Kanzlei zu suchen. Sie wußte, daß sie irgendwo hier auf der Front Street war, doch sie hatte die Hausnummer vergessen. Aber anscheinend war das egal, denn die meisten Häuser hatten ohnehin keine Nummern.

Endlich sah sie ein unauffälliges Schild.

Amos Carter, Rechtsanwalt.

Sie fuhr an den Straßenrand, parkte den Wagen zwischen einem Studebaker, der älter war als sie selbst, und einem schmucken neuen Dodge-Lieferwagen und stieg aus.

Die Tür zu Amos' Kanzlei war verschlossen. Kathryn rüttelte am Türgriff und lugte durch das schmutzige Fenster. War es nicht etwas früh für die Mittagspause?

»Wollen Sie zu Mr. Carter?«

Sie drehte sich um. Eine stämmige Frau in einem grauweiß gestreiften Kittel, der ihr vom enormen Busen bis zu den Füßen reichte, hatte ihren Kopf aus der Ladentür nebenan gesteckt und musterte sie mit freundlichem Interesse.

»Ja. Ja, in der Tat. Wissen Sie, wann er zurückkommt?«

»Ich bin Ada.« Die Frau lächelte und deutete mit dem Kopf auf das Schild über der Ladentür. »›Adas Damen- und Herrenbekleidung‹, das bin ich.«

Kathryn nickte höflich und streckte die Hand aus. »Ich bin Kathryn Russell. Ich wohne draußen auf ...«

»Charon's Crossing. Ja, ich weiß Bescheid.«

»Ich suche Mr. Carter. Wissen Sie, wann er zurückerwartet wird?«

»Er ist nach England geflogen.«

»Nach England? Sind Sie sicher?«

Die Frau nickte. »Hat Familie dort. Irgendwas ist passiert, hat er gesagt, und er mußte hin und sich drum kümmern. Er meinte, Sie würden vielleicht vorbeikommen. Meinte, er wollte Ihnen noch Bescheid sagen, aber Ihr Telefon war kaputt.«

»Was Sie nicht sagen«, antwortete Kathryn mit einem verkniffenen Lächeln. »Hat er sonst noch eine Nachricht hinterlassen?«

»Er sagte, Sie wollen vielleicht rüber zu Hiram Bonnyeman.« Die Frau wies mit dem Kopf auf die gegenüberliegende Straßenseite. »Gehn Sie nur ein bißchen weiter die Straße hoch, bis zur nächsten Kreuzung. Hirams Haus ist blau und rosa. Sie können es gar nicht verfehlen.«

»Danke.«

»Miss Russell?«

Kathryn fuhr herum. »Ja?«

»Wie ist es denn so, in diesem Haus?«

»Schön«, sagte Kathryn fröhlich, »sehr schön.«

»Freut mich zu hören. Was mich angeht, ich glaub' kaum, daß ich in so einer Bude auch nur ein Auge zutun könnte.«

»Hören Sie«, preßte Kathryn zwischen den Zähnen hervor, »an dem Haus gibt es nichts, was man nicht mit ein wenig Arbeit wieder hinbiegen könnte.«

»Oh, natürlich nicht«, sagte Ada schnell. »Ich meinte nur die Geschichten, die man sich erzählt... Sie wissen schon. Und der Name.«

»Charon's Crossing?«

»Ja, ist eigenartig, nicht?« Die Stimme der Frau wurde zu einem verschwörerischen Flüstern, und sie beugte sich näher zu Kathryn. »Ein Haus nach einem *Loa* aus alter Zeit zu benennen, mein' ich.«

»Einem was?«

»Einem Geist, würde man bei Ihnen wohl sagen. Sie wissen schon, der, der die Toten übers Meer in die Hölle geschippert hat.«

Kathryns Kinnlade klappte nach unten. Ada sprach nicht von irgendwelchem Voodoo-Zauber, sondern von einem griechischen Gott der Antike. Von Charon, dessen Aufgabe es war, die Dahingeschiedenen mit der Fähre über den Styx dorthin zu bringen, wo sie ihr Leben nach dem Tod erwartete.

Ihr Haus aus dem neunzehnten Jahrhundert, in dem sie solch unglaubliche Dinge geträumt hatte und in dem die Kälte die Stufen hinunterwehte, war ein Sinnbild für den Fluß, der Lebende und Tote trennte?

Die Sonne stand hoch am Himmel, es war heiß. Und trotzdem kroch ihr plötzlich ein kalter Schauer über den Rücken, und sie fröstelte. Ada las das Wechselbad der Gefühle von ihrem Gesicht ab und streckte tröstend die Hand aus, aber Kathryn zwang sich zu einem Lächeln.

»O ja«, sagte sie »natürlich. Das hätte ich wissen müssen.«

Sie wollte weiterreden, irgend etwas Unverfängliches oder Lustiges sagen, um klarzustellen, daß solcher Unsinn ihr nichts anhaben konnte, doch die Wut schnürte ihr die Kehle zu.

Zum Teufel mit ihrem Vater, der sie mit so einem Schlamassel allein gelassen hatte.

Zum Teufel mit Olive. Und mit Amos, der ihr nichts von den dunklen Legenden erzählt hatte, die sich um das Haus rankten und die jeder außer ihr zu kennen schien.

»Miss Russell? Sind Sie okay?«

Kathryn lächelte strahlend. »Mir geht's gut«, sagte sie und ging los, um Hiram Bonnyeman zu suchen.

Er war einfach zu finden, genau wie Ada versprochen hatte.

Das Haus war blau, Türen und Fensterläden rosa. Vorne hing ein Schild mit sorgfältig gemalten Buchstaben.

Hiram Bonnyeman. Sanitär, Heizung, Elektrik, Zimmerhandwerk und Allgemeiner Reparaturdienst.

Es sah ganz so aus, als habe das Zeitalter der handwerklichen Spezialisierung auf Elizabeth Island noch nicht begonnen.

Die Tür stand einen Spalt offen. Kathryn klopfte und wartete auf Antwort.

»Ja doch«, rief eine Stimme. »Kommen Sie rein.«

Das Innere des Geschäftes war schummrig, fast dunkel, verglichen mit der Helligkeit des Tages. Sie blieb stehen, bis sich ihre Augen an die Dunkelheit gewöhnt hatten. Sie atmete die angenehme Vielfalt der Gerüche ein, die in der Luft lagen: frisches Holz, Wachs, Maschinenöl und etwas Würziges. Zimt vielleicht, oder Muskatnuß.

»Ja bitte? Kann ich Ihnen helfen?«

Ein Mann erschien hinter einem Vorhang aus kleinen Holzperlen und kam auf sie zu. Er war groß und drahtig, mit graumeliertem Haar und dunklem Gesicht. Eine Brille mit Drahtgestell ruhte auf dem Rücken seiner Hakennase, und sein Lächeln war so herzlich, daß Kathryn es sofort erwiderte.

»Ich hoffe ja. Wenn Sie Hiram Bonnyeman, der Bauunternehmer sind.«

Er lächelte. »Ich bin ganz sicher Hiram Bonnyeman. Und Sie garantiert Miss Kathryn Russell.«

»Ja. Ja, die bin ich, Mr. Bonnyeman. Ich hoffe schon seit längerem darauf, Ihre Bekanntschaft zu machen.«

Der alte Mann schmunzelte. »Eine höfliche Art, mich zu fragen, wo ich mich die ganze Zeit rumgetrieben habe, hm?« Er kam näher, verscheuchte eine dösende Katze mit rötlichem Fell von einem Holzstuhl und forderte Kathryn auf, sich zu setzen. »Bitte machen Sie's sich bequem. Ich hol' uns was Kühles zu trinken.«

»O nein. Das ist nicht nötig.«

»Das stimmt. Ich möchte Ihnen aber trotzdem etwas anbieten – das heißt, wenn Sie nicht in Eile sind.«

Kathryn seufzte. »Es hat wahrscheinlich keinen Zweck, in diesen Breitengraden in Eile zu sein, Mr. Bonnyeman. Soviel habe ich schon mitgekriegt.«

Der alte Mann lächelte und verschwand hinter dem Vorhang. Einige Augenblicke später kam er mit einem runden Tablett wieder, auf dem zwei große Gläser und ein Krug mit einer blaßgelben Flüssigkeit standen.

»Limonade«, sagte er und stellte das Tablett auf ein Tischchen. »Meine Frau macht sie frisch, jeden Morgen. Die beste in der Stadt, wenn ich mal so sagen darf. Sie tut ein bißchen Maracuja mit rein. Gibt dem Ganzen die besondere Note.«

Kathryn nahm das Glas, das er ihr hinhielt.

»Danke, Mr. Bonnyeman.«

»Hiram.«

Sie lächelte. »Und ich bin Kathryn.«

»Wie ist die Limonade, Kathryn? Gut?«

Heul mit den Wölfen, dachte Kathryn und nahm einen Schluck.

»Köstlich, Mr. Bonnyeman ... Hiram. Hören Sie, ich möchte nicht unhöflich sein, aber ...«

»Aber Sie möchten gerne wissen, wo ich die ganze Zeit war und wann ich endlich nach Charon's Crossing komme und mich an die Arbeit mache. Hab' ich recht?«

Kathryn nickte. »Ich habe nur eine Woche Zeit, nein, nicht einmal mehr eine Woche. Ich fliege Freitag nach New York zurück, und ... was ist los?«

»Wenn Sie Freitag nach Hause fliegen, haben wir ein Problem.«

»Was soll das heißen, wir haben ein Problem?«

»Ich kann unmöglich vor Anfang nächster Woche nach Charon's Crossing raus, allerfrühestens.«

Kathryn stellte das Glas ab. »Aber ich habe Amos Carter ausdrücklich gesagt, daß ich nur diese Woche hier bin.«

»Hat er nie erwähnt.«

»Ich glaub' es einfach nicht! Ich bin nur hergekommen, um festzustellen, was am Haus repariert werden muß, und jetzt ...«

»Ich muß mir Ihr Haus nicht ansehen, um Ihnen das sagen zu können.«

Kathryn zwinkerte. »Nein?«

»Nicht nötig.«

»Sie haben also mit Olive gesprochen?«

»Ich hab' mit Ihrem Vater gesprochen, kurz bevor er starb. Er bat mich, vorbeizukommen, mir alles anzusehen und ihm zu sagen, was ich davon halte.« Hiram lächelte. »Er war ein netter Mann, Ihr Herr Vater. Und er hatte große Pläne mit dem Haus.«

»Teure Pläne, jede Wette. Und was haben Sie zu ihm gesagt?«

»Daß Charon's Crossing in einem ziemlich traurigen Zustand ist. Aber daß man es wieder hinkriegen kann. Kommt ganz drauf an, was man bereit ist, dafür hinzublättern.« Er lächelte versonnen. »Armer Trevor. Leider wäre er mit seinem Geld nicht weit gekommen.«

»Liegt in der Familie«, sagte Kathryn trocken. »Nun, ich habe sicher keine großen Pläne mit dem Haus. Hauptsache, ich kriege es soweit hin, daß Olive es verkaufen kann.«

Hiram nickte. »Na ja, die Liste der anfallenden Reparaturen ist lang genug. In einigen Zimmern muß der Wandputz erneuert werden. Die Wandtäfelung auch, in der Eingangshalle und im Eßzimmer. Das Dach muß noch vor der Regenzeit gedeckt werden. Und es wäre vielleicht keine üble Idee, im Keller noch ein paar zusätzliche Balken anzubringen. Aber das größte Problem ist der Heißwasserboiler.«

Kathryn seufzte. »Wem sagen Sie das. Aber damit soll sich der neue Besitzer herumschlagen.«

Der alte Mann schüttelte den Kopf. »Vielleicht. Vielleicht auch nicht.«

»Sehen Sie, ich weiß, daß ein altmodischer Boiler den Wert des Hauses mindert, aber …«

»Es geht mir nicht um den Wert. Ich sag Ihnen nur, daß der alte Boiler ein verdammtes Pulverfaß ist und schleunigst repariert werden muß, oder …«

»Oder was?«

»Wer weiß? Bestenfalls gibt er für immer den Geist auf.«

»Und schlimmstenfalls?«

Hiram seufzte. »Feuer. Explosionen. Und so weiter. Alles im Bereich des Möglichen.«

Kathryn hätte am liebsten das Gesicht in den Händen vergraben. Sie hatte Unrecht gehabt. Charon's Crossing war kein Klotz am Bein. Es war ein Betonblock, und wenn sie nicht aufpaßte, würde es sie mit in die Tiefe ziehen und in Schulden ertränken.

»Hören Sie, Hiram, vielleicht habe ich mich nicht klar ausgedrückt. Ich kann nicht so viel Geld an Charon's Crossing verschwenden.«

»Das sollen Sie auch gar nicht. Ich werd' mir das ganze Heißwassersystem mal ansehen und Ihnen sagen, was für eine Wahl Sie haben.«

»Oh, ich wußte nicht … ich dachte, sie meinten, das gesamte System müßte komplett ausgetauscht werden.«

»Vielleicht. Vielleicht auch nicht. Das kann ich erst sagen, wenn ich es mir angesehen hab', also in einer Woche.« Der alte Mann lächelte. »Und Sie dürfen sich gerne neben mich stellen und sagen ›Ja, Hiram, tun sie das‹ oder ›Nein, Hiram, lassen Sie das bleiben‹. Wie klingt das?«

»Klingt hervorragend … außer, daß ich in einer Woche nicht mehr hier sein werde.«

»Vielleicht können Sie eine Vollmacht unterschreiben, und Amos entscheidet das für Sie.«

»Vielleicht – wenn er auf der Insel wäre«, schnaubte Kathryn. »Ist er aber nicht.«

»Ach ja. Jetzt, wo Sie's sagen, so was ähnliches hab' ich heute morgen auf dem Markt gehört.« Der alte Mann schob den Stuhl zurück und legte die Hände auf die Knie. »Nun, jetzt fällt mir auch nichts mehr ein, Kathryn, außer Ihnen zu sagen, daß ich die Verantwortung für eine solche Entscheidung nicht übernehmen würde, selbst wenn Sie mich drum bitten.«

Kathryn stand auf. »Wunderbar«, sagte sie sauer. »Ich hab' wohl keine Wahl, was? Ich muß noch eine Woche hier totschlagen.«

Auch Hiram stand auf. »Es tut mir leid. Aber ich verspreche Ihnen, ich werde so schnell wie möglich kommen.« Er begleitete sie zur Tür. Als sie sie gerade öffnen wollte, legte er ihr die Hand auf die Schulter. »Kathryn? Eine Frage noch: Wie kommen Sie eigentlich zurecht da draußen, so ganz allein in dem Haus?«

Sie zog die Augenbrauen zusammen, drehte sich um und sah ihn an. »Wie meinen Sie das?«

»So, wie ich es sage. Das Haus ist riesig, und Sie sind nicht daran gewöhnt.«

»Woran? An die polternden Geister? Das Stöhnen und Ächzen? Die Schreie in der Nacht?« Kathryn funkelte ihn an. »Wollten Sie nicht eigentlich das fragen, Hiram? Wie es so ist, ganz alleine in einem Haus, in dem es spukt?«

Er schluckte. »Kathryn, ich wollte doch nicht ...«

»Doch, wollten Sie. Sie und alle anderen wollen wissen, wie ich zurechtkomme. Ich will es Ihnen sagen. Eiskalte Windzüge kommen aus dem Nichts, irgendein Typ erscheint in meinem Kopf und verschwindet wieder, Ketten rasseln, Sachen fallen mitten in der Nacht um, und wenn bald Gerippe aus der Wand kommen, stehe ich wahrscheinlich nur da und frage ›Na, wie geht's?‹ Ich bin stocksauer, Hiram! Es sieht nämlich so aus: Ich war die einzige auf dieser Insel, die keine Ahnung hatte, daß Hui-Buh der Schreckliche in Charon's Crossing haust!«

»Kathryn, ich bitte Sie...«

»Gibt es ein Telefon in der Stadt?«

»Ein was?«

»Ein Telefon. Eins, das funktioniert. Gibt es so was überhaupt auf dieser Insel?«

»An der nächsten Ecke ist eins, neben dem Postamt. Kathryn, hören Sie mir zu...«

»Auf Wiedersehen, Mr. Bonnyeman. Es wäre schön, wenn Sie mir mitteilen würden, wann genau Sie kommen. Und falls mein Telefon immer noch nicht funktioniert, schicken Sie den Gespensterexpress vorbei.«

Mit funkelnden Augen rauschte Kathryn aus dem Laden und lief zum Postamt. Gut, da gab es ein Telefon. Eins, mehr nicht. Glücklicherweise funktionierte es.

Jason ging beim ersten Klingeln dran.

»Ich bin's«, schnappte sie. »Kathryn.«

»Kathryn! Geht es dir gut? Ich bin ganz krank vor Sorge, weil du dich nicht gemeldet hast. Weißt du, daß dein Telefon kaputt ist? Ich habe die Auskunft angerufen, und sie haben mir deine Nummer gegeben, aber...«

»Ich weiß, ich weiß. Hier ist alles kaputt, das kannst du mir glauben.«

»Aber du bist in Ordnung? Sicher? Du klingst gar nicht so.«

Kathryn seufzte und lehnte sich gegen die Wand der Telefonzelle.

»Ja, ganz sicher. Es ist nur so... weißt du, ich kann jetzt keine Einzelheiten erzählen. Ich ruf nur an, um dir zu sagen, daß es mir gutgeht. Und daß ich Freitag doch nicht zurückkomme. Ich muß noch eine Woche dranhängen.«

»Verflucht!«

»Ja, ich weiß.«

»Warum? Wo liegt das Problem?«

»Der Typ, der mir die Übersicht über die notwendigen Reparaturen erstellt, hat vor nächster Woche keine Zeit.«

»Dann geh doch zu jemand anderem.«

Kathryn schloß entnervt die Augen. »Du verstehst nicht. Es gibt hier keinen anderen.«

»Du hast recht. Ich versteh' dich nicht. Du hast gesagt, du wärst nur eine Woche weg.«

Es knackte in der Leitung. Kathryn hielt sich den Hörer ans andere Ohr.

»Jason, es ist zu kompliziert, um es jetzt zu erklären. Ich steh' hier mitten in der sogenannten Innenstadt, Lastwagen und Autos fahren um mich rum ... mach dir keine Sorgen, okay? Ich weiß, ich bin eine Woche mit der Arbeit im Rückstand, aber ...«

»Die Arbeit interessiert mich nicht, Kathryn. Ich meine, daß wir noch eine Woche getrennt sind.«

Kathryn rieb sich die Stirn. »Natürlich«, sagte sie schnell. »Das meinte ich auch.«

»Weißt du was? Ich hab' eine Idee. Wie wär's, wenn ich am Wochenende zu dir runterfliege?«

»Das ist nicht nötig, Jason. Wirklich.«

»Ich weiß, daß es nicht nötig ist. Ich dachte nur, das wäre eine schöne Idee, aber wenn du anderer Meinung bist ...«

»Natürlich ist das eine schöne Idee«, beeilte sie sich zu sagen, als ihr klar wurde, daß sie ihm weh getan hatte. »Sie ist wundervoll. Ich will nur nicht, daß du dir die ganze Mühe machst.«

»Macht mir keine Mühe, Schatz. Ich lass' dich wissen, wann ...«

Die Verbindung wurde plötzlich unterbrochen.

»Jason? Jason, hörst du mich?«

Kathryn hing krachend den Hörer auf. Toll. Ganz toll. Jason würde hierherfliegen; er würde sich selbst davon überzeugen, daß Charon's Crossing eine Landplage war und kein

Landhaus. Aber das sollte ihr egal sein. Es war nur so, daß...

»Kathryn? Ich bin so froh, daß ich Sie noch erwische.«

Kathryn drehte sich um. Olive Potter kam auf sie zu, hakte sich bei ihr ein und zog sie aus der Zelle.

»Hiram war bei mir und hat mir erzählt, was passiert ist«, sagte sie. »Dieses Mißverständnis tut mir wirklich leid.«

»Mir auch. Und es tut mir leid, daß ich Hiram fast den Kopf abgerissen habe. Er kann nichts dafür. Amos ist an allem schuld.«

»Eigentlich wollte ich was anderes mit Ihnen besprechen.« Die Maklerin zögerte. »Hiram hat gesagt... nun, er hat gesagt, sie wären aufgeregt wegen der Dinge, die in Ihrem Haus vor sich gehen.«

Kathryn zog ihren Arm weg. »Welche Dinge?«

»Er hat gesagt, sie hätten von merkwürdigen Vorgängen gesprochen. Luftzüge, Ketten, Geräusche und so was.«

»Um Gottes Willen, Olive, das war doch nicht ernst gemeint.«

»Kathryn, ich glaube, Sie sollten es sich noch mal überlegen, ob Sie nicht doch woanders wohnen wollen, während Sie hier auf der Insel sind.«

Kathryn stemmte die Hände in die Hüfte. »Warum?«

»Hab' ich doch gerade gesagt. Sie haben Hiram erzählt...«

»Und ich habe Ihnen gesagt, das war nicht ernst.«

»Nichtsdestoweniger...«

»Sie haben mich angelogen, stimmt's? Ich habe Sie gefragt, ob Sie irgendwas darüber wissen, daß es auf Charon's Crossing spukt, und Sie sagten nein.«

»Ich habe gesagt, daß es Geschichten gibt, irgendwelchen Quatsch, an den kein vernünftiger Mensch glaubt.«

»Was für Quatsch?«

»Kathryn, bitte...«

»Verdammt noch mal, ich habe ein Recht darauf, es zu wissen!«

Olive faltete die Hände. »Schon gut, ich erzähl' es Ihnen. Aber vergessen Sie nicht, daß es alles ...«

»Quatsch ist.« Kathryns Kiefermuskel zuckte. »Ich weiß. Aber ich will es trotzdem hören.«

Olive beugte sich näher zu ihr.

»Die Leute behaupten, seltsame Dinge gesehen zu haben. Lichter in der Nacht, die kurz aufflackern und wieder verlöschen.«

»Kinder«, sagte Kathryn fest, »oder jemand, der sich einen Spaß machen wollte.«

»Niemand auf der Insel würde zum Spaß in dieses Haus gehen, glauben Sie mir, Kathryn.«

»Und das ist alles? Deswegen das ganze Getue?«

Olive blickte noch unglücklicher drein.

»Manche sagen, sie hätten etwas im Garten gesehen«, sagte sie widerwillig.

»Was?«

»Schlimme Dinge. Einen Mann mit einem gezogenen Schwert, von dem Blut tropfte.«

Kathryn starrte Olive an. War es das, was Efram gesehen hatte? Warum hatte er ihr das nicht erzählen wollen?

»Und man sagt, auf der Treppe gibt es eine Stelle, an der es immer kalt ist. Keiner kann sich das erklären.«

»Genau danach habe ich Sie gefragt.« Kathryn versuchte ruhig zu bleiben. »Ich habe gefragt: ›Spüren Sie diesen kalten Luftzug?‹, und Sie haben gesagt ...«

»Es ist egal, was ich gesagt habe, Kathryn. Dann sag' ich es Ihnen eben jetzt. Und ich versuche nicht, Ihnen irgendwas einzureden. Sie waren es doch, die wissen wollte, was die Leute sagen, erinnern Sie sich?«

Das war doch Wahnsinn. Es war kompletter Unsinn, und Kathryn würde sich nicht davon beeindrucken lassen. »Ja, ich habe Sie gefragt. Und jetzt können Sie den Leuten erzählen, was ich antworte. Sie haben nicht alle Tassen im Schrank! Lichter! Blutige Schwerter!« Sie schnaubte verächtlich. »Alles, was außer mir in diesem Haus lebt, sind Mäuse. Und Spinnen. Und vielleicht ab und zu mal ein Streuner, der weiß, wie er die Leute erschrecken kann.«

Olive hob beschwörend die Hand, doch Kathryn lief an ihr vorbei zum VW, riß die Tür auf und rammte den Schlüssel ins Zündschloß.

Das Getriebe kreischte, als sie ohne Kupplung den Rückwärtsgang einlegte.

»Olive«, blaffte sie.

Die Maklerin lief zum Auto. »Ja?«

»Gibt es einen Arzt in dieser gottverdammten Stadt?«

»Einen Arzt?«

»Ja. Einen Mediziner. Einen, der nicht aus Fischgekröse liest.«

Olive schluckte und deutete die Straße hinauf. »Kurz vorm letzten Haus. Er hat ein Schild draußen.«

Kathryn nickte grimmig und trat aufs Gas.

Dr. Malcolm Simpson entpuppte sich als schmächtiger Mann mittleren Alters. Er war Harvard-Absolvent und ausgesprochen freundlich.

Er teilte ihr mit, daß es ein besonderes Vergnügen für ihn sei, sie kennenzulernen.

»Ehrlich, Miss Russell, ich war so neugierig darauf, die Amerikanerin kennenzulernen, die in Charon's Crossing eingezogen ist.«

»Nun, ich bin nicht eingezogen. Ich bin hier nur vorübergehend zu Besuch.«

»Und wo drückt der Schuh?«

Kathryn zögerte. »Ich schlafe nicht gut in letzter Zeit«, sagte sie schließlich.

Was sollte sie sonst zu ihm sagen? Daß sie Angst hatte, einen Gehirntumor zu haben? Daß sie fürchtete, wahnsinnig zu werden? Daß sie vielleicht Halluzinationen hatte, hervorgerufen von auf Gespenster versessenem Pöbel?

»Wahrscheinlich liegt es an der Hitze«, sagte sie und lächelte strahlend. »Aber ich dachte trotzdem, ich lass' mich mal untersuchen, nur um sicherzugehen.«

Dr. Simpson sparte sich den Hinweis, daß die Nächte in dieser Jahreszeit kühl waren, besonders oben auf den Klippen. Er prüfte, hörte ab, nahm den Blutdruck, schaute ihr in den Hals und versicherte Kathryn schließlich, daß mit ihrer Gesundheit alles in schönster Ordnung sei.

»Ich bin froh, das zu hören.« Sie räusperte sich. »Ich frage mich ... ich meine, seit ich hier bin ...«

Simpson wartete mit geduldigem, unbestimmtem Lächeln. Vierzig Jahre als praktizierender Arzt hatten ihn gelehrt, daß die Leute selten auf Anhieb damit rausrückten, was ihnen wirklich Sorgen machte.

»Wo ich schon hier bin, könnten Sie ja auch meine Augen untersuchen«, sagte Kathryn beiläufig.

»Haben Sie Probleme mit dem Sehen, Miss Russell?«

»Nein«, sagte sie. »Aber ich, äh, habe Kopfschmerzen in letzter Zeit.«

»Hmmm. Flecke vor den Augen? Flimmern?«

Nein, nur einen Mann, der schön ist wie ein Engel und flink wie ein Wiesel.

»Nein, nichts dergleichen.«

»Dann sehen wir uns das mal an.«

Dr. Simpson machte das Licht aus und setzte ein Gerät auf, mit dem er wie ein Bergarbeiter aussah. Kathryn mußte fast kichern.

Er blickte angestrengt in ihre Augen, zog eine Lesetafel herunter und ließ sie lesen. Dann sah er noch einmal in ihre Augen.

»Normale Sehstärke«, sagte er und knipste das Licht wieder an.

Kathryn nickte. »Ja, das habe ich mir gedacht.«

»Die Kopfschmerzen könnten von einer Anspannung kommen. Oder es hat was mit den Nebenhöhlen zu tun. Eine Allergie vielleicht.« Er lächelte freundlich. »Wahrscheinlich wachsen hier pro Quadratmeter mehr komische Pflanzen als in ganz New York.«

Kathryn lächelte schwach. »Das möchte ich wetten.«

Simpson begann, auf seinem Rezeptblock herumzukritzeln.

»Ich verschreibe Ihnen ein paar Medikamente, Miss Russell. Zuerst etwas, damit Sie besser schlafen, und ein leichtes Schmerzmittel, aber ich glaube, Sie fahren am besten mit Aspirin gegen die Kopfschmerzen und Spaziergängen am Strand gegen die Schlaflosigkeit. Vielleicht macht Ihnen auch der ganze Muff in dem alten Haus zu schaffen.«

»Kennen Sie Charon's Crossing, Doktor?«

»Oh, ziemlich gut sogar.« Er riß das Rezept vom Block ab und reichte es Kathryn schmunzelnd. »Ich nehme an, Geistergeschichten stören Sie nicht, hm?«

Die Lippen klebten ihr trocken an den Zähnen, als sie mühsam zurücklächelte.

»Sie kennen die Geschichten also auch?«

»Natürlich.« Er schob den Stuhl nach hinten und stand auf. »Vor langer Zeit, vor zehn, zwanzig Jahren, habe ich mit dem Gedanken gespielt, das Haus zu kaufen.«

»Aber Sie haben es nicht getan«, sagte Kathryn und stopfte sich das Rezept in die Hosentasche.

Simpson nahm ihren Arm und begleitete sie zur Tür.

»Nein, habe ich nicht.«

»Würde Sie mir sagen, warum?«

Er lachte, und seine Wangen röteten sich ein wenig.

»Wegen meiner Frau. Sie hat gesagt, wenn ich unbedingt

nach Charon's Crossing ziehen will, soll ich das alleine machen.«

»Aber warum?«

»Ich bin in den Staaten geboren und aufgewachsen, Miss Russell. Aber Sally ... sie war immer auf Elizabeth Island.«

»Also?«

»Also hat sie sich strikt geweigert, in einem Haus zu wohnen, in dem es spukt, wie sie behauptet.«

Kathryn drehte sich um. »Aber Sie sind doch Arzt. Konnten Sie sie nicht vom Gegenteil überzeugen?«

Simpson hielt inne, eine Hand auf der Türklinke und lächelte sie verlegen an.

»Ich bin mir da selbst gar nicht so sicher.«

Waren denn alle auf dieser Insel verrückt?

Auf dem ganzen Weg zurück nach Charon's Crossing konnte sie an nichts anderes denken.

Glaubten wirklich alle, daß in ihrem Haus ein Geist lebte?

Aber es gab keine Geister. Nein, zum Teufel. Das war nichts weiter als ein Fall von ... Massenhysterie, wie die Hexenprozesse in Salem oder die kalifornischen Kinder, die fest daran glaubten, ihre Lehrer hätten geheime Tunnel unter den Klassenzimmern gegraben, um sie Gott weiß wohin zu verschleppen ...

Gespenster.

»Gespenster«, schnaubte Kathryn.

Es mußte schon einiges passieren, bevor sie sich denen anschloß, die glaubten, sie habe nicht nur ein Haus, sondern auch einen Geist geerbt.

Als sie den Wagen in der Auffahrt parkte, hatte sich ihre Nachdenklichkeit in Ärger verwandelt. Sie stürmte die Treppe hoch und riß die Haustür auf.

Breitbeinig und die Hände in die Hüften gestemmt, funkelte

sie die breite Treppe an. Im Licht des Spätnachmittags sah sie irgendwie eigenartig aus, die Stufen schienen in gähnender Schwärze zu enden.

Kathryn zögerte einen Augenblick. Vielleicht war das doch nicht so klug. Vielleicht...

Nix da vielleicht!

»Okay«, sagte sie laut. »Okay, hier bin ich. Und jetzt habt ihr eure Chance. Wenn hier irgendwas oder irgendwer im Haus ist, kommt raus und zeigt euch.«

Stille erfüllte den Raum.

»Los, kommt, wenn ihr da oben seid. Ich bin aus New York, ich habe keine Angst vor Landstreichern. Wenn ihr euch irgendwann hier niedergelassen habt, bin ich euch nicht böse. Kommt einfach runter, geht durch diese Tür, und wir vergessen die ganze Geschichte.«

Immer noch Stille. Kathryn atmete tief durch.

»Und... und wenn noch was anderes da oben ist...« Was redete sie da eigentlich? Es war lächerlich. Total verrückt. Na und? Wenigstens sah niemand, wie sie sich zum Affen machte. »Und wenn da oben noch irgendwas anderes rumlungern sollte«, sagte sie mit lauter und fester Stimme, »es wird Zeit, daß ihr euch aus dem Staub macht.« Der Wind hatte ihre Haare wild durcheinandergeweht. Sie warf den Kopf zurück, so daß es ihr über die Schultern fiel. »Wißt ihr, nicht, daß ich an Geister glaube. Aber alle andern hier tun es wohl, also passe ich mich den hiesigen Gepflogenheiten an. Da ist die Tür. Kommt runter, haut ab und laßt euch ja nicht wieder hier blicken.«

Keine Antwort. Nichts rührte sich. Kathryn wartete noch eine Minute ab, bevor sie sich wegdrehte und mit einem langen, tiefen Seufzer ausatmete. Ihre Hände lösten sich von den Hüften. Es war dumm, aber jetzt, wo sie zu Ende gesprochen hatte, zitterte sie am ganzen...

»Hallo, Catherine.«

Die Stimme hinter ihr war tief, männlich und beängstigend vertraut.

Kathryn stellten sich die Nackenhaare auf. Langsam, ganz langsam drehte sie sich um.

Ein Strahl spätnachmittäglichen Sonnenlichts erhellte die Treppe und fiel wie ein Spotlight auf den Mann, der die Stufen hinab auf sie zukam.

Er war groß, sein Haar golden; er sah so gut aus, daß es ihr den Atem verschlug. Er trug eine enge schwarze Hose, hohe schwarze Stiefel und ein Rüschenhemd.

Und durch ihn hindurch konnte sie die Stufen sehen, das Muster auf der Perserbrücke ...

»Muß ich mich Ihnen noch vorstellen, Mylady?« Er blieb auf der untersten Stufe stehen. Sein Ton war ruhig, doch seine grünen Augen brannten auf ihrem Gesicht. »Sie habe doch meinen Namen sicherlich nicht vergessen.«

»Wie könnte ich«, erwiderte Kathryn mit ruhiger, klarer Stimme. »Sie sind Matthew McDowell.«

Im nächsten Moment verdrehte sie die Augen und fiel wie ein Stein ohnmächtig zu Boden.

ACHT

Hölle und Fegefeuer!

Matthew schaffte es gerade noch, Catherine aufzufangen, bevor sie zu Boden sackte. Sie fühlte sich so schlaff an wie eine Stoffpuppe.

»Cat«, sagte er beschwörend, »sprich mit mir.«

War das alles, was er jetzt noch darstellte? Ein Schreckgespenst für Frauen?

Sein Herz wurde kalt. Das war alles ihre Schuld.

Er trug sie in den Salon und setzte sie unsanft auf einem Sofa ab. Dann stellte er sich breitbeinig und mit verschränkten Armen vor sie und starrte sie an.

»Gut«, sagte er kalt. »In Ohnmacht gefallen bist du jetzt. Nun mach die Augen wieder auf.«

Sie rührte sich nicht.

»Hörst du mich, Cat? Hör auf mit dem Unsinn und sieh mich an.«

Sie lag da wie tot.

Matthew runzelte die Stirn. Das verschaffte ihm keine Befriedigung. Rache zu nehmen oder eine Frau zu Tode zu erschrecken war ein großer Unterschied.

Das war nichts, worauf ein Mann hätte stolz sein können.

Es war überstürzt gewesen, die Treppe herunterzukommen und sich ihr zu offenbaren, aber ihre höhnischen Worte hatten ihn gereizt.

Allein ihre Unverschämtheit schrie nach Vergeltung. Und was den Rest anging – das würde sich schon zeigen, wenn sie ihm erst gegenüberstand.

Wobei von Gegenüberstehen keine Rede sein konnte, solange sie bewußtlos auf dem Sofa lag.

Er sah ihr ins Gesicht. Sie war so bleich, daß ihre dunklen Wimpern purpurrote Schatten auf ihre Wangen warfen.

Sie antwortete nicht. Sie lag bewegungslos da.

»Um Gottes willen!«

Mit einer Miene des Abscheus kniete er neben ihr nieder, doch dann runzelte er die Stirn.

Schauspielerte sie? Sie war weiß Gott eine Expertin in weiblicher List, doch nicht einmal Catherine hatte die Macht, das Blut aus ihren Wagen zu verbannen.

Er nahm ihre leblose Hand, drehte sie um und legte einen Finger an ihr von blauen Adern gezeichnetes Handgelenk. Ihr Puls war stark und regelmäßig.

Teufel noch mal, dachte er dann mit einem erstickten Lachen, was hieß das schon. Sein Puls war auch stark und regelmäßig, und er war tot.

Sie war es nicht. Er konnte sehen, wie das Rot langsam in ihre Wangen zurückkehrte und sie aussehen ließ wie der Morgenhimmel. Ihre Finger bewegten sich langsam in seiner Hand, die Berührung war so leicht wie der Flügelschlag eines Schmetterlings. Ihre Lippen teilten sich, sie seufzte leise. Ihr Atem war warm und süß ...

Matthew ließ ihre Hand fallen und sprang auf.

»Hölle und Fegefeuer«, knurrte er.

Er ging durch das Zimmer zu dem Schrank, in dem, wie er wußte, ihr Vater den Alkohol aufbewahrte. Sie brauchte etwas, das ihr Blut wieder in Wallung brachte.

Und er brauchte dringend etwas, um zu verhindern, daß sich sein Blut in dem Körperteil sammelte, der ihm einen Strich durch die Rechnung machen konnte.

Mit finsterem Gesicht öffnete er den Schrank. Eine halbvolle Karaffe mit einer dunklen Flüssigkeit stand auf dem untersten Brett. Er nahm den Stopfen ab, roch daran und nickte.

Rum. Guter indischer Rum. Der würde sie wieder zum Leben erwecken. Er goß zwei Fingerbreit in einen Schwenker, runzelte die Stirn, goß noch einmal zwei Fingerbreit nach und hielt das Glas gegen das Licht.

Es war lange her, daß er zum letzten Mal den Geschmack von Rum auf der Zunge gehabt hatte. Wenn er genau darüber nachdachte, war es lange her, daß er überhaupt etwas geschmeckt hatte.

Konnte er solche einfachen Dinge tun? Konnte er essen und trinken, wenn er wollte?

Gute Frage. Bis jetzt wußte er wenig über seine geisterhafte Existenz. Er kam sich vor wie ein Entdecker in einem fernen Land, er lernte die Grenzen seiner neuen Welt kennen und erweiterte sein Wissen Stunde um Stunde.

Er konnte durch Wände gehen, aber nicht durch ein offenes Tor.

Er konnte sich im Spiegel sehen, doch manchmal war er durchsichtig.

Und bei dem Geruch von Rum lief ihm das Wasser im Mund zusammen.

Matthew zögerte, hob das Glas an die Lippen und nahm versuchsweise einen kleinen Schluck.

Ein seliges Lächeln huschte über sein Gesicht.

Der Geschmack war himmlisch. Wie der Rum seiden über seine Zunge glitt, wie er brannte, als er die Kehle hinunterrann ... Er hatte fast vergessen, wie gut das tat.

Er wollte das Glas gerade wieder zum Mund führen, als Catherine zu sprechen anfing.

»Sie sollen den Whisky der Ohnmächtigen geben und ihn nicht selbst trinken!«

Er fuhr herum. Sie saß in der Ecke des Sofas. Ihr Gesicht war immer noch blaß, nur zwei rote Flecken erblühten auf ihren Wangen.

Er fühlte, wie er selbst tiefrot wurde.

»Das ist kein Whisky, es ist Rum. Und ich habe ihn nur probiert. Wer weiß, wie lang er schon in der Karaffe ist? Vielleicht ist er inzwischen ungenießbar.«

Sie hob die schwarzen Augenbrauen.

»Ein Vorkoster. Wie umsichtig.«

Matthew räusperte sich. »Das ist doch selbstverständlich.«

»Oh, ganz im Gegenteil. Ein Einbrecher mit einem Sinn für Ritterlichkeit ist durchaus nicht selbstverständlich. Die Polizei wird dieses Detail sehr interessant finden.«

Diese billige Drohung verdiente keine Antwort, obwohl sie mutig war, das mußte er ihr lassen. Sie hatte Angst, das erkannte er an ihrem schnellen Atem, aber ihr Verhalten und ihr Ton waren ruhig.

Matthew goß Rum nach und brachte ihr das Glas. Sie schüttelte den Kopf.

»Nein, danke«, sagte sie stirnrunzelnd.

Nein, danke? Hatte sie das wirklich gesagt?

Er dagegen besaß nicht ihre Selbstbeherrschung. Er funkelte sie an und hielt ihr das Glas hin.

»Trink«, knurrte er.

Kathryn wich zurück, ihre Nase kräuselte sich bei dem Geruch.

»Ich will nicht.«

»Gottverdammt, Catherine, wir sind hier nicht beim Fünfuhrtee. Trink den Rum.«

Verächtlich hob sie das Kinn. »Sie haben recht. Wir sind hier nicht beim Fünfuhrtee, also brauche ich auch nicht so zu tun, als wäre ich ihr dankbarer Gast. Und nur zu Ihrer Information, mein Name ist nicht Cat.«

Sein Mund zuckte. »Ist er nicht?«

»Nein.«

»Und wie sonst, wenn nicht Cat?«

»Kathryn.«

»Verzeihung, *Mylady*«, sagte er mit Sarkasmus in der Stimme. »Mir war ganz entfallen, welchen Wert Sie auf Formalitäten legen.«

»Das einzige, worauf ich Wert lege ist, daß Sie schleunigst mein Haus verlassen!«

»Ach Catherine, das tut mir jetzt aber wirklich weh. Daß du anscheinend nur darauf aus bist, mich mit Worten zu verletzen, nachdem du so lange ohne mich warst.«

»Jetzt hören Sie mal, Sie ...«

»Keine Widerrede, verdammt noch mal! Trink den Rum, sofort!«

Kathryn öffnete den Mund und schloß ihn schnell wieder.

Vielleicht war sie hier die Übergeschnappte! Immerhin saß sie ruhig da und stritt sich mit einem Verrückten herum.

Vielleicht hatte er recht. Vielleicht war ein guter Schluck Alkohol genau das, was sie brauchte, um einen klaren Kopf zu bekommen. Vielleicht würde sie wenigstens herausfinden, was eigentlich gerade mit ihr passierte.

Man sah schließlich nicht jeden Tag einen Mann die Treppe herunterkommen, der aussah wie eine Knallcharge aus *Meuterei auf der Bounty*.

Aber der Rest ...

Kathryn warf einen Blick auf die Hand, mit der er das Glas hielt.

Dem lieben Gott sei Dank.

Es war eine kräftige Hand, eine männliche Hand mit langen Fingern und stumpfen Nägeln. Aber durchsichtig war sie nicht. Wenn sie die Wahl hatte, würde sie sich lieber mit einem Einbrecher aus Fleisch und Blut herumschlagen als mit ... mit ...

O Mann!

Vielleicht war ein Schluck Rum doch keine so schlechte Idee.

»Na gut«, sagte sie und stand auf.

Blitzschnell packte er sie am Handgelenk.

»Wo willst du hin?«

»Ich hab' es mir anders überlegt«, sagte sie mit aller kühlen Arroganz, die sie aufbringen konnte. »Ich glaube, ich trinke doch einen Schluck von dem Zeug.«

Er schob ihr das Glas hin, der Rum schwappte beinahe über. »Dann trink.«

Kathryn blickte verächtlich auf das Glas und in sein Gesicht.

»Ich trinke lieber aus meinem eigenen Glas, danke.«

Sie sah ihn herausfordernd an. Zähneknirschend ließ Matthew ihr Handgelenk los.

»Natürlich. Wie dumm von mir.« Er setzte das Glas an die Lippen und stürzte den restlichen Rum mit einem Schluck hinunter. »Vielleicht wärst du weniger zickig, wenn ich ein rotes Hemd tragen würde, offen bis zum Nabel, und wenn ich schmierige Locken hätte.«

Kathryn drehte sich zu ihm um, Karaffe und Glas in der Hand.

»Was?«

»Ich hatte gehofft, dein Geschmack für Männer hätte sich über die Jahre gebessert. Aber anscheinend ist das nicht der Fall. Zuerst Waring, und jetzt diese... diese erbärmliche Witzfigur von einem Mann heute nachmittag...«

»Ich weiß nicht, wovon Sie reden.«

Zum Teufel, er wußte es auch nicht. Matthew preßte die Lippen aufeinander. Was interessierte ihn schon, welche Männer ihr gefielen? Und wenn sie mit der ganzen Garnison des Königs ins Bett hüpfte, es wäre ihm egal.

Er zuckte mit den Schultern und ging zu ihr hinüber.

»Vergiß es«, sagte er und stellte das leere Glas ab. »Es geht mich nichts an, wie und mit wem du dich vergnügst.«

»Ich bin froh, daß wir wenigstens einmal einer Meinung sind.«

Mit einem kühlen Lächeln zog er den Mundwinkel nach oben. Er lehnte sich gegen die Wand, verschränkte die Arme und betrachtete sie.

»Bewundernswert, wie ruhig du bei alledem bleibst.«

Ruhig? Mein Gott, wenn der wüßte. Das Herz würde ihr wahrscheinlich gleich aus dem Leibe hüpfen, und jeden Augenblick drohten ihre Zähne wie Kastagnetten zu klappern.

»Nun, ich versuche nur dahinterzukommen, was, äh, was Sie hier eigentlich wollen«, sagte sie.

Er lachte, als hätte sie etwas ungeheuer Komisches gesagt.

»Oh, ich bin sicher, du kommst selbst dahinter.«

Seine Worte hatten einen unheilschwangeren Unterton. Kathryn fuhr sich nervös mit der Zunge über die Lippen.

»Waren Sie ... waren Sie heute morgen im Haus, als ich weggefahren bin?«

Er beeilte sich, gelassen zu lächeln. »Natürlich.«

Sie nickte, goß etwas Rum in ihr Glas, hob es an die Lippen und trank mit einem Schluck, der ihr in der Kehle brannte.

»Besser?« fragte er nach einem Augenblick.

Sie nickte erneut, obwohl das nicht stimmte. Es gab nichts, von dem es ihr besser gehen würde. Sie stand hier und redete mit einem Mann, der irgendwie in Charon's Crossing eingebrochen war, herumstolzierte und ihr weismachen wollte, er sei seit zweihundert Jahren tot, stilecht von der Kleidung bis hin zur altmodischen Redeweise.

Er war gerissen. Und gefährlich. Entweder ein Verbrecher oder ein Verrückter ...

Oder beides.

Kathryn stellte Glas und Karaffe hin. Sie schob die Hände tief in die Taschen, damit sie nicht zitterten.

Es war nicht gerade eine Situation, die ihr Mut machte.

»Was ist los, Cat?«

Sie sah auf. Der Eindringling schaute sie an, das leichte Lächeln umspielte immer noch seine Lippen.

»Was soll los sein?« sagte sie schnell.

»Du siehst aus, als hättest du...« Er schmunzelte. »...als hättest du einen Geist gesehen.«

Das Herz schlug ihr bis zum Hals. Er tat sein Bestes, um sie in Angst und Schrecken zu versetzen. Mit Erfolg. Ihre Phantasie raste und dachte sich ein halbes Dutzend verschiedene Möglichkeiten aus, wie dieses Drehbuch enden konnte.

Das Problem war nur: In keiner Version sah sie sich als die strahlende Siegerin.

Und sobald er das wußte, wäre sie geliefert.

Das hatte sie das Leben in New York gelehrt. Man ging die Straße entlang, dachte an nichts Böses, und auf einmal schoß irgendein Spinner aus einem Hauseingang und fing an, über das Ende der Welt zu schwadronieren.

Man lernte schnell, daß man damit nur umgehen konnte, indem man so wenig wie möglich darauf reagierte. Außerdem gab es immer irgendeine Zuflucht, in die man sich retten konnte, eine Drogerie oder ein Café, und wenn man viel Glück hatte, kam gerade ein Polizeiwagen vorbei.

Doch sie war nicht in New York, sondern auf Elizabeth Island. Noch schlimmer: auf Charon's Crossing, wo es keine Läden gab und keinen Menschen, mit dem sie hätte reden können.

Wenn nur das verdammte Telefon funktionieren würde. Aber es funktionierte nicht; es stand nur dumm auf dem Tisch, in Reichweite zwar, aber überflüssig wie ein Kropf.

»Wo hat er dich hingebracht?«

Kathryn sah ihm ins Gesicht. »Wo hat mich wer hingebracht?«

»Dein Liebhaber, der Pirat.«

»Mein was?«

Seine Augen verdüsterten sich. »Stell meine Geduld nicht auf die Probe, Catherine. Du weißt genau, wovon ich rede. Wohin hat er dich gebracht, dein Draufgänger mit den Schmalzlocken? Zum romantischen Stelldichein?«

Kathryn klappte die Kinnlade herunter. Efram? Er glaubte, Efram mit der Hühnerbrust und den Pickeln war ihr Liebhaber?

Sie mußte beinahe lachen. Statt dessen zuckte sie nur mit den Schultern.

»Ich glaube kaum, daß Sie das was angeht.« Er sollte ruhig glauben, daß sie einen Liebhaber hatte, der jeden Moment auftauchen konnte.

»Ich bestimme, ob mich das was angeht«, brachte er zwischen den Zähnen hervor. »Hat er dich auf sein Schiff gebracht?«

»Wir sind in die Stadt gegangen. Sind herumspaziert, haben uns die Läden angesehen ... Sie wissen schon.«

Sein Mund zuckte. »Und das soll ich dir glauben? Daß du mit deinem Liebhaber einen Einkaufsbummel machst?«

Sie ging an ihm vorbei, als wollte sie sich auf das Sofa setzen. Er machte keinen Versuch, sie aufzuhalten. Mutig maß sie in Gedanken die Entfernung zur Tür ab. Drei Meter, vielleicht dreieinhalb. Soweit sie sehen konnte, war das ihre einzige Chance. Wenn sie es nur durch das Foyer in die Bibliothek schaffte, würde sie ihm die Tür vor der Nase zuschlagen und mit einem Stuhl verrammeln ...

»Verflucht, Cat! Antworte auf meine Frage!«

»Er kommt wieder, wenn Sie das wissen wollen.« Sie drehte sich um, sah ihn an und zwang sich dazu, ruhig zu sprechen. »Aber ... aber ich werde ihm nicht erzählen, was ... was passiert ist. Ich meine, vergessen wir Ihren ... Besuch doch einfach.«

Matthews zog die Brauen zusammen. »Wie großzügig von dir, Catherine.«

»Ich bin sicher, Sie hatten Ihre Gründe, als sie hier einge ... als sie hier reingekommen sind.«

Er lächelte. In dem sonnengebräunten Gesicht sahen seine Zähne weiß und regelmäßig aus.

»Interessant. Ja, so kann man es auch ausdrücken.«

Kathryn brachte ein Lächeln zustande. »Ich möchte nur, daß wir beide in der Sache möglichst gut aussehen. Uns beiden zuliebe.«

»Ach wirklich.« Seine Stimme war fast ein Schnurren.

»Natürlich. Ich sehe keinen Grund, warum das hier nicht gut ausgehen sollte.«

Sein Lächeln war kalt und freudlos. Ein Hauch von Angst lief ihr über den Rücken.

»Ich an deiner Stelle würde wohl auch versuchen, das Unvermeidliche abzuwenden.« Sein Lächeln verschwand. »Aber glaub mir, du kannst sagen, was du willst, es wird dir nicht gelingen.«

Es war schrecklich, wie er mit ihr spielte. Kathryn verlor die Beherrschung.

»Zum Teufel mit Ihnen«, schrie sie. »Warum tun Sie das?«

»Warum nennst du mich nicht beim Namen?«

»Was?«

»Plagt dich das schlechte Gewissen? Oder bedeutet mein Name dir so wenig, daß er dir wirklich nicht mehr einfällt?«

»Bitte«, sagte sie und versuchte krampfhaft, ihre Stimme ruhig zu halten. »Bitte, glauben Sie nicht, daß dieses Spiel zu weit führt?«

»Im Gegenteil«, sagte er sanft. »Es führt nirgendwo hin. Es hat noch gar nicht richtig angefangen.«

Die Drohung war unmißverständlich. Sie atmete tief durch und sah ihn an.

»Ich mache Ihnen ein Angebot . . . Matthew.«

Seine Augen waren undurchdringlich. »Was für ein Angebot?«

»Wenn . . . wenn Sie augenblicklich Charon's Crossing verlassen, erzähle ich niemandem, daß Sie hier waren.«

Ein Lächeln umspielte seine Lippen. Er ging langsam auf sie

zu, und sie zwang sich stehenzubleiben, obwohl sie am liebsten die Flucht ergriffen hätte.

Zwei Meter von ihr entfernt blieb er stehen, setzte sich auf eine Sessellehne und verschränkte die Arme.

»Dafür ist es etwas spät, meinst du nicht?«

»Nein, ist es nicht«, sagte sie verzweifelt, »es ist noch nicht zu spät. Wir können immer noch so tun, als wäre das alles nie passiert.«

»Was alles nicht passiert?«

»Das wissen Sie doch.«

»Ich möchte es aber lieber von dir hören.«

Das war verzwickt. Alles, was sie als nächstes sagte, konnte ein Fehler sein, je nachdem, was er nun war: ein Verrückter, der in anderer Leute Häuser spazierte, oder ein Einbrecher mit einer Vorliebe fürs Dramatische, der es gar nicht gern hatte, wenn man ihn einen Verrückten nannte.

Obwohl er, das mußte sie zugeben, in keine von beiden Kategorien so richtig paßte. Kein Verbrecher. Kein Wahnsinniger ...

»Warum so still, Cat?«

»Ich ... ich denke nach.«

»Was gibt es da groß nachzudenken?« Sein Mund wurde schmal. »Es gibt nur eins, das ich von dir hören will, und du weißt genau, was.«

Kathryn sah zu Boden und spielte nervös mit den Fingern.

»Ich werde niemandem sagen, daß Sie hiergewesen sind.«

Er lachte. »Wie großzügig von dir.«

Eine Welle der Erleichterung stieg in ihr auf. »Sie gehen also?«

»Das kann ich nicht.«

»Können Sie doch! Nehmen Sie einfach mein Auto.«

»Auto?«

»Den VW da draußen. Ist nicht gerade toll, ich weiß, aber ...«

»Eher würde ich ohne Sattel auf einem Esel reiten«, sagte er erschaudernd. Er sah sie an, und seine Augen verdüsterten sich so sehr, daß sie einen Augenblick lang dachte, er habe Schmerzen. »Du verstehst nicht. Ich kann nicht gehen, selbst wenn ich wollte.«

»Seien Sie nicht albern. Natürlich ...«

Sie fiel nach hinten über, als er aufsprang und auf sie zukam. Er packte sie bei den Schultern und schüttelte sie grob.

»Verdammt noch mal«, fauchte er, »jetzt reicht es mir! Ich werde nirgendwohin gehen. Und ich habe es satt, daß du die Unschuldige spielst.«

»Ich spiele gar nichts, Ma ... Matthew. Ich ... ich verstehe nur nicht, was Sie von mir wollen!«

»Antworten, verdammt. Antworten!« Sein Griff wurde fester. »Warum hast du das getan, Catherine?«

»Was getan?«

»Ich habe dich geliebt. Ich habe dich angebetet. Und du hast mich betrogen, betrogen mit diesem Schwein!«

»Habe ich nicht«, sagte Kathryn schnell. »Sie verstehen das alles falsch.«

»Tu ich das?«

»Ja doch, ja. Ich kann alles erklären ...«

»Dann erklär es mir. Und weil ich ein Narr bin, werde ich zuhören.«

»Er ist nicht mein Liebhaber.«

Sie schrie auf, als Matthew sie schüttelte.

»Lüg mich nicht an! Das macht alles nur noch schlimmer.«

»Ich lüge nicht. Ich weiß, ich habe Sie im Glauben gelassen, daß er es ist, aber ...«

»Glauben? Glauben?« Mit vor Wut funkelnden Augen preßte er sie an die Wand. »Ich habe dich *gesehen* mit ihm, verflucht noch mal! Du hast in seinen Armen gelegen, ihn geküßt und Dinge zu ihm gesagt, die du früher nur zu mir gesagt hast ...«

»Nein! Das ist nicht wahr! Ich habe ihn nie geküßt! Ich habe ihn doch nur einmal getroffen, wie hätte ich ihn da küssen sollen? Ich weiß nicht, was Sie gesehen haben wollen, aber ...«

»Was ich *gesehen haben will*?« Er packte ihr Handgelenk und umklammerte es mit eisernem Griff. Dann zog er sie zur Glastür, die auf die Terrasse führte. »Ich war draußen im Garten, genau wie du.« Er wirbelte sie herum, seine Augen funkelten. »Ich habe alles gesehen, Cat. Alles!«

»Aber das konnten Sie doch gar nicht«, sagte sie verzweifelt. »Nicht vom Garten aus.«

Matthew stieß sie von sich, und mit schreckgeweiteten Augen stolperte sie rückwärts.

»Jesus Christus, willst du mich in den Wahnsinn treiben? Ich habe dich mit Waring gesehen! Das weiß ich verdammt gut.«

»Waring?« wiederholte sie mit bebendem Flüstern. »Wer ist Waring? Sein Name war Efram.«

»Efram? Efram? Wer zur Hölle ist Efram?«

»Der Junge, mit dem Sie mich heute nachmittag gesehen haben. Der, von dem Sie dachten, er sei mein Liebhaber. Er ist noch ein Kind. Ein kleiner Junge. Er ist nur gekommen, um mir das Auto zu bringen.«

Matthews Wutgebrüll dröhnte ihr in den Ohren.

»Soll das heißen, du treibst es jetzt schon mit Kindern?«

»Nein. Nein, natürlich nicht. Ich meinte ...« Sie streckte die Hand aus. »Bitte beruhigen Sie sich.«

»Ich *bin* ruhig!« brüllte er. »Ich bin die Ruhe selbst, ich bin ... verdammt!«

Er drehte sich abrupt um und trat mit dem Fuß gegen einen idiotischen kleinen Tisch an der Wand. Er splitterte, als er zerbrach und das Holz wie viele kleine Streichhölzer zu Boden fiel. Kathryn schrie auf und rannte an ihm vorbei. Sie fiel auf dic Knic und begann, die Holzsplitter zu durchwühlen.

»Hölle und Fegefeuer«, stammelte Matthew. »Es ist doch nur ein Tisch, ein armseliger, gottverdammter ...«

»Sehen Sie«, sagte sie ehrfurchtsvoll.

Sie setzte sich auf die Hacken und hielt zwei häßliche schwarze Gegenstände an die Brust gepreßt.

»Was soll ich sehen?«

»Oh, es funktioniert«, schluchzte sie mit Augen, die vor Glück funkelten. »Es funktioniert!«

Matthew blickte sie verständnislos an. »Was funktioniert?«

»Das Telefon.«

»Das Tele ... von ...?«

»Ja!« Sie hielt einen der schwarzen Gegenstände ans Ohr. »Mein Gott, es funktioniert tatsächlich. Haben Sie nicht das Tuten gehört, als es runtergefallen ist?«

Matthew runzelte die Stirn. »Catherine, ich möchte, daß du dich beruhigst.«

»Ich *bin* ruhig«, sagte sie und stand auf. »Ich bin die Ruhe selbst.« Sein Blick fiel auf ihre Hände. Sie hielt die beiden schwarzen Gegenstände fest, als wären es kostbare Juwelen, und ging langsam rückwärts zur Tür. »Okay, Matthew. Letzte Chance. Hauen Sie ab, oder ich ruf' die Bullen.«

»Bist du unter die Viehzüchter gegangen?«

Catherine stampfte mit dem Fuß auf. »Hören Sie auf damit!«

»Womit?«

»Sie wissen, womit! Mir jedes Wort im Mund rumzudrehen, als wäre ich ... als wären Sie ... Hören Sie, gehen Sie einfach, ja? Wenn nicht, ich schwöre Ihnen, nehm' ich das Telefon hier und ruf' die Bullen.«

Tele von Bullen?

Wovon redete sie, Teufel noch mal?

Seit jener Fahrt als Kabinenjunge auf dem Frachtschiff von Boston nach Dublin war Matthew nicht mehr so verwirrt gewesen.

»Die Stadt wird dir gefallen, Junge«, hatte der alte Schiffskoch gesagt. »Das Bier ist der reinste Nektar und die Mädchen 'ne Augenweide. Nur daß sie meinen, ihr Kauderwelsch wäre so was wie Englisch.«

Genauso fühlte er sich jetzt, als er Catherine zuhörte. Er verstand ihre Worte, aber was meinte sie damit?

Bullen? Tele? Von was bitte?

War es eine Drohung? Und wenn ja, womit drohte sie?

Mit zusammengezogenen Augenbrauen beobachtete er sie. Sie stand auf der anderen Seite des Zimmers, aber auch aus der Entfernung konnte er sehen, daß ihre Wangen puterrot und ihre Augen weit aufgerissen waren.

Vielleicht hatte er sie nicht rechtzeitig aufgefangen, als sie in Ohnmacht gefallen war. Vielleicht war sie mit dem Kopf auf dem Marmorfußboden aufgeschlagen.

Er hatte so was schon auf Schiffen gesehen. Ein Mann stolperte bei schwerer See und stieß sich den Kopf, ohne es im Eifer des Gefechts zu bemerken. Zunächst ging es ihm noch gut, doch dann bekam er einen irren Blick, und das Essen kam ihm hoch.

Nicht, daß es ihn interessierte, ob sie sich den Kopf gestoßen hatte. Es war ihm egal, selbst wenn sie blutete ...

»Hölle und Fegefeuer!«

»Versuchen Sie nicht, mich einzuschüchtern«, sagte sie schnell. »Ich zähle jetzt bis drei, und dann ...«

»Cat«, sagte er mit sanfter, leiser Stimme, »tut dir der Kopf weh?«

Kathryn blinzelte. »Ob mir der Kopf weh tut?«

»Ja, da, wo du dich gestoßen hast.«

»Ich habe mich nicht gestoßen.«

»Doch, hast du. Du mußt dich gestoßen haben. Laß mich mal sehen.«

»Bleiben Sie, wo Sie sind, oder ich ... ich werde ...« Was würde sie? Den Notruf wählen? Wahrscheinlich würde sie eh nicht durchkommen. Und wenn sie tatsächlich mit der Polizei verbunden würde oder mit dem, was sie hier Polizei nannten, dann würde es ohnehin viel zu spät sein, bis die hier draußen aufkreuzten.

»Catherine.«

Sein Ton war die Vernunft selbst, sein Lächeln freundlich und sanft. Langsam und ohne Eile kam er auf sie zu.

Es war eine schauspielerische Meisterleistung. Oder das Verhalten eines komplett Verrückten.

Aber wie die Dinge auch lagen, es war Zeit zu handeln.

»Keinen Schritt weiter«, befahl Kathryn.

»Cat«, sagte er, »ich möchte, daß du tief einatmest. Jetzt stell dieses ... Ding hin, was immer es sein mag, und laß mich deinen Kopf untersuchen.«

Er sprach immer noch in diesem schmeichelnden Ton, der das entschlossene Funkeln in seinen Augen Lügen strafte.

»Nein«, schrie sie. In einem Anfall von Verzweiflung wich sie zurück, ließ das Telefon fallen, rannte zu einem Mahagonisekretär und stieß ihre Faust tief in die Tasche ihres Kleides.

»Okay«, sagte sie atemlos, »das ist genug. Ich ... ich habe eine Waffe.«

Er sah sie an, als habe sie behauptet, einen Seehund in der Tasche zu haben.

»Du hast eine was?«

»Eine Waffe. Ich habe sie gerade aus dem Sekretär geholt und in die Tasche gesteckt.« Seine Augen wanderten an ihr hinunter, und sie versteifte die Finger hinter dem Baumwollstoff. »Wenn Sie noch einen Schritt näher kommen, schieße ich.«

»Eine Pistole?« Ihre Blicke trafen sich, und er lächelte sie an wie ein ungezogenes Kind. »Dann zeig sie mir.«

»Nein.«

»Catherine, hör auf mit dem Unsinn. Was willst du denn mit einer Pistole? Komm schon. Ich helf dir in den Sessel, und hole dir eine schöne kalte Kompresse.«

»Ich habe Ihnen doch gesagt, ich habe eine Waffe! Muß ich Sie erst töten, damit Sie mir glauben?«

Er lachte, als hätte sie einen köstlichen Witz gemacht. »Du kannst mich nicht töten.«

Er kam auf sie zu, langsam, aber stetig. Sie riskierte einen schnellen Blick über die Schulter. Sie waren nur noch wenige Schritte vom Foyer entfernt. Würde sie es zur Tür hinaus schaffen? Oder würde er sie einholen und ihren Bluff aufdecken?

»Vielleicht kann ich das nicht«, sagte sie seelenruhig. »Aber wollen Sie es wirklich drauf ankommen lassen?«

Matthew blieb wie angewurzelt stehen.

Das war eine sehr gute Frage. Und sie zog eine Menge andere nach sich.

Hatte Catherine wirklich eine Pistole? Das war unwahrscheinlich. Eine Steinschloßpistole war viel zu groß, um in ihre Tasche zu passen. Aber vielleicht hatte sie etwas Neues, wie dieses schwarze Ding, einen Bullen oder die Kutsche, die dunklen Rauch ausstieß. Das war immerhin möglich.

Und wenn sie eine Pistole hatte, würde sie Gebrauch davon machen? Wahrscheinlich. Schließlich hatte sie schon einmal maßgeblich zu seinem Tod beigetragen.

Wenn sie schoß, was würde passieren? Er war ein Geist. Konnte man einen Geist töten? Das war eher unwahrscheinlich, aber andererseits war ihm bisher keines seiner Erlebnisse besonders wahrscheinlich vorgekommen.

Und falls die Antwort ja lautete, würde er wieder in dieser kalten, schrecklichen Dunkelheit gefangen sein, wenn er aufwachte?

Er liebte das Risiko, doch die ewige Verdammnis an diesem schrecklichen Ort, dem er erst vor kurzem entkommen war, wollte er nicht riskieren. Vor allem wenn er dort mit dem Bewußtsein aufwachte, keine Rache genommen zu haben.

Er schauderte. Ein fürchterlicher Gedanke.

»Und?« fragte Kathryn. »Haben Sie es sich überlegt?«

Ihre Blicke trafen sich.

»Sieht ganz so aus, als hättest du dieses Mal gewonnen.«

Kathryn biß sich auf die Lippen, um keinen Freudenschrei auszustoßen. Sie konnte kaum stehen. Ihre Beine fühlten sich an wie Pudding. Wenn sie sich nicht irgendwo anlehnte oder sich hinsetzte, würde sie wieder in Ohnmacht fallen.

»Danke«, sagte sie freundlich.

Er hob die Mundwinkel zu einem leichten Lächeln. Sein Gesicht sah jetzt weicher aus, weniger gefährlich, und ihr fiel wieder auf, wie gut er aussah.

»Aber es ist noch nicht vorbei, Cat. Denk daran.«

Die Hand in ihrer Tasche wies Richtung Tür.

»Los, raus hier.«

»Ich gehe ja schon.«

»Und kommen Sie nie wieder, sonst ...«

»Keine leeren Drohungen, Catherine.«

»Machen Sie keine Dummheiten, Mister, äh, Matthew. Ich habe eine Waffe, schon vergessen? Und nächstes Mal schieße ich ohne große Vorankündigung.«

Sein Blick wanderte wieder zu ihrer Tasche. Er hielt den Atem an. Wenn er sich nicht täuschte, hatte sie die Bewegung eben mit der falschen Hand gemacht.

Blitzschnell sah er hoch, und seine Augen weiteten sich, als er an ihr vorbeisah.

»Vorsicht, Catherine.«

Es funktioniert. Sie schnappte nach Luft, fuhr herum ...

Einen Herzschlag später war er bei ihr, packte sie bei den Hüften, hob sie hoch und drückte sie gegen die Wand.

»Lassen Sie mich los«, keuchte sie und wehrte sich, aber er hielt sie mit einem Arm fest, während er erst in ihrer linken, dann in der rechten Tasche suchte …

Und nichts fand.

Als sie sich beruhigt hatte, setzte er sie wieder auf den Boden.

»Soso. Catherine, Catherine.« Er umfaßte ihr Kinn und hob es an. »Ich weiß, daß du die Moral eines Straßenköters und das Gewissen einer Giftschlange hast, aber ich dachte wirklich, solche billigen Tricks hättest du nicht nötig.«

»Zum Teufel mit Ihnen«, sagte sie. Ihr standen die Tränen in den Augen vor Wut, daß er ihren Bluff durchschaut hatte. »Zum Teufel!«

»Zu sagen, du hättest eine Pistole, obwohl du gar keine hast … wie würdelos, Cat. Hast du denn gar keinen Stolz?«

»Hören Sie, wenn Sie etwas stehlen wollten …«

»Stehlen? Dir?« Er lachte. »Was bitte solltest du denn haben, das mich interessiert?« Sein Blick fiel auf ihren Mund. Er spürte, wie warm sie sich in seinen Armen anfühlte, spürte ihre Brüste, die sich gegen seinen Oberkörper preßten, und ihren rasenden Herzschlag. Sein Lachen erstarb. »Wenn ich genau darüber nachdenke«, flüsterte er, »gäbe es da vielleicht etwas.«

»Nein«, sagte sie vergeblich.

Er drückte seinen Mund auf ihren, fest und heiß. Kathryn versuchte, sich von ihm freizumachen, doch es gab kein Entrinnen. Der Griff seines Arms wurde fester, seine Hand wanderte von ihrem Gesicht in ihr Haar.

»Hure«, stöhnte er. »Herzlose, berechnende Hure …«

Er küßte sie wieder und wieder. Seine Hände glitten ihren Rücken hinunter und umfaßten ihren Po. Er hob sie ein Stück hoch und preßte sie gegen seinen harten, hungrigen Körper.

Es war so furchtbar lange her.

»Hure«, sagte er noch einmal, doch dieses Mal mit einem

Flüstern. Die Berührung seines Mundes wurde weicher, seine Lippen glitten sanft über die ihren, seine Hände wanderten ihren Rücken hinauf, und er schlang die Arme um ihren Leib und küßte sie leidenschaftlich.

Und sie gab sich ihm hin.

O ja, sie gab sich ihm hin. Noch vor einem Moment hatte sie sich in blinder Panik gewehrt. Nun schlang sie ihm die Arme um den Hals, vergrub die Hände in dem dichten, seidigen Haar und zog seinen Kopf zu sich hinunter.

Der Geschmack seines Mundes war genau, wie sie ihn aus ihren Träumen in Erinnerung hatte. Es war überwältigend, ihn in den Armen zu halten, schwer und kräftig. Sein Geruch und die Hitze seines Körpers ...

Nein. Es war nicht wie im Traum. Es war Wirklichkeit, und das ließ alle Träume verblassen.

»Cat«, sagte er beschwörend.

Seine Hände fanden den Saum ihres Kleides. Er ergriff den Baumwollstoff und schob ihn ungeduldig zu ihren Hüften hoch.

Aus ihrer Kehle drang ein Laut.

»Cat«, wiederholte er, und alles Verlangen dieser Welt lag in seiner Stimme.

Seine Finger fühlten sich heiß an auf ihrer Haut, als sie sich in den elastischen Stoff ihres Höschens gruben, und begannen, es ihr auszuziehen ...

Hatte sie den Verstand verloren?

Kathryn machte einen Satz nach hinten. Sie riß ihre Ellenbogen herunter und stieß ihm mit beiden Händen gegen den Brustkorb, so daß er überrascht zurückstolperte.

»Catherine«, stieß er ungläubig hervor.

»Hören Sie auf«, zischte sie ihn an.

Aber er hörte nicht auf. Er wollte sie wieder packen, doch sie hob das Knie und kickte ihm so schnell und fest sie konnte zwischen die Beine.

Zunächst passierte gar nichts. Dann hörte sie ein fürchterliches Zischen, als die Luft aus seinen Lungen entwich, und sah, wie er bleich wurde. Tonlos formten seine Lippen ihren Namen.

Kathryn zitterte. Sie schlug sich die Arme um den Körper und wich zurück.

»Ich hatte Sie gewarnt«, flüsterte sie. »Matthew ...?«

Er gab einen fürchterlichen würgenden Laut von sich, fiel vornüber und hielt sich den Unterleib. Kathryn streckte die Hand aus und zog sie dann wieder zurück.

»Wenn Sie nur nicht ...« Sie strich sich die Haare aus dem Gesicht. »Es tut mir leid, daß ich Ihnen weh tun mußte, aber ...«

»Das ... braucht ... es ... nicht.« Er hob den Kopf, und sie hatte den Eindruck, daß er lächelte. »Das ... war ... das ... einzige ... woran ... ich ... nicht ... gedacht ... habe«, keuchte er.

»Was denn?« flüsterte sie und sah ihn fasziniert und erschreckt zugleich an.

Er lachte ein furchtbares kleines Lachen, das in schmerzvollem Stöhnen endete.

»Das ... Geister ... Schmerzen ... haben ... können.«

Mein Gott, er löste sich auf! »Matthew«, sagte sie ...

Dann war er fort.

Kathryn streckte die Hand aus und fuhr vorsichtig mit ihr durch die Luft. Nichts.

Ihr stellten sich die Nackenhaare auf.

»Matthew?« fragte sie leise.

Sie drehte sich im Kreis herum und sah in die vom Sonnenlicht erleuchteten Ecken.

»Matthew, bitte, tun Sie mir das nicht an.«

Immer noch keine Antwort.

Wie konnte sie auch eine erwarten? Es war niemand außer ihr im Zimmer.

Kathryns Zähne fingen an zu klappern. »Nein«, flüsterte sie.

Das war unmöglich.

Das war absolut unmöglich.

Solche Dinge passierten nicht in der Wirklichkeit. Menschen – Menschen lösten sich nicht einfach in Luft auf.

Geister schon.

Ein schwaches Wimmern entrang sich ihrer Kehle.

Geister lösten sich in Luft auf. Sie kamen und verschwanden wieder. Puff, so einfach war das. Geister machten das immer, in Büchern, im Kino und im Fernsehen.

Aber sie las kein Buch, war nicht im Kino und sah nicht fern. Das hier war die Wirklichkeit. Und in der Wirklichkeit gab es keine Geister.

Kathryn wollte schlucken, aber sie hatte einen Kloß im Hals. Sie kämpfte lange Zeit damit, zumindest kam es ihr so vor. Dann holte sie tief Luft und ging zum Telefon ...

Zum was, Catherine?

Sie schloß die Augen und atmete mehrmals kurz durch. Schließlich nahm sie den Hörer ab, wartete auf das Freizeichen und steckte ihren Finger in die Wählscheibe.

Es war ein altmodisches Telefon, aber bis auf ein furchtbares Knistern funktionierte alles so wie zu Hause.

Man rief die Auskunft an, bat um Informationen und bekam sie.

Hiram Bonnyeman ging beim ersten Klingeln dran.

»Hallo?« Kathryn räusperte sich. »Hiram, hier ist ... genau. Ja, richtig. Oh, es tut mir auch sehr leid. Ich war irgendwie ... Na ja, ich weiß zwar, daß Sie vor nächster Woche keine Zeit haben, aber ich wollte Sie um einen Gefallen bitten.« Ihre Beine wollten sie nicht mehr tragen, und sie sank zu Boden wie eine leblose Gliederpuppe. »Hätten Sie vielleicht ein klein wenig Zeit, um vorbeizukommen und die Türschlösser zu überprüfen? Nein, es ist nichts passiert. Ich wollte nur ... ich meine, ich bin ganz alleine hier draußen, und ... Morgen früh? Wunderbar. Nein, wirklich, alles in Ordnung. Danke.«

Kathryn legte auf und saß mit dem Telefon auf dem Schoß da.

Warum hältst du dieses Ding so fest, Kathryn?

»O mein Gott«, flüsterte sie ...

Ob Hiram ihr auch ein geistersicheres Schloß empfehlen konnte?

NEUN

Der Anruf bei Hiram war noch die leichteste Übung gewesen.

Was ihr jetzt bevorstand, fiel ihr sehr viel schwerer, aber Kathryn wußte, daß sie nicht noch eine Nacht auf Charon's Crossing verbringen konnte, ohne das Haus vom Dachboden bis zum Keller durchsucht zu haben.

Wenn es hier noch mehr Überraschungen gab, wollte sie sie jetzt entdecken, solange es noch hell war.

Mit einer Taschenlampe bewaffnet, stieg sie vorsichtig die Treppe hinauf, wobei sie einen großen Bogen um die kalte Stelle machte.

Bildete sie sich das ein, oder waren hier im zweiten Stock die Schatten dunkler als sonst um diese Tageszeit.

Die Dielen knarrten, als sie langsam durch den Korridor im Ostflügel ging; das dumpfe Bummbumm ihres Herzens dröhnte ihr in den Ohren. Sie legte die Hand auf die Tür des ersten Schlafzimmers und öffnete sie ganz, ganz langsam.

Erstickende Dunkelheit herrschte in dem Zimmer ... aber wenigstens war es leer. Unter dem Bett lag nichts außer einer Menge Staub. Jetzt mußte sie nur noch im Schrank nachsehen. Kathryn atmete tief durch, umschloß den Knauf mit der Hand und zog die Tür auf.

Nichts außer ein paar leeren Schachteln.

Kathryn schloß für einen Moment die Augen. Nur noch eine Million Zimmer.

Sie gab ein ersticktes Lachen von sich und ging weiter den Korridor hinunter.

Zehn Minuten später hatte sie alle Zimmer im zweiten Stock untersucht. Sie hatte staubige Knie vom Nachsehen unter den hohen, altmodischen Betten. Außerdem hatte sie eine kreischende Begegnung mit einer Maus hinter sich, die sich ebenso erschrocken war wie sie selbst, als sie einen der Schränke aufgerissen hatte. Aber wenigstens war sie jetzt sicher, daß sich hier oben niemand versteckte.

Du meinst, dein Verstand sagt dir, hier versteckt sich niemand.

Auch meine Augen sagen mir das. In den Schlafzimmern und Badezimmern war niemand.

Zumindest niemand, den du sehen kannst.

Um Himmels willen!

Was für ein Unsinn! Es war lächerlich zu glauben, der Eindringling sei etwas anderes gewesen als ein Verrückter aus Fleisch und Blut, der sich für ein verspätetes Halloween in Schale geworfen hatte.

Klar. Und nebenbei vollführt er noch ein wenig Hokuspokus und verschwindet spurlos à la Houdini. Natürlich, Kathryn, völlig logisch.

Mehr als logisch. Verglichen mit der Vorstellung, Besuch von einem Geist gehabt zu haben, war es ein absoluter Volltreffer.

Jetzt mußte sie nur noch auf dem Dachboden nachsehen.

Der Gedanke ließ sie erzittern, was eigentlich Unsinn war. Sie war schon einmal da oben gewesen. Und sie hatte sich nicht halb so sehr gegruselt wie befürchtet ...

Kathryn hielt am Fuße der schmalen Treppe zum Dachboden inne. Sie sah nach oben.

Waren die Stufen schon immer so steil gewesen? Der obere Treppenabsatz schon immer so furchtbar dunkel?

Und die Kälte, die diese Stufen hinunterwehte ... Sie bekam eine Gänsehaut. Sie hatte das Gefühl, als krabbelten ihr Hunderte von kleinen Tieren über den Körper.

Dreh dich einfach um, und geh wieder runter, Kathryn.

Ohne zu wissen, ob irgendwas ... ob irgendwer auf dem Dachboden war? Kam nicht in Frage.

Na gut. Dann geh hoch, und schließ die Tür ab. Mach sie nicht auf. Denk nicht einmal daran.

Und schlag dich die ganze Nacht mit der bangen Frage herum, ob du nicht jemanden mit dir im Haus eingeschlossen hast? Nix da.

Schnell ging sie die Treppe hinauf. Die Stufen kamen ihr wirklich steiler vor als letztes Mal. Natürlich war das nur Einbildung. Das wußte sie, genauso wie sie wußte, daß ihre Phantasie mit ihr durchging.

Dennoch zitterte sie und atmete ganz flach, als sie schließlich den Treppenabsatz erreichte.

Sie streckte die Hand nach dem Türknauf aus. Einmal, zweimal ...

»Verdammt noch mal, Kathryn«, sagte sie, knipste die Taschenlampe an, drehte den Knauf und stieß die Tür auf.

Alles sah genauso aus, wie sie es zurückgelassen hatte. Der Deckel der alten Truhe war offen, der Schaukelstuhl stand zum Fenster gerichtet, und Matthews Tagebuch lag mit dem Gesicht nach unten auf der Sitzfläche.

Aber die Fenster und Läden waren geöffnet. Hatte sie sie aufgelassen? Sie wußte es nicht mehr genau.

Aber insgesamt wirkte die ganze Szenerie so bedrohlich wie eine Fotoseite in *Schöner Wohnen*.

Mit einem langen Zischen atmete sie aus. Sie trat in die Mitte des Zimmers und leuchtete mit der Taschenlampe in jede Ecke.

Bis auf ein paar überdimensionale Staubbüschel war nichts zu sehen.

Kathryn atmete erleichtert auf. Gut. Sie konnte auch diesen Raum von der Liste streichen, die Tür hinter sich abschließen und runtergehen.

Moment. Das Tagebuch. Matthews Tagebuch. Sie konnte

es mitnehmen und heute abend lesen, um die Zeit totzuschlagen.

Dann würde sie vielleicht auch die verrückten Geschehnisse in diesem Haus verstehen.

Schnell ging sie zum Schaukelstuhl und nahm das Tagebuch an sich. Der alte Ledereinband war warm, als sie ihn berührte, als hätte jemand noch vor kurzem das Buch in Händen gehalten. Doch natürlich hatte die Nachmittagssonne, die durch das offene Fenster hineinströmte, das Buch erwärmt.

Fenster und Läden knallten zu.

Kathryn fuhr herum, ihr Herz raste vor Angst.

»Wer ist da?« fragte sie.

Sie bekam keine Antwort.

»Verdammt, ist hier jemand?«

Sie mußte sich zwingen, sich von der Stelle zu bewegen und das Zimmer mit der Taschenlampe zu durchsuchen.

Es war leer.

Immer mit der Ruhe, Kathryn. Ganz ruhig. Denk mal logisch nach. Es muß eine ganz einfache Erklärung dafür geben.

Der Lichtstrahl zitterte, als sie erneut mit der Lampe das Zimmer absuchte. Ohne das Sonnenlicht sah alles ganz anders aus. Die Wände schienen näher gerückt zu sein und in einem merkwürdigen Winkel aufzusteigen. Sie leuchtete die Dachbalken an, die sich unendlich nach oben zu erstrecken schienen, kein Ende war in Sicht.

Und die Ecken ...

Sie richtete den Lichtstrahl erneut in eine Ecke.

Vor einem Augenblick hatte sie dort nichts Bedrohlicheres als Staubbüschel gesehen. Jetzt waren die Zimmerecken voller Schatten.

Schatten, die sich bewegten.

Kathryn spürte, wie sich die Härchen auf ihren Armen aufstellten. Sie wollte schreien, weglaufen, sich zur Tür retten.

Doch sie tat nichts von alledem. Es wäre ein Fehler gewesen. Statt dessen mußte sie langsam, aber stetig aus dem Zimmer gehen.

Einen Fuß anheben. Ihn wieder auf den Boden setzen. Den anderen anheben ...

Wie lang würde es dauern, bis sie so die etwa vier Meter bis zur Tür geschafft hätte? Eine Ewigkeit, dachte Kathryn, o ja, eine Ewigkeit. Und bei jedem Schritt spürte sie das schreckliche Verlangen, nur einmal ganz schnell hinter sich zu blicken und ...

Was zu sehen?

Etwas, Kathryn. Etwas. Etwas, das in diesem Moment die Hand ausstreckte, um dich bei den Schultern zu packen.

Mit einem Schrei rannte sie durch die Tür und knallte sie hinter sich zu.

Das Schloß wollte nicht zuschnappen.

»Mach schon«, flüsterte Kathryn verzweifelt. »Los komm, mach schon!«

Sie spürte, wie die Tür eiskalt wurde.

Übelkeit stieg in ihr auf.

»Geh zu, verdammt«, stammelte sie, »geh zu!«

Das Schloß rastete ein.

Ein Schluchzer der Erleichterung entrang sich ihrer Kehle. Sie legte sich die Hand aufs Herz; es fühlte sich an, als wollte es ihr gleich aus der Brust springen, aber sie hatte nicht vor, hier stehenzubleiben und zu warten, bis es sich wieder beruhigt hatte.

Erst als sie wieder unten war, in der relativen Sicherheit des hellen Salons, begriff sie, was sich wirklich auf dem Dachboden abgespielt hatte.

Der Wind hatte ihr einen Streich gespielt.

Genau wie jetzt. Er ließ Fensterläden zuknallen und rüttelte an den offenen Fenstern, bis die Rahmen erzittern.

Vom Meer her zog ein Sturm auf. Die warme Nachmittagsbrise hatte sich in einen stürmischen Wind verwandelt, der den Geruch von Regen mit sich brachte. Der Wetterumschwung und ihre bis zum Äußersten gespannte Phantasie hatten sich zusammengetan und sie zu Tode erschreckt.

Der Sturm kam ihr gar nicht gelegen. Regen und Wind, Blitz und Donner waren Spezialeffekte, auf die sie heute nacht gut hätte verzichten können, auch wenn sie froh war, daß es für die Vorgänge auf dem Dachboden eine vernünftige Erklärung gab. Das war weitaus besser, als daran zu glauben... nun, nicht daran zu glauben, aber sich einzubilden, das Opfer irgendeiner übernatürlichen Macht zu sein.

Und das Schlimmste war vorbei. Sie hatte in allen Zimmern nachgesehen, in die Ecken geschaut, alle Fenster und Türen verschlossen. In Charon's Crossing war niemand außer ihr...

... und dem Mann. Dem Mann, der in einer Rauchwolke verschwunden war.

Trotzig zuckte Kathryn mit den Schultern. Diese Art zu denken würde sie nicht weiterbringen, sie mußte positiv an die Sache herangehen. Wer immer er auch war...

... oder was auch immer er war...

... er war verschwunden. Das war alles, was interessierte. Er war nicht mehr da, das Haus wieder sicher, und morgen um diese Zeit würden alle Türen neue Schlösser aufweisen.

Der Wind wurde stärker. Sie konnte hören, wie er durch die Palmenwedel fuhr und gegen die Fensterläden schlug. Es hatte angefangen zu regnen. Sie hörte, wie der Regen gegen das Haus peitschte.

Das Haus jedoch war hell erleuchtet und so einbruchssicher wie möglich. Sie würde sich jetzt etwas Bequemeres anziehen und sich etwas zu essen machen – notgedrungen wieder Suppe und Butterbrot, da sie immer noch nicht zum Einkaufen in die Stadt gekommen war.

Und dann würde sie sich aufs Sofa kuscheln und Matthew McDowells Tagebuch lesen, bis sie einschlief, denn eins stand fest: Sie würde auf keinen Fall oben schlafen. Nicht in diesem unheimlichen Schlafzimmer. Sie würde nur noch einmal ganz kurz hinaufgehen, um zu holen, was sie brauchte.

»Ich komme wieder«, sagte Kathryn in ihrem besten Arnold-Schwarzenegger-Ton.

Sie ging zur Treppe.

Okay. Es war soweit.

Sie legte Kissen, Laken und Decke auf den Boden neben dem Sofa und stemmte die Hände in die Hüften. Ihr Abendessen stand auf einem Lampentischchen, die Überreste des anderen Tisches, den ihr Besucher zertrümmert hatte, hatte sie in die Ecke verfrachtet...

Und der verdammte Wind heulte immer noch, die Fensterläden klapperten, aber was soll's?

Kathryn nahm das Laken, schüttelte es aus, legte es auf das Sofa und stopfte es in die Ritzen.

Der Raum gefiel ihr. Vor langer Zeit mußte er sehr schön gewesen sein. Sie lächelte, als ihr auffiel, wie wenig sie in diese Umgebung paßte: Sweatshirt, Trainingshose, dicke Baumwollsocken und Turnschuhe. Dennoch war das genau der richtige Ort, um die Nacht hier zu verbringen. Das Sofa gab ein bequemes Bett ab, auch wenn es ein wenig zu kurz war, so daß ihre Füße überstehen würden.

Ein kurzes Bett war ein bescheidener Preis für ein gemütliches Plätzchen und ein Telefon.

Jetzt noch eine Dusche, und alles wäre perfekt, aber nur ein Vollidiot wäre heute abend in diesem Haus unter die Dusche gegangen.

»Willkommen im Bates-Motel«, sagte Kathryn zu sich selbst und versuchte ein Lachen.

Geschafft. Das Bett war fertig bezogen und wartete auf sie.

Sie setzte sich nieder, streckte die Beine aus und legte die

Füße übereinander. Sie fühlte sich schon viel besser. Es fehlte nur noch ein loderndes Feuer in einem steinernen Kamin. Sie dachte an das alte viktorianische Haus, in dem sie früher mit ihren Eltern in San Francisco gewohnt hatte. Das Haus selbst war so baufällig gewesen, daß es jederzeit hätte einstürzen können, doch in fast jedem Zimmer hatte es einen Kamin gegeben.

Sie lächelte leicht, als sie daran dachte, wie sie ihrem Vater nach jedem Abendessen beim Feuermachen zugesehen hatte.

»Willst du's auch mal versuchen, Kath?« hatte er schließlich gefragt.

Oh, und wie stolz sie gewesen war, als die ersten Flammen ihres Feuers am Holz hochzüngelten.

Komisch. Seit jenem Abend vor langer Zeit hatte sie kein Feuer mehr gemacht. Ob sie wohl noch all die kleinen Tricks wußte, die dazu nötig waren? Ob Jason wohl ein Feuer machen konnte? fragte sie sich im stillen. In seiner Wohnung befand sich ein Kamin, doch er benutzte ihn nie.

Wozu denn auch? fragte er immer. Die Heizung war doch warm genug. Und das stimmte; sie war immer seiner Meinung gewesen. Es war nicht logisch, Feuer zu machen, wenn man keins brauchte, und Jason war ein logisch denkender Mensch. Das mochte sie an ihm, unter anderem. Und wenn er hier wäre, hätte er wahrscheinlich herausgefunden, woher der Eindringling von heute nachmittag gekommen war und was es in Wirklichkeit mit ihm auf sich hatte ...

Kathryn runzelte die Stirn. Sie wollte jetzt nicht darüber nachdenken. Und sie wollte auch noch nicht wegdösen, aber sie fühlte sich auf einmal schläfrig. Es mußte an dem Trainingsanzug liegen, an diesen Socken. Ihr Aufzug war lächerlich, viel zu dick und warm für die Tropen, doch was blieb ihr übrig? Sie würde die Nacht sicher nicht in T-Shirt und Unterhose verbringen, nicht, wenn vielleicht irgendein Typ auf einmal aus der Wand steigen würde ...

»Verdammt!«

Sie stand auf und fuhr sich durchs Haar. Sie hatte fast vergessen, warum sie die letzten Stunden damit zugebracht hatte, Fenster und Türen zu verrammeln und sich häuslich im Salon einzurichten. Jetzt traf sie die Wirklichkeit wie ein Eimer kaltes Wasser, den man über ihr auskippte.

Wenn ihr Besucher, der Mann, der von sich behauptete, Matthew McDowell zu sein, wirklich ein Meister im Du-siehst-mich-du-siehst-mich-nicht-Spiel war, waren alle ihre Vorkehrungen – die verschlossenen Türen und verriegelten Fenster – nur ein Witz.

Es war jetzt dunkel im Zimmer, so dunkel, daß sie sich fragte, warum sie nicht schon vor einiger Zeit das Licht angemacht hatte. Hastig ging sie von Lampe zu Lampe und schaltete alle ein. So war es besser. Jetzt konnte sie alles ...

Bumm!

Kathryn schrie auf und fuhr erschreckt herum.

»Bu-bumm. Bu-bumm. Bu-bumm.«

Anscheinend hatte der Wind einen Fensterladen losgerissen. Er schlug hin und her und machte einen gottverdammten Krach.

Genau wie ihr Herz. Es stimmte rasend in das Bu-Bumm, Bu-Bumm dieses verflixten Fensterladens ein.

Sie öffnete das Fenster und griff nach dem Laden, doch der Wind war stärker geworden und riß ihn ihr fast aus der Hand. Sie hielt ihn fest, zog ihn mit aller Macht wieder zu und verriegelte das Schloß. Der Wind donnerte wie ein Güterzug, als er das Haus umtoste.

Die Lichter flackerten, verloschen und tauchten das Zimmer in Dunkelheit.

Nein, nein! Der Strom durfte nicht ausfallen. Nicht heute nacht. Kein Strom bedeutete kein Licht. Kein Telefon. Keine Verbindung zur Außenwelt.

Die Lichter flackerten erneut und gingen wieder an. Sogar

das Telefon gab ein kurzes, blechernes Klingeln von sich, als wollte es beweisen, daß es noch funktionierte.

Aber wie lange noch?

Kathryn sah das bauchige, altmodische Gerät an, das Matthew vorgegeben hatte nicht zu kennen.

Vielleicht sollte sie irgend jemand anrufen. Die Polizei. Oder Olive. Oder Jason?

Nein. Nicht Jason. Er war Tausende von Kilometern entfernt. Was konnte er schon tun, außer in seinem Apartment sitzen, sich Sorgen machen und sich fragen, ob sie den Verstand verloren hatte?

Und was die Polizei oder Olive anging ... was nützte das schon? Was sollte sie ihnen erzählen?

»Hallo, hier ist Kathryn Russell von Charon's Crossing. Ich habe eben einen Geist gesehen.«

O ja. Sie lächelte verbissen. Genau das.

In New York standen die Chancen gut, daß so ein Anruf keinen Menschen interessieren würde. Hier dagegen würde bis zum Frühstück die ganze Insel Bescheid wissen.

»Verrückte Amerikanerin behauptet, es spukt auf Charon's Crossing.«

Das würde einen prima Hinweis auf dem Zu-verkaufen-Schild abgeben.

Außerdem war sie weit davon entfernt zu sagen, sie habe einen Geist gesehen. Es gab mit Sicherheit eine ganz logische Erklärung für alles.

Und was für eine, Kathryn?

Nun ... irgendeinen Spiegeltrick. Magier benutzten so etwas dauernd. Sie arbeiteten mit versteckten Türen. Oder Falltüren ...

Kathryn sank auf den Rand des Sofas.

Das letzte, woran sie jetzt denken wollte, war die Möglichkeit, daß es hier Falltüren gab. Außerdem hätte sie es gemerkt, wenn er eine benutzt hätte. Immerhin hatte sie keine zwanzig

Zentimeter von Matthew entfernt gestanden, als er verschwunden war.

Aber er konnte nicht einfach »verschwunden« sein. Dazu war ein Mensch nicht in der Lage, ebensowenig wie ein Schwein fliegen konnte.

Ein weiterer Windstoß rüttelte am Haus. Das Licht wurde schummrig, bis es schließlich ganz ausging. Sie hielt den Atem an, bis es flackernd wieder anging.

Zum zweiten Mal. Beim dritten Mal hatte man verloren.

Kathryn sprang auf. In der Küche mußte es doch Kerzen geben.

So war es. Drei Schachteln lange, dünne Wachskerzen. Sie riß die Schachteln auf und benutzte alles, was sie finden konnte, als Halter. Tassen. Untertassen. Gläser. Dann stellte sie eine Kerzen auf jede gerade Oberfläche im Zimmer und zündete sie alle an.

Der Raum war hell erleuchtet. Kathryn trat zurück und verschränkte mit trotzigem Blick die Arme.

Jetzt konnte das verdammte Licht ruhig ausgehen!

Sie machte einen letzten kurzen Rundgang durchs Haus. Sie überprüfte die Eingangstür. Die Hintertür. Die Terrassentüren. Obendrein sah sie noch nach den Fenstern in der Bibliothek, im Eßzimmer, im Ballsaal und in der Küche. Dann ging sie zufrieden in den Salon zurück, machte die Tür hinter sich zu und verrammelte sie mit einem schweren Holzstuhl, den sie unter den Türknauf klemmte.

»Sicher ist sicher«, sagte sie lachend. Zumindest versuchte sie zu lachen, auch wenn der Laut, der sich ihrer Kehle entrang, mehr wie ein Krächzen klang.

Kathryn machte es sich mit Butterbrot und Tee auf dem Sofa gemütlich. Ihr Blick fiel auf die zersplitterten Überreste des Tischchens. Jammerschade, daß sie keinen Kamin hatte. Dann hätte sie der Antiquität wenigstens ein Seemannsbegräbnis verschaffen können.

Sie lächelte gequält. Was war das für ein häßlicher Wutanfall gewesen. Matthew hatte nicht nachgedacht, sondern nur ausgeholt, dem Tisch einen harten Tritt versetzt, und ...

Kathryn zwinkerte.

Matthew? Seit wann nannte sie ihn so? Nur, weil er von sich behauptete, der Geist von Matthew McDowell zu sein, hieß das noch lange nicht, daß er Matthew McDowell war.

Denn dann wäre er ein Geist. Und hatte sie nicht eben noch behauptet, daß sie nicht an Geister glaubte?

Gut. Gut, dann war das Ganze vielleicht eine Halluzination gewesen. Eine optische Täuschung. Vielleicht hatte sie ihn im Traum heraufbeschworen, mit Kostüm und allem ...

»Zum Teufel.«

Das Butterbrot war wie aus Gummi. Kathryn kaute und kaute, bis sie den Bissen Brot und Käse schließlich herunterwürgen konnte.

Sie mußte sich also schon Halluzinationen einreden, um nicht zugeben zu müssen, daß sie einen Geist gesehen hatte. Prima. Außerdem taten ihr die Schultern immer noch weh, dort, wo er sie gepackt hatte. Sie hatte nicht viel Erfahrung mit Halluzinationen, aber sie bezweifelte, daß sie blaue Flecke hinterließen.

Moment mal. Bedeutete das, daß sie ihre Meinung über Geister geändert hatte?

Nein. Niemals, nicht in tausend Jahren.

Was machte es schon, daß sie durch Matthew hindurch die *New York Times* hätte lesen können, als sie ihn das erste Mal auf der Treppe gesehen hatte?

Was machte es schon, daß er einfach, puff, in einer Rauchwolke verschwinden konnte und David Copperfield wie einen Waisenknaben aussehen ließ?

Was machte es schon, wenn er ein Telefon anstarrte, als wäre er gerade aus einem Raumschiff vom Mars gestiegen? Wenn er redete, als wäre er einem Geschichtsbuch entsprungen? Wenn sein Aufzug nicht wie eine Verkleidung aussah, sondern verdammt echt und außerdem verdammt sexy?

»Was macht das schon?« sagte Kathryn schwach, stöhnte und vergrub den Kopf in den Händen.

Na gut. Nur mal angenommen ... was wäre, rein theoretisch, wenn sie das Ungeheuerliche für bare Münze nahm und Matthew wirklich ein Geist war?

Draußen schien der Wind lang und anhaltend zu seufzen, als wolle er sagen: Genug jetzt, es ist höchste Zeit, daß du wieder zur Besinnung kommst!

Ruhelos stand Kathryn auf. Sie steckte die Hände in die Taschen ihres Trainingsanzuges und ging auf und ab.

Es konnte nicht schaden, die Möglichkeit in Betracht zu ziehen, oder? Natürlich nicht. Es gab nichts Schlimmeres, als nur in eine Richtung zu denken.

Schließlich hatten die Menschen vor langer Zeit auch fest daran geglaubt, daß die Erde eine Scheibe war. Wo stünde die Welt jetzt, wenn niemals jemand gesagt hätte: He, Moment mal, laßt uns das mal von einer ganz anderen Seite betrachten?

Gut. Das würde sie auch tun, alles von einer anderen Seite betrachten. Rein theoretisch nahm sie einmal an, daß es Geister gab.

Und daß Matthew einer war.

Warum sollte er auf Charon's Crossing herumgeistern? Und was wollte er von ihr?

Die Antworten mußten in diesem Tagebuch stehen. Wo hatte sie es hingelegt? Hier, auf den Tisch.

Sie hob es auf, ließ sich auf das Sofa fallen und legte die Beine hoch. Wo war sie stehengeblieben?

Hier, flüsterte eine glockenklare Stimme.

Kathryn schaute streng auf und verzog die Lippen zu einem humorlosen Lächeln.

»Keine Improvisationen, bitte«, sagte sie mit zittriger Stimme.

Sie öffnete das Tagebuch, blätterte, bis sie den nächsten Eintrag fand, und fing an zu lesen.

21. Oktober 1811:

Ich habe die letzten Tage damit verbracht, unseren ersten Beutezug in diesen Gewässern vorzubereiten. Wir haben alles nötige an Bord genommen, vom Schiffszwieback bis hin zum Lampenöl...

Kathryn gähnte. Mann, war sie müde. Es war ein langer Tag gewesen. Sie gähnte erneut und schaute angestrengt auf die Seiten des Tagebuches.

...Lampenöl. Mr. Hauser, mein erster Maat, hat vorgeschlagen, das Schießpulver auf die Kanonen zu verteilen. Ich bin mir nicht sicher, ob das nötig ist, aber ich habe zugestimmt...

Kathryn reckte und streckte sich. Ihre Lider wurden schwer.

Vielleicht sollte sie kurz die Augen schließen. Nicht, daß sie schon schlafen wollte. Das kam nicht in Frage. Wer konnte schon schlafen in diesem verrückten Haus?

Aber eine Minute Ruhe wäre... wäre...

Das Tagebuch fiel ihr vom Schoß, und sie schlief.

***

Die Nacht wurde schwärzer.

Die Kerzen flackerten. Sie waren völlig heruntergebrannt, die Flammen erloschen.

Der Wind heulte in den Bäumen und rüttelte an den Fensterläden.

Und oben auf dem Dachboden regte sich etwas in der Dunkelheit.

»Catherine«, flüstert eine Stimme.

Kathryns Lider zucken. Sie kennt die Stimme nicht. Sie will sie nicht hören, will ihrem Ruf nicht folgen.

Doch es ist zu spät. Sie gleitet hinab in den Traum.

Sie befindet sich in einem Zimmer. Sie kann nicht viel sehen, doch sie spürt, daß der Raum sehr eng ist.

Sie fühlt sich nicht wohl in ihrer Haut.

»Wo bin ich?« fragt sie.

Ein Fenster fliegt auf. Mondlicht scheint fahl auf den Boden und zeichnet einen hellen Streifen auf alte Möbel, einen Schaukelstuhl und eine offene Truhe.

Kathryn stöhnt auf. Sie weiß jetzt, wo sie ist. Sie ist auf dem Dachboden von Charon's Crossing.

Die Kehle schnürt sich ihr zu. Sie mag diesen Ort nicht mehr, will nicht hier sein. Selbst dann nicht, wenn sie nicht mehr wüßte, was heute abend hier geschehen ist. Die Luft ist schwer und feucht, sie lastet wie ein Gewicht auf ihrer Haut. Und dann dieser Geruch, ein moderiger und unsauberer Geruch.

Aus der dichten Dunkelheit hallt kaum hörbar ein Flüstern wider.

Kathryns Herz schlägt schneller.

»Matthew?« fragt sie.

Wird er zu ihr kommen?

Nach dem, was heute vorgefallen ist, sollte ihr der Gedanke eigentlich Angst machen. Doch sie hat keine Angst vor ihm, obwohl sie sich noch genau an ihr Zusammentreffen erinnert, an sein Wüten und seine eiserne, übermächtige Kraft.

Sie fürchtet sich vor etwas anderem, vor etwas, das sie in der erdrükkenden Atmosphäre dieses Dachbodens spürt.

Das Flüstern verdichtet sich zu seltsamen Lauten. Kathryn faßt sich an die Kehle. Sie fühlt, wie ihr Puls rast.

»Matthew?« fragt sie erneut. »Bitte, wenn du es bist, komm raus und zeig dich.«

Sie bekommt keine Antwort, doch sie hört das schnelle Trippeln kleiner Füße hinter sich. Mit pochendem Herzen wirbelt sie herum und sieht, wie etwas Kleines in eine Ecke huscht. Eine Spinne? Eine Maus? Sie weiß es nicht, aber sie fühlt, daß es sich nicht bloß um irgendein ängstliches Mitgeschöpf handelt.

Was tut sie hier? Dieser Ort raubt ihr die Nerven. Die Spinnweben. Die Geräusche. Der Geruch ...

Kathryn schaudert, und auf einmal ist das Mondlicht verschwunden. Sie tritt in vollkommene Dunkelheit.

Sie kann ihren rasenden Puls hören. Sie geht einen Schritt zurück und tastet nach der Tür, die ganz in der Nähe sein muß.

Etwas huscht über ihre nackten Füße. Erschreckt schreit sie auf und erschaudert. Das Ding fühlte sich grauenvoll an, gefiedert und vollkommen fremdartig. Sie hatte es auch hören können: Es gab hohe, kreischende Laute von sich.

Der Geruch ist stärker geworden. Er ist süß, widerlich süß, und ihr dreht sich der Magen um.

Kathryn fängt an zu zittern. Sie kann nichts sehen, doch sie spürt etwas Böses. Etwas Böses ...

Irgend etwas ist hier und bewegt sich in der Dunkelheit. Etwas Grauenvolles. Und es ist hinter ihr her.

»Nein«, schluchzt Kathryn, »bitte nicht.«

Sie stürzt dahin, wo die Tür sein muß, doch sie findet sie nicht. Fieberhaft sucht sie mit den Händen die Wand ab, die sie nicht sehen kann ...

Da ist sie. Sie kann sie fühlen. Die Tür.

Ihre Finger legen sich um den Knauf. Sie dreht ihn und dreht ...

Er bewegt sich nicht. Die Tür ist abgeschlossen, sie sitzt in der Falle.

Kathryn schreit. Sie hämmert mit den Fäusten gegen das Holz.

»Matthew«, schluchzt sie, »Matthew, hilf mir!«

»Catherine«, flüstert eine Stimme hinter ihr.

Es ist nicht Matthews Stimme. Es ist eine Stimme, die sie nie zuvor gehört hat, und sie erfüllt ihr Herz mit Schrecken.

Sie beißt sich auf die Unterlippe. Der kupferne Geschmack von Blut erfüllt ihren Mund.

»Ich träume«, stammelt sie. »Ich träume, ich träume nur ...«

»Catherine.«

Sie wirbelt herum. Die Stimme läßt sie an lederne Flügel denken, die durch dunkle Höhlen schlagen. An das papierne Wispern von tausend Insektenbeinen, die auf dem Friedhof über verstaubte Gebeine marschieren.

Ein unheimliches Licht erscheint in der hinteren Ecke des Dachbodens, und darin nimmt etwas Gestalt an.

Ein Stöhnen entringt sich Kathryns Kehle.

Es ist ein Mann, jedoch nicht Matthew.

Er ist groß und dünn. Er hat weißes, streng zurückgekämmtes Haar, und sein Gesicht ist nichts weiter als ein mit Haut überzogener Schädel.

»Catherine«, sagt er.

Er lächelt, aber ein solches Lächeln hat sie noch nie zuvor gesehen: Blutleere Lippen verziehen sich boshaft und entblößen eine Reihe beängstigend scharfer weißer Zähne. Er kommt langsam näher und hebt den bleichen Arm. Seine Hand besteht nur aus Knochen und Knorpel, er hält ein Schwert, von dem Blut tropft.

Kathryn schreit und schreit, und plötzlich wird die Tür zum Dachboden krachend aufgerissen. Matthew steht auf dem Absatz, sie wirft sich schluchzend in seine Arme.

»Lauf weg, Cat«, sagt er.

»Matthew«, schreit sie, »geh nicht da rein!«

Matthew drückt ihr die Hand ins Kreuz und schiebt sie weg. Sie stolpert fort von ihm.

»Hast du mich nicht verstanden?« brüllt er. »Lauf weg, Catherine, und sieh dich nicht um!«

Die Dachbodentür knallt zu, sie hört das Klacken des Bolzens im Schloß. Matthew hat sich mit der schrecklichen Kreatur eingeschlossen.

Kathryn eilt die Stufen herunter, sie läuft und läuft, bis sie im Salon steht. Sie schlägt die Tür zu, verriegelt sie und lehnt sich mit ausgestreckten Armen dagegen, drückt mit ihrem ganzen Gewicht gegen das Holz.

»Matthew«, schluchzt sie.

Sie horcht, aber außer dem Rasseln ihres Atems ist kein Ton zu hören. Nach einer kleinen Ewigkeit sackt sie zu Boden und wartet.

Als sie Schritte vor der Tür hört, steht sie langsam auf, Körper und Hände an das Holz gepreßt.

»Matthew?« flüstert sie.

»Cat. Mach auf.«

Sie erkennt seine Stimme. Tief in ihrem Innern kennt sie diese Stimme bereits vom Tag ihrer Geburt an. Schluchzend entriegelt sie die Tür, reißt sie auf und fällt ihm in die Arme.

»Es ist alles gut«, sagt er und hält sie fest. »Cat, Liebling, es ist alles wieder gut.«

»Dieses ... dieses Ding ...«

»Denk nicht daran, meine Süße.«

Sie schaudert und hält sich an ihm fest, sucht Trost in der Wärme seines Körpers, in seiner schützenden Umarmung.

»Was war das?« fragt sie flüsternd.

Matthew streicht ihr übers Haar und besänftigt sie wie ein kleines Kätzchen.

»Das ist nicht wichtig.«

»Wie bist du ihm entkommen?« Sie legt ihm die Hände auf die Brust und lehnt sich in seinen Armen zurück. »Ich hatte Angst, es würde dich töten!«

Er lächelt zu ihr herab.

»Wirklich?«

»Ja doch, ja. Es war so ... so böse!«

»Catherine.« Zärtlich hebt er sie hoch und trägt sie zum Sofa. Er setzt sich mit ihr und legt ihren Kopf an seine Schulter. »Mach die Augen zu und schlaf.«

Sie gibt ein kleines, glucksendes Lachen von sich.

»Aber ich schlafe doch«, sagte sie. »Ich träume, Matthew. Das weiß ich ganz genau.«

Er nickt und streicht ihr das dunkle, seidige Haar aus dem Gesicht.

»Dann mach die Augen zu, Cat, und träum was Süßes.«

Sie erschaudert. Ihre Arme schlingen sich fester um seinen Hals.

»Ich kann nicht. Ich will nicht. Wenn ich die Augen zumache, bin ich vielleicht wieder da oben bei diesem ... diesem Ding.«

»Nein. Ich verspreche dir, das bist du nicht.«

»Wie kannst du so sicher sein?«

Matthew macht es sich mit Kathryn im Arm in der Ecke des Sofas gemütlich.

»Weil ich bei dir sein werde«, sagt er. »Ich bleibe hier bei dir, werde dich in den Armen halten und über dich wachen, während du schläfst.«

Sie gibt einen tiefen Seufzer von sich.

»Ich kann aber nicht«, flüstert sie. »Ich kann nicht ...«

Sekunden später schläft sie tief und fest.

Matthew schaute auf sie hinab, wie sie in seinen Armen lag. Gott, wie schön sie war, sogar jetzt. Ihr Gesicht war aschfahl, die Lider schwarz wie Ruß gegen die bleichen Wangen. Ihr Haar lag wirr durcheinander; ihre Augen waren vom Weinen geschwollen.

Sanft strich er ihr die Haarsträhnen von den Wangen.

Was war heute nacht geschehen? Warum war sie auf den Dachboden gegangen?

Seine Kiefermuskulatur spannte sich an.

Der andere mußte sie dorthin gelockt haben. Das war die einzige sinnvolle Erklärung. Aber warum?

Wenigstens wußte er nun, wer das Wesen war, das in der Dunkelheit lebte. Aber warum wollte es Catherine weh tun?

Matthew blickte auf sie hinunter, wie sie weich und warm in seinen Armen lag. Was wäre passiert, wenn er nicht rechtzeitig gekommen wäre?

Das Haus war so hell erleuchtet gewesen, als fände ein Ball statt. Umtost von Wind und Regen war er im Garten spazierengegangen, fest entschlossen, das Haus nicht zu betreten und Cat aus dem Weg zu gehen. Er wollte seine wirren Gedanken ordnen, als er auf einmal die teuflische Gegenwart des Anderen gespürt hatte.

»Catherine?« hatte er geflüstert.

Er hatte sich zum Haus umgedreht, sein Blick war sofort zum Dachbodenfenster hinaufgewandert. Durch die Fensterläden hatte er ein unheimliches Glühen gesehen, dann hatte er gehört, wie Catherine seinen Namen rief.

»Cat«, hatte er gebrüllt und war ins Haus gestürzt, die Treppe hoch zum Dachboden ...

Und hatte sie gefunden. Gerade noch rechtzeitig. Als er sah, wie das Ding sie packen wollte, blieb ihm fast das Herz stehen.

»Waring«, hatte er geflüstert, denn er war es. Das heißt: Es war er. Was von ihm übrig war.

Gott, wie abgrundtief häßlich es war. Die Grausamkeit in seinem Lachen, die unmenschliche Wut in den glühenden Augen, kurz bevor es wieder in der Dunkelheit verschwunden war.

Was, wenn das Ding Cat erwischt, sie in seine schleimige Umarmung gezogen hätte?

Matthew stöhnte auf. Er drückte Catherine fester an sich, beugte den Kopf nach unten und vergrub sein Gesicht in ihrem Haar.

Was zum Teufel war mit ihm los? In den letzten Tagen hätte er sie gut und gerne ein dutzendmal umbringen können, aber er hatte es nicht getan. Und die Gründe, mit denen er vor sich selbst sein Warten rechtfertigte, waren nichts als Lügen.

Er hatte nur eins gewollt: sie berühren. Sie küssen und in den Armen halten, genau wie jetzt.

Er schloß die Augen und sog ihren Duft ein.

Seine Pläne fielen zusammen wie ein Kartenhaus. Und Catherine ... Catherine war nicht so, wie er sie in Erinnerung hatte.

Die Frau, die er kannte, war aufreizend und anzüglich

gewesen; sie hatte Kleider getragen, die das Herz eines jeden Mannes schneller schlagen ließen. Alles an ihr war Verlokkung und Verführung gewesen.

Die Frau, die er in seinen Armen hielt, war alles andere als aufreizend und anzüglich. Und sie trug verwirrende Kleidung. Diese Sachen, die sie jetzt anhatte zum Beispiel. Ein Männerhemd, eine seltsame Hose, unförmig und viel zu groß... obwohl das nicht ihre Weiblichkeit verbarg.

Nichts vermochte ihre Weiblichkeit zu verbergen, nicht einmal die Art, wie sie das Haar trug. Seine Catherine hatte einen natürlichen Stil bevorzugt, auch wenn er wußte, daß ihre Dienerin eine Stunde brauchte, um sie so herzurichten.

Diese Catherine trug ihr Haar offen oder zu einem Pferdeschwanz gebunden, genau wie er. Und sie machte sich nicht die Mühe, ihre Lippen oder ihre Wangen zu schminken.

Sie war auch sonst anders. Ihr fehlte diese typische weibliche Schüchternheit, ein Charakterzug, den Matthew zwar nicht mochte, aber als unabwendbares Übel akzeptiert hatte. Doch alles andere besaß sie im Überfluß. Sie hatte einen unabhängigen Geist und ein wildes Temperament. Ein Lächeln umspielte seine Lippen. Bei Gott, heute nachmittag hatte sie ihm sogar einen Tritt versetzt, genau in die Zwölf! Er kannte keine andere Frau, die so etwas tun würde.

Eine andere Frau? Verdammt. Er konnte sich nicht vorstellen, daß seine Catherine so etwas tun würde...

Was zum Teufel redete er da? *Seine* Catherine? Im Gegensatz wozu? Die Frau in seinen Armen *war* seine Catherine.

Wer sollte sie sonst sein?

»Matthew?«

Das Wort war nur ein schwaches Flüstern in der tiefen Stille.

Er sah zu ihr hinab. Catherine hatte die Augen geöffnet und betrachtete ihn. Er konnte sehen, wie sich tausend Fragen in der blauen Tiefe ihrer Pupillen widerspiegelten und wie ihre Augen sich weiteten, als ihr alles wieder einfiel.

Er drückte sie an sich, als sie anfing zu zittern.

»Alles ist gut. Ich bin bei dir.«

»O Gott«, flüsterte sie. »Was ist geschehen?«

»Ein Traum«, sagte er. »Nur ein Traum.«

»Nein. Es war Wirklichkeit. Und es war ... schrecklich. Diese Kreatur. Eine scheußliche Kreatur ...«

Er legte ihr sanft den Finger auf den Mund und strich ihr über die seidene Wölbung der Lippen.

»Sei still. Es ist vorbei, Catherine. Mach die Augen zu und schlaf.«

Sie seufzte, ihre dunklen Lider flatterten und fielen zu.

»Matthew.« Sie hob die Hand und legte sie leicht wie ein Blütenblatt auf seine Brust. »Geh nicht weg.«

Sein Herz zog sich zusammen. Er legte seine Hand auf ihre. »Nein, ich gehe nicht weg. Nicht, solange du mich brauchst.«

Sie schloß die Augen. Gleich würde sie schlafen. Und auf einmal wußte er, daß er ihr noch eine Frage stellen mußte.

»Sag mir noch eins«, fragte er mit leiser, aber dringlicher Stimme, »wie ist dein Name?«

Aber es war zu spät. An ihrem flachen, regelmäßigen Atem merkte er, daß sie schlief.

Die Stunden vergehen.

Der Sturm flaut ab.

Die Kerzen flackern und verlöschen.

Die Nacht macht dem Morgen Platz, die Fenster und Läden öffnen sich geräuschlos, und eine sanfte, wohlriechende Morgenbrise weht herein.

Kathryn träumt erneut. Sie liegt in Matthews Armen. Er hat sie zu dem schmalen Sofa getragen, jetzt liegen sie ausgestreckt nebeneinander. Sein Körper ist fest und warm; er schirmt sie vor allem Unheil ab.

Sie ist sicher. Auf ewig sicher in seiner Umarmung.

ZEHN

Pünktlich um sieben Uhr morgens ratterte Hirams roter Pickup die Einfahrt hinauf.

Kathryn erwartete ihn auf der Treppe. Sie war ziemlich sicher gewesen, daß er nicht aufkreuzen würde. Jetzt, als er aus dem Führerhaus stieg, mußte sie an sich halten, um ihm nicht entgegenzulaufen und ihn zu umarmen.

»Morgen, Kathryn. Schöner Tag heute, nicht?«

Wirklich? Sie hatte gar nicht darauf geachtet. Sie war viel zu beschäftigt damit gewesen, zu entscheiden, wo ihr Traum von letzter Nacht, in dem sie in Matthews Armen lag und er sie liebkoste, aufgehört und wo die Realität des Tages begonnen hatte.

Sie lächelte strahlend. »Jetzt ja, wo Sie da sind. Danke, daß Sie es einrichten konnten, heute morgen vorbeizuschauen. Ich weiß, es war sehr kurzfristig, und Sie haben eine Menge zu tun.«

»Na ja, es klang sehr dringend.«

»Ist es auch.« Kathryn stopfte die Hände in die hinteren Taschen ihrer Jeans. »Ich, äh, ich glaube, hier draußen schleicht jemand herum.«

»Ein Herumtreiber, auf Charon's Crossing?« Hiram lächelte, als ob sie eben gesagt hätte, unten am Hafen habe ein Luxusliner angelegt. »Wie kommen Sie darauf?«

Drück dich vorsichtig aus, Kathryn.

»Nun, ich ... habe Geräusche gehört.«

»Letzte Nacht?«

»Ja.«

Der alte Mann wischte sich die Stirn mit einem roten Taschentuch ab, stopfte es in die Tasche seines Denim-Overalls und holte eine verbeulte Werkzeugkiste von der Ladefläche.

»Überrascht mich nicht.«

»Nein?«

«'türlich nicht.« Er grunzte, als er die Werkzeugkiste auf die Veranda stellte und niederkniete. »Bei einem alten Haus wie dem hier ist's klar, daß bei Sturm und Regen Fenster und Türen klappern.«

Kathryn schüttelte den Kopf. »Das hatte nichts mit dem Sturm zu tun.«

»Der Wind zerrt an den Fensterläden, und sie knallen gegen die Mauern ...«

»Nein. Nein, es war nicht der Wind. Außerdem habe ich Sie vor dem Sturm angerufen. Wissen Sie noch?«

»Hmmm. Das stimmt.« Der alte Mann verzog das Gesicht, als er sich ächzend wieder aufrichtete. »Na ja, trotzdem macht ein altes Haus genug komische Geräusche, Kathryn.« Er sah sie lächelnd an. »Die Gelenke ächzen und stöhnen, genau wie meine.«

»Hören Sie, Sie halten mich sicher für verrückt, aber ...«

»Nicht für verrückt. Nur ein bißchen nervös vielleicht, so ganz allein hier draußen. Kann ich verstehen. Aber Sie brauchen sich wirklich überhaupt keine Sorgen zu machen. Auf dieser Insel hat es noch nie nennenswerte Verbrechen gegeben.« Er schmunzelte. »Hier hat keiner was, das es sich lohnt zu stehlen, und selbst wenn, wer sollte denn hier was klauen? Jeder kennt jeden. Und wenn einer mit einer Uhr ankäme, die ihm nicht gehört ...«

»Ich rede nicht von Einbrechern«, sagte Kathryn scharf. »Ich ... ich habe auch was gesehen.«

Sie hatte es eigentlich vermeiden wollen, daß ihre Stimme panisch klang, aber wenigstens hatte sie jetzt die volle Aufmerksamkeit des alten Mannes.

»Was gesehen?« fragte er und wandte sich ihr zu.

Matthew McDowell. Und jemand anderen. Oder etwas anderes, etwas, das mir das Blut in den Adern gefrieren läßt, wenn ich nur dran denke ...

»Kathryn? Was haben Sie gesehen?«

Kathryn schluckte trocken. »Einen Mann«, sagte sie nach einer Weile.

»Was für einen Mann? Wie sah er aus?«

Hiram sah ihr in die Augen. Er lächelte nicht mehr. Statt dessen blickte er sie so durchdringend an, daß eine böse Vorahnung in ihr aufstieg.

»Nun, er war groß. Etwa dreißig, würde ich sagen.«

»Ein Weißer?«

»Ja.«

Hirams Gesicht war ausdruckslos. »Noch was? Noch was Besonderes an ihm, meine ich?«

Aber ja, dachte Kathryn. Klar war was Besonderes an ihrem Besucher gewesen, und wie. Er war angezogen wie eine Figur aus einem Mitternachtsfilm, redete altmodisch daher, und manchmal konnte man durch ihn hindurchsehen.

»Kathryn?«

Kathryn räusperte sich. »Nein«, sagte sie, »nein, nichts Besonderes.«

Hiram schaute sie lange an und nickte dann.

»Ich werde tun, was ich kann, damit Sie sich hier sicherer fühlen. Sagen Sie mir nur, was Sie wünschen.«

»Also, erst mal möchte ich, daß Sie die Fensterläden reparieren. Einige gehen immer wieder auf.«

»Ich werde mich drum kümmern.«

»Gut.«

»Was sonst noch?«

»Wechseln Sie bitte die Türschlösser aus.«

»Kein Problem.«

»Denken Sie auch an die Tür zum Dachboden.« Hiram sah

sie an, doch falls er die Bitte seltsam fand, ließ er es sich nicht anmerken. »Das Schloß ist alt und geht sehr schwer.«

Er nickte. »Sicher.«

Kathryn zögerte. »Da ist noch etwas.«

»Nämlich?«

»Ich weiß, es klingt verrückt, aber ... glauben Sie, es gibt irgendwelche Geheimgänge im Haus?«

Der Gesichtsausdruck des Alten verriet ihr, daß sie zu weit gegangen war.

»Geheimgänge?«

»Wissen Sie, ich gebe ja zu, ich weiß nicht viel über Charon's Crossing. Oder über die Insel. Ich weiß aber, daß es bei den Landhäusern dieser Zeit nicht unüblich war, irgendwelche versteckten Türen oder Geheimgänge einzubauen. Sie können mir doch nicht erzählen, daß Sie nie von so etwas gehört haben!«

Hiram zuckte mit den Schultern. »Na ja, gehört habe ich schon davon, glaub' ich. Aber nicht im Zusammenhang mit Charon's Crossing.«

»Aber es würde nicht schaden, mal nachzusehen.«

»Nein, sicher nicht. Ich versteh nur nicht ganz, was Sie eigentlich von mir wollen.«

»Verdammt noch mal«, fuhr Kathryn ihn an, »woher soll ich das wissen? Sie sind hier der Bauunternehmer, nicht ich. Tun Sie, was man eben so tut, um hohle Stellen in den Wänden zu finden. Klopfen Sie drauf. Sehen sie im Kamin nach. Klopfen Sie die Rückwände der Schränke ab ...« Sie zwang sich zu einem Lächeln. »Tun Sie mir bitte den Gefallen, Hiram.«

Der alte Mann nickte. »Wenn Sie es wünschen, werd' ich es tun.«

»Vielen Dank. Ich bin im Garten, wenn Sie mich brauchen.«

Sie machte sich auf den Weg um das Haus herum, als Hiram noch eine Frage stellte. Sie blieb wie angewurzelt stehen.

»Kathryn? Soll ich das Schloß an der Kellertür auch auswechseln?«

Die Kellertür? Verdammt, verdammt. Sie war mit den Türen und Fenstern so beschäftigt gewesen, daß sie an den Keller überhaupt nicht gedacht hatte. Doch jetzt dachte sie daran. An den dunklen, feuchten Keller, sehr wahrscheinlich unverschlossen, seit sie im Haus wohnte.

»O ja«, sagte sie mit einem kalten Kloß im Hals, »gute Idee. Hervorragend. Wechseln Sie das Kellerschloß auch aus. Dann kann ich ganz sicher sein, daß niemand ins Haus reinkommt.«

»Niemand wird reinkommen«, sagte Hiram. »Außer Phantome natürlich.«

Der Ton des alten Mannes war so sachlich, sein Gesichtsausdruck so gleichgültig, daß sie dachte, sie hätte ihn falsch verstanden.

»Phantome?«

»Geister«, sagte er ruhig. »Wenn die Ihnen einen Besuch abstatten, nützt kein Schloß der Welt was.«

Sie lachte. Zumindest versuchte sie das. Doch was aus ihrem Mund kam, klang eher wie ein Krächzen.

»Warum ... warum sagen Sie so etwas?«

Hiram zuckte die Schultern. »Na ja, wenn ich so an das denke, was Sie gestern erzählt haben – Kettenrasseln und Stöhnen in der Nacht ...«

»Jetzt hören Sie aber auf, Hiram. Das war ein Witz.«

Der alte Mann ließ sich nicht beirren. »Man sagt, in diesem Haus ist seit fast zweihundert Jahren ein Geist gefangen.«

Kathryn hatte das Gefühl, eine feuchte, kalte Hand habe sie gepackt.

»Sie haben gestern nichts davon gesagt.«

»Sie haben mich nicht danach gefragt.«

»Sie haben recht, ich habe sie nicht gefragt, weil vernünftige Menschen nicht an solchen Unsinn glauben!«

Hiram zuckte die Schultern. »Vernünftige Leute geben zu, daß es auf dieser Welt viele Dinge gibt, die sich nicht erklären lassen.«

»Jaja, aber ein Geist...« Kathryn blies sich die Haare aus dem Gesicht. »Ach, darum haben Sie mich gefragt, ob mir was Besonderes an dem Mann aufgefallen ist, den ich gesehen habe? Weil Sie denken, ich habe diesen ... Geist gesehen?«

»Man sagt, sein Name ist Matthew McDowell. Wenn Sie ihn zu Gesicht bekommen, wären Sie die erste.«

Kathryn starrte den alten Mann an. Die Sonne schien, und die Vögel zwitscherten. Es war, das wußte sie, eine friedliche, ja eine wunderschöne Szenerie. Doch ihr war zumute, als stünde sie in einer dunklen Höhle, und zu ihren Füßen gähne ein Abgrund.

Sie wollte etwas tun, um die Situation zu entkrampfen. Lachen. Einen Witz über das Ganze machen. Aber alles, was sie zustande brachte, war ein mattes Lächeln.

»Jetzt noch mal zum Mitschreiben«, sagte sie. »Sie wollen mir also weismachen, in diesem Haus wohnt ein Geist, und das seit zweihundert Jahren – und ich bin die erste, die das Pech hat, ihm zu begegnen?«

»Ich erzähl' Ihnen nur, was ich weiß«, erwiderte der Alte.

»Das ist nicht nur unmöglich, das entbehrt jeglicher Logik. Wenn noch niemand den Geist zu Gesicht gekriegt hat, woher wollen Sie dann wissen, wer er ist?«

Hiram bedachte sie mit einem Blick, der ihr sagte, daß diese dumme Frage sich erübrigte.

»Jeder weiß, wer er ist.«

Der Wind, der vom Meer hinüberwehte, schickte einen Schauer über Kathryns Haut.

»Jeder außer mir«, sagte sie und versuchte unbeschwert zu klingen, was ihr kläglich mißlang. »Das habe ich doch gestern noch gesagt, oder? Da bin ich also, glückliche Besitzerin eines Hauses mit eingebautem Gespenst, und keiner sagt mir ein

Wort davon.« Sie räusperte sich, verschränkte die Hände lokker hinter dem Rücken und wippte auf den Fußballen hin und her. »Ich, äh, nehme nicht an, Sie wissen zufällig, warum er in diesem Haus herumspukt, oder?«

Hiram holte Hammer und Schraubenzieher aus der Werkzeugkiste und steckte sie sich in die Hosentasche.

»Er ist hier gestorben.«

Der sachliche Ton des alten Mannes erwischte sie auf dem falschen Fuß.

»Hier?« fragte sie mit hoher, fast quietschiger Stimme. »Auf Charon's Crossing? Hat er einen Unfall gehabt?«

»Nein, es war kein Unfall. Matthew McDowell ist umgebracht worden.« Hiram nahm eine Dose Nägel aus der Werkzeugkiste und steckte sie in die Tasche. »Hingerichtet wegen Piraterie, dort hinten, durch das alte Eisentor, im Garten hinterm Haus.« Er drehte sich um und sah sie an. »Aber einige sagen, es war keine Hinrichtung, eher ein Mord.«

Kathryn drehte sich schlagartig um und starrte zum Garten hinüber. Sie konnte nicht anders, ebensowenig, wie sie verhindern konnte, daß ihr das Herz bis zum Hals schlug.

»Der Kerl, der ihn getötet hat, war ein britischer Offizier. Man sagt, er hat rausgefunden, daß er kein Freibeuter war, sondern ein Pirat. Hat gesagt, Matthew hat im Namen des Königs von England Schätze geraubt und sie für sich selbst auf irgendeiner kleinen Insel vergraben.«

»Und das glauben Sie nicht?«

Hiram zuckte die Schultern. »Immerhin war er in die Tochter des Gouverneurs verliebt.«

»Cat Russell«, murmelte Kathryn.

Er nickte. »Sie kam aus gutem Haus und liebte das Luxusleben. Es ging das Gerücht, daß McDowell sie zur Frau nehmen wollte, aber sie dachte nicht daran, einen grobschlächtigen Emporkömmling aus Amerika zu heiraten, auf dessen Schiff genausogut die Totenkopfflagge hätte flattern können.«

»Und? Was geschah dann?«

»Ich habe Ihnen alles erzählt, was ich weiß, Kathryn.« Hiram löste die Klappe des Pickup und stieg auf die Ladefläche.

Kathryn lachte nervös. »Habe ich Sie richtig verstanden«, fragte sie, »jeder auf der Insel kennt die Geschichte?«

»Jeder.« Hiram sah sie unumwunden an. »Und kein einziger würde sich wundern, wenn sie hier ausziehen und sich ein Zimmer in der Stadt suchen.«

So viel also zu ihren Bedenken, Gerüchte über Charon's Crossing in die Welt zu setzen!

Kathryn betrachtete das Haus. Sie spürte heute nichts Unheilvolles hier. Alles, was sie fühlte, war eine bittersüße Traurigkeit. Außerdem: Warum sollte sie die bizarren Geschichten über Phantome und Geister noch schüren?

Sie drehte sich zu Hiram um. »Vielen Dank«, sagte sie, »aber ich glaube, ich bleibe, wo ich bin.«

»Ich dachte mir, daß Sie das sagen würden.« Der alte Mann lächelte. »Hab' das Gefühl, Sie würden sich prächtig mit Elvira verstehen.«

»Elvira?«

»Meine Frau. Sie ist störrisch wie ein Maulesel, genau wie Sie. Ihr beide würdet prima miteinander auskommen.«

Zum ersten Mal seit langer, langer Zeit lächelte Kathryn wirklich.

Hiram erwiderte ihr Lächeln. »Sie meinte, ich soll Ihnen sagen, Sie würde gerne rauskommen und Ihnen zur Hand gehen, wenn Sie das Haus aufmöbeln. Klingt gut, oder?«

»Klingt hervorragend.«

»Seien Sie nett zu ihr, und sie backt Ihnen ein paar frische Zimtplätzchen, wenn sie schon mal hier ist.«

»Wenn sie mir auch noch was von der Limonade von gestern macht, bin ich einverstanden.«

Hiram nickte. »Sie ruft Sie an. Inzwischen kümmer' ich

mich um die Türen und die Fensterläden. Dauert nur ein paar Stunden, nicht länger.«

Kathryn bemühte sich, nicht erleichtert aufzuatmen. »Schön. Und sehen Sie auch nach Geheimgängen?«

Der Alte schmunzelte. »Klar. Das wird lustig. Hab' sicher nicht mehr so viel Spaß gehabt, seit ich als Junge am Strand Pirat gespielt habe.«

Sie lächelte zurück. »Kann ich Ihnen irgendwie helfen?«

»Nein, nicht nötig. Setzen Sie sich in den Garten, und genießen Sie die Sonne. Sie wollen doch sicher nicht nach New York zurückfliegen und weiß sein wie ein Gesp...«

Er versuchte, das Wort herunterzuschlucken, aber es war zu spät. Ihre Blicke trafen sich, und beide fingen an zu lachen.

Eigentlich hatte sie vorgehabt, ein Sofa hinaus auf die Terrasse zu schieben, sich in der Sonne auszustrecken und Matthews Tagebuch weiterzulesen. Doch nach dem Gespräch mit Hiram hatten die Terrasse und der Garten ihren Reiz verloren.

Außerdem war sie schon seit Tagen hier und noch nicht die Klippen hinunter zum Meer gewandert. Also holte sie sich das Tagebuch, ein Glas Eistee und machte sich auf den Weg in die Bucht.

Der Weg war steil, der Boden unter ihren Füßen locker, doch als sie unten angekommen war, raubte ihr der schöne Anblick fast den Atem.

Ein Bogen aus weißem Sand begrenzte das azurblaue Meer. Glänzende Muscheln, schön und fein gezeichnet wie kleine Skulpturen, lagen im Sand verstreut; hohe Kokospalmen rauschten in der sanften Brise.

Kathryn sank unter einer der Palmen zu Boden, lehnte sich dagegen und beobachtete die Wellen, die auf den Strand spülten. Es war so hell und freundlich hier; sie hatte fast Angst, das Tagebuch aufzuschlagen. Irgend etwas – vielleicht ihre Intuition – sagte ihr, daß sie gleich etwas Unerfreuliches lesen würde.

Hiram war im Haus beschäftigt, baute neue Schlösser ein, reparierte die Fensterläden und suchte nach Geheimgängen, aber tief in ihrem Innern kannte sie die Wahrheit. All das würde nichts ändern. Der Schlüssel zu allem, was auf Charon's Crossing vor sich ging, lag in diesem ledergebundenen Buch, und es war an der Zeit, ihn zu finden.

Langsam öffnete sie das Tagebuch und begann zu lesen.

Eine Stunde verging, und eine weitere. Die Sonne stieg höher, aber Kathryn bekam nichts mit, was um sie herum passierte. Sie war gefangen in einer Zeit, die fast zwei Jahrhunderte vor ihrer lag. Es war eine gefährliche, aufregende Zeit gewesen, und Matthews kurze Einträge machten deutlich, daß er jeden Augenblick genossen hatte.

Sein Schiff war schnell, die Mannschaft treu ergeben. Die Karibik bot reiche Beute in Hülle und Fülle für die *Atropos* und ihren schneidigen Kapitän ...

Und Catherine Russell hatte ihm das Herz geraubt.

Ein Eintrag aus dem März des Jahres 1812 stand für viele andere.

Heute haben wir ein weiteres französisches Handelsschiff geentert. Meine Männer sind in Hochstimmung, genau wie ich. Wir häufen Reichtümer an, die unsere kühnsten Träume übersteigen, und unser Ruf eilt uns voraus. Wie ich mich danach sehne, wieder meine schöne Catherine in den Armen zu halten und ihr von diesem Triumph zu berichten!

Kathryn verweilte einen Augenblick bei der letzten Zeile und bei ähnlichen Einträgen, die folgten. Es bestand kein Zweifel, was geschehen war. Matthew McDowell, der Mann, der Catherine Russell hatte erobern wollen, war selbst erobert worden. Er war bis über beide Ohren verliebt ... und das brach ihm das Herz.

Sein Tagebuch ließ keine Fragen offen.

Die Eifersucht zerreißt mich. Cat sagt, ihr Vater darf nicht wissen, daß unsere Herzen sich gefunden haben. Ich weiß zwar, daß sie ihn am besten kennt, aber ich bin außer mir vor Kummer, wenn ich sehe, wie sie mit diesen adligen englischen Bastarden lacht und schäkert, die auf Charon's Crossing ein- und ausgehen. Sie sehen alle aus, als steckte ihnen der Silberlöffel noch im Mund, mit dem sie geboren wurden, und sie schauen mich an, als wäre ich irgendein exotisches, gefährliches wildes Tier, das man am besten nur aus der Ferne betrachtet.

Und Cat lacht nur, wenn ich mich beklage.

»Aber Matthew!« sagt sie, wenn sie mir im Dunkel des Rosengartens in die Arme fällt. »Du bist ja eifersüchtig!«

Es hat keinen Zweck, zu leugnen, was so schmerzlich offenliegt. Cat neckt mich sanft und versichert mir, ich hätte keinen Grund zur Eifersucht. Sie sagt, sie tut das alles nur, um unsere Liebe vor ihrem Vater geheimzuhalten. Sie sagt, er besteht darauf, daß sie eine gute Partie macht, wenn sie heiratet. Cat weiß natürlich, daß eine Heirat mit mir diese Bedingung erfüllen würde, doch ihr Vater muß davon überzeugt werden, und sie ist sicher, daß er ihr nicht zuhören wird. Manchmal weint sie, wenn sie mir davon erzählt, und es bricht mir das Herz, ihren Kummer mit ansehen zu müssen.

Ich habe in den vergangenen Wochen viel über dieses Problem nachgedacht, und ich bin überzeugt, es gibt keinen Grund mehr, unsere Liebe zu verbergen. Ja, ich bin Amerikaner und habe keinen Titel, aber in allen anderen Belangen bin ich ein angemessener Bräutigam für Cat. Ich bin Kapitän des erfolgreichsten Kaperschiffes in diesen Gewässern. Ich habe mehr als genug Geld angehäuft, um gut für eine Frau sorgen zu können. Und am allerwichtigsten: Ich bete Catherine an. Ich werde mein ganzes Leben der Aufgabe widmen, sie glücklich zu machen. Welcher Vater entließe nicht gerne seine Tochter unter solchen Umständen in die Ehe?

Cat ist meiner Meinung, aber bittet mich um Geduld. Doch ich will nicht länger warten. Außerdem weiß ich, was sie nicht weiß: Die internationale Situation wird immer gefährlicher.

Die Neuigkeiten von zu Hause sagen klar und deutlich, daß Präsident Madison und seine Berater es langsam satt haben, nach englischer Pfeife zu tanzen. Obwohl ich von der Verzögerungstaktik der Engländer profitiert habe, bin ich im Herzen ein Patriot. Auch ich bin das Spiel leid. Wir mußten uns die Unabhängigkeit von der britischen Tyrannei hart erkämpfen; mein Blut kocht, wenn ich daran denke, daß wir uns ihr jetzt wieder unterwerfen. Um die Wahrheit zu sagen, ich werde froh sein, wenn der Krieg kommt und ich nicht mehr die Schiffe der Franzosen kapern muß, sondern die absolute Seemacht der Engländer brechen werde.

Falls das geschieht – nein, wenn das geschieht, denn ich weiß ganz sicher, daß es so kommen wird – dann muß Catherine bereits meine Frau sein. Sonst wären wir auf feindlichen Seiten in einem Krieg gefangen und hätten uns vielleicht für immer verloren.

Es wird alles immer komplizierter. Ich habe versucht, es Cat zu erklären, aber sie weiß zuwenig von der Welt, um all diese Verwicklungen zu begreifen.

»Wir können doch jederzeit fliehen«, sagt sie immer, und dann liegt sie in meinen Armen, küßt mich, und mir schwindet sämtliche Vernunft.

Wie unschuldig sie ist, und wie sehr ich sie liebe!

Unschuldig?

Kathryn sah stirnrunzelnd vom Tagebuch auf.

Es war schmerzlich klar, daß der einzige Unschuldige in diesem Tagebuch Matthew hieß. Catherine Russell hatte Matthew zum Narren gehalten. Jede Frau würde das sofort durchschauen, egal ob heute oder im Jahre 1812.

Sie hatte beides auf einmal haben wollen. Es wunderte sie nur, daß Matthew ihr gerissenes Spiel nicht durchschaut hatte. Aber die Liebe hatte ihn blind gemacht, obwohl sie nicht verstand, wie er sich in so ein berechnendes, verwöhntes Flittchen hatte verlieben können ...

Kathryn hielt ihr Gesicht in den Wind.

Aber was ging sie das an? Er war also ein Narr gewesen. Wie viele Männer. Und wie viele Frauen. Verliebte Menschen waren selten vernünftig oder gebrauchten ihren Verstand. Sie ließen sich von der Leidenschaft leiten. Der beste Beweis dafür waren ihre Eltern gewesen, bis zu dem Tage, an dem sie ihrer Ehe schließlich ein Ende gesetzt hatten.

Und genauso hatte Matthew Catherine geliebt. Man konnte es in den Worten spüren, die er geschrieben hatte. Man konnte es daran spüren, wie er sie berührt und geküßt hatte und ...

Kathryn zwinkerte. Was dachte sie da eigentlich? Sie wußte gar nicht, wie er Catherine geküßt hatte. Ein Traum, eine Halluzination, oder wie auch immer man es nennen wollte, war schließlich nicht die Wirklichkeit. Und selbst wenn man sich in die entlegensten Gefilde der Selbsttäuschung vorwagte und daran glaubte, daß es Wirklichkeit war, dann hatte Matthew immer noch nicht sie in den Armen gehalten, sondern die Frau, für die er sie hielt.

»Kathryn?«

Ein Schatten tauchte über ihr auf. Überrascht erstarrte sie, ihr Herz hüpfte, doch als sie aufsah, war es nur Hiram.

»Hiram«, sagte sie lachend. »Ich habe Sie gar nicht kommen hören.«

»Ich wollte Ihnen nur sagen, daß ich wieder fahre. Fensterläden sind repariert, alle Schlösser ausgewechselt.« Er deutete mit dem Kopf Richtung Haus. »Alles fest verschlossen.«

»Oh.« Kathryn klappte das Tagebuch zu und richtete sich auf. »Tut mir leid, irgendwie habe ich die Zeit vergessen.«

»Macht nichts.« Hiram hielt ihr einen Schlüsselbund hin. »Die wollen Sie doch sicher haben.«

Sie nickte und steckte die Schlüssel in die Tasche. »Danke.«

»Sicher wollen Sie auch wissen, ob ich irgendwelche versteckten Türen gefunden habe oder so.« Ihre Blicke trafen sich. »Nichts zu entdecken.«

Kathryn fühlte, wie ihr die Röte ins Gesicht stieg. »Nein, ich habe auch nicht geglaubt, daß Sie tatsächlich was finden würden, aber ich dachte, nachsehen kann nicht schaden ... Na dann«, sagte sie und streckte die Hand aus, »danke fürs Vorbeikommen.«

»War mir ein Vergnügen.«

»Soll ich Ihnen schon einen Scheck ausstellen?«

»Ich schreib' es mit auf die Rechnung.« Hiram lächelte. »Haben es eilig, weiterzulesen, hm?«

Kathryn sah nach unten. Sie war sich nicht bewußt gewesen, daß sie die ganze Zeit Matthews Tagebuch an die Brust gepreßt hielt.

»Ja«, sagte Kathryn vielsagend, »ich glaube schon.«

»Gut. Ich seh' Sie dann nächste Woche.« Hiram machte sich auf den Weg die Klippen hinauf, doch nach wenigen Metern blieb er stehen und drehte sich noch einmal zu ihr um. »Denken Sie dran, was ich gesagt habe«, rief er. »Ist keine Schande, wenn Sie es sich anders überlegen und doch ein Zimmer in der Stadt nehmen.«

Es war einfacher zu nicken, als ihm zu widersprechen. Sie wartete voller Ungeduld, bis Hiram gegangen war, um sich wieder in Matthews Welt zu versetzen.

Augenblicke später war sie wieder dort.

Zwölfter Juni 1812

Jesus Christus, ich kann nicht glauben, was geschehen ist! Ich bin im Besitz von Informationen, die gut und gerne den Lauf der Geschichte verändern könnten.

Letzte Nacht war ich auf Charon's Crossing. Lord Russell war nicht da, er ist im Auftrag der Krone nach Jamaica gefahren, und Cat und ich waren ganz alleine. In der Dunkelheit des Gartens hätte die Leidenschaft uns beinahe die Sinne geraubt, doch Cat ist zur Vernunft gekommen, bevor es zu spät war.

Ich weiß, ich sollte dankbar dafür sein. Gott weiß, ich möchte ihre

Unschuld nicht besudeln, doch ich brenne darauf, sie zu besitzen, ihr die Kleider vom Leib zu reißen, ihre süße Haut zu küssen …

Kathryns Wangen röteten sich. Sie blätterte schnell um, nicht willens, solche Dinge zu lesen. Matthews Verlangen nach Catherine Russell war zu überwältigend. Es war zu persönlich. Und es tat weh, obwohl es natürlich verrückt war, daß der Gedanke an einen Mann, den sie nicht einmal kannte und der nach einer anderen Frau dürstete, ihrem Herzen solch messerscharfen Schmerz zufügte.

Die nächste Seite schien ihr sicherer zu sein. Sie atmete tief durch und beugte sich wieder über das Tagebuch.

… und habe in all meiner Verzweiflung und Frustration ausgesprochen, was mir in letzter Zeit durch den Kopf gegangen ist. Daß es nur die Heimlichkeit ist, die sie reizt, daß unser Verhältnis an sich ihr nichts bedeutet. Der Himmel möge mir verzeihen, doch ich habe sogar noch Schlimmeres gesagt. Ich habe sie beschuldigt, gar nicht zu wollen, daß ich bei ihrem Vater um ihre Hand anhalte. Ja, daß sie gar nicht daran denke, meine Frau zu werden.

»Na endlich«, sagte Kathryn.

Doch der nächste Satz ließ das Lächeln aus ihrem Gesicht verschwinden.

Ich bat Catherine um Verzeihung, sobald diese törichten Worte über meine Lippen gekommen waren. Ich versuchte ihr zu erklären, daß meine Verzweiflung gesprochen hatte, nicht ich selbst, doch Cat war wie betäubt, wie zu erwarten war. Sie riß sich aus meiner Umarmung und floh zum Haus. Ich lief ihr nach.

Und so wurde ich Zeuge eines unglaublichen Schauspiels …

Sie waren im Salon, um das Feuer versammelt: drei Männer, ins Gespräch vertieft.

Matthew erhaschte nur einen kurzen Blick auf die Szene, bevor er wieder ungesehen ins Dunkel zurückwich. Er erkannte sie alle. Einer von ihnen war Lord Waring, ein verachtungswürdiger Aufschneider, den er schon zu oft beobachtet hatte, wie er um Catherine herumscharwenzelte. Cat sagte, bei seinem Anblick drehe sich ihr der Magen um, doch da er der Kommandant der britischen Garnison sei, bleibe ihr nichts anderes übrig, als höflich zu ihm zu sein.

Der zweite war ein einflußreicher Engländer, Vorsitzender der mächstigsten Bank auf Elizabeth Island. Der dritte, eine Gestalt mit Perücke, war niemand Geringeres als Lord Russell selbst, der offensichtlich früher von seiner Reise zurückgekehrt war.

Matthew zögerte. Und jetzt? Das Schicksal hatte ihm diese Situation in den Schoß fallen lassen. Er konnte hineinstürmen, Russell gegenübertreten und ihm seine Absichten darlegen; zum Teufel mit Cats Bitten, er möge sich in Geduld üben.

Doch selbst in seinem jetzigen Geisteszustand wußte er, daß es töricht wäre. Zunächst einmal mußte er Cat besänftigen, denn er hatte sie schrecklich wütend gemacht. Außerdem befanden sich noch andere Leute im Raum. Nein, das war sicher nicht der richtige Augenblick, um Cats Hand zu bitten.

Er atmete ein paar Mal tief durch. Ihm blieb nichts weiter übrig, als wieder so hinauszuschleichen, wie er hereingekommen war, durch den Garten und ohne daß ihn jemand sah. Morgen würde er Catherine eine Botschaft schicken, in der er sie um Vergebung bat.

Der Bankier zündete sich eine Zigarre an. Waring runzelte die Stirn, zog ein zerknülltes Taschentuch aus seiner Jacke und schwenkte es mit großer Geste hin und her. Der Bankier achtete nicht darauf, und Waring ging zu den Terrassentüren hinüber. Matthew wich weiter ins Dunkel zurück, als er sie mit einem Krachen öffnete.

Die Stimmen der Männer tönten in die Nacht hinaus.

»... hervorragende Neuigkeiten, Killingworth«, sagte Russell, »doch können wir dieser Information trauen?«

»Verdammt noch mal, Russell, wie oft muß ich es Ihnen noch sagen? Henry Clay und die Kriegsfalken haben gewonnen! Am ersten Juni hat Präsident Madison dem Amerikanischen Kongreß eine Geheimbotschaft gesandt, laut der er beabsichtigt, Großbritannien am achtzehnten Juni den Krieg zu erklären.«

Matthew erstarrte. Mein Gott, was hörte er da?

»Ich will nur sicherstellen, daß die Fakten stimmen«, sagte Catherines Vater mit seinem sehr britischen Akzent. »Wenn wir überstürzt handeln ...«

»Unser Spion in Washington hat sich noch nie geirrt, oder?«

Russells zufriedenes Lachen tönte durch die Nacht.

»Nein. Nein, das hat er noch nie. Er ist jedes Pfund wert, das wir ihm bezahlt haben.«

»Warum sollten wir also jetzt an seinen Worten zweifeln?« fragte Waring. »Die amerikanische Regierung wird in sechs Tagen eine förmliche Kriegserklärung veröffentlichen.«

»Und außer uns weiß das niemand in diesen Breitengraden.«

»So ist es.«

Man hörte das Knarren von Holz und das Ächzen der Polster. Russells Schatten fiel durch die halb geöffneten Türen.

»Das wäre es dann, Gentlemen. Am neunzehnten Juni werde ich sämtliche amerikanischen Schiffe im Hafen beschlagnahmen, einen Tag nach der offiziellen Kriegserklärung in Washington.«

»Hervorragend«, sagte Waring lachend. »Bevor die Amerikaner auf Elizabeth Island begriffen haben, daß sie mit uns im Krieg liegen, ist bereits alles vorbei.«

»Denken Sie dran«, sagte Russell, »ich will, daß kein Schiff zerstört wird. Machen Sie Ihren Truppen das klar, Waring. Diese Schiffe werden uns dreien vor dem Prisengericht einen schönen Gewinn einbringen. Und was die Amerikaner selbst angeht ... wenn wir erst einmal genug von ihnen gefangengenommen haben, damit jedes britische Schiff hier eine komplette Crew hat, kann der Rest von ihnen meinetwegen im Gefängnis von Dartmoor verrotten. Soll mir nur recht sein.« Seine Stimme wurde schärfer. »Ich habe diesen Barbaren lange genug Freundschaft geheuchelt. Wenn ich daran denke, wie ich ihre Gesellschaft in meinem Haus ertragen mußte ... besonders die des Kapitäns der *Atropos*. Der Kerl ist ein Bastard, ordinär wie der letzte Abschaum, und er bildet sich ein, er sei ein Mann von Welt.«

»Wenn sein Schiff erst einmal beschlagnahmt ist und seine Männer in Ketten liegen, wird seine Arroganz alles sein, was ihm noch bleibt«, sagte Waring, und die drei Männer lachten.

Matthew fühlte, wie ihm das Blut aus dem Gesicht wich. Er ballte die Fäuste, spürte, wie sich die Nägel ins Fleisch gruben. Aber er blieb wie angewurzelt stehen und sagte zu sich selbst, daß es hier mehr zu rächen gab als seine Ehre.

Als er genug gehört hatte, schlüpfte er hinaus in die Nacht.

Wenigstens war das Glück auf seiner Seite.

Fast alle amerikanischen Schiffe, die unter dem Schutz der britischen Krone in der Karibik kreuzten, lagen im Hafen von Hawkins Bay vor Anker.

Am nächsten Tag gab er heimlich und mit aller Vorsicht den Kapitänen der anderen Schiffe Nachricht und lud sie zu einem Treffen an einem entlegenen Ort auf der anderen Seite der Insel. Dort schmiedeten Matthew und die anderen einen Plan.

Um Mitternacht des achtzehnten Juni würden sie als erste

zuschlagen, und den ahnungslosen Briten Elizabeth Island entreißen.

Die Kapitäne kamen überein, daß ein Angriff auf Charon's Crossing und die Gefangennahme Gouverneur Russells die Garnison zur Kapitulation zwingen und eine langwierige, vielleicht blutige Schlacht verhindern würden. Sie stimmten auch darüber überein, daß Matthew ihr Führer sein sollte, da er sich auf Charon's Crossing am besten auskannte.

Matthew fühlte sich geehrt und war zu allem bereit. Doch er bat sich eine Bedingung aus.

Vor dem Angriff wollte er Catherine aus Charon's Crossing in Sicherheit bringen.

Die anderen Kapitäne sahen ihn an, als habe er den Verstand verloren.

»Sie ist Engländerin«, sagte der Kapitän der *Shenandoah*. »Wir dürfen ihr nicht trauen.«

Im nächsten Moment war Matthew bei ihm und packte ihn mit zornesrotem Gesicht am Kragen.

»Sie ist meine Verlobte«, fauchte Matthew, was nicht wirklich gelogen war, denn er und Catherine hatten sich einander versprochen. »Und ich würde ihr mein Leben anvertrauen.«

»Was soll der Unsinn?« fragte der Kapitän der *Enchantress*. »Die Engländer sind der Feind! Wenn wir uns gegenseitig bekämpfen, haben wir verloren, bevor die Schlacht begonnen hat!«

Langsam ließ Matthew das Hemd des anderen los.

»Und ich sage euch, daß ich die Frau, die ich liebe, nicht einfach aufgeben werde.«

»Sie wird in Sicherheit sein«, sagte der Kapitän der *Decatur* bestimmt.

Matthew schnaubte verächtlich. »In Sicherheit? Eine Frau, inmitten einer Schlacht?«

»Ja«, rief ein anderer Kapitän, »das wird sie. Wir werden unseren Männern befehlen, ihr kein Haar zu krümmen.«

Die andern nickten zustimmend und richteten den Blick auf Matthew.

»Nun?« fragte der Kapitän der *Shenandoah.* »Ist Ihnen das genug? Oder sollen wir dieses Kriegsspiel lieber vergessen und uns und unsere Schiffe in Sicherheit bringen, solange wir noch können?«

Matthew sah seine Freunde an. Sie waren bereit, ihre Schiffe, ihr Leben und das ihrer Männer für die Ehre des Vaterlandes aufs Spiel zu setzen.

Wie konnte er nur so egoistisch für seine eigene Sache eintreten?

Er nickte und streckte die Hand aus.

»Ich bin einverstanden«, sagte er.

Die Männer schüttelten sich die Hände, schlugen Matthew auf die Schulter und wünschten ihm Glück, bevor sie zu ihren Schiffen zurückruderten.

Matthew saß noch bis spät in die Nacht in seiner Kabine auf der *Atropos* und feilte an einem waghalsigen Plan, von dem niemand erfahren durfte.

Drei Stunden vor Mitternacht des Tages, an dem die Amerikaner angriffen, würde er noch einmal an Land gehen.

Ich werde meine Catherine von hier fortbringen, bevor der Kampf beginnt, schrieb er in sein Tagebuch. Sie wird in Sicherheit sein, und niemand wird davon erfahren ...

Es war sein letzter Eintrag.

Kathryn blätterte die übrigen Seiten durch, doch sie waren leer.

Sie machte das Buch zu und legte es zur Seite. Die Stunden waren wie im Flug vergangen. Sie war erstaunt, als sie sah, daß die glühende Sonne bereits im Meer zu versinken begann.

Ein Wind kam auf und mit ihm eine Kühle, die sie zittern ließ.

»Ach Matthew«, flüsterte Kathryn, »was mag mit dir geschehen sein?«

»Du weißt verdammmt gut, was mit mir geschehen ist, Catherine«, knurrte eine tiefe Stimme.

Sie sprang auf und drehte sich um. Matthew stand genau hinter ihr, mit leicht gespreizten Beinen, die zu Fäusten geballten Hände in die Hüften gestemmt. Sein Gesicht war wie in Stein gemeißelt, der Blick wütend und einschüchternd, und Kathryn wußte, daß es keinen Zweck mehr hatte, die Wahrheit zu leugnen.

Matthew McDowell war kein Eindringling. Er war ein Geist.

Einen flüchtigen Herzschlag lang mußte Kathryn über diesen Wahnsinn beinahe lachen. Doch dann blickte sie in seine kalten grünen Augen, und vor Angst schnürte sich ihr die Kehle zu.

»Das ist nicht wahr«, sagte sie. »Ich habe keine Ahnung, was mit dir geschehen ist.«

Er lachte, als habe sie einen furchtbaren Witz gemacht.

»Welch süße Unschuldsbeteuerungen, Cat. Aber ich hatte nichts anderes erwartet.«

»Matthew, hör mich an! Ich weiß nicht, was mit dir geschehen ist. Ich bin nicht deine Catherine.«

Er kam näher, die brennenden Augen auf sie gerichtet.

»Wenigstens das ist wahr. Du warst nie meine Catherine, obwohl du geschworen hast, die Meine zu sein.«

»Nein, ich bin nicht sie. Ich ...«

O mein Gott, er würde sie umbringen! Sie wollte weglaufen, aber wohin? Hinter ihr war das Meer, vor ihr die steilen Klippen.

Er war bei ihr, noch bevor sie irgend etwas tun konnte. Mit eisernem Griff packte er sie bei den Schultern und zog sie zu sich hin. Das letzte Mal hatte sie ihn getreten, um sich zu befreien, doch diesmal hatte sie keine Chance. Er hielt sie eng an seinen harten, unnachgiebigen Körper gepreßt.

Seine Hände legten sich um ihren Hals.

»Hure.« Er preßte das Wort zwischen den zusammengebissenen Zähnen hervor.

»Nein!« Kathryn drückte ihre geballten Fäuste zwischen seine Handgelenke. »Matthew! Du machst einen schrecklichen Fehler!«

Seine Daumen drückten ihr die Kehle zu. Sie schnappte nach Luft und wehrte sich panisch, aber er war viel stärker als sie.

Die Welt begann vor ihren Augen zu verschwimmen, und in ihren Ohren hob ein Dröhnen an.

War es das Geräusch des Meeres, oder das des nahenden Todes?

»Matthew«, flüsterte sie und fiel in tiefe Dunkelheit.

ELF

Es war eine Sache, in der Hitze der Schlacht einen Mann zu töten.

Das hatte Matthew schon oft getan, ohne große Gewissensbisse. Mit dem Geruch von Blut in der Nase und dem Schreien der Verwundeten in den Ohren handelte man ganz instinktiv, um zu überleben.

Aber es war etwas völlig anderes, jemanden umzubringen, der unbewaffnet war, ganz besonders, wenn es sich bei diesem Jemand um eine Frau handelte.

Er konnte Catherines weiches Fleisch fühlen, als sie unter dem Druck seiner Hände wild um sich schlug, und das Entsetzen in ihren Augen, die langsam trübe wurden. Die Zartheit ihrer Knochen und Muskeln hatte seiner Kraft nichts entgegenzusetzen. Sie würde sterben, und das war es doch, was er gewollt hatte.

Oder nicht?

»Zur Hölle damit!«

Matthews Schrei, halb aus Ekel vor sich selbst, halb aus Wut, vermischte sich mit dem Brüllen des Meeres, das gegen die Klippen schlug. Sein Griff um ihre Kehle lockerte sich. Gerade als sie in den Sand zu sinken drohte, schob er einen Arm unter ihre Kniekehlen und schwang sie über die Schulter – mit etwa so viel Gefühl, wie er einem Sack Mehl hätte angedeihen lassen, den er an Bord seines Schiffes brachte.

Der Weg zum Haus hinauf war beschwerlich, und er stöhnte erleichtert, als er sie endlich auf das Sofa im Salon fallenließ. Ein Fliegengewicht war sie nicht, soviel stand fest.

Nicht, daß sie überflüssiges Fett mit sich herumschleppte. Matthew ließ seinen Blick über ihren Körper gleiten, als sie ausgestreckt vor ihm lag. Ihre Kleidung ließ der Phantasie wenig Raum. Das knappe Baumwolloberhemd, wenn es denn eins war, spannte sich über den hohen Rundungen ihrer Brüste; ihre Beine waren nackt. Sie trug etwas, das er für eine übertrieben gekürzte Hose hielt. Sie hatte schöne Beine, lang und anmutig, und plötzlich stellte er sich vor, wie sie diese um seine Hüfte schlang und ihn immer tiefer in sich hineintrieb, während sie ihn mit vor Leidenschaft dunklen Augen ansah.

»Zum Teufel«, sagte er scharf.

Er kniete sich neben das Sofa, packte sie grob bei den Schultern und schüttelte sie.

»Mach die Augen auf«, befahl er. Nach ein paar Sekunden gehorchte sie ihm.

Er sah, wie eine Flut von Emotionen über ihr Gesicht brandete. Zunächst Verwirrung, dann Erinnern, und schließlich die Angst, als ihr alles wieder einfiel.

»Du ... du wolltest mich umbringen!« sagte sie mit zitternder Stimme.

Matthew ließ sie los und richtete sich auf. Wieder überkam ihn das Gefühl von Wut und Ekel vor sich selbst. Er bemühte sich, es mit einem kalten Blick und noch kälterer Stimme zu verhüllen.

»Leider hatte ich keinen Erfolg.«

Ihre Hand wanderte zum Hals, sein Blick folgte ihr. Bei dem Anblick fiel es ihm schwer, ruhig zu bleiben. Die Abdrücke seiner Daumen auf ihrer goldenen Haut begannen erst jetzt zu verblassen.

Er drehte sich schwungvoll von ihr weg, ging zu den Glastüren und riß sie auf.

»Frische Luft wird dir guttun«, sagte er schroff.

Als er sich umdrehte, war sie bereits aufgestanden. Mit erhobenen Schultern, die Hände in die Hüften gestemmt, stand sie leicht breitbeinig da. Es war die klassische Positur einer trotzigen Frau, und er konnte nicht umhin, sie zähneknirschend dafür zu bewundern. Jedoch konnte sie das schwache, aber wahrnehmbare Zittern ihres Mundes nicht verbergen, das ihm verriet, daß sie die Angst noch nicht überwunden hatte, die sie so entschieden zu verschleiern suchte.

»Raus hier!«

Matthew schürzte die Lippen. »Ausgezeichneter Vorschlag, Madam. Wenn ich ihn nur befolgen könnte.«

»Ich geb dir zehn Sekunden. Wenn du dann nicht zur Tür raus bist...«

»Bitte erspare uns diese pathetischen Drohungen.« Seine Lippen umspielte wieder das Lächeln, das keins war und das Kathryn jedesmal einen Schauer über den Rücken jagte.

»Ich kann nicht von hier weg, so sehr ich es mir auch wünsche. Und deine Pose... die ist vollkommen nutzlos, um deiner Forderung Nachdruck zu verleihen. Das weißt du genauso gut wie ich.«

Er hatte recht, aber sie konnte es sich nicht eingestehen. Im Herzen des Nirgendwo war sie mit einem wahnsinnigen Geist gefangen, und...

Einem Geist. *Einem Geist.*

Kathryn biß die Zähne zusammen, damit sie nicht klapperten.

Er lachte, als habe er ihre Gedanken gelesen.

»Es beunruhigt dich wohl, mich zu Besuch zu haben.« Das Lächeln wich aus seinem Gesicht. »Du kannst mir glauben, es beunruhigt mich noch viel mehr, dein ungebetener Gast zu sein. Was glaubst du denn, was das für ein Gefühl ist? Zu begreifen, daß man nicht mehr aus Fleisch und Blut ist, sondern ein Geist?«

»Weiß ich nicht. Ist mir auch egal. Entweder, du verschwindest, oder ich... ich ruf' die Polizei!«

Er lachte. »Die werden glauben, du bist verrückt.« Er hob

die Hand zu einer ausladenden Geste. »Und selbst wenn sie dir glauben würden, sie könnten mich nicht fangen. Soll ich mal kurz durch eine Wand gehen, damit du mir glaubst?«

»Nein«, sagte Kathryn schnell. »Nein ... bitte nicht.« Das letzte, was sie jetzt brauchte, war der Anblick, wie er durch Wände spazierte. Oder sich in eine grelle Lichtsäule verwandelte. Allein hier zu stehen und ihn anzusehen nahm ihr schon allen Mut.

Sie räusperte sich.

»Was hast du gemeint, als du sagtest, du könntest hier nicht weg?«

»Ich habe genau das gemeint. Ich bin hier gefangen. Eine unsichtbare Mauer hält mich auf Charon's Crossing fest.«

»Aber ...«

»Kein Aber, Catherine.« Seine Stimme war scharf, seine Augen funkelten bedrohlich. »Ich versichere dir, es ist so, und es mißfällt mir genauso wie dir.«

»Ich meine, warum ... warum ...«

»Ich in diesem Haus herumspuke?« Das höhnische Lächeln zeigte sich wieder auf seinen Lippen. »Hat doch keinen Zweck, um den heißen Brei zu reden. Ich bin ein Geist. Geister spuken eben in Häusern herum. So ist es, und nicht anders. Ist doch logisch.«

Sie nickte. Er klang so vernünftig. Doch es war alles andere als vernünftig, wenn man im hellen Tageslicht herumstand und ein kleines Schwätzchen hielt mit einem ... einem eingebildeten Klumpen Plasmapampe.

Ein erstickter Laut drang aus ihrer Kehle. Eilig machte sie kehrt und ging aus dem Salon durch das Foyer in die Küche. Er folgte ihr. Sie konnte seine Schritte hören.

Interessant, sagte der Teil ihres Gehirns, der noch funktionierte. *Ich wußte gar nicht, daß man Geister gehen hören kann.*

Seine Hand fiel schwer auf ihre Schulter.

»Was tust du?«

Das war eine gute Frage, und sie suchte verzweifelt nach einer ebensolchen Antwort.

»Ich mach' uns einen Kaffee«, sagte sie schließlich. »Was dagegen?«

»Kaffee?«

Seine Stimme klang beinahe wehmütig. Sie drehte sich um und sah zu ihm auf.

»Ja.« Sie lächelte höflich. Vielleicht sollte man mit verrückten Geistern genauso umgehen wie mit verrückten Menschen: Man verhielt sich ruhig und war freundlich und tat nicht, was der Instinkt einem sagte, nämlich die Arme in die Luft werfen und schreiend aus dem Haus rennen. »Möchtest du eine Tasse?«

Ob er eine Tasse mochte? Matthew seufzte fast. Das war, als würde man einen Ertrinkenden fragen, ob man ihm eine Leine zuwerfen sollte. Mein Gott, er hatte keine Tasse Kaffee getrunken seit ... seit ...

Sein Lächeln verschwand. Es war eine ganz einfache Frage, und trotzdem hatte er bisher alles getan, um sie zu vermeiden. Jetzt wußte er, daß die Zeit gekommen war.

»Welches Jahr haben wir?«

»Wie meinst du, welches Jahr haben wir? Weißt du nicht ...«

»Verdammt!« Sie keuchte, als seine Hand sich in ihr Fleisch grub. »Antworten Sie, Madam. Welches Jahr?«

Er wußte nicht, welches Jahr gerade war? Sie atmete tief durch. Das wurde ja von Minute zu Minute schlimmer.

»Wir haben ... wir haben 1996.«

Was hatte sie erwartet? Daß er laut aufschrie oder vom Schock getroffen umkippte? Er tat nichts von alledem. Er stand einfach nur da und sah sie an, doch sie bemerkte das leichte Beben seiner Nasenflügel und die plötzliche Blässe.

»Neunzehnhundertsechsundneunzig?« wiederholte er heiser.

Sie nickte. »Ja.«

»Dann bin ich also seit 184 Jahren to– seit 184 Jahren hier?«

Kathryn nickte erneut.

»Jesus Christus«, flüsterte er. »Einhundertvierundachtzig Jahre . . .« Seine Hand fiel von ihrer Schulter. »Das kann nicht sein.«

»Doch.«

»Nein! Es können nicht so viele Jahre vergangen sein.«

»Wenn du die Wahrheit nicht hören willst, kann ich dir auch nicht helfen. In meinem Scheckbuch ist ein Kalender. Soll ich ihn dir zeigen?«

»Deinem Scheck–?« Matthew schüttelte den Kopf. Es war egal, daß sie wieder in Rätseln sprach. Alles, was zählte, war die plötzliche Erkenntnis, die in seinem Kopf brannte. »Aber wenn ich so lange . . . wenn so viele Jahre vergangen sind, dann kannst du nicht . . . dann kannst du nicht . . .«

»Deine Catherine sein.«

Er nickte. »Ja.«

Kathryn hob die Augenbrauen. »Ich bin es auch nicht. Das habe ich doch gesagt. Aber du wolltest nicht hören.«

»Aber du siehst aus wie sie«, flüsterte er . . .

Aber sie war es nicht. Sie war nicht Catherine.

O Gott!

Matthew trat einen Schritt zurück, den Blick auf ihr Gesicht geheftet. Sicher, sie sah ihr ähnlich. Verblüffend ähnlich. Aber das war alles. Eine Ähnlichkeit, nichts weiter. Und tief in seinem Herzen hatte er es die ganze Zeit gewußt.

Sie war nicht Catherine.

Tagelang, eine Ewigkeit lang, hatte er einen Racheakt geplant, der ihm die Erlösung bringen sollte. Jetzt begriff er, daß seine Pläne null und nichtig waren. Er war gefangen in diesem gottverdammten Alptraum, in dem Rache ebenso sinnlos war wie die Liebe.

Er gab einen Laut von sich, der halb wie ein verzweifeltes Stöhnen, halb wie ein Wutschrei klang. Ihm schwirrte der Kopf, Fragen drangen auf ihn ein wie das Flüstern des Wahnsinns. Wenn sie nicht Catherine war, wenn sie nicht hier war, damit er ihr kleines, schäbiges Moraldrama vollenden konnte, warum geschah dann das alles? Warum hatte man ihn aus der Dunkelheit gerufen, in der er gehaust hatte?

War alles nur ein boshaftes Spiel eines kosmischen Scherzbolds? War er aus der Dunkelheit gerufen worden, um für immer in den Gängen von Charon's Crossing herumzugeistern, ein Verdammter, gefangen in Catherines Verrat und dem Augenblick seines Todes?

Er schüttelte den Kopf und starrte sie an. Ihr Gesicht war bleich, sie biß sich auf die Lippen.

»Warum bist du hier, wenn du nicht Catherine bist?«

»Weil ich dieses gottverdammte Haus geerbt habe!«

»Nein. Das ist zu einfach.« Sie zuckte zusammen, als er mit der Faust auf einen Tisch schlug. »Ich bin doch nicht für nichts und wieder nichts aus der Dunkelheit gerufen worden!«

»Hör mal, ich weiß nicht, warum du ...«

»Wer bist du?« fragte er.

»Mein Name ist Kathryn Russell, aber mit K. K-A-T-H-R-Y-N.«

Kathryn. Nicht Catherine. Kathryn.

»Du bist ihr Nachkomme.«

»Sie ist meine Vorfahrin, ja.« Sie versuchte ein Lächeln. »Einige Generationen entfernt.«

Er dachte an den letzten Augenblick seines Lebens, als er spürte, wie ihm das Blut aus dem Körper schwand. Seine letzten Worte, ausgestoßen mit seinem letzten Atemzug, dröhnten ihm in den Ohren.

Mögest du in der Hölle schmoren, Catherine Russell, hatte er gesagt, mögest weder du noch deine Nachkommen jemals Frieden und Liebe finden ...

Bedeutete das, daß er nun an Catherines Stelle diese Frau umbringen sollte?

Er sah ihr in die Augen. Sie hatte den Kopf zurückgelegt; er konnte sehen, wie ihr Puls in dem dunklen Grübchen ihrer Kehle raste. Sie hatte Angst, noch mehr als am Strand. Und sie hatte allen Grund dazu. Sie gehörte ihm, er konnte mit ihr machen, was er wollte, sie quälen, sie umbringen …

Ihm zog sich die Kehle zusammen. Als er ein Junge gewesen war, hatte sein Onkel ihn in ein Waisenhaus gesteckt. Es war ein abscheuliches Haus mit rauhen Sitten gewesen, und nach einem Jahr war er ausgerissen und nach Boston geflohen, hatte sich dort mit viel Überredungskunst eine Stellung als Kabinenjunge verschafft und so seine Laufbahn als Seemann begonnen.

Doch zuerst hatte er diese zwölf Monate im Waisenhaus ertragen müssen. Es war kein Zuckerschlecken gewesen. Das Oberhaupt des Hauses, Reverend Silas Wickett, war ein schmallippiger, blutleerer Mann, der seine hilflosen jungen Mündel täglich verprügelte und ihnen bedingungslose Frömmigkeit und dünnen Haferschleim einflößte. Die Früchte des Landlebens – süßer Apfelcidre, dunkles, dick mit Honig bestrichenes Brot und Hammelfleisch, so weichgekocht, daß es vom Knochen fiel – blieben dem Tisch des Reverends vorbehalten.

Matthew lernte schnell, wie man überlebte. Er stahl rohe Kartoffeln und schrumpelige Äpfel aus der Speisekammer und grub im Vorfrühling am Fluß nach Wildzwiebeln. Er stellte Fallen für Kaninchen auf, die in der Wiese hinter dem Waisenhaus lebten, und lernte, sie über der Glut zu braten.

Dann, eines Abends im Herbst, stieß er auf eine Falle, in der kein totes, sondern ein lebendiges Kaninchen saß. Das Tierchen war am Bein erwischt worden; es hatte ihn mit großen, wäßrigen und schreckerfüllten Augen angeblickt. Und in diesem Moment hatte er sich selbst und das Kaninchen gehaßt, denn er hatte gewußt, daß er es nicht fertigbringen würde, es zu töten ...

Kathryn schrie auf, als er sie packte und wie eine Stoffpuppe schüttelte. Dann schleuderte er sie von sich.

»Zum Teufel mit dir«, fauchte er.

Sie schrie, als er anfing zu schimmern. Er verwandelte sich in eine Säule aus spiralförmigem, silbernem Licht, und sie vergrub das Gesicht in den Händen. Sie spürte, wenn sie ihn jetzt anblickte, würde sie dem Tod ins Auge blicken.

Schließlich lugte sie zwischen den Fingern hervor und stellte dankbar fest, daß sie alleine war.

Die Morgensonne war nicht nur heiß, sie brannte wie die Hölle. Sie knallte auf Kathryn hinab, als wolle sie sie in die Knie zwingen. Ihre Hose und ihr Hemd waren schweißnaß, fast alle Fingernägel abgebrochen, und spätestens heute abend würde sie sich fühlen, als hätte sie sich auch das Rückgrat gebrochen.

Sie seufzte und wischte sich mit dem Unterarm über die schweißnasse Stirn.

Aber alles in allem fühlte sie sich so gut wie seit Tagen nicht mehr.

Es gab nichts Besseres als Arbeit, um die Spinnweben aus dem Kopf zu vertreiben. Es hatte sie eine schlaflose Nacht gekostet, sich daran zu erinnern, aber jetzt ging es ihr merklich besser.

Als allererstes heute morgen hatte sie ihr Notebook ausgepackt und eingestöpselt. Zunächst hatte sich gar nichts getan. Dann hatte die Festplatte angefangen zu summen, der Monitor war zum Leben erwacht, und sie hatte sich in die Arbeit gestürzt.

Jedenfalls für ein paar Stunden. Irgendwann gegen zehn Uhr war der Strom ausgefallen und der Monitor schwarz geworden.

So war das eben auf Elizabeth Island. Aber das war nicht so wichtig. Hauptsache, sie arbeitete, egal was. Das war das große Patentrezept.

Elvira, Hirams Frau, hatte frühmorgens in bester Laune vor der Hintertür gestanden und sofort damit begonnen, ein Duell Frau gegen Schmutz auszufechten, von dem sie sich nicht abbringen ließ. Also hatte Kathryn beschlossen, ihre Energien dem überwucherten Rosengarten angedeihen zu lassen.

Es war eine weise Entscheidung gewesen; es machte ihr noch mehr Spaß als die Arbeit am Computer. Sie biß die Zähne zusammen, als sie gerade mit einer rostigen Heckenschere, die sie im Gartenhäuschen gefunden hatte, einen Rosenzweig beschnitt. Geister? Silberne Säulen aus Licht? Die Chancen standen gut, daß sie die nie wieder zu Gesicht bekommen würde. Jetzt, wo Matthew wußte, daß sie nicht seine Catherine war ...

Er war hier.

Soviel also zu den guten Chancen.

Kathryn erstarrte, jeder Nerv in Alarmbereitschaft. Matthew war hier, im Garten. Sie konnte seine Gegenwart spüren, genau wie im Traum.

Sie wirbelte herum und vergaß die Heckenschere. Wo war er? Sie konnte nirgends eine Spur von ihm entdecken.

»Matthew?«

Sie bekam keine Antwort.

»Matthew?« Ihre Stimme wurde lauter, ärgerlicher. »Komm schon, du kannst dich genausogut zeigen. Ich weiß, daß du hier bist, warum also diese Spielchen?«

Matthew war tatsächlich da. Minutenlang hatte er an einem Baumstamm gelehnt, Kathryn beim Arbeiten zugesehen und die Aussicht genossen. Ein Gentleman beobachtete eine Frau zwar nicht ohne deren Wissen, aber schließlich war er kein Gentleman mehr, oder?

Er war ein Geist, und er fand es beruhigend, daß er angesichts eines wohlgeformten Hinterteils noch immer angemessen reagierte, wenn seine Besitzerin sich bückte, um ein Werkzeug aus der Kiste zu ihren Füßen zu holen.

Aber wie zum Teufel hatte Kathryn wissen können, daß er hier war? Sie blickte ihm genau ins Gesicht, als ob sie ihn sehen konnte. Hatte er sich versehentlich materialisiert, ohne es zu merken? Er war noch kein Fachmann auf dem Gebiet.

Letzte Nacht, nachdem er genug Zeit gehabt hatte, sich zu beruhigen, hatte er noch, na ja, mit ihr reden wollen. Nicht sich entschuldigen. Er mußte sich für nichts entschuldigen. Er hatte nur gedacht, es könne nicht schaden, ihr zu sagen, daß seine Wut nicht persönlich gemeint war.

Aber da hatte sie sich schon im Schlafzimmer eingeschlossen – als ob ein Schloß für ihn ein Hindernis wäre, dachte er mit einem Lächeln. Doch dann hatte er es sich überlegt und entschieden, sich besser wie ein Gentleman zu verhalten. Wenn sie so tat, als könne sie ihn aussperren, würde er das Spiel mitspielen.

Und das war eine richtige Entscheidung gewesen, wenn er bedachte, daß seine Hose ihm schon eng wurde, wenn er ihr nur beim Arbeiten zusah. Weiß der Himmel, was passiert wäre, wenn er durch die Tür in ihr Zimmer spaziert wäre.

Er sah, wie sie die Schere wegwarf und mit funkelnden Augen in den Garten starrte.

»Ich vermute, das gehört zu den schönen Seiten des Geisterdaseins«, sagte sie kühl. »Für einen Voyeur ein echter Hammer.«

Er wurde sofort sichtbar, genau da, wo sie ihn vermutet hatte. Er lehnte an einem Baum, ein freches Lächeln auf dem schönen Gesicht. Es gefiel ihr zu sehen, wie er errötete.

»Ich hatte es nie nötig, mich zum Voyeur zu degradieren, Kathryn. Und wenn mir auch der Zusammenhang zwischen einem heimlichen Blick und einem Hammer nicht ganz klar ist, so würde ich doch gerne wissen, ob du jemals mehr trägst als deine Kniehose.«

»Kniehose?«

»Unterwäsche.« Er betrachtete sie von oben bis unten, und sie hatte das Gefühl, nackt vor ihm zu stehen, obwohl sie immerhin ein übergroßes T-Shirt und abgeschnittene Denim-Jeans trug. »Tragen alle Frauen in deiner Zeit solche Sachen bei der Gartenarbeit?«

Jetzt war es an ihr, zu erröten. Sie spürte, wie ihr das Blut aus den in Turnschuhen steckenden Zehen wich und ihr in die Wangen stieg, aber sie zuckte nicht mit der Wimper.

»Stehen alle Männer in deiner Zeit nur herum und gucken dumm aus der Wäsche, statt zu arbeiten?«

Das saß. Matthews Kiefer verhärtete sich. Er blickte sie fest an, als er sein Hemd aufknöpfte, es auszog und über eine Bank warf.

»Aus dem Weg«, befahl er.

Kathryn grinste, ging in dem überwucherten Blumenbeet in die Hocke und beobachtete, wie er sich an die Arbeit machte.

***

Es war ein Vergnügen, ihm zuzusehen, soviel stand fest.

Sie überlegte einen Augenblick, wie sie das Ganze wohl Elvira erklären sollte, wenn die zufällig hierherkam und Matthew bei der Arbeit entdeckte. Aber das letzte Mal, als sie Elvira gesehen hatte, war die gerade damit beschäftigt gewesen, Buch für Buch die Bibliothek auseinanderzunehmen. Außerdem nahm es Kathryn viel zu sehr in Anspruch, die Aussicht zu genießen, als daß sie sich darüber hätte den Kopf zerbrechen können.

Matthew sah umwerfend aus. Anders konnte sie ihn einfach nicht beschreiben.

Seine mattgolden schimmernde Haut hatte fast die Farbe des Honigs, den sie sich morgens auf Toast strich. Die wohlgeformten Muskeln darunter bewegten sich mit spielerischer Sicherheit.

Seine Schultern waren breit und kräftig; schon nach wenigen Minuten glänzten sie unter einer dünnen Schicht von Schweiß. Sein Bizeps war wohlgerundet, die Unterarme sehnig. Die kraftvolle Eleganz seiner Bewegungen war eine Augenweide.

Ihr Blick wanderte an seinem Körper hinab. Die Hose, schwarz und enganliegend wie eine zweite Haut, ließ den knackigen Hintern, die kräftigen Oberschenkel der langen, gutgeformten Beine besonders gut zur Geltung kommen.

Ihre Wangen röteten sich erneut. Wie konnte es sie anmachen, einen Geist zu beobachten?

Nicht, daß er sie wirklich anmachte. Es war nur so, daß, na ja, die Ästhetin in ihr durchkam. Den menschlichen Körper zu bewundern war ganz natürlich...

Es raubte ihr fast den Atem, als Matthew sich umdrehte, um sich einem anderen Rosenstrauch zu widmen. Von vorne beeindruckte er sie noch mehr als von hinten. Sie hatte nie Männer mit übertriebener Brustmuskulatur gemocht; Typen, deren Brust größer war als ihre, fand sie nicht attraktiv.

Matthews Oberkörper dagegen war vollkommen. Die Muskeln waren lang und ausgeprägt, auf der Brust und dem Waschbrettbauch wuchsen kastanienbraune Locken, die im Bund dieser umwerfenden Hose verschwanden. Zum ersten Mal bemerkte sie, daß sie gar keinen Hosenschlitz hatte. Hatte es so etwas 1812 noch nicht gegeben? Sie hatte keine Ahnung. Wie dem auch sei, es gefiel ihr, daß die Hose an den Hüften geknöpft war, so daß sich der Stoff über den Lenden spannte...

Um Himmels willen, Kathryn!

Hastig stand sie auf. »Bist du fertig?« fragte sie scharf.

»Beinahe.«

»Ich weiß nicht, was so lange dauert«, sagte sie und ging auf ihn zu. Sie bückte sich, hob die Werkzeuge auf, die sie benutzt hatte, und stopfte sie wieder in die hinteren Taschen ihrer Hose. »Wenn du mich in Ruhe gelassen hättest, wäre ich jetzt schon fertig.«

Matthew hob den Kopf, machte einen letzten Schnitt an einem Ast und nickte.

»So, das wär's«, sagte er und sah sie an. »Ich habe dich in Ruhe gelassen, Kathryn. Ich war es zufrieden, dir beim Arbeiten und Schwitzen zuzusehen, erinnerst du dich?«

»Ja«, sagte sie gereizt, »kann ich mir vorstellen.«

Er grinste, gab ihr die Schere und nahm sein Hemd.

»Ich verstehe ja, daß dein Temperament mit dir durchgeht, wenn du die ganze Zeit in der prallen Sonne stehst.«

»Mach dir um mein Temperament keine Sorgen«, sagte sie und sah weg, als er sein Hemd in die Hose stopfte. »Zumindest laufe ich nicht durch die Gegend, springe ab und zu aus der Wandtäfelung und beobachte Leute ohne ihr Wissen ...« Sie sah ihn durchdringend an. »Mein Gott! Warst du etwa auch immer da, wenn ich geduscht habe?«

»Geduscht?«

»Verdammt noch mal, Matthew, stell dich nicht dumm! Geduscht. Im Badezimmer. Gebadet. Du weißt genau, was ich meine.«

»Ah. Die Wassermaschine.« Er schmunzelte leicht, seine Augen blitzten herausfordernd. »Von dem Anblick kann ich gar nicht genug bekommen, Madam.« Sie wurde tiefrot, und er lachte. »Wie das Wasser aus der Wand kommt, meine ich. Wirklich verblüffend.«

Kathryn zog die Brauen zusammen. »Du findest das wohl sehr komisch«, sagte sie kühl.

»Nun, wenn man bedenkt, daß ich in den letzten zweihundert Jahren nicht viel zu lachen hatte, ist das wohl durchaus verständlich.«

»Versuch doch mal, das alles mit meinen Augen zu sehen. Wie würdest du es finden, dein Haus mit einem Geist teilen zu müssen?«

»Gute Frage, Kathryn, aber ich habe eine bessere. Wie würdest du es finden, wenn du auf einmal ein Geist *bist*?«

Er hatte recht, das war eine verdammt gute Frage. Doch wenn er glaubte, nach allem, was er ihr angetan hatte, würde sie ihn bemitleiden, war er auf dem Holzweg.

»Ich denke, ich wäre ... ganz schön verwirrt.«

»Verwirrt?« Matthew lächelte kühl. »Glaub mir, das ist vornehm ausgedrückt für das, was ich im Augenblick fühle.«

Kathryn ging zum Gartenhäuschen.

»Wenn du drauf wartest, daß ich mit dir fühle, vertust du nur deine Zeit«, sagte sie mit dem Rücken zu ihm.

»Ich erwarte gar nicht, daß du etwas fühlst. Zum Teufel, du bist schließlich eine Russell. Die Russells haben für niemanden Gefühle außer für sich selbst.«

»Das ist nicht fair. Diese Frau hat Generationen vor mir gelebt.«

»Das hat nichts zu sagen. Ihr Blut fließt in deinen Adern.«

Kathryn drehte sich zu ihm um. »Genau, und ihr Haus ist in meinem Besitz. Und ich will wissen, warum du darin herumgeisterst.«

»Das geht dich nichts an.«

»Und wie mich das was angeht, verdammt noch mal!«

»Sind alle Frauen heutzutage so?« Matthew stemmte die Hände in die Hüften und funkelte sie an. »Du läufst herum wie eine Schlampe und redest wie ein Fischweib.«

»Und du«, sagte Kathryn und funkelte zurück, »du läufst herum wie ein Komparse vom New Yorker Ballettensemble und redest, als ... als wärst du vom Shakespeare-Festival im Central Park übriggeblieben!«

»Bitte?«

»Du hast mich genau verstanden.«

»Das ist einfach lächerlich. Ich habe keine Ahnung von Ballett. Und Shakespeare ... ich bin Amerikaner und verdammt stolz drauf, Madam! Ich wurde keine hundert Meilen von Concord entfernt geboren, und ich bin zeitlebens unter dem Sternenbanner zur See gefahren!«

»Abgesehen von der Zeit unter der Totenkopfflagge, versteht sich.«

»Was für ein Unsinn!«

»Du warst ein Pirat, gekauft und bezahlt vom König von England!«

»Ich war Freibeuter, und ich habe getan, was ich konnte, um Leib und Seele zusammenzuhalten, während ich darauf warten mußte, daß mein Präsident etwas gegen die Engländer unternimmt!«

Sie standen jetzt nur noch Zentimeter voneinander entfernt, jeder atmete des anderen Zorn ein.

Hölle und Fegefeuer, dachte Matthew, wie hatte er jemals diese Frau für die Catherine halten können, die er gekannt hatte? Sie hatte nichts von Catherines Zerbrechlichkeit und ihren feinen Manieren ... dafür war sie hundertmal feuriger und tausendmal schöner als sie, selbst mit Schmutz im Gesicht und Blättern im Haar.

Mein Gott, dachte Kathryn, wie hatte dieser Mann nur bei den Frauen des neunzehnten Jahrhunderts einen Blumentopf gewinnen können? Er war herrisch, arrogant und ein unglaublicher Chauvinist ... und männlicher als alle, die ihr je begegnet waren, und er sah so blendend aus, daß es ihr fast den Atem raubte.

Matthew sah Kathryn in die Augen. Noch vor einem Augenblick hatten sie vor Wut gefunkelt. Nun brannte ein anderes Feuer in den blauen Tiefen, eins, bei dem sich seine Muskeln vor Vorfreude anspannten.

»Kathryn«, sagte er sanft. Er hob die Hand und berührte leicht ihre Wange.

»Matthew.« Kathryn befeuchtete sich die Lippen mit der Zungenspitze. »Matthew, ich glaube nicht ...«

»Miss Russell?«

Kathryn zwinkerte.

»Miss Russell? Ma'am?«

Matthews Hand erstarrte. »Was ist das für eine Stimme?«

»Das ist Elvira! Du mußt dich verstecken, schnell!«

»Wer?«

»Die Putzfrau. Hiram Bonnyemans Frau. Er hat in der Stadt eine Reparatur ... ach, egal. Matthew, du mußt dich verstecken. Sie wird dich ...«

»Miss Russell?« Kathryn fuhr herum. Elvira trat durch die Hintertür auf die Terrasse hinaus. »Ich dachte, ich hätte Sie mit jemandem reden hören hier draußen.«

Kathryn räusperte sich. »Ja, so ist es. Sehen Sie ...«

»Sieht sie nicht«, flüsterte Matthew hinter ihr.

»Was?« zischte Kathryn.

»Sie kann mich nicht sehen.«

»Natürlich kann sie das. Du bist doch nicht unsicht ...«

»Doch.«

»Das ... das kann nicht sein. *Ich* kann dich sehen.«

»Aber niemand sonst. Dein Handwerker nicht, dein Anwalt nicht, und auch nicht die Frau, die Charon's Crossing für dich verkaufen soll.«

»Aber wie kann das sein? Das ist unmöglich.«

Matthew lachte. »Keine Ahnung. Aber auch nicht unmöglicher als die Tatsache, daß ich ein Geist bin.«

»Miss Russell?« Elvira sprach lauter. »Alles in Ordnung mit Ihnen?«

»Ja«, sagte Kathryn, auch mit lauterer Stimme. »Ja, mir geht es gut. Ich habe nur ...« Sie wußte nicht weiter. Elvira Bonnyeman sah sie an, aber offensichtlich hatte Matthew recht. Sie sah ihn nicht. Er hätte genausogut aus Glas sein können. »Ich, äh, habe mit mir selbst gesprochen«, sagte Kathryn und lächelte. »Ist eine alte Angewohnheit von mir. Tut mir leid, wenn ich Sie erschreckt habe.«

Elvira lachte erleichtert. »Nein, macht nichts, das tue ich auch die ganze Zeit. Aber ich muß zugeben, einen Moment lang war ich beunruhigt. Wissen Sie, was Hiram erzählt hat, und diese Geschichten ...« Sie hielt sich plötzlich die Hand vor den Mund. »Oh, es tut mir leid. Ich wollte nicht ...«

»Sie brauchen sich nicht zu entschuldigen.« Kathryn lächelte erneut, noch strahlender als zuvor. »Elvira, ich dachte gerade ...« *Was? Was willst du tun, um sie loszuwerden? Komm, Kathryn, laß dir was Schlaues einfallen.* »Ich dachte nur, Sie ... Sie haben genug gearbeitet für heute.«

»Kommt gar nicht in Frage. Ich wollte nur wissen, ob ich die Gardinen in der Bibliothek abnehmen und nach draußen hängen soll. Oder soll ich lieber mit dem Eßzimmer weitermachen?«

»Ja«, sagte Kathryn.

Matthew schmunzelte. »Ich fürchte, du mußt genauer werden«, sagte er sanft.

»Ich meine ... ich meine, ich muß mir das überlegen.«

»Dann fang ich einfach im Eßzimmer an. Der Kronleuchter muß saubergemacht werden, die ...«

»Nicht heute«, sagte Kathryn schnell. Sie ging die Treppe hoch, legte der anderen den Arm um die Schultern und ging mit ihr durchs Haus. »Danke für alles, was Sie heute für mich getan haben, Elvira. Jetzt gehen Sie erst einmal nach Hause, und wenn Sie morgen wiederkommen, habe ich einen Plan aufgestellt.«

»Wenn Sie wollen, Miss Russell, aber ...«

»Bitte sagen Sie Kathryn zu mir. Und ... ja, ich glaube, das wird das Beste sein. Ich überlege mir, in welcher Reihenfolge ich alles erledigt haben will, und ...«

Sie redete weiter, als sie Elvira in die Küche führte, wo sie ihr gerade genug Zeit ließ, damit sie ihre Geldbörse holen konnte. Dann drängte sie sie durch das Foyer und die Eingangstür hinaus zum Auto, das Elvira in der Einfahrt geparkt hatte. Sie plapperte immer noch, als sie die Autotür öffnete und Elvira auf den Fahrersitz bugsierte. Und die ganze Zeit lächelte sie, auch noch als sie ihr zum Abschied zuwinkte.

Erst als das Auto sich klappernd entfernte und schließlich außer Sichtweite war, verschwand das Lächeln von Kathryns Lippen. Sie atmete tief durch, ging zurück ins Haus – und lief Matthew in die Arme.

»Gelungene Vorstellung«, sagte er mit einem matten Lächeln. »Und alles nur, damit wir allein sein können? Ich fühle mich geschmeichelt.«

»Alles, damit wir allein sein können«, antwortete sie grimmig. Sie hob abwehrend die Hand, als er einen Schritt auf sie zu machte. »Und damit du endlich anfängst zu reden, soviel und so schnell, wie du kannst.«

»Reden?« Matthew sah sie finster an und verschränkte die Arme. »Sie enttäuschen mich, Madam.«

»Leck mich, Mister.«

»Verzeihung?«

»Das ist mein Haus, in dem du hier herumgeisterst. Und ich will den Grund wissen.«

Matthew blieb unnachgiebig. »Das geht dich nichts an.«

»Da irrst du dich ganz gewaltig. Es geht mich eine ganze Menge an. Cat Russell war meine Urur– meine Vorfahrin, und du sprichst von ihr, als wäre sie eine Hexe.«

»Sehr treffende Wortwahl, Madam.«

»Ich will wissen, warum.«

Matthews Kiefer verhärtete sich. Das letzte, was er jetzt wollte, war Cats Verrat wieder zum Leben erwecken.

»Das ist eine lange Geschichte. Ich fürchte, sie würde dich nur langweilen.«

»Hör zu, Matthew, ich bin doch nicht dumm. Ich habe dein Tagebuch gelesen. Ich habe mit den Leuten gesprochen.«

»Und sie erinnern sich an mich? Das ehrt mich.«

»Zumindest erinnern sie sich noch daran«, sagte Kathryn scharf, »daß du ein Pirat warst.«

Matthews Mund verzog sich zu einem dünnen Strich.

»Das ist schon das zweite Mal, daß du mich der Piraterie beschuldigst«, sagte er verkniffen. »Wenn du ein Mann wärst...«

»Bin ich aber nicht. Ich bin eine Frau, und du hast mich fälschlicherweise für eine gehalten, die dich verschmäht hat.«

»Verschmäht? Verschmäht?« Mit geballten Fäusten ging er einen Schritt auf sie zu. Kathryn mußte sich zusammenreißen, um nicht zurückzuweichen. »Sie hat mich nicht verschmäht, sie hat mich verraten.«

»Das sagst du.«

»Es ist die Wahrheit.«

»Die Wahrheit ist relativ.«

»Die Wahrheit ist die Wahrheit, Kathryn. Nichts daran ist relativ.«

Sie spürte, daß er ihr nichts erzählen wollte. Aber er war ihr eine Erklärung schuldig, verdammt noch mal. Als er sie für Cat Russell gehalten hatte, hatte er sie verflucht. Er hatte sogar versucht, sie umzubringen. Glaubte er wirklich, er konnte sie mit einem kleinen Exkurs über die Wahrheit abspeisen?

Kathryn hob das Kinn. »Ich ziehe es vor, mir mein eigenes Urteil zu bilden. Oder hast du Angst, ich nehme deine Geschichte auseinander, wenn du sie mir erzählst?«

Matthew blickte diese unglaubliche Frau finster an. Sie versuchte, ihn so weit in Verlegenheit zu bringen, daß er ihr eine Geschichte erzählte, die sie nichts anging. Aber das würde ihr nicht gelingen. Die Geschichte war demütigend. Voller Blut. Und es würde nichts ändern, wenn sie sie kannte.

Oder vielleicht doch? Was wäre, wenn sie deswegen hier war? Was, wenn er aus diesem Grund aus der Dunkelheit entlassen worden war?

Vielleicht sollte er Cats Namensvetterin doch die Geschichte von ihrem Verrat erzählen. Es war keine schöne Geschichte; sicherlich nichts, was man gerne über seine Vorfahren hörte.

Vielleicht war das der Zweck von allem, was geschah. Nicht gerade ein fürchterlicher Akt der Rache, aber besser als nichts. Er würde ihr die Geschichte erzählen, und sie würde ihr Schmerz bereiten. Und dann würde sie Charon's Crossing verlassen, und er ... er würde endlich Frieden finden. Oder vielleicht wieder mit der Dunkelheit verschmelzen.

Ihm war, als würde eine eiserne Faust sein Herz umklammern. Wie es auch kommen mochte, nie mehr würde er die Sonne im Gesicht spüren. Nie mehr würde Blumenduft seine Nase kitzeln, nie mehr der Geschmack edlen Cognacs seine Kehle hinunterrinnen ...

Und nie mehr würde er Kathryn sehen.

Sie wäre nicht mehr da und könnte sich nie mehr über jedes verdammte Thema, das er anschnitt, mit ihm streiten. Ihn nie mehr voller Verachtung ansehen, mit diesen wunderschönen, funkelnden blauen Augen. Oder ihre Hände in die Hüften stemmen, ihr Kinn auf eine Art und Weise heben, die ihn fuchsteufelswild machte, und mit ihm reden, als sei sie keine Frau, sondern seinesgleichen.

Nichts von alledem würde ihm bleiben. Sie würde nicht mehr in seinen Träumen auftauchen, ihn nicht vor Verlangen zum Wahnsinn treiben und in ihm die Sehnsucht entfachen, aus Fleisch und Blut zu sein, so daß er sie in die Arme nehmen, sie küssen und ihre Brüste liebkosen konnte, bis sie ihn anflehte, ihr die Kleider vom Leib zu reißen und in ihren heißen Körper einzudringen.

Mit einem Ruck drehte er sich von ihr weg. Wozu das

Geschwätz. Entweder er erzählte ihr, was geschehen war, oder er ließ es bleiben. Tief im Herzen wußte er, daß sich für ihn nichts ändern würde, wenn er es tat. Aber vielleicht hatte sie recht. Sie sollte für sich selbst entscheiden. Sie sollte die Wahrheit hören.

»Nun gut«, sagte er. Seine Stimme war kühl und so leise, daß Kathryn sich anstrengen mußte, ihn zu verstehen. »Ganz wie du willst, Kathryn. Ich werde dir erzählen, warum ich dazu verdammt bin, in diesem Haus zu spuken.« Er drehte sich wieder zu ihr um, und sie sah, daß sein Gesicht genauso finster war wie sein Ton. »Und wenn ich fertig bin, wirst du dir wünschen, niemals hergekommen zu sein.«

ZWÖLF

Die Geschichte, die Matthew zu erzählen hatte, war ihm nicht nur in Herz und Seele eingebrannt, sie pulsierte mit seinem Blut durch seinen ganzen Körper.

Er hatte sie einmal erlebt und tausendmal aufs neue durchgemacht, seitdem er aus dem schwarzen Nichts aufgetaucht war, in dem er die letzten 184 Jahre verbracht hatte. Sie war nichts Neues mehr, zumindest nicht für ihn.

Und trotzdem fürchtete er sich davor, sie zu erzählen. Es würde den Schmerz über das, was geschehen war, nur noch verstärken. Dichter schrieben schöne, peinigende Verse, wenn sie von denen erzählten, die für die Liebe gestorben waren, doch am Tod seiner Männer war nichts Schönes gewesen.

Sie waren nicht für die Liebe gestorben, sondern für seine gottverfluchte Dummheit.

Er konnte es nicht ertragen, Kathryn die Geschichte in der Enge dieser Mauern zu erzählen. Sogar nach so langer Zeit gab es noch Augenblicke, in denen der glaubte, den Widerhall von Lord Russells Lachen in diesem Haus zu hören. Und dann gab es da noch den anderen, der in der Dunkelheit jenseits der Wände des Dachbodens gefangen war.

Nein, in diesem Haus konnte er nicht von der schrecklichen Nacht erzählen, in der er alles verloren hatte.

Er zog die Glastüren auf und schob Kathryn nach draußen. Die Sonne schmolz langsam am Himmel dahin und tauchte die Terrasse und den Garten in fuchsienfarbige Schatten.

Kathryn wollte die Treppe hinuntergehen, doch Matthew hielt sie auf.

»Nicht dorthin«, sagte er schnell. »Gehen wir den Weg hinunter in die Bucht.«

Sie zögerte, und er wußte, sie dachte daran, was erst wenige Stunden zuvor an diesem Strand geschehen war. Jesus Christus, was für ein Monstrum von einem Mann war er denn, daß eine Frau Angst vor ihm haben mußte?

»Du brauchst dir keine Sorgen zu machen«, sagte er. »Ich werde dich nicht noch einmal mit Cat verwechseln.«

Der frühe Abend hatte die Luft merklich abkühlen lassen; die Sonne versank bereits im Meer. Die Wellen, die an Land schlugen, klangen wie der Widerhall seines eigenen Herzschlags.

Es war der beste Rahmen, den man sich für seine Geschichte denken konnte, und ohne lange Vorrede begann er zu erzählen.

Er erzählte von seinem ersten Zusammentreffen mit Cat, wie verzaubert er von ihr gewesen war, und von den folgenden heimlichen Treffen mit ihr, die ihm so romantisch vorgekommen waren. Er erzählte ihr auch, wie sehr Cat dagegen gewesen war, daß er ihrem Vater seine Absichten darlegte.

»Sie erzählte mir, sie habe schon versucht, mit ihm über moderne Auffassungen von Liebe und Heirat zu diskutieren«, sagte er leise, »und er habe sie zurechtgewiesen, ihre Gedanken blanken Unsinn geschimpft, an dem nur die Revolution auf dem Kontinent schuld sei. Doch sie versicherte mir, daß sie ihn allmählich überzeugte und daß sie es mich wissen lassen würde, wenn der Moment gekommen sei, ihn um ihre Hand zu bitten.«

Matthew lachte kurz auf, drehte den Klippen den Rücken zu und sah aufs Meer hinaus.

»Ich war ein solcher Narr. Ich glaubte ihr. Zum Teufel, warum hätte ich ihr nicht glauben sollen? Ich war ganz berauscht vor Liebe. Ich hätte alles für sie getan.« Er atmete tief durch. »Und das habe ich schließlich auch.«

»Vielleicht langweilte ihr Dasein sie zu Tode, vielleicht hatte sie dasselbe schon früher einmal gemacht. Für sie war alles nur ein Spiel. Und es wäre ein harmloses Spiel gewesen, mit mir als dem einzigen Verlierer ... wenn nicht etwas geschehen wäre, was das Leben aller grundlegend verändern sollte, die in die Geschichte verwickelt waren.«

Mit langen, gleichmäßigen Schritten ging er am Strand entlang. Kathryn blieb auf seiner Höhe. Beim Erzählen sah er sie von Zeit zu Zeit von der Seite an und beobachtete das Wechselbad der Gefühle auf ihrem Gesicht, sah, wie Skepsis sich mit Mitleid abwechselte und schließlich beide die Schlacht verloren und dem Erstaunen darüber das Feld räumten, wie er nur so töricht hatte sein können.

Und er schonte sich nicht. Er hatte begriffen, daß er nicht nur ihr, sondern auch sich selbst die Geschichte erzählte. Es war an der Zeit, die Dinge auszusprechen, die er eine Ewigkeit lang, so kam es ihm zumindest vor, nur gedacht hatte.

Beichten tut der Seele gut, so oder ähnlich hieß es, und das war fast genauso erschreckend wie amüsant, wenn man bedachte, daß er gar nicht wußte, ob er überhaupt noch so etwas wie eine Seele besaß.

Schließlich kam er zu dem Punkt seiner Erzählung, der ihm am schwersten fallen würde. Er hielt inne und wandte sich wieder dem Meer zu.

»Manchmal wünsche ich mir, nicht auf Charon's Crossing gewesen zu sein an dem Abend, als Lord Russell und seine Leute den Plan faßten, den Krieg zu beginnen, bevor die hiesigen Amerikaner wußten, daß er erklärt worden war. Aber ich war da und hörte, wie sie planten, alle amerikanischen Schiffe im Hafen für die Krone zu beschlagnahmen.«

Jetzt blieb nur noch der scheußlichste Teil der Geschichte. Matthew starrte ausdruckslos über das Meer, dorthin, wo die Sonne sterbend auf dem Wasser lag und die Wellen blutrot färbte. Er erschauderte.

»Ich weiß, was du gehört hast«, sagte Kathryn leise, »und ich weiß auch, daß du gehofft hast, Catherine retten zu können, bevor die Amerikaner angriffen.«

Er nickte. »Ja. Ich weiß, du hast es gelesen.«

»Aber ich weiß nicht, was dann geschah. Der Eintrag endete so plötzlich ...«

Matthew gab ein ersticktes Lachen von sich. »Wie alles andere in dieser Nacht.«

»War das ... war es die Nacht, in der du ...«

»Nicht so zaghaft, Madam. Ja, es war die Nacht, in der ich starb, die Nacht, in der ich alles verlor, nicht nur mein Leben, sondern auch ...«

»Die Frau, die du liebtest?« Sie hatte Mühe, diese einfachen Worte auszusprechen. Wieso hatte sie auf einmal einen Knoten im Hals?

»Liebe?« Er lachte erneut, es klang bitter. »Ich habe Cat nie geliebt. Das weiß ich jetzt. Ich war nur zu geblendet, um die Wahrheit zu erkennen. Ich empfand Lust, schlicht und einfach. Nichts weiter.« Er bückte sich, hob eine Handvoll feinen weißen Sand auf und sah zu, wie die Körner ihm durch die Finger rannen und vom Wind fortgeweht wurden. »Geliebt habe ich das Geheimnis. Die verstohlenen Treffen mit dem Beigeschmack der Gefahr, die verschwörerischen Blicke, die wir hinter dem Rücken ihres Vaters tauschten ... O ja, Cat war eine Meisterin in diesen Dingen. Sie beherrschte die Kunst der Täuschung genausogut wie die Kunst, einen Mann so lange hinzuhalten, bis sein Körper über seine Vernunft triumphiert. Und ich war töricht genug, ihr zu erliegen.«

»Was geschah in dieser Nacht, Matthew? Niemand auf der Insel hat mir erzählt, daß du ... daß du beim Angriff der Amerikaner gestorben bist.«

Er lachte. »Natürlich nicht. Wie auch? Es gab gar keinen Angriff.«

Kathryn fuhr sich mit der Zunge über die Lippen. »Sie sagen, du wärst ... wegen Piraterie hingerichtet worden.«

Zorn durchbrandete ihn, stieß ihm auf wie bittere Medizin und erfüllte seinen Mund mit dem Geschmack von Galle. Er drehte sich zu ihr um, von der untergehenden Sonne in blutrote Farben getaucht, und packte sie bei den Schultern.

»Wer erzählt so etwas? Sag mir seinen Namen, und ich werde ihm seine Lügen so lange in den Hals stopfen, bis er daran erstickt!«

»Die Leute auf der Insel reden, Matthew. Es ist altes, bedeutungsloses Geschwätz.«

»Bedeutungslos? Wenn es meinen Namen in den Schmutz zieht?« Sein Mund verzog sich. »Ich habe meinen Namen selbst genug beschmutzt, auch ohne fremde Hilfe. Sicher hat Russell diese Geschichte in die Welt gesetzt, um Catherine reinzuwaschen. Aber wie konnte jemand diese Lügen glauben? Es gab Zeugen in jener Nacht, Leute, die alles gehört und mit angesehen haben müssen!«

»Was denn?« flüsterte Kathryn. In der immer tieferen Dunkelheit suchte sie seine Augen. »Was haben sie gesehen? Was konnte so schrecklich sein, daß es dich in einen ... ich weiß nicht viel über ... über Geister, aber es ist doch sicher nicht üblich, fortan an dem Ort gefangen zu sein, wo man ...«

Es war lächerlich, daß sie die Worte nicht über die Lippen brachte. Er war tot, er war ein Geist, und er spukte in ihrem Haus herum. Aber ganz so einfach schien es doch nicht zu sein, nicht, wenn er vor ihr stand, lebensechter als jeder Mann, den sie je gesehen hatte, und schrecklich verbittert.

»Wo ich getötet wurde«, sagte er leise. Seine Hände gruben sich fester in ihr Fleisch, bis sie sich zwingen mußte, nicht laut aufzuschreien. Dann lockerte sich sein Griff langsam. Er atmete tief ein und setzte sich auf ein Stück Treibholz. Seine Augen nahmen wieder diesen leeren Ausdruck an, und er erzählte die Geschichte zu Ende.

»Wie du ja aus meinem Tagebuch weißt, rief ich die anderen Kapitäne zusammen. Ich erzählte ihnen alles. Daß Madison Großbritannien den Krieg erklären wollte und Russell vorhatte, unsere Schiffe zu beschlagnahmen und unsere Männer gefangenzunehmen.«

»Und du und deine Freunde, ihr habt einen Plan ausgeheckt, um ihm zuvorzukommen«, sagte Kathryn sanft und setzte sich neben ihn.

Er nickte. »Sie waren genauso entschlossen wie ich.« Er lächelte bei dieser Erinnerung aus längst vergangener Zeit. »Sturgess von der *Dolphin* schlug mir auf die Schulter und meinte, wir würden alle als Helden nach Amerika zurückkehren. Alle lachten, und eine Flasche Rum machte die Runde. Jeder einzelne von uns hatte das Verlangen, für das Sternenbanner und für unser Land einzustehen, als es uns brauchte.«

Sein Lächeln verschwand. »Du weißt sicher auch, daß sie sich gesträubt haben, als ich darauf bestand, vorher an Land zu gehen und Catherine zu retten, bevor alles anfangen sollte.«

Der Nachtwind wirbelte Kathryns Haar durcheinander. Er war warm und sanft, trotzdem fröstelte sie einen Augenblick lang.

»Sie wollten dich davon abhalten«, flüsterte sie, »aber du hast nicht auf sie gehört.«

»Natürlich nicht.« Er sah auf, seine Augen funkelten in der Dunkelheit. »Cat hatte gelobt, meine Frau zu werden.« Er sah Kathryn an. »Kein Ehrenmann würde die Frau aufgeben, der er seine Liebe geschworen hat.«

Kathryn nickte. »Nein«, sagte sie leise, »kein Ehrenmann würde das tun.«

»Und doch verstand ich ihre Bedenken. Wäre es umgekehrt gewesen, ich hätte genauso gedacht. Aber was mich selbst anging ... es war eine Sache, mein Leben für die Flagge aufs Spiel zu setzen. Aber Catherines ...«

Er atmete aus und stand langsam auf. Kathryn und er blickten gemeinsam aufs Meer hinaus.

»In der Nacht unseres Angriffes schien kein Mond, wie geschaffen für mein Vorhaben. Ich zog Hauser, meinen ersten Maat, ins Vertrauen. Ich sah die Zweifel in seinem Gesicht, aber er war ein zu guter Maat, als daß er meine Befehle in Frage gestellt hätte. Ich sagte ihm, mein Plan sei idiotensicher – aber trug ihm gleichzeitig auf, sowohl die *Atropos* als auch die Mannschaft in Sicherheit zu bringen, falls wider Erwarten irgend etwas schiefgehen sollte. Dann ging ich heimlich von Bord und ruderte alleine um die Insel, dorthin, wo hoch über dem Meer Charon's Crossing stand.

Der Mond versteckte sich hinter einer dicken Wolkenschicht, so daß der Himmel schwarz war wie die Hölle und die Insel in samtene Dunkelheit hüllte ...«

Er verstummte. Das Meer hatte die untergehende Sonne ganz verschluckt. Die Nacht war über die Insel gefallen, aber nicht die dunkle, tiefblaue Nacht, von der er gerade gesprochen hatte, sondern eine Nacht, die von Sternen und einem hellen Vollmond erleuchtet war. Und doch wußte Kathryn, daß er nichts von alledem sah. Er befand sich mit den Gedanken in der Vergangenheit, genau wie mit dem Herzen.

Sekunden vergingen, er schwieg noch immer. Sein Profil wirkte wie aus Stein gehauen, so hart und unnachgiebig.

Schließlich berührte sie seinen Arm.

»Matthew?« fragte sie sanft. »Willst du mir nicht noch den Rest erzählen?«

Er seufzte so tief, daß sie seinen Schmerz in der Stille flüstern hörte.

»Ja doch«, sagte er. »Ja, ich werde es dir erzählen, Kathryn. Und dann wirst du von hier fortgehen, denn was auch immer dich hergeführt hat, es geschah ganz sicher nur, um mich zu verhöhnen.«

Eine Brise wehte vom Meer herüber und fuhr ihm durchs

Haar, aber er achtete nicht darauf, als er sich zu den Klippen umdrehte und den Kopf hob, als könne er das Haus sehen, wie es in jener Nacht vor vielen Jahren ausgesehen hatte.

»Ein Ball fand statt auf Charon's Crossing. Das Haus leuchtete wie ein Feuer in der Nacht.« Er versuchte ein halbes Lächeln. »Ich war nicht eingeladen. Cat hatte mir gesagt, es wäre eine Qual für sie, zu anderen Männern nett sein zu müssen und in ihren Armen zu tanzen.«

»Bist du die Klippen hochgeklettert?«

Er nickte. »Das war gar nicht so einfach in der pechschwarzen Nacht. Mir kam der Gedanke, daß Catherine Angst haben würde, wenn ich sie die Klippen hinunterführte, aber ich mußte sie in Sicherheit bringen. Ich war fest entschlossen, daß ihr kein Leid geschehen durfte. Als ich oben angekommen war, ging ich um das Haus herum, damit die Kutscher, die draußen warteten, mich nicht sahen, und schlich auf die Terrasse. Ich wollte in den Ballsaal hineinschauen, Cat zu Gesicht bekommen und irgendwie ihre Aufmerksamkeit erregen.«

»Und?«

Matthew lächelte und schnitt dabei eine furchtbare Grimasse.

»Ich fand sie, aber sie war nicht im Haus. Ich war auf der Terrasse, als ich Stimmen im Garten hörte. Ein Mann und eine Frau. Sie flüsterten einander etwas zu und lachten leise, so vertraut, daß ich wußte, sie waren ein Liebespaar. Ich wich ins Dunkel zurück, als ich merkte, daß sie in meine Richtung gingen.«

Kathryn richtete starr die Augen auf ihn. »Es war Cat, nicht wahr?«

»Ja.« Seine Stimme wurde heiser. »Cat und ein aufgeblasener Halunke, einer der Schurken, die ich belauscht hatte, als sie sich mit Cats Vater gegen mich verschworen hatten. Ein englischer Lord namens Waring.«

»Aber vielleicht war alles ganz anders.«

Matthew warf ihr einen Blick zu, der ihr sagte, sie müsse verrückt sein. Und es *war* verrückt, ihn vor seinen Erinnerungen beschützen zu wollen. Schließlich war er für sie nichts weiter als ein ungebetener, ja gefährlicher Gast auf Charon's Crossing. Außerdem ließ sich an dem, was er ihr erzählte, nichts mehr ändern. Es war geschehen, und das vor fast zwei Jahrhunderten.

»Verdammt, Kathryn!« Seine Augen funkelten wütend im Mondlicht. »Warum versuchst du, sie in Schutz zu nehmen? Weil das gleiche Blut in euren Adern fließt?«

»Ich will sie nicht in Schutz nehmen! Ich versuche nur ...« Sie schüttelte den Kopf. »Ich will damit nur sagen, vielleicht hast du mißverstanden, was du gesehen hast.«

»Ich habe sie gesehen«, preßte er zwischen den Zähnen hervor. »Verstehst du? Sie standen auf der Terrasse, keinen halben Meter von mir entfernt, und Cat lag in Warings Armen. ›Du hast heute abend einen sehr glücklichen Mann aus mir gemacht‹, hat er zu ihr gesagt, und dann hat sich dieser Hurensohn über sie gebeugt und sie geküßt! Seine Hand glitt ihren Hals hinunter, und er umfaßte ihre Brust! Mein Gott, ich wurde wahnsinnig vor Wut! Ich stürzte mich auf ihn wie ein Verrückter, riß ihn von ihr weg und schlug ihm mit der Faust ins Gesicht.«

Kathryn streckte die Hand aus, als sich Matthew von ihr wegdrehte, aber etwas hielt sie davon ab, diesen hochaufgerichteten Rücken zu berühren.

»Waring fiel auf die Knie, Blut lief ihm aus der Nase, und ich wandte mich Cat zu. Ich war ganz sicher, daß sie das unschuldige Opfer dieses pferdegesichtigen Bastards war.« Sein Gesicht verzog sich bei der Erinnerung. »Sie aber sah mich an wie einen Käfer auf der Rückseite eines Stücks Schiffszwieback, lief an mir vorbei und fiel neben Waring auf die Knie. Sie sagte ›Liebster‹ und ›Schatz‹ zu ihm und legte seinen Kopf an ihre Brust. Dann funkelte sie mich zornig an, und in ihren

Augen lag aller Haß dieser Welt. Sie verfluchte mich, weil ich den Mann verletzt hatte, mit dem sie sich gerade verlobt hatte.«

Diesmal konnte Kathryn nicht anders, als mit der Hand Matthews Schulter zu berühren.

»Ich wollte es immer noch nicht wahrhaben. Ich versuchte, sie in die Arme zu nehmen. Ich erinnerte sie an die Schwüre, die wir getan hatten, und als sie nicht hören wollte, packte mich die Verzweiflung. Ich wußte, die Zeit lief mir davon. Ich versuchte ihr zu erklären, daß wir uns einen Streit jetzt nicht leisten konnten.« Sein Kopf fiel nach vorne, und seine Stimme wurde zu einem Flüstern. »Gott vergebe mir, ich erzählte ihr alles. Von den Amerikanern, die darauf warteten, Elizabeth Island zu überfallen, von meinem Plan, sie vor dem Angriff in Sicherheit zu bringen.«

»Und Waring hat alles gehört?«

Matthew hob den Kopf. »Ja. Alles«, sagte er ausdruckslos. »Er kam schwankend zum Stehen, sein Gesicht aschfahl. Catherine warf sich ihm in die Arme und leugnete alles, was ich gesagt hatte, doch er stieß sie von sich und nannte sie eine verworfene Hure. Ich mußte ihn aufhalten. Ich rief seinen Namen und zog mein Schwert. Waring zog seins ...«

Kathryn schauderte. Sie mußte nur die Augen schließen, und sie konnte vor sich sehen, was als nächstes geschah: das Blitzen scharfen Stahls, das Geräusch von Metall auf Metall, Blicke todbringender Raserei, der Angriff, die Parade, der Hieb, die Finte, bis schließlich das Blut in Strömen floß.

»Als es vorbei war«, sagte Matthew wieder mit so leiser Stimme, daß sie ihn kaum verstehen konnte, »lagen wir beide zu Cats Füßen, tödlich verwundet, und sanken langsam in den dunklen Fluß des Todes hinab.«

Kathryns Stimme war erstickt von Mitgefühl. »O Matthew! Wie furchtbar! Von der Frau, die man liebt, so betrogen zu werden ...«

Seine Hände schnellten nach vorn und packten sie am Handgelenk. »Verflucht, Kathryn, ich will dein Mitleid nicht. Das wahre Opfer von Cats Täuschung war nicht ich. Es waren meine Männer.«

Kathryn starrte ihn verwirrt an. »Deine Männer?«

»Meine Mannschaft. Sie alle sind in dieser Nacht gestorben, alle bis auf den letzten Mann. Sogar der Kabinenjunge, ein dummes Kind, so jung, daß er fast noch nach seiner Mama plärrte, wenn er hinfiel und sich die Knie aufschlug.« Seine Stimme brach, und er drehte sich um, doch nicht bevor Kathryn das Glitzern der Tränen in seinen Augen gesehen hatte. »Verstehst du? Meine Männer haben den Preis gezahlt für meine kolossale Dummheit. Sie haben mir vertraut, und ich habe sie verraten, geopfert für eine betrogene Liebe.«

»Catherine hat ihrem Vater also von dem geplanten Angriff auf Charon's Crossing erzählt«, sagte Kathryn mit fast unbeweglichen Lippen.

Matthew nickte. »Auf ihr Gekreische stürzten Russell und seine Gäste herbei. Sie erzählte ihm eine Räuberpistole, in der ich gleichzeitig Pirat und Vergewaltiger war, den ihr Schweinehund von einem Verlobten enttarnt hat. Russell war nur zu bereit, ihr zu glauben. Er ließ mich fesseln und in der Lache meines eigenen Blutes liegen. Dann führte er seine Truppen zum Hafen. Die anderen Schiffe waren schon in Sicherheit, denn die Kapitäne waren ohne zu zögern in See gestochen, als ich nicht aufgetaucht war ... aber die *Atropos* hatte den Befehl verweigert und auf mich gewartet.«

Kathryn schloß die Augen. »O Gott«, flüsterte sie.

»Nein«, sagte Matthew heiser, »in jener Nacht konnte nicht einmal Gott meinen Männern helfen.«

»Aber wie kannst du so sicher sein, daß sie alle gestorben sind?« fragte sie in einem verzweifelten Versuch, sein geschundenes Gewissen zu erleichtern. »Ich meine, du warst doch gar nicht dort ...«

»Ich war noch am Leben, als die Schlacht zu Ende war. Catherine stand über mir und sagte, ich könne mit der Gewißheit sterben, daß mein Schiff versenkt und meine Männer tot seien.« Er lachte bitter. »Ich hatte ihr Leben ruiniert, oder so ähnlich, sagte sie. Ihr Vater trug einen leeren Titel. Er besaß kein Geld, keine Ländereien und keinerlei Einfluß in England. Cat war auf Macht und Wohlstand aus. Ich ... ich war nur ein Zeitvertreib für sie gewesen.«

»Wie du sie gehaßt haben mußt!«

»Gehaßt?« Er lachte erneut, ein furchtbares zynisches Lachen, bei dem es Kathryn kalt über den Rücken lief. »Das ist ein milder Ausdruck für das, was ich empfand. Ich sammelte meine ganzen Kräfte und verfluchte sie mit meinem letzten Atemzug. ›Mögest weder du noch deine Nachkommen jemals Frieden und Liebe finden, Catherine Russell‹, sagte ich. Aber ich begriff nicht, daß ich mich damit selbst verdammte, denn man sagt, wenn man jemanden mit seinem letzten Atemzug verflucht, fällt der Fluch auf einen selbst zurück.«

Kathryn lachte kurz unbehaglich auf. »Aber du ... du glaubst doch wohl nicht an ...«

Der Blick, den er ihr zuwarf, brachte sie zum Schweigen und beendete ihr hysterisches Lachen. Er war ein Geist, gefangen zwischen den Lebendigen und den Toten, und sie hätte ihn fast dafür gescholten, daß er an Flüche glaubte und daran, was mit jenen passierte, die sie im Sterben liegend aussprachen.

Natürlich glaubte er daran. Und sie auch. Er hatte sich selbst verflucht. Hatte er auch sie verflucht? Sie war Cats Nachkomme. War Matthews Fluch der Grund, daß sie Jasons Liebe nicht hatte erwidern können?

»Hab keine Angst«, sagte Matthew sanft, als habe er ihre Gedanken gelesen. »Die Bürde dieser Worte peinigt nur den, der sie ausgesprochen hat. Ich, und nur ich allein, muß dies Joch ertragen.«

»Es tut mir so leid, Matthew. So unendlich leid.«

Sie hatte das Gesicht zu ihm gewandt, ihre weit offenen Augen glänzten im Mondlicht voller Mitgefühl. Sein Herz raste, und er merkte, wie froh er war, daß seine törichten Worte nicht all die Jahre überlebt hatten, um ihr zu schaden. Es war viel, viel rechter, daß er die Folgen erdulden mußte und nicht Kathryn.

Er spürte das Verlangen, sie in die Arme zu nehmen, ihr zu sagen, wie leid es ihm tat, daß er ihr jemals Angst gemacht hatte, und sie zu küssen, bis ihre Lippen sich unter den seinen auftaten, ihr Haar zu lösen und seine Hände tief darin zu vergraben. Er wollte sie in den Sand legen, ihr die Kleider abstreifen und ihr mit Leib und Seele beweisen, daß sie der erste helle und wunderschöne Lichtstrahl war, der die Trostlosigkeit seines Daseins durchbrochen hatte.

Sein Mund verzog sich zu einem dünnen Strich. War er verrückt? Keine Frau der Welt verdiente solche Gedanken, erst recht keine, in deren Adern das Blut der Frau floß, die ihn verraten hatte, egal, wie viele Generationen zwischen ihnen lagen.

Er wich zurück. Seine Augen waren wie leere Höhlen in einem Gesicht aus Stein.

»Du bist hier nicht willkommen, Kathryn.«

»Sei nicht albern. Das Haus gehört mir.«

»Wenn du weise bist, gehst du dorthin zurück, wo du hingehörst.«

Kathryn hob den Kopf. »Drohe mir nicht, Matthew.«

»Ich gebe dir einen guten Rat. Ich beschwöre dich, ihn zu beherzigen.«

Wozu sollte sie ihre Zuneigung an ihn verschwenden? Er war so arrogant und unverschämt wie immer. Kathryns Augen, noch vor einem Moment voller Mitgefühl, wurden eiskalt.

»Ich verlasse Charon's Crossing, wenn ich hier mit allem fertig bin, und keine Minute früher.«

Matthew sah sie wütend an, Kathryn funkelte zurück. Sie wußte genau, wie er reagierte, wenn man seine Autorität in Frage stellte.

Eine Wolke, so düster wie sein Blick, zog am Mond vorbei und tauchte Meer und Land in tiefe Dunkelheit.

Kathryn wich keinen Zentimeter zur Seite.

Würde er sich jetzt wieder in eine wirbelnde Säule silbernen Lichts verwandeln und versuchen, sie zu Tode zu erschrekken? Das würde ihm nicht gelingen. Sie hatte seine protzige Las-Vegas-Nummer schon zu oft gesehen, um sich noch davon beeindrucken zu lassen.

Doch als der Mond sich schließlich aus der Umklammerung der Wolke befreit hatte, stand sie alleine am Strand.

Matthew war fort.

DREIZEHN

Matthew durchmaß den Dachboden. Zuerst der Länge, dann der Breite nach.

Er kannte die Abmessungen des verdammten Raumes schon auswendig. Er war immer noch sechs Meter breit und zwölf Meter lang ... und Matthew war immer noch stocksauer.

Warum wollte Kathryn Charon's Crossing nicht verlassen?

Er hatte ihr befohlen zu gehen, und inzwischen sollte sie eigentlich schon weg sein.

Sie gehörte nicht hierher. Seine Schuld band ihn an dieses Haus, und er und das dunkle Wesen namens Waring waren die einzigen Geschöpfe, die Zutritt zu diesem Fegefeuer hatten.

Und sie wußte das.

»Verdammt«, sagte er und schlug mit der Faust gegen die Wand.

Jesus Christus, wie er dieses Haus haßte. Er haßte es fast genauso sehr wie sich selbst.

Was zur Hölle war bloß los mit ihm? Er war nie ein Mann gewesen, der etwas für Selbstmitleid oder Reue übrig hatte, und er wollte verdammt sein, wenn sich das ausgerechnet jetzt ändern sollte, wo er ein Geist war. Aber genau das war der Fall: In letzter Zeit badete er regelrecht in Selbstmitleid und Reue.

Und in schwächlichem, sinnlosem Hin und Her. Zum Beispiel das, was er letzte Nacht getan hatte, gottverdammt.

Erst hatte er Kathryn sein Herz ausgeschüttet wie eine Memme. Dann hatte er sie mit bösen Worten gemahnt, Charon's Crossing zu verschwinden, und hatte sich selbst mit einem geisterhaften Aufwand aus dem Staub gemacht, der sogar ihm die Haare hätte zu Berge stehen lassen, wäre nicht zufällig er hier der Geist.

Und dann hatte er im Dunkeln unten am Strand gestanden, um sich zu vergewissern, daß sie heil die Klippen hinaufkam. Nicht, daß sie seine Hilfe nötig gehabt hätte. Sie konnte so gut wie jeder Mann auf sich aufpassen, und außerdem war der Mond so hell gewesen, daß man hätte meinen können, es sei Tag.

Und warum hatte er das getan? Was bedeutete Kathryn ihm schon?

Nichts. Sie erinnerte ihn nur wieder von neuem an all das, was er verloren hatte.

Bevor sie diesen Ort betreten hatte, war er alleine in der Dunkelheit gewesen, mit seiner Verbitterung und seinem Schmerz als einzigen Gefährten. Es hatte weder Zukunft noch Vergangenheit und erst recht keine Hoffnung gegeben.

Und jetzt, seit ihrem unerwünschten Eindringen, begann er, sich wieder an alles zu erinnern. Nicht bloß an den schändlichen Verrat einer Frau, die zu lieben er geglaubt hatte, oder an unschuldige Menschen, die er für sein eigenes stinkendes Ego geopfert hatte. Nein, auch an andere Dinge, die ihm genausoviel Schmerz und noch mehr Qual bereiteten.

Er erinnerte sich, wie schön das Leben außerhalb dieser Mauern sein und wie ein Lachen klingen konnte. Er erinnerte sich an das Gefühl, wenn Schiffsplanken unter seinen Füßen knarrten und wie süß ihm der Wind ins Gesicht wehte, wenn er vom Deck eines Segelschiffes auf die endlose See hinaussah. Er erinnerte sich an die beißende Kälte von Schnee und den Gestank der Docks von Boston.

Aber bei Gott, am deutlichsten erinnerte er sich, was es

bedeutete, so leidenschaftlich nach einer Frau zu verlangen, daß jedes Mal ein Feuer in seiner Brust loderte, wenn er in ihrer Nähe war.

Nein. Nicht irgendeine Frau. Kathryn. Nach Kathryn sehnte er sich, für sie brannte er lichterloh.

»Verdammt«, fauchte er erneut und versetzte dem Schaukelstuhl einen harten Tritt.

Leise vor sich hin murmelnd, knallte er den Deckel der Truhe zu und setzte sich darauf, die Hände auf den Oberschenkeln zu Fäusten geballt und das Gesicht finster vor Selbstverachtung.

Natürlich wollte er sie, dachte er herzlos. Sie hatte Brüste und die nötige Ausstattung zwischen den Beinen. Was brauchte sie mehr, um ihn zu befriedigen? Er war nach fast zwei Jahrhunderten Zölibat nicht wählerisch.

Diese Erkenntnis beruhigte seine Nerven, wenn auch nicht lange.

»Zum Teufel«, sagte er und stand ruckartig auf.

Irgend etwas draußen machte einen Höllenlärm. Mit düsterem Blick riß er die Fensterläden auf und schaute hinaus.

Was war da los?

Eine dieser lächerlichen Kutschen ohne Pferde kam den Weg hochgefahren und zog Lärm und schwarzen Rauch hinter sich her. Das Ding kam zitternd zum Stehen, und die hintere Tür öffnete sich. Ein Mann mit einem Köfferchen stieg aus. Er war groß und dunkelhaarig und sah hager und verweichlicht aus.

Matthews Stirnrunzeln vertiefte sich.

Wer war das?

Der Fremde gab dem Fahrer einige Banknoten. Die Kutsche machte kehrt, und währenddessen drehte sich der Mann um und blickte am Haus hinauf.

Matthew hörte, wie die Eingangstür aufsprang. Kathryn lief in Windeseile die Treppe hinunter. Der Mann stellte den Koffer ab, streckte die Arme aus, und sie warf sich hinein.

Der Muskel in Matthews Kiefer verhärtete sich. Zuerst Piraten, und jetzt dieser Fatzke. Was Männer anging, schien Kathryn keinen weit entwickelten Geschmack zu haben.

Die Umarmung dauerte ihm entschieden zu lang. Kathryn unternahm nichts, um sie zu beenden oder den leidenschaftlichen Kuß des Fremden abzublocken. Gott, es war ein erbärmlicher Anblick, zumal sie wieder diese unschicklichen Sachen trug. Bestimmt konnte der Mann, in dessen Armen sie lag, jeden sanften, gerundeten Zentimeter ihres Körpers spüren.

Schließlich lehnte sie sich mit einem strahlenden Lachen in den Armen des Mannes zurück, während er mit ihr sprach.

So hatte sie für ihn nie gelacht, dachte Matthew, und seine Hände ballten sich zu Fäusten.

Kathryn erwiderte etwas, und der Mann lächelte. Er nahm seinen Koffer, sie hakte sich bei ihm ein und zog ihn die Treppe hoch ins Haus.

Matthew drehte dem Fenster den Rücken zu und verschränkte die Arme. Nach dem zu urteilen, was er gesehen hatte, beabsichtigte dieser Gast, eine Weile zu bleiben. Wenn Kathryn beschäftigt war, konnte sie ihm wenigstens nicht dauernd in die Quere kommen, wie die gesamte letzte Woche.

»Gut«, sagte Matthew.

Er richtete den Schaukelstuhl auf und setzte sich.

Er trommelte mit den Fingern auf die Armlehnen.

Er zählte bis zehn.

Dann stieß er einen Fluch aus, der ihm seit seinem Wechsel vom Vorderdeck nach Achtern nicht mehr über die Lippen gekommen war, stand ruckartig auf und ging zur Dachbodentür.

Das Knallen der Dachbodentür hallte wie Kanonendonner durch das alte Haus.

»Was war das?« fragte Jason, als Kathryn ihn ins Foyer zog.

Kathryn setzte ein strahlendes Lächeln auf. »Du kennst doch diese alten Häuser«, sagte sie mit im Geiste gekreuzten Fingern. »Hier knallt und knarzt dauernd alles.«

»Klar«, sagte Jason mit skeptischem Blick.

Kathryn schloß die Eingangstür hinter ihm. »Was für eine schöne Überraschung«, sagte sie glücklich. Jason stellte seine Reisetasche ab, und sie nahm seine Hände in ihre. »Ich hatte dich nicht vor morgen erwartet.«

Er grinste. »Ich weiß.«

»Warum hast du nicht angerufen? Ich hätte dich doch vom Flughafen abgeholt.«

»Dann wär es doch keine Überraschung mehr gewesen, oder?« Seine Hände drückten ihre fester. »Freust du dich wirklich, mich zu sehen?«

Freute sie sich, ihn zu sehen? Kathryn lachte. Freute sie sich, in die Wirklichkeit zurückgeholt zu werden, dorthin, wo man in seiner Wohnung schlimmstenfalls einer Kakerlake über den Weg laufen konnte, die gerade in der Küche nach etwas Eßbarem suchte?

Sie seufzte und sank wieder in Jasons Arme. Es kam ihr vor wie eine Million Jahre und drei Tage, seit sie das letzte Mal mit ihm telefoniert hatte; da war sie noch gar nicht so erfreut gewesen, als er angekündigt hatte, am Wochenende zu ihr zu fliegen.

»Du kannst dir gar nicht vorstellen, wie ich mich freue«, sagte sie.

»Schön.«

Jason schloß erleichtert die Augen und drückte Kathryn an sich. Den ganzen Flug nach Elizabeth Island hatte er sich besorgt gefragt, wie sie ihn wohl empfangen würde. Es hatte ihn unendliche Mühen gekostet, seinen Dienstplan umzuwerfen und das Flugzeug in letzter Minute umzubuchen, und der Flug selbst steckte ihm noch in den schlotternden Knochen, aber nun wußte er, daß es das wert gewesen war.

Lächelnd faßte er sie bei den Schultern und betrachtete sie mit ausgestreckten Armen.

»Was ist?« fragte sie mit einem kleinen Lachen.

»Du bist eine Augenweide, Liebes.«

Das war maßlos untertrieben. Ihre weiße Haut hatte eine goldbraune Farbe bekommen, sie trug das schwarze Haar offen, was sie fast nie tat, obwohl er es liebte, und ihre Kleidung – ausgefranste kurze Jeans, ein T-Shirt vom *Museum of Modern Art* – ließen seinen Körper nach ihrem dürsten.

»Verdammt«, sagte er rauh, »ich hatte fast vergessen, wie wunderschön du bist.«

Sie errötete. »Ich seh' furchtbar aus. Hätte ich gewußt, daß du kommst ...«

»Kathryn.« Jason nahm sie wieder in die Arme. »Du hast mir ganz schrecklich gefehlt.«

»Du hast mir auch gefehlt«, antwortete sie ganz automatisch und ignorierte das leichte Schuldgefühl, das sie dabei beschlich. In Wirklichkeit hatte er ihr überhaupt nicht gefehlt. Sie hatte in den letzten Tagen kaum an ihn gedacht.

Doch sie war froh, daß er nun hier war. Jason war bodenständig und wirklich. Ein paar Tage mit ihm, und sie wäre auf dem besten Weg zurück in die Realität, und daran würde kein mißmutiger Geist etwas ändern können.

Sollte sie Jason von Matthew erzählen? Sie brannte darauf. Es fragte sich nur, wie sie das anstellen sollte, ohne als Anwärterin für die Klapsmühle dazustehen.

»Jason?«

»Hmmm?« machte er, während er die Stelle liebkoste, wo ihr Hals in die Schulter überging.

»Jason, es gibt da etwas, das du über Charon's Crossing wissen solltest.«

»Erzähl es mir später«, flüsterte er und zog sie näher an sich.

Sich ihm sanft widersetzend, drückte sie ihm die Hände auf die Brust.

»Nein. Ich muß es dir jetzt sofort erzählen. Du wirst mir wahrscheinlich nicht glauben, aber …«

»Du hast recht, Kathryn. Er wird dir kein Wort glauben, also spar dir deinen Atem.«

Kathryn fuhr zusammen vor Schreck. Matthew stand keine drei Meter hinter Jason, ans Treppengeländer gelehnt, die Füße lässig übereinandergeschlagen.

»Bist du wahnsinnig?« zischte sie ihn an. »Mach, daß du hier rauskommst!«

Entgeistert wich Jason zurück. »Aber du hast doch gesagt, du freust dich, mich zu sehen.«

Kathryn blickte ihn an. »Natürlich freue ich mich«, sagte sie leise. »Sehr sogar.«

»Warum sagst du dann …«

»Ich habe nicht mit dir gesprochen!«

»Nicht?«

»Nein, natürlich nicht. Ich habe mit …«

»Denk dran, er kann mich nicht sehen«, warf Matthew gelangweilt ein.

Kathryn achtete nicht auf ihn. »Ich wollte es dir schonend beibringen, so daß es kein Schock für dich ist …«

»Und? Wirst du ihm von mir erzählen?«

»… so daß es kein Schock für dich ist«, sagte sie eilig, »aber …«

»Wie großherzig von dir«, sagte Matthew galant. Er stieß sich vom Geländer ab und kam auf sie zu. Stirnrunzelnd musterte er Jasons Gesicht. »Es ist in der Tat ein feiner Zug, daß du dir Sorgen machst um solch ein wachsbleiches Jüngelchen. Du willst sein schwaches Herz schließlich nicht überanstrengen.«

»Halt's Maul«, sagte Kathryn wütend.

Jason hob die Augenbrauen. »Aber ich habe doch gar nichts gesagt.«

»Ach Jason, doch nicht du.«

»Aber du hast gesagt . . .«

»Ich weiß, was ich gesagt habe, aber du warst nicht gemeint.«

»Kathryn«, sagte Matthew geduldig, als spreche er mit einem kleinen Kind oder einem Hund, »ich glaube wirklich, du solltest dir das noch einmal überlegen. Er wird dich für verrückt halten, wenn du ihm von mir erzählst. Kerle wie der werden nie begreifen, daß es so etwas wie mich gibt.«

»Das könnte dir so passen!«

»Es ist die Wahrheit, nichts weiter.«

»Er wird mich verstehen! Warte nur ab! Er liebt mich.«

Matthew schüttelte den Kopf. »Weibliche Logik«, sagte er mit einem verächtlichen Grinsen. »In diesem Jahrhundert immer noch so unsinnig wie im letzten.«

»Kathryn?« Jason gab ein unbehagliches Lachen von sich. »Was geht hier vor? Mit wem redest du?«

Kathryn fuhr sich mit der Zungenspitze über die Lippen. »Also, Jason, ich weiß, es wird ein Schock für dich sein, aber . . .« Sie zuckte hilflos mit den Schultern. »Dreh dich um.«

»Ich soll mich umdrehen?«

»Ja«, sagte sie voller Ungeduld. »Dreh dich einfach um und . . . sieh ihn dir an.«

Jason gehorchte. Er sah sich um. Dann lächelte er unsicher.

»Und was soll ich mir ansehen?«

»Was du dir– verdammt noch mal, Jason!«

Kathryn zeigte mit dem Finger auf Matthew. »Dieses Prachtstück hier! Was sonst?«

»Welches Prachtstück? Die Wand?«

»Nein! Natürlich nicht. Das hier!« sagte sie, ballte die Faust und hämmerte gegen Matthews Schulter. »Das, Jason, das!«

»Aua.« Matthew runzelte die Stirn und rieb sich die Stelle,

wo sie ihn geknufft hatte. »Immer mit der Ruhe. Ich bin vielleicht nicht aus Fleisch und Blut, aber weh tut es trotzdem.«

»Und?« fragte Kathryn. »Was siehst du?«

»Die Treppe? Das Geländer? Pfosten?« Jason räusperte sich. »Was, bitte, soll ich denn sehen? Liebes, geht es dir gut?«

Matthew lachte schadenfroh. Er ging zurück zur Treppe, setzte sich auf die unterste Stufe und streckte die langen Beine von sich.

»Liebes«, äffte er Jason nach, »geht es dir gut?«

Kathryn warf ihm einen wütenden Blick zu, bevor sie sich wieder Jason zuwandte.

»Versuch es«, bat sie ihn. »Sieh auf diese Treppe und ... und konzentrier dich.«

Jason starrte angestrengt auf die Treppe. Matthew lächelte, lehnte sich zurück und wartete.

»Äh, vielleicht gibst du mir einen Tip ...«

Kathryn rollte die Augen gen Himmel. »Vergiß es.«

»Kathryn, wenn du mir sagen würdest, was ich nun eigentlich ...«

»Eine Maus«, sagte sie matt. »Ich meine, ich dachte, ich hätte eine Maus gesehen ...« Ihre Augen funkelten böse, als Matthew schmunzelte. »Nein, keine Maus, eine Ratte. Eine riesige Ratte habe ich gesehen, mit einem langen Schwanz und scheußlichen Schnauzhaaren.«

Jason unterdrückte ein Schaudern. »Ratten? Ich hasse die verdammten Viecher.«

»Das beruht auf Gegenseitigkeit«, sagte Matthew freundlich.

»Wie konntest du nur?« zischte Kathryn ihn an.

»Mich nur für dich sichtbar machen?« Matthew zuckte mit den Schultern. »Ich habe dir doch gesagt, Süße, ich habe keine Ahnung.« Er grinste. »Berufsgeheimnis.«

»Liebes?«

»Lach mich nicht aus! Und nenn mich nicht so!«

»Ich lache doch gar nicht«, sagte Jason vorsichtig. »Und wenn du nicht willst, sag ich auch nicht mehr Liebes zu dir.«

Kathryn wirbelte herum. Jason sah sie an, als hätte sie zwei Nasen im Gesicht.

»Nein, nein«, sagte sie schnell, »ich habe nicht dich ge– «

»Kathryn, bist du krank? Hast du zu lange in der Sonne gelegen? Du bist das nicht gewohnt.«

»Nein, ich bin nicht krank.«

»Bist du sicher? Deine Mutter hat mir ...«

Er brach mitten im Satz ab, doch es war zu spät.

»Du hast mit Beverly gesprochen?«

»Äh, ja. Liebes, ich habe mir Sorgen gemacht, als ich dich nicht erreichen konnte und du dich nicht gemeldet hast.«

»Und da hast du Beverly angerufen?«

»Was ist daran so schlimm? Sie hat sich auch Sorgen gemacht. Sie hat gesagt, du hättest sie auch nicht angerufen.«

»Natürlich habe ich das nicht! Warum auch? Wenn ich einmal im Monat mit ihr spreche, ist das viel.«

»Trotzdem hat sie sich Sorgen gemacht, weil du ganz alleine hier unten bist.«

»Dazu besteht kein Anlaß.« Kathryn funkelte ihn an und warf sich die Haare aus dem Gesicht. »Wie du siehst, geht es mir prächtig.«

»Prächtig«, sagte Jason sanft. Er streckte die Hand aus und nahm ihr Gesicht in beide Hände. »Und wie prächtig.«

Matthew stöhnte. »Bitte verschont mich. Muß ich mir das wirklich anhören?«

Kathryn stampfte mit dem Fuß auf. »Wirst du endlich die Schnauze halten?«

Jason ließ sie los. »Wenn das so ist«, sagte er kühl, »flieg ich wohl besser wieder nach New York zurück.«

»Guter Gedanke«, sagte Matthew und stand auf.

»Schrecklicher Gedanke«, beeilte sich Kathryn zu sagen. Langsam und demonstrativ legte sie Jason die Arme um den Hals. »Ich bin nicht krank, und ich habe auch nicht zu lang in der Sonne gelegen, aber ich habe viel zu lang auf dich verzichten müssen. Das letzte, was ich will, ist daß du jetzt gehst.« Sie lächelte, schob ihren Kopf nach vorne und suchte seine Lippen.

Jason zögerte. Dann zog er sie eng an sich und erwiderte ihren Kuß. Sie schloß die Augen und tat ihr Bestes, sich ganz dem Augenblick hinzugeben, aber es gelang ihr nicht. Was sie jetzt auch fühlen sollte – Leidenschaft, Erregung, Verlangen – war einfach nicht da.

Aber wie sollte es auch anders sein? Sie war nicht alleine mit Jason. Sie küßten sich vor einem belustigten Ein-Mann-Publikum, das jede ihrer Bewegungen verfolgte.

»Entspann dich, Liebes«, flüsterte Matthew. »Du bist ja steif wie ein Brett.«

Kathryn kniff die Augen fester zu.

»Keine kleinen Seufzer, kein Laut aus deiner Kehle. Wenn ich dich küsse, ist das aber anders.«

Sie legte ihre Finger eng um Jasons Nacken.

Matthews Stimme wurde heiser. »Weißt du, daß deine Haut wärmer wird, wenn wir uns küssen, und daß du dich an mich drückst?«

Kathryn entfuhr ein erstickter Laut. Sie befreite sich aus Jasons Umarmung, ihr Gesicht glühte.

»Ich ... ich muß erst mal Luft holen«, sagte sie.

Jason streckte den Arm nach ihr aus, die Augen voller Leidenschaft.

»Aber ich mag es, wenn du außer Atem bist«, erwiderte er mit einem kleinen Lachen.

»Ich weiß, aber ... laß uns erst deine Sachen hochbringen. Elvira kann jeden Augenblick hier sein.«

»Wer?«

»Die Frau, die mir hilft, hier sauberzumachen.«

Jason seufzte und nahm seine Reisetasche. »Ich bin froh, daß dir jemand zur Hand geht, Kathryn. Die Bude sieht ja zum Fürchten aus.«

»Es geht doch schon. Wir haben schon eine Menge geschafft.«

»Kein Wunder, daß hier Ratten rumlaufen.«

Kathryns Schultern versteiften sich. »Das Haus ist alt, aber ...«

»Hast du einen Kammerjäger gerufen?«

»Einen Kammerjäger?«

»Damit er die Ratten tötet.« Er legte ihr einen Arm um die Schulter. »Du willst doch sicher nicht, daß Ungeziefer mit dir im Haus wohnt.«

»Du sprichst mir aus der Seele«, sagte Kathryn und warf Matthew einen kühlen Blick zu. »Komm, ich zeig dir dein Zimmer.«

Jason küßte sie auf die Stirn. »Unser Zimmer, meinst du.«

Das meinte sie zwar ganz und gar nicht, aber sie änderte rasch ihre Meinung, als sie bemerkte, daß Matthews dummes Grinsen einem äußerst entrüsteten Blick gewichen war.

»Natürlich, Liebling«, schnurrte sie. »Wo solltest du sonst schlafen als in unserem Zimmer?«

Süßlich lächelnd ging sie mit Jason die Treppe hinauf.

Liebling?

Hatte Kathryn den Kerl mit dem aufgesetzten Lächeln und dem verweichlichten Gesicht wirklich Liebling genannt?

Führte sie ihn wirklich in ihr Schlafzimmer?

Und würde sie dabei durch Matthew hindurchspazieren?

»He«, rief Matthew und sprang gerade noch rechtzeitig zur Seite, bevor der blasse Stubenhocker ihm auf die Füße trat. »Verdammt, Kathryn, was hast du vor?«

Sie schaute über die Schulter zurück und lächelte ihn schadenfroh an. Dann sah sie mit Augen voller hündischer Ergebenheit hoch zu dem Mann an ihrer Seite und erklomm die restlichen Stufen mit ihm.

Matthew setzte sich mit grimmigem Gesichtsausdruck auf die unterste Stufe.

Würde sie es tatsächlich zulassen, daß dieser Mann sie anrührte? Es war klar, daß sie in seinen Armen nichts gefühlt hatte. Das sah jeder Narr. Jeder Narr außer dem hochgeschätzten Jason offensichtlich. Entweder hatte er nicht bemerkt, daß die Frau in seinen Armen seine Zärtlichkeiten so leidenschaftlich erwiderte wie eine Statue aus Stein, oder es war ihm egal.

Und Matthew war es auch egal. Was ging es ihn an? Kathryn konnte mit zu sich ins Bett nehmen, wen sie wollte, sie konnte mit hundert Männern schlafen, wenn ihr danach zumute war ...

Matthew stand abrupt auf.

»Verflucht«, murmelte er und stieg schnurstracks die Treppe hinauf zu Kathryns Schlafzimmer.

Sie mußte ihn schon erwartet haben, denn sie verzog keine Miene, als er durch die Wand kam und einen Stuhl heranzog, nur scheinbar so gelassen, wie er gern gewesen wäre.

»Du kannst die untere Schrankschublade haben«, sagte sie zu Jason. »Wenn du was aufhängen willst, schieb einfach meine ...«

»Ich kann es nicht glauben!«

Jason stand immer noch im Türrahmen und blickte im Zimmer umher.

Kathryn lächelte. In den letzten Tagen hatte sie ein wenig Arbeit in diesen Raum gesteckt. Die Fenster, zum Großteil noch die alten, blitzten. Sie hatte die Vorhänge abgenommen, ausgebürstet und wieder aufgehängt. Der Schrank, poliert bis auf die Knochen, glänzte, und sie hatte ein paar kleine Bilder aufgehängt.

»Ich weiß«, sagte sie stolz. »Sieht toll aus, nicht?«

»Hast du wirklich hier drin geschlafen?«

»Na ja, außer in den ersten beiden Nä–«

»Dieses Zimmer ist eine einzige Katastrophe!«

Kathryn erbleichte. »Ich weiß, es sieht noch etwas runtergekommen aus.«

»Runtergekommen ist gar kein Ausdruck.«

Das stimmte. Charon's Crossing hatte mehr nötig als Wasser und Putzmittel. Warum also ärgerte es sie so, wenn Jason etwas aussprach, das sie schon wußte?

»Zugegeben, das Plaza-Hotel ist es nicht«, sagte sie mit einem verkniffenen Lächeln, »aber was Besseres kann ich dir nicht bieten.«

Matthew schmunzelte. »Er macht sich wohl Sorgen wegen der Ratten.«

Kathryn warf ihm einen vernichtenden Blick zu. »Mach dich nicht lächerlich.«

»Das ist überhaupt nicht lächerlich«, sagte Jason steif. »Vielleicht klingt das albern für dich, Kathryn, aber ...«

»Nein! Ich meine, ich habe nicht ...« Kathryn biß sich auf die Lippen. Das war Wahnsinn. »Weißt du was? Warum räumst du nicht deine Sachen ein, und ich geh' runter und mach' uns was zu essen?«

Jasons Gesicht hellte sich auf. »Ich hab' eine bessere Idee.« Er nahm sie in die Arme. »Warum begrüßen wir uns nicht erst einmal anständig, und dann führ' ich dich zum Essen aus?«

»Das wäre sehr schön«, sagte sie und wand sich aus seiner Umarmung, »aber ich bin nicht sicher, ob es hier auf der Insel überhaupt ein Restaurant gibt.«

»Du kannst ja mit ihm an den Strand gehen«, sagte Matthew geistreich. »Packt euch einen Picknickkorb und setzt euch in den Sand. Um diese Tageszeit wimmelt es da unten von Krebsen. Sicher genau das richtige für einen Mann mit einer Vorliebe für Ratten.«

Jason streichelte ihr den Rücken. »Dann müssen wir das Mittagessen eben ausfallen lassen«, flüsterte er.

»Aber ich habe schon das Frühstück ausfallen lassen«, protestierte Kathryn. »Außerdem, interessiert es dich gar nicht, ob ich kochen kann?«

»Andere Dinge interessieren mich mehr.«

»Jason.« Sie legte ihm leicht die Hand auf die Brust. »Wozu die Eile? Wir haben noch das ganze Wochenende vor uns.«

Jason seufzte und lehnte seinen Kopf an ihren.

»Du hast recht. Ich wollte nicht sofort über dich herfallen, Liebes, aber du hast so wunderschön ausgesehen, und ich habe dich so vermißt ...« Er seufzte erneut. »Setz schon mal Kaffee auf, während ich auspacke, okay?«

Kathryn lächelte. »Okay.«

Jason ließ sie los und knöpfte sein Hemd auf. »Ich könnte auch eine Dusche gebrauchen, wenn es dir recht ist.«

»Klar. Einfach den Gang runter. Saubere Handtücher sind im Wandschrank nebenan.«

»Hervorragend.« Er zog das Hemd aus und entblößte seine unbehaarte Brust. Eine ganz nette Brust, wie eine Männerbrust nun mal war. Aber im Vergleich zu Matthews ...

Kathryn lief rot an, warf Jason ein kurzes Lächeln zu und verschwand.

Sie war heute morgen früh in die Stadt gefahren, um für Jasons Besuch einzukaufen. Und sie hatte gut daran getan. Wenigstens waren Kühlschrank und Vorratskammer prallgefüllt.

Darüber konnte sie froh sein.

Sie hatte sogar die Küche für sich. Matthew hing nicht in irgendeiner Ecke herum.

Darüber konnte sie erst recht froh sein.

Kathryn hob die Augen gen Decke. Andererseits konnte das nur bedeuten, daß Matthew immer noch oben im Schlafzimmer war. Was machte er wohl da oben? Jason ausspionieren? Oder ließ er das Bett schweben?

Der Gedanke war absurd. In ihrer Gegenwart hatte er nie solche Spielchen getrieben. Trotzdem mußte sie grinsen.

Armer Jason, dachte sie, als sie den Kühlschrank aufmachte und einen Kopf Salat und Tomaten herausnahm. Er war schon völlig aufgelöst wegen des Zustandes, in dem sich das Haus befand, und ihrem aus der Luft gegriffenen Gerede über Ratten. Ihr Lächeln wurde breiter, als sie eine Tomate aufschnitt und ein Stück in den Mund steckte.

Wenn er aufsah und bemerkte, daß ein Wirbelsturm aus Licht durchs Zimmer fegte, würde er wahrscheinlich aus den Latschen kippen.

Sie unterdrückte ein Kichern. Es war wahrscheinlich gut so, daß Jason Matthew nicht sehen konnte. Es wäre schon schlimm genug, wenn er plötzlich einem Typ gegenüberstünde, der aussah wie auf einem Kostümball, aber wenn er dann noch feststellte, daß er durchsichtig war ...

»Wer ist er?«

Wenigstens schrie sie diesmal nicht auf, wenn sie auch zusammenfuhr und das Messer fallen ließ.

Sie hob es auf und spülte es im Waschbecken ab. Dann, als hätte sie alle Zeit der Welt, drehte sie sich um und sah Matthew an, der im Türrahmen stand.

»Es ist nicht sehr höflich, einen Raum zu betreten, ohne anzuklopfen.« Sie machte den Kühlschrank wieder auf und nahm eine Dose Muschelsalat heraus. »Aber ich nehme an, das interessiert dich nicht sonderlich.«

»Ich habe dich was gefragt, Kathryn. Wer ist dieser Mann?«

»Ich habe es gehört. Und es geht dich nichts an.«

»Bist du seine Mätresse?«

Sorgfältig plazierte sie Salatblätter und Tomatenscheiben kreisförmig auf einen Teller. Dann begann sie, den Muschelsalat mit einem Löffel in die Mitte des Tellers zu häufen.

»Bist du seine Geliebte?«

Kathryn sah auf. »Gibt es da einen Unterschied?« fragte sie höflich.

»Verzeihung. Was für dumme Fragen. Offensichtlich bist du keins von beidem.«

»Das ist ja toll«, sagte sie noch höflicher. »Du bist nicht nur ein Geist, sondern auch Hellseher.«

Matthew blickte grimmig drein. »Wenn du seine Mätresse wärst, dann würdest du jetzt oben mit ihm im Bett liegen, weil er das so will.«

»Interessanter Ansatz.«

»Und wenn du seine Geliebte wärst, würdest du mit ihm im Bett liegen, weil du das so willst.«

Kathryn fing an, den Tisch zu decken. »Überzeugende Unterscheidung«, sagte sie, »aber leider irrst du dich. Ich würde unter gar keinen Umständen in diesem Bett liegen, nicht, solange du in der Ecke stehst und zusiehst.«

»Dein Schamgefühl rührt mich.«

»Jason wird gleich runterkommen. Ich wäre dir sehr verbunden, wenn ...«

»Wenn du weder seine Mätresse noch seine Geliebte bist, was tut er dann hier?«

»Ich sagte doch, das geht dich nichts an.«

»Und ob, solange wir unter einem Dach leben.«

Kathryn riß der Geduldsfaden. Sie fuhr herum, ihre Augen blitzten.

»Es war nicht meine Idee, mit dir unter einem Dach zu leben. Wenn es dir hier nicht paßt, mach, daß du rauskommst. Ich halte dich nicht auf.«

Einen Moment lang verlor sein Gesicht den arroganten Ausdruck.

»Nein, du nicht. Aber jemand anders. Gott. Oder der Teufel. Ich weiß nicht, welcher von beiden.«

Was meinte er damit? Und warum sah er so aufgeregt aus?

Sie hätte ihn beinahe gefragt, doch dann fiel ihr wieder ein, wie er sie letzte Nacht behandelt hatte, wie er ihr befohlen hatte, Charon's Crossing zu verlassen, und ihre Entschlossenheit kehrte wieder.

»Ich lasse mich hier nicht in philosophische Diskussionen verwickeln«, sagte sie kühl. »Egal, was du sagst, dieses Haus gehört mir. Und ich lasse mich weder ausfragen noch herumkommandieren, solange ich hier bin.«

Der vertraute unverschämte Blick machte sich wieder auf Matthews Gesicht breit.

»Das ist Ihr gutes Recht, Madam. Ich bitte Sie nur, die Umgangsformen zu wahren, so daß keiner von uns beiden entehrt wird, solange wir das gleiche Domizil bewohnen.«

Kathryn lachte. »Ich glaube, ich höre nicht recht! Du redest von Umgangsformen? Du tauchst auf wie ein Kaninchen aus dem Zylinder, wenn dir danach ist, verschwindest in einer Rauchwolke, wenn es dir gerade paßt, stehst rum und hältst Maulaffen feil, wenn ich gerade versuche, mich ernsthaft mit jemandem zu unterhalten ...«

»Hältst Maulaffen feil? Was soll das denn heißen?«

»Das heißt, daß du mir gehörig auf die Eier gehst!«

Er hob die Augenbrauen. »Aber, aber. Was für Ausdrücke! Ich bin entsetzt.«

Kathryn grinste breit. »Wart's nur ab. Das war erst der Anfang.«

Matthew ging an ihr vorbei zum Ofen. »Der Kaffee ist fertig.« Er schnupperte den Dampf, der aus der Kanne kam. »Hmmm. Riecht vorzüglich.«

»Er *ist* vorzüglich.« Sie drehte sich um, als er gerade eine Tasse aus dem Schrank nahm. »Zufällig koche ich hervorragenden Kaffee, aber ganz sicher nicht für dich, sondern für Jason«, sagte sie und riß ihm die Tasse aus der Hand.

»Jason.« Seine Stimme war voller Verachtung. »Der Mann, der sich vor Ratten und Staub fürchtet.«

»Jason«, sagte Kathryn kalt. »Der Mann, mit dem ich verlobt bin.«

Matthews Augenbrauen schossen gen Himmel. Er holte mit dem Fuß einen Stuhl unter dem Tisch hervor, drehte ihn um und setzte sich.

»Das erklärt einiges«, sagte er.

»Erklärt was?«

»Warum du dich so zierst, mit ihm zu schlafen. Die Spielregeln sind immer noch dieselben, wie ich sehe.«

Kathryn zog die Brauen zusammen. »Welche Spielregeln?«

»Die besagen, daß eine Frau tugendhaft bleiben muß, denn sie weiß, daß kein Mann sie sonst heiraten wird.«

»Aha«, sagte sie.

Sie lehnte sich mit verschränkten Armen an den Küchenschrank. Mein Gott, dachte Matthew, wie unglaublich schön sie ist. Die Wut hatte ihre Wangen gerötet und ihre Augen zu einem stürmischen Dunkelblau verfärbt. Sie atmete schnell, so daß sich ihre festen, runden Brüste mit einer Geschwindigkeit hoben und senkten, die eine Spannung durch seinen Körper jagte.

Wie einfach es wäre, den Stuhl zur Seite zu treten, auf sie zuzugehen, sie in die Arme zu nehmen und zu küssen, bis sich Wut und Zorn in Leidenschaft und Verlangen verwandelten.

Zum Teufel, er wurde langsam wahnsinnig. Wie konnte er sie in einen Augenblick hassen, im nächsten aber begehren? Sie war viel zu starrköpfig und streitsüchtig.

Und dann war da noch das kleine Problem, daß Cats Blut in ihren Adern floß.

Verdammt, jetzt hatte er ganz vergessen, wovon sie geredet hatten.

»Aha was?« fragte er stirnrunzelnd.

»Aha, was Sie für ein beschränktes Mannsbild sind, Kapitän McDowell.« Kathryn knallte eine Handvoll Besteck auf den Tisch. »Die Zeiten haben sich glücklicherweise geändert. Männer und Frauen werden nicht mehr mit zweierlei Maß gemessen.«

»In welcher Hinsicht?«

»In sexueller Hinsicht. Heute haben auch die Frauen die Wahl, wie Männer sie schon immer hatten.«

Er zuckte mit den Schultern. »Es hat schon immer Frauen gegeben, die ihren Rock gehoben haben, wenn ein Mann das wollte.«

»Du hörst mir nicht zu. Ich sag' dir eins: Frauen haben diese Spielchen nicht mehr nötig. Wenn eine Frau mit einem Mann schlafen will, dann tut sie das.«

»Einfach so?«

»Einfach so«, sagte sie und ignorierte dabei mutwillig AIDS, Frauenrechtlerinnen und die laufende Feminismusdebatte.

»Ach nein«, sagte Matthew höflich.

»Ach ja.«

»Moment, noch einmal zum Mitschreiben. Wenn das stimmt, was du sagst, dann willst du einfach nicht mit deinem Jason schlafen. Habe ich das richtig verstanden?«

Kathryn unterdrückte ein Stöhnen. Schach. Aber noch nicht matt.

»Nein, nicht heute.«

»Weil ich da bin.«

»Genau.«

Er lächelte. »Ich kann die Grenzen von Charon's Crossing zwar nicht hinter mir lassen, aber das Anwesen ist groß genug. Sag nur ein Wort, und du wirst mich für das restliche Wochenende nicht mehr sehen.«

»Was meinst du damit, du kannst die Grenzen von Charon's Crossing nicht hinter dir lassen?«

»Ich meine genau das, was ich gesagt habe, und bitte wechsel nicht dauernd das Thema. Wünschen Madam, daß ich mich verabsentiere?«

Jetzt war sie schachmatt. Sie funkelte ihn an und riß eine Schublade auf, aus der sie Damastservietten und Silberbesteck holte.

»Danke für das freundliche Angebot, aber ich werde mein Sexualleben nicht von deinem Großmut abhängig machen.«

Matthew atmete tief durch. Das wollte ich dir auch nicht geraten haben, dachte er grimmig, denn er hatte nicht die Absicht, sich aus dem Staub zu machen, damit sie mit diesem sabbernden Trottel ein Stockwerk höher ins Bett hüpfen konnte.

Teufel noch mal! Warum war das alles auf einmal so verdammt kompliziert?

»Wovon machst du es dann abhängig?« fragte er, zufrieden mit der Ruhe in seiner Stimme. Er streckte die Hand aus, nahm eine Tomatenscheibe vom Teller und steckte sie in den Mund. Der Geschmack war wie Nektar. »Der arme Jason scheint recht ausgehungert zu sein.«

Kathryn schlug ihm auf die Hand, als er noch eine Scheibe nehmen wollte.

»Jasons und mein ... äh, Hunger geht dich nichts an.«

»Offenbar nicht.« Natürlich hatte sie recht, aber das würde ihn nicht hindern. Er wollte hören, wie sie zugab, daß sie in seinen Armen dahingeschmolzen war wie der Zucker in einem Glas heißen Rum, und nicht in denen des Mannes, mit dem sie verlobt war.

Man konnte es Ego nennen. Man konnte es die Frustration eines Mannes nennen, der dreimal so lange das Zölibat gehalten hatte wie andere Männer lebten. Man konnte es den Wahnsinn nennen, in den sie ihn trieb, seit er sie zum ersten Mal geküßt hatte ...

Er wollte, daß sie es aussprach. Verdammt, er wollte sie dazu bringen, es zu zeigen, sich in seine Arme zu werfen und mit ihrem köstlichen Mund seinen zu berühren, und es war ihm verflucht noch mal egal, ob das vernünftig war oder nicht.

Er stand auf, trat den Stuhl zur Seite und ging zu ihr hinüber.

»Kathryn.«

Kathryns Herz setzte kurz aus. Matthew stand dicht hinter ihr. Sie spürte, wie sein Körper sich an ihrem rieb, wie sein Atem ihr im Haar kitzelte. Nichts, was sie in der letzten halben Stunde gesagt hatten, war freundlich oder auch nur höflich gewesen, und auf einmal wußte sie, warum.

Es hatte nichts mit Jason zu tun.

Es hatte mit der Leidenschaft zu tun, die zwischen ihnen brannte.

Matthew hatte sie seit Tagen nicht angerührt, doch sie hatte nicht vergessen, wie seine Küsse schmeckten, wie sich sein heißer Körper anfühlte. Sie hatte nicht vergessen, wie es war, in seinen Armen zu liegen, zu spüren, wie seine Hand nach den festen Rundungen ihres Busens tastete.

Er flüsterte wieder ihren Namen und schlang die Arme um sie. Sie schloß die Augen und ließ den Kopf zurückfallen, als er ihr die Haare aus dem Nacken strich und mit seinen Lippen ihre Haut berührte.

»Nein«, flüsterte sie, doch sie drehte sich in seinen Armen um.

»Doch«, erwiderte er und küßte sie. Es hatte keinen Zweck, so zu tun, als ob sie es nicht wollte, als ob sie sich nicht seit diesem ersten unglaublichen Traum danach gesehnt hatte. Sie gab ihren Widerstand auf, er stöhnte, und ihre Lippen fanden sich in einem tiefen, leidenschaftlichen Kuß.

»Matthew«, flüsterte sie und schlang die Arme um seinen Hals.

»Kathryn?«

Sie riß die Augen weit auf, als sie Jasons Stimme hörte.

Er stand im Türrahmen und starrte sie an. Er hatte sich umgezogen und trug nun Bermudashorts und ein weißes, kurzärmeliges Hemd, das nur halb zugeknöpft war. Sein Haar war noch naß von der Dusche. Ihr Hirn registrierte all diese Einzelheiten und versuchte verzweifelt, das einzige auszublenden, was interessierte: seinen bestürzten Gesichtsausdruck.

»Kathryn? Was zum Teufel machst du da?«

Matthew ließ sie los und lachte kehlig. »Sag es ihm! Na los, worauf wartest du?«

»Hau ab!«

»Verdammt, Kathryn!« schrie Jason, »ich werde nicht abhauen.« Er ging mit zornigem Gesicht auf sie zu. »Nicht, bevor du mir gesagt hast, was um alles in der Welt hier vor sich geht!«

»Ich habe doch nicht dich gemeint«, sagte sie schnell. »Ich habe ...« Ach, es war sinnlos! Wie konnte sie ihm schon klarmachen, warum sie hier alleine herumstand, mit zurückgeworfenem Kopf, die gehobenen Arme um etwas geschlungen, daß für ihn wie bloße Luft aussehen mußte?

»Ich ... ich ... mache gerade eine Tai-Chi-Übung«, sagte sie verzweifelt.

»Tai Chi?«

»Genau. Du weißt schon, dieser Kram aus Asien, wo man so komische Posen einnimmt und so ... ich, äh, ich wollte nicht, daß du mich dabei siehst, weil ... nun ja ...«

Sie schrie leise auf, als Matthew ihren Nacken mit den Lippen berührte.

»Du hast eine blühende Phantasie, Kathryn«, sagte er lachend. »Ich werd dich jetzt mit ihr und deinem Zukünftigen allein lassen. Ich wünsche guten Appetit.«

Sie spürte, wie er verschwand. Die Luft hinter ihr fühlte sich kühler an, und das Denken fiel ihr leichter.

»Jason«, sagte sie, »sieh mich nicht so an.« Sie zwang sich

zu einem Lächeln. »Ich komme mir schon blöd genug vor, wenn ich mitten in meinen Übungen überrascht werde.«

»So sah das aber nicht aus. Es sah aus, als ob du . . . als ob du gerade . . .«

Es fiel Kathryn schwer, aber sie sagte nichts. Nach einer Weile schüttelte Jason den Kopf und lächelte über seine eigene Dummheit.

»Vergiß es. Du würdest glauben, ich bin verrückt.«

Kathryn eilte um den Tisch herum und warf sich ihm in die Arme.

»O Jason. Du ahnst gar nicht, wie froh ich bin, daß du bei mir bist!«

Sie schloß die Augen und schmiegte sich an ihn. Er fühlte sich stark an, vertraut und tröstlich. Nach einer, wie ihr schien, langen Zeit löste sie sich von ihm und lächelte.

»Und jetzt«, sagte sie unvermittelt, »laß uns etwas essen. Und dann gehen wir spazieren, ich zeig' dir die Insel.«

***

Es wurde ein herrlicher Tag.

Kathryn räumte den Fahrersitz ihres uralten VW für Jason, der es noch mehr verlernt hatte, zu schalten und zu kuppeln als sie. Sie mußten beide jedes Mal lachen, wenn der hellgelbe Käfer auf der Straße einen Satz machte.

Sie bummelten durch die schmalen Straßen von Hawkins Bay. Jason kaufte für sie beide auf dem Markt passende Strohhüte und T-Shirts mit der Aufschrift »Cool Caribbean Breezes«, in denen aber hinten »Made in Hongkong« stand.

Bei Sonnenuntergang fanden sie ein kleines Café am Wasser, wo es Miesmuscheln in Knoblauchsoße und gebratenen Rotbarsch gab. Sie aßen, bis sie nicht mehr konnten, und spülten alles mit englischem Lager-Bier herunter. Und dann tanzten sie zur Musik einer Wurlitzer-Box, die so antiquiert war, daß sie bei jedem Händler in New York eine schöne Stange Geld eingebracht hätte.

Als sie nach Charon's Crossing zurückkehrten, stand der Mond bereits hoch am samtschwarzen Himmel. Das Haus war still und dunkel, und Kathryn gestattete Jason einen Kuß, als sie gemeinsam die Treppe hinaufgingen.

Doch als sie vor dem Schlafzimmer standen und seine Küsse fordernder wurden, wandte sie ihr Gesicht von ihm ab.

»Ganz ruhig, Liebes«, flüsterte er. Er nahm ihr Gesicht in beide Hände und führte ihre Lippen an seine. »Es wird wunderschön, das verspreche ich dir.«

Sie wollte ihm so gerne glauben. Sie ließ ihn gewähren, als er sie nochmals küßte. Sie wollte etwas fühlen; sie wollte dasselbe fühlen wie in Matthews Armen. Warum aber fühlte sie es nicht? Vielleicht war Matthew in der Nähe. Vielleicht beobachtete er sie. Vielleicht konnte sie deswegen nicht angemessen auf Jasons immer stürmischere Zärtlichkeiten reagieren.

Doch Matthew war nicht in der Nähe, sie hätte seine Gegenwart gespürt.

Jason küßte sie immer noch. Seine Hände tasteten sich zu ihren Brüsten vor. Sie bekam eine Gänsehaut.

»Jason, warte.«

Er wollte sie zum Schweigen bringen, indem er sie noch heftiger küßte. Seine Zunge glitt in ihren Mund; sie fühlte die warme Feuchtigkeit und mußte beinahe würgen.

»Hör auf«, sagte sie scharf, und als er nicht gehorchte, gab sie ihm eine Ohrfeige.

Wie betäubt sahen sie sich im Mondschein an, beide atmeten schwer, wenn auch aus verschiedenen Gründen.

»O Jason«, flüsterte Kathryn schließlich. Sie streckte die Hand nach ihm aus, doch er wich zurück und ging zum Fenster.

»Hör zu«, sagte er, »ich glaube, ich sollte besser schon morgen nach New York zurückfliegen.«

Kathryn wußte genau, daß er hören wollte, er solle noch bleiben. Sie wußte genau, daß eine Frau das zu dem Mann sagen sollte, den sie im Begriff war zu heiraten.

»Ich glaube, hier runterzukommen war doch keine so tolle Idee.«

»Jason. Jason, es tut mir so leid ...«

»Muß es nicht. Du bist aufgeregt, und ich kann sehr gut verstehen, warum. Du sitzt hier auf einem Haus, das aussieht, als würde der nächste Windstoß es umpusten. Und ich bedränge dich. Das ist sicher das letzte, was du jetzt brauchst.«

Kathryn nahm an, daß sie genauso elend aussah wie er.

»Ja«, flüsterte sie, »wahrscheinlich hast du recht.«

Jason nickte. Ihr schnelles Einverständnis traf ihn wie eine Faust genau zwischen die Augen, aber was hatte er erwartet? Daß sie ihn anflehen würde zu bleiben? Daß die südliche Sonne ihr die Hemmungen aus dem Gehirn gebrannt hatte? Offensichtlich war das nicht der Fall. Im Gegenteil, sie war weiter von ihm weg als je zuvor. Jedes Mal, wenn er ihr heute hatte nahe kommen wollen, hatte sie abgeblockt.

Vielleicht lag es an der Atmosphäre von Verfall und Niedergang in dieser verdammten Ruine von einem Haus, oder an der isolierten Lage. Woran es auch lag, er war sicher, daß alles nur noch schlimmer werden würde, je länger sie blieb.

Es fiel ihm nicht leicht, aber er sah Kathryn an und brachte ein Lächeln zustande.

»Was meinst du, wie lange du noch hierbleiben mußt?«

Sie hatte die Frage kommen sehen. Nicht kommen sehen hatte sie hingegen ihr Zögern bei der Antwort. Noch vor ein paar Tagen hätte sie es als Strafe empfunden, auch nur eine Stunde länger auf Charon's Crossing bleiben zu müssen.

Nun ließ der Gedanke an einen Abschied von hier ein trostloses Gefühl in ihrer Magengegend aufkommen, auch wenn sie sich besser keine Gedanken über den Grund machte.

»Kathryn. Was meinst du?«

»Na ja«, sagte sie vorsichtig, »erst dachte ich, eine Woche würde ausreichen, aber jetzt kann ich es beim besten Willen nicht sagen. Es gibt so viele unsichere Faktoren, weißt du?« Sie setzte ein künstliches Lächeln auf. »Ich glaube, auf dieser Insel haben sie das Wort ›morgen‹ erfunden. Ich muß noch den Plan für den Bauunternehmer ausarbeiten, mein Anwalt ist nicht einmal auf der Insel, und die Maklerin ...«

»Wie lange?«

Sie zuckte mit den Schultern und zupfte einen imaginären Fussel von ihrem Kleid.

»Ein paar Wochen vielleicht.«

Jasons Mundwinkel fielen nach unten. »So lange?«

»Ich weiß es einfach nicht, Jason. Ich habe sogar ... ich habe sogar schon gedacht, es wäre vielleicht gut, jetzt noch ein wenig Urlaub zu nehmen, denkst du nicht auch?«

Er dachte etwas ganz anderes, nämlich, daß er jetzt überhaupt nichts mehr begriff. Kathryn bat um ein paar freie Tage, um ein paar Tage ohne Büro? Eher hätte die Sonne um einen Tag Urlaub gebeten.

»Jason? Ist das ein Problem?«

»Nein«, sagte er schnell, »überhaupt nicht. Vielleicht brauchst du das einfach. Ein bißchen freie Zeit.«

Sie nickte. »Vielleicht hast du recht.«

»Erinnerst du dich an diese MicroTech-Tagung in Miami? Die wir eigentlich auslassen wollten? Inzwischen denke ich, man kann nie wissen. Da laufen einige recht interessante Seminare.«

Kathryn wußte nicht, von welcher Tagung er sprach. Wenn sie mal überlegte, wußte sie gar nicht, wann sie überhaupt zum letzten Mal an die Arbeit gedacht hatte.

»Ich habe eine Idee. Du läßt dir hier Zeit, leitest alles mit dem Haus in die Wege, und dann fliegst du nach Miami, und wir treffen uns bei der Tagung. Wir hören uns ein paar Seminare an, unterhalten uns ein wenig übers Geschäft, und dann machen wir uns ein sonniges langes Wochenende, bevor du dich entscheidest, ob du wieder hierhin willst... oder ob du lieber mit mir nach Hause fliegen möchtest. Wie klingt das?«

Er hatte nicht erwartet, daß sie vor Freude Luftsprünge machen würde, aber noch weniger hatte er erwartet, daß sie mit gesenktem Kopf ins Leere starren würde. Er wartete mit angehaltenem Atem und Engelsgeduld auf ihre Antwort. Es dauerte lange, aber schließlich, als er die Hoffnung fast schon aufgegeben hatte, blickte sie auf.

»Klingt toll«, sagte sie.

Sie lächelten sich freundlich an. Dann holte Jason seinen Schlafanzug und die Zahnbürste. Kathryn führte ihn in ein Zimmer auf der anderen Seite des Korridors, und dann verbrachten sie die Nacht alleine, in getrennten Zimmern und getrennten Betten.

VIERZEHN

Kathryn wachte früh auf.

Sie zog sich an, öffnete vorsichtig ihre Tür und seufzte erleichtert, als sie sah, daß Jasons Tür noch fest verschlossen war.

Leise ging sie hinunter in die Küche. Während sie Kaffee aufsetzte, dachte sie daran, was sie heute früh zu ihm gesagt hatte.

Jason war ihr Verlobter. Er hatte den Weg nach Elizabeth Island auf sich genommen, um ein romantisches Wochenende mit ihr zu verbringen, und jetzt, wo er hier war, verhielt sie sich wie eine Geisteskranke und sprang mit ihm um, als habe er die Pest eingeschleppt.

Mit einem Seufzer nahm Kathryn eine Schale Obst aus dem Kühlschrank.

Und das war alles Matthews Schuld. Hätte er sich nicht einen Witz daraus gemacht, direkt vor Jasons Nase aus der Wand zu hüpfen und sie absichtlich in Jasons Gegenwart in spöttische Gespräche zu verwickeln, wäre sie niemals so gereizt gewesen. Alles hätte einen besseren Anfang genommen und auch ein besseres Ende, und sie läge jetzt in Jasons Armen, wie es eigentlich hätte sein sollen.

Wie sie es eigentlich gewollt hatte, ungeachtet dessen, wie dumm sie sich letzte Nacht benommen hatte, als sie bei Jasons Kuß wie eine bis aufs äußerste gespannte Feder an die Decke gegangen war.

Ihre Nerven, daran lag es. Matthews Auftritt gestern morgen und das sichere Gefühl letzte Nacht, er würde jeden

Augenblick aus der Wand steigen, hatten sie zu einem nervlichen Wrack gemacht.

Daß er nicht in Erscheinung getreten war, änderte gar nichts. Allein die Vorahnung, jeden Augenblick könne ein geisterhafter Springteufel auftauchen, war mehr als ausreichend, um sie völlig kribbelig zu machen.

Jetzt zum Beispiel erwartete sie auch jeden Moment, daß er sich mitten im Raum materialisierte, während sie Orangen, Bananen und Melonen kleinschnitt und die Scheiben in eine alte, wahrscheinlich unbezahlbare Waterford-Schüssel legte.

Alles wäre Matthew recht, um sie aus dem Gleichgewicht zu bringen.

Aber er würde eine Überraschung erleben. Schnell trocknete sie sich die Hände an einem Küchenhandtuch ab und stellte die Obstschale auf den Tisch. Heute morgen würde sie sich durch nichts aus der Ruhe bringen lassen, dachte sie, als sie sich ein paar widerspenstige Locken aus dem Gesicht strich, nicht einmal von Harry Houdini höchstpersönlich! Sie nahm sich vor, ruhig und vernünftig zu sein, und wenn Jason gleich die Treppe herunter und in die Küche kam, würde sie ihn lächelnd mit einem Kuß begrüßen und ihm vielleicht sogar vorschlagen, seine heutige Abreise zu vergessen.

»Guten Morgen, Kathryn.«

Sie sah auf. Jason stand im Türrahmen. Er trug einen dunklen Anzug, ein weißes Hemd und eine kastanienbraune Krawatte, und sie wußte sofort, er dachte gar nicht daran hierzubleiben.

»Guten Morgen.«

»Ich habe am Flughafen angerufen«, sagte er unvermittelt. »In ein paar Stunden startet ein Postflugzeug nach Grenada. Der Pilot meinte, er könne mich gerne mitnehmen.«

Kathryn nickte. »Prima«, sagte sie strahlend. »Daß das Telefon zur Abwechslung mal funktioniert und daß du einen Flug bekommen hast.«

Er nickte. »Ja, finde ich auch.«

Einen Moment lang trat Stille ein, dann räusperte sie sich. »Und«, fragte sie und hielt ihm eine Tasse Kaffee hin, »hast du gut geschlafen?«

»Hinterher ja.« Sie sah den Widerstreit der Gefühle auf seinem Gesicht. Dann seufzte er und nahm die Tasse wie einen Olivenzweig entgegen. »Zuerst mußte ich mich an die Ruhe gewöhnen. Keine Polizeisirenen, keine Feuerwehrwagen, keine Betrunkenen, die auf der Straße rumgrölen ... wie hältst du das bloß aus?«

Kathryn lachte und lehnte sich gegen das Waschbecken. »Schlimm, nicht wahr?«

»Du hast dich in diesem Mausoleum sicher besser eingelebt, als ich das könnte.«

»Na ja, so einfach war es nun auch nicht.« Sie sah ihn an. »Ich nehme an, ich bin deswegen so mit den Nerven runter.«

»Verstehe.«

Er verstand gar nichts, wie auch? Sie hatte ihm nichts von Matthew erzählt.

Auf einmal wußte sie, daß sie das unbedingt nachholen mußte. Zum Teufel mit Matthews blasiertem Einwand, Jason würde ihr kein Wort glauben. Natürlich würde er das. Er liebte sie. Er vertraute ihr. Er wußte, daß sie keine launische Tagträumerin war, mit der dauernd die Phantasie durchging.

Es wäre wundervoll, diese ... diese Bürde mit ihm zu teilen. Er konnte ihr zur Seite stehen, ihr helfen, mit der wahnsinnigen Tatsache fertig zu werden, daß hier im Haus ein Geist stöhnte und höhnte.

»Jason«, sagte sie schnell, bevor sie es sich anders überlegen konnte, »ich muß dir was sagen.«

Ein besorgter Blick erschien auf Jasons Gesicht.

»Ach, Kathryn, Kathryn.« Matthews Flüstern kam aus dem Nichts. »Jetzt glaubt er, du willst die Verlobung lösen.«

Kathryn erstarrte. Sie drehte sich um, schaute in alle Richtungen, aber sie konnte Matthew nicht sehen.

»Dein allerliebster Jason ist so sehr mit sich selbst beschäftigt, daß ihm noch nicht der Gedanke gekommen ist, du könntest vielleicht Trost suchen.«

»Jason«, sagte Kathryn, »bitte setz dich.«

»Kathryn«, warf Matthew ein, »er wird dir nicht glauben, wenn du ihm von mir erzählst.«

Kathryn stampfte mit dem Fuß auf. »Doch!«

»Was doch?« fragte Jason mit noch besorgterem Blick.

»Er wird entweder denken, du hast den Verstand verloren, oder dich behandeln wie ein verwirrtes kleines Kind.«

»Scheiß drauf«, erwiderte Kathryn.

»Liebes? Was ist mit dir?«

»Setz dich, Jason!« Sie zeigte zitternd auf den Tisch. Jason gehorchte.

»Das ist ja toll«, sagte Matthew gedehnt. »Er ist sehr gut abgerichtet. Ich habe mal einen Hund gesehen, der war genauso. Wirklich erstaunlich. Er hat fast alles gemacht, was man ihm sagte.«

Kathryn schloß die Augen, zählte bis zehn und sah dann Jason an.

»Wir müssen uns unterhalten.«

»Aber Liebes, du bist doch sicher noch ganz durcheinander wegen gestern nacht. Ich glaube, das ist nicht der geeignete Zeitpunkt für übereilte Entscheidungen.«

Matthew kicherte. »Siehst du? Er hat Angst, du willst ihm sagen, daß alles vorbei ist.«

Kathryn seufzte und drückte die Handballen gegen die Augen.

»Das ist keine übereilte Entscheidung«, sagte sie. »Ich habe gestern darüber nachgedacht und letzte Nacht auch.« Ihre Arme fielen herunter, und sie fixierte Jason. »Und ich halte es für richtig, wenn ich es dir erzähle.«

»Bitte, Kathryn, sag nichts mehr. Du bist nicht du selbst, das sehe ich doch. Ich verstehe, und ...«

»Gar nichts verstehst du.«

»Doch. Du glaubst, es funktioniert nicht zwischen uns, aber ...«

»Das hat nichts mit uns zu tun!«

Jason zwinkerte. »Oh. Tatsächlich nicht?« fragte er und seufzte erleichtert. »Ein Glück. Ich dachte schon ...«

»Jason.« Kathryn zog sich einen Stuhl heran und setzte sich vor ihn. Sie faltete die Hände auf dem Tisch. »Ich muß dir was erzählen. Ich weiß, es klingt verrückt aber ... es ist nämlich so, daß Charon's Crossing nicht bloß eine Ruine ist.«

Jason lachte und schüttelte den Kopf. »Du hast wahrscheinlich recht, aber mir fällt kein stärkeres Wort dafür ein.«

»Das meine ich nicht. Ja, ich weiß, das Haus ist in einem erbärmlichen Zustand, aber ... aber ... Jason, es spukt auf Charon's Crossing.«

So. Endlich war es raus. Sie fühlte sich besser, als sie es endlich ausgesprochen hatte – bis Jason in lautes Gelächter ausbrach.

»Es spukt«, sagte er.

Kathryn nickte. »Genau.«

»Es spukt«, wiederholte er schmunzelnd. Er schob den Stuhl zur Seite, stand auf und ging zum Herd. »Es spukt also«, sagte er und goß sich noch einen Kaffee ein.

Kathryns Brauen zogen sich zusammen. Sie stand auf. »Genau das habe ich gesagt.«

»Soso.« Er sah sie an. »Und wann hast du das herausgefunden?«

»Am gleichen Tag, als ich angekommen bin. Es stellte sich heraus, daß jeder hier darüber Bescheid weiß. Mein Anwalt, die Maklerin, der Typ, der das Haus auf Vordermann bringen soll ... Jason, hörst du verdammt noch mal auf zu lachen? Das ist nicht komisch!«

»Nein«, sagte er mit zuckendem Mund, »das glaube ich auch. Es wird schon so schwer genug, einen Käufer für diese Bruchbude zu finden, aber wenn die Leute erst wissen, daß hier ein Spuk ansässig ist ...«

»Nicht jeder kann ihn sehen.«

»Den Spuk?«

»Den Geist«, sagte sie und verschränkte die Arme.

»Nein«, sagte Jason feierlich, »natürlich nicht.« Er lehnte sich gegen den Küchenschrank und nahm einen Schluck Kaffee. »Und wie ist er so, der Geist? Moment. Sag nichts. Er ist Pirat. In diesen Gewässern gab es viele davon, nicht?«

»Er war Freibeuter.«

Jason lachte. »Tut mir leid. Hier kommt es auf den feinen Unterschied an, vermute ich.«

»Das ist kein feiner Unterschied«, versetzte Matthew scharf.

»Das ist kein feiner Unterschied«, sagte Kathryn stirnrunzelnd. »Ich meine, ein Pirat ist ein Pirat. Aber Freibeuter waren legal.«

Matthew schmunzelte. »Zumindest einige. Und dann gab es solche wie mich, von denen man sagte, sie würden das Gesetz nicht erkennen, wenn sie drüber stolpern.«

Kathryn ignorierte ihn. »Dieser Freibeuter ist für die Briten zur See gefahren, bevor 1812 der Krieg begann. Er hat französische Handelsschiffe mit Schmuggelware gekapert.«

»Genau«, sagte Matthew gelangweilt. »Und er verstand sein Geschäft.«

Plötzlich wurde er sichtbar. Er stand an der anderen Seite des Zimmers und lehnte in der lässigen, arroganten Pose an der Wand, die Kathryn jedesmal vor Wut zum Kochen brachte, mit verschränkten Armen und übereinandergeschlagenen Füßen. Sein Haar war offen und hing ihm wie dichte, glänzende Seide auf die Schultern hinab. Sein Hemd war halb aufgeknöpft.

Hatte ein Mann jemals so gefährlich, so sexy ausgesehen?

Kathryn haßte sich selbst für diesen wenig loyalen Gedanken. Sie ging zu Jason hinüber und faßte ihn demonstrativ bei der Hand.

»Die Frage ist nur: Was kann ich dagegen tun?«

Jason lächelte und führte ihre Hand an seine Lippen. »Gar nichts«, sagte er und küßte ihren Handrücken.

»Gar nichts? Sei nicht albern, Jason. Ich muß etwas dagegen tun.«

»Zum Beispiel?«

»Wie soll ich zum Beispiel das Haus verkaufen? Du hast doch selbst gesagt, daß das schon schwierig genug wird, und wenn die Leute erfahren, daß hier ein Geist haust...«

»Kathryn, Liebes, du mußt dich nur mal reden hören.« Jason lächelte sanft und nahm ihre Hand in seine. »Du klingst fast so, als würdest du an diesen Schwachsinn glauben.«

Matthew lachte.

»Das ist kein Schwachsinn«, erwiderte Kathryn steif.

»Wie soll man das sonst nennen? Aberglauben?«

»Es ist auch kein Aberglaube. Der Geist ist...«

»Passen Sie auf, was Sie sagen, Ma'am. Er glaubt Ihnen kein Wort.«

»Es gibt den Geist wirklich«, platzte sie heraus.

»Für die Leute hier, sicher. Aber jeder Außenstehende mit ein bißchen Verstand...«

»Es gibt ihn, ich schwöre es dir! Ich habe ihn...«

»Kathryn«, warnte Matthew, »sieh dich vor.«

»Du hast was, Liebes?«

»Ich habe... ich habe...«

Kathryn zögerte. Jason lachte nicht mehr, er lächelte nicht einmal. Er sah sie mit alarmiertem Blick an, und sie mußte an all die Filme denken, in denen die unglückliche Heldin dem Helden erzählte, sie habe Geräusche, Kettenrasseln oder unheimliches Geheul im Dunkeln gehört.

»Ich habe ... ich habe mit vielen vernünftigen Leuten über den Geist gesprochen«, sagte sie schließlich. »Und alle glauben an ihn.«

Matthew pfiff leise durch die Zähne. »Braves Mädchen.«

Jason lachte erleichtert. »Junge, eine Minute lang hattest du mich soweit. Ich fürchtete schon, du würdest behaupten, du hättest den Spuk selbst gesehen.« Er grinste. »Ich hatte schon überlegt, wie ich dich am besten zum nächsten Seelenklempner verfrachten soll.«

»Seelenklempner?« fragte Matthew.

»Irrenarzt«, zischte Kathryn. Verdammt, er hatte recht behalten.

»Genau«, sagte Jason und tätschelte ihr die Hand. »Kannst du mir das verdenken?«

»Ich glaube kaum«, sagte sie, zog die Hand zurück und steckte sie in die Tasche.

»Armer Schatz. Kein Wunder, daß du so mit den Nerven runter bist.« Er legte ihr den Arm um die Schulter und drückte sie an sich. »Ist sicher schlimm, sich um das alles hier allein kümmern zu müssen.«

Matthew seufzte, hob die Hand und musterte seine Fingernägel.

»Siehst du? Wie ein kleines Kind.«

»Warum hast du nicht schon früher was gesagt?« Jason hob ihr Kinn an. »Ich hätte dir doch sagen können, daß du dir keine Sorgen zu machen brauchst.«

Kathryn befreite sich aus seiner Umarmung.

»Ach nein? Brauch' ich das nicht?«

»Natürlich nicht. Klar, das Haus ist eine Katastrophe ...«

»Sag das bitte nicht dauernd, Jason. Ich weiß genausogut wie du, daß es eine Katastrophe ist, aber es ist meine ...« Sie runzelte die Stirn. »Ach, vergiß es. Was wolltest du gerade sagen?«

»Ich wollte nur sagen, jetzt, wo ich Charon's Crossing gesehen habe, glaube ich, daß es vielleicht doch nicht so schwierig wird, das Haus zu verkaufen. Man muß viel Arbeit reinstekken, in Ordnung, aber es hat schon einiges für sich. Denk nur mal an die Lage.« Er ging zum Fenster und machte eine Geste zu den endlosen Gärten hin, die sich hinter der Terrasse erstreckten. »Das ganze Land hinten raus, das Meer praktisch vor der Haustür ... und jedes Zimmer ist vollgestopft mit Antiquitäten.«

»Und? Was schlägst du vor?«

»Ich schlage vor, daß du dir vielleicht einen anderen Makler suchst, Liebes, einen vom Festland mit wohlhabender, weltgewandter Kundschaft. Der kann dir einen Käufer vermitteln, der überglücklich sein wird, für das Prestige bezahlen zu dürfen, ein Spukhaus auf einer tropischen Insel zu besitzen.« Er lächelte sie an. »Wie klingt das?«

Es klang, als hätte sie sich ihren Atem genausogut sparen können, dachte Kathryn matt. Es gab nichts auszusetzen an Jasons Vorschlag, wie sie das Haus am besten an den Mann bringen könnte. Er klang sogar verdammt brauchbar.

Aber sie wollte jetzt keine großartigen Ideen hören, die von einem Makler hätten stammen können. Sie wollte, daß Jason ihr zuhörte. *Wirklich* zuhörte, statt mit jedem Wort zu beweisen, daß Matthew recht hatte.

»Hört sich hervorragend an«, sagte sie und warf einen dramatischen Blick auf die Armbanduhr. »Oh, so spät ist es schon? Wann, sagtest du, geht dein Flugzeug?«

Jasons Lächeln schwand. »Um elf. Aber ich habe mir gedacht ... ich meine, ich hatte gehofft ...«

Sie wußte, was er sich gedacht hatte, nämlich daß sie ihre Meinung ändern und ihn bitten würde, den Rest des Wochenendes zu bleiben. Das hatte sie sich auch gedacht, und es war noch gar nicht lange her.

Aber dazu würde es nicht kommen.

»Ich weiß«, sagte sie mit einem breiten Lächeln, »du hattest gehofft, daß wir noch zusammen frühstücken können. Aber die Zeit ist uns so davongerast ...«

Sie ließ ihm keine Möglichkeit zu antworten; sie nahm ihre Autoschlüssel und die Sonnenbrille und lief in Richtung Foyer. Matthew blinzelte, als sie an ihm vorbeiraste, aber Kathryn ließ sich nicht beirren.

»Besser, du bist verschwunden, wenn ich wieder da bin«, zischte sie.

»Was hast du gesagt, Liebes?« fragte Jason, als er seine Reisetasche holte, die er im Foyer abgestellt hatte.

»Nichts«, preßte Kathryn zwischen den Zähnen hervor, »gar nichts.«

***

Sie fuhren in dem gemieteten VW zum Flughafen.

Jason erging sich ohne Pause in freundlichem, bedeutungslosem Gerede. Kathryn mußte nicht mehr tun, als ab und zu nicken und von Zeit zu Zeit »Wirklich?« sagen. Und das war gut so, denn sie konnte an nichts anderes denken als an den Trümmerhaufen, den Matthew langsam, aber sicher aus ihrem Leben machte.

Jason war wirklich ein netter Mann. Er kam aus ihrer Welt, aus ihrer Zeit, und sie hatte ihn immer mit Zuneigung und Freundlichkeit behandelt. Sie wußte, wie versessen er auf Routine war, daß er seinen Tag immer so minutiös im voraus plante, daß unmöglich etwas unerledigt bleiben konnte, und doch war er in der Laune eines Augenblicks einfach hierhergeflogen, um bei ihr zu sein.

Und wie hatte sie es ihm gedankt?

Ihre Hände umklammerten das Lenkrad fester.

Indem sie sich benommen hatte wie ein kompletter Idiot. Indem sie ihn geschlagen hatte, als er ihr ein wenig Zuneigung zeigen wollte. Indem sie seine vernünftigen Gedanken über den Verkauf von Charon's Crossing in den Wind geschlagen hatte. Und was seine Reaktion auf ihr Gerede über Geister anging...

Sei doch mal ehrlich, Kathryn, was würdest du denn denken, wenn dir jemand erzählt, er habe mit einem Geist gesprochen?

Sie hätte natürlich genauso reagiert wie Jason, hätte entweder alles für einen Witz gehalten oder sich gefragt, ob derjenige langsam den Verstand verlor...

Wenn nicht gerade jemand so Hilfsbereites wie Matthew daneben stand natürlich, der sich vorgenommen hatte, einen noch mehr zu verwirren, als man es ohnehin schon war.

Sie sah Jason an, der gerade mitten in einem komplizierten Witz über ein paar Computer, ein Kabel und ein kaputtes Faxmodem steckte.

Warum fuhr sie ihn jetzt zum Flughafen?

Warum ließ sie zu, daß er heimflog?

Nur darum, weil Matthew sie mit seinem Hohn und Spott so weit getrieben hatte.

»Jason«, unterbrach sie ihn mitten in der mäßig komischen Pointe und runzelte die Stirn.

Nein, es war besser, ihn wieder nach New York fliegen zu lassen. So konnte sie ungestört nach Charon's Crossing zurückfahren und Kapitän Matthew McDowell ins Gesicht sagen, was sie von ihm hielt.

Dann würde sie Olive anrufen und ihr sagen, was sie ihr sofort hätte sagen sollen: daß Amos, wenn er sich wieder zurück nach Elizabeth Island bequemt hatte, sie gefälligst anrufen sollte, damit sie ihm eine Vollmacht geben konnte für alles, was Hiram für reparaturbedürftig hielt. Und dann würde sie ihre Sachen packen, ein Flugzeug nehmen, wenn nötig eins chartern, und diese einwöchige Katastrophe ein für allemal hinter sich lassen.

»Ja, Kathryn?«

Sie schüttelte den Kopf, lächelte freundlich und trat aufs Gas.

»Nichts«, sagte sie, »überhaupt nichts.«

Kurz bevor sie am Flughafen ankamen, hatte der Käfer Höchstgeschwindigkeit erreicht.

Kathryn stand auf der Bremse und tat ihr Bestes, nicht mit der Wimper zu zucken, als das kleine Auto bockte und abrupt zum Stehen kam, weil sie vergessen hatte, die Kupplung zu treten.

»Da wären wir«, sagte sie.

Jason atmete erleichtert auf. »Ja. Und heil geblieben.« Ein kleines Propellerflugzeug stand auf der Rollbahn. Er sah es und lachte. »Das muß meins sein. Ich hoffe, das Gummiband für die Startschleuder ist groß genug.«

Kathryn lachte ebenfalls. »Ach, du kannst noch von Glück sagen. Du kannst wenigstens mit den Postsäcken fliegen. Ich mußte die Gesellschaft von Hühnern und Schweinen erdulden.«

Er nahm den Koffer vom Rücksitz, und sie gingen durch das kniehohe Gras. Schmetterlinge und kleine Vögel flogen ihnen vor der Nase umher. Als sie nur noch wenige Meter vom Flugzeug entfernt waren, stellte Jason die Tasche ab.

»Es tut mir leid, daß das mit dem Besuch nicht so hingehauen hat«, sagte er sanft.

Kathryn seufzte. »Mir auch.«

»Kathryn?« Dunkle Haarsträhnen hatten sich von ihrem Kopf gelöst und umspielten ihr Gesicht. Er nahm eine davon zwischen die Finger. »Bist du ganz sicher, daß ich nicht hierbleiben soll?«

Sie lächelte und nahm seine Hand. »Du hattest recht. Auf meinen Nerven kann man bald Geige spielen. Es ist wohl besser, wenn ich noch ein paar Tage allein hierbleibe. Dann kann ich wenigstens die Ärmel hochkrempeln und alles Nötige erledigen.«

»Charon's Crossing putzen?«

»Unter anderem.«
Er lächelte, hob ihre Hand an seinen Mund und küßte das Gelenk.
»Überarbeite dich nicht, okay?«
»Keine Sorge.«
»Denkst du an Miami?«
Eine Sekunde lang sah sie ihn verständnislos an. Dann biß sie sich auf die Lippen.
»Du meinst die Tagung.«
»Genau. Wir treffen uns dort, in Ordnung?«
»Jaaa...«
»Versprochen?«
Sie lächelte, hob die Hand und hielt drei Finger hoch.
»Großes Pfadfinderehrenwort. Ich schwöre, ich bin da.«
Jasons Lächeln erstarb. Er faßte sie bei den Schultern und sah ihr tief in die Augen.
»Ganz bestimmt, okay? Seit gestern habe ich irgendwie das Gefühl, daß du mir was verschweigst.«
Sie verkrampfte sich ein wenig und hätte fast gesagt, na ja, ich wollte es dir ja erzählen...
Aber sie behielt es für sich.
»Ich habe dir nur den Geist verschwiegen«, sagte sie unvermittelt.
Er lächelte und schob ihr Kinn mit dem Finger hoch.
»Ich weiß.«
Plötzlich fegte ein Windstoß über die Startbahn. Kathryn faßte sich in die Haare, um zu verhindern, daß sich der Knoten löste.
»Ich wünsche dir einen sicheren Flug, Jason.«
Er nickte. Dann beugte er sich vor und küßte sie behutsam auf den Mund.
»Wir sehen uns in zwei Wochen.«
Sie lächelte und streichelte seine Wange. »Darauf kannst du wetten.«

Das plötzliche Stottern der Maschine zerschnitt donnernd die Stille. Ein Mann in Bomberjacke stand am Heck. Er zeigte auf Jason, dann auf das Flugzeug. Jason nickte und nahm die Reisetasche. Er küßte Kathryn noch einmal und trottete zum Flugzeug. Auf halbem Wege blieb er stehen, drehte sich um, winkte und sagte etwas.

Kathryn schüttelte den Kopf. »Ich versteh' dich nicht.«

Mit übertrieben deutlichen Mundbewegungen wiederholte Jason die Worte.

Sie schüttelte erneut den Kopf, lächelte und warf die Arme in die Luft.

»Ich versteh' immer noch nichts«, rief sie.

Er grinste, zuckte mit den Schultern und stieg in das Flugzeug. Die Tür schloß sich, und die kleine Maschine rollte langsam die Startbahn entlang.

Kathryn seufzte. Sie ging zurück zum VW und kauerte sich in den Sitz.

Sie wußte, was Jason gesagt hatte.

»Ich liebe dich, Kathryn.«

Aber warum hatte sie das nicht erwidern können?

Weil ihr ungebetener Gast ihr gehörig den Kopf verdreht hatte, natürlich. Warum sonst?

Sie drehte den Zündschlüssel um, wendete ruckartig und fuhr zurück nach Charon's Crossing, dem endgültigen Finale entgegen.

Als sie das Haus erreichte, war ihre milde Wut in Raserei umgeschlagen.

Sie parkte, knallte die Autotür zu und ging strammen Schrittes ins Foyer. »Matthew?« rief sie. Ihre Schlüssel klirrten, als sie sie auf den Tisch warf. »Matthew, wo bist du?«

Sie stampfte in den Salon, danach in die Bibliothek. Beide Zimmer waren leer.

»Verdammt noch mal, Matthew, zeig dich endlich!«

Was für ein Spiel war das jetzt wieder? Mit zusammengebissenen Zähnen ging Kathryn in die Küche. Über dem Herd stand ein Kurzwellenradio. Sie hatte keine Ahnung, ob es funktionierte, aber gegen alle Wahrscheinlichkeit hoffte sie, daß es zu spielen anfangen und das höhnische Schweigen brechen würde.

Sie stellte es an. Der Lautsprecher knisterte. Sie fummelte am Frequenzknopf herum, fand einen Sender, der Reggae spielte, einen anderen mit Tangomusik und stieß dann auf eine Werbung.

»... aus dem sonnigen St. George auf Grenada«, dröhnte eine Stimme, »Ihre heiße Welle mit den besten Oldies.«

Die besten Oldies. Das und ein arbeitsreicher Nachmittag würden ihr über die Zeit helfen, bis sich der ehrwürdige Kapitän zu zeigen bequemte. Kathryn ließ heißes, schäumendes Wasser in die Spüle laufen. Dann nahm sie die Kaffeekanne vom Herd, warf den Filter in den Abfall und tauchte die Kanne ins Wasser.

Der Obstsalat, den sie gemacht hatte, wurde schon langsam matschig; auch er wanderte in den Müll. Eine Verschwendung guter Lebensmittel, die sie erneut daran erinnerte, was für ein Reinfall das Wochenende mit freundlicher Mithilfe von Kapitän Matthew McDowell gewesen war. Die Speisekammer war bis oben hin voll mit Butter, Eiern und diversen Leckereien, die sie sowieso nicht anrühren würde, jetzt, wo Jason weg war.

Na ja, wenigstens etwas hatte ihr sein Besuch gebracht. Er hatte recht, wenn er sagte, sie solle sich nicht die Mühe machen zu verbergen, daß es im Haus angeblich spukte. Der geeignete Käufer würde die rührselige Geschichte eines Mannes, der sein Leben gegeben hatte für die Frau, die er liebte, wahrscheinlich nur zu gern schlucken.

Für eine Frau, die ihn nicht verdient hatte.

Kathryn verzog das Gesicht.

»Ach, hör doch auf«, murmelte sie. Sie nahm die Tasse, aus

der sie Stunden zuvor getrunken hatte, und führte sie zum Mund. Der Kaffee war kalt und bitter, und sie schüttelte sich, als er ihr die Kehle hinunterrann.

Das war doch alles Unsinn. Nichts an alledem war romantisch. Ihre Gefühle waren mit ihr durchgegangen, das war alles, und Matthew war schuld daran.

»Verdammter Mist!« sagte sie wütend und warf die Tasse gegen die Wand.

Doch sie schlug nicht an der Wand auf. Urplötzlich tauchte Matthew auf und pflückte die Tasse aus der Luft.

»Blinde Wut steht Frauen selten gut«, sagte er geziert.

Bei seinem Anblick machte Kathryns Herz einen unsauberen Ausfallschritt, was sie nur noch wütender machte.

»Wo warst du?« fragte sie scharf.

Er grinste sie an. »Oho, jetzt bin ich aber gerührt. Ich dachte schon, es wäre Ihnen gleichgültig.«

»Ich weiß, für dich ist nichts dabei, aufzutauchen, wann immer es dir paßt, aber mich macht das furchtbar wütend.«

»Wie ungnädig von Ihnen, Madam.« Sein Ton war immer noch höflich und formell, aber sie konnte sehen, wie seine grünen Augen vor Lachen blitzten. »Ich habe mir diese dramatischen Auftritte nicht ausgesucht, aber als Geist bleibt mir wenig anderes übrig.«

Kathryn funkelte ihn an. »Her damit«, sagte sie, riß ihm die Tasse aus der Hand und ließ sie in die Spüle fallen. Dann wischte sie sich die Hände am Hosenboden ab, drehte sich um und funkelte ihn erneut an. »Es wird Zeit, daß wir uns unterhalten, Kapitän McDowell.«

»Wie förmlich. Nach allem, was wir gemeinsam haben.«

»Wir haben gar nichts gemeinsam«, versetzte sie.

»Du nennst es nichts, wenn wir unter einem Dach leben?« Stirnrunzelnd sah er zum Radio hinüber, in dem sich Elton John gerade über Kerzen im Wind ausließ. »Was ist das für ein lautes Ding?«

»Ein Radio.«

»Noch eine geniale Erfindung deiner Zeit?«

»Stört es dich? Wenn ja, kann ich es gerne lauter machen.«

Matthew hob die Brauen. »Ich sehe, du hast heute keine gute Laune.«

»Gütiger Himmel, du merkst aber auch alles.«

Er ging an ihr vorbei, und sein Arm berührte ganz leicht den ihren. Ein ärgerlicher Schauer lief ihr über den Rücken.

»Was machst du da?« fragte sie gereizt.

»Ich suche was zu essen«, sagte er und machte den Kühlschrank auf.

Sie knallte ihn wieder zu. »Siehst du, genau das meine ich mit unmöglichem Benehmen.«

»Wenn du darauf anspielst, daß man von Geistern sagt, sie hätten keinen Hunger ...«

»Ich spiele darauf an, wie du ungefragt ins Zimmer reinplatzt, wenn es dir paßt, wie du alles tust, was dir gerade in den Sinn kommt, und nicht einmal um Erlaubnis fragst.« Elton John war verstummt, und Bruce Springsteen hatte seinen Platz eingenommen. Irgendwie war sie nicht in der Stimmung für »Born in the U.S.A.« Sie schaltete das Radio ab und wandte sich wieder Matthew zu. »Ich habe nach dir gerufen, als ich vorhin wiedergekommen bin. Hast du mich nicht gehört?«

»Ich versichere dir, Kathryn, würde ich wirklich in jedes Zimmer platzen, wie du es nennst, und alles tun, was mir gerade in den Sinn kommt, wäre das alles gestern abend ganz anders ausgegangen.«

Ihr Gesicht wurde puterrot.

»Du hast uns nachspioniert!«

»Habe ich nicht.«

»Du bist in meinem Schlafzimmer herumgeschlichen, weil du wissen wolltest, ob ... ob ...«

»Ich war gar nicht im Haus«, sagte er entrüstet. »Ich habe

die Nacht unten am Fuß der Klippen verbracht, am Meer. Als ich heute morgen zurückkehrte, hast du in deinem Zimmer geschlafen und dein Verlobter woanders.«

Kathryn runzelte die Stirn. »Warum hast du die Nacht am Strand verbracht?«

Ein kleiner Muskel zuckte in Matthews Kiefer. Bis jetzt war es ihm leichtgefallen, einen neckenden Ton beizubehalten.

»Ich dachte, du wolltest ungestört sein«, sagte er steif.

»Wie galant.«

Matthew antwortete nicht. Er sah keinen Grund, ihr zu erklären, daß er die Entscheidung, über Nacht nicht im Haus zu bleiben, nicht aus Galanterie getroffen hatte. Nein, er hatte sich gedacht, sie habe ein Recht auf einen unversehrten Verlobten, und dafür hätte er nicht garantieren können, wenn er den Hurensohn mit ihr im Bett erwischt hätte.

»Wie edelmütig von dir«, sagte sie unterkühlt. »Sieht dir gar nicht ähnlich.«

Er konnte sich ein Grinsen nicht verkneifen. »Ja. Sehr edelmütig. Und völlig unnötig, wie sich herausgestellt hat. Ich war nicht einmal überrascht. Danach zu urteilen, wie es gestern zwischen euch gelaufen ist, hätte ich vorher sagen können, daß du seinem männlichen Charme nicht erliegen würdest.«

Kathryns Gesicht glühte wieder. Sie drehte ihm den Rücken zu und fing an, die Kaffeekanne zu schrubben.

»Ich hätte es besser wissen müssen, als ich dachte, du könntest auch höflich sein.«

Matthew setzte sich halb auf den Tisch und verschränkte die Arme.

»Wo bist du gestern mit deinem Jason gewesen?«

»Nenn ihn nicht so!«

»Ist er nicht deiner? Das hast du doch gesagt!«

»Ich habe gesagt, daß wir verlobt sind. Und wo wir waren ... geht dich nichts an.«

»Nichts Besonderes, vermutlich.«

»Falsch. Wir waren essen.«

»Essen, und dann nach Hause? Nichts Ausgefalleneres?«

»Und was würdest du vorschlagen? Wir sind hier auf Elizabeth Island, falls du dich erinnerst. Hier gibt es keine Konzertsäle, Museen oder Kinos.«

»Kinos?«

»Genau. Kinos.« Seufzend setzte sie Kaffee auf. »Glaub mir einfach, ja? Es gibt keine.«

»Klingt nach einem hochinteressanten Abend«, sagte Matthew höflich.

»Es war ein sehr angenehmer Abend.«

»Und dann seid hierher zurückgekehrt, und du hast Jason allein ins Bett geschickt.«

Kathryn errötete. »Ich habe nicht vor, mich mit dir über mein Privatleben zu unterhalten«, sagte sie kühl. »Im Gegenteil, ich möchte mich überhaupt nicht mehr mit dir unterhalten. Ab sofort gehst du mir besser aus dem Weg.«

Matthew faßte sich ans Herz. »Schäm dich, Kathryn. Weißt du, wie weh du mir damit tust?«

»Ich will nicht, daß du mit mir sprichst, wenn jemand anders im Raum ist, oder kommst und gehst wie Schnee im Fernseher.«

»Wie Schnee im was?«

»Und hör gefälligst auf, alles ins Lächerliche zu ziehen«, sagte sie und ignorierte die Frage. »Es ist schon schlimm genug, daß du überhaupt in meinem Haus herumgeisterst, aber es ist eine Zumutung, wenn du auch noch so tust, als wäre das komisch!«

»Galgenhumor, Madam. Hilft mir, mich mit meinem erbärmlichen Dasein zu arrangieren. Aber wenn es dich stört, werde ich tun, was ich kann, um mich im Zaum zu halten. Sonst noch etwas?«

»Ja.« Kathryn befeuchtete ihre Lippen. »Ich wünschte, du würdest Charon's Crossing verlassen.«

»Auch mein Wunsch, Madam. Leider ist das nicht möglich.«

»Dann sag mir wenigstens, warum du hier herumspukst.« Sie drehte sich zu ihm um.

»Das habe ich bereits. Du willst doch sicher nicht, daß ich mich wiederhole.«

»Nein«, sagte sie schnell, »nein, das mit Waring und Catherine in dieser Nacht habe ich verstanden. Ich verstehe aber nicht, warum du hier bist und nicht dort, wo Menschen hinkommen nach ihrem ...«

»Nach ihrem Tod?« fragte er mit einem schiefen Grinsen. »Ich habe nicht die leisteste Ahnung, wohin sie kommen, aber ich weiß genau, warum ich nicht dort bin. Es ist so, wie ich dir schon einmal erklärt habe: Es verstößt gegen die Gesetze des Kosmos, jemanden mit seinem letzten Atemzug zu verfluchen. Die Vorsehung hat meine bedauernswerte Blasphemie auf mich selbst zurückfallen lassen. Ich bin es, der verflucht wurde und der dazu verdammt ist, auf ewig hier zu sein und niemals Ruhe und Frieden zu finden.«

Kathryns Wut schien zu verrauchen. »Wie furchtbar!«

»Auge um Auge, Zahn um Zahn, wie die Bibel sagt. Und anscheinend auch Fluch um Fluch.«

»O Matthew. Es tut mir so leid ...«

»Verschwende keine Sympathien an mich«, sagte er kalt. »Es ist die gerechte Strafe dafür, daß ich so dumm war, an die Liebe zu glauben.«

»Du warst so dumm, an Cat zu glauben. Das ist ein Unterschied.«

»Ich habe dich und Jason beobachtet«, sagte Matthew ausdruckslos. »Es steht dir nicht zu, für die Liebe zu sprechen, Kathryn.«

Sie errötete, doch sie leugnete es nicht. »Ich empfinde keine große Leidenschaft für Jason, das stimmt, aber ...«

»Die Liebe ist eine Lüge, die den Geist eines Mannes mehr

vernebeln kann als die stärkste Dosis Opium. Gerade ich unter allen Männern hätte das wissen müssen. Ich habe meinen Vater nie gekannt, und meine Mutter hat mich geschlagen bis zu dem Tag, da sie an Entkräftung starb. Da war ich neun Jahre alt. Ich frohlockte ob dessen, was ich für meine Erlösung hielt, doch als mich keiner meiner Verwandten aufnehmen wollte, wurde ich der Barmherzigkeit eines Waisenhauses überantwortet, dem ein Mann vorstand, der sich einen Diener Gottes nannte.« Er lächelte verkniffen. »Nachdem ich ein Jahr lang für die Gnade Gottes und die Kasteiung meiner unsterblichen Seele gehungert hatte und geprügelt worden war, lief ich weg und fuhr anschließend zur See, wo die neunschwänzige Katze mein sterbliches Fleisch kasteite und der Kapitän der einzige Gott war, an dessen Gnade ich glaubte. Ich erzähle dir das nicht, um Mitgefühl zu wecken«, sagte er kalt, als Kathryn etwas erwidern wollte, »sondern weil ich dir versichern möchte, daß ich voll und ganz im Bilde bin, was die Bedeutung des Wortes ›Liebe‹ angeht.«

Aus seinem Munde klang das Wort wie eine Obszönität. Kathryn wollte auf ihn zugehen, ihn in die Arme nehmen und ihm sagen, daß ... daß ...

Sie schluckte schwer und räusperte sich.

»Und was ist mit diesem ... diesem Ding auf dem Dachboden? Was ist das? Und warum ist es hier?«

Matthew runzelte die Stirn. »Ich habe dir doch gesagt, es war ein Traum.«

»Wer spricht hier wie mit einem kleinen Kind? Komm schon, Matthew, ich weiß, daß es kein Traum war. Dieses Haus gehört mir, und dieses – was immer es auch sein mag – war hinter mir her. Ich habe ein Recht darauf, zu wissen, was es ist.«

Er seufzte und stand auf. Sie hatte recht, und er wußte es.

»Es ist Waring«, sagte er leise. »Der Mann, den ich mit Catherine erwischt habe, der mich umgebracht hat, genauso, wie ich ihn.«

Kathryn spürte, wie ihr das Blut in den Adern gefror. »Du meinst, er ist auch ein Geist?«

»Nein. Kein Geist. Ein Ding, genau wie du gesagt hat, das an einem anderen Ort als diesem existiert, genau wie ich einmal.«

Sie ließ sich in einen Sessel fallen. »Ich komme mir vor, als wäre ich in einen Zeitstrudel geraten«, sagte sie mit einem nervösen Lachen. »Ich verstehe gar nichts von alledem.«

Matthew beugte sich über den großen Eichentisch zu ihr hin, die Hände auf das verkratzte Holz gestützt.

»Ich will dir sagen, was ich vermute. Waring war ein Aristokrat, ein Hundesohn, der jeden verachtet hat, der nicht aus seiner Schicht stammte. Kannst du dir vorstellen, was es für ihn bedeutet haben muß, durch das Schwert eines Mannes wie mir zu sterben, und das für eine Frau, die nicht mehr wert war als eine Hure?«

»Er ist also hier, weil er dich haßt?«

»Er ist hier, um sich zu rächen, wenn es ihm gelingt, vom Ort seiner Existenz hierherzugelangen.«

Es war ein heißer Tag, die Sonne schien hell. Kathryn hörte die Vögel draußen im Garten zwitschern. Doch hier in der Küche war die Luft so eisig wie in einem Grab.

»Du meinst ... du meinst, er hat dir weh tun wollen?«

Matthew lächelte kühl. »Er wollte mich umbringen. Ja.«

»Aber wie kann er dich umbringen, wenn du schon ... wenn du schon ...«

Sie brachte das Wort nicht über die Lippen, anders als Matthew. Er sprach es ohne sichtbare Gefühlsregung aus.

»Wenn ich schon tot bin?« Er zuckte mit den Schultern. »Ich weiß es nicht. Ich kann die Gesetze des Universums jetzt nicht besser erklären als zu meinen Lebzeiten.« Seine Augen verfinsterten sich. »Nur eins weiß ich sicher: Waring hat in den letzten Tagen an Stärke gewonnen.«

»Seit ich hier bin, meinst du.«

Er zögerte. »Ja.«

»Aber warum?«

Ihre Worte durchschnitten flüsternd das Schweigen. Matthew schüttelte den Kopf.

»Ich weiß es nicht.« Er sah ihren Gesichtsausdruck, den plötzlichen Schrecken in ihren Augen, und verfluchte insgeheim den Tisch, der sie trennte und ihn daran hinderte, sie in die Arme zu nehmen. Er streckte die Hand aus und ergriff ihre. »Hab keine Angst, Kathryn. Er wird dir nicht weh tun. Ich schwöre, das werde ich nicht zulassen.«

»Ich habe keine Angst um mich selbst«, sagte sie mit bebender Stimme. »Aber wenn er ... wenn er ...«

Sie hielt den Atem an. Ein elektrisches Kribbeln schien von seiner Hand in ihre überzugehen.

»Kathryn ...«

Auf einmal erfüllte ein beißender Gestank die Küche. Matthews Blick schoß an ihr vorbei zum Herd.

»Verflucht«, schrie er und warf den Tisch um.

Kathryn wirbelte herum. Der Kaffee, den sie auf den Herd gestellt hatte, brodelte und spritzte aus der Kanne. Aus irgendeinem verrückten Grund war sie bei dem Anblick wie gelähmt. Matthew griff nach der Kanne.

»Wie stellt man dieses verdammte Ding ab?«

»Der Knopf da ...«

Er nickte, schaltete den Herd aus und stellte die Kaffeekanne auf eine der hinteren Platten.

»Ist nichts passiert«, sagte er, »nur ein bißchen Schweinerei ... Kathryn? Was ist mit dir?«

Sie schüttelte heftig den Kopf. Dann seufzte sie schluckend, und ohne Vorwarnung liefen ihr die Tränen über die Wangen.

»Liebling, nun wein doch nicht. Es war doch nur Kaffee.«

»Ich weiß«, erwiderte sie mit bebender Stimme und weinte nur noch mehr.

Matthew zog sie in seine Arme und verfluchte sich insgeheim für seine kolossale Dummheit. Warum hatte er ihr von Waring erzählt? Das war idiotisch und gedankenlos gewesen. Sanft hielt er sie im Arm und lächelte hinab in ihr tränennasses Gesicht.

»Wenn du wüßtest, wie oft in meinem Leben ich schon verbrannten Kaffee getrunken habe, würdest du dich nicht so aufregen.«

Kathryn wischte sich mit dem Handrücken die Nase ab. »Versuch nicht, mich aufzuheitern, Matthew. Mein Gott, die Brühe stinkt ja wie verbranntes Gummi!«

»Wie verbranntes was?«

Entgegen ihrem Willen und trotz der Tränen, die ihr immer noch über die Wangen strömten, mußte sie lachen.

»Es wird noch ein hartes Stück Arbeit, dich mit der neuen Welt bekanntzumachen.«

»Hier.« Matthew griff an ihr vorbei, riß ein Papiertuch von der Rolle über dem Waschbecken und hielt es ihr ins Gesicht. »Nase putzen.«

Geräuschvoll gehorchte sie. »Danke.«

Er lächelte. Seine Finger fuhren leicht über ihre Wangen und zogen die feinen Rundungen des Knochens nach.

»Keine Ursache. Das mit dem Kaffee habe ich ernst gemeint. Man kann ihn sicher noch trinken.«

»O ja, sicher.«

»Du vergißt, wann ich zum letzten Mal Kaffee getrunken habe.«

Er klang so ernst. Doch als sie zu ihm aufblickte, sah sie ein neckendes Lächeln in seinen Augen. Ein Kichern entrang sich ihrer Kehle, bis sie schließlich gleichzeitig lachte und weinte.

»O Matthew, ich war so wütend auf dich, als ich vom Flughafen zurückkam.«

»Vom was?«

»Vergiß es. Ich will dir nur sagen, daß ich nicht mehr wütend bin.«

»Wirklich nicht?«

»Nein. Ich wünschte nur, ich könnte irgend etwas sagen, damit alles besser wird. Es muß so furchtbar für dich sein, in diesem gottverdammten Haus festzusitzen, wegen etwas, das so lange her ist.«

»Dann weinst du also wegen mir, du törichtes Frauenzimmer?«

»Natürlich nicht«, widersprach sie heftig. »Warum sollte ich um einen Geist weinen?«

Matthew sah ihr ins Gesicht. Ihre Augen waren geschwollen vom Weinen, ihre Nasenspitze gerötet. Ihr Haar, das sie zu einem damenhaften Knoten gebunden hatte, war nun offen und von der Anstrengung zerzaust. Ein dunkler Kaffeefleck verunzierte ihr weißes Baumwollhemd. Sie sah zerzaust und verwahrlost aus, und unendlich viel schöner als jede Frau, die er je gesehen hatte ... und er verlangte nach ihr. Er spürte bis ins Mark seiner Knochen, daß es falsch war. Aber er wußte auch, daß er sein Verlangen nach ihr nicht zügeln konnte, ebensowenig wie er aufhören konnte zu atmen.

»Es gibt gar keinen Grund zu weinen«, sagte er sanft. Er nahm ihr Gesicht in beide Hände und hob es an seins. »Ich bereue nichts, mein Schatz. Denn was immer auch geschehen ist, ich habe dich dadurch gefunden.«

Seine Worte ließen ihre Augen erneut feucht glitzern. Er lächelte und sah lange in ihre glänzende Tiefe. Dann senkte er langsam den Kopf zu ihr und küßte sie.

Kathryn seufzte erstickt, als ihre Lippen sich fanden. Sie stellte sich auf die Zehenspitzen und umfaßte seine Handgelenke. Er hatte sie noch nie zuvor so geküßt, nicht nur mit Feuer und Leidenschaft, sondern mit einer schier unbeschreiblichen Zärtlichkeit, und sie gab sich der Magie hin.

Matthew unterbrach den Kuß. Er zog ihren Kopf an seine Brust und rang um Selbstbeherrschung.

»Und ich bereue es nicht, hierhergekommen zu sein«, flüsterte Kathryn, »denn wenn ich nicht gekommen wäre ... wenn ich nicht ...«

Er küßte sie noch einmal und brachte ihre Worte zum Erliegen. Und als er sie küßte, wußte er, er mußte ihr sagen, daß sie sich irrte. Hierher, an diesen verfluchten Ort zu kommen, war der größte Fehler ihres Lebens gewesen.

Aber sie fühlte sich warm und lieblich an in seinen Armen. Plötzlich durchbrandete ihn ein heftiges Gefühl. Einen Augenblick lang konnte er nicht sagen, was es war.

Und dann wußte er es.

Er empfand Glück.

FÜNFZEHN

Glück? Er empfand Glück?

Was zum Teufel war mit ihm los, daß ein Mann wie er ein solches Gefühl empfand?

Er hatte kein Recht auf Gefühle, verdammt noch mal, außer vielleicht auf die Wut, die ihn aus der Dunkelheit hatte heraustreten lassen.

Und er hatte auch nicht das Recht, die Frau aus Fleisch und Blut in seinen Armen zu halten wie jetzt. Oder nach ihr zu verlangen. Oder in der Gewißheit zu schwelgen, daß sie nach ihm verlangte.

Ach, verdammt, Bescheidenheit war hier fehl am Platze! Und wie sie nach ihm verlangte, mit einer Sehnsucht, die genauso stürmisch war wie seine.

Was konnte daran schon falsch sein?

Auch wenn er tot war, er empfand das gleiche körperliche Begehren wie ein Lebendiger. Und was Kathryn anging ... hatte sie ihm nicht erzählt, daß weibliche Keuschheit und Tugend für die Frauen ihrer Zeit kein Thema waren?

Verdammt, alles war so einfach. Er brauchte sie nur wieder zu küssen, sie auf den Arm zu nehmen und sie nach oben ins Schlafzimmer zu tragen.

Es war nicht wichtig, daß er kein Recht auf sie hatte, daß sie ein Mensch war und er weiß der Teufel was und daß sie mit einem anderen Mann verlobt war. Nichts war wichtig außer seiner stürmischen Begierde.

Und nachdem er sie gehabt hätte, was dann? Sie würde die Insel verlassen, und er wäre wieder allein, und seine Einsamkeit wäre hoffnungsloser als je zuvor. Bilder von Kathryn, einer Frau und einem Leben, die ihm niemals gehören würden, wären die ewige Qual für seinen Geist und sein Herz.

Und das ist die Hauptsache, du gemeiner Hundesohn? Was ist mit ihr? Verdient sie nichts Besseres, als mit so was wie dir im Bett zu landen?

Kathryn bewegte sich in seinen Armen. »Matthew?« flüsterte sie.

Er sah ihr in die Augen und wußte ohne jeden Zweifel, was er zu tun hatte.

Er beugte den Kopf und führte ihren Mund noch einmal an seinen.

»Leb wohl, Kathryn«, sagte er.

Und dann war er fort.

Matthew war fort.

Noch vor einer Minute hatte er sie in den Armen gehalten, und in der nächsten stand Kathryn taumelnd da, mutterseelenallein.

Zunächst hielt sie das Ganze für einen Witz. Eine Art gruseliges Versteckspiel. Doch wenn dem so war, hatte er sich einen merkwürdigen Moment zum Spielen ausgesucht.

»Matthew?« fragte sie.

Keine Antwort.

»Matthew, wo bist du?«

Sie ging von Zimmer zu Zimmer und rief seinen Namen.

»Sei nicht albern. Ich weiß, daß du hier irgendwo bist. Komm schon raus und zeig dich.«

Er zeigte sich nicht.

»Okay«, sagte sie schließlich, »okay, auch gut.«

Sicher. Schließlich hatte sie ihn gebeten zu gehen, oder?

Hatte sie. Aber das war gewesen, bevor ...

Vor was? Er hatte sie geküßt, doch nicht zum ersten Mal. An diesem Kuß war nichts anders gewesen, außer daß sie ihn zugelassen hatte, daß ihre Phantasie mit ihr durchging, daß sie sich eingebildet hatte, daß ... daß ...

Kathryn stand still da. Schluß mit der Einbildung. Sie hatte sich hinreißen lassen, genau wie er. Glücklicherweise war einer von ihnen rechtzeitig wieder zu Sinnen gekommen, und es machte sie verlegen, daß es Matthew gewesen war und nicht sie.

Vielleicht war es gut, daß er sich nicht zeigen wollte.

Vielleicht war es sehr gut.

Leb wohl, Kathryn, im wahrsten Sinne des Wortes.

»Leb wohl, Matthew«, sagte sie zu dem stillen Haus, »und eine schöne Ewigkeit.«

Verdammt noch mal, dabei war sie eine so wunderschöne und anmutige Frau.

Matthew knirschte mit den Zähnen, als er den heißen, stillen Dachboden durchmaß.

Leb wohl, und eine schöne Ewigkeit?

»Sehr einfühlsam von dir, Kathryn«, grummelte er.

Er hatte nein gesagt zu einer Nacht in ihrem Bett, und das war der Dank? Dafür hatte er die Möglichkeit verworfen, beinahe zwei Jahrhunderte Zölibat vergessen zu machen?

Es hatte sich noch nie gelohnt, sich wie ein Gentleman zu verhalten, nicht in der wirklichen Welt und auch nicht in dieser.

Kathryn hatte seinen großzügigen Verzicht nicht erkannt. Sie hatte nicht einmal ein anhaltendes Interesse daran gezeigt herauszufinden, was mit ihm geschehen war. Sie hatte vielleicht zwanzig Minuten nach ihm gesucht. Dann hatte sie ihn abgeschrieben wie ein Bankier ein schlechtes Geschäft.

»Verdammt«, fluchte Matthew, »zum Teufel mit ihr.«

Wenn das der Lohn war für einen Mann, der sich ehrbar verhielt, war er heilfroh, daß er in seinem Leben nicht allzuoft seine Kraft auf ehrbares Verhalten verschwendet hatte.

Als Elvira am Montag morgen eintraf, steckte Kathryn bis zu den Ellenbogen in Lysol und heißem Wasser und schrubbte die alten Ziegelsteine auf der Terrasse mit so etwas wie persönlichem Groll.

Elvira hob die Augenbrauen. »Bißchen heiß heute für so was, meinen Sie nicht?«

Kathryn setzte sich auf die Hacken. Ihr T-Shirt und die kurze Hose klebten ihr schon auf der Haut, ihr Haar war fast naß, und Schweiß lief ihr in die Augen.

»Tatsächlich?« Sie zuckte mit den Schultern. »Hatte ich gar nicht bemerkt.«

Elviras Brauen hoben sich noch ein Stück. O Mann. Kathryn Russell war stocksauer. Nicht, daß das Elvira besonders wunderte. Jeder auf der Insel wußte inzwischen, daß Kathryns Verlobter Freitag nacht eingeflogen und keine zwölf Stunden später wieder abgereist war, wie ein Sack Pakete ins Postflugzeug gekauert.

Sam Petterson, der Flughafenchef, hatte sich darüber lustig gemacht.

»Klarer Fall von kuriertem Mann«, hatte er gesagt.

Niemand wußte genau, was abgelaufen war, aber hier saß Kathryn morgens bei fünfunddreißig Grad Hitze mit steigender Tendenz und schrubbte die Terrasse mit einem Noch-ein-Wort-und-du-bist-des-Todes-Blick.

Elvira biß sich auf die Lippe, um das Lachen zu unterdrükken. Sogar nach über vierzig Jahren Ehe gab es noch Gelegenheiten, bei denen Hiram sie so auf hundertachtzig brachte, daß sie unbedingt das schon saubere Haus von oben bis unten schrubben mußte, um sich wieder abzuregen.

Sie zog die Nadel aus ihrem Strohhut, setzte ihn ab und stach sie wieder durch die Hutspitze.

»Ich zieh' mir nur schnell meinen Kittel an«, sagte sie ruhig, »und dann helf' ich Ihnen.«

Am Nachmittag waren die alten Ziegelsteine blitzblank.

Und das war auch gut so. Kathryn ließ den Schrubber in den Eimer fallen und wischte sich mit dem Handrücken die schweißnasse Stirn ab.

Die Sonne hatte schon lange ihren Höchststand überschritten, doch es war immer noch heiß und schwül. Kein Luftzug bewegte die Palmen.

»Ich bin fertig«, rief sie Elvira zu, die sich mit der anderen Seite der Terrasse beschäftigt hatte.

Elvira setzte sich auf.

»Ich auch.« Ein Lächeln machte sich auf ihrem dunklen Gesicht breit. »Hoffentlich seh' ich nicht so schlecht aus wie Sie, Kathryn.«

Kathryn lachte. »Ich hoffe, Sie fühlen sich auch nicht so.« Sie stöhnte, hielt sich das Kreuz und kam taumelnd auf die Füße. »Mir tut alles weh. Ich wußte gar nicht, wo ich überall Muskeln habe. Wie steht's mit Ihnen?«

Elvira lächelte und erhob sich so geschmeidig wie eine Tänzerin. »Haben Sie mal Kinder, und sie finden früh genug raus, wo die Muskeln sitzen. Ich kümmere mich um den Rest. Und Sie gehen jetzt schön ein heißes Bad nehmen und setzen sich dann mit einer Tasse Tee hin, und schon geht es Ihnen besser.«

»Nein, schon in Ordnung. Ich helf' Ihnen noch und geh' dann erst in die Wanne – vorausgesetzt, das heiße Wasser spielt mit.«

Beide Frauen seufzten erleichtert, als sie das vergleichsweise kühle Haus betraten.

»Probleme mit dem Boiler?« fragte Elvira.

»Dauernd. Steht auf Hirams Reparaturliste sicher ganz oben.«

»Na ja, an einem Tag wie heute tut es auch eine kalte Dusche.« Elvira kippte beide Eimer aus und stellte sie unters Waschbecken. »Obwohl es bald schon wieder kühler wird.«

Kathryn lächelte. Sie holte einen Krug Eistee aus dem Kühlschrank, füllte zwei Gläser und reichte eins Elvira.

»Da wissen Sie mehr als der Wetterfrosch. Der hat gesagt, die Hitze hält noch das ganze Wochenende an.«

»Der Wetterfrosch irrt sich.« Die ältere Frau nahm einen großen Schluck Tee und sah aus dem Fenster zum Himmel. »Bald kommt ein Sturm und pustet die Hitze zurück nach Grenada.«

Kathryn sah ebenfalls aus dem Fenster. Brennende Sonne, friedlicher Himmel und eine einzige Schönwetterwolke.

»Wunschdenken.«

»Sie werden schon sehen. Heute abend gibt es Sturm.«

»Würd' ich gern glauben, aber der Bericht heute morgen sprach von mindestens noch so einem elend heißen Tag.«

»Mag sein. Aber ich lebe schon immer auf dieser Insel, und ich hör' drauf, wenn sie mir was sagen will. Und im Moment will sie mir sagen, daß Sie das Haus vorm Schlafengehen besser gut verrammeln, wenn Sie schlau sind.« Elvira trank den Tee aus und stellte das Glas in die Spüle. »Vielleicht wär es sogar besser, wenn Sie die Nacht in der Stadt verbringen.«

»Ich setz auf den Wetterbericht. Außerdem habe ich keine Angst vor einem bißchen Regen.« Kathryns Wangen röteten sich leicht. »Ich gebe zu, das letzte Mal war ich beunruhigt, aber da hatte ich mich noch nicht an das Haus gewöhnt.«

»Das meinte ich nicht, Kathryn. Ich wollte sagen, der Sturm ist mehr als nur ein bißchen Regen.«

Kathryn tätschelte der alten Frau den Arm. »Ich komm' schon zurecht«, sagte sie. »Bitte machen Sie sich um mich keine Sorgen.«

Am frühen Abend war klar, daß sie auf die falsche Wettervorhersage gesetzt hatte.

Elvira hatte recht. Ein Sturm braute sich zusammen. Alle

Anzeichen sprachen dafür, das sah selbst ein Stadtmensch, der sonst höchstens mitbekam, ob es regnete oder nicht.

Das heiße Wasser hatte für eine Dusche gereicht, wenn auch nicht für ein Bad. Danach hatte Kathryn sich mit einem leichten verfrühten Abendessen aus Obst, Käse und Kaffee auf die Terrasse gesetzt.

Als sie mit essen fertig war, hatte das Wetter angefangen umzuschlagen.

Der Himmel war von einer metallischen blauen Färbung, die das helle Sonnenlicht derartig ins Orange verzerrte, daß es in den Augen weh tat. Als sie vors Haus ging und zum Meer hinabsah, leuchtete es gläsern. Glitzernde Wellen bewegten sich träge Richtung Strand, während sich am fernen Horizont graue Wolken wie schmutzige Rüschen auftürmten.

Der melancholische Schrei einer Seemöwe durchbrach die Stille. Kathryn hob den Kopf und verfolgte den Flug des Vogels. Er flog landeinwärts, und einige bange Sekunden lang dachte sie über Elviras Vorschlag nach, es ihm gleichzutun.

Aber warum? Sie hatte bereits einen Sturm auf Charon's Crossing überstanden, und den nächsten würde sie besser wegstecken. Hiram hatte die Fensterläden repariert, so daß sie nicht jedes Mal zusammenzucken mußte, wenn sie bei starkem Wind gegen die Hauswand knallten. Und diesmal würde sie auch nicht mehr hysterisch werden, wenn das Licht ausging, da sie nun wußte, daß ihr »Eindringling« ein Geist war, der sich zudem rar machen wollte.

Wo er wohl steckte? Nicht, daß sie das wirklich interessierte. Sie war nur neugierig, nichts weiter. Wenn es nach ihr ginge, bräuchte sie Matthew McDowell niemals wiederzusehen, und selbst das wäre ihr noch zu früh.

Ein heißer, feuchter Luftzug schlug ihr ins Gesicht. Er fühlte sich klamm und unangenehm an. Sie verzog den Mund, ging zurück ins Haus, nahm sich noch einen Kaffee und schaltete das Kurzwellenradio ein.

»... letzte Meldung. Bei mäßigem Wind und leichtem Seegang ergeht eine vorsorgliche Sturmwarnung an alle Schiffe. Bewohner der unteren Küstenbereiche werden gebeten, sich auf eventuelle Vorsichtsmaßnahmen einzurichten, es besteht jedoch kein Grund zur Beunruhigung.«

Genau in diesem Moment erschütterte der Wind das Haus, als wäre es eine riesige Kastagnette.

Kathryn lachte. »Natürlich nicht«, sagte sie.

Nun ja, es konnte nicht schaden, vorbereitet zu sein. Sie holte Kerzen und Streichhölzer hervor, prüfte, ob die Taschenlampe noch funktionierte, und machte einen Rundgang durchs Haus, um sicher zu sein, daß die Fensterläden verschlossen waren.

Kurz vor der Dämmerung schaltete sie erneut das Radio ein. Es schien ihr, als wäre der Wind sehr viel stärker geworden, aber da die Fensterläden geschlossen waren, konnte sie weder das Meer noch den Himmel sehen.

»... bis hin zu Sturmstärke. Bewohner der unteren Küstenregionen werden gebeten, sich an höher gelegene Orte zu begeben, und ...«

Kathryn fuhr sich mit der Zunge über die Lippen. Mußte sie sich Sorgen machen? Hier oben auf den Klippen befand sie sich bereits an einem höher gelegenen Ort. Außerdem, wie stark konnte der Sturm schon werden? Die Hurrikanzeit war vorbei.

Sie zögerte, bevor sie die Taschenlampe nahm und zur Eingangstür ging. Sie konnte den Wind draußen heulen hören, und die Tür ließ sich schwer öffnen, als würde sich irgend etwas von außen dagegen stemmen ...

Gütiger Gott!

Es war, als würde sie eine andere Welt betreten.

Der Himmel war kohlrabenschwarz, die Wolken waren dick und hingen so tief, daß sie das mulmige Gefühl hatte, sie könnte sie mit der bloßen Hand berühren. Der Wind pfiff durch die Bäume und zerrte an ihrem Haar.

Sie hatte noch niemals einen solchen Sturm erlebt, es nie für möglich gehalten, daß Natur so rauh und gewaltig sein konnte.

Wie würde das Meer unter diesem dunklen, bedrohlichen Himmel aussehen? Wie hoch mochten die vom Wind gepeitschten Wellen sein, die mit Macht gegen die Küste schlugen?

Die Vernunft riet ihr, wieder im Haus Schutz zu suchen ... doch das Meer bot sicher einen überwältigenden Anblick, einen Anblick, den sie nie vergessen würde. Kathryn atmete tief durch, duckte den Kopf und kämpfte sich zum Rande der Klippen vor, um nur ganz kurz einen Blick zu werfen ...

Sie war durch nichts darauf vorbereitet gewesen, was sie jetzt sah.

Die friedliche blaue Karibik, die sie kannte und die sanft den Halbmond aus weißem Sand umspült hatte, war nicht mehr da. Das Meer war schwarz wie Tinte und übersät von scharfen weißen Klauen, die über den Strand brandeten und an der Klippe zerrten, auf der sie stand. Das Donnern der Wellen hörte sich an wie das Schlagen eines Herzens, doch jetzt konnte sie noch etwas hören, ein Geräusch wie von einem Güterzug, der näher kam ...

Es war der Wind, der über das Wasser fegte wie eine heulende Bestie, fest entschlossen, alles wegzuräumen, was sich ihm in den Weg stellte.

Lauf, Kathryn. Kehr zum Haus zurück, und lauf, so schnell du kannst!

Schluchzend und angsterfüllt gehorchte sie der Stimme in ihrem Kopf, doch es war unmöglich, gegen den Wind anzukommen. Er schlug ihr wie eine Faust ins Gesicht, raubte ihr den Atem und umtoste sie wie die unsichtbare Pranke eines Giganten, der wild entschlossen war, sie in die Luft zu werfen und in die reißenden Wassermassen hinunterzuschleudern.

Sie stieß einen Schrei aus.

»Matthew«, rief sie, »Matthew, hilf mir!«

Kräftige Arme legten sich um sie und hoben sie hoch.

»Halt dich an mir fest, Kathryn«, schrie Matthew.

Schluchzend schlang sie die Arme um seinen Hals. Er raste aufs Haus zu, während der Wind heulte, tobte und wütete, drückte mit Mühe die Tür auf und trug Kathryn hinein. Sie preßte sich eng an ihn, als er die Tür zutrat und mit Bolzen und Schloß verriegelte.

»O Gott«, schluchzte sie, »Matthew ...«

Sanft ließ er sie hinunter, legte die Arme um sie und hielt sie fest.

»Pssst«, murmelte er, »es ist alles wieder gut.«

Sie blieben so stehen, während der Regen auf das Dach trommelte und der Wind um die Ecken heulte, und trösteten sich gegenseitig mit der Wärme ihrer Körper und dem Schlagen ihrer beider Herzen. Dann nahm Matthew Kathryn bei den Schultern und schob sie ein Stück von sich weg.

»Verdammt, du dummes Ding«, schimpfte er, »was in Dreiteufelsnamen wolltest du da draußen? Du wärst fast umgekommen.« Er ließ sie los und fuhr sich durchs Haar. »Gott im Himmel, Frau, denkst du denn nie einen Moment nach?«

»Aber ich wollte doch nur eine Minute ...«

»Du wärst fast von der verfluchten Klippe geweht worden!«

»Verdammt, Matthew, ich habe doch nicht ...«

»Du hast doch nicht was? Mal zwei Minuten lang deinen Verstand gebraucht?« Mit vor Wut blitzenden Augen sah er sie an. »Natürlich nicht, Kathryn. Warum solltest du auch so dumm sein und auch nur einen Augenblick lang nachdenken?«

Kathryn hob das Kinn und funkelte ihn verächtlich an.

»Hören Sie mal, Kapitän McDowell, ich bin Ihnen dankbar, daß Sie mir behilflich waren, aber ...«

»Behilflich?« Matthew stemmte die Hände in die Hüften, warf den Kopf zurück und lachte lauthals. »Du meinst, du bist mir dankbar, daß ich dir deinen dämlichen kleinen Hals gerettet habe!«

»Du hast mir nicht den Hals gerettet. Und ich wäre dir dankbar, wenn du nicht jeden Satz mit einer Beleidigung spikken würdest.«

»Deine Dummheit ist eine Beleidigung, sonst nichts«, knurrte er und verlieh seine Aussage Nachdruck, indem er sie bei jedem Wort mit dem Zeigefinger in den Brustkorb piekte. Kathryn wich zurück, und er folgte ihr, bis sie an eine Wand stieß. »Was zum Teufel hast du da gemacht? Irgendein verfluchtes Spiel gespielt? Das da draußen ist ein Hurrikan, Madam! Oder ist Ihnen das entgangen?«

Seine Worte schickten ihr einen kalten Schauer über den Rücken, aber es war zu spät einzulenken.

»Der Sturm da?« Kathryn wackelte verächtlich mit dem Kopf. »Ha! Daß ich nicht lache. Das ist ein schlimmer Sturm, aber ein Hurrikan? Nie im Leben.«

»Bist du jetzt auch noch Wetterexperte?«

»Das muß ich nicht sein, um zu wissen, daß die Zeit für Hurrikans vorbei ist!«

Matthew schürzte die Lippen. »Erzähl das mal einer Schiffsmannschaft, die hier mitten im Winter auf See war.«

»Okay.« Kathryns Stimme war kalt. »Ich beuge mich Ihrer fachmännischen Einschätzung, was das angeht, Kapitän. Aber Ihre Beleidigungen brauche ich mir nicht gefallen zu lassen.«

»Du hast mir immer noch nicht meine Frage beantwortet, verdammt. Was wolltest du da draußen?«

»Ich antworte nicht auf dumme Fragen! Was soll ich schon gemacht haben? Ich habe aufs Meer hinausgesehen.«

»›Aufs Meer hinausgesehen‹«, ahmte Matthew sie hämisch nach. »Was ist los mit Ihnen, Madam? Wissen Sie nichts Besseres mit Ihrer kostbaren Zeit anzufangen?«

Kathryn funkelte ihn an. »Jetzt reicht es mir«, versetzte sie und drängte sich an ihm vorbei die Treppe hoch.

»Kathryn!« brüllte er ihr nach. »Wohin gehst du denn jetzt, wenn ich fragen darf?«

»Geht dich überhaupt nichts an.«

»Verflucht noch mal, dreh mir nicht den Rücken zu!«

Sie blieb auf der zweiten Stufe stehen und fuhr wutentbrannt herum.

»Wo liegt das Problem, Kapitän? Hab ich dich aus deiner gemütlichen Ecke geholt, du egoistischer Maulheld? Hattest wohl gerade einen Heidenspaß, weil du dachtest, ich vermisse dich? Tu ich aber nicht. Kein bißchen, hörst du?«

Matthew dachte an den verhaßten Dachboden, daran, wie er seine dunklen Ecken verabscheute und die Mauern, die ihn gefangenhielten. Er war dort oben herumgelaufen wie ein Tier im Käfig, bis irgend etwas ihn zum Fenster hingezogen hatte, hin zu dem Anblick, den er nie vergessen würde: Kathryn, die mit dem raubgierigen Meer um ihr Leben kämpfte.

Verflucht! Wie konnte eine Frau ihn nur so wütend machen? Es fehlte nicht viel, und er hätte sie übers Knie gelegt und windelweich geschlagen.

»Es beruhigt mich zu hören, daß du mich nicht vermißt hast«, sagte er kalt, »denn ich habe dich auch nicht vermißt ... und das ist wohl auch gut so, weil du ganze fünf Minuten geopfert hast, um in dieser Bruchbude von einem Haus nach mir zu suchen!«

Das hatte er nicht sagen wollen. Was interessierte es ihn schon, wie lange sie nach ihm zu suchen beliebte? Leider war es schon zu spät, die unklugen Worte zu verschlucken, zumal Kathryns Wut überzukochen drohte.

»Fünf Minuten?« fragte sie. Ihre Augen blitzten vor Zorn. »Was soll das heißen, fünf Minuten?« Sie stieg eine Stufe tiefer und schlug mit der Faust auf das Geländer. »Stundenlang habe ich nach dir gesucht, du verdammter Idiot!«

Matthew wurde kreidebleich. »Passen Sie auf, was Sie sagen, Madam.«

»Erzähl mir nicht, was ich sagen darf und was nicht, verdammt! Eigentlich war es mir ja scheißegal, ob ich dich finde oder nicht. Es hat mich kein Stück interessiert, wo du bist oder was du treibst. Ich war nur wütend, daß du schon wieder verschwunden warst, bevor ich dir sagen konnte, daß ich ... daß ich ...«

»Daß du was?« fragte Matthew ruhig und fest.

Sie starrte ihm ins Gesicht, in das männliche, schöne Gesicht, in die zornigen grünen Augen und auf den harten Mund.

»Ich wollte dir sagen, daß ... daß ich dich hasse, Matthew, daß ich ...«

Die schnell ausgestoßenen Worte endeten in einem leisen Schluchzen. Kathryn drehte sich um, aber da war es schon zu spät. Matthew hatte das verräterische Glitzern von Tränen in ihren Augen bemerkt.

Sein Ärger und seine Raserei verflogen. Warum sollte er sich etwas vormachen? Seine blinde Wut hatte nichts mit Kathryn zu tun, sondern allein mit der Gewißheit, daß er sie beinahe verloren hätte.

Mit erstickter Stimme flüsterte er ihren Namen, und sie drehte sich zu ihm um. Ihre Augen waren groß und dunkel in ihrem wunderschönen Gesicht. Er sagte etwas, er wußte nicht genau was, aber es mußten die richtigen Worte gewesen sein, denn im nächsten Augenblick lag sie in seinen Armen.

»Wo warst du?« fragte sie zwischen zwei Küssen. »Warum bist du von mir fortgegangen?«

»Ich war die ganze Zeit hier, mein Schatz, und habe den Ehrenmann gespielt.«

»Ehrenmann?« Sie sah ihn verständnislos an. »Wie meinst du das?«

»Ich habe mir gestern so sehr gewünscht, dich zu lieben, Kathryn, doch ich wußte, es wäre falsch. Darum bin ich gegangen.«

In ihren Wimpern hingen noch die Tränen, aber sie lächelte.

»Wie kann etwas falsch sein, wenn wir beide es wollen?« fragte sie sanft.

Matthew schüttelte den Kopf. »Ich hätte es nie zulassen dürfen, daß du mir einmal so viel bedeutest. Begreifst du nicht, daß uns das nur ins Unglück führt?«

»Es hat uns hierher geführt«, flüsterte Kathryn, »hier, wo wir uns endlich in den Armen liegen.«

Sie vergrub ihre Hände in seinem Haar, zog sein Gesicht zu sich herunter und brachte alle Widerworte mit einem Kuß zum Verstummen. Einen langen Augenblick erwiderte er ihren Kuß nicht. Doch dann stöhnte er, nahm sie auf die Arme und trug sie die Treppe hinauf ins Schlafzimmer.

Er stieß die Tür mit dem Fuß auf und schloß sie hinter sich. Das Heulen des Windes und die grauen Schatten des Zimmers hüllten sie ein.

Langsam, ganz langsam ließ er Kathryn wieder herunter. Ein Stöhnen entrang sich ihrer Kehle, als ihr Körper der Länge nach an seinem entlangstrich. Raste sein Herz so, oder war es das ihre? Sie spürte die Hitze und die Härte seines Körpers durch den Stoff, der sie noch trennte, bis sie vor Sehnsucht brannte.

Sie spürte den Druck seiner Erektion an ihrem Bauch. Das Schwert seines Fleisches ließ ihr Herz schneller schlagen, aber diesmal nicht vor Angst. Langsam und genüßlich rieb sie sich an ihm, preßte ihren weichen Körper gegen seine feste Männlichkeit und erschauderte vor Vergnügen, als er erneut aufstöhnte und seine Lippen ihre fanden. Seine Hände umfaßten ihren Po, fühlten ihre Formen unter der nassen Kleidung. Dann wich er zurück, die heißen Augen fest auf ihre gerichtet.

»Ich will dich ansehen«, flüsterte er.

Er wandte den Blick nicht von ihren Augen, als er ihr langsam die Bluse aufknöpfte und sie von ihren Schultern gleiten ließ. Er wartete, zögerte den Moment hinaus wie jemand, der an Weihnachten ein besonderes Geschenk erwartet. Dann blickte er nach unten und schwelgte im Anblick der Frau, die er soeben entkleidet hatte.

Ihre Haut war von einem schimmernden Mattgold, obwohl sie gegen das weiße Hemd fast dunkel wirkte. Ein solches Hemd hatte er noch nie gesehen, es war sehr weiblich, mit Spitze verziert, und bedeckte lediglich ihre Brüste. Seine Augen weideten sich an ihren stolzen, üppigen Rundungen, bevor er langsam die Hände ausstreckte und sie umfaßte.

Kathryn gab einen leisen, atemlosen Laut der Lust von sich, der ihm direkt in die Lenden fuhr.

»O mein Schatz«, flüsterte er, »wie wunderschön du bist.«

Er neigte den Kopf, küßte zärtlich die Rundung jeder Brust, schloß seinen Mund um das spitzenumhüllte Fleisch, bis es ihm nicht mehr genügte, sich die Süße ihrer nackten Haut an seiner Zunge bloß vorzustellen. Doch der Verschluß des eigentümlichen Hemdchens schien unüberwindbar.

»Warte«, flüsterte sie mit einem sanften Lächeln.

Ihre Hände gesellten sich zu seinen, die Spitze teilte sich, und ihre Brüste sanken in seine Hände. Er liebkoste sie, hofierte sie mit Zunge und Zähnen, während Kathryn seinen Namen hauchte mit einer süßen, heiseren Stimme, die das Blut in seinen Lenden zum Kochen brachte.

Mach langsam, befahl er sich, ganz langsam. Du hast so lange auf sie gewartet ... verdirb es jetzt nicht.

Seine Hände wanderten hinunter zu den gekürzten Hosen, die sie bevorzugt trug. Wie bei dem Hemdchen hatte er einige Schwierigkeiten, bis er herausfand, wie man die Reihe kleiner Metallzähne löste, die sie zusammenhielt.

Doch dieser Verzug kam ihm gelegen. Er brauchte ihn, wenn er in irgendeiner Form die Beherrschung wahren wollte.

Er wollte diese Augenblicke möglichst lange auskosten, sie bis zum Äußersten hinauszögern. Er wollte Kathryns liebliches Gesicht beobachten, wenn er sie langsam ihrer Kleidung entledigte, denn er wußte, auch wenn dies gerade erst begann, mußte es einmal ein Ende haben.

Diese Nacht, und den Sturm, der um sie herum toste, würde er für immer in der Ewigkeit bei sich tragen.

Endlich stand sie nackt vor ihm.

Und wie wunderschön sie war.

Wenn er nur die Worte gekannt hätte, um ihr zu sagen, wie schön sie war, doch er war nie ein Poet gewesen, sondern ein Mann, der sein Leben auf See gefristet hatte. Würde sie es verstehen, wenn er ihr sagte, daß ihre Haut so seidig schimmerte wie der Mond, der sich auf dem ruhenden Meer widerspiegelt? Ihre Augen wie Sterne am Nachthimmel waren, und ihr Gesicht und ihr Körper genauso schön wie die der Sirenen, die einst die Seeleute verführten?

Schließlich brachte er nur ein Flüstern zustande.

»Kathryn«, flüsterte er, »meine Kathryn . . .«

Er streckte die Hände aus und sah in ihr Gesicht, während er ganz sachte mit den Fingern über ihre Brustwarzen fuhr, dann über ihren Bauch, zu ihren Schenkeln hin. Als er sah, welche Lust ihr seine Berührung bereitete, war es fast um ihn geschehen. Er spürte, wie er die Beherrschung verlor, wie das Verlangen, sie ganz zu besitzen, durch seine Muskeln brandete.

Schnell zog er sein Leinenhemd über den Kopf, schleuderte die Schuhe fort und zog die Hose aus. Er sah, wie sich ihre Augen beim Anblick seiner harten, lustvollen Männlichkeit weiteten. Er nahm ihre Hand, führte sie an sein pulsierendes Fleisch und erbebte bei ihrer Berührung.

»Küß mich«, flüsterte sie. Er gehorchte und hob sie leicht hoch. Seine Lippen teilten ihre, bis er ihre Lust schmecken konnte. Aus ihrer Kehle drangen leise Laute, die ihm die Sinne raubten, sie spielte mit den Händen in seinem Haar.

Mein Gott, er ertrank in Lust.

Er hatte so lange nach ihr gedürstet. Nicht erst, seit er in ihre Träume gestolpert war, sondern seit es die Welt gab, seit der Zeit, als die Planeten und die Sterne nichts als wirbelnde Masseteilchen gewesen waren.

Er hatte sich vorgemacht, sein jahrelanges Zölibat habe sein Verlangen nach ihr entfacht. Er hatte zu sich selbst gesagt, das Pulsieren in seinen Adern sei lediglich das Bedürfnis seines Fleisches, und sein Penis, wie der eines jeden Mannes, nur eine Wünschelrute, die blind Einlaß begehrte, wo immer sie ihn finden konnte.

Das alles und mehr hatte er sich immer wieder eingeredet, aber es waren nichts als Lügen gewesen. Jetzt, da er Kathryns Gesicht und Hals mit Küssen bedeckte und ihren Duft einatmete, wußte er es. Sie duftete nach Regen, Blumen und allen Genüssen des Lebens. Er wußte jetzt, daß er noch nie für eine Frau das gleiche empfunden hatte wie für sie und daß er nie wieder das gleiche empfinden würde.

Er nahm ihr Gesicht in beide Hände und küßte sie, seine Zunge glitt zwischen ihre Lippen und spielte mit ihrer. Sein Verlangen war wild, doch er kämpfte dagegen an und zwang sich dazu, zärtlich zu sein. In diesem Moment war er ein einziger großer Widerspruch: Er wollte Kathryn zugleich in seine Gewalt bringen und lieben; er wollte sie, verwundbar wie sie war, zugleich unter sich sehen und sie eng bei sich in den Armen halten; auf ihr reiten, bis sie weinte und schrie, und sie dann mit Küssen besänftigen.

Er setzte sich auf den Rand des Bettes, so daß sie genau vor ihm stand. Er hob den Kopf an ihre Brust und sog die süße, perlige Spitze in seinen Mund.

»Matthew«, flüsterte sie. Sie keuchte, ihre Stimme war hoch und voller Begierde. Er hatte noch nie einen so süßen Klang gehört.

Er fuhr mit der Hand ihre Hüfte hinunter und über ihren

sanft gewölbten Bauch. Seine Finger tanzten ihren Oberschenkel entlang und spielten mit den Locken zwischen ihren Beinen.

»Matthew«, sagte sie noch einmal, in einem schnellen, tiefen Atemzug.

Er umfaßte ihre Hüften und tastete sich küssend zu ihrem Bauch hinab. Jetzt konnte er ihre Erregung riechen und stöhnte auf, denn kein Parfüm hatte je so betörend geduftet. Er umfaßte ihren Po, und sein Mund senkte sich immer tiefer hin zu ihrer Scham.

Sie gab ein leises, gequältes Wimmern von sich und wich zurück.

»Matthew, bitte nicht.«

Er sah auf. Würde sie ihn bitten aufzuhören?

Nein. Ihre geröteten Wangen und das schnelle Heben und Senken ihrer Brüste sagten mehr als tausend Worte. Ihre Sehnsucht war genauso stark wie seine.

Sie versuchte ein Lächeln. »Ich bin nicht... ich kann nicht...«

Gütiger Himmel. Sie war verlegen!

Die Erkenntnis schnürte ihm die Kehle zu. Es war nichts Neues für ihn, daß Frauen sich im Schlafzimmer auf einmal zierten. Einige glaubten, ein wenig jungfräuliches Gehabe steigere die Lust eines Mannes, und vielleicht stimmte das auch, aber er gehörte nicht zu denen, die sich gern etwas vorspielen ließen.

Sie aber spielte ihm nichts vor.

Kathryn errötete von Kopf bis Fuß, als ob sich kein Mann je zuvor an ihr sattgesehen hätte. Als ob kein Mann je zuvor... je zuvor...

Nein, das war unmöglich. Sie hatte doch gesagt, die Frauen ihrer Zeit seien nicht zurückhaltend, wenn es um ihr Vergnügen ging. Sie war sicher schon mit anderen Männern zusammengewesen...

Bei dem Gedanken an sie mit jemand anderem hatte er das Gefühl, als ramme man ihm ein Messer in den Bauch.

Aber das zählte nicht. Heute nacht würde er ihre Erinnerungen an jeden anderen Mann auslöschen. Er würde sich nicht nur in ihr Fleisch, sondern auch in ihre Seele und ihr Herz brennen. Nach dieser Nacht würde sie nie mehr einen anderen ansehen, nie mehr einen anderen begehren ...

Das Blut gefror ihm in den Adern.

Mein Gott, was für ein Hurensohn er war!

Er hatte nicht das Recht, Kathryn für sich zu beanspruchen. Er war kein Mann, er war ein ... eine Kreatur. Ein Geschöpf ohne Leben oder Substanz, das nur an den eisigen Rändern einer dunklen Welt existierte, die sie nie begreifen konnte.

Es kostete ihn seine ganze Kraft, das Nötige zu tun, doch er schaffte es: Er stieß sie von sich fort und stand auf.

»Zieh dich an«, flüsterte er rauh.

»Was?«

»Ich habe gesagt ...«

»Ich habe gehört, was du gesagt hast, Matthew. Aber warum?«

Ihre Stimme zitterte. Er sah sie an und erkannte die Verwirrung und den Schmerz in ihren Augen. Es gab ihm einen Stich ins Herz, und er drehte sich weg.

»Tu es einfach, Kathryn!«

»Matthew.« Die leichte Berührung ihrer Hand an seiner Schulter brannte wie Feuer. »Ich ... ich wollte doch nicht ... Ich wollte nicht, daß du aufhörst, ich war nur ... ich war nur verlegen, als ich so vor dir ...«

Er fuhr herum und packte sie bei den Schultern.

»Begreifst du nicht? Wir dürfen das nicht tun.«

Sie sah ihn an, als hätte er den Verstand verloren, und offensichtlich hatte er das auch, zumindest einen Moment lang. Doch jetzt konnte er wieder klar denken, und sie würde ihn durch nichts von seinem Entschluß abbringen.

»Es ist falsch, Kathryn.«

»Wer sagt das?«

»Ich«, brummte er. Er bückte sich und hob seine am Boden verstreuten Kleider auf. »Verflucht«, sagte er und richtete sich wieder auf, »ich hätte niemals ...«

»Halt den Mund, Matthew.«

Seine Augen weiteten sich. »Was hast du gesagt?«

»Ich sagte, halt den Mund, und ... ach, vergiß es.«

Sie stellte sich auf die Zehenspitzen und küßte ihn. Ihre Lippen waren warm und süß und bewegten sich sanft auf seinen. Einen Herzschlag lang wurden seine Lippen unter ihrer Berührung weicher. Dann blinzelte er und wich zurück.

»Tu das nicht«, sagte er scharf.

Sie lächelte. Ihre Hände wanderten zu seiner Brust. Langsam, ganz langsam tasteten sie sich seinen Körper hinab.

»Kathryn.« Er ergriff ihre Hände. »Kathryn ...«

Sein Atem stockte, als ihre Finger über seinen Bauch fuhren und in die dichten Locken hinab, die sein Geschlecht umspielten. »Schatz, bitte nicht ...«

»Das ist es, was ich immer wollte, Matthew. Seit ich dir das erste Mal im Traum begegnet bin.«

»Verdammt, Weib, du weißt doch gar nicht, was du ...«

»Ich bin nicht dumm. Du glaubst, wir dürfen uns nicht lieben, weil ... wegen der Situation, in der wir uns befinden.«

Er zog sich zurück und funkelte sie an. »Red nicht immer um den heißen Brei, verdammt. Ich glaube – ich weiß – nur eins, du bist am Leben, und ich bin tot. Und das ist der beste Grund von allen, warum wir schleunigst damit aufhören müssen, bevor wir ...«

Hätte sie ihn berührt, hätte sie sich an ihn gepreßt, er hätte ihr widerstehen können. Statt dessen tat sie das einzige, wogegen er machtlos war.

Sie lächelte ihn an und sagte: »Ich liebe dich.«

»Nein«, sagte er, »das kannst du nicht ...«

Er stöhnte, holte sie zu sich hin und trug sie wieder zum Bett. Wie konnte er gegen das Schicksal ankämpfen? Dieser Augenblick, dem Lauf der Zeit entrissen, gehörte ihnen. Ihn verstreichen zu lassen hätte geheißen, die verborgenen Gesetze des Universums abzulehnen, die sie zusammengeführt hatten.

Er küßte sie am ganzen Körper, immer und immer wieder, mit unstillbarer Begierde. Richtig oder Falsch hatten keinerlei Bedeutung mehr. Er wußte nur eins: Nach dieser Nacht würde er nie mehr derselbe sein.

Nach dieser Nacht würde sie nie mehr dieselbe sein.

Nie mehr, dachte Kathryn, nicht in tausend Jahren.

Matthew war die Erfüllung all ihrer Sehnsüchte, und mehr als das. Seine Schönheit war die reinste Form männlichen Anmuts, seine Muskeln hart und sehnig. Sein Anblick war schwindelerregend. Ihn zu berühren trieb sie an den Rand des Wahnsinns.

Seine Haut fühlte sich heiß an unter ihren Händen und trug den Geruch seiner Leidenschaft. Sein Körper war hart und aufregend, seine Küsse die einzige Nahrung, die ihr Herz jemals brauchen würde.

Selbst in ihren kühnsten Träumen hätte sie sich nicht vorstellen können, daß es so sein würde, einen Mann zu lieben.

Sie war ein schimmernder Regenbogen, eine Symphonie blendender, betäubender Gefühle. Ihr Körper war wie elektrisch geladen, jede Faser voller lebendiger Empfindungen, und nun sammelte sich all das an einer Stelle, in jenem versteckten, geheimen Teil von ihr.

Matthews Schenkel lag fest und kräftig zwischen ihren. Sein Bein stieß gegen sie, hoch und nieder, vor und zurück ...

Ah. *Ah!* Sie bewegte sich, glitt an seinem Fleisch hinauf und hinab, hob sich zu ihm hin, drückte sich gegen ihn und stieß kleine Laute der Lust aus.

Sie war verschwitzt, feucht und heiß ... sie fühlte sich wie eine Blume, die sich der sengenden Hitze der Sommersonne öffnete. All die Jahre hindurch, ihr ganzes Leben lang, hatte sie gedacht, es wäre nichts dabei, es könne wirklich nichts Geheimnisvolles oder Wunderbares daran sein, mit einem Mann zu schlafen. Sie hatte keinen Sex gewollt, und sie hatte ihm in diesem Zeitalter der Vorsicht leicht aus dem Weg gehen können.

Und dann hatte sie von Matthew geträumt.

Sie stöhnte, als er das Grübchen an ihrem Hals küßte und ihre Brüste mit Zärtlichkeiten bedeckte. Seine Hände umfaßten das sanfte Gewicht, und sie hielt den Atem an, beobachtete, wie er seinen Kopf über sie beugte. Sein Haar fiel wie sonnenbeschienene Seide über ihre Haut.

Die Erotik des Anblicks, wie er ihre Brustwarze in den Mund nahm, war so überwältigend, daß sie schluchzend seinen Namen flüsterte.

»Matthew«, sagte sie mit gebrochener Stimme, »Matthew ...«

Ihre Schreie, als er an ihr saugte, gepaart mit ihrem Geschmack in seinem Mund waren süße Qual. Ihre Hüften preßten und schoben sich gegen seine, und einen schrecklichen Augenblick lang hatte er Angst, zu früh zu kommen.

Er befahl sich, an etwas anderes zu denken. Sich abzulenken. Zähl von hundert an rückwärts, hatte er einmal jemanden sagen hören, das hilft immer.

Jetzt würde ihm gar nichts mehr helfen. Verdammt, er hätte nicht bis fünf zählen können, ohne nach drei durcheinanderzukommen. Seine Begierde war ein Fieber, ein verzweifeltes Verlangen, in sie einzudringen und ihrer beider Qual zum Höhepunkt und zum Ende zu bringen.

Aber was für eine köstliche Qual es doch war! Er bekam nicht genug davon, sie zu küssen und an ihren Brustwarzen zu saugen. Sie schmeckte nach Milch und Honig; sie duftete wie die Gärten Babylons und das Geheimnis der Venus.

Sanft fuhr er mit der Hand ihren Bauch hinab, streichelte leicht die feuchten Locken, die auf ihn warteten. Sie erbebte unter seiner Berührung, er beruhigte sie mit geflüsterten Worten, die er selbst nicht verstand; er verstand nur, daß er sich jenseits von Denken und Vernunft befand.

Seine Hand glitt zwischen ihre Beine und schob sie auseinander. Seine Finger berührten die verborgene Knospe, die er gesucht hatte, und sie schrie ekstatisch auf.

»Matthew«, schluchzte sie. Sie schob ihre Hüfte näher zu ihm und ertränkte seine streichelnden Finger in ihrem süßen Saft.

Ihm schwirrte der Kopf. Es gab noch so viel mehr, das er tun wollte. Für sie. Mit ihr. Er wollte sein Gesicht in ihrem Nacken vergraben und ihren Duft genießen, mit seinem Mund dorthin gehen, wo seine Hand war, und sie schmecken. Und dann wollte er wieder von vorne anfangen und alles noch einmal erleben.

Doch es war an der Zeit. Es war höchste Zeit. Er würde explodieren, wenn er sie jetzt nicht nähme. Er wich zurück, zog zärtlich ihre Schenkel auseinander und kniete sich zwischen sie. Er sah sie an, berührte sie, und sie riß die Augen auf.

»Matthew«, flüsterte sie.

»Ich werde dir nicht weh tun, Liebes. Das verspreche ich dir.«

Vorsichtig, ganz vorsichtig, tastete er sich voran und ließ nur die Spitze seines prall mit Blut gefüllten Penis ihr feuchtes Geschlecht berühren.

Sie schloß die Augen und warf den Kopf zurück in die Kissen.

»Kathryn«, flüsterte er erstickt.

Sie riß die Augen auf. Er sah sein Spiegelbild in ihren Pupillen.

»Sieh mich an«, flüsterte er. »Sieh mich an, wie ich der deine werde.«

Er näherte sich ihr noch ein Stück und rieb sich leicht an ihrer zarten, rosigen Knospe. Einmal. Zweimal... Er biß die Zähne zusammen, seine Haut glänzte vor Schweiß. Warte, sagte er zu sich selbst, o Gott, warte ab, bis du ganz tief in ihr bist...

Kathryn schrie und bäumte sich auf. Matthew stöhnte, ließ seine Hände unter sie gleiten und gab den Kampf auf.

»Ja«, sagte er und stieß zu.

SECHZEHN

Am nächsten Morgen war der Sturm vorüber.

Matthew saß breitbeinig auf einem Küchenstuhl, das Kinn auf die verschränkten Arme gelehnt, und gab sich der schönsten Art philosophischer Betrachtung hin.

Welcher Anblick war der vollkommenere? Der blaue Himmel und die golden schimmernde Sonne, die man durch die offene Terrassentür sehen konnte – oder Kathryn, wie sie im Zimmer umhereilte und Frühstück machte?

Er lächelte. Keine Frage, wer das Rennen machte. Kathryn war viel wunderbarer als der warme, strahlende Tag, wunderbarer als jedes erdenkliche Wunder, egal ob von der Natur oder von Menschenhand erschaffen. Er hatte niemals eine Frau wie sie gekannt und sich auch keine wie sie vorstellen können. Sie war die Verkörperung der Träume eines jeden Mannes, in einem Moment liebevoll, im nächsten frech, so gänzlich unabhängig wie jeder Mann, dennoch sanft und weiblich, wenn es darauf ankam, und so gescheit und geistesgegenwärtig, daß er fast vergaß, daß sie eine Frau war, wenn sie sich unterhielten. Freilich war er nicht so dumm, ihr das auf die Nase zu binden. Bei der leisesten Andeutung, es könne Unterschiede zwischen den Geschlechtern geben, brauste sie sofort auf.

Sein Lächeln verschwand.

Nein. Er würde nie vergessen können, daß sie eine Frau war. Wie könnte er, wo sie so unbeschreiblich schön, so sinnlich und weiblich war?

Ein Pochen in seinen Lenden sagte ihm, daß sein Körper mit

der Bewertung seines Gehirns übereinstimmte, ein kleines Wunder, wenn es Wunder gab, denn es war noch gar nicht so lange her, daß es ihm völlig unmöglich erschienen war, sich aus dem Bett zu erheben.

Er war heute morgen als erster aufgewacht, mit Kathryn in den Armen. Allein der Genuß, sie im Schlaf zu beobachten, den Kopf an seine Schulter gelehnt, ihr Haar wie feinste chinesische Seide auf seiner Haut, hatte ihn wieder hart wie Granit werden lassen.

Er hatte sich geschworen, sie nicht zu wecken. Er hatte begonnen, ihre Haut zu streicheln, so sanft und zärtlich, wie er nur konnte. Ihren Hals, ihre Schultern. Und dann ihre Brust. Nur eine kleine Berührung mit den Fingerspitzen, das war alles, und als sie im Schlaf geseufzt und ein hauchdünnes Lächeln ihre Lippen umspielt hatte, hatte er sich zu ihr heruntergebeugt und sie geküßt. Zuerst auf den Mund, mit seinen Lippen ihre abtastend, dann auf den Hals, wo er eine Spur kleiner Küsse hinterließ, die unausweichlich zu ihren Brüsten führen mußte.

Ihr betörender Duft, die Wärme ihrer Haut und ihr regelmäßiger Herzschlag an seinem Ohr hatten sich allesamt gegen ihn verschworen und machte es ihm unmöglich, das Versprechen, das er sich gegeben hatte, einzuhalten.

Seine Zärtlichkeit war in Leidenschaft umgeschlagen, die sanften Küsse immer fordernder geworden, seine Berührungen brannten vor Begierde, und dann war Kathryn erwacht, erregt und Feuer und Flamme in seinen Armen.

Als sie lange Zeit später mit einem Seufzer vorgeschlagen hatte, etwas zu essen, hatte er sich stöhnend zurück in die Kissen fallen lassen und gesagt, ja, essen sei eine hervorragende Idee, wenn sie nicht wollte, daß er vor ihren Augen vom Fleisch fiel.

Sie wollte sich anziehen, doch er hielt sie zurück.

»Hier«, hatte er gesagt und ihr sein Hemd zugeworfen, und

auf ihren Einwand, sie könne unmöglich so spärlich bekleidet nach unten gehen, hatte er eine einleuchtende Antwort gegeben.

»Sei nicht albern, Kathryn. Das Hemd verdeckt mehr von dir als die Unterwäsche, in der du sonst herumläufst.«

Ein Lächeln tanzte in seinen Augen, als er sie jetzt beobachtete, denn er wußte, wie sehr er geflunkert hatte.

Nicht, daß er die Unwahrheit gesagt hätte. Das Hemd war weit und lang genug, sie vom Hals bis über die Oberschenkel zu bedecken. Doch was ihr prächtiger Körper aus dem Hemd machte, trieb ihn zum Wahnsinn. Die Rundungen ihrer Brüste drückten leicht gegen den weichen Stoff und erinnerten ihn sofort wieder an ihr warmes Gewicht in seinen Händen. Der dunkle Umriß ihrer Brustwarzen brachte ihm Geschmack und Gefühl dieses honigsüßen Fleisches zurück, als er sie mit Lippen und Zunge liebkost und das liebliche, aufregende Schnurren tief in ihrer Kehle angebetet hatte.

Und als sie sich nun bewegte und all die weltlichen Dinge tat, die zur Zubereitung eines Essens nötig waren, vollbrachte das Hemd Wunder, die meilenweit vom Weltlichen entfernt waren. Der Saum schlug gegen ihre schlanken, goldenen Schenkel und peinigte ihn beinahe. Der offene Ausschnitt rutschte hin und her, aber nie tief genug, damit er ihre Brüste sehen konnte, sondern neckte ihn bloß mit Andeutungen ihrer Fülle. Und wenn sie sich bückte oder auf die Zehenspitzen stellte, um etwas vom Regal zu holen, lugte ihr fein geschwungener Po unter dem Hemd hervor.

Matthew unterdrückte ein Stöhnen. Ein Gentleman hätte ihr sicher angeboten, all diese Dinge für sie zu erledigen, doch er war kein Gentleman, besonders jetzt nicht. Er war ein Mann, der Gefahr lief, von der eigenen Hose kastriert zu werden, wenn er nicht etwas unternahm, um die Bilder aufzuhalten, die unaufhörlich in sein fiebriges Gehirn drängten.

Kathryn machte den Kühlschrank auf und bückte sich, um hineinzuschauen. Diesmal konnte man sein Stöhnen hören.

»Was ist?« fragte sie und stieß die Tür mit einer aufreizenden Hüftbewegung zu.

Er zuckte mit den Schultern und gab sich Mühe, unbedarft dreinzuschauen, während er vorsichtig aufstand.

»Nichts«, sagte er gleichgültig.

»Bist du sicher? Du guckst so merkwürdig aus der Wäsche.«

»Tatsächlich?« Er versuchte ein Lächeln. »Nun, das liegt wahrscheinlich daran, daß ich am Verhungern bin.«

Sie lachte und stellte eine Schale Obst auf den Tisch. »Das dürfen wir nicht zulassen, Kapitän. Was hätten Sie denn gern zum Frühstück?«

Was wohl? Kathryn natürlich, da auf dem Tisch, diesen benebelten Blick in den Augen, die Knie angewinkelt und ihn hart und fordernd zwischen ihren Beinen...

Noch so ein Gedanke, und sie hätten die nächste verfängliche Situation. Er runzelte die Stirn, drehte sich um und starrte auf die Kaffeekanne, während er verstohlen an seiner Hose zerrte.

»Für den Anfang erst mal Kaffee. Wie lang braucht das Ding noch?«

»Noch eine Minute, dann müßte es soweit sein.« Kathryns Brauen hoben sich und formten einen feinen Bogen. »Bist du einer von denen, die muffig sind, bevor sie ihren ersten Kaffee intus haben?«

»Ich bin nie muffig«, sagte Matthew muffig. Kathryn schnaubte verächtlich, und er drehte sich um und versuchte sie anzufunkeln, schaffte es aber nicht. Beide mußten lachen. »Na gut, vielleicht doch. Habe Mitleid mit mir. Ich bin ein Mann und brauche dringend etwas für mein leibliches Wohl.«

»Dein leibliches Wohl. Soso.«

»Genau. Ein Dutzend Eier, ein paar Scheiben Speck, Haferschleim, Kartoffeln und ein paar Pfannkuchen mit Ahornsirup wären jetzt genau richtig.«

Sie sah ihn an. »Du machst wohl Witze. Ich bitte dich.«

»Nun ja«, sagte er mit unbeweglichem Gesicht, »das alles brauche ich nur, um die Energie wieder aufzunehmen, die du mir entzogen hast.«

»Die Energie, die ich *dir* entzogen habe?«

»Klar. Weiß doch jeder, daß Frauen im Bett nichts weiter tun müssen als sich hinzulegen und sich fromme Gedanken machen.«

Er lachte, duckte sich, als Kathryn so tat, als wolle sie mit der Zuckerdose nach ihm werfen, und nahm sie in die Arme. Sie lachte leise, stellte die Dose hin und schlang ihm die Arme um den Hals.

»Meine Gedanken sind heute morgen alles andere als fromm.«

»Tatsächlich?« fragte er lächelnd.

Sie lief rot an. »Um ehrlich zu sein, es ist das erste Mal, daß ich Frühstück für einen Mann mache, der nur eine Hose anhat.«

Matthew grinste. »Und, bin ich eine willkommene Abwechslung?«

Sie lachte. »Das weißt du doch.«

Sein Lächeln schwand, als er ihr Gesicht an seins zog. »Es war das erste Mal für dich heute nacht, stimmt's, mein Schatz?«

Kathryn errötete noch tiefer. Sie nickte. »Ich weiß, ich hätte es dir sagen sollen, aber ...«

Er unterbrach sie mit einem Kuß. Dann zog er ihren Kopf an seine Brust.

»Es war auch für mich das erste Mal«, sagte er sanft, »das erste Mal, daß ich so glücklich war und so ...«

»Und so was?« fragte sie lächelnd.

Das Lächeln erstarb auf ihren Lippen, als sie aufschaute und ihm ins Gesicht sah. »Matthew? Stimmt was nicht?«

Nichts, dachte er, Gott im Himmel, gar nichts stimmte hier! Er ließ sie los, torkelte wie blind aus dem Zimmer auf die Terrasse und umklammerte so fest das Geländer, daß seine Knöchel weiß hervortraten.

Und so verliebt.

Beinahe hätte er es gesagt, doch es war unmöglich. Wie konnte er glücklich sein? Oder verliebt? Der Fluch würde das nicht zulassen. Genau das hatte er Catherine Russell gewünscht, vor all den Jahren; und es war auf ihn zurückgefallen und hatte ihn heimgesucht, als er im Sterben lag.

Ihm war, als greife ihm eine Hand in die Brust und zerquetsche sein Herz.

Die ganze Zeit lang, seit ihm klargeworden war, daß er sich mit seinen eigenen Worten selbst verflucht hatte, hatte er gemeint, sein Schicksal zu begreifen. Er würde bis in alle Ewigkeit allein sein. Letzte Nacht hatte er in einem Augenblick süßen, zügellosen Unsinns auf diese Überzeugung gebaut und sich vorgestellt, er würde das Bild seines Glücks mit Kathryn für immer auf seiner einsamen Reise bei sich tragen.

Nun aber sah er so schrecklich klar, daß er am liebsten mit der Faust die Wand zertrümmert hätte.

Nicht dies, sondern den Schmerz eines gebrochenen und blutenden Herzens würde er für immer bei sich tragen. Er hatte Glück bei Kathryn gefunden, und Leidenschaft – aber das war noch nicht alles. Er hatte Liebe gefunden, eine Liebe, die so stark war, daß sie ihn mit jedem Herzschlag neu erfüllte.

Daß ausgerechnet er von allen Männern eine so tiefe Liebe empfinden konnte – und daß diese Liebe erwidert wurde –, lag jenseits aller Vorstellungskraft.

Und das sollte seine Qual sein.

Die Dunkelheit, die ihn einst umgeben hatte, wäre segensreiche Freiheit im Vergleich zu dem, was vor ihm lag. Er war dazu verdammt, sich ewig an Kathryn zu erinnern und um das zu trauern, was er nie haben konnte. Kathryn, die er liebte. Kathryn, die ihn liebte ...

»Matthew?«

Ihre Hand berührte nur leicht seine Schulter, doch er zuckte zusammen.

»Bitte«, flüsterte sie, »sag doch, was ist mit dir?«

Er schüttelte den Kopf und legte seine Hand auf ihre. Er wußte, was er zu tun hatte. Was hatte der Arzt, der die Verletzten der *Atropos* behandelt hatte, noch gleich immer gesagt, bevor er mit einem rotglühenden Messer Hand an eine Wunde legte, die unaufhörlich blutete?

»Beiß die Zähne zusammen«, hatte er gemurmelt. »Akzeptiere den Schmerz, dann erträgst du ihn auch.« Und dann, egal ob Rum oder Opium ihre Wirkung taten oder nicht, hatte er die heiße Klinge ins Fleisch des schreienden Mannes gestoßen.

So ging man damit um. Ein Ehrenmann würde nicht mit der Wimper zucken. Er würde Kathryn zurück in ihre Welt schikken, bevor sie noch tiefer in das alles hineingeriet. Er würde lügen und ihr sagen, Kathryn, es war schön mit dir, aber es ist vorbei.

Er atmete tief ein. Seine Hand drückte ihre fester. Mit diesen Worten auf den Lippen drehte er sich um und sah sie an.

Die Morgensonne verfing sich in ihrem Haar und umgab ihr schönes Gesicht mit einem sanften goldenen Glühen. Sie lächelte, wenn auch besorgt, und ihre Augen, diese tiefen blauen Seen, waren voller Mitleid, als sie seine fixierten.

»Kathryn«, sagte er. »Kathryn, mein Schatz ...«

Er versuchte sich einzureden, daß sie sich als erstes bewegte, daß er getan hätte, was zu tun war, wenn sie ihm nicht zuvorgekommen wäre. Doch tief in seinem Herzen wußte er, daß sie sich gleichzeitig aufeinander zubewegten, so daß sie plötzlich in seinen Armen lag. Er küßte sie und schmeckte Tränen auf ihren Lippen, entweder seine oder ihre, was machte das schon für einen Unterschied?

Er würde nehmen, was das böswillige und höhnische Schicksal für ihn vorgesehen hatte, und es in Ehren halten, wenn es soweit war, eines Tages oder eines Nachts.

Er wiegte sie sanft in den Armen, seine Lippen in ihrem Haar, und streichelte ihr den Rücken.

»Ich weiß, was du denkst«, flüsterte sie.

Seine Arme schlossen sich fester um sie. »Ah ja? Und was?«

»Du denkst, daß wir beide keine Zukunft haben.«

Matthew seufzte und machte einen Versuch, die traurige Stimmung aufzulockern.

»Frauen sind viel zu schlau heutzutage«, sagte er.

Sie gab einen Laut von sich, der halb nach Lachen und halb nach Weinen klang.

»Frauen sind schon immer schlau gewesen. Die Männer haben es nur nie gemerkt.«

»Du hast recht.« Er lächelte. »Es hat sich also gar nicht so viel verändert?«

»Nein.«

»Gut.« Er drückte ihr einen Kuß auf die Wange. »Wenn das so ist, worauf wartest du? Geh in die Küche, und mach mir ein reichhaltiges Frühstück.«

Sie lachte und wischte sich die feuchten Augen. Sie hatte wissen wollen, woher der betroffene Ausdruck auf seinem Gesicht kam, und obwohl er nicht geantwortet hatte, wußte sie es. Sie wußte es genau.

Er wollte sie beide unbedingt aufheitern. Und er tat gut daran. Sie hatten nur noch wenige Tage und Nächte. Warum sollten sie diese mit Tränen vergeuden? Andererseits war sie noch lange nicht bereit, sich geschlagen zu geben. Es gab einen Weg für sie beide, das wußte sie. Schließlich hatten sie bereits die Kluft zwischen ihren Welten überbrückt, oder nicht? Es mußte einfach eine Lösung geben.

»Und? Krieg' ich jetzt was zu essen, oder muß ich weiter horchen, wie mein Magen knurrt?«

»Sag deinem Magen, daß Rettung naht«, sagte Kathryn kurz. »Ich mache die Eier und den Speck und du den Toast.«

»Den Toast?«

»Genau.«

Matthew sah sie an, als hätte sie ihn soeben gebeten, für sie zum Mond zu fliegen.

»Du willst, daß *ich* den Toast mache?«

»Richtig. Nimm Brot und Butter aus dem Kühlschrank, steck das Brot in den Toaster und drück diesen Hebel da runter ... siehst du? Ist nicht sehr kompliziert.«

»Nein, sicher nicht. Aber ich koche nicht.«

Kathryn lächelte süßlich. »Wenn du essen willst, wird dir nichts anderes übrigbleiben.«

Sie legte Speckstreifen in die Pfanne, summte leise vor sich hin und achtete nicht auf ihn. Schulterzuckend nahm er Brot und Butter aus der Vorrichtung, die sie Kühlschrank nannte, und widmete dann der Metallkiste, die das Brot röstete, seine volle Aufmerksamkeit.

Das Ding arbeitete erstaunlich schnell, genau wie er: Von je zwei Scheiben, die er toastete und mit Butter bestrich, aß er eine. Als er sechs Scheiben auf dem Teller aufgehäuft hatte, schlug Kathryn gerade Eier in eine Schale.

»Wie magst du deine Eier?«

»Spielt keine Rolle. Mir ist alles recht, solange der Speck knusprig ist.«

»Apropos Speck ... sieh mal nach, ob er umgedreht werden muß, ja?«

»Ich?« fragte er entsetzt.

»Ja.«

»Kathryn, ich bin kein Koch.«

»Ach nein?«

Er baute sich so würdevoll auf, wie es einem Mann, der gerade ein Toast kaute, nur möglich war.

»Nein«, sagte er, »ich bin Schiffskapitän.«

»Ach ja«, antwortete sie in einem süßlichen Ton, den er nur zu gut kannte, »natürlich. Wie dumm von mir. Ich nehme an, Paul Bocuse persönlich hat dir das Essen gemacht.«

»Wer?«

»Ein Meisterkoch. Du weißt schon, weiße Mütze, weiße Schürze, haute cuisine.«

Matthew ließ alle Schiffsköche, die er je gekannt hatte, Revue passieren. Es waren angegraute alte Seebären gewesen, und sie hatten schwarze Fingernägel, zahnlose Mäuler und die ärgerliche Angewohnheit gehabt, den Zwieback nicht immer von Küchenschaben zu befreien, bevor sie ihn auftischten.

»Einen Schiffskoch würde ich nicht gerade einen Meister nennen, Kathryn.«

»Das vielleicht nicht, aber es waren doch sicher immer Männer, oder?«

Er lachte laut bei der Vorstellung, eine Frau könnte in der Kombüse stehen.

»Stimmt. Aber an Land ...«

»Sag nichts«, sagte Kathryn mit großen, unschuldigen Augen. »An Land kochen immer die Frauen.«

»Natürlich.«

Sie lachte. »Nun ja, mittlerweile haben wir diese Geschlechterrollen abgeschafft.«

»Geschlechter ...? Was für ein Unfug soll das sein?«

»Überhaupt kein Unfug«, sagte Kathryn widerspenstig. »Es gibt die Trennung in Frauenarbeit und Männerarbeit nicht mehr.« Sie sah ihm zu, wie er Butter auf die nächste Scheibe Toast strich. Der Anblick von so viel nackter Haut und männlichen Muskeln war irgendwie unpassend, aber unglaublich sexy. Ihre Stimme wurde weicher. »Natürlich«, setzte sie dezent hinzu, »sehen längst nicht alle Männer beim Küchendienst so gut aus wie du.«

Zwei rote Streifen erschienen auf seinen Wangenknochen.

»Aber Matthew«, rief sie erfreut, »du wirst ja ganz rot!«

»Sei nicht albern. Ein Mann wird nicht rot.«

»Aber sicher wird er.« Ihr Lächeln wurde verschmitzt. »Die Männer haben gelernt, die weibliche Seite in sich zu akzeptieren.«

Matthews Brauen schossen fast bis zum Haaransatz hoch. »Was für eine weibliche Seite? Ein Mann hat keine ...«

»Natürlich hat er die.« Sie drehte ihm den Rücken zu und biß sich auf die Lippe, um nicht laut loszulachen. »Es ist wunderbar, wie die Männer heutzutage ihren Gefühlen freien Lauf lassen. Wie sie andere an ihnen teilhaben lassen. Und dabei lernen, das Kind in sich anzunehmen.«

»Wessen Kind?« fragte Matthew. »Ich habe kein ...«

»Jeder ist tief in seinem Innern ein Kind, oder er belügt sich selbst.«

»Wovon in Gottes Namen redest du?«

Ein Lachen platzte aus ihr heraus. »Im Grunde glaube ich, ich rede davon, daß du diese Gabel da nehmen und dich um den Speck kümmern sollst.«

Er sah sie lächelnd an und nahm die Gabel. »Warum habe ich das Gefühl, daß man mich auf den Arm nehmen will, Madam?«

Sie sah zu, wie er die Speckstreifen mit so viel Geschick wendete, daß sie fast vermutete, er habe sie genauso auf den Arm genommen wie sie ihn. Gefühle stiegen in ihr auf und schnürten ihr die Kehle zu, und sie widmete ihre ganze Konzentration den Eiern und schlug sie kräftiger, als sie es verdient hatten.

»Außerdem«, sagte sie und schüttete das Rührei in die Pfanne, »kannst du von Glück sagen, daß überhaupt Speck da ist.«

»Ich hätte gedacht, in deinem kalten Schrank hält er sich.«

»Oh, sicher.« Sie nahm Salz und Pfeffer und gab von jedem ein wenig auf die schäumenden Eier. »Aber wie die meisten Leute habe ich so was fast nie im Haus, außer für besondere An– «

Sie biß sich auf die Zunge, aber es war zu spät. Matthew lächelte.

»Heißt soviel wie: du hast ihn für Jason gekauft.« Er streckte die Hand aus und berührte sanft ihre Wange. »Es macht mir nichts aus, den Namen zu hören, Schatz, nicht, wenn ich daran denke, wie schnell du ihn wieder weggeschickt hast.«

»Habe ich nicht.« Ihre Augen trafen sich, und Kathryn seufzte. »Na gut, habe ich wohl doch.«

»Natürlich«, sagte er selbstgefällig, »und zwar wegen mir.« Er schüttelte vielsagend den Kopf, als er die Speckstreifen aus der Pfanne holte und auf die Papiertücher neben der Spüle legte. »Wo ist übrigens Elvira? Kommt sie nicht immer und hilft dir bei dem Versuch, dieses Ungeheuer von einem Haus zu zähmen?«

Kathryn wurde rot. »Ich habe sie angerufen und ihr gesagt, sie bräuchte nicht zu kommen.«

Matthew lächelte. »Die bist du also auch los.«

»Wischen Sie sich das selbstzufriedene Grinsen aus dem Gesicht, Kapitän! Ich dachte nur, es wäre einfacher, wenn du einem nicht immer vor den Füßen stehst, so lange sie hier ist.«

»Und wie kommen Sie darauf, daß ich so etwas tun würde, Madam?«

»Nun ... also, wenn ich bedenke ...« Sie schluckte. »Ich meine, ich dachte bloß ...«

»Du meinst«, sagte Matthew und nahm sie schwungvoll in

die Arme, »du wolltest keine Gelegenheit zu wildem und leidenschaftlichem Sex mit mir versäumen.«

Sie warf ihm einen verächtlichen Blick zu. »Du hast vielleicht ein Ego! Glaubst du wirklich, ich ...«

»Ja.« Sein Lachen verschwand. »Ja, Schatz, und ich würde es nicht anders wollen.«

Sie lächelten sich an und küßten sich sanft, dann seufzte Kathryn und entwand sich seinen Armen. »Wir wollen doch keine angebrannten Eier essen.«

Matthew lächelte. »Nein, wollen wir nicht. Also setz dich hin, ich tische auf.«

Schließlich servierten sie gemeinsam und saßen sich dann über einem riesigen Frühstück gegenüber, von dem Kathryn schon dachte, sie würde die Hälfte davon wegwerfen müssen. Aber Matthew hielt Wort und aß alles, was sie ihm auf den Teller tat.

»Du kochst sehr gut, Kathryn«, sagte er, nachdem er noch ein dick mit Marmelade bestrichenes Toast verschlungen hatte.

Sie lächelte, schob den Teller beiseite, stützte sich auf die Ellenbogen und legte das Kinn auf beide Hände.

»Na ja, mein Lammbraten kann sich sehen lassen. Einige Leute sollen sogar schon bei meinem Schokoladenpudding in Ohnmacht gefallen sein. Ich habe aber nicht viel Zeit zum Kochen.«

»Warum?«

»Wie, warum?«

»Warum hast du keine Zeit? Sag mal, ißt du deine Eier nicht mehr?«

Sie lachte. »Jetzt sag nicht, die willst du auch noch!«

Matthew nahm ihren Teller, ließ ihre Eier auf die seinen gleiten und lächelte sie an. »Sag schon, warum hast du keine Zeit zum Kochen?«

»Nun, mit meiner Arbeit habe ich genug zu tun.«

»Aha. Noch ein Zeichen der Gleichheit der Geschlechter, hm?«

»Hmmm. Heutzutage arbeiten die meisten Frauen.«

»Was denn?«

»Alles mögliche. Einige arbeiten als Kellnerinnen, andere in Büros. Es gibt auch weibliche Anwälte und Ärzte ...«

»Eine Frau als Arzt? Haben die auch männliche Patienten?« Als Kathryn nickte, verzog Matthew das Gesicht und schob seinen leeren Teller beiseite. »Ich weiß nicht, ob ich das gutheißen soll.«

Sie lachte. »Ich bin sicher, meiner Internistin – meiner Ärztin, meine ich – würde es das Herz brechen, wenn sie dich hören könnte.«

»Das ist also deine Arbeit?« fragte er. »Du bist Arzt?«

»Und wenn es so wäre? Würde dich das stören?«

Matthew seufzte. Er stand auf, nahm die Kaffeekanne und füllte die Tassen.

»Ja«, gab er zu, »ich glaube schon. Der Gedanke, daß du einen anderen Mann anfaßt ...« Er seufzte erneut. »Aber ich nehme an, das ist der Lauf der Zeit. Deiner Zeit.«

Kathryn griff nach seiner Hand und verschränkte ihre Finger mit seinen. Ihre feministischen Überzeugungen sagten ihr, daß er Unrecht hatte mit seiner Eifersucht, aber ihr Herz genoß sie.

»Ich würde niemals einen anderen Mann so berühren, wie ich dich berührt habe«, sagte sie sanft.

Ihre Worte pulsierten wie Feuer durch sein Blut. Dieses Versprechen war alles, was er sich wünschen konnte, doch er durfte es nicht annehmen. Es würde jemand anders für sie geben, es mußte ihn einfach geben, denn sie konnte niemals ihm gehören, und beide wußten sie es.

»Nein«, sagte er und zwang sich zu einem Lächeln, »ich würde dir auch sicher nicht erlauben, mir ein Bein abzusägen oder mich mit Salz einzureiben.«

Kathryn lachte. »Es wird dich freuen, zu hören, daß die Medizin über die Jahrhunderte hinweg große Fortschritte gemacht hat. Und es wird dich noch mehr freuen, zu hören, daß ich gar keine Ärztin bin. Ich arbeite mit Computern.«

»Womit?«

»Mit Comp–« Sie atmete tief durch. »Computer sind Maschinen. Die Leute machen allen möglichen Kram damit.«

»Was denn für ›Kram‹?«

»Sie schreiben Briefe damit, oder Bücher. Sie lösen mathematische Probleme. Zeichnen Baupläne. Auch für Schiffe, glaube ich. Alles, was man sich vorstellen kann, ehrlich. Und ich entwerfe Programme für Börsenmaklerfirmen und für ...« Sie sah in sein verwirrtes Gesicht. »Bist du sicher, daß du das alles hören willst? Es würde sehr lange dauern, es zu erklären.«

Er lächelte, wenn auch mit zusammengekniffenen Augen. »Ich kann alles verstehen, was immer du mir auch erzählen magst.«

»O Matthew, so habe ich es nicht gemeint ...«

»Nein«, sagte er, beugte sich vor und nahm ihre Hand. »Ich auch nicht. Vergib mir, Schatz, ich wollte nicht spitzfindig sein. Es ist nur so, daß ... nun, dic Welt hat sich wohl mehr verändert, als ich wahrhaben will.« Sein Griff wurde fester. »Kathryn. Wir haben den Krieg doch gewonnen, oder?«

Er stellte die Frage fast beiläufig, aber sein Blick sagte ihr unmißverständlich, daß er anders fühlte. Ihr Herz öffnete sich ihm. Wie furchtbar mußte es sein, in einer Welt aufzuwachen, die man nicht kannte.

»Na ja, richtig gewonnen hat ihn niemand. Ich glaube, man könnte sagen, beide Seiten haben ihn ehrenvoll beendet.«

»Haben wir die Freiheit der Meere wiedererlangt?«

Sie nickte. »Ja.«

Ein kleines Lächeln umspielte seine Lippen. »Sind die Vereinigten Staaten und Großbritannien immer noch verfeindet, oder haben wir unsere Differenzen geklärt und sind jetzt Verbündete, wie sich das gehört für englischsprachige Nationen?«

»Verbündete. Immer gewesen.«

»Eine gute Neuigkeit.« Matthew zögerte. »Hat es noch andere Kriege gegeben?«

Kathryn stand auf. »Viel zu viele«, sagte sie und fing an, die Teller abzuräumen.

Er schob knirschend den Stuhl zur Seite. Dann ging er zum Spülbecken, drehte das Wasser auf und schrubbte die Pfannen, die sie benutzt hatten.

»Und wir haben sie gewonnen?«

Sie dachte an die Unterwerfung der Indianerstämme und an die endlosen Qualen in Vietnam. Dann stellte sie sich hinter ihn und schlang die Arme um seine Taille.

»Nicht alle. Aber wir sind immer noch eine große und stolze Nation.«

»Es gibt so viel, was ich nicht weiß. Ich fürchte, ich würde die Welt von heute nicht wiedererkennen.«

»Das spielt keine Rolle«, flüsterte sie und küßte seinen Rükken.

»Ja«, sagte er, »du hast recht. Es spielt keine Rolle, denn ich werde nie Teil davon sein.«

Sie spürte, wie seine Muskeln sich plötzlich anspannten, hörte das Zittern in seiner Stimme und verfluchte sich für ihre Gedankenlosigkeit.

»Diese Welt hier, die in Charon's Crossing, ist die einzige, die zählt«, sagte sie leidenschaftlich, »denn sie gehört uns.«

Matthew drehte das Wasser ab und trocknete sich die Hände.

»Ja«, flüsterte er, »das ist sie, zumindest einen kurzen Augenblick lang.«

Er wandte sich um und nahm sie in die Arme. Er küßte sie,

zunächst ganz sanft, dann mit einem gierigen Verlangen, das Kathryn erwiderte und schnell auch empfand.

Gemeinsam zwangen sie die Realität zum Rückzug.

Mittags packten sie sich einen Picknickkorb und trugen ihn hinunter zum Strand.

Der Sturm hatte jede Menge Strandgut an Land gespült. Der Sand war mit exotischen Muscheln, Treibholz, Tang und Kokosnüssen übersät. Die Karibik selbst hatte ihre Farben, das Azurblau und das Smaragdgrün, wieder. Nur leichte Dünungen, die über das Meer wogten, erinnerten noch an die Machtdemonstration, die die Natur letzte Nacht gegeben hatte.

Kathryn sah die Klippen hinauf, als sie und Matthew langsam den Strand entlangspazierten, mit den nackten Füßen im warmen, schaumigen Wasser.

»Erstaunlich, daß die Klippen noch da sind. Ich dachte, die Wellen würden sie niederreißen.«

»Ja, es ist verständlich, daß du so denkst. Wind und Regen kämpfen seit Jahrhunderten darum, diese Inseln zurückzuerobern.«

»Matthew?« Ihre Hand legte sich fester um seine. »Was passiert, wenn solch ein Sturm ein Schiff auf See überrascht?«

Er seufzte. »Dann liegt das Schiff und das Leben derer, die es segeln, in Gottes Händen. Es ist unendlich viel leichter für die Natur, ein Schiff zu holen als eine ganze Insel.«

Kathryn fröstelte. »Ich habe Seemänner immer für unglaublich tapfer gehalten.«

»Ein Schiff ist immer dem Meer ausgeliefert, Schatz. Seemänner sind nicht tapfer, sie finden sich einfach mit ihrer Lage ab und machen das Beste draus.«

»Ich habe mal gelesen, daß Seeleute oft nicht schwimmen konnten. Ist das wahr?«

Er nickte. »Ja, das stimmt.«

»Aber warum? Ich meine, wenn ich an die kleinen Schiffe und das riesige Meer denke ...«

»Genau. Einige haben es als hoffnungslos angesehen, den Untergang eines Schiffes zu überleben. Natürlich nicht alle. Einige von uns schwimmen wie Fische im Wasser.«

Sie sah ihn lächelnd an. »Du zum Beispiel?«

»Zum Beispiel.«

»Hast du es als Junge gelernt?«

»In Neuengland?« Er lachte. »Nein, mein Schatz, solche Schlüpfrigkeiten kamen nicht in Frage. Ich habe es in einer warmen Bucht im Südpazifik gelernt, wo der Passatwind durch die Palmen blies.«

»Und als Lehrmeisterin eine Eingeborene mit goldbrauner Haut und Baströckchen?«

Er schmunzelte, legte den Arm um sie und zog sie an sich. »Eifersüchtig?«

Ja, idiotischerweise war sie tatsächlich eifersüchtig. Auch wenn sie wußte, wie lächerlich es war, wegen etwas eifersüchtig zu sein, das fast zweihundert Jahre zurücklag.

»Natürlich nicht«, sagte sie affektiert. »Ich bin nur neugierig.«

»Moment mal ... o ja, ich erinnere mich gut. Meine Lehrerin bot schon einen tollen Anblick.«

»Ah ja?« Kathryn setzte ein Lächeln auf.

»Ja, und wie. Braune Haut, schlank, ein Meter achtzig oder so, Spiegelglatze ...«

»Was?« Sie fuhr herum.

Matthew grinste. »Ich habe das Schwimmen von einem griesgrämigen Kapitän gelernt, der fand, sein Kabinenjunge stinkt selbst für seine Nase zu sehr zum Himmel.«

»Ach so.«

»Ein Mädchen mit goldbrauner Haut wäre aber mehr nach meinem Geschmack gewesen, besonders, weil ich einmal fast ertrunken wäre. Aber als ich das halbe Meer geschluckt hatte, kam ich wieder an die Oberfläche und fand zu meinem Erstaunen heraus, daß ich den Kopf über Wasser halten konnte. Und du? Kannst du schwimmen?«

Sie nickte. »Ich kann mich gar nicht mehr erinnern, wann ich es gelernt habe, es ist so lange her. Ich weiß nur noch, daß wir in diesem wunderschönen alten Haus am Cape Cod gewohnt haben, glaube ich, und ...«

»Was ist los mit dir, Schatz?«

»Nichts. Ich habe das Haus immer häßlich gefunden, und jetzt mußte ich aus irgendeinem Grund daran denken, wie sehr ich es eigentlich gemocht habe. Und wie mein Vater mich an Sommermorgenden immer huckepack genommen und runter ans Wasser getragen hat. Wir haben nach Muscheln gesucht.«

»Du hast deinen Vater sehr geliebt, nicht wahr?«

»Nein«, sagte sie stirnrunzelnd. »Warum sollte ich? Er hat uns verlassen, meine Mutter und mich, und uns vergessen.«

»Das glaube ich nicht, Schatz. Nicht, wenn er dir dieses ... Allmächtiger Gott, was ist das?«

Matthews Stimme schrie vor Angst. Er stieß Kathryn in den Sand und warf sich auf sie. Er schützte sie mit seinem Körper, während zwei dunkle Schatten über die Insel huschten und dröhnend über dem Meer verschwanden. Als sie nur noch schwarze Punkte am Horizont waren, erhob er sich langsam auf die Knie.

»Was zum Teufel war das?«

Kathryn setzte sich auf. »Flugzeuge«, sagte sie sanft. »Fliegende Schiffe.«

»Fliegende Schiffe?« flüsterte er. »So wie das, mit dem Montgolfier damals '83 in Paris geflogen ist? Nein. Sie sahen mehr aus wie die Zeichnungen von diesem Italiener, wie war sein Name ... Leonardo da Vinci?«

Sie lächelte. »Ja, so sahen sie aus.«

Matthew schüttelte den Kopf, rollte sich auf den Rücken und hielt den Arm vor die Augen.

»Deine Welt ist wie ein Zauberkasten«, sagte er leise. »Je mehr ich schaue, desto mehr gibt es zu sehen.«

»Seit ... in den letzten Jahrhunderten ist eine Menge passiert.«

»Was treibt sie an, diese Schiffe in der Luft? Doch sicher keine Segel?«

»Sie haben Maschinen.«

»Dampfmaschinen?«

»Nein, nein. Keine Dampfmaschinen.« Kathryn rollte sich auf den Bauch, die Ellenbogen in den Sand gestützt, das Kinn in den Händen. »Ich weiß nicht viel darüber, Matthew. Einige – die älteren – laufen mit Benzin. Du würdest es wahrscheinlich Öl nennen. Andere – diejenigen, die gerade über uns weggeflogen sind – haben Düsentriebwerke. Und bevor du überhaupt fragst: Ich habe nicht die leiseste Ahnung, wie Düsentriebwerke funktionieren.«

»Und was können sie aufnehmen?«

»Bitte?«

»Wieviel können sie tragen?«

»Na ja, einige sind riesig groß. Das, mit dem ich von New York nach Grenada geflogen bin, zum Beispiel ...«

Er riß die Augen auf.

»Du bist in diesen Dingern geflogen?« Sie nickte. »Wie ist das? Kann man von so hoch oben die ganze Welt sehen?«

»Ja, manchmal hat man das Gefühl, besonders, wenn man über den Wolken fliegt, aber ...«

»Über den Wolken«, flüsterte er ehrfurchtsvoll. »Mein Gott, das ist unvorstellbar.«

Sie überlegte, was er wohl sagen würde, wenn sie ihm von Raketen erzählte, von Raumstationen und Flügen zum Mond.

»Es gibt so viel, von dem ich dir erzählen könnte«, sagte sie,

»doch ich kann nicht. Ich kenne mich schon selbst nicht mehr aus. Ich lebe in einer Hi-Tech-Welt ... in einer sehr komplizierten, meine ich. Ich arbeite zwar auch mit komplizierten Dingen, aber ich habe mir nie klargemacht, wieviel ich einfach so hingenommen habe, ohne es wirklich zu begreifen.«

»Wie ich«, sagte Matthew sanft. Er legte ihr den Arm um die Schulter und zog sie eng an sich. Sie lagen still nebeneinander, ohne zu reden, nur in der einfachen Freude schwelgend, zusammenzusein.

»Mir ist zumute wie einem Mann, der gerade aus einem langen Schlaf erwacht ist«, flüsterte er nach einer Weile. »Mein ganzer Kopf schwirrt vor Fragen.«

»Dann frag. Ich werde dir antworten, so gut ich kann.«

»Ich würde gerne mehr über den Krieg wissen. Meinen Krieg. Er ist ehrenvoll zu Ende gegangen, hast du gesagt.«

»Absolut.«

»Wie lange hat er gedauert? Wo fanden die entscheidenden Schlachten statt? Ist der Prinz von Wales an der Macht geblieben, oder haben die Engländer endlich den Mumm aufgebracht, sich ihrer korrupten Aristokratie zu entledigen? Und was war mit Madison? Hat er ...«

»Hör auf!« Kathryn ruderte mit den Armen und stöhnte mit gespieltem Überdruß. »Ich geb's auf.«

Matthew grinste, rollte sich auf den Bauch und zog die Umrisse ihrer Lippen mit dem Finger nach.

»Zu viele Fragen auf einmal?«

»Zu viele Fragen, auf die ich keine Antwort weiß. Jetzt merke ich, daß ich meine Geschichtsbücher aufmerksamer hätte lesen sollen.«

»Es fällt mir schwer zu glauben, daß du keine gute Schülerin warst.«

»Oh, ich war eine.« Sie lächelte. »Aber nicht in Geschichte.«

Er beugte den Kopf und küßte sie zärtlich. »Ich wünschte,

ich hätte mehr Schulbildung gehabt. Aber wenigstens habe ich Lesen gelernt.«

»Wie?«

»Der Maat meines ersten Schiffes meinte, man könne nicht genug lernen. Er hat mir Lesen und Rechnen beigebracht.« Er lächelte. »Zugegeben, außer Salomons Hohelied konnte ich dem Buch der Bücher nicht viel abgewinnen, aber Jahre später habe ich gerne Tacitus gelesen, und ein bißchen Virgil und Cäsar, und ohne daß mich der Maat mit dem Stock dazu zwingen mußte.« Er senkte erneut den Kopf und küßte sie langsam und innig, bis sie vor Freude seufzte. »Wie warst du als kleines Mädchen?«

Kathryn verschränkte die Hände hinterm Kopf.

»Mal überlegen ... nun, ich glaube, ich war gehorsam. Und still.«

»Hmmm. Das ist schwer vorstellbar.«

Sie lachte. »Anscheinend haben Sie meine verborgene Seite ans Licht gebracht, Kapitän.«

Matthew lächelte. »Und du hast dich nicht für Geschichte interessiert.«

»Nein.« Sie zupfte an seinem Haar, zog sein Gesicht zu sich herunter und küßte ihn auf den Mund. »Aber das war, bevor ich die Geschichte am eigenen Leibe erfahren habe.«

»Ja«, sagte er. Er beugte sich über sie und berührte sie mit seiner warmen, nackten Brust. »Tief im eigenen Leib, würde ich sagen.«

Kathryn stockte der Atem. »Du versuchst, das Thema zu wechseln.«

»Nein, warum sollte ich? Das Thema interessiert mich brennend. Erzähl mir mehr.«

Lächelnd strich sie ihm das Haar aus dem Gesicht. »Jetzt erzählst du mir was. Was glaubst du, wie ich als kleines Mädchen war?«

»Nun ja, ich kann mir nicht vorstellen, wie du im Schulzimmer eingesperrt bist und deine hübsche Nase in ein Buch steckst.«

»Was stellst du dir denn vor?«

»Daß du auf einer Wiese Blumen pflückst, vielleicht. Zu den Sternen hinaufsiehst. Gedichte liest. Dir alte Geschichten anhörst.« Er lächelte. »Und von Prinzen und Prinzessinnen träumst, von Drachen und Rittern und Jungfrauen in Not.«

Kathryn zwinkerte. Zum zweiten Mal an diesem Nachmittag kamen vergessene Erinnerungen hoch. Es war, als blicke sie in ein Kaleidoskop und sehe dort alte, vertraute Formen, die auf einmal ganz neu aussahen.

»Tatsächlich, du hast recht«, sagte sie mit vor Überraschung weicher Stimme. »Ich liebte solche Geschichten, bis mein Vater wegging.«

»Und dann?«

»Dann entschied ich, daß es besser war, der Mathematik und der Wissenschaft zu vertrauen als...« Sie verstummte und wandte sich ab, doch nicht schnell genug. Matthew sah die Tränen, die plötzlich in ihren Augen glitzerten.

»Schatz?«

»Schon gut«, sagte sie erstickt, »ich merke nur auf einmal, daß ich wieder an Prinzen, Prinzessinnen und all das glauben möchte.«

Zärtlich drehte er ihr Gesicht in seine Richtung und sah sie an. Er wußte, daß es keinen Sinn hatte, ihr Hoffnung zu geben – doch etwas mit dem Verstand zu wissen oder von ganzem Herzen daran zu glauben, waren zwei völlig verschiedene Dinge. Er flüsterte ihren Namen und nahm sie fest in die Arme. Er küßte sie, immer und immer wieder, bis ihre weichen Lippen an seinen hingen und ihre Herzen wie eins schlugen.

»Liebes«, sagte er sanft, »es war ganz richtig, daß du aufgehört hast, an Märchen zu glauben.«

»Nein.« Sie faßte in sein Haar und zog sein Gesicht hinunter zu ihrem. »Sag so was nicht.«

»Die Zeit der Prinzen und Prinzessinnen und der besiegten Drachen gehört lange der Vergangenheit an, Schatz. Niemand lebt mehr glücklich und zufrieden bis an sein Lebensende, weder in meiner Welt noch in deiner.«

Sie zitterte ein wenig, ihr liebliches Lächeln traf ihn wie ein Pfeil ins Herz.

»Mein Traum war ein Märchen«, sagte sie, »und darin haben wir uns geliebt und waren zusammen, wie jetzt hier auf Charon's Crossing.«

»Ja. Und in diesem Traum werden wir noch eine Weile leben.«

»Nein. Nicht nur eine Weile, Matthew. Ich liebe ...«

Er legte ihr seinen Finger auf die Lippen. »Nein«, sagte er rauh und stand auf. Mit dunklen Augen blickte er schnurgerade aufs Meer hinaus. »Es ist ein schönes Abenteuer, nichts weiter.«

Kathryn stand auf und legte ihm die Hand auf den Arm. »Das bin ich für dich?« fragte sie. »Ein Abenteuer?«

»Ja«, sagte er schnell.

Zu schnell. Seine Stimme verriet das Gegenteil.

Sie trat vor ihn hin. »Ich glaube dir nicht«, sagte sie.

»Was muß ich tun, damit du mir glaubst?«

Sie lächelte. »Küß mich«, sagte sie sanft. »Und dann sag mir, ›Kathryn, du bist nur ein Abenteuer für mich‹.«

»Na gut.« Er legte ihr die Hände auf die Schultern. »Kathryn, du bist nur ein ...«

»Zuerst mußt du mich küssen.«

»Nein. Nein, ich kann nicht.« Seine Augen wanderten über ihr Gesicht, dann stöhnte er auf und zog sie in die Arme. »Gott vergib mir, ich kann nicht lügen. Ich liebe dich, Kathryn. Ich habe dich von dem Augenblick an geliebt, als ich dich zum ersten Mal in meiner Welt gesehen habe. Ich wünschte, ich hätte den Mumm, so zu tun, als gehöre dir nicht mein ganzes Herz, aber so ist es nun einmal.«

Ihr Lächeln war wie ein Leuchtfeuer in dunkler Nacht, das ein Schiff sicher nach Hause lotst. Und er wußte, daß er immer an diesen Augenblick denken würde, daß er Teil der Qual sein würde, die ihn in der schwarzen Leere der Ewigkeit erwartete ... und doch hätte er ihn um keinen Preis vergessen wollen.

»Ich liebe dich von ganzem Herzen«, flüsterte sie.

»Genauso, wie ich dich liebe, meine Kathryn. Ich bete dich an, mit allem, was ich bin und jemals sein werde.«

Sie nahm seine Hand, führte sie an ihre Lippen und bedeckte seine harte, von Arbeit schwielige Handfläche mit Küssen. Dann legte sie ihren Kopf an seine Brust.

»Wir werden einen Weg finden«, sagte sie. »Das weiß ich ganz sicher.«

Matthew schloß die Augen und drückte seine Lippen auf ihr glänzendes, duftendes Haar. Seine Arme legten sich fester um sie, und sie standen engumschlungen nebeneinander, so allein, als wären sie die letzte Frau und der letzte Mann auf Erden.

SIEBZEHN

Am frühen Donnerstagmorgen saß Kathryn am Steuer des alten VW und polterte die Straße in die Stadt hinunter. Sie hatte die Fenster heruntergekurbelt und das Radio an, und Linda Ronstadt begleitete die holprige Fahrt aus voller Kehle.

Sie grinste und strich sich wieder die Haare hinters Ohr, die der warme Wind zu lösen versucht hatte. Sie fragte sich, was Linda wohl zu ihrem begnadeten Sopran sagen würde, als sie lauthals mitsang.

Kathryn lachte. »Vergiß es, Linda. Du brauchst dir keine Sorgen zu machen.«

Beim Singen hatte sie noch nie den richtigen Ton getroffen.

»Kathryn«, hatte ihr Musiklehrer in der sechsten Klasse einmal freundlich zu ihr gesagt. »Wir brauchen jemand, der sich um die Partituren kümmert. Würde es dir was ausmachen, nicht mehr im Chor zu singen und mir statt dessen bei dieser wichtigen Aufgabe zu helfen?«

Sie hatte nur zu gerne ja gesagt und seitdem nie mehr freiwillig den Mund zum Singen aufgemacht, außer – äußerst selten – unter der Dusche, wo der plötzliche Klang ihrer eigenen schrecklichen Stimme sie immer wieder von neuem erschreckte.

Aber heute morgen war das anders. Gott, heute morgen reichte es ihr nicht, den Vögeln zuzuhören, die sich die Seele aus dem Leib zwitscherten. Sie mußte einfach singen, aus vollem Halse singen, so laut sie konnte, denn anders konnte sie ihr

Glück nicht in die Welt hinausposaunen, und wenn sie das nicht getan hätte ...

Wenn sie das nicht getan hätte, müßte sie gleich platzen.

Linda verabschiedete sich und machte einer bombastisch orchestrierten Version von »Stardust« Platz.

Kathryn seufzte, summte leise mit und versuchte sich vorzustellen, was Matthew wohl gerade machte.

Ob er schon aufgewacht war? Sie lächelte bei dem Gedanken an die Frage, die sie ihm letzte Nacht gestellt hatte, als sie in seinen Armen lag.

»Matthew?« hatte sie dösend geflüstert. »Müssen Geister eigentlich auch schlafen?«

»Ich weiß es nicht«, hatte er geantwortet. »Ich weiß nur, daß ich unbedingt mit dir schlafen muß.«

Heute morgen hatte sie neben ihm gelegen und ihn im Schlaf beobachtet. Sein hartes, kantiges Gesicht war ihr viel weicher vorgekommen. Sein Haar, zerzaust in der Stirn hängend, ließ ihn verwundbar aussehen, und das hatte ihr Herz gerührt.

»Ich liebe dich«, hatte sie geflüstert und ihn geküßt, ohne ihn aufzuwecken. Ihr Kuß hatte ein leichtes Lächeln auf seine Lippen gezaubert. Dann war sie ganz leise und vorsichtig aufgestanden, hatte ihre Sachen zusammengesucht und war aus dem Zimmer geschlichen.

Unten hatte sie sich schnell angezogen, Kaffee aufgesetzt und einen Zettel auf den Küchentisch gelegt, sie sei zum Einkaufen in die Stadt gefahren. Das stimmte sogar; sie hatten fast nichts mehr im Haus, und sowohl Kühlschrank als auch Speisekammer mußten dringend aufgefüllt werden. Doch sie wollte noch andere Dinge in Hawkins Bay besorgen, Geschenke für Matthew, die ihm sicher gefallen würden.

Kathryn lächelte und trommelte mit den Fingern auf das Lenkrad. Die Beatles gaben gerade ihr Bestes bei »Hey, Jude«, und sie unterstützte sie nach Kräften.

Lauthals singend trat sie fester aufs Gaspedal, denn je eher sie in die Stadt kam, desto früher wäre sie wieder zu Hause bei Matthew.

Der Sturm hatte in der Stadt mehr Schaden angerichtet als auf Charon's Crossing.

Ein kleines Segelboot mit einem klaffenden Loch nahe am Bug war in der Nähe des Kais gestrandet. Zwei oder drei andere hatten Schlagseite und neigten sich bedenklich. Einigen Palmen fehlten die Wedel, sie standen wie blinde Wachen am Anfang der Front Street.

Sonst schien nichts Schaden genommen zu haben. Die schmalen Bürgersteige und die Straße waren voll von Autos, Lieferwagen und Fußgängern. Die Läden hatten geöffnet, und die Menschen gingen ihren üblichen Geschäften nach.

Kathryn fuhr schnell beide Hauptstraßen ab. Schließlich gab sie die Suche auf. Wenn sie nichts übersehen hatte, war das einzige Bekleidungsgeschäft in der Stadt das neben Amos Carters Anwaltskanzlei.

Eigentlich war es egal, wo sie ihre Einkäufe erledigte. Es ging niemanden etwas an, was sie machte. Schulterzuckend fuhr sie zweimal die Front Street rauf und runter, bis endlich eine Parklücke frei wurde. Sie zwängte sich hinein, stieg aus und ging an Amos verdunkelter Kanzlei vorbei zu Adas Damen- und Herrenbekleidungsgeschäft.

Eine Glocke erklang an der Tür, als Kathryn eintrat. Der Laden war lang, eng und mit Ständern und Regalen mit Kleidung vollgestopft. Eine junge Verkäuferin war damit beschäftigt, Kisten auszupacken. Sie sah auf und lächelte, doch bevor sie oder Kathryn etwas sagen konnten, rief Ada, die gerade hinter der Verkaufstheke stand und einige Teenager bediente, schon nach ihr.

»Kathryn! Wie schön, Sie wiederzusehen. Kennen Sie mich noch? Wir haben uns in der Stadt getroffen.«

»Natürlich.« Kathryn lächelte. »Wie geht es Ihnen?«

»Gut, danke. Haben Sie es eilig?«

»Na ja ...«

»Gut, gut.« Ada strahlte. »Sehen Sie sich einfach um, während ich das hier erledige, und dann kümmere ich mich persönlich um Sie.«

Kathryn seufzte, als Ada sich wieder den Jungen zuwandte. Hätte sie die Wahl gehabt, wäre sie lieber von der jungen Verkäuferin bedient worden.

»Sie müssen sich nicht wegen mir hetzen«, rief sie. Wenn sie Glück hatte, konnte sie die Sachen vielleicht schon aussuchen, während Ada noch mit den Jungen beschäftigt war.

Nach der Mittagshitze draußen war der Laden angenehm kühl. Die Decke war mit altmodischem Zinnrelief getäfelt, der Boden bestand aus breiten, vom Alter dunklen Holzplanken, doch die Kleidung auf den Ständern an der Tür war topmodisch. Bikinis, knappe Oberteile und Hot pants machten sich gegenseitig den Platz streitig; Männershorts mit wilden Mustern leuchteten um die Wette mit Spandex-Badeanzügen, deren Neonpink, Knallorange und Giftgrün fast in den Augen weh tat.

Kathryn hielt inne und befühlte einen Bikini, der aus wenig mehr als Dreiecken schwarzweißen Stoffes bestand. Er war schön und sexy – so etwas hatte sie noch nie im Leben getragen.

»Sehen Sie den Sarong da? Paßt hervorragend dazu.«

Sie fuhr zusammen. Ada stand hinter ihr und lehnte sich über ihre Schulter.

»Da vorne, sehen Sie? Sie können ihn als Rock tragen oder als Toga, über eine Schulter geknotet, wie diese Römerfrauen damals. Sieht toll aus, nicht?«

Kathryn hängte den Bikini wieder an den Ständer. »Ganz toll. Aber heute brauch' ich keinen Badeanzug.«

»So einen braucht keine Frau, außer sie will einen Mann an

Land ziehen.« Ada schmunzelte. »Schön, Sie zu sehen, Kathryn. Haben Sie den Sturm gut überstanden?«

»Oh, kein Problem. Sieht so aus, als hätte die Stadt das meiste abgekriegt.«

»Stimmt. War aber harmlos, wenn ich dran denke, wie es hier früher schon mal ausgesehen hat. Möchten Sie einen Tee?«

Kathryn schüttelte den Kopf. »Nein, danke.«

»Kaffee? Irgendwas anderes vielleicht?«

»Wirklich nicht, vielen Dank. Ich brauch' nur ein paar Sachen.«

»Wir haben alles, was das Herz begehrt. Unterwäsche, Kleider, Schuhe ...«

Kathryn räusperte sich. »Nun, eigentlich ...«

»Was für eine Größe haben Sie?« Ada beäugte Kathryns abgeschnittene Jeans. »Wenn Sie ein paar schöne kurze Hosen suchen, wir haben gerade neue reinbekommen. Die gefallen Ihnen bestimmt.«

»Eigentlich interessiere ich mich, äh, mehr für Herrenbekleidung.«

Adas Brauen schossen in die Höhe. »Herrenbekleidung?«

»Genau.«

In New York hätte dieses eine Wort, entschlossen ausgesprochen, ausgereicht, um weitere Fragen zu unterbinden. Aber sie war hier nicht in New York, und Ada Trumans Neugier ließ sich nicht so ohne weiteres unterbinden.

»Wozu denn das?«

Kathryn fuhr sich mit der Zungenspitze über die Lippen. Los, komm schon, sagte sie zu sich selbst, laß dir was einfallen.

»Also ...«

»Sagen Sie bloß, Sie laufen auch lieber in Männerklamotten rum, wie ich.«

Gerade noch rechtzeitig, dachte Kathryn leicht schwindelig und lächelte.

»Ja, stimmt genau. Ich meine, Sachen für Männer sind viel ...«

»Bequemer.«

»Genau.«

»Weiter geschnitten. Läßt einem mehr Bewegungsfreiheit.«

Kathryn setzte ihr breitestes Lächeln auf. »So ist es.«

»Ganz Ihrer Meinung«, sagte Ada, »obwohl ich dachte, es geht nur mir so.« Sie schmunzelte. »Weil bei mir von allem genug da ist, wissen Sie?«

»Oh, ich bin sicher, es gibt genug Frauen, die genauso denken wie Sie.«

»Gut, sagen Sie mir nur, was Sie brauchen, und ich hol' es Ihnen.«

»Jeans«, sagte Kathryn und folgte der Ladenbesitzerin auf dem Fuße, als die sich den Weg durch die überfüllten Kleiderständer zum Hinterzimmer bahnte. »Und kurze Hosen. Abgeschnittene, wenn Sie welche haben.«

»Klar haben wir.«

»Und Hemden. Und Schuhe.«

Ada blieb neben einer Reihe Levi's-Jeans stehen. »So, hier haben wir die Herrenjeans und so, aber Schuhe ... na ja, Sie wollen doch sicher keine Herrengrößen, oder? Obwohl ich auch nur Herrenschuhe trage, meistens Turnschuhe oder Sandalen. Schöne Damenschuhe gibt es oben an der Straße, bei Allenby.«

Kathryn starrte Ada an. Und jetzt? dachte sie hilflos.

»Also ... also, eigentlich ist es so ...«

»Miss Ada?«

Ada verzog das Gesicht und blickte in Richtung Schaufenster. »Ja?«

Die junge Verkäuferin war von den Ständern verdeckt, aber

man hörte den nervösen, entschuldigenden Ton in ihrer Stimme.

»Ich weiß nicht, wo Sie die hier hinhaben wollen.«

»Gütiger Gott«, grummelte Ada. »Denk nach, Mary«, rief sie. »Ist gar nicht so schwer, wie du glaubst.«

»Ist es doch. Auf diesen Hemden steht ›Unisex‹. Wo soll ich die hintun? Und ich glaube, es fehlt auch was. Laut Rechnung sollen wir zwölf von diesen roten Tüchern kriegen, ich sehe aber nur acht.«

Ada seufzte herzergreifend. »Kathryn, Sie müssen mich ein paar Minuten entschuldigen.«

Es fiel ihr schwer, nicht erleichtert aufzuatmen.

»Kein Problem.«

»Ich bin zurück, so schnell ich kann. Also wirklich, die Angestellten heutzutage ...«

»Lassen Sie sich Zeit, Ada.«

... genug Zeit, damit sie fand, was sie suchte, und zwar ohne die neugierige Ladenbesitzerin neben sich. Ada ging zur anderen Seite des Ladens, und Kathryn legte los.

»Levi's«, murmelte sie, »Levi's ....«

Welche Größe Matthew wohl brauchte? Diese schlanke Taille. Die schönen Hüften. Sein süßes kleines Hinterteil und diese langen, so furchtbar männlichen Beine ...

Lust stieg in ihr auf. Sie verzog das Gesicht, befahl sich, an etwas anderes zu denken, schaute den Ständer durch und suchte ein Paar Jeans aus, die ihr genau richtig zu sein schienen.

Bei den abgeschnittenen Denim-Jeans hatte sie es leichter. Sie lagen auf einem Tisch ganz in der Nähe aus, und sie mußte nicht überlegen, wie lang die Beine wohl sein mußten.

Bei den T-Shirts mußte sie einen Augenblick überlegen. Mittel? Groß? Matthew war schlank, aber muskulös. Und er sah nicht so lächerlich aus wie Männer, die Reklame liefen für angesagte Fitneßstudios oder noch angesagtere Schlankheitspillen, sondern so wie ein Mann, der sich seine Muskeln im Schweiße seines Angesichts hart erarbeitet hatte.

Groß, mit Sicherheit. Es gab die T-Shirts in einem halben Dutzend Farben, von Marineblau über Gelb bis hin zu Pink, obwohl sie sich denken konnte, wie Matthew auf Pink reagieren würde.

Ada las ihrer Angestellten immer noch freundlich, aber bestimmt die Leviten. Kathryn bat insgeheim dafür um Verzeihung, daß sie hoffte, das arme Mädchen müßte noch fünf Minuten dieser Standpauke über sich ergehen lassen. Sie ging zu einem Schuhregal und griff sich auf dem Weg dorthin noch ein paar weiße Sportsocken und einen Ledergürtel.

Die Schuhe würden eine harte Nuß werden. Kathryn biß sich auf die Lippe. Welche Größe er wohl hatte? Sie hatte nicht die leiseste Ahnung. Wer achtete schon auf Füße? Auf Schultern, ja. Auf Taille und Hüfte, klar. Größe, Gewicht, lange oder kurze Beine, sicher. Aber Füße?

»... bring die hier in den Lagerraum, wo du gerade mal dabei bist, Mary. Und versuch, in den zwei Minuten, die ich hinten bin, kein Chaos anzurichten, ja?«

Kathryn biß sich auf die Lippe. Ada wollte für zwei Minuten nach hinten?

Jetzt oder nie.

Schnell nahm sie ein Paar Adidas-Turnschuhe, die weder einem Zwerg noch einem Riesen passen würden, zog ein Paar Allwettersandalen vom Tisch daneben und eilte an die Ladentheke.

Mary, die immer noch zwischen den Kisten kniete, sah auf. Jetzt lächelte sie nicht mehr.

»Miss Ada ist sofort wieder da.«

Kathryn fuhr sich mit der Zunge über die Lippen.

»Ich weiß, aber ich habe es leider furchtbar eilig.«

Das Mädchen warf einen Blick Richtung Hinterzimmer. »Ich kann auch gehen und sie holen, wenn Sie es wünschen.«

»Oh, es gibt keinen Grund, sie zu stören«, sagte Kathryn schnell. »Warum kassieren Sie die Sachen nicht einfach selbst?«

»Ich glaube, Miss Ada...«

»Miss Ada wird voll des Lobes sein, wenn Sie eine Kundin zufriedenstellen.«

Mary zögerte.

»Nun, wenn Sie mich nicht bedienen wollen, kann ich die Sachen ja auch hierlassen und vielleicht später wiederkommen.« Das Mädchen rührte sich nicht. »Vielleicht aber auch nicht«, setzte sie hinzu und befahl ihrem Gewissen, still zu sein.

Mary seufzte. »Na, wenn das so ist«, sagte sie langsam, »wird sie wohl nichts...«

»Hervorragend.« Kathryn lächelte sie strahlend an und holte den schwarzweißen Bikini und den passenden Sarong von der Stange. »Sie handeln genau richtig, Mary.«

Minuten später stürzte sie mit einem Arm voller Pakete aus dem Geschäft. Nur noch ein paar Läden, und sie würde wieder nach Hause fahren.

Nach Hause zu Matthew.

Der VW fuhr gerade weg, als Ada aus dem Lagerraum geeilt kam. »Also, Kathryn...« Ihr strahlendes Lächeln verschwand. »Wo ist Miss Russell?«

Mary räusperte sich. »Gegangen.«

»Gegangen?« Ada stemmte die Hände in die ausladenden Hüften und fixierte das arme Mädchen mit steinernem Blick. »Womit hast du sie vergrault, du nutzloses Ding?«

»Gar nicht«, sagte Mary schnell. »Wirklich nicht, Ma'am. Sie hat gesagt, wenn ich ihre Sachen nicht sofort kassiere, geht sie wieder. War eine Menge Zeug, Miss Ada. Ich dachte, das wollen Sie sich bestimmt nicht entgehen lassen. All die Klamotten, Schuhe und so.«

Ada hob den Kopf. »Schuhe? Herrenschuhe?«

»Ja, Ma'am. Alles Herrensachen. Jeans, kurze Hosen, T-Shirts, Socken und ein Gürtel.«

»Alles für Männer? Bist du sicher?«

Mary dachte einen Moment lang nach. »Na ja, nicht alles. Die Dame hat noch diesen Bikini gekauft, zusammen mit dem Rock, dem ganz teuren.« Sie atmete tief ein. »Habe ich das richtig gemacht, Miss Ada?«

Ada machte eine wegwerfende Handbewegung. »Jaja«, sagte sie abwesend. »Hast du.« Eine Minute verging. Dann nahm sie das Telefon und wählte eine Nummer. »Elvira? Rate mal, was eben Komisches passiert ist ...«

Kathryn schoß mit dem VW die Einfahrt von Charon's Crossing hoch und brachte ihn abrupt zum Stehen.

Sie hatte die meiste Zeit der Heimfahrt damit zugebracht, sich vorzustellen, wie Matthew wohl auf die tollen Sachen reagieren würde, die sie für ihn gekauft hatte. Kleidung, Zeitschriften, ein paar phantastische Bücher, in denen stand, warum Flugzeuge fliegen konnten und wie Computer funktionierten. Und das Beste stand sicher verpackt in einer Kiste auf dem Rücksitz: ein Sony-Fernseher.

Sie wünschte nur, sie wäre ein paar Tage früher darauf gekommen, wie einfach es doch war, ihre Welt mit Matthew zu teilen. Ihn faszinierte alles, was für sie völlig selbstverständlich war, sei es nun etwas so Simples wie die Dusche oder aber ihr Notebook, das sie letzte Nacht eingestöpselt und ihm vorgeführt hatte. Und er hatte eine blitzschnelle Auffassungsgabe. Er nahm auf, was immer sie ihm erzählte, und sprudelte dann mit unzähligen komplizierten Fragen heraus, immer begierig, noch mehr zu erfahren.

Doch sie war als Kind des zwanzigsten Jahrhunderts aufgewachsen und hatte Wunder wie Kernenergie und Raumfahrt als ganz alltäglich hingenommen, so daß sie ihm oft nur oberflächliche Antworten geben konnte. Nicht, daß Matthew sich jemals beklagte. Und doch war nicht zu übersehen, daß er nach mehr Wissen über diese seltsame neue Welt dürstete.

Kathryn nahm einen Armvoll Pakete, griff sich ein paar Zeitschriften, die ganz oben auf dem Stapel lagen – *Discovery,* mit einem wunderbaren Foto vom letzten Weltraumspaziergang auf dem Titelblatt, und *PC World,* auf der das neueste IBM-Notebook abgebildet war – und eilte die Treppe hinauf. Sie jonglierte mit dem ganzen Zeug herum und versuchte, die Tür aufzumachen.

»Matthew?« rief sie, als die Tür endlich aufgegangen war. »Ich bin wieder da.«

Die Zeitschriften fielen zu Boden, als sie die Pakete auf dem Tisch in der Eingangshalle absetzte.

»Matthew?«

Die Zimmer, die vom Foyer abgingen, waren allesamt leer. Die Nachricht, die sie ihm vor ein paar Stunden geschrieben hatte, lag noch auf dem Küchentisch, das eine Ende wogte träge im Wind, der durch das Fenster hineinwehte, auf dem anderen stand die Zuckerdose.

Kathryn ging zur Treppe.

»Matthew? Bist du oben?« Mit einem glücklichen Lächeln trottete sie die Treppe hoch, machte aus Gewohnheit einen Bogen um die kalte Stelle und ging zum Schlafzimmer. »Du faules Stück«, sagte sie lachend, »sag bloß, du liegst immer noch im ...«

Nein. Lag er nicht. Das Bett war ordentlich gemacht und sah aus, als hätte niemand darin geschlafen. Das Zimmer war leer.

»Matthew?« sagte sie mit Unbehagen.

Wo war er?

Irgendwo in der Nähe, sagte sie zu sich selbst, in Sicherheit.

Das Herz krampfte sich ihr zusammen.

Was waren das für seltsame Gedanken? Natürlich war er in der Nähe. Und in Sicherheit.

»Matthew«, rief sie streng. »Antworte mir! Wo bist du?«

In die erdrückende Stille hinein antwortete ihr eine Stimme, die weich war und sanft wie das Schnurren einer Katze.

Er ist auf dem Dachboden, Catherine. Warum kommst du nicht hoch und siehst ihn dir an?

Schrecken durchbrandete sie wie eine Welle der Übelkeit. Sie fuhr herum und sah den Korridor hinunter. Ein kalter, milchigweißer Dampf sickerte die Stufen hinab.

Komm schon, Catherine. Er wartet auf dich.

Kathryn gab ein leises Wimmern von sich. Langsam, wie im Traum, ging sie zur Treppe. Am Fuße blieb sie stehen und sah hinauf.

Die Tür zum Dachboden war noch verriegelt, aber sie verschwamm in einem eigentümlichen Licht, das unheimlich durch den weißen Nebel schien. Die Tür pulsierte, hob sich fast aus den Angeln, pochte wie das Herz einer riesigen Bestie.

Kathryn wollte schreien, aber aus ihrer Kehle drang kein Laut. Sie befeuchtete sich die Lippen, öffnete den Mund und krächzte Matthews Namen.

Catherine, süße Catherine. Du willst ihn doch jetzt sehen, oder nicht? Dann geh die Treppe hinauf und komm zu mir auf den Dachboden, und du bist bei ihm, das verspreche ich dir.

Ihre Hand zitterte, doch sie ergriff das Treppengeländer. Es war eiskalt unter ihren Fingern.

Ein Schritt.

Noch einer …

»Kathryn!«

Diesmal schrie sie. Doch die Arme, die sich fest um sie schlossen, gehörten Matthew, der sie grob von der Treppe fortzog.

»Matthew«, schluchzte sie, »Matthew, Gott sei Dank.«

Er hielt sie fest, sein Herz raste wie wild in seiner Brust.

»Geht es dir gut?«

Sie nickte und schniefte. Undeutlich registrierte ihr Gehirn, daß er kein Hemd trug und seine Haut nach Sonne, Rosen und Schweiß duftete.

»Ich dachte«, flüsterte sie, »o Gott, ich dachte ...«

»Kathryn.« Er schob sie von sich weg, hielt sie mit ausgestreckten Armen fest und sprach im Befehlston. »Du mußt Charon's Crossing verlassen.«

»Nein! Nicht ohne dich.«

»Verstehst du nicht? Lauf, bis du vor dem Tor stehst und es sich hinter dir schließt.«

»Das werde ich nicht tun! Nicht ohne ...«

»Zum Teufel noch mal, widersprich mir nicht!« Er wirbelte sie herum, drückte ihr die Hand ins Kreuz und schob sie vorwärts. »Verlasse dieses abscheuliche Haus, sofort. Hör, was ich dir sage! Keine Diskussion! Du gehst sofort weg von hier und drehst dich nicht mehr um, egal, was passiert, egal, was du hörst oder glaubst zu hören. Ist das klar?«

»Matthew, was hast du vor?«

Ein leises Lachen erklang über ihnen.

Genau, Matthew. Was hast du vor? Willst du mir gegenübertreten, oder bist du zu feige, um noch einmal jemandem ins Gesicht zu sehen, der dir so offensichtlich in allen Belangen überlegen ist?

Matthew lächelte grimmig und sah hoch zu der angeschwollenen Tür, die vor Bösartigkeit pulsierte wie ein ekelhafter, mit Blut vollgesogener Egel.

»Es wird mir ein Vergnügen sein, dich noch einmal umzubringen, Waring!«

»Nein!« Kathryns Stimme war schrill vor Entsetzen. »Matthew, bitte, ich flehe dich an ...«

Er packte sie und küßte sie hart auf den geöffneten Mund.

»Geh«, sagte er und entglitt ihren Händen, plötzlich ein silberner Wirbelwind, der sich auf die gräßliche, angeschwollene Tür zubewegte. Kathryn schrie, als sich ein lippenloser Mund in der zuckenden Masse öffnete und größer und größer wurde.

»Matthew«, schrie sie ...

Das offene Maul fiel zu.

Und dann war Stille.

Matthew hatte ihr befohlen zu gehen, aber wohin sollte sie gehen, ohne ihn?

Kathryn stolperte rückwärts, ihr stockte der Atem. Die Beine wollten sie nicht mehr tragen. Sie griff hinter sich und tastete nach der Wand. Ihre Hände fanden die kalte, klamme Oberfläche, sie lehnte sich dagegen und sank langsam zu Boden.

Sie wartete. Sie hatte keine Ahnung, wieviel Zeit verstrich. Alle ihre Sinne waren auf die Tür gerichtet, ihre ganze Vorstellungskraft darauf, was hinter ihr vor sich gehen mochte.

Sie hörte etwas oder glaubte zumindest, etwas zu hören. Entfernte Laute. Das Klacken von Metall. Eine Männerstimme, schrill und durchdringend vor Wut.

Dann, als ihre Angst sie fast um den Verstand brachte, begann die Tür, sich zu verändern. Das merkwürdige Licht wurde heller, flackerte und verdunkelte sich dann wieder. Das ekelerregende Zucken wurde schwächer und hörte schließlich ganz auf.

Dann war die Tür nur noch eine Tür, der Dampf lichtete sich und löste sich auf wie Nebel über dem Meer. Frische, kühle Luft wehte über den Treppenabsatz. Kathryn sog sie tief in die Lungen ein. Dann stand sie auf, mit zitternden Knien, die Augen immer noch auf den Dachboden gerichtet.

»Matthew«, flüsterte sie, »mein Liebster, o bitte, bitte ...«

Ein Schluchzen entrang sich ihrer Kehle, als er sich vor ihr materialisierte. Er hatte eine Schnittwunde auf der Wange, noch eine auf der nackten Schulter, aber er war gesund und munter. Sie raste auf ihn zu und warf sich ihm in die Arme. Er hielt sie ganz fest und küßte ihr Haar, ihre Wangen, ihren zitternden Mund, während er daran denken mußte, was ihr hätte zustoßen können. Und je mehr er darüber nachdachte, desto wütender wurde er, und schließlich stieß er sie von sich weg und schaute böse in ihr gerötetes Gesicht. Seine Nägel bohrten sich in ihre Schultern.

»Was zum Teufel tust du hier?« schimpfte er. »Ich habe dir gesagt, du sollst diesen Ort verlassen.«

Kathryn lächelte durch ihre Tränen. »Ich weiß.«

»Aha, du weißt. Aber du bist lieber ungehorsam.«

»Matthew ...«

»Vielleicht erzählst du mir erst einmal, was du überhaupt an der Treppe zum Dachboden zu suchen hattest.«

»Ich habe nach dir gesucht.« Sie streckte die Hand aus und wollte sein Gesicht berühren, aber er zog den Kopf zurück.

»Verdammt noch mal, du weißt doch, das Böse wohnt auf dem Dachboden.«

»Ja, aber Waring hat gesagt ...«

»Verdammt, Kathryn, gebrauchst du mal deinen Verstand?«

Kathryn hob das Kinn. »Ich weiß, du bist aufgeregt, Matthew, aber hör auf, mich anzuschreien.«

Aufgeregt? Teufel noch mal. Es trieb ihn an den Rand des Wahnsinns, wenn er daran dachte, was mit ihr hätte geschehen können, hätte er Warings böse Präsenz nicht gespürt, wäre er nicht rechtzeitig hier gewesen.

Jesus Christus, er mußte aufhören daran zu denken, wenn er verhindern wollte, daß er mit der Faust die Wand zertrümmerte.

Es war einfacher, seinen Ärger an der Person auszulassen, die es verdiente, nämlich an Kathryn. Sie war unmöglich. Ein starrköpfiges, ungehorsames Frauenzimmer, und wenn alle Frauen heutzutage so waren wie sie, dann war er weiß Gott heilfroh, daß er kein Mann des zwanzigsten Jahrhunderts war!

»Matthew, hör doch bitte mal zu ...«

»Zuhören? Ich?« Sein Mund zog sich zusammen, seine Augen verfärbten sich gefährlich dunkel. »Du machst, was du willst, aber ich soll Ihnen bitteschön gehorchen, Madam?«

»Hör mit diesem Madam-Mist auf, Matthew. Ich will dir doch nur alles erklären. Ich habe mir Sorgen um dich gemacht. Ich wußte nicht, wo du hingegangen warst.«

»Wo zum Teufel hätte ich schon hingehen *können*? Kannst du mir das mal sagen?«

»Was weiß ich? Genau deswegen habe ich mir ja Sorgen gemacht. Also bin ich hochgegangen, du warst nicht da, und ...«

»Natürlich war ich nicht da! Ich war hinten im Garten«, sagte er verkniffen, ließ sie los und stieß ihr mit dem Zeigefinger in die Brust, um seinen Worten Nachdruck zu verleihen. »Ich war verflucht noch mal im Garten und habe das beschissene Spalier repariert, weil der beschissene Sturm sie beinahe ...«

»Schrei mich nicht an!« Kathryn schlug den beleidigenden Finger beiseite. Ihre Wangen glühten vor Zorn. »Und sprich nicht so mit mir. Ich mag das nicht.«

»Sie mag es nicht.« Matthew warf die Arme in die Luft. »Sie mag verflucht noch mal meine beschissene Spra– «

»Du Scheißkerl!« zischte sie und schlug ihm mit der Faust gegen die Brust. »Du herzloser, selbstbezogener, egoistischer, arroganter Scheißkerl! Hörst du nicht, was ich sage? Ich habe dieses ... dieses Ding gehört, dieses gottverdammte Flüstern, das mir gesagt hat, du bist auf dem Dachboden, und ... und ...«

Ihre Stimme zitterte und brach ab. Sie gab einen erstickten Laut von sich und wollte sich abwenden, doch Matthew hielt sie zurück, zog sie in die Arme und küßte sie. Sie kämpfte gegen ihn an, wollte ihren Mund von seinem fortziehen, ihn ohrfeigen, aber er gab nicht nach. Seine Hände wanderten über ihren Körper, er preßte seinen Mund auf ihren, bis sie aufstöhnte, ihre Hände in seinem Haar vergrub und ihn mit aller Liebe und Verzweiflung in ihrem Herzen küßte.

»Ich dachte schon, ich hätte dich verloren«, schluchzte sie.

»Niemals«, sagte er heiser und wußte sogar in seiner blinden Leidenschaft, in seinem Verlangen nach ihr, daß »niemals« kein für sie beide gedachtes Wort war.

»Wenn du nicht rechtzeitig gekommen wärst...« Sie erschauderte. »Woher hast du gewußt...«

»Ich weiß nicht. Vielleicht habe ich Warings Präsenz gespürt. Ich wußte nur, daß du mich brauchtest, daß ich unbedingt zu dir mußte.«

»Er hat gesagt, du bist auf dem Dachboden, Matthew. Ich dachte, er hätte dir weh getan, oder ... oder ...« Sie schauderte erneut, kniff die Augen zu und legte ihr Gesicht an seinen Hals. »Was ist dort oben geschehen?«

Matthew mißlang ein Lachen.

»Ich wünschte bei Gott, ich wüßte es.«

»Ist er ... ist er ...?« »Es war wie auf der Bühne, Kathryn. Waring, oder was von ihm übrig ist, stand in der Mitte des Dachbodens und hatte ein Schwert in der Hand.«

»Ein Schwert?« fragte sie ungläubig.

»Ja.«

»Wie sah er aus? Als ich ihn gesehen habe, war er so ... so scheußlich ...«

»Er sah aus wie Waring«, log Matthew. Was nützte es, ihr zu erzählen, daß das Ding, gegen das er gekämpft hatte, noch viel scheußlicher gewesen war, als sie es sich jemals vorstellen konnte? Oder daß es ihm mit leiser Stimme geschildert hatte, was es mit ihr anstellen würde, wenn es erst einmal mit ihm fertig war?

»Er hat dich verletzt.« Sie berührte sanft die Schnittwunden in seinem Gesicht und an der Schulter.

»Das ist nicht schlimm, Schatz. Ich habe mich beim Rasieren schon schlimmer geschnitten.« Er zog sie an sich und drückte seine Lippen auf ihr Haar. »Die entscheidenden Hiebe habe ich ausgeteilt.«

»Aber du warst unbewaffnet.«

»Ich war bewaffnet. Damit.« Er hielt die Hände hoch. »Ein Schwert kann dich nicht mehr verletzen, wenn du einmal nahe genug an seinen Träger herangekommen bist. Man muß nur schnell genug sein. Ein Mann kann mit bloßen Händen töten, Kathryn, wenn er weiß, wie es geht.«

Kathryn riß die Augen auf. »Du hast ihn getötet?«

»Ich habe ihn zerstört, ja. Er fiel zu Boden wie ein Stein, wurde durchsichtig wie Glas und verschwand.«

Sie seufzte lang anhaltend, zitterte und fiel ihm in die Arme.

»Dann sind wir ihn los«, flüsterte sie.

Waren sie das? Matthew war da nicht so sicher. Es leuchtete ihm nicht ein, daß man einen Mann zweimal umbringen konnte, besonders wenn er beim zweiten Mal kein Mann mehr, sondern ein Gespenst war.

Aber davon würde er Kathryn nichts erzählen. Warum sollte er ihr unnötig Angst machen? Er war sicher – so sicher, wie er nur sein konnte –, daß, selbst wenn Waring zurückkehren würde, er bis dahin genug Kräfte gesammelt hatte, um ihn zu besiegen. Und dann würde Kathryn schon wieder wohlbehalten in New York sein, fort von Charon's Crossing, fort aus dieser seiner unheiligen verkehrten Welt.

Er dachte an alles, was geschehen war, nicht nur jetzt, sondern auch in der Vergangenheit, an die Fehler, für die er büßen würde, die ganze Ewigkeit lang, die sich vor ihm erstreckte. Und daß auch Kathryn büßen würde, obwohl sie völlig schuldlos war an diesem Alptraum. Schmerz, Verzweiflung,

Angst ... hundert verschiedene Gefühle umschlossen sein Herz, und er wußte, es gab nur eins, was sie vertreiben konnte.

»Kathryn«, flüsterte er rauh.

Unter seinem Gewicht sank sie zurück an die Wand, sie zerrte an seiner Hose, genau wie er an ihrer Kleidung. Er wußte, er war grob und würde ihr vielleicht weh tun, aber er konnte einfach nicht aufhören, und wenn in diesem Augenblick die Welt um ihn herum eingestürzt wäre.

Und sie hätte es auch nicht zugelassen. Sie war genauso wild wie er, flüsterte zitternd seinen Namen, verfing sich mit den Händen in seinem Haar und senkte ihre Zähne in das zarte Fleisch seiner Lippe.

»Jetzt«, sagte sie, »jetzt ...«

Er hob sie hoch und drang hart und schnell in sie ein, pfählte sie an seinem geschwollenen Geschlecht. Sie war heiß und feucht, fast augenblicklich schrie sie und bäumte sich auf.

»Kathryn«, sagte er mit gebrochener Stimme, »Kathryn, mein Liebling ...«

Sie küßte ihn, ihr schwarzes Haar hing wie ein Vorhang über ihrer beider Gesichter. Sie hatte die Beine eng um seine Hüften geschlungen, und Matthew biß die Zähne aufeinander, warf den Kopf zurück und explodierte wie ein weißglühender Blitz in die süße, samtweiche Wärme der Frau, die er liebte.

ACHTZEHN

Kathryn saß im Schneidersitz in der Mitte des großen Bettes und sah Matthew zu, wie er die Sachen anprobierte, die sie ihm mitgebracht hatte.

Sie hatte richtig gelegen bei den Größen. Die kurzen Hosen und Jeans paßten ihm wie angegossen, ebenso die T-Shirts. Jetzt trug er nur ein Paar Sandalen und die Levi's, die an ihm so wundervoll aussah wie an keinem anderen Mann. Sie saß ihm tief auf den Hüften, ließ seinen flachen, muskulösen Bauch zur Geltung kommen und deutete sein mächtiges Geschlecht an, das unter dem weichen Stoff verborgen lag.

»Die Jeans sieht toll aus«, sagte sie glücklich. »Hier. Dieses T-Shirt mußt du noch anprobieren.«

Sie nahm das letzte T-Shirt und warf es ihm zu. Er fing es auf, hielt es in die Luft und sah sie an, als hätte sie den Verstand verloren.

»Gütiger Himmel«, brachte er hervor, »was denkst du dir eigentlich?«

Sie sah das T-Shirt an und dann ihn. »Gefällt es dir nicht?«

»Ob es mir gefällt?« fragte er. »Gefällt? Kathryn, Liebes, all diese Geschenke sind wundervoll, aber das muß doch ein Vermögen gekostet haben.«

Kathryn lachte leise, entknotete ihre Beine und rutschte an den Rand des Bettes. »Um ehrlich zu sein, es war noch das billigste von allem. Komm, laß sehen, wie du darin aussiehst.«

Matthew hielt das Hemd vor sich hin. »Du willst, daß ich dieses Kunstwerk anziehe?«

Machte er Witze? Sie betrachtete das T-Shirt. Sie hatte es

spontan auf dem Markt gekauft, wo sie auf dem Weg aus der Stadt angehalten und Obst und Gemüse besorgt hatte. Sie hatte sofort an Matthew denken müssen, da auf der Brust ein Segelschiff abgebildet war.

Nun sah sie es mit seinen Augen. Sie hatte keine Ahnung, ob das Schiff wahrheitsgetreu gezeichnet war, aber es sah sehr schön aus, silbern und schwarz, auf einer See aus strahlend blauen Wellen. Weiße Segel wölbten sich in einer anscheinend recht steifen Brise.

Für sie war es Massenware, ein Fruit-of-the-Loom-T-Shirt mit seidenem Aufdruck. Für ihn war es unschätzbar. Wie hatte sie nur vergessen können, daß etwas so Alltägliches für ihn wie ein Wunder erscheinen mußte?

»Ich kann das unmöglich annehmen, Kathryn.«

»Du kannst, glaub mir.«

»Nein, kann ich nicht. So etwas Teures ...«

»Ich habe keine zehn Dollar dafür bezahlt, Matthew.«

»Zehn Dollar? In Continentals? Oder einen Gold-Eagle?« fragte er mit ungläubigem Erstaunen.

»Zehn US-Dollar. Ich bin sicher, zehn Dollar sind heute viel weniger wert als noch in deiner Zeit.«

»Ja, die Zeiten haben sich geändert, aber zehn Dollar sind sicher immer noch ...«

»Zehn Dollar hätten nicht für die Lebensmittel gereicht, die ich heute in der Stadt gekauft habe.« Sie sah ihn mit vollkommener Unschuldsmiene an. »Und dabei habe ich nur ein bißchen Brot, etwas Käse, frischen Fisch, Obst und Gemüse gekauft ... ach ja, und etwas Bier.«

Matthew seufzte und zog sich vorsichtig das T-Shirt über den Kopf.

»In deiner Welt muß jeder reich sein wie König Midas, oder ...«

Er steckte den Kopf durch den Kragen des T-Shirts. »Hast du gesagt, du hast Bier gekauft?«

»Jaaaa ... Ich dachte nur ... ach, ich weiß so wenig von deiner Zeit ... ich meine ...«

Sie lachte, als Matthew sie vom Bett hob und freudig im Kreis herumwirbelte.

»Versuch nicht, die Diplomatin zu spielen. Klar haben wir Bier getrunken. Und wie ich mich nach diesem Geschmack gesehnt habe, wie es einem kühl und herb die Kehle hinunterrinnt.« Er küßte sie, setzte sie auf dem Boden ab und gab ihr einen leichten Klaps auf den Hintern. »Führ mich hin, und ich sage dir, was ein Mann aus dem neunzehnten Jahrhundert vom Bier des zwanzigsten Jahrhunderts hält.«

Er lächelte, und Kathryn lächelte zurück, obwohl irgend etwas ihr plötzlich die Kehle zuschnürte.

Er kam aus dem neunzehnten Jahrhundert, und dennoch sah er haargenau so aus wie ein Mann von heute. Es war einfach, sich vorzustellen, wie sie an einem kalten Winterabend Hand in Hand durch die Straßen von Greenwich Village bummelten, wie sie die Wolken ihres Atems sehen konnten und nach Hause gingen, wo eine Tasse starke, heiße Schokolade und ein Sortiment dieser leckeren Kekse auf sie wartete, die es in der kleinen italienischen Bäckerei in der vierten Straße gab; es war so einfach, sich ihn an ihrer Seite vorzustellen, an einem faulen Junisonntag im Central Park, wie sie Zitroneneis aßen, sich überlegten, welchen Film sie sich heute abend ansehen sollten, und es sich dann doch anders überlegten und statt ins Kino lieber ins Bett gingen und Liebe machten.

Es war alles so einfach ... und doch unmöglich.

Nichts davon würde je wahr werden, wenn kein Wunder geschah. Ihr Jahrhundert hatte alles mögliche hervorgebracht, von Herztransplantationen bis hin zum Menschen auf dem Mond, aber mit der Art Wunder, die sie brauchte, sah es trostlos aus.

»Kathryn?«

Sie zwinkerte, um die drohenden Tränen zurückzuhalten,

und sah zur Schlafzimmertür, wo Matthew stand und die Hand nach ihr ausstreckte.

»Komm mit mir«, sagte er, und sie mußte ihre ganze Selbstbeherrschung aufbieten, um nicht zu erwidern, daß sie überall mit ihm hingehen würde, sogar in seine dunkle Welt, wenn sie nur sicher wäre, daß sie dann für immer zusammensein könnten.

Matthew fand das Bier ausgezeichnet. Vielleicht nicht ganz so gut wie das in einer kleinen Kneipe unten bei den Lagerhäusern in New York, aber trotzdem ausgezeichnet.

Doch bei den Büchern und Zeitschriften machte er große Augen.

»Ist das wahr?« fragte er beim Durchblättern. »Mein Gott, sind solche Dinge wirklich möglich?«

Kathryn lächelte, als sie ihn beobachtete, wie er seinen hübschen Kopf über eine Illustration beugte, die die Funktionsweise von Düsentriebwerken erklärte. Und sie waren noch nicht einmal beim Fernseher angekommen, der immer noch in seinem Karton auf dem Rücksitz ruhte.

Etwa eine Stunde später sah Matthew mit glänzenden Augen zu ihr auf und breitete die Arme aus. Sie ging zu ihm hin, und er seufzte, als er sie auf den Schoß nahm.

»Danke, Schatz, für all die wunderbaren Geschenke.«

»Ich habe so gehofft, daß du dich freust. Ich weiß doch, wie begierig du bist, alles zu erfahren, was sich in der Welt getan hat, seit ... Ich bin froh, daß dir die Bücher gefallen.«

»Die Bücher, die Kleidung ...« Er küßte sie. »Es ist alles wundervoll. Aber hast du gar nichts für dich selbst gekauft?«

Sie dachte an den schwarzweißen Bikini, der noch verpackt im Schlafzimmer lag. Für wen hatte sie ihn gekauft – für Matthew oder für sich selbst? Nicht, daß das wichtig war. Es erschien ihr albern und machte sie verlegen.

»Du hast dir etwas gekauft«, sagte er, »das sehe ich an deinem Blick.«

Kathryn lachte und schüttelte den Kopf. »Nein. Ich meine, doch, aber ...«

»Und was?«

»Matthew, es war dumm von mir.«

»Du wirst rot.«

»Werd' ich nicht.« Kathryn stand schnell auf. »Komm mit raus. Etwas ist noch im Auto, und ich kann es nicht erwarten, bis du es siehst. Man nennt es Fernseher, und ... was ist? Warum schüttelst du den Kopf?«

»Ich bewege mich nicht von der Stelle, bis das Geheimnis aufgeklärt ist.«

»Welches Geheimnis? Also wirklich, Matthew ...«

»Du hast dir etwas gekauft, wirst schon rot, wenn du nur daran denkst, und jetzt willst du mir nicht sagen, was es ist.«

»Das ist doch lächerlich.«

»Ja, da bin ich ganz deiner Meinung. Die Neugier eines Mannes anstacheln und sie dann nicht befriedigen wollen ist wirklich lächerlich.«

Kathryn stemmte die Hände in die Seiten und pochte mit dem Fuß auf den Boden.

»Also gut, ich habe einen Bikini gekauft. Und jetzt ... jetzt gefällt er mir nicht mehr. Zufrieden?«

»Nein, verwirrt. Was ist ein Bikini?«

»Es ist ein ... ein Stück Stoff, in dem man schwimmen geht.«

»Du meinst, ein Kleidungsstück?«

»Ja«, sagte sie erleichtert. »Genau. Und jetzt komm, und hilf mir, den Fernseher ins ...«

»Was für eine Art Kleidungsstück?« Er runzelte die Stirn. »Ich dachte immer, Kleidung ist hinderlich beim Schwimmen, ja sogar gefährlich.«

»Nein, nein, es ist kein richtiges Kleidungsstück. Es ist wie ein Badeanzug, aber es besteht nur aus … Es hat zwei Teile, einen oberen und einen unteren.« Sie deutete in der Luft die Form an.

Matthew verfolgte ihre Handbewegung. »Beide sehr klein, wenn ich recht verstehe.«

»Hör zu, ich habe das verdammte Ding aus Versehen gekauft. Okay?«

»Reg dich nicht auf, Kathryn.«

»Ich rege mich nicht auf«, sagte sie durch die Zähne hindurch. »Es ärgert mich nur, daß du nicht damit aufhörst.«

»Warum hast du dieses Kleidungsstück gekauft, wenn du es nicht anziehst?«

Kathryn warf die Arme in die Luft und rollte mit den Augen.

»Ich glaube das einfach nicht! Ein Kreuzverhör, und nur weil …«

»Eine berechtigte Frage, Schatz.«

»Ich habe doch gesagt, ich hab es aus Versehen gekauft.«

»Ich dachte, du wolltest damit schwimmen gehen?«

»Wollte ich auch. Ich dachte, es ist so ein schöner Tag … wir könnten uns was zu essen einpacken und runter zum Strand gehen.«

Er lächelte. »Glänzende Idee.«

»Du kannst ja eine von den kurzen Hosen anziehen.«

Sein Lächeln versiegte. »Wenn du unbedingt willst. Ich war immer der Meinung, nackt schwimmen ist viel angenehmer. Das seidene Gefühl des Wassers an der Haut, die heiße Sonne …«

»Und ich«, sagte sie, entschlossen, nicht wieder in das alte Thema zu verfallen, »zieh' den Badeanzug an, den ich aus New York mitgebracht habe.«

»Aha. Und wenn ich dich in dem sehe, hast du nichts dagegen?«

»Natürlich nicht.«

Die Worte waren heraus, bevor sie ihren Fehler bemerkte.

»Das Geheimnis wird immer rätselhafter, auf jeden Fall rätselhaft genug, um nicht von meiner Position abzurücken.« Matthew lehnte sich auf dem Sofa zurück, verschränkte die Hände hinter dem Kopf und saß mit ausgestreckten Beinen und übereinandergeschlagenen Füßen da. »Ich stehe nicht von diesem Sofa auf, bis ich den Badeanzug gesehen habe, der dich erröten läßt.«

»Du bist unmöglich!!«

»Ich bin gespannt wie ein Flitzebogen, Madam. Außerdem hast du mich vor ein paar Minuten noch für meine geistreiche Neugier gelobt.«

Er sah überhaupt nicht gespannt aus. Eher blasiert und unglaublich männlich, und sie konnte sich nicht entscheiden, ob sie seinem hübschen Gesicht das kleine Lächeln lieber mit einer Ohrfeige oder einem Kuß austreiben sollte.

»Na gut«, preßte sie zwischen den Zähnen hervor, »ganz wie du willst.«

Sie drehte sich um und stürmte aus dem Zimmer.

Also ehrlich! So ein Theater, nur wegen eines Bikinis.

Matthew benahm sich wie ein Vollidiot.

Und sie, wie sie sich schmerzlich eingestehen mußte, sie vielleicht auch.

Es war doch nur ein Bikini, um Himmels willen. Frauen trugen dauernd welche ...

Aber nicht ich. O Gott, ich nicht, niemals!

Warum hatte sie ihn dann gekauft?

Weil ich ihn schön fand. Und weil ich darin besser braun werde. Und ...

Weil sie sich vorgestellt hatte, wie Matthew sie darin sah, weil sie seinen Blick sehen wollte, wenn sie in diesem verführerischen schwarzweißen Ding vor ihm stand.

Jetzt mach aber mal halblang, Kathryn! Er hat dich schon nackt gesehen.

Nackt war etwas anderes. Nackt hatte keinen Augenaufschlag und keinen Hüftschwung, der sagte, he, Seemann, schau mich an …

Kathryn lachte. Bevor der Mut sie wieder verließ, zog sie sich aus und den Bikini an. Dann sah sie in den Spiegel.

»Mann, Mann«, flüsterte sie.

Sie drehte sich einmal im Kreis und beäugte argwöhnisch ihr Spiegelbild. Dann griff sie nach dem Sarong, schlang ihn um sich und band ihn an einer Schulter fest.

Sie sah nicht römisch aus. Sie sah aus wie ›Ich Tarzan – Du Jane‹.

Der Sarong machte sich an der Hüfte sehr viel besser.

Kathryn warf einen letzten Blick in den Spiegel. »Mach dich auf etwas gefaßt«, sagte sie sanft. Sie fuhr sich mit den Fingern durchs Haar und tänzelte aus der Tür.

Aber als sie in der Tür zum Wohnzimmer stand, ließ der Mut sie im Stich.

Was machte sie da eigentlich? Sie war keine *femme fatale.*

Matthew hatte Wort gehalten und saß immer noch in gleicher Positur auf dem Sofa, die Hände hinter dem Kopf verschränkt und mit ausgestreckten Beinen. Er saß mit dem Rükken zu ihr, pfiff leise und fröhlich vor sich hin.

Es schnürte ihr die Kehle zu. Er war so wunderschön. Das T-Shirt spannte sich wie eine zweite Haut über seinen Rücken und seine Schultern und ließ jeden Muskel hervortreten. Sein Haar war offen, ein Strom kastanienbrauner Seide, durchsetzt von einem Dutzend Schattierungen von Gold.

Oh, wie sehr sie ihn liebte! Wie konnte sie ihn jemals verlassen?

Sie konnte es nicht. Niemals. Nie im …

»Kathryn!«

Sie zwinkerte mit den Augen, die plötzlich tränennaß waren, und bemerkte, daß Matthew sich umgedreht hatte und sie ansah. Nun stand er langsam auf.

»Großer Gott«, flüsterte er. Er wurde ganz still, nur seine Augen bewegten sich. Als sein Blick über sie wanderte, verwandelten sich seine Augen in dunkle Seen des Verlangens.

»Damit geht man schwimmen?«

Sie nickte und spürte, wie sie rot anlief.

»Ich habe so etwas noch nie gesehen.«

Sie lachte nervös. »Nein, ich eigentlich auch nicht. Ich wollte dir ja erklären, wie albern das ist. Ich habe ihn ganz spontan gekauft, aber . . .«

»Kathryn, du bist so unfaßbar schön.«

Jetzt mußte sie lächeln. »Dasselbe habe ich gerade von dir gedacht.«

Er erwiderte ihr Lächeln. »Ein Mann kann nicht schön sein.«

»Du bist es«, sagte sie sanft.

Ihre Augen trafen sich, und was er in den blauen Tiefen der ihren sah, verursachte ihm einen Kloß im Hals. Er irrte sich. Sie war nicht nur schön, seine Kathryn; sie war atemberaubend. Sie besaß alles, was er je an einer Frau gesucht und nie zu finden gehofft hatte, eine seltene Kombination aus Liebreiz und Geist, Unschuld und Sinnlichkeit.

Als sie so vor ihm stand, das dunkle Haar wie ein Schleier auf den Schultern, die perfekten Rundungen ihres Körpers in fast schmerzvollem Kontrast zu dem schüchtern geröteten Gesicht, da wünschte er sich von ganzem Herzen, er könne vor ihr auf die Knie fallen und ihr all das geben, was ein jeder Mann seit Anbeginn der Welt der Frau gab, die er liebte.

Aber das konnte er nicht. In der wenigen Zeit, die ihnen bestimmt war, konnte er ihr nicht mehr geben als seine Anbetung und seine Liebe.

Er ging einen Schritt auf sie zu und streckte die Hände aus.

»Kathryn«, flüsterte er, »komm zu mir.«

Seine Stimme war sanft und heiser und so voller Leidenschaft, daß die einfachen Worte ihr wie ein brennender Pfeil in die Brust und in den Unterleib schossen. Sie fuhr sich mit der Zungenspitze über die Lippen, und sein Blick folgte der Geste mit einer fast greifbaren Begierde.

»Bitte«, sagte er. »Komm zu mir, Schatz.«

Sie ging langsam auf ihn zu. Die Kühle des Marmors unter ihren Füßen war ein erschreckender Kontrast zum Brennen seiner Blicke auf ihrer Haut.

»Gefällt dir der Bikini?« flüsterte sie, als sie bei ihm war.

»Ja«, sagte er. Seine Kiefermuskulatur zuckte.

Er löste den Knoten des Sarongs. Er fiel zu Boden. Sein Atem stockte, als er sie ansah, und dann ließ er seine Hände langsam und zärtlich über ihren Körper gleiten. Seine Finger streichelten und liebkosten sie.

Ein leiser Laut drang aus ihrer Kehle, und er lächelte.

»Mein Kätzchen«, flüsterte er. »Gefällt dir das?«

»Ja. Oh ja. Ohhh ...«

Sie stellte sich auf die Zehenspitzen und küßte ihn zärtlich auf den Mund, dann auf den Hals. Ihre Hände glitten ihm unters T-Shirt, und sie hörte seinen zischenden Atem, als sie seine heiße Haut berührte.

»Und du?« flüsterte sie. Ihre Finger wanderten seine Brust hinunter, über den Bund der Jeans, und strichen über den strammen Stoff, der sich über seiner Erektion spannte. »Gefällt es dir?«

Er faßte sie am Handgelenk, und seine geflüsterte Antwort brachte ihr Blut zum Kochen. Dann streifte er ihr den schwarzweißen Stoff mit so behutsamer, aufregender Zärtlichkeit ab, daß sie schon halb rasend war vor Verlangen, als er sich auszog, sie zum Sofa trug und in sie hineinglitt.

»Sag, daß du mich liebst«, flüsterte er.

»Ich liebe dich«, sagte sie und bewegte sich unter ihm, »ich liebe dich ...«

Er drang tief in sie ein, und die Welt zersprang in tausend Stücke.

Am späten Nachmittag zog sie wieder den Bikini an. Matthew entschied sich für eine der neuen abgeschnittenen Jeans, und sie gingen hinunter zur Bucht.

Das Wasser war warm, die Wellen sanft. Sie schwammen und planschten herum, bis Matthew sie schließlich zu einem Wettschwimmen an den Strand herausforderte – sie schoß als erste aus dem Wasser, doch er rief ihr nach, sie habe geschummelt, und kitzelte sie, bis sie in einem Knäuel in den Sand fielen und sich vor Lachen nicht mehr halten konnten.

»Schämen Sie sich, Madam.« Er rang nach Luft, aber das hinderte ihn nicht daran, sie am Boden zu halten. Wasser rann ihm aus den Haaren und dem Gesicht. »Du hast nur gewonnen, weil du mich überlistet hast.«

»Ich habe mit Fug und Recht gewonnen«, keuchte Kathryn. »Du willst nur nicht zugeben, daß eine Frau schneller ist als du.«

»Du hast mich gekniffen.«

»Ich? Dich gekniffen? Nix da, Kapitän. Du bist auf einen Krebs getreten.«

Er grinste. »Soso. Ein Krebs, hä?«

»Genau. Und wenn du mich nicht sofort losläßt ...«

»Was dann?« Sein Lächeln schwand, denn plötzlich wurden sich beide der heißen Sonne, des warmen Sandes und der Art und Weise bewußt, wie sie unter ihm lag. »Was tust du, wenn ich dich nicht loslasse?« fragte er heiser und beugte sich langsam zu ihr hinunter.

Kathryns Lider flatterten. Ihre Lippen teilten sich voller Erwartung ...

»Kathryn?«

Blitzschnell schlug sie die Augen auf, als sie die Stimme des Eindringlings hörte.

»Kathryn! Hier oben, auf der Klippe.«

Matthew ließ sie los, sie rollte sich auf den Bauch und sah nach oben. Gegen die gleißende Sonne war wenig zu erkennen; sie hielt sich die Hand vor die Augen.

»Es ist dein Anwalt«, sagte Matthew. »Und dieser Handwerker.«

»Amos? Und Hiram? Aber das ist unmöglich. Amos ist gar nicht auf der Insel, und Hiram hätte vorher angerufen ...«

»Wie unmöglich es auch sein mag, sie sind hier.«

Matthew stand auf. Er wußte, daß seine Stimme schroff und kühl klang, und er wußte auch, daß das nicht gerecht war. Dies war schließlich Kathryns Haus; diese Leute gehörten zu ihrer Welt. Sie hatten jedes nur erdenkliche Recht, hier zu sein. Aber der Tag war so vollkommen gewesen. Es war so einfach gewesen, die Wahrheit zu vergessen.

Kathryn richtete sich auf. »Ich erwarte sie nicht. Wirklich, ich habe nicht einmal gewußt ...«

Sie drehte sich zur Klippe um und sah noch einmal nach oben. Amos schaute zu ihr hinunter und hatte die Hände trichterförmig um den Mund gelegt.

»Kommen Sie hoch? Oder sollen wir runterkommen?«

Gehen Sie, wollte sie sagen, gehen Sie einfach, und kommen Sie nie wieder.

»Hören Sie mich, Kathryn? Ich bin es, Amos.«

Matthews Stimme war direkt hinter ihr. »Geh schon«, sagte er. »Geh hoch, und sprich mit dem alten Mann.«

Sie fuhr herum. »Aber wo gehst du hin?« fragte sie, doch die Antwort erübrigte sich.

Er würde nirgends hingehen, denn er war schon fort.

Den Sarong hatte sie im Haus gelassen, aber wenigstens hatten Matthew und sie ein Badehandtuch mit zur Bucht genommen. Sie legte es sich um die Schultern, knotete die Enden zusammen und ging hoch zum Weg, wo die beiden Männer warteten.

Amos begrüßte sie mit ausgestreckter Hand.

»Kathryn. Schön, Sie wiederzusehen.«

»Ja«, sagte sie höflich und schüttelte ihm die Hand. »Ich freue mich auch, Sie zu sehen.«

»Es tut mir wirklich leid, daß ich so lange weg war, aber...«

»Ein Notfall in der Familie. Ich habe davon gehört.«

»Meine Tante ist plötzlich schwer erkrankt. Sie ist die einzige, die von den Carters noch übrig ist, und...«

»Amos, ich freue mich, daß Sie wieder da sind, aber wie Sie sich denken können, bin ich auf Besuch nicht vorbereitet. Also...«

»Sind Sie allein?«

»Natürlich.«

Die beiden älteren Männer tauschten vielsagende Blicke. Hiram räusperte sich.

»Wir dachten, Sie hätten mit jemandem geredet unten am Strand.«

Kathryn Lächeln wurde verkniffen. »Falsch gedacht.«

»Sie haben sich im Sand gewälzt«, sagte Hiram eindeutig mißbilligend, »als würden Sie...«

»Hiram meint nur«, sagte Amos schnell, »daß es nicht den Anschein hatte, als wären Sie allein.«

Kathryn spürte, wie sie errötete, aber sie hatte nicht vor, Schwäche zu zeigen. »Sind Sie deswegen gekommen? Um hier oben zu stehen und mich zu beobachten?«

»Sie sollten nicht so alleine hier draußen leben«, sagte Hiram streng. »Habe ich von Anfang an gesagt. All die Geschichten über dieses Haus...«

»Was, Hiram?« fragte sie süßlich. »Wollen Sie andeuten, ich hätte am Strand mit einem Geist geschäkert?«

Hiram wollte antworten, aber Amos legte ihm die Hand auf den Arm.

»Ihr junger Freund ist nicht wieder zurückgekommen, oder?«

»Mein junger...?« Kathryn lachte höhnisch. »Das glaub' ich ja wohl nicht. Was macht ihr eigentlich den ganzen Tag? Führt ihr Buch darüber, was ich tue und lasse und mit wem?

Nein, Amos, Sie brauchen das Sittendezernat nicht anzurufen. Mein ›junger Freund‹ ist wieder wohlbehalten in New York.«

»Aber Sie werden sich doch mit ihm in Miami treffen, wie Ted Nash gesagt hat?«

»Das ist unfaßbar. Wer um alles in der Welt ist Ted Nash?«

»Der Pilot, mit dem er zurückgeflogen ist.«

Kathryn lächelte grimmig und ging Richtung Haus.

»Sie können Mr. Nash eine Goldmedaille verleihen, Amos. Er hat es erfaßt. Möchten Sie noch wissen, in welchem Hotel er wohnt, damit Ihre Unterlagen vollständig sind?«

Die zwei Männer bestürmten sie von beiden Seiten.

»Kathryn«, sagte Amos, »verstehen Sie doch. Wir wollen uns nicht in ihre Angelegenheiten einmischen.«

»Was Sie nicht sagen.«

»Wir sind lediglich um Ihr Wohl besorgt. Elvira hat gesagt...«

Kathryn blieb wie angewurzelt stehen und drehte sich um. »Reden Sie weiter. Jetzt wird es erst richtig interessant. Was hat Elvira gesagt?«

Der Anwalt räusperte sich. »Nun, sie hat zufällig mit Ada Truman gesprochen, und Ada hat erwähnt...«

»Ada hat gesagt, Sie hätten so einen neumodischen Badeanzug gekauft. Und einen Berg Männerklamotten, aber soweit man das sagen kann, haben Sie keinen Mann hier draußen, um den Sie mit dem Ding rumscharwenzeln oder den sie in die Klamotten stecken könnten«, sagte Hiram in einem langen, triumphierenden Atemzug.

Kathryn sah mit bleichem Gesicht von einem zum anderen. Nur auf ihren Wangen waren zwei rote Flecken sichtbar.

»Das gehört zu den Dingen, die ich an dieser Insel schätze«, sagte sie kühl. »Alles ist so verschwiegen, man ist ganz für sich.«

»Ada macht sich doch nur Gedanken um Sie, Kathryn. Wir sind hier alle umeinander besorgt.«

»Ich brauche aber keinen Aufpasser. Bitte sagen Sie das ihrer Frau und Ada, und jedem, der noch meint, er müsse mir hinterherspionieren.«

Hiram schnaubte entrüstet. »Wir spionieren doch nicht.«

»Ach nein? Und wie nennt man das sonst? Ich mache ein paar Einkäufe, und am nächsten Tag bin ich das Stadtgespräch!«

»Jetzt hören Sie mal, Miss Russell. Nur weil meiner Elvira Ihr Wohlergehen am Herzen liegt...«

»Ich habe sie nicht gebeten, sich irgendwas von mir ans Herz zu legen!«

»Aber, aber«, sagte Amos hastig, »Wir wollen uns doch nicht streiten.« Der Anwalt legte Kathryn den einen, Hiram den anderen Arm um die steifen Schultern. »Wir sind doch nicht hier rausgefahren, um uns anzugiften, oder, Hiram?«

Der alte Mann antwortete nicht. Schließlich nickte er langsam mit dem ergrauten Kopf.

»Wohl kaum.«

Kathryn befreite sich aus Amos' Arm. »Und warum sind Sie hier, bitteschön?«

»Wir sind aus geschäftlichen Gründen hier, Kathryn. Ich wollte Ihnen mitteilen, daß ich wieder auf der Insel bin. Und Hiram hier war der Meinung, es sei an der Zeit abzumachen, wann er mit der Arbeit an Ihrem Haus beginnen soll.«

»Mit der Arbeit...?« Sie starrte Amos verständnislos an, bis sie sich erinnerte. Er redete von den Reparaturen, wegen denen sie eigentlich hergekommen war. Die verrotteten Holzleisten, die knarrenden Treppen, die Wände, der antiquierte Heißwasserboiler und die vorsintflutlichen Leitungen, alles, was ihr einmal so dringlich erschienen war. »Oh«, sagte sie, »natürlich. Die Reparaturen.« Sie zwang sich zu einem Lächeln. »Nun, wenn das so ist, warum gehen wir nicht ins Haus? Sie können sich mit einem Glas Eistee erfrischen, während ich mir was anderes anziehe.«

»Habe gehört, Sie haben Bier da«, sagte Hiram.

Kathryn blickte auf und sah, wie Amos Hiram mit dem Ellenbogen in die Rippen puffte.

»Sie haben richtig gehört«, sagte sie kühl. »Möchten Sie eins?«

Der alte Mann hielt ihrem Blick stand, ohne mit der Wimper zu zucken. »Bier ist nicht gerade ein typisches Frauengetränk.«

»Also gut, was soll das hier?« Kathryn blickte wütend von einem faltigen Gesicht ins andere. »Ich will wissen, was hier los ist.«

»Ich will Ihnen sagen, was los ist«, erwiderte Hiram. »Da ist doch was faul. Eine junge Frau wie Sie lebt die ganze Zeit allein hier draußen, kauft irgendwelche unsinnigen Sachen und spricht mit einem, den außer ihr keiner sieht.«

»Hiram«, sagte Amos streng und legte ihm die Hand auf den Arm, aber Hiram schüttelte sie ab.

»Ich sage doch nur, wie es ist, und sie weiß das genau. Elvira hat gesagt ...«

»Elvira hat gequatscht wie ein Wasserfall, wie?« versetzte Kathryn wütend.

»Beruhigen Sie sich, Kathryn.«

»Ich bin die Ruhe selbst. Und Sie beide haben genau zehn Sekunden, mir den Grund Ihres Besuchs mitzuteilen, oder ich werf Sie achtkantig von meinem Grund und Boden!«

Amos warf Hiram einen warnenden Blick zu.

»Ich habe es Ihnen doch schon gesagt. Hiram ist hier, um sich das Haus anzusehen. Und ich wollte Ihnen mitteilen, daß ich wieder hier bin und Ihnen gerne dabei behilflich sein werde, Charon's Crossing zu verkaufen. Das ist doch sicher in Ihrem Sinne?«

»Warum fragen Sie? Sie wissen doch sowieso alles besser.« Kathryn stampfte durch die Eingangstür und schnurstracks auf die Treppe zu. »Ich bin sicher, Sie wissen, wo sich hier im

Haus alles befindet, Gentlemen. Machen Sie es sich bequem. Und wenn Sie nichts mehr zum Reden haben, können Sie ja schon mal den Kühlschrank oder die Speisekammer inspizieren. Ich bin in fünf Minuten wieder da.«

Aufrecht ging sie die Treppe hinauf, den Korridor entlang und knallte die Schlafzimmertür so kräftig zu, daß ein altes, schon ganz verblaßtes Ölgemälde von einem Urahn Russell von der Wand fiel.

Sie hob es auf, warf es auf einen Stuhl, zog sich das Handtuch vom Körper und schleuderte es durchs Zimmer.

»Neugierige alte Knacker«, murmelte sie.

»Immer höflich bleiben, Kathryn.«

Sie fuhr herum, als sie Matthews Stimme hörte. Er trug die Jeans und ein T-Shirt, seine Haare waren noch naß. Er lehnte mit verschränkten Armen und übereinandergeschlagenen Füßen an der Tür.

»Einen Dreck werd' ich.« Sie riß den Schrank auf, holte ein Baumwollkleid heraus und warf es aufs Bett. »Die waren ja auch nicht höflich zu mir! Du hättest mal hören sollen, was sie mir an den Kopf geworfen haben, ganz besonders Hiram.«

»Ich habe es gehört«, sagte Matthew ruhig. »Ich war da, genau neben dir, die ganze Zeit.«

Einen kleinen Augenblick lang entspannte sich ihr Gesicht. »Wirklich?«

Er nickte. »Sie sorgen sich um dein Wohlergehen, Schatz.«

Kathryn hob verächtlich das Kinn. »Ach, hör auf! Das sind zwei alte Schwätzer, nichts weiter. Man sollte glauben, die Leute hier auf der Insel hätten was Besseres zu tun, als ihre Zeit damit zu verschwenden, sich über meine Einkäufe zu unterhalten.«

»Schatz.« Matthew ging zu ihr hin und faßte sie bei den Schultern. »Versuch es mal von ihrer Seite zu sehen. Du wohnst ganz allein im Herzen des Nirgendwo, und auf einmal fährst du in die Stadt und kaufst einen Haufen Männerkleidung.«

»Und?« Sie funkelte verächtlich. »Ist das verboten?«

»Elvira hat sicher nicht vergessen, wie sie uns beide überrascht hat.«

»Sie hat dich doch gar nicht gesehen. Weißt du nicht mehr?«

»Sie hat gesehen, daß du dich merkwürdig benommen hast. Und jetzt kommen Amos und Hiram hierher und sehen, wie du dich unten am Strand noch merkwürdiger benimmst.«

Kathryn zuckte nicht mit der Wimper. »Was die sehen oder nicht und was ich kaufe und was nicht, ist ganz allein meine Sache.«

»Stimmt. Aber du darfst nicht wütend sein. Sie meinen es nur gut.«

Kathryn starrte ihn noch einige Sekunden lang an. Dann seufzte sie und lehnte sich gegen ihn.

»Ich weiß. Es ist nur alles so schwer, weißt du, dauernd so zu tun, als gäbe es dich nicht...«

»Es gibt mich auch nicht«, sagte Matthew sanft.

»Sag nicht so etwas!« Sie wich zurück, ihr Mund zitterte. »Natürlich gibt es dich. Du bist so wirklich wie sie!«

»Für dich.«

»Matthew, hör auf damit. Wenn du willst, daß ich mich aufrege...«

»Du mußt den Tatsachen ins Auge sehen. Für den Rest der Welt bin ich unsichtbar, körperlos.«

»Bist du nicht!« Kathryn warf ihm die Arme um den Hals. »Und ich höre mir das nicht länger an. Der Rest der Welt kann mich mal. Ich werde Hiram und Amos jetzt wegschicken, und...«

»Das wirst du nicht!« Matthew hielt sie auf Armeslänge von sich. »Was ist mit den Reparaturen?«

»Ich will nicht, daß Amos und Hiram mir im Weg sind.«

»Aber du mußt das Haus reparieren lassen, wenn du es verkaufen willst.«

»Ich hab' es mir anders überlegt. Ich verkaufe nicht.«

»Was?«

»Wie könnte ich Charon's Crossing verkaufen? Was würde dann aus dir werden?«

Das war eine sehr gute Frage, und er hatte selbst schon darüber nachgedacht, aber das würde er ihr nicht auf die Nase binden.

»Ich werde es schon aushalten.« Er zwang sich zu einem Lächeln. »Ich kann immer noch lernen, wie man mit Ketten rasselt, damit es dem neuen Besitzer nicht langweilig wird.«

»Und wie sollen wir zusammensein, wenn das Haus erst mal nicht mehr mir gehört?« Kathryn entwand sich seinen Händen und verschränkte die Arme. »Na? Noch irgendwelche genialen Vorschläge?«

»Kathryn. Liebling, nimm doch Vernunft an.«

»Nein. Im Gegenteil, du solltest Vernunft annehmen. Wie soll ich dich noch sehen, wenn ich das Haus verkaufe?«

Matthew atmete tief ein. »Gar nicht«, sagte er sanft. »Wenn du erst wieder in New York bist, ist das alles hier vorbei.«

»Nein!«

»Doch!« Er packte sie bei der Hand, als sie sich wegdrehen wollte. »Verdammt noch mal, Kathryn ...«

»Das ist es also, was du willst?« Sie sprang auf ihn zu mit Augen wie tränennasse Blumen. »Daß das alles vorbei ist? Daß wir nie mehr zusammen sein können?«

Er wußte, was er zu sagen und zu tun hatte. Aber er konnte nicht, und seine Arme schlangen sich fest um sie.

»Nein«, flüsterte er, »nein, meine Liebste. Ich würde alles dafür geben, wenn ich bei dir bleiben könnte, aber es ist unmöglich.«

»Nichts ist unmöglich«, sagte sie scharf. Sie küßte ihn und befreite sich aus seiner Umarmung. »Bitte dreh dich um.«

Er wollte lachen, sowohl über ihre albernen, süßen Schamgefühle als auch über ihren Trotz. Die Schamgefühle waren amüsant, der Trotz war es nicht. Er machte ihm Sorgen.

»Kathryn, hör mir zu.«

»Hältst du jetzt den Mund und drehst dich um? Oder muß ich in ein anderes Zimmer gehen?«

Seufzend fand er sich damit ab, daß es in dieser Schlacht nichts zu holen gab, und verschwand.

Eine Stunde später hatten Kathryn, Amos und Hiram ihren Rundgang durchs Haus beendet und standen in der Küche.

»Und?« fragte Kathryn. »Was meinen Sie?«

Hiram kratzte sich am Kopf. »Kathryn, ich sage Ihnen doch, das hatten wir nicht ausgemacht. Ich sollte hier rauskommen, sehen, was repariert werden muß, und Ihnen einen Kostenvoranschlag machen, damit Sie entscheiden können, was alles gemacht werden soll.«

»Das weiß ich doch alles, Hiram. Aber ich habe meine Pläne geändert. Ich will nicht, daß hier im Haus viel gemacht wird. Nur so viel, daß es mir nicht über dem Kopf zusammenkracht, aber das wäre auch alles.«

Hiram seufzte. »Na ja, in dem Fall werden wir uns auf den Heißwasserboiler beschränken.«

»Ganz Ihrer Meinung. Ich bin es langsam leid, mit einem Fingerhut lauwarmem Wasser zu duschen.«

»Nein, es ist mehr als das. Das Ding kann jeden Tag den Geist aufgeben. Läuft mit Propan, wissen Sie.« Er wies mit dem Daumen über die Schulter. »Der Tank ist hinten raus, falls Sie ihn noch nicht gesehen haben.«

»Ist er leer?«

»Nein. Das wäre auch gar nicht das Problem. Haben Sie jemals einen komischen Geruch aus dem Keller bemerkt? Von da, wo der Boiler steht?«

»Außer dem feuchten Modergeruch, nein.«

»Propangas ist geruchlos. Die Gasfirma mischt Schwefelwasserstoff rein, damit man gewarnt ist, wenn es nach faulen Eiern stinkt.«

»Gewarnt vor was?« Kathryn seufzte. »Hiram, drücken Sie sich bitte klarer aus. Ich versteh' kein Wort.«

»Ich will sagen, so, wie das Ding aussieht, liegt es in den letzten Zügen. Braucht nur ein Loch irgendwo zu sein, und wenn genug Gas rausströmt, genügt der kleinste Funke, und bumm, geht die Bude hoch wie eine Bombe.«

Kathryn erschauderte. »Können Sie es reparieren?«

»Klar. Aber erst muß ich ein paar Teile bestellen, einen neuen Boiler besorgen ...« Er kratzte sich am Kopf. »Wahrscheinlich irgendwann nächste Woche. Wenn Sie nicht so lang hierbleiben können, geben Sie mir nur Bescheid, wenn es klargeht, und ...«

»Ich bin hier.«

Amos hob die Brauen. »Sie brauchen nicht hierzubleiben, Kathryn. Ich kann das für Sie erledigen.«

»Danke, aber ich komm' schon klar.«

»Wird aber ungemütlich hier«, sagte Hiram spitz. »Aus Sicherheitsgründen muß ich dem Ding nämlich gleich die Stromzufuhr kappen.« Er sah Kathryn direkt in die Augen. »Dann haben Sie kein heißes Wasser mehr. Vielleicht besser, sie ziehen runter in die Stadt.«

»Wird schon gehen.«

»Kathryn.« Amos lächelte sie freundlich an. »Ist Ihnen klar, was das bedeutet? Sie müssen Wasser kochen, wenn Sie baden wollen, oder abspülen ...«

»Ist das ungefährlich?« fragte Kathryn. Sie räusperte sich. »Ich meine, bis Sie kommen und das reparieren, möchte ich nicht, äh, daß irgendwas passiert.«

»Oh, vollkommen ungefährlich. Ich stelle das Gas ab. Solange Sie nichts riechen und keiner das Ventil aufmacht und ein Streichholz anzündet, kann Ihnen nichts passieren.«

»Trotzdem«, sagte Amos in dienstlichem Ton, »muß ich Ihnen als Ihr Anwalt dringend raten, Charon's Crossing sofort zu verlassen.«

Kathryn lächelte kühl. »Bißchen spät für gute Ratschläge, meinen Sie nicht auch? Na dann los, Hiram. An die Arbeit.«

Amos steuerte den Wagen langsam die Einfahrt hinunter. Er schwieg, genau wie Hiram.

Sie waren schon fast am Tor, als Amos anfing zu sprechen.

»Und, was hältst du davon?«

Hiram schnaubte verächtlich. »Seit wann interessiert es dich, was ich oder wer anders von irgendwas hält, Mister Anwalt?«

Amos hielt an und sah zu dem Handwerker hinüber.

»Ich frage dich nach deiner Meinung. Würdest du mir sie bitte mitteilen?«

Hiram Bonnyeman seufzte und lehnte sich im Sitz zurück.

»Ich glaube, Elvira und Ada haben recht. Die Frau benimmt sich seltsam.«

Amos seufzte ebenfalls und umkrampfte das Lenkrad.

»Ganz deiner Meinung. Ich versteh' das einfach nicht, aber ... vielleicht ist sie irgendwie krank. Vielleicht war sie schon mal in Behandlung.«

»Das weißt du nicht?« fragte Hiram streng. »Gütiger Himmel, du bist ihr Anwalt, Mann!«

»Ich war der Anwalt von ihrem Vater. Das ist ein Unterschied. Er hat mir nie was von seiner Tochter erzählt, außer daß er glaubte, von allen Leuten, die er kannte, würde sie am meisten von diesem verdammten Steinhaufen profitieren.«

Hiram schnaubte. »Der Mann hatte sie doch nicht mehr alle. Elviras Urgroßmutter lebte noch, als wir geheiratet haben. Die Alte hat jeden hier auf der Insel in Angst und

Schrecken versetzt, weil sie dauernd erzählte, was sie alles auf Charon's Crossing gesehen hat.«

»Ach, laß uns doch nicht wieder davon anfangen«, sagte Amos ungeduldig. »Was für ein Problem das Mädchen auch hat, mit Geistern hat sie sicher nichts am Hut.«

»Und was sonst? Warum sollte sie diesen ganzen Kram kaufen, so tun, als würde sie mit jemandem sprechen und sich amüsieren, wenn sie nicht einen gesehen hätte, den sonst keiner sehen kann?«

»Woher soll ich das wissen?« gab Amos noch ungeduldiger zurück und ließ den Wagen wieder an. »Ich bin Anwalt, kein Psychiater.«

»Aha? Du glaubst also, sie braucht einen Irrenarzt?«

»Ich glaube, sie muß von dieser Insel weg und in ihr normales Leben zurück. Und genau das wird nächste Woche geschehen, wenn sie nach Florida fliegt und ihren jungen Burschen trifft. Dann fliegen sie nämlich wieder nach New York.«

»Glaube ich auch«, sagte Hiram mit zustimmendem Kopfnicken.

Amos nickte ebenfalls und ließ die Kupplung kommen. »Noch eine Woche, und dann ist Miss Kathryn Russell weg von hier.«

Er trat fest aufs Gas, und das Auto schoß durch das offene Tor, das die Grenzen von Charon's Crossing markierte.

Als der Staub, den der Wagen aufgewirbelt hatte, schon lange verflogen war, stand Matthew noch immer diesseits des Tores, die Hände fest um die Stäbe geschlungen, und fixierte den fernen Horizont mit leerem Blick.

NEUNZEHN

»Diese lästigen Opas!« Kathryn stand am Spülbecken und steckte bis zu den Ellenbogen in heißem Wasser. Sie sah Matthew an, während ein Kessel auf dem Herd kochte. »Hol mir bitte die restlichen Gläser runter, ja?«

Matthew beäugte die blitzende Ansammlung von Gläsern, Geschirr, Töpfen und diversem Kleinkram, die jede freie Oberfläche in der Küche einnahm. Kathryn war schon seit Sonnenaufgang mit Schrubben und Spülen beschäftigt, und wenn er das richtig sah, machte sie keinerlei Anstalten, damit aufzuhören.

»Kathryn«, sagte er sanft, »das ist doch albern. Es gibt gar keinen Grund, sauer zu sein.«

»Sauer? Seh' ich etwa sauer aus?« Sie nahm ihm einen Weinpokal aus der Hand, starrte das Ding an, als wäre es an allem schuld, und tauchte es ins Wasser. »Ich bin überhaupt nicht sauer. Wie kommst du darauf?«

»Sie haben es gut gemeint. Das weißt du genau.«

»Daß ich nicht lache.«

»Wenn ich es dir doch sage. Beide machen sich Sorgen um dich.«

Kathryn riß ihm ein weiteres Glas aus der Hand und tauchte es unter Wasser.

»Amos war so besorgt, daß er sich ohne ein Wort zu sagen ein paar Tage nach meiner Ankunft aus dem Staub gemacht hat.« Das Wasser spritzte, als sie das Glas herauszog. »Und Hiram auch. Macht sich solche Sorgen, daß er mich ganz hinten auf die Liste von Leuten setzt, bei denen er was zu tun hat.«

»Kathryn, Schatz ...«

»Und dann auch noch Jason«, sagte sie wütend. »Du hättest ihn mal hören sollen heute nachmittag.«

»Heute nachmittag? Du hast mit ihm gesprochen?«

»Ich habe ihn angerufen, als du gelesen hast.« Kathryn holte den Pokal aus dem Wasser, spülte ihn aus und stellte ihn auf den Abtropfständer. »›Jason‹, habe ich gesagt, ›es tut mir furchtbar leid, daß ich dir das am Telefon sagen muß, aber es geht nicht anders.‹« Sie sah Matthew mit feurigen Augen an. »Ich hatte gedacht, er würde sich furchtbar aufregen und wütend werden. Obwohl er sich ja eigentlich denken konnte, daß ich die Sache beenden würde, nachdem bei seinem Besuch hier alles so schlecht gelaufen ist, aber ...«

»Du hast die Verlobung gelöst?«

»Natürlich.«

Matthew wußte, daß es nicht recht war, sich so darüber zu freuen. Und es hatte auch keinen Sinn, sich einzureden, Kathryn würde niemals heiraten; darauf gar zu hoffen war selbstsüchtig und gemein. Er liebte sie; er wollte, daß sie glücklich wurde.

Aber nicht mit diesem Armleuchter Jason. Am besten mit einem Mann, den er nicht kannte. Es war eine Sache, großzügige Prinzipien aufzustellen und sich selbst zu sagen, daß sie ein erfülltes und glückliches Leben verdiente, wenn sie Charon's Crossing erst einmal verlassen hatte ...

Aber es war etwas ganz anderes, sie sich in den Armen eines anderen Mannes vorzustellen.

Der Pokal, den er festhielt, zersprang in seiner geballten Faust. Er zwinkerte und bickte verwundert nach unten, als Glassplitter sich in sein Fleisch bohrten und zu Boden fielen.

»Matthew?« Mit großen Augen fuhr Kathryn herum. »Was ist passiert? Hast du dich geschnitten?« Sie nahm seine Hand, wo eine dünne Linie Blut in der Handfläche erschien.

»Alles in Ordnung.«

»Gar nichts ist in Ordnung. Du blutest.«

»Gott im Himmel, mir geht es gut.« Matthew zog die Hand zurück, wischte sie am Hosenboden seiner Jeans ab und funkelte sie an. »Vielleicht wäre es eine Spur netter gewesen, wenn du ihm die Neuigkeit nächste Woche in Florida mitgeteilt hättest.«

»Laß mich deine Hand sehen.«

»Kathryn, verdammt ...«

»Weißt du eigentlich, wie oft du das sagst?« Kathryn nahm ihn bei der Hand, zog ihn hinaus auf die Terrasse in die Sonne und sah sich den Schnitt absichtlich genau an. »Kathrynverdammt. Als wär das ein Wort.«

Ihm schnürte sich die Kehle zu, als er ihren gebeugten Kopf betrachtete. Die Sonne leuchtete in ihrem schwarzen, seidigen Haar, das ihr über die Schultern fiel und den fein geschwungenen Hals entblößte. Gott, wie er sie liebte!

»Wenn ich das so oft und in einem Wort sage«, antwortete er grimmig, »dann nur, weil du es perfekt beherrschst, mich zu ärgern.«

Sie hob seine Hand hoch, küßte den winzigen Schnitt und sah ihm lachend in die Augen.

»Kapitän, was Sie sagen wollen, ist, ich kotze Sie an. Kein vornehmer Ausdruck, aber wenn du ein Mann des zwanzigsten Jahrhunderts sein willst, mußt du den Jargon draufhaben.«

Matthew lächelte. Wenn ihre blauen Augen ihn so neckisch ansahen, konnte er einfach nicht anders. Doch dann verschwand sein Lächeln, das Stirnrunzeln kehrte wieder, und er zog die Hand zurück.

»Ich bin kein Mann des zwanzigsten Jahrhunderts, Kathryn. Das willst du anscheinend nicht begreifen.«

»Sei nicht so verstockt.« Sie legte ihm die Hände flach auf die Brust und genoß seinen regelmäßigen Herzschlag. »Wir haben 1996, und du bist hier. Wie würdest du dich also bezeichnen?«

»Eine Laune des Schöpfers«, sagte er kalt, »oder ein Kind der Finsternis. Ich bin mir nicht sicher.«

»Ehrlich, Matthew, in einigen Dingen bist du genauso unmöglich wie Jason. Als ich ihm sagte, daß ich mich nicht mit ihm in Florida treffen werde, sondern mich entschieden habe, hier auf Charon's Crossing zu bleiben, da ...«

»Du hast ihm was gesagt?«

Verdammt, dachte Kathryn, verdammter Mist! So hatte sie ihm die Neuigkeit nicht beibringen wollen. Matthew würde versuchen, es ihr auszureden, da war sie ganz sicher. Genauso sicher, wie sie wußte, daß sie ihr Leben mit ihm verbringen wollte und nicht mit Jason. Sie hatte eine Entscheidung gefällt. Und früher oder später mußte er es eh erfahren, und der jetzige Zeitpunkt war so gut wie jeder andere auch.

»Ich gehe nicht zurück«, sagte sie leise. Ihre Blicke trafen sich. »Das habe ich Jason gesagt, als wir telefonierten.«

Ein Muskel spannte sich in Matthews Kiefer.

»Wie meinst du das, du gehst nicht zurück?«

»Kann ich es noch klarer ausdrücken, Matthew? Ich liebe dich. Und du liebst mich. Und wir wollen zusammenbleiben. Stimmt doch, oder?«

»Kathryn.« Er schüttelte den Kopf und wußte den Rest schon, bevor sie ihn ausgesprochen hatte. »Hör mir zu, Kathryn ...«

»Nein, zur Abwechslung hörst du mir mal zu.« Sie sprach mit fast verzweifelter Heftigkeit. »Ich will mit dir leben, hier auf Charon's Crossing.«

»Verdammt, Kathryn.«

Sie lachte und schlang die Arme um seinen Hals. »Siehst du? Schon wieder.«

»Kathryn, jetzt ist nicht der richtige Zeitpunkt für Spitzfindigkeiten.« Matthew hielt sie an der Taille von sich weg. »Du hast doch nichts hier. Das Haus ist eine Bruchbude, nichts weiter.«

»Wir werden es gemeinsam in Ordnung bringen. Du sagst mir, was wir an Holz und Farbe und so weiter brauchen, und ich fahr' in die Stadt und besorg' alles.«

»Das ist doch verrückt!« Er löste ihre Hände von seinem Nacken und zog ihre Arme nach unten. »Was hättest du denn für ein Leben hier? Ein Haus im Herzen des Nirgendwo mit einem Mann, der keiner ist.«

»Du bist genau der Mann, den ich mir immer gewünscht habe«, flüsterte sie.

Mit sehnsuchtsvollem Blick und halb geöffnetem Mund stellte sie sich auf die Zehenspitzen, doch er stieß sie zurück und fluchte.

»Ich bin überhaupt kein Mann«, erwiderte er kalt. »Soll ich mal kurz durch die Wand gehen, damit du es nicht vergißt?«

Sie starrte ihn an, ihr Mund begann zu zittern. »Na gut. Dann schlag was Besseres vor.« Schnellen Schrittes überquerte sie die Terrasse, drehte sich um und funkelte ihn an. »Wenn ich mit dir zurück in deine Zeit reisen könnte, ich würde es tun. Aber ich kann nun mal nicht. Wir sind hier schließlich nicht in irgendeiner ›Enterprise‹-Folge, wo die Leute durch ein Loch im Raum-Zeit-Kontinuum verschwinden und wieder auftauchen.«

»›Enterprise‹? Was zum ...«

»Verdammt, Matthew!« Kathryn stampfte mit dem Fuß auf. »Lenk nicht dauernd vom Thema ab. Du weißt genau, was ich meine. Wir stecken nicht in irgendeinem Zeitstrudel!« Sie atmete tief ein und platzte damit heraus. »Du kannst nicht in meine Welt!«

»Die Frau hat es endlich begriffen.«

»Also habe ich gedacht, ich ... ich könnte in deine Welt.«

Matthew runzelte die Stirn. »Ich verstehe dich nicht.« Dann wurde er bleich, machte einen Schritt auf sie zu und packte sie. »Soll das heißen, du willst dich umbringen?«

»Matthew! Du tust mir weh!«

»Bist du wahnsinnig?« schrie er wütend. »Der Tod ist nicht romantisch, und berechenbar ist er auch nicht. Ich weiß nur, wie es mir ergangen ist, aber ich habe keine Ahnung, was mit anderen Menschen geschieht. Kennst du die Antwort auf die Frage, die sich die Menschen seit Ewigkeiten stellen? Nein, Kathryn, das glaube ich einfach nicht!«

»Ich glaube es auch nicht. Ich meine, ich weiß nicht, was danach geschieht. Darum habe ich den Gedanken auch verworfen. Warum regst du dich so auf? Und läßt du mich bitte los? Ich krieg noch blaue Flecken am Arm!«

»Blaue Flecken am Hintern täten dir besser!« Ein Muskel zuckte in seinem Kiefer. »Nur weil ich hier gelandet bin, heißt das noch lange nicht...«

»Ich habe dir doch gesagt, darauf bin ich auch schon gekommen! Das ist einer der Gründe, warum ich mir diesen Plan ausgedacht habe.«

Matthew zog die Brauen zusammen. »Was für einen Plan?«

»Den ich dir gerade erklären wollte, bevor du in die Luft gegangen bist!« Ihr Gesicht wurde weicher. »Ich werde hier bei dir bleiben.«

»Und für wie lange? Du kannst dich nicht ewig vor der Realität verschließen.«

Kathryn lächelte. »Und wie ich das kann. Ich gehe nie mehr zurück, Matthew. Verstehst du nicht? Ich bleibe für immer bei dir.«

Er war machtlos. Ihre sanften Worte ließen sein Herz schneller schlagen, bevor er begriff, wie zwecklos sie waren.

»Nein. Das kannst du nicht.«

Kathryn lachte leise und warf sich in seine Arme.

»Hast du alles vergessen, was ich dir erzählt habe? Die Welt hat sich geändert. Frauen lassen sich von Männern nicht mehr sagen, was sie zu tun haben.«

»Kathryn, hör mir zu. Du könntest genausogut ein Leben lang ins Gefängnis gehen.«

»Gefängnis? Ein Tropenparadies, in dem ich den Rest meines Lebens mit dem Mann verbringe, den ich liebe?« Sie lachte erneut und schlang die Arme wieder um seinen Hals. »Nein, Kapitän, das würde ich nicht so nennen.«

»Denk doch mal nach, Kathryn. Du hättest all die wunderbaren Dinge aus deinen Büchern nicht mehr.«

»Stimmt. Luftverschmutzung, Lärm, Staus ...« Sie seufzte lang und theatralisch. »Ein Trauerspiel.«

»Und du könntest mit niemandem reden außer mir.«

»O Gott. Noch ein Trauerspiel.«

»Du hast ein Leben in dieser Welt, Kathryn, eine Arbeit, die dir Spaß macht.«

»Das Wunder des Computers. Warte ab, bis ich dir zeige, was man mit einer Telefonbuchse, Modem und Adapter alles anstellen kann.«

»Und was ist mit Waring?«

»Was soll mit ihm sein? Er ist tot.«

»Das weiß ich nicht genau. Vielleicht kommt er zurück, und dann ...«

»Hast du Angst davor?«

»Ja. Nicht wegen mir. Ich habe Angst um dich.«

»Ich habe mehr Angst vor einem Leben, das ohne dich völlig leer wäre.«

»Kathryn«, sagte Matthew fest, »ich werde das nicht zulassen.«

»Ich bin eine freie, unabhängige Frau. Ich kann tun, was ich will, und ich will mit dir zusammensein.« Sanft zog sie seinen Kopf zu sich herunter und küßte ihn auf den Mund.

Er versuchte, ihr zu widerstehen und sie nicht zu umarmen, aber das war so, als wolle er mit dem Atmen aufhören.

»Kathryn«, flüsterte er verzweifelt.

»Psst«, sagte sie und küßte ihn erneut.

Bald gab es nichts mehr zu sagen, was Mund, Hände und Herz nicht besser ausgedrückt hätten.

Kathryn ließ sich nicht beirren.

»Stures Weib«, sagte Matthew grimmig, worauf sie lächelnd erwiderte, »stur« sei nur ein anderes Wort für »entschlossen«.

Er gab es auf, mit ihr zu streiten. Es hatte keinen Zweck. Sie wußte auf alles eine Antwort, egal, was er sie fragte und wie grob er sich ausdrückte. Selbst als er ihr ins Gedächtnis rief, sie würde alt und grau werden, er aber jung bleiben, wurde sie nur für einen Augenblick blaß und erwiderte dann, wenn sie einen 184 Jahre alten Mann lieben könne, könne er genausogut eine Sechzigjährige lieben.

»Besonders dann, wenn sie mal ein, zwei Wochen zur Schönheitsoperation verschwindet«, setzte sie noch hinzu, und auf ihre Erklärung hin verzog er zunächst das Gesicht und brach dann in lautes Gelächter aus, als sie die möglichen Resultate mit übertriebener Mimik imitierte.

Doch im Herzen lachte er nicht. Statt dessen dachte er daran, wie es für ihn sein würde, sie altern zu sehen. Nicht, daß ihn die Falten stören würden, oder die Tränensäcke. Mit dem unfehlbaren Instinkt eines verliebten Mannes spürte er, daß seine Kathryn in seinen Augen immer schön sein würde.

Was ihm statt dessen zu schaffen machte, war die qualvolle Vorstellung, wie die Jahre dahinrasen würden, in denen sie ihre Jugend und ihr ganzes Leben für ihn aufgab.

Sie hatte Besseres verdient. Und er mußte irgendwie sicherstellen, daß sie es auch bekam, daß sie eine Zukunft hatte statt einer ewig in der Vergangenheit verhafteten Gegenwart.

Aber sie ließ sich nicht überzeugen.

Und dann kam zufällig Olive Potter unangemeldet zu Besuch und brachte ihn auf den richtigen Weg.

***

»Kathryn«, sagte Olive strahlend, als diese die Tür öffnete. »Wie schön, Sie wiederzusehen.«

»Hallo, Olive. Kommen Sie doch rein.«

Olive trat ein, immer noch ein Lächeln auf den Lippen. »Mann, Sie haben ja wahre Wunder vollbracht hier. Das Haus sieht viel heller aus und blitzblank.«

»Das kann Sie doch nicht überraschen.« Kathryn lächelte freundlich, aber ihre Stimme war kühl. »Sicher hat Elvira Ihnen doch komplett Bericht erstattet.«

»Bitte?«

»Oder Hiram. Oder Amos.«

»Tut mir leid, Kathryn. Ich weiß nicht, wovon Sie reden.«

Kathryn seufzte. »War nicht so wichtig. Ich bin wirklich froh, daß Sie vorbeigekommen sind. Ich wollte mit Ihnen über den Verkauf von Charon's Crossing reden ...«

»Tatsächlich? Nun, deswegen bin ich auch hier. Ich wollte Ihnen sagen ...«

»Ich habe mich entschieden, nicht zu verkaufen.«

»Kathryn«, sagte Matthew scharf, »bind ihr das doch nicht auf die Nase.«

Kathryn starrte an Olives Schulter vorbei auf die Tür zum Wohnzimmer, wo Matthew stand.

»Kümmer dich um deinen Kram.«

Olive riß die Augen auf. »Verzeihung?«

Kathryn lächelte die Maklerin an. »Ich habe nicht mit Ihnen gesprochen, Olive. Sehen Sie, ich habe es mir anders überlegt, ich will das Haus nicht mehr abstoßen. Ich wollte Ihnen das schon früher sagen, aber ...«

»Verdammt, Kathryn!«

»Verdammt, Matthew!«

Olive wandte den Kopf und sah nervös über ihre Schulter. »Mit wem reden Sie, Kathryn?«

»Olive, ich will, daß Sie dieses Haus vom Markt nehmen.«

»Vom Markt . . .? Ich versteh' Sie nicht.«

»Ich auch nicht«, sagte Matthew grimmig. »Und jeder andere, der auch nur ein bißchen was im Kopf hat, genausowenig.«

»Es ist meine Entscheidung, nicht deine.«

»Nun, natürlich ist sie das«, sagte Olive, »aber woher der Sinneswandel?«

»Sehr gute Frage.« Matthew lächelte kühl und verschränkte die Arme. »Los, versuch es ihr zu erklären. Sag ihr, du willst dein Leben für einen Geist aufgeben, mal sehen, wie sie das findet.«

»Ich bin niemandem eine Erklärung schuldig!«

»Nein«, sagte Olive, »natürlich sind Sie das nicht. Es ist nur so, daß Sie mich jetzt auf dem falschen Fuß erwischen. Besonders, weil ich Ihnen gerade eine wunderbare Neuigkeit überbringen wollte.«

»Und die wäre?«

»Ich habe einen Käufer gefunden!« sagte Olive triumphierend. »Einen hervorragenden Käufer, wenn ich so sagen darf. Dem Gentleman gehören ein halbes Dutzend exklusiver Gesundheits- und Schönheitsfarmen in den Staaten, er will sich vergrößern, und, na ja, er meint, Charon's Crossing ist wie geschaffen dafür.«

»Tut mir leid. Sie werden ihm klarmachen müssen, daß das Haus nicht mehr zu verkaufen ist.«

»Oh, aber er hat ein tolles Angebot auf den Tisch gelegt.« Olive beugte sich mit leuchtenden Augen vor. »Natürlich will er es sich persönlich ansehen, aber ich habe ihm Fotos gezeigt, ihm gesagt, daß zwar eine Menge zu tun ist, aber . . .«

»Tja, dumm gelaufen. Charon's Crossing ist nicht zu verkaufen.«

»Aber warum?«

»Weil ich hier wohnen werde, darum.« Kathryn riß die Eingangstür auf.

»Hier wohnen?« Olive sah sich ungläubig um. »Sie machen Witze. Wenn man das Haus nicht von oben bis unten neu aufbaut, kann man nur noch ein riesiges Grillfeuer draus machen.«

»Auf Wiedersehen, Olive«, sagte Kathryn fest.

Sobald sie die Tür geschlossen hatte, drehte sie sich um und machte sich auf ein weiteres Wortgefecht mit Matthew gefaßt. Doch der stand immer noch unbeweglich und mit so seltsamem, leerem Blick da, daß ihr das Herz in die Hose rutschte.

»Matthew?« sagte sie. »Bist du böse auf mich?«

Er zwinkerte, als habe sie ihn von irgendeinem düsteren Ort zurück in die Realität geholt, und breitete die Arme aus.

»Nein, Schatz«, sagte er, als sie sich hineinwarf, »ich bin nicht böse. Wie könnte ich, wo ich dich von ganzem Herzen liebe?«

***

Er hatte einen Plan, dank Olive.

Er stand unten an der Klippe, sah auf den Ozean hinaus und fragte sich, warum er nicht schon früher darauf gekommen war.

Wenn Kathryn ihn nicht verlassen wollte, mußte er eben Kathryn verlassen.

So einfach war das. Und todsicher.

An den Grenzen seines Daseins konnte er nichts ändern. Daß er auf ewig dazu verdammt war, auf Charon's Crossing herumzugeistern, stand unweigerlich fest.

Aber wenn es nun kein Charon's Crossing mehr gäbe?

Wenn das Haus verschwand, würde er mit ihm verschwinden. Er wußte nicht, was dann aus ihm werden würde. Vielleicht hörte er auf zu existieren. Vielleicht würde er in die schreckliche Dunkelheit zurückkehren, aus der er erwacht war.

Aber das spielte keine Rolle. Es mußte einfach sein.

Bei dem Gedanken, nie mehr einen Sonnenaufgang zu sehen, den Schrei einer Möwe im Wind zu hören oder das Salz des Meeres auf den Lippen zu schmecken, lächelte er traurig.

Aber was machte das alles schon?

Es war erst wenige Wochen her, daß er zu Kathryn gesagt hatte, was für ein Narr er gewesen sei, sich aus Liebe zu opfern, und daß die Liebe eine Illusion sei. Jetzt wußte er, daß er Unrecht gehabt hatte.

Liebe, wahre Liebe, war keine Illusion. Er hatte erfahren, daß sie das größte Geschenk war, das es im Leben gab, und er schätzte sich glücklich, daß er sie eine kurze Zeit lang hatte kosten dürfen.

Nicht sein Opfer war töricht gewesen, sondern der Grund, aus dem er es gebracht hatte. Catherine war keinen Pfifferling wert gewesen. Aber Kathryn ... sie bedeutete die ganze Welt für ihn.

Der defekte Boiler würde ihm die Sache leicht machen. Der alte Mann, Hiram, hatte alles genau erklärt. Das Ventil, das man nicht öffnen durfte, das übelriechende Gas, das den Raum erfüllte, der Funke, der alles zur Explosion bringen würde. Jetzt mußte er nur noch den richtigen Augenblick finden, und zwar schnell, bevor ihn der Mut verließ. Er konnte alle Ungewißheit ertragen, die vor ihm lag, aber würde er, wenn die Zeit verstrich, stark genug bleiben, um die Schritte zu unternehmen, die Kathryn befreien und gleichzeitig ihn für immer von ihr trennen würden?

Im Geiste verbeugte sich Matthew vor der höheren Macht, die vielleicht auch in seiner kalten, trostlosen Welt noch existieren mochte.

Er hatte einen Plan, und er war fest entschlossen. Nun fehlte ihm nur noch die Gelegenheit.

»Hilf mir«, flüsterte er.

Und bei Sonnenuntergang kam die Hilfe. Kathryn machte sich gerade fürs Abendessen fertig, während er auf der Terrasse stand und wartete, daß die Grillkohle die richtige Hitze für die Steaks bekam, als er ein Klopfen an der Tür hörte.

Er ging ins Haus und sah gerade noch, wie ein Umschlag unter der Tür hindurchgeschoben wurde. Er bückte sich, hob ihn auf und schaute aus dem Fenster. Ein Junge raste auf einem merkwürdigen Gefährt mit zwei Rädern die Einfahrt hinunter.

Matthew warf einen flüchtigen Blick auf den Umschlag. Er war an Kathryn adressiert von etwas, das Western Union hieß. Er zuckte mit den Schultern, wollte ihn auf den Tisch werfen . . . und stockte.

Mach ihn auf, schien eine innere Stimme zu flüstern.

Er runzelte die Stirn. Er hatte noch nie in seinem Leben einen Brief geöffnet oder gelesen, der nicht für ihn bestimmt war, und dieser war es nicht.

Mach ihn auf!

Er schaute kurz die Treppe hinauf. Er hörte das Wasser in der Dusche plätschern. Dann riß er schnell den Umschlag auf, faltete den Brief auseinander und las.

Er fing mit dem Datum von heute an und war von Kathryns Mutter. Sowohl Amos Carter als auch Jason hatten sie angerufen.

»Sie machen sich beide Sorgen um dich, genau wie ich«, stand da.

Sie war gerade in Miami und wollte am späten Abend einen Charterflug nach Hawkins Bay nehmen. Kathryn sollte sie pünktlich um zehn am Flughafen abholen.

Matthew überflog den Brief noch einmal. Oben im zweiten Stock versiegte die Dusche.

»Vergib mir, Kathryn«, flüsterte er. Er zerknüllte Brief und Umschlag, ging schnell auf die Terrasse und warf sie ins Feuer.

»Ah«, seufzte Kathryn und streckte sich genüßlich, »das war wunderbar.«

Matthew lächelte. Er langte über den Tisch, nahm ihre Hand und küßte ihre Fingerspitzen. Heute abend war sie besonders schön. Sie trug ein blaßblaues rückenfreies Kleid mit Nackenband, und das Haar fiel ihr über die Schultern.

»Das war doch gar nichts, Madam«, sagte er. »Ein Tisch auf der Terrasse, Kerzenlicht, ein Strauß Rosen ...«

»Rosa. Die mag ich am liebsten.«

Matthew grinste. »Erfreulich zu hören, denn das sind die einzigen, die auf Charon's Crossing wachsen.«

»Der Wein war auch vorzüglich.«

»Ein edler Tropfen, extra aus dem Weinkeller ausgegraben. Nichts Besonderes. nur eine bescheidene Mahlzeit.«

Kathryn lächelte. »Du hast mich auf den Arm genommen neulich, als du sagtest, du könntest nicht kochen.«

»Jeder Mann kann ein Stück Rindfleisch grillen.«

»Vom ersten Höhlenmenschen angefangen. Warum habt ihr Männer es bloß so mit offenem Feuer?«

»Vielleicht ist das tief in uns verankert, urwüchsig.« Matthews Augen strahlten. »Wahrscheinlich ähnlich wie unsere angeborene Geschicklichkeit mit Fernbedienungen.«

Kathryn lachte. Er hatte recht. Dafür, daß er erst vor wenigen Tagen zum ersten Mal einen Fernseher gesehen hatte, besaß Matthew bereits eine beachtliche und, wie sie vermutete, eindeutig männliche Vorliebe fürs Zappen.

»Ich muß zugeben, du bist wie ein alter Hase mit der Glotze umgegangen.«

»Nun, das Fernsehen ist eine bemerkenswerte Erfindung. Aber alles in allem glaube ich, das Radio ist mir lieber.«

»Wirklich? Warum?«

Matthew lächelte und stand auf. »Bleib, wo du bist, und ich zeig' es dir.« Einen Moment später strömte leise romantische Musik durch die nach Blumen duftende Nacht. Er ging wieder zum Tisch und streckte die Hand aus. »Darum. Wegen der Musik.« Er lächelte bittersüß. »Sie versetzt mich zurück in die Zeit, als Charon's Crossing und ich noch wirklich waren.«

»Sag nicht so was! Du bist so wirklich für mich, wie es niemand anders je sein kann.«

»Schließ die Augen«, flüsterte er und ließ seinen Arm um ihre Taille gleiten, »und stell dir das Haus mit brennenden Kerzen vor, die jedes Zimmer erleuchten.«

Kathryn legte den Kopf auf seine Schulter.

»Das muß sehr schön gewesen sein.«

»Oh ja, das war es. Die Lichter, die Musik, das Essen und Trinken ...«

Sie lächelte. »Eindrucksvoll, hmmm?«

»Sehr. Und obwohl Sie nicht geruhten, mich das zu fragen, Madam, kann ich Ihnen versichern, daß ich ebenfalls einen eindrucksvollen Anblick bot.«

Kathryn lachte leise. »Keine bunten T-Shirts und ausgebleichten Jeans, hm?«

»Aber ich bitte Sie, Mylady. Meine Knöpfe und Schnallen waren so blankpoliert, daß man sie als Signallampen hätte verwenden können. Ich war wundervoll anzusehen.«

Sie lachte, doch trotz all seiner Scherze fiel es ihr leicht, ihn sich in der eleganten Kleidung des neunzehnten Jahrhunderts vorzustellen. Sicher war er der bestaussehendste Mann auf jedem Fest gewesen, und der begehrteste.

»Catherine muß auch sehr schön gewesen sein«, sagte sie sanft und strich ihm mit den Händen über die Schulter.

Matthew verzog das Gesicht. »Meinst du Cat? Um ehrlich zu sein, Schatz, ich kann mich nicht einmal mehr an ihr Gesicht erinnern.«

»Das mußt du jetzt nicht sagen.«

»Ich sage es, weil es die Wahrheit ist.« Er legte ihr die Hand unters Kinn und hob es sanft an. »Sie war eine Katze mit scharfen Krallen und einem Herz aus Stein. Du aber bist ein Kätzchen, mein Schatz, süß, weich und warm in meinen Armen.« Er beugte den Kopf und fuhr mit seinen Lippen über ihren Mund. »Ich liebe dich, Kathryn. Du wirst für immer bei mir sein.«

»Für immer«, seufzte sie.

Matthew schloß sie in die Arme. Als er sie an sich zog, blickte er an ihr vorbei in die Küche.

Die Wanduhr zeigte viertel nach acht.

Gott, dachte er, Gott, gib mir Kraft, um das bis zum Ende durchzustehen.

»Wurde auf den Festen hier getanzt?« fragte Kathryn.

»Getanzt?« wiederholte er und räusperte sich. »Nun, man tanzte Reel und andere Volkstänze. Vier Schritte vor, vier zurück, zum Partner umdrehen, Knicks und Verbeugung.« Er lächelte. »Nicht so was, was wir neulich in diesem Fernsehdrama gesehen haben. Wie hast du diesen Tanzstil noch genannt?«

»Es war Blues.«

»Sah unanständig aus.« Er grinste. »Und wunderschön. Glaubst du, du könntest mir das beibringen?«

Kathryn lachte und schlang ihm die Arme um den Hals. »Sie können mir voll und ganz vertrauen, Kapitän. Sie werden in Null Komma nichts ein Meister darin sein.«

Langsam und eng umschlungen bewegten sie sich zu der leisen Musik.

»Siehst du? Du bist ein Naturtalent.«

»Sicher, wenn du in meinen Armen liegst.«

Er drückte sie fester an sich. Der Gedanke daran, was als nächstes kommen würde, daß er Kathryn das Herz brechen würde, tat weh und war fast unerträglich, und doch sah er darin die einzige Möglichkeit, sie wieder in die Welt zurückzuschicken, in die sie gehörte.

Und was ihn anging ... was würde nach diesem Abend aus ihm werden? Würde er diese Erinnerungen mitnehmen können an den wie auch immer gearteten dunklen Ort, der vor ihm lag? Er schloß die Augen und konzentrierte sich ganz auf das Gefühl, wie Kathryn in seinen Armen lag, wie ihr seidenes Haar leicht über seine Wange strich.

Denke immer daran, befahl er sich streng, denke immer an den Geschmack ihrer Haut, wenn du deinen Mund auf ihren Hals drückst, daran, wie sie vor Liebe und Sehnsucht seufzt, wie ihr Herz rast, wenn du ihre Brust berührst ...

»Matthew«, flüsterte sie.

Sie hob das Gesicht zu seinem. Er küßte sie immer inniger, bis sie am ganzen Körper zitterte. Dann nahm er sie auf die Arme und trug sie durch das dunkle Haus die Treppe hinauf zum Schlafzimmer.

Das Mondlicht umspielte ihre Haut, als er sie auszog.

Er befahl sich, jeden Augenblick auszukosten, sich an ihrem Körper sattzusehen und sein Herz mit allem zu erfüllen, was diese Frau ihm bedeutete.

Er liebkoste und küßte ihre Brüste; er schmeckte den Nektar, der zwischen ihren Beinen verborgen war. Er flüsterte ihr zu, wie sehr er sie liebte und wie wunderschön sie war. Er wußte, daß der Sand nun immer schneller durch die Uhr rann. Seine Qual wuchs im gleichen Maße wie seine Leidenschaft. Beide pulsierten mit jedem Herzschlag durch sein Blut, so daß er im ersehnten Moment nicht langsam in sie eindrang, wie er es vorgehabt hatte, sondern mit einer eiligen, fast fieberhaften Hast.

Sie schrie auf. Es klang so wild und urwüchsig, daß er innehielt.

»Kathryn, Liebste, ich habe dir weh getan«, sagte er heiser.

Sie schüttelte den Kopf, schlang die Beine um seine Hüften

und hob ihren Körper an, um seine Stöße besser aufnehmen zu können.

»Nein«, flüsterte sie, »nein, hör nicht auf, bitte, hör nie wieder auf...«

Als es vorbei war, brach er über ihr zusammen. Ihre Körper waren völlig verausgabt und glitzerten vor Schweiß.

»Ich liebe dich«, sagte Kathryn sanft.

Er küßte sie, rollte sich zur Seite und zog sie dicht an sich. »Du mußt mir etwas versprechen.«

Er konnte ihr Lächeln an seinem Hals spüren. »Alles, was du willst.«

»Versprich mir, daß du immer glücklich sein wirst.«

Sie lachte leise. »Ich werde mein Bestes geben, wenn auch du deins gibst.«

»Ich meine es ernst, Kathryn.« Er stützte sich auf einen Ellenbogen und sah zu ihr hinunter. »Auch wenn einmal eine Zeit kommt, in der das Glück unerreichbar erscheint, will ich, daß du mit aller Macht danach strebst und immer daran denkst, daß ich mir genau das von ganzem Herzen für dich wünsche.«

»Matthew«, sagte sie unbehaglich lachend, »du machst mir Angst.«

»Nein, Liebes, das wollte ich nicht. Ich wollte dir nur sagen, daß ich dich liebe.« Er küßte sie zärtlich. »Wirst du immer daran denken?«

Was versuchte er ihr da beizubringen? Sie spürte, wie sich ihr Innerstes kalt zusammenzog, und versuchte, die Spannung mit einem Scherz zu lockern.

»Zur Not kannst du mich ja daran erinnern. Wir wissen doch beide, wie bescheiden und demütig du bist.«

Doch er lächelte nicht. Statt dessen küßte er sie erneut. »Du bist das Wunder meines Lebens, Kathryn Russell«, flüsterte er. »Du bist alles, wovon ich je geträumt habe, und mehr, als ich je zu hoffen wagte.«

»Matthew, was soll das alles? Stimmt irgendwas . . .«

Das Telefon klingelte.

Es war zwanzig Minuten nach zehn.

Kathryn setzte sich stirnrunzelnd auf. »Wer ruft denn um diese Zeit noch an?«

Matthew rollte sich vom Bett, griff nach ihrem Morgenmantel und legte ihn ihr um die Schultern.

»Schatz, das wirst du nur herausfinden, wenn du runtergehst und abnimmst.«

Er zog seine Jeans an. Als er in die Bibliothek kam, hatte Kathryn den Hörer am Ohr und einen ungläubigen Ausdruck auf dem Gesicht.

»Du hättest das nicht tun sollen, ohne mir vorher Bescheid zu sagen, Beverly«, sagte sie gerade. Sie legte die Hand auf die Muschel. »Es ist meine Mutter«, flüsterte sie. »Sie ist hier auf der Insel.«

Matthew hob die Brauen. »Tatsächlich?«

»Ja. Verdammt noch mal, ich wünschte . . . Ja, Beverly«, sagte sie ins Telefon, »ich höre zu. Dein Flugzeug ist vor zwanzig Minuten gelandet, und du hast es satt, mitten im Nichts rumzustehen, und warum ich dich nicht abgeholt habe. Ich kann dir sagen, warum. Weil ich keine Ahnung hatte, daß du kommst, und hätte ich es gewußt, ich hätte gesagt, du sollst zu Hause bleiben.«

Matthew legte Kathryn den Arm um die Schulter.

»Du kannst auch noch mit ihr streiten, wenn du sie abgeholt hast«, sagte er leise.

Kathryn rollte mit den Augen und legte erneut die Hand auf den Hörer.

»Ich will sie aber nicht abholen«, zischte sie.

Er lächelte und küßte sie auf die Stirn. »Hast du denn eine andere Wahl?«

Kathryn seufzte. Sie hob die Hand und berührte mit den Fingern seine Lippen.

»Schon gut, Beverly. Ich komme, so schnell ich kann. Ja, warte auf mich. Ja, verdammt, ich weiß, daß es dunkel ist. Wir sind hier auf Elizabeth Island und nicht an der Riviera!«

Sie knallte den Hörer auf, fiel in Matthews Arme und schüttelte den Kopf.

»Sie sagt, sie hat ein Telegramm geschickt.«

»Vielleicht hat sie das auch.«

»Ist auch egal. Was zur Hölle ist nur in sie gefahren? Wir sehen uns höchstens zweimal im Jahr, telefonieren ab und zu, und jetzt ist sie auf einmal hier, wo ich sie überhaupt nicht gebrauchen kann.«

Matthew lächelte. »Ich bin sicher, du kannst ihre Gesellschaft für eine Weile ertragen.«

»Für eine Weile? Wer weiß, wie lange sie vorhat zu bleiben?« fragte Kathryn düster. »Und was sollen wir machen, wenn sie hier ist? So tun, als gäbe es dich nicht?«

Er wollte sie daran erinnern, daß es ihn tatsächlich nicht gab, zumindest nicht auf eine Art, die ihre Mutter und irgendwer sonst zu verstehen in der Lage wäre, aber die Zeit für solche Gedächtnisauffrischungen war schon lange vorbei. Stattdessen küßte er sie und bemühte sich redlich, so zu tun, als wäre dieser Abend ein Abend wie jeder andere und Beverlys Besuch nur eine lästige Störung.

»Zumindest heute abend sollten wir wahrscheinlich genau das tun«, sagte er. »Du fährst sie jetzt abholen, und wenn ihr wieder da seid, werde ich nicht mehr in Erscheinung treten. Das wird es dir leichter machen, Liebes. Dann kannst du mit ihr reden, ohne daß meine Gegenwart dich stört.«

Er hatte recht. Sie ging nach oben und zog sich Shorts und ein Baumwollhemd über. Sie konnte sich nicht erklären, was für ein fehlgeleiteter Mutterinstinkt Beverly auf die Insel geführt hatte, aber sie hatte das Gefühl, sie würde all ihre Konzentration aufwenden müssen, um damit fertigzuwerden.

Einen Augenblick später stand sie mit Matthew an der Eingangstür.

»Na gut, ich glaube, mir bleibt keine andere Wahl, als sie abzuholen.«

»Keiner von uns beiden hat eine Wahl heute abend«, sagte er sanft. »Jeder von uns muß tun, was getan werden muß.«

Sie wußte, was er meinte: daß er sich von ihr fernhalten mußte, zumindest für heute abend, und daß sie sich mit ihrer Mutter herumschlagen mußte. Dennoch überkam sie erneut das ungute Gefühl, das sie vorhin schon einmal gehabt hatte.

»Matthew? Wenn irgendwas nicht stimmt, würdest du es mir doch sagen, oder?«

Er lächelte, nahm ihre Hände und küßte sie.

»Ich liebe dich«, sagte er und zog sie dicht an sich. »Und jetzt geh, und laß deine Mutter nicht warten.«

»Du wirst mir fehlen heute abend.«

»Ja. Genau wie du mir.«

Sie lächelte und berührte seinen Mund mit ihrem.

»Bis morgen, Liebster«, flüsterte sie.

»Bis morgen«, antwortete er leise und schob sie dann sanft in die Nacht hinaus.

Er blieb im Türrahmen stehen, bis die Lichter des Wagens nicht mehr zu sehen waren. Er hörte, wie das Motorgeräusch immer leiser wurde. Als er es nicht mehr hören konnte, schloß er die Tür. Er hatte alles sorgfältig geplant; es war nur eine Sache von einer Minute, einen Schraubenschlüssel zu nehmen und eine Kerze anzuzünden.

Er ging in den Keller.

Dort roch es modrig und nach Mäusen. Der Geruch war unangenehm, doch für ihn war es der Duft des Lebens. Mondlicht fiel über den Boden und auf den Propanheizer, der ruhig in der Ecke stand.

Nun hieß es schnell handeln, damit alles zu seiner Zufriedenheit erledigt war, bevor Kathryn wiederkam. Er hatte Hirams Warnung vor dem defekten Boiler aufmerksam zugehört; er wußte, welches das Zufuhrventil war und wo das Rohr saß, das mit dem Tank draußen verbunden war.

Er stellte die Kerze auf ein hohes Regal in der Nähe. Im flackernden, gelblichen Licht löste er vorsichtig die Verbindung zwischen Boiler und Vorratstank. Dann öffnete er das Ventil.

Er hörte ein Zischen, und die Luft um ihn herum füllte sich mit dem Gestank von faulen Eiern. Das Gas war schwerer als Luft; am Ende würde es den Raum ausfüllen, aber zunächst blieb es nahe am Boden.

»Ich liebe dich, Kathryn«, flüsterte er.

Der Gestank wurde immer unerträglicher.

»Ich liebe dich, und ich werde immer in deinem Herzen wohnen, genau wie du in meinem.«

Die Luft war nun vollständig vom Gasgestank gesättigt. Bald würde das Gas die Kerzenflamme erreichen.

Matthew spürte, wie sich ein feuchter Schleier vor seine Augen schob.

»Leb wohl, Kathryn«, sagte er leise. »Leb wohl, meine Liebe.«

Kathryn war auf halbem Weg zum Flughafen, als sie Matthews Stimme hörte.

»Leb wohl, Kathryn. Leb wohl, meine Liebe.«

Sie bekam vor Angst eine Gänsehaut. »Nein«, flüsterte sie, und dann schrie sie: »Matthew, nein!«

Sie trat voll auf die Bremse. Das Auto schlitterte unkontrolliert über die Straße, doch noch bevor der Motor stotterte und erstarb, explodierte der Himmel hinter ihr in Millionen von Sternschnuppen.

ZWANZIG

Nach ihrer Scheidung vor vielen Jahren hatte Beverly Russell ohne einen Pfennig Geld und mit einer Tochter im Teenageralter dagestanden.

»Und, was gibt's so Neues über mich?« hatte sie jeden matt lächelnd gefragt, der über das zu schwadronieren pflegte, was ihre Freunde ihre »mißliche Lage« nannten.

Trevor Russell hatte nie genug Geld verdient, um entweder etwas darzustellen oder sich mit dem Wenigen zufriedenzugeben, das er hatte. Und als die Ehe dem Ende zuging, hatte er mehr Zeit in den Bergen, im Busch, in der Tundra oder an den Stränden exotischer Orte verbracht als zu Hause bei seiner Familie.

Beverly hatte ihr Glück mit dem Verkauf von Kosmetika, Gebrauchtwagen und Lexika versucht – »Natürlich nicht alles auf einmal«, sagte sie lächelnd, wenn sie über diesen Lebensabschnitt erzählte –, aber nichts davon hatte geklappt. Dann hatte sie sich auf Anraten einer Freundin darauf verlegt, ihr Hobby zum Beruf zu machen.

Beverly nannte es Schmuckkreationen aus Fundsachen.

Kathryn nannte es Verarbeiten von Müll zu Halsketten, Armbändern und Ohrringen.

Zu ihrer beider Überraschung teilten mehr Leute Beverlys Ansicht als Kathryns, unter anderem die Besitzer einer Ladenkette mit Weltruf, die Filialen in Manhattan, Paris, London, Madrid und Palm Beach unterhielt. Und als Kathryn ihren Collegeabschluß machte, war aus Beverly, der Kunsthandwerkerin vom Flohmarkt, eine gefragte Designerin geworden.

Und seitdem, wie sie oft mit verschmitztem Lächeln sagte, war das Leben für sie sehr, sehr schön geworden.

Sie wohnte am Central Park in einer riesigen Wohnung mit hoher Decke und atemberaubender Aussicht. Kathryn hatte es dort nie sehr gefallen. Trotz ihrer Größe machte die Wohnung einen beengenden Eindruck, was an Beverlys Vorliebe für aufgebauschte Samtvorhänge, seidene Tücher, wahllos aneinandergereihte Einrichtungsgegenstände und diverse Nippessammlungen lag, die von französischen Schnupftabakdosen bis hin zu chinesischen Jadefiguren alles umfaßten, was ihr gerade unter die Finger kam. Das Haus selbst war eins der typischen New Yorker Bauten, an jeder Ecke Türme und steinerne Wasserspeier. Kathryn aber stand der Sinn mehr nach der kühlen Eleganz der modernen verglasten Wolkenkratzer, die sich um die fünfzigste Straße herum gen Himmel erstreckten.

Zumindest war das einmal so gewesen.

Komisch, wie ihr Geschmack sich geändert hatte.

Eines späten Frühlingsnachmittags in Beverlys Wohnzimmer stellte sie fest, daß sie plötzlich bewunderte, was sie zuvor als Durcheinander empfunden hatte. Vor gar nicht langer Zeit hätte sie das antike Seidentuch über dem kleinen Flügel in der Ecke als angeberisch, den mit winzigen Porzellanhunden vollgestopften Duncan-Phyfe-Beistelltisch als unansehnlich und das Empire-Sofa, das zwei Mies-van-der-Rohe-Sesseln gegenüberstand, schlicht und einfach als deplaziert empfunden.

Jetzt nicht mehr. Statt dessen gefielen ihr die reich ausgestatteten Zimmer und sogar die Türme und Wasserspeier des Gebäudes. Nun sah sie, daß all diese Dinge ihre eigene Schönheit besaßen und nicht nur Augenschmaus, sondern auch Trost für die Seele waren.

Kathryn seufzte, legte die Ausgabe von *Jahrmarkt der Eitelkeiten* zur Seite, die sie eben noch zu lesen versucht hatte, und ging hinaus auf den kleinen Balkon, von dem aus man den Park sehen konnte. Dieser Sinneswandel bezüglich der Dinge, die ihr einst wie altmodisches Gerümpel vorgekommen waren, war wahrscheinlich auf die Zeit zurückzuführen, die sie auf dem mittlerweile dem Erdboden gleichgemachten Prachtstück Charon's Crossing zugebracht hatte.

Nicht, daß sie noch besonders viel an Charon's Crossing dachte.

Am Anfang hatte sie viel daran denken müssen. Wochenlang nach der Explosion und dem Feuer, die das Haus in Schutt und Asche gelegt hatten, war sie nicht in der Lage gewesen, sich auf etwas anderes zu konzentrieren. Es war, als hätten sich die Explosion und das folgende Feuer in ihr Gehirn eingebrannt.

Sie sah die Flammen, die hoch in den schwarzen Himmel schlugen, und hörte sich Matthews Namen schreien.

Nachts war es am schlimmsten gewesen. Im Schlaf hatte sie keine Gewalt über diese Bilder; sie ergossen sich über sie wie Visionen aus der Hölle. Es war immer derselbe Traum. Sie sah das Haus und sah, wie ihr Auto davon fortfuhr. Sie sah Matthew, der in den Keller ging.

Tu es nicht, sagte sie immer im Traum, *o Gott, bitte, bitte tu das nicht!*

Ganz ruhig, Schatz, flüsterte er dann, und Charon's Crossing explodierte in schrecklicher, quälender Zeitlupe. Sie saß sofort kerzengerade im Bett und schrie und schrie, bis Beverly aus ihrem Schlafzimmer auf der anderen Seite des Korridors angelaufen kam, das Licht anknipste und sie in die Arme nahm.

»Es ist alles gut, mein Liebes«, flötete sie und schaukelte sie in den Armen, als wäre sie ein Kind und keine erwachsene Frau. »Denk nicht mehr daran.«

Und nach einiger Zeit dachte sie auch nicht mehr daran. Wochenlange Therapie hatte das möglich gemacht. Sie wußte jetzt, daß ihre Erinnerungen an Charon's Crossing nicht die Wahrheit waren. Das Haus war Realität gewesen, und das Feuer ebenso.

Nicht jedoch Matthew. Ihn hatte es nie gegeben. Er war ein Geschöpf ihrer Phantasie gewesen.

»Streß«, hatte Dr. Whalen zu ihr gesagt, »Streß, Kathryn. Es ist erstaunlich, was er in der menschlichen Psyche auslösen kann.«

»Sie verstehen nicht«, hatte Kathryn am Anfang beteuert. »Matthew hat wirklich existiert!«

»Sein Tagebuch hat existiert«, hatte die Psychiaterin sanft erwidert. »Es besteht kein Zweifel, daß Sie es gefunden, gelesen und verinnerlicht haben. Den Rest hat Ihr Gehirn besorgt.«

Allmählich hatte sie sich an den Gedanken gewöhnt, daß die Ärztin und auch Beverly recht hatten. Geister gab es nicht. Wie hatte sie jemals daran glauben können? Sie hatte wieder Appetit bekommen. Sie fing wieder an, die Nächte durchzuschlafen, wenn sie auch wußte, daß sie manchmal träumte, ohne sich jedoch daran erinnern zu können. Aber sie wachte oft mit einem Kloß im Hals und Tränen in den Augen auf.

Kathryn sah auf ihre Hände hinab, die das Balkongeländer umklammerten. Die Knöchel traten weiß hervor. Sie zwang sich, tief durchzuatmen, und lockerte absichtlich ihren Griff.

Es ging ihr heute nicht gut. Sie mußte immerzu an Charon's Crossing denken. An Matthew. Nein, nein, das stimmte nicht. Wie konnte man an einen Mann denken, den man nie gekannt hatte? Dr. Whalen hätte gesagt, sie leide unter Zwangsvorstellungen.

Natürlich litt sie darunter. Aber diese Vorstellung war so aufregend und wunderbar, daß kein wirklicher Mann jemals ihren Platz würde einnehmen können ...

Kathryn kniff die Augen zu. »Schluß jetzt«, flüsterte sie.

Was war heute bloß mit ihr los?

Erst letzte Woche hatte Dr. Whalen ihr bescheinigt, daß sie vollkommen gesund war. Couchsitzungen dreimal die Woche und Medikamente hatten es möglich gemacht.

»Heute ist es soweit«, hatte die Ärztin lächelnd gesagt. »Wir werden unsere Sitzungen auf einmal pro Woche reduzieren und die Medikamentendosis herabsetzen. Es wird Ihnen wieder gutgehen«, hatte sie gesagt und Kathryns Hand getätschelt, »Sie werden sich fühlen wie neugeboren.«

Und so fühle ich mich auch, dachte Kathryn fest, wie neugeboren und vielleicht noch besser.

Zum ersten Mal seit Jahren hatten sie und Beverly eine gute Beziehung zueinander. Beverly war seit der Nacht der Explosion ihre Zuflucht gewesen, der einzige Mensch, der zu ihr hatte durchdringen können, nachdem die Feuersäule in den Himmel geschossen war.

Kathryn konnte sich nicht mehr daran erinnern, was geschehen war. Sie wußte nur noch, daß sie zurück durch die Nacht zu den Flammen gelaufen war, daß Sirenen geheult hatten, daß sie von Leuten umzingelt gewesen war, die sie festhielten, als sie sich wand und wehrte, um zu Matthew zu kommen.

»Er verbrennt«, hatte sie geschrien, »Matthew, Matthew, mein Liebster ...«

Sie erinnerte sich an ein Meer von Gesichtern – Amos, Hiram und unzählige andere, und besonders an ein Gesicht, an das von Dr. Simpson, und den kalten Einstich einer Nadel.

»Nein«, hatte sie gesagt, »nein, bitte ...«

Beverly hatte ihre Arme um sie gelegt.

»Es ist alles in Ordnung, Kathryn«, hatte sie gesagt, und Kathryn hatte versucht, sie zu überzeugen, daß gar nichts in Ordnung war, daß Matthew irgendwo in diesem Höllenfeuer gefangen war ...

Und dann war sie gefallen, immer tiefer in einen Brunnen ohne Boden.

Die Zeit war in verschwommenen Schatten von Tag und Nacht verstrichen. Sie wußte inzwischen, daß sie unter starken Beruhigungsmitteln gestanden hatte. Und doch erinnerte sie sich an die Frage, die sie Beverly jedesmal gestellt hatte, wenn sie aus ihrer Trance erwacht war.

»Ist er tot?« hatte sie geflüstert, und ihre Mutter hatte sie auf die Stirn geküßt und gesagt, alles würde wieder gut werden.

Schließlich hatte sie aufgehört zu fragen. Die lichten Abschnitte waren immer länger geworden, bis sie die dunklen überwogen. Beverly war mit einer Chartermaschine zusammen mit ihr nach New York zurückgeflogen.

Es war nie in Frage gekommen, daß Kathryn in ihre Wohnung zurückkehrte. Sie war zu krank gewesen. Als es ihr wieder etwas besser ging, hatte sie gewußt, daß sie nie wieder die fürchterlichen Zimmer betreten könnte, in denen sie zum ersten Mal von Matthew geträumt hatte. Und man mußte kein Prophet sein, um darauf zu kommen, daß nur ein Gurgeln der antiquierten Wasserrohre im Treppenhaus der Wohnung in Greenwich Village genügt hätte, damit sie schreiend auf die Straße gelaufen wäre.

Schließlich war es der Heißwasserboiler gewesen, der die Explosion verursacht hatte, in der Charon's Crossing zerstört worden war. Genaugenommen war es nicht der Boiler selbst gewesen, sondern der Propangastank. Irgendwie hatte sich das Ventil gelockert, das Gas sich entzündet . . .

»Ein ganz schrecklicher Unfall«, hatte sie Beverly am Telefon flüstern hören.

Aber es war kein Unfall gewesen! Kathryn wußte, was wirklich passiert war, daß Matthew die Explosion herbeigeführt hatte, sie geplant und es geschafft hatte, sie aus dem Haus zu lotsen; daß er seine Existenz für ihr Leben geopfert hatte.

Was wohl aus ihm geworden war? War er für immer verschwunden? War er wieder in der furchtbaren Dunkelheit gefangen, von der er gesprochen hatte? Bewohnte er jetzt eine noch schlimmere Hölle, in der ihm Waring seinen verpesteten Atem ins Gesicht hauchte?

»Kathryn?«

Matthew. O Matthew, warum hast du das getan? Ich habe dich geliebt. Ich werde dich immer lieben. Ich wäre für immer bei dir geblieben ...

»Kathryn? Liebling, was machst du denn so allein hier draußen?«

Kathryn fuhr herum. Ihre Mutter stand im Türrahmen. Sie lächelte, doch es war ein besorgtes, gequältes Lächeln.

»Es ist kalt hier draußen, Kathryn. Du solltest dir einen Schal holen.«

Kathryn schluckte schwer.

»Hallo«, sagte sie fröhlich. »Bist du gerade erst nach Hause gekommen?«

Beverly nickte. »Die Besprechung hat etwas länger gedauert. Liebling, geht es dir auch gut?«

»Mir geht es blendend.«

»So siehst du aber nicht aus.« Sie zog die Augenbrauen zusammen, kam näher und legte Kathryn die Hand auf die Stirn.

Kathryn wich zurück. »Wirklich, mir geht es gut.«

»Ich wollte nur fühlen, ob du Fieber hast. Deine Augen glänzen so ...«

»Und«, sagte Kathryn unvermittelt, »wie war die Besprechung?«

Beverly lächelte. »Wie erwartet. Sie wollen, daß ich mich an Platin versuche. Ich habe gesagt, ich werde mir Mühe geben.«

Kathryn lachte. »Kein Opfer zu groß, hm?«

»Natürlich nicht. Ich habe ihnen gesagt, daß wir dann natürlich einen neuen Vertrag brauchen, einen, bei dem mehr rausspringt.« Sie stützte sich auf das Balkongeländer und überblickte den Park. »Ich wünschte, du wärst einverstanden, daß ich dich ein wenig in Urlaub schicke, Kathryn. Das würde dir guttun.«

Kathryn seufzte. »Das hatten wir doch alles schon, Mutter. Was ich jetzt brauche, ist meine Arbeit und eine eigene Wohnung ... ich muß mein Leben wieder in den Griff bekommen. Apropos, ich habe morgen früh ein vielversprechendes Vorstellungsgespräch, habe ich dir das schon erzählt?«

Beverly drehte sich um und lehnte sich mit dem Rücken an das Geländer. Der Wind zerzauste ihr Haar, das immer noch so dunkel und glänzend war wie Kathryns.

»Und du bist dir ganz sicher, daß du nicht mehr in deinen alten Job zurückwillst, Liebling? Jason fleht dich immer noch an wiederzukommen.«

»Ich weiß. Es ist lieb von ihm, wenn man bedenkt, wie ich ihn behandelt habe, aber es würde nicht funktionieren. Er ist ein gütiger und liebenswerter Mann, und ich hoffe, wir werden immer Freunde bleiben ...«

»Aber du liebst ihn nicht.«

»Nein. Nicht so, wie ich ... wie eine Frau einen Mann lieben sollte.«

Irgend etwas in der Stimme ihrer Tochter ließ bei Beverly die Alarmglocken schrillen. Sie ergriff ihre Hand.

»Geht es dir nicht gut heute?« fragte sie sanft.

Kathryn zögerte. »Nein, nicht gut. Ich denke immerzu an ...«

»Hast du die Ärztin angerufen?«

»Noch nicht.«

»Nun, ich glaube, das solltest du. Vielleicht brauchst du irgendein anderes Medikament.«

Kathryn schüttelte den Kopf. »Ich bin die Tabletten leid, Mutter. Ich komme mir schon vor wie eine wandelnde Apotheke.«

»Wann hast du deinen nächsten Termin bei Dr. Whalen?«

»Montag.«

»Dann warte bitte nicht so lang. Ruf sie an und sag, du mußt sie sprechen. Wenn du mit ihr redest, fühlst du dich vielleicht besser.«

»Ich ruf sie morgen an, wenn ich dann immer noch ... wenn ich mich dann nicht besser fühle.«

»Versprochen?«

Kathryn lächelte und drückte ihrer Mutter die Hand. »Versprochen.«

»Mein Mädchen.«

Die Frauen schwiegen ein paar Minuten lang, bis Kathryn sich räusperte.

»Ich weiß, ich soll nicht von ... von ihm reden.«

»›Ihn‹ hat es nie gegeben«, sagte Beverly scharf. »Das weißt du doch, Kathryn.«

»Oh, natürlich. Das weiß ich. Habe ich nur so gesagt, Mutter.« Kathryn fuhr sich mit der Zunge über die Lippen. »Es ist nur so, daß ... daß ... weißt du, alles, was geschehen ist, erschien mir so ... so wirklich.«

»Natürlich.« Beverly lächelte. »Was nützen Halluzinationen schon, wenn man sie nicht richtig auskostet?«

Kathryn lachte. Sie fühlte, wie die Spannung verebbte.

»Das würde dein Vater auch sagen. Ich weiß noch, wie er einmal in dieses Ashram-Kloster in den Himalaya gefahren ist. Er war wild entschlossen, etwas zu erleben, was irgendein hochgelobter Swami-Lehrer das ›Geheimnis der Reise ins innere Selbst‹ nannte.« Beverly schmunzelte. »Als Trevor zurückkam, meinte er, keine geheimnisvolle Reise wäre es wert, auf Steak, Alkohol und Sex zu verzichten, besonders nicht, wenn man dauernd RamiDamiDuh oder so singen muß, um in Trance zu geraten.«

»Du bist nicht mitgefahren?«

»Ich war im vierten Monat mit dir schwanger, Liebes. Für mich war geheimnisvoll genug, was mit mir im Kreißsaal passieren würde.«

»Aber Vater ist trotzdem weggefahren.«

»Natürlich. So war er eben, Kathryn. Dabei wollte er nie egoistisch und rücksichtslos sein.«

»Und du hast ihn wieder aufgenommen.«

Beverly seufzte. »Das habe ich immer getan, bis mir eines Tages klar wurde, daß ich so nicht weiterleben konnte. Kein richtiges Zuhause, kein Geld auf der Bank, keine Zukunft ...«

Kathryns Mund zog sich zusammen. »War sicher eine Erleichterung für dich, als du das endlich alles hinter dir hattest.«

»Nein, nicht so richtig«, sagte ihre Mutter leise. »Ich liebte ihn immer noch. Ich glaube, ich habe nie aufgehört, ihn zu lieben.«

»Ein Jammer, daß er nicht dasselbe für dich gefühlt hat.«

Beverly hob die Brauen. »Aber das hat er. Er hat uns beide geliebt bis zu dem Tag, an dem er starb.«

»Klar. Er hat mich so geliebt, daß er mich vollkommen vergessen hat.«

»Er hat dich nie vergessen.«

»Ach komm, Mutter. Wie soll man es sonst nennen, wenn jemand seiner Tochter nie einen Brief oder eine Karte zum Geburtstag schreibt?«

»Nun, das hat ...« Beverly räusperte sich. »Das hat er getan.«

»Na gut, vielleicht übertreibe ich auch. Ich weiß noch, er hat ein paarmal eine Karte geschickt, aber ...«

»Er hat dir viele Briefe geschrieben. Und Geschenke geschickt.«

Kathryn riß die Augen auf. »Was?«

»Ich habe sie vor dir geheimgehalten«, sagte ihre Mutter

kaum hörbar. »Ich habe noch alle, wenn du sie sehen möchtest.«

Einen Augenblick war Kathryn zu betäubt, um zu sprechen. »Aber ... aber warum solltest du so etwas tun?« fragte sie schließlich.

»Ich habe mir immer eingeredet, daß ich dich nur vor seinem schlechten Einfluß beschützen wollte.« Beverly seufzte herzergreifend. »Aber ich habe in letzter Zeit viel darüber nachgedacht, die ganze Zeit, als du krank warst, und ich ... ich dich fast verloren hätte, und ich mußte mir eingestehen, daß die Wahrheit viel schäbiger ist. Ich glaube, ich habe Trevors Briefe vor dir versteckt, weil ich ihn dafür bestrafen wollte, daß er uns verlassen hat.«

»Aber du hast doch gesagt, daß es deine Entscheidung war, daß du ihn nicht mehr wolltest, als er zurückkam ...«

»Ich weiß. Aber damals habe ich so gedacht, weißt du? Daß er uns verlassen hat, weil er etwas suchte, das ihm fehlte, weil er ein Leben leben wollte, von dem er genau wußte, daß ich es verabscheue.« Sie sah Kathryn an und lächelte schwach. »Ich weiß, es ist verrückt, aber so habe ich deinen Vater geliebt, so sehr, daß ich mich eine lange Zeit von meinen Gefühlen leiten ließ statt von meinem Verstand. Ergibt das einen Sinn?«

Für Kathryn ergab es jeden nur erdenklichen Sinn, auch wenn das vor ein paar Monaten noch anders gewesen wäre. Doch ihre Zeit auf Charon's Crossing hatte sie eine Menge gelehrt über Liebe, die so tief und innig war, daß sie die bisherige Sicht des Lebens verändern konnte ... selbst wenn diese Liebe nicht wirklich war.

»Kathryn?« Beverlys Stimme zitterte. »Bitte hasse mich nicht. Wenn du nur wüßtest, wie oft ich schon diese Lüge bereut habe ...«

Kathryn ergriff die Hand ihrer Mutter. »Ich hasse dich nicht.« Tränen traten ihr in die Augen. »Ich wünschte nur, ich hätte gewußt ... ich meine, er muß doch in dem Glauben gestorben sein, daß ich nicht auf seine Briefe geantwortet habe, weil ich ihn nicht liebte.«

»Nein. Nein, ich habe ihm die Wahrheit gesagt, kurz bevor er den Unfall hatte. Er hatte mich angerufen, Gott weiß warum, und er hat sich erkundigt, wie es dir geht. Und ehe ich es mich versah, habe ich ihm gesagt, es geht dir gut, auch ohne all die Geschenke und Briefe, die er dir die ganzen Jahre geschickt hat, da du nie etwas davon erfahren hast.« Sie lachte erstickt. »Mein Gott, wie wütend er war! Wir haben uns am Telefon angeschrien, genau wie in alten Zeiten, aber dann hörte er auf zu schreien und sagte, er würde mich schrecklich vermissen und er wolle kommen und uns beide besuchen.«

»Aber dazu ist es nicht mehr gekommen.«

»Nein.« Beverly seufzte. »Du siehst also, Liebes, es war gar kein Wunder, daß Trevor dir Charon's Crossing hinterlassen hat. Er dachte bestimmt, dieses wunderbar romantische alte Haus sei das perfekte Abschiedsgeschenk für seine geliebte Tochter.«

Kathryn nickte. Es war besser, wenn sie nicht versuchte zu sprechen. Ihre Kehle war so zugeschnürt, daß es weh tat.

»Natürlich«, fügte Beverly mit einem leichten Lächeln hinzu, »hatte er mit dem Haus genauso Unrecht wie mit den meisten Dingen in seinem Leben. Das Haus war nicht romantisch, sondern eine Ruine.«

»Vielleicht«, flüsterte Kathryn erstickt, »aber ich war glücklich dort.«

»Unsinn«, sagte Beverly schnell. »Du *glaubtest,* dort glücklich zu sein.«

»Das meine ich doch. Mutter, mach' dir keine Sorgen mehr. Ich bin nur etwas nervös heute, das ist alles. Ich glaube, es ist wegen dem Vorstellungsgespräch morgen früh.«

»Ich habe die perfekte Streßkur.« Beverly grinste und legte den Arm um die Taille ihrer Tochter. »Wie wäre es, wenn wir irgendwo essen gehen und uns richtig den Bauch vollschlagen? Vielleicht in dem *Diner* unten am East River. Hört sich das gut an?«

»Hört sich prächtig an«, sagte Kathryn und hoffte, daß ihre Stimme überzeugter klang, als sie selbst es war.

»Und morgen rufst du als erstes Dr. Whalen an, okay? Sicherheitshalber.«

Kathryn nickte. »Natürlich.«

Aber sie rief die Psychiaterin nicht an, nicht am nächsten Tag und auch nicht an einem der folgenden.

Wie konnte sie, ohne zugeben zu müssen, daß sie nach wochenlangen Fortschritten einen Rückfall erlitten hatte?

In ihren Gedanken war Matthew allgegenwärtig. Sie hatte sogar wieder angefangen, von ihm zu träumen. Sie hörte, wie er ihren Namen flüsterte, spürte, wie seine Lippen über ihre fuhren, und dann wachte sie auf, weinte leise in der Nacht und streckte die Hand nach ihm aus, obwohl sie wußte, daß er unmöglich da sein konnte.

Wenn sie Dr. Whalen davon erzählte, säße sie wahrscheinlich bald in einer gemütlichen Gummizelle.

Eigenmächtig fing sie wieder an, so viele Medikamente zu nehmen wie zu Beginn der Behandlung. Die Tabletten schlauchten ganz schön, aber sie halfen. Sie hörte auf zu träumen und schlief die Nacht wieder durch.

»Es geht mir gut«, redete sie sich ein.

Und für eine Weile funktionierte das auch. Sie trat ihren neuen Job an – das Vorstellungsgespräch war gut verlaufen –, und einen Monat später zog sie in eine schöne Wohnung in Soho. Es war keine der gläsernen, ultramodernen Art, die ihr einmal so reizvoll erschienen war. Sie hatte sich ein halbes Dutzend davon angesehen, sie als kalt und unpersönlich empfunden, und sich statt dessen für eine alte, hübsche Maisonnette entschieden, die über einen funktionstüchtigen Kamin und Holzfußboden verfügte und deren Küchenwände aus Ziegelstein waren.

»Ein Juwel des frühen neunzehnten Jahrhunderts«, hatte der Makler gesagt.

Aber es war kein Juwel, nicht annähernd. Die Fenster waren undicht, der Boden ... doch die Wohnung erinnerte sie an Charon's Crossing, und das war das Wichtigste.

Der neue Job, die neue Wohnung – beides war toll. Und für ein paar Wochen lief alles wie geschmiert. Doch dann, eines Nachmittags, während einer Konferenz mit einem neuen Kunden, hörte sie, wie jemand ihren Namen sagte.

Kathryn?

Sie setzte sich abrupt in ihrem Stuhl auf.

Kathryn, Liebling. Wo bist du?

Kathryn fiel der Kugelschreiber aus der Hand und auf den Boden. Ihr Nachbar warf ihr einen Blick zu, hob den Stift auf und stieß sie leicht in die Rippen. Sie zwinkerte und blickte ihn an.

»Sind Sie okay?« flüsterte er.

Sie nickte, nahm den Stift und zwang sich, ihre Aufmerksamkeit auf die Konferenz zu lenken.

Ich kann dich nicht finden, Liebes. Ich suche überall nach dir, aber ich kann dich nicht finden.

Quietschend schob Kathryn den Stuhl zurück und stand blitzartig auf. Acht Augenpaare fixierten ihr bleiches, entgeistertes Gesicht.

»Miss Russell?«

Sie sah sich im Raum um. Der Geschäftsführer der Firma, auf die gerade Eindruck gemacht werden sollte, blickte ärgerlich drein. Ihr eigener Chef versuchte ein Lächeln, bei dem er seine Zahnreihen entblößte und eher aussah wie ein Hai.

»Ich ... ich bitte um Verzeihung. Ich dachte ich hätte ... hätte etwas ...«

Kathryn, Liebes. Wo bist du?

Sie schoß wie eine Rakete aus dem Raum, ihr Assistent folgte ihr auf dem Fuße, als sie Richtung Fahrstuhl stürzte.

»Kathryn? Ist Ihnen schlecht? Kathryn, was soll ich denen denn sagen?«

»Erzählen Sie ihnen, was sie wollen«, sagte Kathryn, als sich die Fahrstuhltür schloß.

Dr. Whalen erklärte sich bereit, sie sofort zu empfangen.

Sie hörte zu. Und hörte zu. Dann schließlich sprach sie.

»Was Sie erzählen, ist nicht unüblich, Kathryn«, sagte sie im versöhnlichsten Ton, den man sich vorstellen konnte. »Man könnte derlei Vorfälle als ›Flashback‹ bezeichnen.«

»Ein Flashback? Aber ich dachte, so was kommt nur bei Erfahrungen mit der Realität vor.«

Dr. Whalen machte einen leicht verwirrten Eindruck. »Nicht notwendigerweise. Ich vermute, Ihr Unterbewußtsein versucht gerade, mit Ihren Erlebnissen fertigzuwerden.«

»Ich verstehe nicht, Doktor. Mein Unterbewußtsein war es doch, aus dem meine Halluzinationen entsprungen sind.«

Die Ärztin räusperte sich. »Das ist kompliziert, Kathryn, zu kompliziert für einen Laien, fürchte ich. Hier.« Sie kritzelte etwas auf den Rezeptblock, riß das Blatt ab und reichte es ihr. »Holen Sie sich diese Tabletten und nehmen Sie dreimal täglich eine.«

»Ich will keine Tabletten mehr nehmen. Ich stumpfe völlig ab davon. Gibt es nicht etwas anderes, was ich gegen diese Halluzinationen tun kann?«

»Nun ja«, sagte Dr. Whalen bedächtig, »ich nehme an, Sie müssen ein für allemal abschließen mit dem, was geschehen ist.«

»Ja, schon, aber wie?«

»Dieser Besitz auf Elizabeth Island, der gehört Ihnen doch noch, oder?«

»Das Grundstück, ja. Das Haus ...« Kathryn mußte schwer schlucken und versuchte, nicht an die Flammen zu denken. »Das Haus ist nur noch ein Haufen Asche.«

»Ich würde Ihnen raten, den Besitz zu verkaufen.«

»Charon's Crossing verkaufen?«

»Ja. Machen Sie sich frei davon, ein für allemal. Schreiben Sie es ab, vertraglich, und Sie haben eine gute Chance, es auch emotional abschreiben zu können.«

»Aber ...«

Die Psychiaterin sah auf die Uhr. »Es tut mir leid, Kathryn, aber ich habe jetzt einen Termin mit einem anderen Patienten.« Sie stand auf, lächelte freundlich und hielt Kathryn die Hand hin. »Brechen Sie Ihre Brücken zu diesem Haus ab, und sie stehen mit beiden Beinen fest auf dem Boden der Genesung.«

Amos freute sich sehr, von ihr zu hören.

Alle vermißten sie, sagte er, und hofften, daß es ihr gutgehe.

Kathryn lächelte über seine Liebenswürdigkeit und log, es gehe ihr prächtig. Dann kam sie zum Geschäftlichen.

»Amos«, sagte sie, »ich will Charon's Crossing unbedingt verkaufen.«

»Tatsächlich?« fragte er und lächelte in sich hinein. »Das ist eine wunderbare Neuigkeit, Kathryn, wirklich, denn Olive hat ein Angebot bekommen, doch wir wußten nicht, ob wir uns mit Ihnen in Verbindung setzen sollten oder nicht.«

Kathryn sank auf das Sofa in ihrem altmodischen Wohnzimmer. Was nur eine Idee gewesen war, hatte sich plötzlich zur Realität gewandelt. Sie versuchte, sich darüber zu freuen, aber sie spürte, wie sich vor Anspannung etwas in ihrem Magen zusammenknotete.

»Ein Angebot?«

»Von einer Hotelkette. Sie wollen die Ruinen niederreißen und einen Luxusschuppen bauen. Und ich muß sagen, das Angebot ist äußerst großzügig.«

Es war mehr als großzügig. Es war fürstlich.

»Soll ich Ihnen die nötigen Papiere zufaxen?«

Kathryn atmete tief durch.

»Nein.«

»Nein?«

Sie konnte die Verwirrung in Amos' Stimme hören und hätte ihm fast gesagt, daß ihr plötzlicher Sinneswandel sie genauso überraschte wie ihn, aber sie hielt den Mund.

»Ich ... ich muß es mir noch einmal überlegen«, sagte sie und legte auf, bevor der Anwalt antworten konnte.

Eine Stunde später rief sie ihn zurück.

»Verkaufen Sie«, sagte sie leise.

Amos zögerte. »Sind Sie sicher, daß Sie das auch wirklich wollen, Kathryn?«

Sie nickte. »Ja. Schicken Sie mir sämtliche Papiere, die ich unterschreiben muß, und bringen wir es schnell hinter uns.«

Amos informierte sie über jeden seiner Schritte. Sie unterschrieb eine Unzahl von Dokumenten und faxte Seite um Seite in seine Kanzlei nach Elizabeth Island. Sie empfand eine Leere in sich, als das Besitzrecht an Charon's Crossing schließlich von ihr auf die Hotelkette übergegangen war.

Beverly bestand auf einem gemeinsamen Abendessen. »Die Vergangenheit ist vorbei«, sagte sie und stieß mit einem Glas Weißwein mit Kathryn an.

Kathryn lächelte. Nein, das war sie nicht. Noch nicht. Doch das würde sie Beverly nicht erzählen. Die Tür zur Vergangenheit würde erst am Ende des nächsten Tages fest verschlossen sein, wenn die Maschinen anrollten, um das abzureißen, was vom Haus noch übrig war.

Beverly schlug vor, Nachtisch und Kaffee in ihrer Wohnung zu nehmen, aber Kathryn lehnte ab. Sie sagte, sie sei müde und habe morgen einen langen Tag im Büro vor sich. Sie erwähnte nicht, daß die Kollegen sie seit dem Tag, als sie aus der Konferenz geflüchtet war, ansahen, als habe sie nicht mehr alle Tassen im Schrank. Sie hatte das Ganze mit einem plötzlich rebellierenden Magengeschwür erklärt, und auch wenn alle sofort, *oh, sicher, sie verstehen natürlich,* geantwortet hatten, schauten sie sie immer noch scheel an.

»Die sollten mich jetzt mal sehen«, murmelte Kathryn, als sie in ihrem Wohnzimmer umherlief.

Was zum Teufel war los mit ihr? Charon's Crossing war verkauft. Das Haus war für immer aus ihrem Leben verschwunden.

Sie ging früh mit dem neuesten Bestseller und einer Tasse Kakao zu Bett. Sie trank den Kakao halb aus, las dreimal denselben Abschnitt, gab es dann auf und machte das Licht aus.

Lange Zeit später schlief sie ein.

»Kathryn.«

Sie weiß genau, wo sie ist, als sie seine Stimme hört. Sie ist genau hier, in ihrem eigenen Bett, und sie kann ihn so klar und deutlich hören, als läge er direkt neben ihr. Aber da liegt er nicht.

»Kathryn, mein Liebes.«

»Matthew?«

Eine Hand streichelt leicht über ihre Wange.

»Vergiß mich nie, Schatz.«

»Matthew!« Tränen strömen ihre Wangen hinunter. »Matthew, wo bist du? Bitte, bitte, komm doch zu mir. Ich liebe dich. Ich brauche dich ...«

»Leb wohl, mein Liebling. Leb wohl.«

Kathryn riß die Augen auf. Sie setzte sich im Bett auf. Es war ein Traum. Es war alles nur ein Traum. Matthew war niemals wirklich gewesen ...

Auf dem Kissen neben ihr lag eine rosafarbene Rose. Die Art, die so üppig den Spalierbogen auf Charon's Crossing überwucherte.

Matthew war wirklich.

Er war wirklich!

Wie hatte sie jemals daran zweifeln können?

Sie zitterte, als sie sich hastig anzog. Sie mußte sie aufhalten, bevor sie die Ruinen des Hauses niederrissen. Wenn es das Haus nicht mehr gab ... wenn es das Haus nicht mehr gab, würde es auch Matthew nie mehr geben.

Kurz bevor sie aus dem Haus ging, versuchte sie Amos anzurufen, danach Olive, danach Hiram und jeden, der ihr auf Elizabeth Island einfiel, aber sie erntete nur Rauschen und Fiepen.

»Verdammt«, sagte sie und knallte den Hörer auf.

Auf der Insel ging alles seinen gewohnten Gang ... außer daß nach dem heutigen Tag Matthew ...

Nein. Sie konnte und wollte nicht so denken. Auf der ganzen endlosen Fahrt zum Flughafen und auf dem Charterflug zur Insel zwang sie sich, den Gedanken zu verdrängen.

»Beeilung«, flüsterte sie, als das Flugzeug schwankend aufsetzte. »Beeilung«, drängte sie, als ihr der verdutzte Mann, der im Hangar Dienst hatte, seine Jeepschlüssel gab, nachdem sie ihm einen Hundert-Dollar-Schein unter die Nase gehalten hatte. »Beeilung«, flehte sie, als sie das Gas bis zum Boden durchtrat und Geschwindigkeiten aus dem Jeep herausholte, von denen sein Erbauer nicht zu träumen gewagt hätte.

Aber es war alles vergebens.

Sie wußte es, sobald sie durch das Tor raste und die Einfahrt hochschoß. Sie war zu spät. Das sagte ihr ein fürchterliches Gespür, das so kalt und drückend war wie der Nebel, der vom Meer landeinwärts zog.

Wo früher einmal der Garten gewesen war, standen ein paar riesige Bulldozer. Und nur ein staubiger Steinhaufen war von Charon's Crossing noch übrig.

Kathryn hielt den Jeep an und legte sich die Hand auf den Mund. Ihre Augen füllten sich mit Tränen, als sie aus dem

Jeep kletterte und langsam zu dem weißen Trümmerhaufen ging. In der Nähe arbeiteten Männer. Sie schauten neugierig auf, als sie näherkam.

»Lady?« rief einer von ihnen. »He Lady, passen Sie auf, wo Sie hintreten, okay?«

Kathryn hörte ihn nicht. Sie hörte und sah nichts außer der schrecklichen Ruine eines einst stolzen Hauses, in dem die Liebe erblüht war.

»Matthew«, flüsterte sie, »mein Liebling, wie konnte ich nur an dir zweifeln? Wie konnte ich dich bloß aufgeben ...«

Ihr stockte der Atem.

Ein Mann tauchte aus dem Nebel auf. Er war groß und breitschultrig, und der Wind vom Meer wehte das schöne, schulterlange Haar aus seinem fein geschnittenen Gesicht. Er trug – »O Gott!« – er trug ein T-Shirt, auf dem ein Segelschiff abgebildet war, eine ausgebleichte Levi's und, lächerlich unpassend, kniehohe Lederstiefel.

»Matthew?« Kathryns Schluchzen verwandelte sich in ein Lachen. »Matthew?«

Er lächelte und breitete die Arme aus, und sie rief noch einmal seinen Namen und rannte auf ihn zu.

Einen nicht enden wollenden Augenblick hielt er sie in den Armen, sein Herz pochte an ihrem, seine Tränen vermischten sich mit ihren, und dann küßte er sie.

»Kathryn«, flüsterte er, »Kathryn, meine Geliebte.«

Sie lehnte sich in seiner Umarmung zurück, nahm sein Gesicht in beide Hände und suchte seine Augen.

»Bist du wirklich hier?«

Er lachte. »Ja, Schatz, ich bin wirklich hier, genau wie du.«

»Aber ich dachte ... das Haus hat gebrannt ...«

Er nickte. »Ja, das stimmt.«

»Wie bist du entkommen?«

»Ich kann es nicht erklären. Es übersteigt meine Vorstellungskraft. Ich weiß nur, daß ich an einem kalten, dunklen Ort erwacht bin, so allein, wie ich noch nie war, und mich nach deiner Umarmung gesehnt habe. Und dann eines Tages oder vielleicht eines Nachts, denn Zeit bedeutete dort nichts, hörte ich, wie deine süße Stimme nach mir rief.«

Er zog sie dicht an sich und küßte sie erneut. Als der Kuß endete, nahm er ihr Gesicht in beide Hände.

»Du mußt wissen, daß ich die Explosion herbeigeführt habe, Kathryn.«

»Ich weiß es.« Sie erschauderte. »Du hättest das niemals tun dürfen. Wir hätten uns für immer verlieren können.«

»Ja.« Er legte ihr den Arm um die Taille und zog sie fort von den Ruinen. »Aber es war die einzige Möglichkeit, dich zu befreien.«

Kathryn lehnte ihren Kopf gegen seine Schulter. »Du stures Mannsbild«, sagte sie sanft, »habe ich dir nicht gesagt, daß Frauen sich heute ihre Entscheidungen nicht mehr von Männern abnehmen lassen?«

Er lächelte und küßte ihr Haar. »Ich fürchte, du wirst Jahre brauchen, um mich zu ändern, Schatz.«

Plötzlich blieb sie stehen und drehte sich zu ihm um.

»Mir wird gerade klar ... wenn es Charon's Crossing nicht mehr gibt und du hier bist, dann ...«

Das Tuten einer Hupe verschluckte ihre restlichen Worte. Ein Lastwagen voll Bauarbeiter versuchte, an dem Jeep vorbeizukommen, den Kathryn in der Einfahrt stehen gelassen hatte. Der Fahrer lehnte sich aus dem Fenster und zeigte auf Matthew.

»He, Mister«, rief er, »können Sie die Kiste mal wegfahren?«

Kathryn sah Matthew an. »Hast du gehört, was er gesagt hat?« flüsterte sie.

»Komm schon, Kumpel. Tu uns den Gefallen, okay?«

»He«, schrie Kathryn, »können Sie diesen Mann wirklich sehen?«

Die Männer auf dem Lastwagen grinsten sich vielsagend an. »Warum denn nicht?« fragte der Fahrer. »Ist er vielleicht ein Geist oder was?«

Kathryn lachte. »Ist er vielleicht ein Geist ...« Sie lachte lauter, und auch Matthew mußte lachen. »Ob er vielleicht ein ...« Ihre Augen fingen an zu tränen. »Matthew, hast du den gehört?«

»Ja, Schatz. Habe ich.«

Das Sprechen fiel ihm schwer. Kathryn lachte und weinte gleichzeitig, aber sie war nicht die einzige. Auch Matthew hatte feuchte Augen, und der Kloß in seinem Hals erwürgte ihn beinahe. Zärtlich nahm er sie in seine Arme und streichelte ihr Haar.

»Ich hatte zuerst Angst, es zu glauben«, flüsterte er, »aber jetzt weiß ich, es ist wahr. Ich kann nicht mehr durch die Wand gehen, Kathryn, ich habe es versucht. Und jetzt kann mich dieser Mann sehen.« Er lachte und wirbelte sie im Kreis herum. »Mein Schatz, ich bin wirklich! Es gibt mich!«

»Es gibt ihn«, sang Kathryn, »und er geht durch keine Wand, es gibt ihn ...« Sie warf den Kopf zurück, als ihnen beiden schwindlig war und sie stehenblieben. »Und ich frage dich, Welt, sind das nicht wunderbare Neuigkeiten?«

Der Lastwagenfahrer sah seinen Beifahrer an und tippte sich mit dem Finger gegen die Stirn.

»Krank«, formte er mit den Lippen, »die Alte und der Typ. Total durchgeknallt.«

»Matthew. Ich hatte fast ... was ist mit Waring?«

»Verschwunden. Spurlos.«

»Sicher?«

»Wenn er überlebt hätte, Schatz, würde ich seine Gegenwart spüren.«

Kathryn seufzte und legte ihre Hände flach gegen Matthews Brust. Sein Herzschlag war so stark und wirklich wie der Rest von ihm.

»Ich muß zugeben, ich verstehe das alles nicht«, sagte sie sanft.

»Ich auch nicht, ich weiß nur, daß es deine Liebe war, die mich befreit hat.«

»Nein, nein. Ich war das nicht. Du hast dich selbst befreit, Matthew. Indem du an die Liebe geglaubt hast, indem du für mich dein Leben gegeben hast, hast du den Fluch von dir genommen.«

»Du hast mir eine Liebe geschenkt, an die es wert war zu glauben, Kathryn.«

Er küßte sie erneut, und sie hielten sich eng umschlungen, bis ein weiteres Tuten sie in die Wirklichkeit zurückholte.

»Hört mal zu«, sagte der Fahrer, »finden wir echt ganz toll, daß ihr hier so einen Spaß habt, aber vielleicht könnten Sie und die Lady sich den Rest aufheben, bis der Jeep aus dem Weg ist?«

Kathryn lachte, wischte sich die Tränen ab und nahm Matthews Hand.

»Wie wäre es mit der ersten Fahrstunde, Kapitän? Und danach vielleicht eine kleine Reise im Flugzeug?«

Matthew lachte jetzt auch, doch dann erstarb sein Lachen, und er sah ihr tief in die Augen.

»Ich werde dich immer lieben, Kathryn.«

Sie stellte sich auf die Zehenspitzen und küßte ihn.

»Auf immer und ewig«, sagte sie leise.

Jemand auf dem Tieflader klatschte Beifall. Kathryn grinste, winkte ihm zu und zog Matthew zum Jeep hin.

Er setzte sich hinters Lenkrad, Kathryn auf den Beifahrersitz. Sie beugte sich zu ihm hin, ihr schwarzes Haar verfing sich in seinem. Die Männer auf dem Lastwagen staunten nicht schlecht, als sie ihm das Armaturenbrett, die Schaltung und die Pedale zeigte.

»Ist ein komischer Kauz, der Typ«, sagte einer von ihnen.

»Weiß nicht, wie man einen Schaltwagen fährt.« Er sprach lauter. »He, Lady, was ist Ihr Freund denn für einer?«

Kathryn lachte, aber ihre Antwort hörte nur Matthew allein.

»Einer von hier«, sagte sie leise, »er war die ganze Zeit hier und hat auf mich gewartet.«

Matthew griff in ihr Haar, zog sie an sich und küßte sie leidenschaftlich. Dann ließ er unter Jubel, Applaus und Pfiffen den Motor an und wendete den Jeep unsicher.

»Bereit?« fragte er Kathryn.

»Bereit!« antwortete sie.

Der Jeep rumpelte die Einfahrt hinunter. Dann trat Matthew fest aufs Gas. Der Jeep schoß aus den Toren von Charon's Crossing und fuhr mit Kathryn und Matthew in eine strahlende neue Welt.

Christa-Maria Zimmermann
Die gekaufte Braut
Roman
528 Seiten
TB 27527-5

Die zwanzigjährige Susanna versucht, ihrem Schicksal auf ungewöhnliche Weise zu entgehen. Weil sie nach dem Tod ihrer Eltern bei ihrem überaus strengen Onkel leben soll, flieht sie nach London. Doch statt in einer ordentlichen Pension, landet sie in einem Bordell. Zum Glück trifft sie dort Lord Sinclair, der eine falsche Braut benötigt, um einen mysteriösen Mord aufzuklären … Ein spannender Roman über die Liebe und andere Mysterien im England des 19. Jahrhunderts.

Audrey Slaughter
Wie eine Rose im Wind
Roman
376 Seiten
TB 27533-X

Die lebenslustige Jill Mortimer scheint plötzlich vor dem Nichts zu stehen. Ihr Mann ist unerwartet gestorben. Ihm zuliebe hatte sie alles aufgegeben und war ins ländliche Dorset gezogen. Doch nun ist sie allein, und die Idylle droht sich in einen Alptraum zu verwandeln. Bis plötzlich eine seltsame Schauspieltruppe auftaucht und für Jill ein anderes, turbulentes Leben beginnt. Die empfindsame Reise einer Frau voller Irrungen und Wirrungen.

Econ & List

Dinah Dean
Seide und Stein
Roman
512 Seiten
TB 27526-7

England im 12. Jahrhundert: Für Lady Elys, Tochter einer normannischen Adelsfamilie, scheint das Leben vorherbestimmt: Nach dem Willen ihrer Mutter soll sie ins Kloster gehen. Doch Lady Elys rebelliert. Als sie von einer Wallfahrt zurückkehrt, lernt sie Aylwin von Winchester kennen, einen Steinmetz. Aylwin weiht sie in die Macht der Liebe ein – und Elys beschließt, ihren eigenen Weg zu finden. Ein wunderbares Epos über das Leben einer eigenwilligen Frau im Mittelalter.

Teresa Crane
Ein Garten in der Toskana
Roman
238 Seiten
TB 27528-3

Nach dem Tod ihrer Großmutter erbt die junge Engländerin Carrie Stowe eine Villa in der Toskana. Nach langer Zeit wieder in Italien, trifft sie ihren Cousin Leo, die geheime Liebe ihres Lebens. Carrie weiß, daß sie mit dem Feuer spielt, aber sie kann nicht anders, als sich auf ihren geheimnisvollen Cousin einzulassen. Eine große Liebesgeschichte, die sich mehr und mehr zum romantischen Thriller entwickelt.